Harper
Collins

Alle handelnden Personen in dieser Ausgabe sind frei erfunden.
Ähnlichkeiten mit lebenden oder verstorbenen Personen wären rein zufällig.

Der Preis dieses Bandes versteht sich einschließlich
der gesetzlichen Mehrwertsteuer.

Umwelthinweis:
Dieses Buch wurde auf chlor- und säurefreiem Papier gedruckt.

NICOLE C. VOSSELER

DER ENGLISCHE BOTANIKER

ROMAN

HarperCollins

HarperCollins®
Band 100067
1. Auflage Mai 2017

Originalausgabe

Dieses Werk wurde vermittelt durch die Montasser Medienagentur, München

Umschlaggestaltung: Hafen Hamburg
Redaktion: Silvia Kuttny-Walser, Claudia Wuttke
Titelabbildung: Barney Burstein / Getty Images
Autorenfoto: © Jörg Brochhausen
Satz: GGP Media GmbH, Pößneck
Druck und Bindearbeiten: GGP Media GmbH, Pößneck
Printed in Germany
Dieses Buch wurde auf FSC®-zertifiziertem Papier gedruckt.
ISBN 978-3-95967-103-3

www.harpercollins.de

Für alle Suchenden.
Für die Träumer.
Und für die Abenteurer des Geistes, denen kein Meer zu weit,
kein Berg zu hoch und kein Weg zu lang ist.

Historie

(Substantiv, f.; gr. *ἱστορία*; lat. *historia*; fr. *histoire*)

1. Sammlung von Fakten und Ereignissen aus der Vergangenheit
2. Geschichtswissenschaft
3. Zeitspanne in der Vergangenheit
4. Abenteuerliche oder erdichtete Erzählung

Arthur Waldegrave-Fernsby,
An Essential Dictionary of the English Language, London, 1852

... aber Poeten waren auch noch nie Botaniker.

Charlotte Turner Smith, *Beachy Head*, 1807

Geschichten keimen aus Körnchen von Tatsachen.

Geschichten wachsen und gedeihen unter den Elementen der Möglichkeit, im weiten Feld grenzenloser Vorstellungskraft. Treiben fantastisch anmutende Blüten und tragen Früchte von eigener Wahrhaftigkeit.

Wie diese Geschichte, die sich zugetragen und doch nicht zugetragen hat.

Damals.

Queen Victoria ist eine noch junge Königin, und die Daguerreotypie hat es gerade erst möglich gemacht, die Zeit in Grautönen und Sepia einzufrieren.

Eine Zeit, in der die bunten Flächen auf den Weltkarten noch weiß gefleckt sind.

Alexander Gordon Laing hat als erster Europäer die sagenhafte Stadt Timbuktu erreicht; zwei Jahre später ist René Caillié der erste Europäer, der lebend von dort zurückkehrt. Schon bald wird Johannes Rebmann der erste Weiße sein, der den Kilimanjaro erblickt, und nach David Livingstone werden sich auch Richard Francis Burton und John Hanning Speke aufmachen, die Quellen des Nils zu finden.

Terra incognita.

In Afrika. Amerika. Asien.

Unterdessen schwärmen die Untertanen Queen Victorias in die Wälder und Wiesen aus und fangen Schmetterlinge und Käfer; pressen Gräser und Blumen, um sie in ein Herbarium zu kleben. An den Küsten klauben sie Muscheln und Fossilien auf und versammeln sich abends im heimeligen Wohnzimmer um ein Mikroskop, das für wenig Geld zu haben ist.

Die Londoner Royal Botanical Gardens in Kew sind soeben erst für die Öffentlichkeit zugänglich gemacht worden und werden innerhalb kurzer Zeit Hunderttausende Besucher im Jahr anlocken, mehr als Windsor Castle oder der Tower of London.

Es ist die große Stunde der Leidenschaft für die Natur, der unterhaltsamen und lehrreichen Lobpreisung ihres Schöpfers.

Während Charles Darwin in der Grafschaft Kent noch an seiner Theorie der Entstehung der Arten schreibt, ziehen Pflanzenjäger in die Welt hinaus, um die Sehnsüchte dieser Ära zu stillen und gleichzeitig neu zu entfachen.

Das Orchideendelirium und den Rosenwahn. Die Päonienmanie, das Palmenfieber und die *Pteridomania* – die Besessenheit von Farnen jedweder Gestalt.

Die Botanik ist zur Schatzsuche geworden.

Als im Namen zweier Pflanzen sogar Imperien in den Krieg ziehen, werden die Karten der Welt neu gezeichnet. Eine Tür öffnet sich, nur einen Spalt breit, doch weit genug, um einen Fuß hineinzusetzen.

In ein fernes, verbotenes Reich.

Irgendwo zwischen Legende und Wirklichkeit.

Hier sterben.

Im Bauch dieses Schiffs.

Ein Treibhaus, nicht aus Eisen und Glas und Sonnenlicht, sondern aus feuchtem Holz und Dunkelheit. In dem der Geruch von Bilgewasser und verrottendem Fisch wucherte. Das Fieberschweiß gären ließ und Atemdampf zu klebrigem Harz verdickte.

Dieser Lastkahn war ein elender Ort, um zu sterben. Als Fremder in einem noch fremderen Land, sechstausend Meilen fern von zu Hause.

Seine langen Beine hatten keinen Platz mehr in der Koje gefunden, die für Männer von niedrigerem Wuchs gebaut worden war. Nicht für einen Körper wie seinen, der von schottisch schroffer Grobknochigkeit war. Robust wie Unkraut nach einer Kindheit auf dem offenen Feld, der Lehrzeit in herrschaftlichen Gärten. Unter freiem Himmel und der Sonne, in frischer Luft, Wind und Regen abgehärtet, war er in dreißig Jahren nicht einen Tag krank gewesen.

Bis das Fieber kam.

Die Saat dafür musste er in Hongkong aufgelesen haben, in dieser kochenden Hitze, die aus der Luft zähes Gelee machte. An manchen Tagen hatte sein Thermometer vierundneunzig Grad Fahrenheit angezeigt, und nie war das Quecksilber unter die Marke von achtzig Grad gefallen, selbst in den Nächten nicht.

Ein Paradies für Fäulnis und Verfall, Fieber und Cholera.

Erst vor zweieinhalb Jahren, während des Krieges, war Hongkong für die Krone beschlagnahmt worden, und schon war der kleine englische Friedhof überfüllt, die Erde rot und frisch nach den jüngsten Begräbnissen: Major Pottinger. The Honourable J.R. Morrison. Mr Dyer, der lange in den Tropen, in Penang und Malacca, gelebt hatte, und Mr Stronach, die beide in Singapur an Bord der *Emu* gekommen waren.

Fremde hier wie er selbst und allzu flüchtige Bekanntschaften: heute gesund, morgen vom Fieber ergriffen und innerhalb weniger Tage dahingerafft. Hastig beerdigt unter einer Sonne, deren Gewalt von keinem noch so schmalen Schatten gemildert wurde.

Die Wahrscheinlichkeit war hoch, dass es ihm genauso erging.

Nur würde sein Grab das Südchinesische Meer sein, irgendwo zwischen Hongkong und Amoy.

Ein Narr war er gewesen, in dieses Abenteuer aufzubrechen.

Er war kein Abenteurer. Nur ein einfacher Gärtner, der das Gleichmaß seiner Tage schätzte und den langsamen, ruhigen Fluss der Jahreszeiten. Der noch nie über die britische Insel hinausgekommen war.

Wenigstens war für Jane und die Kinder – der Junge war noch ein ganz kleines Würmchen – gesorgt; dafür hatte er Vorkehrungen getroffen.

Er hatte um die Gefahr gewusst.

John Forbes konnte noch afrikanische Orchideen nach England schicken, bevor er am Ufer des Sambesi starb. Und als John Potts aus Indien zurückkehrte, hatte er nicht nur Primelsamen im Gepäck, sondern auch den Keim eines tödlichen Fiebers im Leib.

Trotzdem war er hierher aufgebrochen, kaum dass die Tinte unter dem Vertrag von Nanking getrocknet war, angelockt von der Aussicht auf unermesslichen Reichtum an Pflanzen.

China hatte der Welt den Pfirsich geschenkt und die Aprikose, verschiedene Zitrusfrüchte und den Rhabarber. Tigerlilien, Chrysanthemen und Hortensien.

Wie viel mehr mochte es noch zu entdecken geben in diesem monumentalen, dem Westen seit Jahrhunderten verschlossenen Reich?

Allein der Hafen von Canton war zugänglich gewesen, Umschlagplatz für Opium aus Indien, für Tee und die anderen Kostbarkeiten Chinas. Die Händler, die von dort zurückkehrten, versicherten, dass es die opulenten Päonien, mit denen das importierte Porzellan bemalt war, wirklich gab. Mit eigenen Augen hatten sie sie gesehen, die Kamelien und Magnolien, die prächtigen Rosen, die man zu Hause von den kunstvoll verzierten Fächern kannte, von Seidenstoffen und Tapeten, und sie berichteten von Gärten voller Wunder.

Ein Lebenstraum für jeden Botaniker.

Eine unglaubliche Chance für einen Gärtner wie ihn.

So erdverhaftet und nüchtern er auch war – als er, noch an Bord der *Emu*, nach den langen Wochen auf See die Berge und Täler Javas gesehen hatte, war er ins Schwelgen geraten. Nur von Deck aus, nur aus der Ferne. Üppig grüne Landschaften, über denen die Luft vibrierte vor Saftigkeit und die ahnen ließen, wie viele Nuancen dieses Grüns es dort geben musste. Wie viele Formen von Blättern. Welche Fülle an Blüten.

Was ihn dann erst in China, dem legendären Reich der Blumen, erwarten mochte!

Der Schock folgte jedoch wenige Tage später, als er den ersten Blick auf die chinesische Küste warf. Auf sonnenverbrannte Hügel, nackten roten Lehm und Granitbrocken. Eine Mondlandschaft, tot und leer bis auf ein paar verkrüppelte Kiefern, die um ihre kümmerliche Existenz rangen.

Dies konnte nicht das blühende Land sein, das man ihm versprochen hatte.

Er durfte hier nicht sterben.

Nicht bevor er wieder nach Hause zurückgekehrt war. Zu seiner Frau. Seinem kleinen Mädchen. Seinem Sohn, den er noch kaum kennengelernt hatte.

Nicht auf diesem elenden Kahn, der ihn mit seinem Schaukeln und Rollen noch kränker machte. An diesem Fieber, in dem er siedete wie ein Stück Fleisch im Topf. Das Muskeln, Sehnen und Knochen weichkochte. Seinen Verstand zerfaserte.

Er versuchte, die Namen der wenigen Pflanzen zu memorieren, die er in Hongkong gesammelt hatte, kaum ein Dutzend. Und scheiterte; dem Chaos des Fiebers hatten auch Systematik und Logik nichts entgegenzusetzen.

Er begann von tausend an rückwärts zu zählen. Seit Kindertagen seine Methode, Ordnung zu schaffen. Klarheit zu gewinnen, wenn botanische Namen und Fakten wie Bienen in seinem Kopf herumsurrten. Wenn er sich in einem Dickicht aus Gedanken und Fragen verfangen hatte und deshalb nicht schlafen konnte.

Aber er bekam die Zahlen, seine treuen Freunde, nicht zu fassen. Ausweichend und launisch zeigten sie sich; wie irrlichternde Glühwürmchen in seinem sich verdunkelnden Verstand.

Haltsuchend klammerte er sich an den Gedanken an seine Familie.

Jane. Helen. John.

Gesichter, die zu Schatten verflachten. Sich ihm entzogen, ihn leer und ausgehöhlt zurückließen.

Sein Körper schien gewichtslos.

Ein dürres Blatt, das durch die Luft kreiselte und sich in der Finsternis verlor.

Er wanderte durch dichten Nebel.

Wie in einem Traum.

Nicht der reine Nebel über den Felsen und Wiesen seiner Heimat Berwickshire. Zäh und schwül fühlte es sich an; ein fauliger, geradezu giftiger Brodem, kaum zu durchdringen und sogar die Sonne verdunkelnd. Dann riss die Nebelwand auf, und für einen Moment war Fortune beinahe geblendet.

Er glaubte Blüten über Blüten zu sehen, in allen Farben des Regenbogens und purem Weiß. Paläste aus Rhododendren vor dem Hintergrund eines tropischen Waldes. Fontänen aus Lilien und Päonien, Kaskaden von Kletterrosen und Orchideen wie exotische Schmetterlinge. Die Luft war klar, sie roch süß mit einer fremdartigen Würze darin, und bei jedem seiner Schritte über den weichen Boden stieg der Duft von frischem Gras und von Kräutern auf.

Das hier musste ein Traum sein, eine Fata Morgana in der Hitze des Fiebers. Eine Fantasie, die ihm wirklicher schien als alles, was er zuvor je gesehen hatte, überwältigend intensiv und betörend.

Er wollte nicht, dass es ein Traum blieb, und streckte die Hand nach den Blütenzweigen aus. Zum Greifen nah waren sie, er konnte den Pollen auf den Staubblättern erkennen, jede Verästelung der Blattadern, und dennoch konnte er sie nicht erreichen.

Seine Knie gaben nach, und er fiel, tiefer als der Boden unter ihm.

In einem Boot schaukelte er über einen Fluss, unter einem Gewölbe aus Baumkronen, schattig und kühl.

Er horchte auf, wandte sich um; hatte ihn jemand gerufen? Eine körperlose Stimme, silberhell und lockend, irgendwo hinter dem grünen Wasserfall einer Trauerweide.

Sehnsucht zerrte an ihm, aber er konnte nicht anhalten, nicht umkehren. Unaufhaltsam glitt das Boot vorwärts über den Fluss, auf die Mündung zu und hinaus auf das Meer.

Ein Gefühl wie Heimkehr und Verlust zugleich.

Von irgendwoher strömte frische Luft in die Koje und kühlte seine glühende, schweißnasse Haut. Frisch roch dieser Luftzug, nach Salz und Hoffnung, und ließ ihn leichter atmen.

Es gab keinen Weg zurück.

Nur vorwärts. Vorwärts.

Er würde nicht sterben. Nicht auf diesem Kahn.

Nicht bevor er wenigstens einen Blick in dieses legendäre Reich der Kamelien geworfen hatte, der Rosen und der Azaleen.

Herbstanemone
(Anemone hupehensis)

Anemone. Einsam. Verlassen.
Flora Greensleeves, *The Language of Flowers*, London, 1837

Es kann getrost behauptet werden, dass nirgendwo sonst auf der Welt innerhalb der Grenzen eines einzigen Königreiches solch eine Vielfalt an Pflanzen und Tieren zu finden ist.

Aus den Tagebüchern des Jesuitenpaters Matteo Ricci, um 1610

Aus den Instruktionen der Horticultural Society of London,
21 Regent Street,
für Mr Robert Fortune, Leiter der Treibhäuser in
Chiswick Gardens.

Datiert vom 23. Februar 1843

Sie werden an Bord der *Emu* reisen, auf der eine Koje für Sie reserviert ist. Für die Dauer der Überfahrt werden Sie am Tisch des Kapitäns speisen.
Ihr Salär wird einhundert Pfund Sterling betragen, beginnend mit dem Zeitpunkt, an dem Sie die Verantwortung für die Treibhäuser abgeben, und befristet bis zu dem Tag, an dem Sie diese nach Ihrer Rückkehr aus China wieder übernehmen – ohne jegliche Abzüge und ausschließlich der Kosten für Ihre Kleidung oder Ausgaben, die erforderlich sein werden, um die Ziele der Society zu erreichen.

Die allgemeinen Ziele dieser Mission sind:
Samen und lebende Pflanzen dekorativer oder nützlicher Art, die noch nicht in Großbritannien kultiviert sind, zu sammeln.
Kenntnisse über Gartenbau und Landwirtschaft in China sowie über die Beschaffenheit des Klimas und seines Einflusses auf die Vegetation zu erlangen.

Da die Beziehungen zwischen China und England derzeit sehr angespannt sind, sieht sich die Society aktuell nicht in der Lage festzulegen, welche Häfen Sie besuchen oder in welche Regionen sich Ihre Forschungen erstrecken sollen.

Ebenso wenig kann die Society absehen, was Sie während Ihres Aufenthalts in China erwarten wird, der nach gegenwärtigem Stand auf ein Jahr begrenzt ist. Dementsprechend bleibt es Ihrer eigenen Einschätzung überlassen, wie Sie dabei vorgehen, wenn Sie das Land betreten oder Kontakte zu knüpfen versuchen.

Es ist angeraten, gegen ein kleines Entgelt Chinesen anzuwerben, die Ihnen Pflanzen aus dem Landesinneren beschaffen, aus Gegenden, die für Sie selbst schwierig zu erreichen oder nur unter Gefahr zugänglich sind. Ungeachtet dessen werden Sie während dieser Reise gänzlich auf sich allein gestellt sein, wobei den oben genannten Zielen der Society stets allerhöchste Priorität einzuräumen ist.

Gez.
John Lindley
(Sekretär)

1

Dienstag, 12. September 1843

Wetter sonnig, bei einem Maximum von 86 Grad Fahrenheit. Minimum: 68 Grad.

Von Amoy nach Chimoo übergesetzt, gut 50 Meilen nördlich. Dem Hörensagen nach einige Jahre lang Anlaufstelle für Opiumschiffe, sogar während des Krieges, ungeachtet der Gesetze der Mandarine.

Ein Menschenleben ist in einigen Teilen dieses Landes ohnehin nicht viel wert, aber gerade diese Küstenregion hat keinen guten Ruf. Die Einheimischen hier sind ein eigenständiger und gesetzesloser Menschenschlag.

Zuweilen komme ich mir vor wie in einem Nest von Dieben und Räubern.

AUS DEN NOTIZEN VON ROBERT FORTUNE

Robert Fortune marschierte durch die Salzgärten: Wasserflächen wie Spiegelscherben, auf denen die Sonne blinkte und an deren Rändern sich das weiße Gold des Meeres häufte.

Mit langen Schritten durchmaß er die Felder dahinter, ein Flickwerk aus Süßkartoffeln und Erdnusspflanzen.

Dutzende, vielleicht Hunderte von Augenpaaren hatten sich an ihm festgesaugt. Jede Hacke, jeder Rechen und jeder Spaten verharrte bewegungslos. Kein Finger wurde mehr gerührt.

Nur ein kleiner Junge war in Bewegung und äffte ihn nach, indem er umherstelzte wie ein Graureiher.

So viele Gesichter, kaum voneinander zu unterscheiden, die ihm folgten wie Sonnenblumen dem Licht, jedes Mal, wenn er irgendwo auftauchte, seinen Beutel mit Gartengerät über der Schulter und die Botanisiertrommel quer umgehängt. Selbst wenn er nicht bis auf die Haut durchnässt war und Wasser vom Rand seines Huts tropfte wie heute, nachdem vor der Felsenküste gischtsprühende Wellen über die Nussschale von Boot hereingebrochen waren.

Neugier schwang in diesem stummen Starren mit. Argwohn. Manchmal fast so etwas wie Hass.

Die Erinnerung war noch zu frisch. An den Krieg um Opium und Tee, in dem Großbritannien mit seiner modernen Militärmaschinerie China in die Knie zwang.

China mochte eines der größten Reiche sein, das die Welt je gesehen hatte, ein Drittel der Menschheit beherbergen und mehr Reichtümer besitzen als alle anderen Länder. Doch Großbritannien war nun tatsächlich das Empire, in dem die Sonne niemals unterging. Dem weder die Natur noch andere Völker Grenzen zu setzen vermochten.

Eine ungeheure Schmach für das stolze Reich der Mitte.

fan-kwai war einer der ersten Begriffe, die Robert Fortune hier gelernt hatte.

Fremder Teufel.

Erst ein Stück bergan konnte er die Blicke abschütteln, hinter den kegelförmigen Grabhügeln, denen er überall an der Küste begegnete.

Eine Mahnung, wie zerbrechlich das Leben war.

Eine Erinnerung daran, wie nahe er selbst vier Wochen zuvor noch dem Tod gewesen war, auf dem Lastkahn zwischen Hongkong und Amoy. Obwohl seiner Physis nichts mehr anzumerken war; wie ein Phoenix war er aus dem Fieber hervorgegangen, nur ein paar Tage schwach auf den Beinen gewesen und danach schnell wieder zu Kräften gekommen.

Entstehen, Wachsen und Vergehen – das war der verlässliche Kreislauf der Natur. Die Ordnung der Welt.

In das knöcherne Gesicht des Todes geblickt zu haben, saß ihm trotzdem immer noch im Genick. Die Erfahrung, dass er nur um Haaresbreite mit dem Leben davongekommen war.

Dieses kleine, einfache Leben, das bisher so unaufgeregt und stets aufgeräumt gewesen war. Ein gutes Leben war es; er konnte sich nicht beklagen. Besser als das seines Vaters und seines Großvaters.

Zum Leiter der Treibhäuser der Horticultural Society hatte er es gebracht, obwohl er nie eine andere Schule besucht hatte als die Pfarrschule von Edrom. Und trotz seiner Unbeholfenheit im Umgang mit dem anderen Geschlecht, dieser schönen und fremden Spezies, hatte er eine Frau gefunden, die ihn zum Ehemann und Vater machte.

Seit mittlerweile fünf Jahren flickte Jane seine Jacke, wenn er wieder einmal an Dornen hängen geblieben war, und seine Hemden; stopfte seine Socken und strickte von Zeit zu Zeit neue. Sie sorgte dafür, dass abends eine warme Mahlzeit auf ihn wartete und ein jede Woche frisch bezogenes Bett.

Jane hatte seine Behausung in ein Heim verwandelt. In ein behagliches Nest für seine eigene kleine Familie.

Genug Gründe, um dankbar zu sein. Zufrieden, ja geradezu glücklich. Und trotzdem hatte er seine Siebensachen gepackt, gegen Janes Willen. Aber letztlich mit ihrem Segen.

Keine Selbstverständlichkeit, das war ihm bewusst.

Eine fortschrittliche Ehe hatten sie gewollt – anders als ihre Eltern, ihre Großeltern und Janes Schwestern. Eine, in der es keinen Herrn gab, keine Herrin. In der jeder seinen Bereich hatte, der ihn ausfüllte, und den anderen daran teilhaben ließ.

Ein gemeinsames Leben wollten sie sich schaffen, in dem sie ihre Gedanken und Pläne teilten, ihre Freuden und Sorgen und zusammen Entscheidungen trafen. Ein Leben, das ihnen beiden behagte und in dem ihre Kinder zu glücklichen und selbstbestimmten Menschen heranwachsen konnten.

Er konnte Gott nicht genug danken, dass er ihm eine solche Frau geschenkt hatte. Die sogar verstand, dass er mehr von diesem Leben wollte.

Mehr Geld, um nicht jeden Shilling zweimal umdrehen zu müssen. Mehr Erfolg. Vielleicht sogar seine Spuren in der Welt der Botanik hinterlassen, mochten sie auch noch so schmal und nicht besonders tief sein.

Indem er die sagenhaften Blütenschätze Chinas fand.

Fortune betrachtete die filigranen Anemonen auf dem Grabhügel, die Blütenblätter reinweiß, der Kreis der Staubblätter golden wie eine kleine Sonne.

Anemone hupehensis.

Auf jedem Grabhügel, den er in China gesehen hatte, zitterten Anemonen im Wind.

In Hongkong. In Amoy und Namoa. Und jetzt hier, in der Bucht von Chimoo.

In England die Blume der Verlassenheit. Der einsamen Seelen.

Er hätte gern gewusst, welche Bedeutung sie hierzulande hatte.

Wang konnte er nicht fragen. Dessen Englisch war zwar ordentlich, ging aber nicht über das hinaus, was man sehen und greifen, zählen und verhandeln konnte. Während er selbst feststellen musste, dass das rudimentäre Wörterbuch, mit dem ihn die Society ausgestattet hatte, fehlerhaft und kaum brauchbar war. Zumal die Dinge in verschiedenen Landstrichen unterschiedliche Namen trugen.

Außerdem sprach Wang nicht mehr mit ihm. Gekränkt war er, immer noch. Nachdem die Pflanzen, um die Fortune ihn geschickt hatte, keine Gnade in dessen Augen gefunden hatten, waren sie doch welk und bis zur Unkenntlichkeit zerquetscht gewesen. Weil er Wangs Ausrede, weiter die Hügel hinauf sei es zu gefährlich, beiseite wischte. Sich kurzerhand ein Boot mietete, um von Amoy nach Chimoo überzusetzen und dort selbst auf die Suche zu gehen.

Jeder Schritt ein unausgesprochener Vorwurf und eine Verwünschung, stapfte Wang hinter ihm her. Wortlos. Zum ersten Mal, seitdem Wang ihn begleitete, als Fremdenführer und rechte Hand, Dolmetscher und Leibwächter.

Zu dem Kauderwelsch aus Englisch und Chinesisch, das Wang sonst pausenlos über ihn ergoss, allerdings eine erholsame und mehr als willkommene Abwechslung.

Während er in seinen festen Stiefeln bergan stieg, der Pagode auf dem höchsten Punkt der Hügel entgegen, vergaß Fortune beinahe, dass Wang hinter ihm ging.

Auf eigene Faust in der Natur umherzustreifen, behagte ihm. Weitaus mehr, als im Schlepptau eines Landsmanns eine Singsong-Veranstaltung zu besuchen oder die Gärten eines Mandarins zu besichtigen.

Die Engländer in Hongkong, in Namoa und Amoy waren Händler, Verwaltungsbeamte, Seeleute und Offiziere. Eine ruppige Gattung von Männern, die viel tranken und rauchten, auch einer Opiumpfeife nicht abgeneigt waren und sich mit handfesteren Dingen als Zierpflanzen beschäftigten.

Als Gärtner auf Forschungsreise war er unter seinen eigenen Landsleuten genauso ein Exot wie in den Augen der Chinesen.

Das Begehren, das eine Orchidee oder eine Päonie bei den Lords und Ladys zu Hause weckte, war hier keine gültige Währung.

Er marschierte auf das Grün zu, das sich in den Felsspalten festklammerte. Möglicherweise eine Art von *Gesneriaceae*?

Die Aussicht darauf, hier in Chimoo endlich einen der legendären Pflanzenschätze zu heben, beschleunigte seine Schritte, verlieh ihm Flügel.

So gründlich er die Insel von Hongkong auch abgegrast hatte, von den rauen Bergen bis hin zum blauen Wasser der Bucht, es war nichts darunter gewesen, was man in England nicht schon kannte.

Jasminum sambac. Olea fragrans. Chrysanthemen.

Nichts Besonderes. Aufregendes. Aufsehenerregendes.

Ein paar leidlich hübsche Rosen ohne Duft und *Paederia foetida*, eine zierlich blühende Rankpflanze, die jedoch nach Schwefel stank.

Nicht das, weswegen man ihn hierher geschickt und was er selbst sich erhofft hatte.

Die kleine gelbe Orchidee, von der er ganze Felder auf den höchsten Hügeln Hongkongs entdeckt hatte, ähnelte mehr einer Wiesenblume als den Prachtexemplaren, die man in England begehrte.

Für eine *Spathoglottis fortunei* würde niemand hundert Guineen ausgeben, so wie es der Duke of Devonshire unlängst für eine *Phalaenopsis amabilis* von den Philippinen getan hatte, die so weiß war wie frisch gefallener Schnee.

Spathoglottis fortunei war nicht gut genug. Nicht genug für Ruhm. Für Reichtum.

Kehrte er nicht oder auch nur mit leeren Händen nach England zurück, würde die Society jemand anderen schicken. Jemand, der diese Chance zu nutzen verstand. Dem es gelang, die ersehnten Blütenschätze nach Hause zu bringen und sich einen Namen zu machen.

Erst als er die Stimmen hinter sich nicht länger ausblenden konnte, blieb er stehen und drehte sich um.

Eine Menschentraube umringte Wang, der sich wichtigtuerisch aufplusterte und seine Worte mit großen Gesten unterstrich. Auf eine ungeduldige Bewegung von ihm stob die Menge auseinander und strömte den Hang hinunter.

»Was hast du zu ihnen gesagt?«

»Fu-Chung wichtiger Herr«, keuchte Wang ihm entgegen. »Erntet Gras und Blumen. Für viel Geld.«

»Du hast ihnen gesagt, ich hätte viel Geld?!«

Ärger wallte in Fortune auf. Diese Behauptung war nicht nur fahrlässig, sondern auch unwahr; neben seinem geringen Salär hatte ihn die Society nur mit bescheidenen finanziellen Mitteln für diese Expedition ausgestattet.

Wang sog den Atem ein, wie missbilligend; vielleicht war er auch nur außer Puste.

»Fu-Chung weiß nichts von China! Viel Geld gibt Fu-Chung viel Gesicht. Gut für Fu-Chung. Und gut für Wang!«

Ein kleines Grinsen entblößte seine vorstehenden Zähne und verlieh ihm das Aussehen eines boshaften Esels. Noch dazu mit den abstehenden Ohren, die die ausrasierte Stirn schonungslos preisgab.

Wang schien versöhnlicher gestimmt, trotzdem zögerte Fortune, eine Diskussion vom Zaun zu brechen. Nicht nur, weil er fürchtete, im Dickicht der Sprache misszuverstehen und missverstanden zu werden; vermutlich würde er bei Wang ohnehin den Kürzeren ziehen.

Fortune war nicht hier, um Freunde zu gewinnen. Aber dass das ursprünglich klare Dienstverhältnis zwischen ihnen schon jetzt auf tönernen Füßen stand, missfiel ihm. Und mehr noch missfiel ihm, wie viele Fallstricke sich darin durch Sprachbarrieren und unterschiedliche Gepflogenheiten ergaben.

Er beließ es bei einem ungehaltenen Knurren, von dem er hoffte, dass es autoritär genug klang, und eilte weiter die Steigung hinauf.

Den Pflanzen entgegen, die ihn aus der Ferne angelockt hatten.

Bei denen es für ihn keine Zweifel gab und keine Unsicherheiten.

Gesneriaceae, in der Tat: eine *Chirita*, die eleganten Blütenglöckchen in einem sanften Blaulila getönt.

Chirita sinensis würde er sie nennen, chinesische *Chirita*.

Ein veilchenähnliches und sehr schönes Pflänzchen. Mit den silberpelzigen Blättern wohl zu exotisch für einen Cottage-Garten. Falls es sich überhaupt als winterhart erwies. Feminin in Farbe und Form, würde es sich aber hervorragend als Topfpflanze für ein Boudoir eignen, vielleicht auch für einen Wintergarten.

Laute Rufe schreckten ihn auf, und eine aufgeregte Horde trampelte über die zarten *Chirita* hinweg, Männer, Frauen und Kinder.

Er brauchte die Worte nicht zu kennen, die sie ihm entgegenschleuderten, mit denen sie sich gegenseitig überschrien. Die Gestik, die Mimik waren unmissverständlich, selbst für einen Fremden vom anderen Ende der Welt.

Eine Chinesin, einen Säugling auf den Rücken gebunden, wedelte mit einem Büschel schlaffen Krauts vor seiner Nase herum. Eine andere schubste sie beiseite und hielt ihm fordernd eine Handvoll Erdnüsse hin. Die verschrumpelte Wurzel, die ihm in einer runzligen Faust entgegengereckt wurde, traf ihn beinahe am Auge, und gleich mehrere Männer winkten mit Bündeln von Chilischoten. Sogar eine Flasche Reisschnaps wurde ihm vor die Brust gestoßen, offenbar als Tauschgegenstand für das Halstuch aus Seide gedacht, das Jane ihm zum Abschied geschenkt hatte.

Seine abwehrenden Gesten wurden ignoriert, sein ablehnendes Gestammel überhört; auch Wangs erregter Redefluss ging im Geschrei einfach unter.

Als sich gierige Finger nach seinem Halstuch streckten, ihn am Ärmel zupften und am Gurt der Botanisiertrommel rissen, hatte er genug.

Er floh, den Hügel hinauf, wie vor den aufdringlichen Wespen eines Spätsommers.

Das zuvor auf der Haut getrocknete Hemd klebte wieder feucht an seinem Rücken, als er oben ankam, schwer atmend und mit brennenden Beinmuskeln, aber endlich allein.

Im Zickzack lief er durch das Ruinenfeld wie bei einem Versteckspiel und suchte Zuflucht in der Pagode.

Schäbig sah sie von Nahem aus; ein vergessenes Überbleibsel einer anderen Zeit. Durch Löcher in den geschwungenen Dächern heulte der Wind, und die Gesichter der Götzenbilder waren von den Elementen bis zur Unkenntlichkeit abgeschliffen.

Ein Ort der Stille. Der Kontemplation. Das war spürbar.

Aber so anders als alle Kirchen, die er bisher von innen gesehen hatte, dass er sich nicht vorstellen konnte, wie man hier betete.

Es stimmte zweifellos: Fortune wusste nicht das Geringste über China, und es verlangte ihn auch nicht danach.

So fern, so unerreichbar war China, dass in der Vorstellung des Westens ein Märchenland daraus geworden war. Seit den alten Tagen der Seidenstraße eine Legende, an der beständig weitergesponnen wurde, mit Seemannsgarn und Händlerlatein.

Die einzige Karte, die es von China gab, war mehr als hundert Jahre alt, angefertigt nach den Aufzeichnungen der letzten Jesuiten in China. Wie das Fell eines englisches Langhornrinds mehr weiß als farbig, beruhte sie hauptsächlich auf grobem Augenmaß und Hörensagen; an manchen Stellen war sie sogar mit Vermerken versehen wie *Hier soll es Drachen geben.*

Allein schon die geografischen Namen auf dieser Karte klangen im Englischen nach einem Fabelreich.

Insel der duftenden Ströme. Glückliches Tal.

Perlfluss. Goldstaubfluss.

Stadt auf dem Meer.

Wüste der verlassenen Orte.

Fluss, der durch den Himmel fließt.

Jadeberg. Lotosinsel.

Fluss der Neun Drachen.

Das Reich des sprichwörtlichen Kaisers von China. Des Himmelssohns, der über Reisbauern und Mandarine herrschte. Über Bettlerkönige, fliegende Mönche und überirdisch schöne Damen, die ihre Porzellangesichter halb hinter bemalten Fächern verbargen. Wo blutrünstige Tiger umherstreiften, Nashörner stoisch ihrer Wege gingen und schwarz-weiße Bären in Bambushainen faulenzten.

Ein Land der verbotenen Städte, der Paläste und Tempel aus Gold.

Mit der größten Mauer, die die Welt je gekannt hatte und die bestimmt noch vom Mond aus zu sehen war.

Wie Xanadu, die Sommerresidenz des Kublai Khan, ein paradiesischer Ort der Pracht und Herrlichkeit. Über dem die Magie des Fernen Ostens schwebte.

Eine gewisse Art von Märchenzauber.

Fortune war kein Freund von Märchen, er war ein Mann der Wissenschaft.

Natürlich gab es keine Drachen. Keine Magie. Nirgendwo.

China war ein Land wie jedes andere.

Allerdings bevölkert von seltsamen Menschen, bei denen die Männer geflochtene Zöpfe trugen wie junge Mädchen.

Ein Land mit merkwürdigem Essen und dünnem Tee ohne Milch und Zucker.

Hier oben, auf dem höchsten Hügel weit und breit, hatte Fortune in alle Himmelsrichtungen freie Sicht auf felsiges Land und blaues Meer, meilenweit und herrlich menschenleer.

Dreißig Meilen. Das war die unsichtbare Grenze. Dreißig Meilen hinter den durch den Vertrag von Nanking geöffneten Hafenstädten Amoy, Ning-po, Fouchou, Canton und Shanghai – weiter ins Landesinnere durfte sich kein Ausländer bewegen.

Fortune hatte keine Ambitionen, unbedingt in die Regionen vorzudringen, in denen vor ihm noch kein Weißer gewesen war. Er musste nicht in die Fußstapfen von Marco Polo treten. Nicht in die der Jesuiten, die in früheren Zeiten frei im Land umherstreifen durften, bis man ihnen nach und nach immer größere Steine in den Weg legte und sie schließlich hinauswarf.

Alles, was er wollte, war, innerhalb dieser dreißig Meilen die schönsten, die kostbarsten Pflanzen zu finden und sie nach Hause zu bringen.

Sein Glück wollte er hier machen, ohne auch nur eine einzige unsichtbare Grenze zu verletzen, und danach heimkehren.

In sein eigenes kleines Leben. In sein Land, in dem er sich auskannte und dessen Sprache er beherrschte.

Falls sich Heimweh so definierte – dann litt er soeben daran.

2

In meiner Nische hoch oben lauschte ich auf die Schritte weit unten, auf dem Grund des Turms. Schwere Schritte waren es, vom steinernen Leib der Pagode hallend zurückgeworfen. So laut, dass sie sogar noch im Tosen des Windes zu hören waren.

Aus dem Augenwinkel hatte ich die Gestalt bemerkt, die sich durch die Ruinen näherte, schnell und wie auf der Flucht. Jedoch aufmerksam genug, um zielstrebig einen Weg zwischen den Trümmern hindurch zu finden, ohne dabei zu stolpern.

Ein Mann mit Hut, eine Tasche und so etwas wie eine schlanke Trommel umgehängt. Ein sehr großer Mann, gemessen an der Höhe der Steinblöcke.

Sogar aus meiner Perspektive wirkte er noch groß, wie er da unten stand, den Kopf in den Nacken legte und die Pagode betrachtete, bevor er darin verschwand.

Ein fremder Teufel.

Hier.

Was erstaunlich genug gewesen wäre.

Aber das Auf und Ab seiner Schritte jetzt und ihr ungleichmäßiger Takt verrieten mir, dass er das Innere der Pagode gründlich in Augenschein nahm.

Wozu?

Man musste schon sehr genau hinsehen und seiner Fantasie freien Lauf lassen, um den einstigen Glanz des Tempels erahnen zu können.

Dies hier war längst keine heilige Stätte mehr. Die Menschen von Shenhu beteten jetzt an den Schreinen in ihren Dörfern. Sofern sie überhaupt je beteten.

Deshalb kam ich hierher.

Um meine Finger in den porösen Stein zu krallen und die Wände der Pagode zu erklimmen. Um in Schattenkämpfen auf schmalen, abbröckelnden Vorsprüngen zu balancieren. Über die gähnenden Lücken in der verfallenen Wendeltreppe hinwegzusetzen, geschmeidig wie ein Wolkenleopard, ebenso flink, ebenso lautlos. Mal mit dem Wind zu tanzen, der durch die Fensternischen hereinflog und durch Ritzen im Stein wirbelte, mal mit ihm zu ringen.

Immer mit einem Zucken im Bauch, dass ich das Gleichgewicht verlieren und in die Tiefe stürzen könnte.

Nur ein Narr kennt keine Angst.

Angst lehrt einen zu unterscheiden: zwischen den Grenzen, die es zu überwinden gilt, und denen, die man respektieren muss, schneller als ein Wimpernschlag.

An dieser Angst schärfte ich meine Sinne, meinen Willen, wenn ich in der verlassenen Pagode von Shenhu meinen Körper stark und biegsam hielt.

Und nichts kam dem gleich, danach mit ausgewrungenen Muskeln hier oben in einer der Fensternischen zu sitzen. Meinem Atem zu lauschen, der sich langsam beruhigte, meinem Herzschlag. Das Gesicht der Sonne zugewandt, dem vielstimmigen Wind zuzuhören, der meinen Schweiß trocknete. Den Vögeln so nahe, dass ich nur den Arm auszustrecken brauchte, um beinahe ihre Schwingen im Flug zu berühren.

Jedes Mal war mir hier oben, als fehlte nicht viel, um mit hochgereckter Hand den Himmel streifen zu können.

Das war meine Art zu beten.

Zu einem Gott, der kein Gesicht besaß und sich doch in tausend Gestalten widerspiegelte. Dessen Gesetze nirgendwo niedergeschrieben waren und die doch jedermann kannte. Der keinen Namen hatte und doch bei immer demselben genannt wurde: Gerechtigkeit.

Wie meine Meister es mich gelehrt hatten.

Die Schritte waren verstummt, und ich spähte die Fassade hinunter.

Der fremde Teufel hatte sich auf einer der abgewetzten Stufen niedergelassen, halb im Schatten einer schlanken Säule. Er zog den Hut vom Kopf und wischte sich mit dem Jackenärmel über Gesicht und Stirn.

Wie er den Hut in den Händen drehte und dabei auf die Ruinen blickte, wirkte er gedankenverloren. Fast melancholisch.

Eine zweite Gestalt kämpfte sich durch die Mauerreste. Noch ein Mann, am baumelnden Zopf unschwer als ein Landsmann von mir zu erkennen. Kleiner als der fremde Teufel, aber recht groß für jemanden von der Küste. Zu groß für einen Mann aus Shenhu. Der Wind trug seine Stimme, die fragend etwas rief, zu mir herauf, zerpflückte dabei jedoch die Worte zu undeutlichen Lautfetzchen.

Es schien, als suchte er nach dem fremden Teufel.

Zwei Fremde, allein hier oben.

Ich witterte Ärger.

3

»Fu-Chung! Fu-Chung!«

Wang schnaufte wie eine Lokomotive, während er über die Ruinen hinwegkletterte.

Fortune drückte sich den Hut wieder auf den Kopf und stand auf.

»Fu-Chung kann nicht einfach weglaufen! Ist er Mann oder Mädchen? Ich mach alles, um Gesindel zu verjagen – und dann ist Fu-Chung weg! Weg! Allein! Muss Wang ihn erst suchen gehen! Wie soll Wang da Schutz geben, *hng*?!«

Schweigend schlug Fortune den Weg bergab ein. Einen anderen als den, den er aufwärts genommen hatte – für den Fall, dass die geschäftstüchtige Meute auf der anderen Seite des Hügels sich noch nicht zerstreut hatte.

Hin und wieder beschlichen ihn Zweifel, ob er bei Wang wirklich in guten Händen war.

Letzten Endes gab es jedoch nicht allzu viele Chinesen, die sowohl ein bisschen Englisch als auch mehrere der chinesischen Dialekte beherrschten. Und die dazu noch bereit waren, für mehrere Monate einen *fan-kwai* unter ihre Fittiche zu nehmen.

Ein Umstand, der Wang ebenfalls bewusst zu sein schien.

Seine Beschwerden, Klagen, Ermahnungen perlten an Fortune ab wie das Wasser am Gefieder einer Ente.

Er hatte sie nicht kommen sehen.

Sie waren auf einmal da, auf dem schmalen Pfad zwischen den Felsen.

Ein halbes Dutzend Männer, bewaffnet mit Bambusstöcken.

Jetzt wünschte Fortune sich, er hätte auf Wang gehört. Auf die Warnungen der Fischer unten an der Küste und auf den Fährmann, der sich als Geleitschutz angeboten hatte. Er verfluchte sich dafür, die Flinte und die Pistole, um die er so hart mit der Society gefeilscht hatte, in seiner Unterkunft zurückgelassen zu haben, weil sie ihm hinderlich waren, wenn er Blumen pflückte und Pflanzen samt der Wurzel ausgrub.

Vermutlich hätten sie ihm ohnehin nichts genutzt. Er war schon immer ein lausiger Jäger gewesen, der ein Karnickel nur dann traf, wenn es gerade stillsaß, und froh sein konnte, wenn er sich dabei nicht selbst in den Fuß schoss.

Wie eine Brandungswelle stürzten die Männer vorwärts und warfen sich auf ihn.

Mit der Botanisiertrommel schlug er um sich, nutzte sie mal als Prügel, mal als Schild. Er war größer und stärker, aber sie waren zu viele. Zu entschlossen.

Zu viele Stöcke, die auf ihn eindroschen; zu viele Füße, die nach ihm traten.

»Hilfe!«, hörte er hinter sich. »Wang holt Hilfe! Fu-Chung, haltet durch!«

Dann gab es nur noch dumpfe Schläge. Heiser gebellte Beschimpfungen und Forderungen. Sein eigenes zorniges, hilfloses Gebrüll, das ihm jedoch im Hals stecken blieb, als sie ihm die Beine wegkickten und er hart aufschlug. Der Hut flog ihm vom Kopf, und die ersten Finger wühlten sich in seine Tasche, seine Kleider, gierig nach etwas von Wert.

Eine Stimme schnitt durch die Luft, scharf und glatt, und eine Klinge blitzte auf, dahinter ein grimmig verzogenes Gesicht.

Er riss die Arme hoch, um Kopf und Hals zu schützen, kniff die Augen zusammen; er wollte es nicht sehen, wenn die Klinge ihn traf.

Die Stimmen überschlugen sich, laut und giftig, durchsetzt von hässlichem Gelächter. Geräusche von Hieben, von Tritten. Hastig ausgestoßene Rufe, die über ihm zerfaserten, und er konnte plötzlich wieder atmen.

Langsam hob er den Kopf und blinzelte.

Bergab rannten sie davon, als wäre ein Teufel hinter ihnen her; einer humpelte, stolperte mehr, als dass er lief, und hielt seinen Arm; ein zweiter ließ in der Eile seinen Stock fallen und hob ihn ungeschickt wieder auf.

Fortune rappelte sich hoch, betastete Arme und Beine und Rippen. Der Saum seiner Jacke war ausgerissen, in seiner Hose klaffte ein Loch. Überall pochte und brannte es, aber mehr als blaue Flecken und Schürfwunden hatte er wohl nicht davongetragen.

Fahrig klaubte er die Münzen aus Kupfer und Silber vom Boden, sah sich währenddessen vorsichtig um, immer noch auf der Hut.

Ein Schatten zeichnete sich gegen die Sonne ab. Kraftvoll und leichtfüßig tänzelte er über die Felsen, zur Pagode hinauf, den Umriss eines Schwerts auf dem Rücken wie der schmale Flügel eines zerrauften Engels.

Scham durchglühte ihn, mischte sich mit Erleichterung. Mit Dankbarkeit.

mh goi. Danke.

Beim nächsten Sprung peitschte der geflochtene Zopf durch die Luft, und das Sonnenlicht flackerte für einen kurzen, flüchtigen Augenblick über die Züge des Schwertkämpfers. Weich sahen sie aus, fast feminin.

Wie das Gesicht eines Mädchens.

Tagsüber vergisst Jane oft, dass er nicht hier ist.

An diesen Tagen, die kürzer und kürzer werden.

Noch sind diese Tage kupferfarben und golden. Aber unter dem Nebel, der sich immer häufiger niederlässt, breitet sich schon stumpfes Braun aus.

Mehr und mehr muss sie sich beeilen, kein kostbares Tageslicht zu verschwenden. Wenn sie im Gärtchen werkelt, das zum gemieteten Haus gehört, Obst und Gemüse einkocht. Im Haus putzt und wischt und die Wäsche macht. Kleidchen und kleine Mäntel für den kommenden Winter näht.

Es sind die Abende, an denen er fehlt.

In der Küche, wenn sie nur für sich und Helen Essen macht und nicht für drei. Sobald Helen endlich neben ihrem Brüderchen eingeschlafen ist, das morgens und abends noch die Brust bekommt, und Jane dann am Kamin sitzt.

Während ihre Finger im Schein des Feuers und einer Lampe damit beschäftigt sind, ein neues Jäckchen für John zu stricken, ist sie sich des leeren zweiten Sessels bewusst.

Kein Robert, der die Beine von sich streckt und über einer Tasse Tee gedankenverloren in die Flammen schaut. In einem Buch liest. Ihr leise von Blumen mit fremdartigen Namen erzählt. Blumen, die sie sich nur vage vorstellen kann, wenn er sie beschreibt. In sorgsam abgewogenen Worten, immer noch mit dem dunklen, vollmundigen Akzent der schottischen Heimat. War der Arbeitstag besonders hart, nickt er irgendwann ein.

Eine stille, starke Präsenz ging immer von ihm aus. Ein Kraftfeld, fast zu groß für das kleine Cottage, das in Schieflage zu geraten scheint, seit er fort ist, die Proportionen der Räume, der Möbel wie verschoben.

Manchmal holt sie die Kinder zu sich ins Bett, wenn sie sich schlafen legt.

In dieser Zeit bei ihren Eltern unterkommen, wie es üblich gewesen wäre und vielleicht auch einfacher – das wollte sie nicht. Sie wollte nicht zurück in die ärmliche Enge mit den verrußten Wänden und dem Kohlgeruch.

Sie ist froh, es dort heraus geschafft zu haben. Von der Tochter eines Knechts zum Dienstmädchen in Edinburgh, und schließlich hierher, in dieses hübsche Häuschen in Chiswick.

Mehr, als ihre beiden Schwestern erreicht haben. Mehr als die anderen Mädchen im Dorf.

Jane kettelt die letzte Reihe des Halsbündchens ab und wandert mit den Gedanken in die Ferne.

China.

Genauso gut hätten sie ihn zum Mond schicken können.

Und alles nur wegen ein paar Pflanzen. Die keinen weiteren Zweck erfüllen, als hübsch auszusehen. Die sicher schwierig zu halten sind.

Männer sind es, die neue Pflanzen entdecken und züchten, kategorisieren und benennen. Ein Männerberuf ist es, Gärten anzulegen, die die noble Eleganz von Herrenhäusern noch unterstreichen. Die das Auge erfreuen und die Seele beflügeln.

Unpraktische und nutzlose Allüren, typisch für Männer und feine Ladys, die sonst nichts zu tun haben. Die sich keine Gedanken machen müssen, wovon ihre Kinder satt werden.

Mit einem energischen Schnippen schneidet sie den Faden ab.

Trotzdem ist Jane stolz, einen Mann mit diesem Beruf geheiratet zu haben. Einen Künstler, der leeren Raum gestaltet, indem er aus vergänglichen Materialien lebendige Werke erschafft. Der Bücher liest und Latein und Griechisch beherrscht. Ihr gemeinsames Brot mit ehrlicher Arbeit verdient. In einem Beruf, der mehr Ansehen genießt als der eines Knechts, eines Heckengärtners. In dem mehr Geld zu machen ist.

Genauso stolz ist sie auf ihr eigenes Gärtchen. In dem sie im Frühsommer ihre eigenen Erdbeeren ernten kann und später im Jahr Brombeeren und grüne Bohnen und in der Zeit dazwischen Radieschen. Ein Frauengarten mit Veilchen und Ringelblumen, Löwenmäulchen und Flieder, Salbei, Kamille und Petersilie. Robuste Pflanzen, die wenig Arbeit machen und nützlich sind.

Männer erkunden und gestalten die Welt. Frauen nähren und kleiden.

Das ist die gottgewollte Ordnung.

Sie streicht das fertige Rückenteil glatt; dämpfen und zum Jäckchen zusammennähen wird sie die gestrickten Teile morgen, im Tageslicht.

Jane träumt von einem größeren Garten. Mit einem Apfel- und einem Birnbaum, vielleicht sogar einem Kirschbaum. Von eigenen Karotten und Gurken, ein paar Hühnern. Und von einem größeren Haus.

Unter der wärmenden Aussicht darauf ist schließlich ihr Widerstand gegen diese Reise geschmolzen.

Es ist ja nur für ein Jahr, sagt sie sich immer wieder.

Sie greift zu einem frischen Wollknäuel und schlägt mit dem Nadelspiel Maschen für eine Socke an.

Robert wird neue brauchen, wenn er erst wieder hier ist.

4

Sonntag, 8. Oktober 1843

Morgens dunstig bis neblig, gegen Mittag aufklarend. Maximum: 73 Grad Fahrenheit. Minimum: 66 Grad.

Ankunft in Chusan, nach 10 Tagen auf dem Schiff – und hoch erfreut über die Veränderung der Landschaft. Der erste Blick auf die Vegetation hat mich überzeugt: Hier befindet sich mein zukünftiges Betätigungsfeld! Keine kahlen, öden Hügel wie in Hongkong oder Chimoo, sondern entweder kultiviert oder von kräftigem Gras, Bäumen und Sträuchern bewachsen.

Würde unsere Insel von Hongkong die naturgegebenen Vorzüge und Schönheiten Chusans besitzen – welch prächtigen Ort könnten unsere geschäftstüchtigen englischen Händler in nur wenigen Jahren daraus machen!

Ich hege keine Zweifel, dass meine Mission sich hier in Chusan zum Erfolg führen lässt.

AUS DEN NOTIZEN VON ROBERT FORTUNE

Chusan war nicht der Garten Eden. Aber fast.

Schön. Robert Fortune fiel kein besseres, kein originelleres Wort dafür ein; wieder und wieder kam es ihm in den Sinn.

Schön war der Ausblick auf die vielen Inseln des Archipels im leuchtend blauen Meer. Auf die rauchblauen Silhouetten der Bergketten in der Ferne. Die fruchtbaren Täler, die sich zum Ozean hinab entrollten und in denen klare Bäche sprudelten, waren schön. Das Gras, das die Hügel bekleidete, die Bäume und das Unterholz. Die Reisfelder.

Zwanzig Meilen lang und etwas über zehn Meilen breit, war Chusan ein Schatzkästchen der Natur. In dem wilde Rosen wuchsen und Geißblatt, Palmen, Zypressen und Wacholder. Myrten- und Heidekrautgewächse, der Kampferlorbeer und *Thea viridis*, der Strauch des grünen Tees.

Wenn er durch die Täler Chusans wanderte, über Hügel und Bergpässe und durch Schluchten, die ihn an die schottischen Highlands erinnerten, kam Fortune sich vor wie im Paradies.

Wenn auch kein gänzlich unberührtes: Englische Soldaten hatten während des Krieges hier ihre Fußabdrücke hinterlassen. Englische Einsprengsel würzten das Stimmengewirr genauso selbstverständlich wie die im Lauf der Zeit angespülten Körnchen von Portugiesisch, Malaiisch, Bengalisch und Hindustani. Die Geschäfte im Hafenstädtchen Tinghae wurden nicht in Käsch oder Tael gemacht: In der internationalen Währung des Dollars wurden die Preise kreuz und quer durch die Gassen gebrüllt, um ein Schaf (drei Dollar) oder einen Ochsen (acht bis zehn Dollar) an den Mann zu bringen. Sogar das Brot in den Läden war nach englischem Rezept gebacken.

Englisch war das Gütesiegel in Tinghae und versprach hohes Ansehen und wirtschaftlichen Erfolg.

Wer auf sich hielt und ehrgeizig war, gab sich englisch – und pinselte sich ein fantasievolles Schild dazu.

Dominie Dobbs – Königlicher Gemischtwarenhändler.

Squire Sam – Porzellanhändler und Hoflieferant der Queen.

BUKCMASTER – Schneider Ihrer Allergnädigsten Durchlauchtesten Majestät Queen Victoria und Seiner Königlichen Hoheit Prinz Albert. Uniformenallerartundform.

Zehn Tagesreisen mit dem Schiff von Chimoo entfernt, erlebte Fortunc cin vollkommen anderes China.

»Wang wartet hier?«

Der Chinese deutete auf die Stelle, an der sich der Weg gabelte.

Unsicherheit schwang in seiner Stimme mit. Immer noch.

Obwohl ihre Tage hier in Chusan inzwischen einer eingespielten Routine folgten.

»Ja, warte hier.«

Als hätte er eine Last von seinen Schultern geworfen, ließ sich der Chinese mit einem Stoßseufzer in die Hocke fallen; selbst kürzere Fußmärsche schienen ihm enorme Kraft abzuverlangen.

Ein zähes diplomatisches Ringen war es gewesen, nach dem Vorfall unter der Pagode von Chimoo. Um Wangs Feigheit. Fortunes Starrsinn. Darum, dass sie beide in diesem Überfall das Gesicht verloren hätten. Ein Konzept, das Fortune an die Regeln von Anstand und gesellschaftlicher Anerkennung zu Hause in England erinnerte. Nur schien ihm dieses hier in China ungleich komplizierter und lebensnotwendiger, mit Feinheiten, die er nicht kannte und auch nicht nachvollziehen konnte.

Ein Streitgespräch nach dem anderen hatte Wang angezettelt. An den letzten Tagen in und um Amoy. Während der Schiffspassage nach Norden, durch die strudelnden Schwarzen Wasser der Meerenge von Formosa.

Bis sie diesen Kompromiss aushandelten und jeden Morgen gemeinsam in Tinghae aufbrachen, Fortune jedoch allein weiterzog, sobald sie die Hafenstadt hinter sich gelassen hatten.

»Fu-Chung aufpassen, ja?«, gab Wang sich gönnerhaft.

Fortune klopfte gegen die Ausbuchtung an seiner Hüfte.

Die Pistole war nicht geladen; er traute diesen Feuerwaffen nicht. Schon gar nicht, wenn er sie am Körper trug, während er zwischen Felsen herumkletterte, sich nach Gräsern bückte oder auf dem Boden kauerte, um in der Erde zu wühlen.

Trotzdem würde sie vielleicht zur Abschreckung taugen, beim nächsten Mal; vor allem diente sie jedoch dazu, Wang zu beruhigen. Dessen Gesicht zu wahren.

Fortune zögerte noch, sich auf den Weg zu machen.

Dies war einer der seltenen Momente, in denen Wang nicht in der Herberge von Tinghae nahtlos von herzhaftem Gähnen zu Schnarchen überging – aber auch keinen seiner endlosen Monologe über Gesehenes, Gehörtes, Erlebtes anstimmte. Durchsetzt mit alten Weisheiten, die – halb auf Englisch, halb auf Chinesisch – für Fortune nie einen Sinn ergaben.

Er wusste einfach nicht, was er sagen sollte.

Es war eine Sache, die meteorologischen Gegebenheiten zu untersuchen und in seinen Notizen zu dokumentieren. Sich mit anderen Gärtnern über den späten Frühling, Dauerregen und Nachtfrost zu unterhalten. Das war ihr Metier. Ihre gemeinsame Sprache, die selbst der einsiedlerischste, wortkargste Gärtner gerne sprach.

Aber mit Wang eine Unterhaltung über das Wetter anzustrengen, nur damit irgendetwas gesagt war? Zumal der Blick, den Wang über seine Schulter warf, verriet, dass er mit seinen Gedanken in Tinghae war.

»Also dann«, murmelte Fortune halbherzig, eine plötzliche Ungeduld in den Beinen, und marschierte bergan.

Jeden Morgen, an dem er sich aufmachte, Chusan zu erkunden, überkam ihn Bedauern, dass er erst so spät im Jahreslauf hierhergefunden hatte.

Im Frühling musste es hier atemberaubend sein, das verhießen die dichten Laubwolken der Azaleen an den Berghängen. Sobald ihre Knospen in den ersten warmen Monaten des Jahres aufbrachen, würde die Insel wie mit den Farben des Regenbogens übergossen sein – wahrhaftig das blühende Land, das er sich erhofft hatte.

Ihm graute vor dem Winter, in dem wohl auch hier kaum etwas grünte oder gar blühte. Vielleicht würde er in Shanghai überwintern. Seine leeren Tage damit verbringen, alle Gärtner der Stadt abzuklappern und jedes feine Haus. In der Hoffnung, auch die Chinesen holten sich in der kalten Jahreszeit den Sommer mit Topfpflanzen in ihr Heim.

Er musste ganz einfach im Frühjahr noch einmal herkommen.

Bis dahin dehnte er seine Streifzüge über die Insel von Chusan so weit aus, wie er nur konnte, um aus der noch warmen und hellen Jahreszeit alles herauszuholen.

Auf diese Weise war er zuletzt als Junge durch die Natur gewandert; manchmal hatte er dafür sogar die Schule geschwänzt. Ein zielloses Umherstromern, allein, in einem Gefühl unendlicher Freiheit. Nicht auf der Suche nach etwas Bestimmtem. Sondern mit offenen Sinnen nach dem Ausschau haltend, was sich finden ließ. Als ob der Sinn des Lebens in dieser Art des Suchens, des Findens lag.

Seitdem er hier in Chusan unterwegs war, konnte Fortune die allgemeine Euphorie nicht mehr nachvollziehen, mit der man Hongkong eine glänzende Zukunft als Handelsplatz prophezeite; zu unsicher erschien ihm die Lage, zu mörderisch das Klima.

Aber schließlich war er nur ein Gärtner. Der sich lieber Gedanken darüber machte, wie sich jenes feindselige Eiland zu einem besseren Ort umgestalten ließe.

In Gedanken überzog er die kargen Berghänge Hongkongs mit dichtem Buschwerk. Vielleicht mit den scharlachroten Blütenbällen der *Ixora coccinea*, die steinigen Untergrund liebte, oder mit der immergrünen und weißblühenden *Polyspora axillaris*. Den noch provisorischen Straßen würde er mit den ausladenden Kronen des *Ficus nitida* Schatten verschaffen und den Häusern mit schnell wachsendem Bambus ...

Irgendwo unter ihm leuchtete etwas auf. Er blieb stehen und reckte sich, spähte zu dem kleinen Flusslauf hinunter.

Azurblau strahlten ihm tausende von Blütensternen entgegen. Ein dichter Saum entlang des Flussbetts, dessen Wasser daneben zu einem faden Grau verblasste.

Fortune kämpfte sich durch das Dickicht aus Brennnesseln, konnte nicht schnell genug die Böschung hinabschlittern. Um sich dann langsam hinzuknien. Fast andächtig und wie zum Gebet.

»Hallo, meine Schöne«, murmelte er.

Eine Staudenclematis. Mit anmutig gewellten Blütenblättern in diesem vibrierenden Blau, das filigrane Staubgefäß weiß und gelb und purpur.

Er zog Maßband und Notizbuch hervor.

> **Clematis lanuginosa.** Max. Wuchshöhe 4 Fuß. Ranken holzig, Zweige undeutlich 6-eckig mit flachgedrücktem Flaumhaar. Blattstiele 1-3 Inch. Blätter: schmales Oval bis herzförmig und Apex zugespitzt, 2-4 Inch x 1-2 Inch, papierartig, abaxial mit dichtem grauem Flaum, adaxial spärlich behaart. Einzelblüten, 3-5 Inch Durchmesser, Pedicellus dicht behaart. Kelchblätter …

Die Atmosphäre über dem Flüsschen war umgeschlagen. Eine Spannung knisterte in der Luft und ließ ihn aufblicken.

Jemand beobachtete ihn. Jemand, der sich zwischen den Clematis am anderen Ufer zusammenkauerte.

Ein Mädchen.

Soweit er dies durch Blätter und Blüten hindurch einschätzen konnte.

Er fuhr zusammen, als das Mädchen aufsprang, durch die Clematis stolperte und davonrannte.

Es war nicht die Art, wie ihr Zopf durch die Luft fegte oder wie das Schwert auf ihrem Rücken dabei tanzte. Es war ihr Gesicht. Nicht vertraut, nicht unbekannt.

Wo doch alle chinesischen Gesichter für ihn so ähnlich aussahen, dass er wohl nicht einmal Wang erkannt hätte, würde er ihm unerwartet auf der Straße begegnen.

Er erinnerte sich an dieses Gesicht, aus dem Tumult unter der Pagode von Chimoo. Das Gesicht über der gezückten Klinge. Auf den Felsen, im Schlaglicht der Sonne, eine seltsame Mischung aus Aufruhr und innerem Frieden auf den Zügen.

Mit einer Falte über der Nasenwurzel starrte Robert Fortune verwirrt auf die Stelle zwischen den Clematisblüten.

Noch lange, nachdem das Mädchen verschwunden war.

Er konnte sich nicht mehr daran erinnern, welche Bedeutung man der Clematis zu Hause in England zuschrieb.

Beim besten Willen wollte es ihm nicht einfallen.

5

Schon von Weitem hatte ich ihn gesehen, hoch aufragend wie ein Turm in der leeren Landschaft. Seine Schritte waren unüberhörbar, wie das Stampfen eines Ochsen.

Ich hatte gehofft, er würde vorbeigehen. Geduckt hatte ich mich und den Atem angehalten, als könnte ich zwischen den blauen Blumen verschwinden.

Bis er am Fluss seinen Durst gestillt oder seine Notdurft verrichtet hätte und dann seinen Weg fortsetzte.

Mich in ein Kampfgetümmel zu stürzen, mich mit Kerlen anzulegen, die größer und breiter waren und in Überzahl – davor fürchtete ich mich nicht. Ich fand es auch nicht besonders mutig: Dafür war ich ausgebildet worden, hatte mich jahrelang darin geübt.

Begegnete ich anderen Menschen auf meinem Weg, überfiel mich Scheu, umso mehr, je verlassener die Gegend war. Die Scheu eines Menschen, der das Alleinsein liebt. Dessen Zuhause die Einsamkeit ist.

Er war nicht der erste fremde Teufel, den ich gesehen hatte. Die Küste war voll von ihnen.

In Xiamen, das die Leute dort auch Amoy nannten. In Shanghai. In Ningbo und Fuzhou und Guangzhou, von dem fast jeder nur als Canton sprach. Hongkong hatten sie gleich an sich gerissen. Wie die dunkelhaarigen, braunhäutigen Männer aus *pu tao ya*, dem tiefsten Südosten der westlichen Welt, es zuvor schon mit Macao getan hatten.

Nur in Dinghai waren die Fremden weniger geworden, seit die Soldaten fort waren.

Überall machten sie sich breit und griffen nach allen Schätzen, derer sie habhaft werden konnten. Und meine Landsleute drängten sich dazwischen, um ihr eigenes Stück vom Kuchen des schnellen Geldes abzubeißen.

Vielleicht war es eine gute Sache, dass unsere Welt dabei war, sich zu verändern. Unser altes, stolzes, himmlisches Reich zu spüren bekam, dass es nicht unbesiegbar war. Nicht dem Rest der Welt überlegen. Vor allem nicht den verachteten, verspotteten Barbaren aus dem Westen.

Obwohl die Wellen, die diese Fremden an der Küste schlugen, wohl nie den Rest des Landes erreichen würden. Dafür war es zu groß. So groß, dass man Jahre darin umherwandern konnte, ohne jemals alles davon zu sehen, wie es früher bei uns im Dorf hieß. Und vermutlich würden diejenigen die wenigsten Veränderungen erleben, die sie am nötigsten brauchten.

Die Armen. Die Kinder. Wir Frauen.

Die fremden Teufel waren allesamt Männer, deren Stimmen durch die Gassen und über die Häfen donnerten. Große, ungeschlachte Männer. Die stanken, ranzig wie altes Schweinefett und nach Schnaps. Mit hässlichen, unförmigen Gesichtern und unheimlichen Augen, hart und kalt wie Glas.

In den Hafenstädten gewöhnte ich mir schnell an, breitbeinig zu schlendern wie ein Mann und den Kopf gesenkt zu halten. Für die fremden Teufel war ich leichte Beute.

Ja, selbst ich. Das Mädchen mit dem Schwert.

Weil ich ihre Regeln nicht kannte. Ihre Gesetze.

Sicher würde mich nichts Gutes erwarten, schlitzte ich einem von ihnen die Kehle auf, um mich selbst zu verteidigen. Schließlich war ich in ihren Augen nur ein Chinesenmädchen. Meine Landsleute wussten immer sofort, was ich war. Wo ich hingehörte.

In die Schatten. Die dunklen Winkel.

Dort, wo man mich brauchte, in diesen unsicheren Zeiten.

Deshalb verstanden sie es nicht, die Männer von Shenhu. Warum ich mich auf dem Pfad unter der Pagode nicht auf ihre Seite schlug. Sondern den fremden Teufel verteidigte und aus ihrem Zugriff befreite. Diesen hilflosen Riesen am Boden.

Ich hatte noch nie einen Weißen gesehen, der sich verprügeln ließ wie ein schwächlicher Junge.

Die Männer von Shenhu lachten und höhnten erst. Dann richtete sich ihr Zorn gegen mich. Als ob sie mir gewachsen gewesen wären. Diese Bauerntölpel, die nichts anderes konnten als schwerfällig mit ihren Stöcken auszuholen.

Ich hatte es getan, weil es das Richtige gewesen war. Nicht einmal so sehr, weil ich so erzogen worden war. Sondern weil ich daran glaubte.

Wenn ich ehrlich sein soll … Vielleicht hatte ich es auch getan, um ihnen eine Lektion zu erteilen. Diesen Raubeinen ohne einen Funken Verstand, die ihren Nachbarn jedes Körnchen Reis mehr neideten und grob mit ihren Frauen und Kindern umgingen. Denen ich ein Dorn im Auge war, weil ich mich nicht auf dem Platz vor dem Feuer zusammenkauerte, der für mein Geschlecht vorgesehen war. Und deren Glitzern im Blick mir verriet, was sie am liebsten mit einer wie mir angestellt hätten.

Hätten sie nicht so viel Angst vor mir gehabt.

Die Aura meines Schwertes machte mich unantastbar. Selbst in Shenhu.

Trotzdem, es war höchste Zeit gewesen, Shenhu den Rücken zu kehren, gleich am nächsten Tag.

Zeit, weiterzuziehen, auf einem Kahn voller Pflaumen und Orangen.

Frauen an Bord bringen Unheil, das glaubt jeder Seemann aus dem Norden zu wissen. Mein Schwert jedoch machte aus mir einen Glücksbringer, den man stets bereitwillig mitfahren ließ.

Dieses Mal nach Zhoushan, wo die Menschen freundlich waren und freigiebig.

In Zhoushan musste ich nie Mangel leiden. Überall bekam ich eine Schüssel Gemüse und reichlich Reis dazu und ein Lager für die Nacht. Oft baten mich die Bauern, mit ihnen zusammen zu essen und von meinen Wanderungen zu erzählen, von meinen Abenteuern. Und nicht selten steckte mir eine Bauersfrau heimlich ein paar Kupfermünzen zu oder ein abgelegtes Hemd, damit mein Besuch Glück brachte und Segen.

Manchmal mit Mitleid in den Augen. Manchmal mit der Sehnsucht, an meiner Stelle zu sein.

Wenn es mir zu viel wurde, zog ich mich in die Berge zurück. Wo ich genug Beeren und Früchte fand, die mich nährten, sogar noch im Herbst. In dieser Stille, dieser Einsamkeit, die mich die Freiheit atmen ließ, für die ich mein altes Leben aufgegeben hatte.

Kaum jemand verirrte sich hierher. Höchstens im Frühsommer, wenn die Wälder voll waren von den süßen, purpurroten Beeren der *yangmei*.

Schon gar kein fremder Teufel.

Noch viel weniger derselbe fremde Teufel, den ich unter der Pagode von Shenhu aus den Klauen der räuberischen Gesellen befreit hatte.

Natürlich war er mir nicht gefolgt, wie auch, das war unmöglich.

Nie kreuzte sich mein Weg ein zweites Mal mit jemandem, dem ich geholfen hatte. Weil die Menschen sich zwar an die gute Tat erinnerten, nicht aber an die Hand, die dabei das Schwert geführt hatte. Während ich allein auf die Situation konzentriert war. Auf Arme und Beine des Gegners; auf Blicke, Geräusche, Atemzüge. Auf das Zucken eines Muskels, einen Lidschlag.

Und nie blieb ich lange genug für Dank oder einen Lohn.

Wir waren wie Schatten. Manche sagten auch: wie Dämonen.

Das war das Los von uns *jianghu*.

Ich glaubte nicht an Schicksal. Aber was sonst konnte es sein, ihm noch einmal zu begegnen, zehn Tagesreisen zu Wasser von Shenhu entfernt?

Diese zufällige Fügung gefiel mir nicht.

Als sich der Blick dieses fremden Teufels auf mich richtete, lief ich fort.

6

Sie war wieder da.

Am nächsten Tag, ein Stück weiter den Fluss hinauf.

Fortune fragte sich, ob sie wohl irgendeinen Dank oder Lohn von ihm erwartete, dafür, dass sie ihm in Chimoo aus seiner Notlage herausgeholfen hatte.

Doch sie machte keine Anstalten, sich ihm zu nähern. Eine Forderung zu stellen oder auch nur eine Bitte.

Er wusste nicht, wie er von sich aus seinen Dank anbieten konnte. Die Stolpersteine der fremden Sprache hemmten ihn; es entsprach ihm auch nicht, zusammenhanglose Wortbrocken über die Wiese zu brüllen. Er suchte ihren Blick, um eine Verbindung herzustellen. Nickte ihr kurz zu. Blickte fragend drein.

Sie saß einfach nur da und beobachtete ihn.

Reglos.

Auch am Tag darauf ließ sie ihn nicht aus den Augen, während er sich mit *Clerodendrum indicum* beschäftigte.

Der kalte Schweiß brach ihm aus bei dem Gedanken, sie könnte ihn aus den Händen der geldgierigen Raufbolde befreit haben, um danach selbst zuzuschlagen und die Beute für sich allein zu beanspruchen.

Er erinnerte sich gut daran, wie schnell sie gewesen und wie geschickt sie mit der Klinge des Schwerts umgegangen war. So schnell, dass er vermutlich keine Chance hätte, auch nur nach seiner Pistole zu tasten, geladen oder nicht.

Er hätte Wang bitten sollen, mitzukommen. Und sei es nur als Dolmetscher, der herausfand, was das Mädchen von ihm wollte.

Dieses Mädchen, dessen Haltung Wachsamkeit ausstrahlte. Fast misstrauisch wirkte sie; womöglich hatte er sie in ihrem Schlupfwinkel aufgestört, und sie traute ihm genauso wenig wie er ihr.

Er schalt sich einen Narren, der Gespenster sah, und bückte sich tiefer über das Purpur der fleischigen Seesternblüten.

Keinen Schritt näherte sich ihm das Mädchen.

Nie richtete sie das Wort an ihn oder langte nach dem Griff ihres Schwerts.

Sie schien sich damit zu begnügen, ihm zuzusehen.

An jedem einzelnen Tag, den er sich methodisch durch die Landschaften der Insel vorarbeitete. In seinem eigenen gemächlichen Rhythmus die Pflanzen betrachtete, untersuchte und vermaß. Besonders schöne Exemplare erntete er, um sie zu konservieren. Andere grub er behutsam aus, die in Glaskästen wieder wurzeln und die Schiffsreise in ihre neue Heimat antreten sollten.

Es war ihm unangenehm, einen Zuschauer zu haben. Als wäre er wieder ein Lehrling, dem der Meister peinlich genau auf die Finger schaute.

Er gewöhnte sich daran.

Eine stille Präsenz am Rande seines Gesichtsfelds war das Mädchen, unaufdringlich wie ein Grashalm.

Fortune war Gärtner, er hatte Geduld.

7

Diese zufällige Fügung ließ mir keine Ruhe.

Deshalb fand ich mich immer wieder hier ein, Tag um Tag. Meile um Meile, die dieser fremde Teufel nach und nach weiter über die Insel zog.

Ich beobachtete ihn, wie er mit ruckendem Kopf suchend über die Wiesen stolzierte. Wie ein Kranich, nur dass ihm die Eleganz dieses Vogels fehlte, dafür war er zu kräftig. Von einer Kraft, die allein in seinen langen Armen und Beinen saß und nicht aus seiner Mitte kam. Wenn er sich zusammenfaltete, um im Gras in die Hocke zu gehen, erinnerte er mich an eine Heuschrecke.

Anfangs dachte ich, er müsste wohl ein Magier sein, auf der Suche nach zauberkräftigen Kräutern. Obwohl er nicht alt war und keinen weißen Bart hatte.

Doch was wusste ich denn schon von den Magiern des Westens?

Trotzdem glaubte ich auch nicht, dass er ein Arzt war. Er kostete nie von den Wurzeln, den Blättern, schnupperte nur hin und wieder an den Blüten.

Ich war fasziniert von dem Staunen, mit dem er diesem kleinen Kosmos begegnete. Während ich nie den weiblichen Sinn für Blumen gehabt hatte. Pflanzen nur danach beurteilte, was davon mich nährte und was mich vergiften würde. Was Husten linderte und was eine Wunde schneller heilen ließ.

Erst nach einigen Tagen verstand ich, dass er die Pflanzen um ihres Wesens willen studierte. Wegen ihrer Schönheit. Obwohl er ein Mann war, und ein noch junger dazu.

Die Art, wie er die Blätter berührte, die Blüten betrachtete, erinnerte mich so sehr an den alten Anshin, dass es mich bis ins Mark traf. Ich konnte nicht mehr atmen vor Heimweh.

Trotzdem kam ich am nächsten Tag wieder.

Und an allen anderen Tagen darauf.

Um mehr von dieser schmerzlichen, dieser schönen Erinnerung zu kosten, die mir der fremde Teufel zurückbrachte, ohne dass er davon wissen konnte.

Die Erinnerung an das zweite Zuhause, das ich gehabt hatte. Das zweite, das ich verloren hatte.

Durch meinen Eigensinn. Mein Aufbegehren. Meine Gier nach Freiheit.

Jeden Tag kam ich, um noch ein wenig in diesem Gefühl von Zuhause zu verweilen.

Mag sein, dass ich deshalb nach und nach den sicheren Abstand zu ihm verringerte.

8

Ihre Augen folgten ihm bei jeder seiner Bewegungen.

Wachsam, immer noch. Aber mit schwindendem Argwohn, dafür wachsender Neugierde.

Eine Neugierde, die Fortune teilte.

Er fragte sich, wie sie wohl hieß. Wer sie war, wo sie schlief, wovon sie lebte. In diesem Land, in dem er höchstens einmal eine Bauersfrau in ihrem Gärtchen zu Gesicht bekam. Eine Greisin, die halb blind einen Marktstand bewachte. Sehr kleine Mädchen, ein noch kleineres Geschwisterkind auf den Rücken gebunden oder einen Korb mit Obst auf dem Kopf balancierend, der viel zu schwer aussah.

Kein Mädchen irgendwo zwischen Kind und Frau, das in weiten Hosen und wattierter Jacke allein durch die Wildnis streifte. Das ein Schwert mit sich führte und ungerufen einem *fan-kwai* in Bedrängnis zu Hilfe kam.

Seine Gewohnheit, leise mit den Pflanzen zu sprechen und vor sich hinzumurmeln, wenn er Notizen machte, nahm er wieder auf; das Mädchen verstand ihn sowieso nicht.

Vielleicht war es das Schweigen des Mädchens, das seine Zunge löste. Oder wie sie, kaum merklich, näher an ihn heranrückte, jeden Tag ein bisschen mehr. Ihm damit zu verstehen gab, dass sie langsam Vertrauen fasste, jeden Tag ein bisschen mehr.

Sogar Dinge, die ihm dabei durch den Kopf gingen, sprach er aus. Eine Eigenart, die er während seiner Lehrzeit aufgegeben hatte, um nicht als wunderlich zu gelten.

»Wie Sommersprossen, diese purpurnen Sprenkel auf der Innenseite des Blütenkelchs. Feiner, als eine Menschenhand sie je mit dem

Pinsel auftragen könnte. Eine *Campanula punctata*. Erstaunlich, dass sie hier noch blüht, so spät im Jahr. Und dann auch noch in reinstem Weiß. Bei uns sind sie rötlich eingefärbt, und im August ist es schon vorbei damit. Ob es sie hierzulande auch in anderen Farben gibt? Ich mag Glockenblumen sehr. Eine zurückhaltende, bescheidene Schönheit, die in der Masse durch ihre Farbe wirkt. Aber erst wenn man sie einzeln genauer betrachtet, entfaltet sich das ganze Wunder.«

Zu Hause in England hätte er sich nie auf diese Weise geäußert.

Die Botanik war die unmännlichste aller Wissenschaften, anders als die Zoologie, die Paläontologie oder die Geologie. Lehrreich, gewiss, vor allem aber erbaulich und feinsinnig.

Harmlos. Feminin.

Weil Pflanzen von zerbrechlicher Lebendigkeit waren, hatte Fortune oft gedacht. Nichts, was man erst aus Stein herausmeißeln musste wie Trilobiten und Ammoniten. Nichts, was gejagt und geschossen und ausgestopft werden konnte.

Es waren kleine Mädchen und Ladys jeden Alters, die Blumen pflückten und pressten und in Herbarien klebten. Poeten priesen den Zauber, der von einer Blume ausging, und feinsinnige Gentlemen verehrten ihren Angebeteten Sträuße, in denen nach den Vokabeln der Floriografie jeder Blüte, jeder Farbe eine eigene Bedeutung zukam.

Erst die harte körperliche Arbeit in den Gärten verlieh der Pflanzenkunde einen Zug von Männlichkeit. Das maskuline wissenschaftliche Ritual des Sezierens, Kategorisierens und Experimentierens. Die Seltenheit einer Pflanze bestimmte in Männeraugen ihren Wert. Die Anstrengungen, die es kostete, sie zu beschaffen, zu halten und zu vermehren, ließen sich in der männlich dominierten Welt des Geldes berechnen.

In der Gegenwart des Mädchens konnte er das aussprechen, was ihm in den Sinn kam. Unter ihren Augen, die nicht urteilten, einfach nur beobachteten.

»Diese Stelle hier. Wo der Stängel aus der Wurzel hervorgeht. Hier soll die Seele einer Pflanze sitzen. Theophrastos von Eresos hat das geschrieben, im dritten Jahrhundert vor Christus. Undenkbar damals, dass eine Pflanze keine Seele haben könnte. Ich frage mich, wie dieser Gedanke im Lauf der Zeit verloren gehen konnte. Wann genau. Und warum. Ein kluger Mann, dieser Theophrastos. Der Vater der Botanik. Der Name der Päonie geht auf ihn zurück. Ebenso unsere Namen für Narzisse, Iris, Anemone, Krokus und Spargel. Ich habe mir früher oft gewünscht, durch die Zeit reisen zu können und ihm zu begegnen. Nur einen Tag lang unter ihm zu studieren.«

Wie ein Arkadien hatte er sich den Garten von Theophrastos vorgestellt. Ein Garten Eden. Mit Pflanzen aus aller Welt, dazu geschaffen, um sich in das Wunder der Natur zu vertiefen. Ihr Wesen zu studieren und Wissen zu erlangen.

Fast wie hier in Chusan.

Ab und zu dachte er noch daran, Wang hierher mitzunehmen. Für alle Fälle.

Wang jedoch schien zufrieden damit, unten an der Weggabelung auf ihn zu warten. Vermutlich war er inzwischen sogar dazu übergegangen, sich nach Tinghae zurückzuschleichen, um den Tag zwischen den Marktständen zu verbringen, die Obst und Gemüse aus dem Landesinnern anboten und eine Fülle an Fischen und Schalentieren obendrein. Irgendwo im Getümmel um die unzähligen Buden und Lädchen, die Göttergestalten aus Bambus und Stein verkauften, Räuchergefäße und fantastisch anmutende Tierfiguren. In einem Teehaus. Einer Garküche. Oder wo die Chinesen sonst die Stunden eines Tages totzuschlagen pflegten; er wusste ja, dass Fortune erst am Abend aus den Bergen zurückkehren würde.

Ein Arrangement, das Fortune nicht unlieb war.

Ihm gefiel diese Art von Doppelleben. Vom Abend bis zum Morgen war er der fremde Sonderling, den Wang in einer Mischung aus gnädiger Herablassung und Hahnenstolz durch das Land führte. Fremd und sonderbar war er sowieso, wohin er auch in diesem Land einen Fuß setzte.

Den Tag über jedoch wanderte er frei umher. Fern der gestrengen Blicke und der beißenden Bemerkungen von Fortune senior, der seinen Kindern Fleiß und Ehrgeiz eingeprügelt hatte. Dessen Erwartungen er mit der Leitung der Treibhäuser in Chiswick zwar erfüllt hatte, der aber die Beschäftigung seines Ältesten mit Orchideen und *anderem nutzlosen Schnickschnack* befremdlich fand.

Hier in Chusan konnte er sogar die Erwartungen der Society abschütteln wie einen mit Regen vollgesogenen Wollmantel – und seine eigenen Ansprüche gleich mit. Zwischen den Gräsern und Bäumen und Blumen der Insel konnte er ganz er selbst sein.

In diesen seltsamen Begegnungen mit dem Mädchen, in denen jeder für sich blieb und die ihr offenbar genauso behagten wie ihm.

Obwohl er sich manchmal dabei ertappte, wie er sich wünschte, sie würde ihn doch verstehen.

9

Er schien sich vollkommen sicher zu sein, dass ich ihn nicht verstand, wenn er vor sich hinmurmelte. Mit seinem blassen Mund, geschwungen wie der einer Frau.

Wie hätte er auch wissen können, wie leicht es war, die Sprache der fremden Teufel von den Straßen aufzulesen, als Schattengestalt in den dunklen Winkeln. Umso mehr, als die Barbaren es dazu noch für nötig hielten, ihre Worte mit vielen Gesten und Grimassen zu unterstreichen, die es einfach machten, deren Bedeutung zu erraten.

Worte, die hart und glatt waren wie Kieselsteine. Ohne die flüchtigen Zwischentöne, die bei uns demselben Laut, demselben Schriftzeichen eine andere Bedeutung gaben.

Und schon längst war die Sprache der Barbaren in die Mundarten meiner Landsleute eingesickert. Zu neuen Ausdrücken hatten sie sich vermischt. Zu einem neuen Dialekt, dessen Name eine verwaschene Aussprache seines Ursprungs war: Pidgin. Business.

Meine Mutter hatte oft gesagt, ich sei neugieriger, als es für ein Mädchen gut wäre.

Aber wie sollte man denn lernen ohne Neugierde? Und wie konnte Wissen überhaupt etwas Schlechtes sein? Man weiß doch nie, wofür man etwas, das man gelernt hat, einmal brauchen kann.

Das Leben ist so oder so hart und ungerecht, davor schützt auch Dummheit nicht. Und Schläge tun immer gleich weh, ob sie nun auf einen klugen oder einen dummen Kopf treffen.

Erst viel später verstand ich, was meine Mutter gemeint haben musste.

Wer neugierig ist, hebt irgendwann den Blick vom Herdfeuer. Vom

Rand seines Reisfelds. Und entdeckt, dass es dahinter mehr geben muss. Wer neugierig ist, fängt irgendwann an, Fragen zu stellen. Zweifel zu haben. Vielleicht sogar gegen das Joch aufzubegehren, das man ihm aufgedrückt hat. Und stört damit die Ordnung, die die Götter und der Kaiser verlangten, die Ahnen und Vater und Mutter.

Eine Schande in der Welt, aus der ich kam. Und der erste Schritt zur Freiheit.

Weil ich neugierig gewesen war, hatte ich mein Leben in die eigenen Hände genommen, waren sie damals auch noch so klein.

Und nie hatte ich aufgehört, Fragen zu stellen. Etwas in Zweifel zu ziehen. Neues zu lernen, wann immer ich etwas davon auf meinen Wegen entdeckte.

Also hielt ich die Ohren gespitzt, auf meinem Platz zwischen den Gräsern. Versuchte, mehr von der Sprache der Barbaren zu lernen als das, was ich in den Hafenstädten aufgeschnappt hatte.

Es machte mir nichts aus, dass ich anfangs von den Selbstgesprächen des fremden Teufels nur einzelne Worte verstand, mir später Bruchstücke zusammenreimen konnte, doch vieles ein Rätsel blieb.

Ich mochte seine Stimme, die tief war und nie laut. Gleichmäßig und ruhig strömte sie vor sich hin wie die Fluten des Yangzi Jiang.

Dabei war dieser Barbar alles andere als schön anzusehen.

Unter dem Hut klebten ihm Haarsträhnen wie Braunalgen im Gesicht, das hastig und lieblos aus hellem Lehm zusammengeknetet schien. Sein Schöpfer hatte sich nicht einmal die Zeit genommen, der Nase eine richtige Form zu geben; klobig ragte sie aus diesem Gesicht hervor wie der Rüssel eines *mo*.

Vielleicht bewirkte der Gedanke an dieses Fabeltier, das nachts kommt und die bösen Träume frisst, dass seine Augen ihren Schrecken verloren.

Sie waren nicht wie Glas. Sie waren wie Wasser.

Meistens von frischem Blau. Manchmal grau wie unter einem Regenhimmel, dann wieder grün wie ein Fluss an einem heißen Sommertag.

Ich hatte nicht gewusst, dass es auf dieser Welt Menschen mit solchen Augen gab.

Schmal und schräggestellt waren sie, fast wie bei uns. Und doch anders.

Fuchsaugen.

Ich mochte es, dass er nie etwas fragte, nie etwas forderte. Sich selbst genug zu sein schien, genau wie ich.

Mich auf eine freundliche Weise einfach sein ließ.

10

Manchmal richtete er sogar das Wort an sie.

»Hast du schon einmal so etwas Schönes gesehen? Dieses leuchtende Weiß der Blüten gegen das Bronzepurpur der Blätter. *Abelia rupestris.* Ein Geißblattgewächs, und genauso herrlich duftend. Tausendblütenstrauch nennen wir sie auch.«

Behutsam strich er über die schlanken Glöckchen.

»Ich wüsste zu gern, wie ihr hier dazu sagt.«

Eingehüllt in den süßen Duft, zählte er die Staubblätter.

Vier. Blassrosa waren sie.

»*nuomitiao.*«

Laute wie das Maunzen einer Katze; atemlos und flüchtig zitterten sie durch die Luft.

Er hob den Kopf.

Das Mädchen war aufgesprungen. Ihr Gesicht glühte. Ein in seiner Jugendlichkeit verletzliches Gesicht, aber kein feingezeichnetes. Ein starkes Gesicht, mit seinen kräftigen Linien und wenigen klaren Schwüngen.

»Du verstehst meine Sprache?«

Das Mädchen deutete ein Nicken an und hob eine Schulter. Wie zur Entschuldigung, dass sie ihn all die Tage in dem Glauben gelassen hatte, sie verstünde kein Wort.

Wie eine Einschränkung: *ein bisschen.*

Er kramte sein Notizbuch hervor und blätterte es auf. »Nu-o … wie?«

Fragend sah er sie an.

»*nuo. mi. tiao.*"

Heiser klang sie und bemüht geduldig.

»Nuome …«, versuchte er sich murmelnd an einer Wiederholung.

Ein Aufblitzen in den Augen – Spott? Belustigung? –, ein winziges Lächeln, dann drehte sie sich um und ging davon.

nuomechau.

Fortune starrte auf die Buchstaben, eilig nach Gehör hingekritzelt.

Er fragte sich, wie viel das Mädchen wohl tatsächlich verstanden haben mochte von all dem, was er so unbedacht von sich gegeben hatte, an jedem einzelnen Tag.

Warm kroch die Verlegenheit an seinem Hals empor, doch um seinen Mund zuckte es.

11

Ich wickelte mich tiefer in meine Jacke, während ich durch das hohe Gras auf der anderen Seite des Hügels stapfte; der Herbstwind kühlte meine heißen Wangen.

Immer wenn ich an sein Gesicht dachte, als er begriffen hatte, dass ich ihn die ganze Zeit über sehr wohl verstanden hatte, lachte ich in mich hinein.

Obwohl ich selbst wohl am meisten erschrocken war, als ich meine eigene Stimme hörte. Mit nur drei Silben die unsichtbare Mauer zum Einsturz brachte, die mir Sicherheit gab und hinter der ich mich allmählich wohlzufühlen begann.

Ist ein Wort erst einmal ausgesprochen, kann es nie wieder zurückgenommen werden – das war eine der Weisheiten, die der alte Anshin an mich weitergegeben hatte.

Oft war mir sein Garten Zuflucht gewesen, wenn ich mich in Schwierigkeiten gebracht hatte. Mich an den strengen Regeln meines neuen Zuhauses blutig stieß, meist wegen meiner vorschnellen Zunge.

Gegen den ersten Zorn half es, mit einem Stock auf das Gebüsch jenseits der Mauern einzudreschen; es tat gut, mit meinem Schwert die Wiesen unten am Hang niederzumähen. Doch selbst wenn ich mich dabei völlig verausgabt hatte, mit müden Muskeln nach Luft schnappte, tobte es manchmal immer noch in mir.

Dann ging ich zu Anshin in den Garten. Einfach nur zuzusehen, wie er mit aller Zeit der Welt seine Kräuter hegte, seine Zwiebeln und Rosen und seine Zwergenbäumchen, beruhigte und tröstete mich.

Anshin hörte mir zu.

Anshin wusste Rat. In wenigen, besonnenen Worten.

Bei Anshin lernte ich zu schweigen. Stillzuhalten.

Während meine Meister mich die Kontrolle über meinen Körper lehrten, lehrte mich der alte Gärtner die Kontrolle über meinen Geist.

Es war kein leichtes Leben, das ich führte, aber ein gutes. Ungleich besser als dasjenige, das für mich vorgesehen gewesen war. Ich liebte die Freiheit, die dieses Leben mir gab. Den Sinn, den es mir an jedem neuen Tag schenkte.

Und trotzdem fühlte es sich gut an, mich aus meinem eigenen Schatten gelöst zu haben. Die Maske der stillen Beobachterin abzuwerfen. Nicht mehr nur eine der unzähligen namenlosen *jianghu* zu sein, die allein oder zu mehreren durch das Land zogen.

Sondern ich selbst.

Ich war froh, dass ich dieses eine Wort ausgesprochen hatte und es nun nie wieder zurücknehmen konnte.

Ich hoffte auf viele weitere Worte.

12

Unter dem grauen Himmel leuchteten die Blüten in kräftigem Purpurrosa, die Staubblätter in ihrer Mitte wie tausend winzige Sonnen. Mit einer Fröhlichkeit, die beinahe vergessen ließ, dass es schon spät im Herbst war. Wie kalt der Wind doch blies.

Der stumpf gewordene Bleistift in seinen klammen Fingern glitt langsamer über das Papier.

Fortune hob den Kopf. Seine Nase lief, er schniefte.

»Diese Blume habe ich oft auf Gräbern gesehen. In Weiß. Hat das eine besondere Bedeutung?«

Das Mädchen schwieg.

Fortune hatte den Eindruck gewonnen, dass sie zwar nicht alles verstand, was er sagte, aber doch das meiste. Das Wichtigste. Er hatte es nicht eilig, ließ ihr Zeit.

»Tod«, flüsterte sie nach einer Weile. »Die Blume ist Tod. Weiß ist Tod. Trauer.«

Betreten senkte er den Blick auf *Anemone hupehensis.*

Es war ihm unangenehm, nicht von selbst darauf gekommen zu sein. Womöglich ein Tabu verletzt, an einer alten Wunde des Mädchens gerührt zu haben.

Die Stille klang jedenfalls danach.

»Bei uns gibt es die Sage von Adonis«, erzählte er leise. »Ein schöner Jüngling, den sowohl Aphrodite als auch Persephone begehrten. Ares, der Kriegsgott, war deshalb eifersüchtig und schickte einen wilden Eber, der Adonis tötete. Aus seinem Blut entsprangen rote Anemonen, aus jedem Tropfen eine.«

Unter zusammengezogenen Brauen starrte das Mädchen ihn an.

»Tochter des Windes«, fügte er lahm hinzu und kratzte sich mit dem Bleistift an der Schläfe. »Das bedeutet der Name Anemone. Ja. Tochter des Windes.«

13

Weiß.

Die Farbe des Todes. Der Trauer.

Schwermut ergoss sich über mich; eine salzige Flutwelle, die mich fortriss, in einen abgrundtiefen Ozean hinein.

Bestimmt glaubte er, ich würde an jemanden denken, der mir lieb gewesen war und den ich an den Tod verloren hatte. Doch obwohl der Groll gegen meinen Vater und meine Mutter längst erloschen war, dachte ich kaum mehr an sie, nicht an meine Brüder und Schwestern. Es war zu lange her.

In einem anderen Leben.

Die Blume des Todes war es, die er hier studierte.

Auch bei uns zu Hause wuchsen diese weißen Blumen auf den Gräbern. Ich hatte ihren genauen Namen vergessen, vielleicht wollte ich mich auch einfach nicht mehr daran erinnern.

Aber ich wusste noch sehr wohl, dass ihr Name das Bild einer Schale voller Blumen heraufbeschwor, die zerbrochen war. Wie ein zerschmetterter Menschenkörper, in dem der Geist welkte und abstarb. Während die Seele noch irgendwo umherirrte.

Als Kind hatte mich dieses Bild unendlich traurig gemacht.

Da hatte ich auch noch nicht gewusst, wie es war, solche Schmerzen zu erleiden, dass man zu sterben glaubte. Dass es Momente gab, in denen der Tod wie eine Erlösung schien.

Stunden. Ganze Tage und Nächte.

Weiß war die Farbe dieser Schmerzen gewesen. Die Farbe meiner Angst. Meiner Tränen, von denen ich damals so viel weinte, dass sie für ein Menschenleben gereicht hätten.

Seitdem hasste ich die Farbe Weiß.

Ich war ihm dankbar, dass er nicht weiter nachfragte. Mir einige Augenblicke der Stille schenkte, damit ich mich wieder sammeln konnte. Mir nur verstohlene Blicke zuwarf.

Ohne Mitleid, das immer eine Spur Herablassung in sich trug.

Sondern mit Mitgefühl. Von dem es viel zu wenig gab auf dieser Welt.

Dieser ungelenke Fremde, der mein Schweigen mit mir teilte, bevor er mir eine Legende aus seinem fremden Land erzählte, leise und behutsam.

Tochter des Windes.

Das war ich geworden – genauso wild, genauso rastlos und frei.

Er hätte mir nichts Schöneres erzählen können.

14

»Tochter. Des Windes.«

Vorsichtig schien sie den Worten auf ihrer Zunge nachzuschmecken. Ihre Stirn glättete sich.

Ermutigt schob Fortune sich den Bleistift hinter das Ohr.

»Ich heiße übrigens Robert. Robert Fortune."

Wieder zeichnete sich eine Falte über der Nasenwurzel des Mädchens ab.

»Ro. Bert." Mit der Handfläche klopfte er auf sein Brustbein. »For. Tune.«

Die Falte vertiefte sich.

»Fu-Chung?", schob er ratlos nach.

Ihre Miene entspannte sich, zeigte fast so etwas wie ein Lächeln.

Womöglich traf seine Vermutung zu, dass Wangs Verballhornung seines Namens bestenfalls Nonsens war. Sofern die Laute hierzulande nicht so etwas wie Hornochse oder Pisspott bedeuteten.

»Lian. Mein Name. Lian.«

»Li-änn? Wie ..." Fieberhaft blätterte er in den beschriebenen Seiten des Notizbuchs. »Hier! Lian. Wie die Trauerweide! Die bei euch Seufzende Weide heißt? Der Baum – so?«

Seine Finger ahmten schwer herabhängende Zweige nach, durch die ein sanfter Wind strich.

Sie schüttelte den Kopf.

»Das ist *chui liu*. Der Baum. Lian ist ... Ast von dem Baum. Ast, der ...«

Ihre Finger strichen durch die Luft und malten Lemniskaten hinein, anmutig und doch voller Kraft.

»Biegsam!«, rief Fortune aus. »Biegsame Weide!"

Sie nickte.

»Wenn Name für Mann. Für Frau meint Tochter der Sonne."

Ein stolzer Name für dieses Mädchen, das in unförmiger Jacke und ausgebeulten Hosen im Gras kauerte, eine gute Armlänge von ihm entfernt. Ihre kräftigen Hände, die die Halme durchkämmten, waren rissig, voller Schwielen und mit Trauerrändern unter den kurzen Nägeln.

Ein Bauernmädchen, das tagein, tagaus Knochenarbeit auf den Feldern leistete und Weizengarben auf dem Rücken schleppte.

Nicht ein einziges Mal hob sie die Hand, um die feinen Strähnen, die der Wind aus ihrem Zopf gelöst hatte, aus dem Gesicht zu streichen. Flächig und rund war es, fast wie ein Herbstmond über den Feldern.

Wäre da nicht das entschlossene Kinn gewesen. Ein ausgeprägter Winkel des Jochbeins, der ihrem Gesicht seine Schärfe gab. Wie zu früh von Entbehrungen gezeichnet.

Ein Waisenmädchen, das sich durchs Leben schlug, indem es auf der Straße bettelte.

Dasselbe Mädchen, das unter der Pagode von Chimoo in geschmeidigen Sprüngen und Drehungen gezielt Tritte und Hiebe austeilte. Eine furchtlose Kriegerin mit funkelnden Augen, ihr Schwert ein glänzender Bannstrahl.

Womöglich spielte ihm seine Erinnerung gerade einen Streich, und er geriet ins Fantasieren. Es änderte jedoch nichts daran, dass er in der Schuld dieses Mädchens stand. Und Robert Fortune blieb nie jemandem etwas schuldig.

»Ich bin dir zu großem Dank verpflichtet. Für deine Hilfe. In Chimoo. Danke.«

Ein Blick aus dunklen Mandelaugen richtete sich auf ihn, senkte sich dann wieder; ihre Wangenknochen färbten sich leicht, und sie schüttelte den Kopf, wie unwillig.

»Doch«, blieb er beharrlich. »Ich weiß nicht, wie ich sonst ...«

»Shenhu«, fiel sie ihm barsch ins Wort.

Verdutzt blieb Fortune einige Herzschläge lang stumm.

»Was heißt das ... Schönn... Schönn-jü?«

»Shenhu«, wiederholte sie mit Nachdruck. »Nicht Chimoo. Shenhu.«

Wieder und wieder versuchte er murmelnd die Laute nachzuahmen, während er sie in sein Notizbuch eintrug.

»Aber Chusan ist richtig, ja? Für das hier?«

Mit seiner Handbewegung schloss er den Hügel, auf dem sie kauerten, die Berghänge dahinter und die gesamte Insel ein.

»Zhoushan.«

»Chusan«, wiederholte er gehorsam.

»Zhou. Shan.«

»Tscho... Tschu... Ah.«

Er lachte auf, als er den feinen Unterschied zwischen den Lauten verstand, und auch in den Augen des Mädchens glomm es auf.

»Boot. Berg«, erklärte sie. »Zhou. Shan.«

»Boot und Berg«, murmelte Fortune und ließ seinen Blick über die Hügel und Täler schweifen.

Das Bild, wie diese gebirgige Insel als ein Boot im Meer lag, gefiel ihm.

»Ein Berg wie ein Boot ... Ja, das verstehe ich.«

Er lächelte.

Ein Lächeln, das Lian erwiderte, bevor sie sich wieder den Gräsern widmete. Sie reckte die Hand vor, um unweit von Fortunes Knie über einen Halm zu streichen und ihn dann abzurupfen. Ihr Handrücken und ihre Finger waren übersät von feinen Narben, wie von Vogelschnäbeln. Eine weitere solche helle Kerbe entdeckte er oberhalb ihres Jochbeins, am äußeren Augenwinkel.

Biegsam wie eine Weide. Stolz und stark wie die Sonne.

Dieses rätselhafte Mädchen, bei dem er nicht einschätzen konnte, ob sie so lange geschwiegen hatte, weil sie ihn an der Nase herumführen wollte oder einfach nur misstrauisch und scheu war.

Um weitere Worte verlegen, konzentrierte Fortune sich wieder auf *Anemone hupehensis.* Auf die nüchternen Fakten, die er in den verlässlichen, eindeutigen Vokabeln der Botanik notierte.

Aus den Instruktionen der Horticultural Society of London für Mr Robert Fortune

Es ist unnötig, die Pflanzen ausführlich zu schildern, nach denen Sie Erkundigungen einholen sollen. Es ist jedoch erwünscht, dass Sie Ihre Aufmerksamkeit auf Folgende lenken:

1. Pfirsiche aus Peking, kultiviert im Garten des Kaisers, die zwei Pfund auf die Waage bringen sollen.
2. Baum- und Strauchpäonien.
3. Päonien mit blauen Blüten, deren Existenz jedoch zweifelhaft ist.
4. Gefüllte gelbe Rosen, von denen angeblich zwei Arten in chinesischen Gärten vorkommen. Ausgenommen davon: die bereits bekannte *Rosa banksiae.*
5. Verschiedene Arten von Lotos (*Nelumbium*).
6. Die Fingerzitrone, auch »Buddhas Hand«, »Haong Yune« oder »Fow-Show« genannt, und andere eigentümliche Sorten der Gattung *Citrus.*
7. Kamelien mit gelben Blüten, sofern sie existieren.
8. Die echte Mandarinorange, »song-pee-leen« genannt.
9. Die Orange, die »cum-quat« genannt wird.
10. Die Azalee auf Lo-fu-shan, einem Berg in der Provinz Canton.
11. Die Lilien von Fukien, die gekocht und wie Kastanien gegessen werden.
12. Die Südseepalme (*Oxalis sensitiva*).

13. Die Pflanzen, die Tee in verschiedenen Qualitäten hervorbringen.
14. Varietäten von Sternanis (*Illicium*).
15. Die Varietäten von Bambus und deren Verwendung.

Obwohl uns Angaben zu der Methode vorliegen, mit der Chinesen Bäume von kleinem oder sehr kleinem Wuchs züchten, werden zu diesem bemerkenswerten Thema weitere Informationen gewünscht.
Denken Sie immer daran, dass winterharte Pflanzen oberste Priorität haben. Die Pflanzen sind umso weniger wert, je mehr Hitze benötigt wird, um sie zu kultivieren. Wasserpflanzen, Orchideen oder Pflanzen, die besonders auffällige Blüten hervorbringen, stellen hiervon eine Ausnahme dar.

15

Ich musste mich nicht nach ihm umdrehen, er war nicht zu überhören.

Schwer trat er auf dem Erdboden auf. Jeder seiner Schritte ließ die hohen Gräser rascheln und knistern, in dieser ruhigen, ausgreifenden Gangart, die nie aus dem Takt geriet.

Erstaunlich, wie arglos er mir durch den Wald folgte, anscheinend ohne jeden Hintergedanken.

Erstaunlich, wie wenig von meinem Misstrauen übriggeblieben war. Von meiner Vorsicht.

Sie leuchteten uns schon entgegen: diese Früchte, nach denen er mich gefragt hatte, Tropfen aus warmem Gold in den dunklen Baumkronen.

Ich hörte ihn überrascht einatmen, bevor ich etwas sagen konnte.

»Hier«, erklärte ich trotzdem. »Das sind die ...«

Aus all den Worten, die mir im Lauf der Zeit zugeflogen waren, zimmerte ich mir wieder und wieder im Geiste Sätze zusammen – und brachte dann doch nur Splitter heraus, die sich auf meiner Zunge ineinander verkeilten.

Er wanderte um die Bäume herum, betastete die Blätter und die kleinen, ovalen Früchte, betrachtete sie genau.

»Das sind sie? *cum-quat*?«

Mit seiner unbefangenen Neugier hatte er etwas von einem zu groß geratenen Jungen. Und mit seinem kindlichen, grenzenlosen Staunen.

»*gam gwat*. Ja. Gold... Goldmandarin.«

»Und man kann sie wirklich essen?«

Er grub beide Daumennägel in die *gam gwat* zwischen seinen Fingern, um die Schale zu lösen.

»Nein. Nicht. Einfach essen.«

Ich rupfte auch eine vom Zweig und biss hinein, durch die zähe Schale hindurch zum bittersüßen, festen Fleisch.

Er tat es mir nach, kaute angestrengt und verzog das Gesicht. Es war ihm anzusehen, dass er sie nicht mochte; lustig sah er dabei aus.

Ich wollte ihm sagen, dass sie trotz ihrer kräftigen Farbe noch nicht ganz reif waren. Im tiefsten Winter schmeckten sie am besten, und kandiert waren sie eine Köstlichkeit.

Aber ich blieb stumm, schaute ihm einfach zu, wie er mit seinen Utensilien hantierte, Maß nahm und alles aufschrieb.

Von allen Fragen, die er mir hätte stellen können, hatte er sich die nach meinem Namen ausgesucht.

Nicht in Worten. Mit seinem eigenen Namen. Seinen Gesten, seinem Blick.

Schon lange hatte mich niemand mehr nach meinem Namen gefragt.

Ein Name nützte hier nichts, wenn er nicht in Bezug zu jemandem stand.

Ich war niemandes Tochter, niemandes Schwester. Niemandes Frau.

Das sah man mir an.

Ein geborgter Name war es ohnehin gewesen. Das Recht darauf hatte ich verwirkt, als ich wegging, und irgendwann aufgehört, mich damit gleichzusetzen.

Bis er kam und mich danach fragte.

Und ich wieder Lian sein konnte.

Er. Fu-Chung.

Hatte er seinen Namen selbst nach Gehör in unsere Sprache übertragen? Falls es jedoch jemand für ihn übernommen hatte, hatte derjenige auf jeden Fall einen guten Blick bewiesen; ich musste mir immer ein Lachen verkneifen, wenn ich daran dachte.

Reicher Grashüpfer.

Seinen richtigen Namen mochte ich sehr.

Fortune.

Dieses Wort kannte ich.

xingyun. Erfolg. Wohlstand. Segen. Glück.

Obwohl er nicht besonders reich aussah, selbst für einen Fremden, und nicht so leichtherzig und beschwingt wirkte, wie ich mir immer einen Glückspilz vorgestellt hatte, war ich manchmal versucht, über den Ärmel seiner Jacke zu streichen. Wie unabsichtlich. Um eine Prise Glück mit den Fingerspitzen aufzuwischen.

Nur für alle Fälle, jeder konnte ja ein Quäntchen Glück brauchen.

Ich mochte, dass er mich zwar immer wieder forschend musterte, aber auf eine vorsichtige, respektvolle Art. Und nie versuchte er, näher an mich heranzurücken oder mich gar anzufassen; das nahm mich sehr für ihn ein.

Unbedarft kam er mir zuweilen vor. Unbeholfen, fast ein bisschen einfältig. Als hätte er noch nicht besonders viel vom Leben gesehen, obwohl er doch ein erwachsener Mann war.

Einen weisen Narren hätte Anshin ihn vielleicht genannt.

Dabei war er alles andere als dumm. Nicht mit der gerissenen Schläue eines Händlers. Nicht mit dem Schriftwissen eines Kaiserlichen Beamten. Eher wie ein Gelehrter – wäre er nicht so sehr ein Mann der Natur gewesen.

Er war anders als die anderen fremden Teufel, die ich bisher gesehen hatte. Leiser. Ernsthafter. In sich gekehrt; ich konnte mir nicht vorstellen, dass er je so ausgelassen und übermütig gewesen war wie die Jungen, mit denen ich aufwuchs.

Manchmal hätte ich gern mehr über ihn gewusst. Über das Land, aus dem er kam. Aber ich war es nicht gewohnt, Menschen über ein begrenztes Maß hinaus näherzukommen.

Ich wünschte, wir hätten Freunde sein können.

Der Himmel verdüsterte sich. Ein Geräusch wie von Wellen rollte heran, und ich legte den Kopf in den Nacken.

Eine Schar Schwanengänse zog über uns hinweg, mit rauschendem Flügelschlag und trockenen Rufen.

Als Kind hatte ich davon geträumt, mit ihnen zu fliegen. Genauso frei zu sein.

Jedes Mal, wenn ich heute welche sah, stand ich in Gedanken wieder vor der Hütte, in der ich geboren worden war. Hörte hinter mir das Grunzen und Quieken des Schweins in seinem Verschlag, das Meckern der Ziegen. Das Zischen der Sichel in der Hand meines Vaters und die Stimmen meiner Mutter und meiner Geschwister. Und jedes Mal erinnerte ich mich daran, wie mir alles aus den Händen glitt und ich losstürmte, den Gänsen nach. Schneller und schneller rannte ich, überzeugt, mich in die Lüfte erheben zu können, wenn ich nur schnell genug lief. Berauscht von der Geschwindigkeit und mit dem herrlichen Gefühl der schweren, nassen Erde unter meinen bloßen Füßen.

Die Gänse waren früh dran in diesem Jahr, auf ihrem Weg nach Süden. Ich hatte mein Gefühl für Zeit verloren und beinahe die Zeichen übersehen, die den nahen Winter ankündigten. Bald würde es zu kalt sein, um in der Wildnis zu leben.

Das altbekannte heiße Sehnen brannte in meinen Armen und Beinen.

Es war Zeit, weiterzuziehen, ich war schon zu lange geblieben.

Ich hätte ohnehin nicht gewusst, wie man mit jemandem gut Freund war.

Victoria (vormals Queenstown),
Britische Kronkolonie von Hongkong.

Freitag, den 7. Juli 1843, acht Uhr abends

Liebe Jane,
einige Stunden nachdem ich einen ersten Blick auf die Küste Chinas werfen konnte, bin ich gestern hier in Hongkong an Land gegangen. Wohlbehalten, aber froh, endlich wieder festen Boden unter den Füßen zu spüren.
Ich kann nur hoffen, dass diese Zeilen bei Dir ankommen. Nachdem ich die lange Seereise selbst mitgemacht habe, kann ich nun die Anweisung der Society nachvollziehen, meine Schreiben nach London in doppelter Ausfertigung und auf getrennten Wegen zu versenden.
Die Stadt Victoria kommt mir noch unfertig und recht chaotisch vor, und nach nur einem Tag scheint mir Hongkong kein erschöpfendes Betätigungsfeld für meine Aufgabe. Da noch nicht abzusehen ist, wohin mich mein weiterer Weg führen wird, möchte ich Dich bitten, Deine Briefe an mich der Horticultural Society zu übergeben. Zu treuen Händen, bevorzugt an John Lindley. Er wird dafür sorgen, dass sie mich über kurz oder lang erreichen – je nachdem, wo ich mich gerade aufhalten werde.
Ich hoffe, Dir und den Kindern geht es gut.

In Gedanken bei Euch,
Robert

Sie hat gewusst, dass sie nicht oft von ihm hören wird.

Jeder Brief, den er schreibt, legt einen unendlich weiten Weg über die Ozeane der Welt zurück. Etwas mehr als vier Monate auf einem Schiff, und ihre Antwort wird dann genauso lange unterwegs sein.

Hin und zurück fast die Zeit, die ein Kind braucht, um zur Welt zu kommen.

Es entspricht ihm auch nicht, ausschweifende Episteln zu schreiben. Sein Herz auf Briefpapier auszuschütten.

Sie sind beide keine Menschen vieler Worte, haben weder für Schwärmereien noch für große Gesten etwas übrig.

Seine Ernsthaftigkeit – sie war es, die Jane anfangs am meisten für ihn eingenommen hat.

Diese Art von Ernsthaftigkeit, die niemanden je auf die Idee kommen ließe, seinen Namen zu Rob, Robbie oder Bert zu verkürzen.

Er war nicht wie die ausgelassenen Burschen, die ihr derbe Scherze nachriefen. Nicht wie die eitlen Frauenhelden, die ihre hungrigen Augen auf der Suche nach einem frivolen Geplänkel umherschweifen ließen.

So hochgewachsen, dass er fast alle anderen Männer auf der Straße überragte, obwohl er den Kopf gesenkt hielt, ging er in sich gekehrt seiner Wege. Mit einer Zielstrebigkeit, die einen Sog auf Jane ausübte; sie wäre ihm gern gefolgt, wohin es ihn auch zog.

Konzentriert saß er im Gottesdienst in St. Mary's, und genauso in sich versunken verrichtete er seine Arbeit im Botanischen Garten – wie sie an einem ihrer freien Tage überrascht feststellte, mit leichtem Herzklopfen.

Es dauerte, bis er sie bemerkte.

Plain Jane. *Unscheinbare, hausbackene Jane.*

Fremd noch in der großen, grauen Stadt, ein Mädchen vom Land, und gehemmt.

Aber beharrlich, wenn sie sich etwas in den Kopf setzt.

Die ersten Blicke, der erste zaghafte Gruß. Die ersten Worte, die sie wechselten, unbeholfen und verlegen. Erstaunt, beim anderen den gleichen heimatlichen Zungenschlag zu hören, der eine unerwartete Nähe schuf.

Ein Wunder, dass sie sich nicht schon früher begegnet waren, daheim keine zehn Meilen voneinander entfernt aufgewachsen, er in Edrom, sie in Swinton. Und auch hier in Edinburgh lagen nur fünf Minuten Laufweg zwischen seiner Broughton Street und ihrer Albany Street.

Beides Landgewächse, aus Cottages auf herrschaftlichem Grundbesitz stammend, mit vielen Geschwistern und hart arbeitenden Eltern, wussten sie genau, was sie vom Leben erwarteten.

Bescheidenen Wohlstand. Ein Heim. Familie. Eine Ehe, in der einer dem anderen ein guter Kamerad war.

Sogar ihre Namen schienen perfekt aufeinander abgestimmt.

Jane Penny. Robert Fortune.

Grundlage für neckende Wortspiele. Eine Erinnerung daran, wo sie herkamen, und ein Wegweiser, wo sie hinwollten.

Jane mochte, was unter seinem schroffen Äußeren durchschien. Eine männliche Art von Sanftheit, Zärtlichkeit beinahe. Wie er ein Blatt zwischen den Fingern rieb, über eine Blüte strich, wenn sie mit ihm im Botanischen Garten spazieren ging.

Stets ängstlich, ihre Herrschaft würde davon erfahren und es nicht billigen.

Dabei war er von der rechtschaffenen Sorte. Keiner, bei dem sie Sorge haben musste, dass er sein ganzes Geld ins nächste Pub trug wie der Mann ihrer Schwester Mary. Keiner, der nur auf eine flüchtige Liebelei aus war. Ein guter Mann, dem sie eine gute Frau sein konnte. Sparsam, wie sie war, geschickt in Haushaltsdingen und in der Küche.

Also heirateten sie.

Sie hat nicht damit gerechnet, eines Tages hier zu sitzen wie die Frau eines Seemanns, allein mit den Kindern und ganz auf sich gestellt.

Ohne die Möglichkeit, sich ihm mitzuteilen, im Gespräch von Angesicht zu Angesicht.

Mühselig ist es, Ereignisse und Gedanken auszuformulieren und zu Papier zu bringen. Abends, wenn die Kinder schlafen und sie selbst müde ist nach einem langen Tag voller Hausarbeit und Mutterpflichten.

Was nützt es noch, ihm im Nachhinein von dem großen Hagelsturm im August zu schreiben, als das kleine Cottage wie unter Beschuss lag, sie zitternd die weinenden Kinder an sich drückte und betete, dass das Dach heil blieb? Sie weiß auch nicht, ob es ihn interessiert, dass der Themsetunnel nach Jahrzehnten schwieriger Bauzeit und zahlreichen Überflutungen endlich eröffnet worden ist. Dass man jetzt für nur einen Penny trockenen Fußes und Hauptes unter dem Fluss durchspazieren kann, erscheint nicht nur Jane wie ein Weltwunder. Aber würde Robert das genauso sehen, in diesem fernen Land voll eigener seltsamer Wunder?

Und sie bekommt nicht niedergeschrieben, wie sehr die Abspaltung der Free Church of Scotland von der Mutterkirche sie in ihren Grundfesten erschüttert hat. In ihrem Weltbild, ihrem Glauben.

Sie vermisst es, sich in Blicken auszudrücken. In ihrer Mimik. In Gesten.

In dieser wortlosen, selbstverständlichen Sprache, die sie als Mann und Frau unter dem gemeinsamen Dach teilten.

Jane will tapfer sein. Eine gute Ehefrau. Ohne Jammern, ohne Nörgeln und Klagen.

Eine Stütze für Robert.

Auch über Tausende von Meilen hinweg.

<u>Chiswick, den 15. November 1843</u>

Lieber Robert,
gestern kam Dein Brief hier an. Er hat mich von der Sorge um Dich erlöst, die mich seit Deiner Abreise gequält hat.
Uns geht es gut, wir sind gesund und munter. John wächst und gedeiht und krabbelt schon emsig herum. Helen wartet auf den ersten Schnee. Aber der November ist mild dieses Jahr, mittags sonnig und golden wie ein zweiter Oktober. Eine Entschädigung für den kalten und nassen Sommer, den wir hier hatten.
Gib auf Dich Acht und schreib bald wieder.

Deine Jane

16

Montag, 27. November 1843

Bewölkt mit zeitweisem Regen bei einem Maximum von 60 Grad Fahrenheit. Minimum: 44 Grad.

Shanghai erreicht, gut 100 Meilen nordwestlich von Chusan (Zhoushan). Der nördlichste der fünf Häfen, die gemäß dem Vertrag von Nanking nun dem Westen offen stehen, Shanghai erst seit wenigen Tagen.

Die Stadt ist von hohen Mauern und Schutzwällen umgeben, Umfang etwa 3½ Meilen und nach ähnlichem Muster wie andere chinesische Befestigungen gebaut. Am Ufer eines stattlichen Flusses, der in Shanghai ungefähr so breit ist wie die Themse auf Höhe der London Bridge – ungefähr 12 Meilen von dem Punkt entfernt, wo der Shanghai River sich mit dem berühmten Yangtsekiang vereint.

(Yangtsekiang = Kind des Ozeans)

Das Hinterland jenseits der Mauern macht einen fruchtbaren Eindruck. Insbesondere in Flussnähe scheinen mir Exkursionen lohnenswert.

AUS DEN NOTIZEN VON ROBERT FORTUNE

Sein Weg nach Shanghai hatte ihn über Ning-po geführt.

Eine mittelgroße Stadt, etwas mehr als fünfzig Meilen von Zhoushan entfernt, zwölf Meilen im Landesinnern. An der Kreuzung zweier Flüsse, auf denen sich Boote, Dschunken und Kähne aneinanderdrängten.

In Ufernähe wimmelte das Wasser von Fischern, die jedoch nicht mit einem Netz ihrem Handwerk nachgingen: Lärmend droschen sie auf das Wasser ein, bevor sie sich die verschreckten Fische mit den bloßen Füßen aus dem Schlamm angelten; andere ließen abgerichtete Kormorane die Arbeit erledigen.

Eine alte Stadt war Ning-po, trotz der starken Festungsmauern vom Krieg gegen die Briten gezeichnet. Nicht einmal die Tempel, von denen es viele gab, waren verschont geblieben; die Roben der Priester Buddhas fluteten die engen Gassen wie die Blätter von Gingko und Ahorn im Herbstwind.

Es war eine Stadt der Gold- und Silberschmiede, und die Schreiner beherrschten die Schnitzereien und Einlegearbeiten von Möbelstücken aufs Kunstfertigste. Eine Kunst, die wohl nur noch von den Seidenwebern des Umlands übertroffen wurde.

In einem der Läden hatte er einen Ballen Seide für Jane gekauft. Nichts Teures oder Extravagantes, sie mochte es schlicht und bodenständig: Blütenzweige und kleine Vögel auf dunklem Blau. Der Farbe ihrer Augen.

Zusammen mit Holzspielzeug für die Kinder würde er den Stoff nach Hause schicken, sobald die ersten Schiffe aus Europa in Shanghai eintrafen.

Sobald er in und um Shanghai noch mehr Pflanzen für die Society gesammelt hatte.

Ein Spinnennetz aus Trampelpfaden, Wassergräben und Brücken durchzog die weite Ebene, kahl und braun lag sie unter einem bleiernen Himmel.

Munter stapfte das Pony voran, unbeeindruckt von der Last des langen Kerls auf seinem Rücken, dessen Stiefel beinahe den Erdboden streiften, manchmal an einen Stein stießen.

Schlecht geritten war manchmal doch besser als gut gelaufen. Vor allem, wenn es knapp dreißig Meilen zurückzulegen galt.

Am frühen Morgen war Fortune in Shanghai aufgebrochen, trotzdem schien er seither nicht vom Fleck zu kommen. Obwohl ihm der Taschenkompass wieder und wieder versicherte, konsequent nach Westen unterwegs zu sein, mehrten sich die Zweifel, dass er hier richtig war.

Leer und verlassen dehnte sich die Landschaft vor ihm aus.

Selbst wenn er jemanden nach dem Weg hätte fragen können, hätte er wohl kaum Auskunft bekommen. Niemand, bei dem er sich in Shanghai danach erkundigt hatte, wollte ihm etwas über diese Gegend verraten.

Misstrauisch, ja feindselig hüteten die Chinesen ihr Wissen um das Gebiet jenseits der Stadtmauern. Wie ein kostbares Geheimnis.

Auch Wang hatte sich rundheraus geweigert, ihn zu begleiten.

hai-yah! Ganz schlechter Einfall von Fu-Chung! Letzte Inglishman mit Boot dort hinaus und großer Ärger! Stochert mit Bambusstock in Fluss und macht Leute misstrauisch. Wofür will Inglishman wissen, Fluss wie tief? Viel Ärger mit Konsul und big sorry und beinahe Gefängnis. Wang keine Lust auf Gefängnis!

Als ein Don Quichotte ohne Sancho Pansa zuckelte er durch die Einöde.

Die Hügelkette, von der er in der Stadt gehört hatte und die er erkunden wollte, blieb ein Gerücht.

Das Pony hätte Helen bestimmt gefallen.

Sie war jetzt in dem Alter, in dem jedes Pferd, jeder Hund und jede Katze eine große Anziehungskraft ausübten; Schmetterlinge genauso wie Käfer und Regenwürmer. Mit einem Staunen über die Wunder der Welt, die für Erwachsene längst selbstverständlich und unbedeutend geworden waren.

Er staunte mit. Über dieses kleine Mädchen, in dem etwas von ihm steckte und viel von Jane und das doch dabei war, ein eigener kleiner Mensch zu werden. Ihm blindes Vertrauen und unendliche Zuneigung entgegenbrachte und sein Herz weich werden ließ. Über seinen Sohn staunte er; ein winziges, zerbrechliches Bündel unbezähmbarer Lebenskraft. Er würde schon ein richtiger kleiner Junge sein, wenn sein Vater nach Hause kam.

Die Kinder fehlten ihm.

Jane fehlte.

Endlich wellte sich die Linie des Horizonts, malte Kurven in den Himmel.

Fortune trieb das Pony an, hoppelte damit über eine Brücke, klapperte über die nächste. Gehorsam trabte das Pony die Pfade entlang, auf die Fortune es lenkte, geradewegs der Hügelkette entgegen.

Näher kam Fortune seinem Ziel jedoch nicht.

Die Hügel wichen mal nach links aus, mal nach rechts und entfernten sich wieder. Als sich die Wege verästelten und schlammiger wurden, sich mit den Wassergräben zu einem Labyrinth verflochten, musste er sich eingestehen, dass er sich verirrt hatte.

Er machte kehrt, auf der Suche nach einer Stelle, von der er das Wegenetz überblicken konnte, vielleicht auch nur auf einen größeren, hoffentlich durchgehenden Pfad stieß.

Stattdessen verfing er sich in einem Gewirr aus Wassergräben. Zwischen altersschwachen Holzbrücken, von denen eine enger war als die andere und so verfault, dass die Hufe des Ponys mehr als einmal zwischen den Planken hängen blieben.

»Na, was ist?«

Es hatte zu nieseln begonnen; auf der nächsten Brücke, kaum mehr als ein hastig hingeworfener und schon reichlich abgenutzter Steg, war das Pony stehen geblieben. Fortune schnalzte mit der Zunge und drückte die Knie gegen die Flanken des Tieres.

»Komm schon, weiter geht's.«

Er ruckelte im Sattel und schüttelte die Zügel.

»Hopp. Auf jetzt. Los, weiter.«

Das Pony senkte den Kopf.

Ratlos sah Fortune sich um.

Soweit er es erkennen konnte, wurden die Pfade auf der anderen Seite breiter und gangbarer, die Wassergräben weniger. Der einzige Weg hinaus führte über diese Brücke.

Seufzend stieg er ab, nahm die Zügel locker in die Hand.

»Wahrscheinlich bin ich zu schwer für dich. Ohne mich geht's sicher besser. Na, komm. Sei ein guter Junge.«

Das Pony schielte ihn von unten herauf an.

»Oder ein gutes Mädchen. Ein gutes Pony jedenfalls. Komm. Komm weiter. Na, komm.«

Bei seinem Locken hob das Pony zögerlich einen Huf.

»So ist's gut. Vertrau mir. Komm. Ist nur noch ein Stück. Ja, gut. So ist's brav.«

Vorsichtig setzte das Pony einen Huf vor den anderen und nickte dabei unablässig mit dem Kopf, als müsste es sich selbst Mut zusprechen.

»So ist's gut. Gleich haben wir's geschafft. Nur noch ein paar Schritte. Gleich sind wir drüben. Gleich ...«

Es knirschte. Unter dem Gewicht des Ponys hatte eine der Planken nachgegeben; ein Huf hatte sich im Spalt verfangen. Ängstlich trat das Pony hin und her, ruckte am Zügel.

»Ho. Hoo.«

Das Pony wieherte und scheute, stampfte auf der Stelle umher und erschütterte mit jedem Huftritt den Steg.

»Ruhig. Ganz ruhig. Warte. Ich helfe dir.«

Ein hässliches Kreischen und Krachen, ein trockenes Splittern, und Fortune verlor den Boden unter den Füßen. Er schnappte nach Luft, als er zwischen geborstenem Holz in das kalte Wasser stürzte, das Pony unweit von ihm in den Kanal klatschte und eine Fontäne der schlammigen Brühe auf ihn niederregnen ließ.

Das Pony bäumte sich auf und schrie; Fortune angelte nach den Zügeln und versuchte das verängstigte Tier zu beruhigen, ohne darunter zu geraten oder einen Huftritt abzubekommen.

Halb führte er mit behutsamer Hand das Pony die Böschung hinauf, halb zerrte und schob er es hoch. Immer wieder rutschte er aus, glitt das Pony mit den Hufen ab.

Keuchend und verschwitzt langte er schließlich oben an, genau wie das Pony tropfnass und schlammverschmiert, aber bis auf ein paar Schrammen unversehrt.

Entschuldigend klopfte er auf den Hals seines Gefährten.

»Armes Pferdchen. Hast mir vertraut und dafür büßen müssen. Ich hätte gleich auf dich hören sollen. Du kennst dich hier besser aus.«

Das Pony war zerzaust, wirkte erschöpft.

»Hast du Hunger? Du siehst aus, als hättest du Hunger. Sind ja auch schon eine Weile unterwegs. Wollen mal sehen, ob wir hier irgendwo etwas für dich finden. Vielleicht sind wir dann auch wieder halbwegs trocken.«

Ein paar Arbeiter, mitten im Nirgendwo mit Hacke und Spaten an einem der Kanäle zugange, wiesen ihm den Weg, zuerst zurück zur Hauptstraße und weiter zu einem Dörfchen am Fuß der Hügelkette.

Wie ein Blitz musste die Nachricht von Hütte zu Hütte gegangen sein, dass ein Fremder im Anmarsch war.

Ein merkwürdiger Fremder noch dazu, schmutzig und speckig, der sein Pony lieber neben sich her trotten ließ, statt auf ihm zu reiten.

Im Nu war er umringt von Männern und Frauen und Kindern, die ihn von Kopf bis Fuß musterten. Nicht unfreundlich, sondern mit großäugiger, fast ehrfürchtiger Neugierde.

»Bitte – wo Essen für Pferd?«, radebrechte Fortune in Brocken des hiesigen Dialekts.

Die Menge harrte schweigend aus. Schob sich nur dichter an ihn heran.

»*t'sau* – Gras? *yumai*?«

Hilfesuchend blickte er reihum in die Gesichter, die unbewegt blieben.

»Essen?« Er tätschelte das Pony. »Pferd? *t'sau*? *yumai*?«

Etwas regte sich nun in der Menschentraube, ein paar Köpfe ruckten aufgeschreckt hoch.

Ein Junge drängte sich zwischen den Leibern hervor; ein schmales Kerlchen mit kahlgeschorenem Kopf und Augen wie schwarze Oliven, das ihm aufgeregte Worte entgegenschleuderte.

Fortune brauchte einige Augenblicke, um das Gehörte wieder und wieder in seinem Kopf ablaufen zu lassen.

Bis er Worte wie *können* und *zeigen* und *essen* zu verstehen glaubte.

Die Geste jedoch, mit der der Junge ihm die Hand entgegenstreckte, klobig für einen solchen Hänfling und erdverkrustet, war unmissverständlich.

Fortunes Kupfermünzen in der geballten Faust und den Kopf stolz emporgereckt, marschierte der Junge voran. Fortune musste sich beeilen, ihn nicht im Gedränge zu verlieren. Während er sich zwischen Armen, Beinen und Körpern hindurchschob, gab das Wasser in seinen Stiefeln bei jedem seiner Schritte ein quatschendes Geräusch von sich; die Wärme Dutzender Leiber drang durch seine feuchten Kleider, und zwiebelstinkender Atem traf ihn im Gesicht.

Er konnte nur hoffen, dass alle ihre Füße rechtzeitig in Sicherheit brachten, ehe das Pony drauftrat.

Hier. Für Geld. Essen. Gekocht.

Fortune beäugte das Häuschen, aus dem der Geruch von Fett und beißenden Gewürzen strömte.

mi hatte er verstanden. Reis.

»Nein. Nicht für mich. Für Pferd. Getreide – *yumai*.«

»Jaja«, bekräftigte der Junge eifrig. »Gekochter Reis. Große Schüssel.«

»Für Pferd?«

»Jaja!«

Zweifelnd zählte er weitere Kupfermünzen in die ausgestreckte Hand, und der Junge spurtete los.

»Bring ihm dann lieber auch ein Paar Essstäbchen mit!«, rief Fortune ihm nach.

Gelächter brandete hinter ihm auf.

Der Pulk, der ihm und dem Pony gefolgt war, amüsierte sich prächtig, lachte aus voller Kehle und mit blitzenden Augen.

»Essstäbchen!«, wiederholte ein Bauer mit einem Bärtchen am Kinn, das aussah wie ein ausgefranster Dachshaarpinsel. Die Sichel noch in der Hand, schlug er Fortune mit der anderen auf den Rücken. »Essstäbchen! Hahaha!«

Sobald der Junge den Bottich Reis herangeschleppt und sich dann in respektvollem Abstand auf die Erde gehockt hatte, zerstreuten sich die Schaulustigen.

Schließlich gab es nichts weiter zu sehen als ein fressendes Pony.

Fortune sah an sich herab. Nur langsam begannen seine Kleider zu trocknen, der Schlamm wurde zu einer krümeligen Kruste.

Wang, der sich jeden Abend gnädig dazu herabließ, seine Sachen auszubürsten und die Stiefel zu putzen, würde nicht sonderlich erfreut sein.

Seufzend ließ sich Fortune neben dem Pony nieder, zog die Stiefel von den Füßen, ließ das Wasser herauslaufen, wrang notdürftig seine nassen Socken aus.

Erst bei den genüsslichen Fresslauten neben sich merkte er, wie hungrig er selbst war.

»Du gestattest.«

Er langte in den Bottich und knetete Reis zu einem Bällchen; es schmeckte nach nichts, füllte aber seinen hohlen Magen.

Das Pony beäugte ihn von der Seite; mitleidig, wie es ihm vorkam.

China machte aus ihm wieder den linkischen Burschen, dem er sich längst entwachsen geglaubt hatte. Von dem planvollen und zupackenden Mann, der im Botanischen Garten von Chiswick fast ein Dutzend Gärtner und Hilfsgärtner unter sich gehabt und gut geführt hatte, meilenweit entfernt.

Barfuß und nach Jauche stinkend saß er hier, nachdem er mitsamt seinem Reittier durch eine morsche Brücke gekracht und in einem Abwasserkanal gelandet war. Aß aus demselben Bottich wie das Pferd und unterhielt sich dazu noch mit ihm.

In China schien er sich lächerlich zu machen, wohin er auch ging.

Wie ein Hanswurst.

Nicht dass er in dieser Hinsicht eitel gewesen wäre, das nicht; er fühlte sich nur unbeholfen in diesem fremden Land. In dem nichts ihm nützte, was er in seinem Leben bisher gelernt hatte, ihn dafür aber allzu oft behinderte.

Kauend schaute er sich um.

Hier, am Rande des Dörfchens, war er der ersehnten Hügelkette sehr nah; was er davon erkennen konnte, ließ ihn annehmen, dass sich ein paar ausgedehnte Märsche dorthin lohnen könnten.

Seitdem er in China unterwegs war, konnte er die abstrakte, schwarz-weiße Karte der Society mit dem vergleichen, was er mit eigenen Augen sah. Er begann zu ahnen, wie riesig dieses Reich tatsächlich war, das sich hinter den Hügeln dort drüben ausdehnte.

Ein unbekanntes Universum, das in seiner Vielgestalt, seiner Fremdartigkeit vermutlich Fortunes Vorstellungskraft überstieg. So gewaltig und labyrinthisch, dass er fürchten musste, es würde ihn verschlingen, überschritte er die schmale Grenze von dreißig Meilen ins Landesinnere hinein.

In seinem Leben hatte es selten Momente gegeben, in denen er sich wünschte, jemand anders zu sein; meistens war er zu sehr mit dem beschäftigt gewesen, was ihn interessierte, ihn begeisterte: mit den Wundern der Natur, der Botanik.

Hier in China jedoch hätte er jemand sein müssen, der die Jahre, in denen er sich ein Leben aufgebaut und darin eingerichtet hatte, von sich abschälte wie die Häute einer Zwiebel. Jemand, der frisch und scharf genug war, sich von der Fremde formen zu lassen und sich dabei zu holen, was er haben wollte.

Ein Mann, wie er nie einer gewesen war.

Er wünschte sich, wagemutiger zu sein. Ein Abenteurer.

Er dachte an Lian.

Sie war einfach weggeblieben, von einem Tag zum nächsten.

Ohne ein Wort des Abschieds. Ohne eine Erklärung.

Fortune wusste nicht, ob ihr etwas zugestoßen war oder er sie verjagt hatte. Mit etwas, das er gesagt oder getan hatte? Mit einer Geste, einem Blick?

Geduldig hatte er in Zhoushan ausgeharrt, länger als ursprünglich geplant. Hatte nach ihr Ausschau gehalten, wenn er über die Wiesen und Hügel stapfte. Irgendwann hatte er sogar die Pflanzenwelt vernachlässigt und gezielt nach ihr gesucht. An Abhängen, in Flussbetten und im Unterholz der Wälder. Getrieben von der Sorge, sie könnte irgendwo mit verstauchtem Knöchel, mit gebrochenem Bein liegen – oder Schlimmeres.

Bis er eingesehen hatte, dass es sinnlos war. Eine sentimentale Fantasie von Ritterlichkeit und Heldentum.

Das Mädchen mit dem Schwert blieb wie vom Erdboden verschluckt.

Eines der Rätsel in diesem fremden, seltsamen Land, das ungelöst bleiben würde.

Als hätte es sie nie gegeben, als hätte er nur geträumt.

Mit zufriedenem Schmatzen richtete das Pony seinen Blick auf ihn.

Morgen würde er über den Fluss hierherkommen, mit einem Boot; dies war keine Strecke, die er einem Reittier ein zweites Mal zumuten wollte. Zumal sein eigenes Hinterteil vermutlich gehörig strapaziert sein würde, wenn er am Abend wieder durch das Stadttor von Shanghai geritten kam.

Fortune streckte die Hand aus und kraulte das Pony zwischen den Ohren.

»Was lernen wir daraus? Umwege führen einen nur in die Irre. Künftig nehme ich immer den direkten Weg.«

Shanghai, Herberge »Goldener Lotos«.
Montag, der 25. Dezember 1843, sechs Uhr morgens

Liebe Jane,
ich hoffe, mein Brief aus Hongkong, geschrieben und abgeschickt im Juli, hat Dich mittlerweile erreicht.
Seit diesem Brief habe ich viele Meilen in China zurückgelegt – die meisten davon auf dem Wasser und sehr viele auch zu Fuß.
Ein Land voller Merkwürdigkeiten ist dieses China, und zuweilen denke ich mir, dass ein Menschenleben nicht ausreicht, um alles davon kennenzulernen und das Wesen seiner Bewohner zu ergründen.
Der Winter hier in Shanghai ist bisher sehr mild, mit leichtem Regen und Nebel. Ich habe jedoch gehört, dass es im Januar sehr kalt werden kann, sogar Schnee fallen soll.
Nachdem ich zwischenzeitlich in Regionen mit einer reichen Pflanzenwelt unterwegs war, erfahre ich derzeit auf meiner Reise eine Durststrecke.
Zu dieser Jahreszeit ist die Umgebung der Stadt Ödland, und der Zutritt zu den berühmten Gärten der Mandarine ist mir bislang jedes Mal verwehrt worden. Ich bin schon fast geneigt zu glauben, diese Gärten sind nichts weiter als eine Mär. Oder über Nacht schlichtweg vom Erdboden verschwunden.
Im Frühling brechen sicher auch hier für mich bessere Tage an. Dennoch versuche ich weiterhin mein Glück in Shanghai. Schließlich ist es eine große Stadt, verschachtelt und unübersichtlich, mit unzähligen versteckten Ecken.

In einem dieser verborgenen Winkel habe ich ein Lädchen entdeckt, kaum größer als unsere Speisekammer, und dort diese kleinen Figuren gekauft. Aus Jade sollen sie sein, das hat man mir versichert. Was ich kaum glauben kann, weil sie fast nichts gekostet haben.
Von künstlerischem Wert sind sie auf jeden Fall, allein schon wegen der feinen Schnitzarbeit, und ich habe manchen langen Abend damit zugebracht, über das Wesen dieser Fabeltiere zu rätseln.
Ursprünglich wollte ich mit meinem Paket an Dich und die Kinder warten, bis ich eine weitere Kiste Pflanzen für die Society zusammengepackt habe. Nun bringe ich es jedoch jetzt schon auf den Weg, mit einem Frachter, der morgen früh hier ausläuft. Ich hoffe, die Kinder haben Freude an dem Spielzeug und Du findest Verwendung für die Seide.
Mein Weihnachtspaket an Euch – auch wenn es wohl schon Frühling sein wird, bis Ihr es öffnen könnt.
Ich hoffe, Ihr bleibt von einem allzu strengen Winter verschont und könnt einen baldigen Frühling erleben.
Sollten eine lange Kälteperiode und ein spätes Frühjahr das Brennholz knapp werden lassen, das ich vor meiner Abreise geschlagen habe, so gib bitte John Lindley kurz Nachricht – er wird einen Hilfsgärtner schicken, der sich darum kümmert.

Erzähl Helen, dass ihr Vater unlängst auf einem Pony geritten ist und sich dabei gehörig zum Narren gemacht hat. Und gib John einen Geburtstagskuss von mir – es kommt mir vor, als wäre es erst letzte Woche gewesen, dass Du ihn zur Welt gebracht hast und ich ihn das erste Mal im Arm hielt.
Frohe Weihnachten und ein gesegnetes neues Jahr Dir und den Kindern!

Zu dieser Zeit des Jahres sehr in Gedanken bei Euch,
Robert

Chiswick, am Weihnachtstag 1843

Lieber Robert,
ich will nicht klagen und Dich auch nicht betrüben – aber es war heute ein trauriger Weihnachtstag ohne Dich.
Besonders für Helen. Sie erinnert sich noch gut an das letzte Weihnachtsfest und fragt immerzu nach ihrem Papa.
Lichterglanz und Tannenduft, *Mince Pie* und die Päckchen konnten sie heute nicht ganz darüber hinwegtrösten, dass Du nicht da bist.
Gern hätte ich die Einladung Deiner Eltern für die Feiertage angenommen. Auch um meine Eltern wiederzusehen und meine Schwestern, die John ja noch gar nicht kennen. Aber die zweiundvierzig Stunden mit der Kutsche nach Edinburgh und von dort mit dem Wagen weiter nach Edrom habe ich mir mit John derzeit nicht zugetraut.
Dieser Tage fiebert er immer wieder leicht, vor allem abends. Die ersten Zähnchen vorne haben ihm kaum Beschwerden bereitet, aber jetzt plagt ihn ein Backenzahn, der einfach nicht durchbrechen will. Und tagsüber ist er oft unleidlich, weil seine Beinchen ihn noch nicht so tragen, wie er es sich in den Kopf setzt. Unser kleiner großer Junge!
Helen hat ihm zu Weihnachten ein Bild gemalt. Es hängt jetzt über seinem Bettchen, und vor dem Einschlafen hat er lange darauf geschaut.
Für Dich hat sie auch etwas gemalt, ich lege es diesem Brief bei.

Hast Du mein Päckchen bekommen?
Ich hatte es im August auf gut Glück abgeschickt, damit Du es an Weihnachten bekommst. Bevor ich Deinen Brief aus Hongkong erhielt, in dem Du mir geschrieben hast, dass Du nicht weißt, wohin Dich Deine weitere Reise führen wird. Vielleicht schickt jemand es Dir von dort nach? Sonst wartet es eben auf Dich, bis Du wieder nach Hongkong kommst.
Es ist nichts Besonderes darin, nur zwei neue Hemden und drei Paar Socken, falls Du Deine schon zerschlissen hast. Ich weiß ja, Du musst mit leichtem Gepäck reisen, Dein Werkzeug, die Pflanzenkisten und Glaskästen sind wichtiger als alles andere, als persönliche Dinge.
Falls Du etwas brauchst, das Du in China nicht bekommst – schreib es mir. Ich werde es besorgen und auf der Stelle losschicken, damit es so schnell wie möglich bei Dir ist.
Vielleicht können wir im nächsten Jahr zu Weihnachten nach Schottland fahren?
Wenn Du aus China zurück bist und John aus dem Gröbsten heraus.
Wir vermissen Dich sehr und wünschen uns für das neue Jahr nichts mehr, als dass Du wieder bei uns bist.

Frohes Fest,
Deine Jane, Helen & John

Pfingstrosen im Winter
(Paeonia suffruticosa)

Pfingstrose. Verschämtheit. Schüchternheit. Mitgefühl.
Glückliche Ehe.
Flora Greensleeves, *The Language of Flowers*, London, 1837

Wenn du auf dieser Welt nur noch zwei Kupfermünzen übrig hast, kauf mit der einen Münze einen Laib Brot und mit der anderen eine Pfingstrose.
Chinesisches Sprichwort

17

Mittwoch, 17. Januar 1844

Überwiegend klar und frei von Niederschlag bei einem Maximum von 25 Grad Fahrenheit. Minimum laut Thermometer 19 Grad – die sich jedoch anfühlen wie 10 Grad oder noch weniger. Eisig!

Nach diesen Monaten in China hatte ich schon angefangen, mir eine hohe Meinung von den Chinesen als Volk zu bilden. Hier in Shanghai hat sich jedoch herausgestellt, dass das ein Fehler war, und das auf sehr unangenehme Weise. Sie sind die größten Diebe und Räuber, Lügner und Betrüger, wie ich ein ums andere Mal an eigenem Leib erfahre.

AUS DEN NOTIZEN VON ROBERT FORTUNE

Am wackeligen Tisch klappte Fortune sein Notizbuch zu und hauchte sich auf die steifgefrorenen Finger. In der Kammer war es eiskalt, er konnte froh sein, dass es gerade trocken blieb. Mehr als einmal war er morgens in von Regen durchnässtem Bettzeug aufgewacht, und wenn es schneite, blies der Wind den Schnee durch die Ritzen des mit Papier bespannten Fensters, bis er sich auf dem Boden aufhäufte.

»Geht Fu-Chung wieder auf Jagd nach Grünzeug?«

Wang lümmelte auf seiner Bettstatt herum; er machte nicht den Eindruck, als wollte er sich heute noch bewegen.

»Natürlich.«

»Wofür?«

Wangs Frage in einem Tonfall, der irgendwo zwischen ehrlicher Verwunderung und Spott angesiedelt war, kam nicht ohne Grund.

Fortunes Blick wanderte in die Ecke.

Die Holzkiste dort war noch fast leer. Nur die gepressten Blüten zweier Arten von Chrysanthemen schlummerten darin, leisteten einzelnen Zweigen von Bambus Gesellschaft und Ästen von Gingko und *Cryptomerica japonica*, einer Zypressenart.

Eine mehr als magere Ausbeute, verglichen mit der reichen Ernte aus Zhoushan, die er bereits in Ning-po auf den Weg nach England gebracht hatte.

Clematis lanuginosa. Campanula punctata. Abelia rupestris. Clerodendrum indicum.

Und sein ganzer Stolz: *Fortunella*, wie er die *cum-quat* getauft hatte.

Seitdem waren die Glaskästen für die Ableger, die die weite Reise in ihre neue Heimat antreten sollten, verwaist geblieben.

»Ja. Wozu auch«, murmelte Fortune dürr.

Shanghai im Winter war für einen Botaniker eine graue, fruchtlose Wüste.

Auch ohne Gauner an jeder Ecke.

Die beiden Kamelien in ihren Töpfen neben der Kiste schienen ihn mit ihrer ganzen kräftigen Pracht zu verhöhnen, wann immer sein Blick darauf fiel.

Von hellgelber Blüte die eine, goldgelb die andere – das hatte ihm der Händler versprochen, dem er die beiden in zähen Verhandlungen und für je fünf Dollar abgerungen hatte. Und sowohl der Wirt des Gasthauses hier als auch Wang hatten ihm bestätigt, dass die Schriftzeichen auf den Papierstreifen in den Töpfen *gelbe Blüten* bedeuteten.

Gelbe Kamelien. Bislang ein Mythos; wer sie fand, wäre ein gemachter Mann.

Doch als sich die Knospen einige Tage darauf geöffnet hatten, war das einzig Gelbe daran das Staubgefäß gewesen. Weiß blühten sie, ganz gewöhnlich und wertlos.

Und natürlich war der Händler mit seinem Karren nirgendwo mehr aufzufinden gewesen.

Trotzdem hatte Fortune es nicht über sich gebracht, die Pflanzen wegzuwerfen; es war ja nicht die Schuld der Kamelien, dass er so leichtgläubig einem Betrüger auf den Leim gegangen war.

Als hätte ihn eine grandiose Idee überfallen, fuhr Wang hoch wie ein Schachtelteufel.

»Fu-Chung braucht Heiterkeit! Spaß! Hat Zeit jetzt in Shanghai! Fu-Chung und Wang gehen aus! Gehen spielen. Mahjong. Fan Tan. Geht alles hier. Fu-Chung heißt doch wie Glück – und wenn gut geht, sind Wang und Fu-Chung dann reiche Männer!«

Irritiert runzelte Fortune die Stirn. »Ich spiele nicht um Geld.«

»Dann entspannt Fu-Chung mit Wang. Gehen jeder Pfeife Opium rauchen. Oder gehen trinken viel Gelber Wein. Schöner Tag für Fu-Chung und Wang, ja?«

Fortune schüttelte den Kopf; er war niemand, der sich gern berauschte.

Mit einem listigen Ausdruck auf dem Gesicht legte Wang den Kopf schräg.

»Singsong-Mädchen?«

Fortune hatte einige Zeit gebraucht, bis er begriffen hatte, dass die Gesangsdarbietungen der stark geschminkten Mädchen in farbenfrohen Seidengewändern nur einen Teil ihrer Dienstleistungen ausmachten. Nicht immer, aber häufig.

Unwillkürlich schoss ihm das Blut ins Gesicht. »Ich bin ein verheirateter Mann!«

Wang gab ein meckerndes Lachen von sich. »Häuser von Singsong leer, wenn nur junge Gesellen hingehen! Fu-Chung doch lange nicht mehr ...«

Seine Geste, so unmissverständlich obszön wie wohl überall auf der Welt, ließ Fortune rasch die Augen abwenden.

»Frau von Fu-Chung weit, weit weg. Nicht sehen. Nicht fragen. Nicht wissen. Und Fu-Chung schon Singsong-Mädchen vergessen, bis wieder zu Hause.«

Die Hitze in Fortunes Gesicht fühlte sich inzwischen mehr nach Verärgerung an.

»Nein, habe ich gesagt!«

Schnaufend warf Wang die Hände in die Luft. »Fein!«

Schwungvoll sprang er auf und klimperte großspurig mit einer Handvoll Münzen.

»Geht Wang alleine. Hat alleine Spaß! Kann Fu-Chung hier sitzen bleiben wie saurer Tropf.«

Er knallte die Tür hinter sich zu, dass der zerbrechliche Türrahmen klapperte. Der Luftzug, der dabei herüberwirbelte, ergriff die losen Papiere auf dem Tisch; mit gespreizten Fingern und Ellbogen warf Fortune sich schützend darüber, bis sich die Luft wieder beruhigt hatte.

»Sauertopf«, sagte er in die Stille hinein. »Es heißt Sauertopf.«

Zwischen seinen Fingern leuchtete es farbig hervor, und behutsam löste er die Hände von den Papierbögen.

Ein Porzellanmaler hier in Shanghai hatte die Skizzen für ein paar Käsch angefertigt, als Fortune sich in dessen Laden nach den Blumen auf den Vasen, Schüsseln und Kannen erkundigt hatte.

Paeonia suffruticosa. Strauchpfingstrosen. Päonien.

moutan.

Nicht rosafarben oder weiß wie in Europa. Sondern krapprot. Pfirsichfarben. Fliederlila. Zartgelb und purpurdunkel.

Eine sogar meeresblau, eine andere fast schwarz, von einer verführerischen, verwirrend lasziven Schönheit.

Jaja, hatte der Porzellanmaler unter eifrigem Nicken bestätigt, während der farbgetränkte Pinsel in schlafwandlerischer Sicherheit über das Papier wischte und eine Päonie nach der anderen erblühen ließ. *Gibt mudan hier, in Shanghai. Solche alle. Muss Herr suchen gehen, dann findet auch.*

Er erinnerte sich an einen Wortwechsel vor ein paar Tagen. In einem

Kräuterladen, der in riesigen Lettern dafür warb, dass dort Englisch gesprochen wurde.

– Nein, leider, hier gibt es keine Gärtnerei. Nirgendwo.

– Aber wo kommen denn die Chrysanthemen her, die ich überall sehe?

– Wenn Sie Blumen wollen, dann gehen Sie doch in einen Blumenladen. Warum kaufen Sie die denn nicht dort, so wie alle anderen Leute in Shanghai?

– Weil die Blumenläden nicht das haben, was ich will.

– Dann sagen Sie uns, was Sie haben wollen, und wir besorgen es Ihnen.

– Ich kann Ihnen nicht sagen, was ich will. Ich spreche die Sprache nicht, ich weiß nicht, wie das hier heißt, was ich haben will. Würden Sie denn jemanden in eine Gärtnerei schicken, wenn ich Ihnen die Namen geben könnte?

– Aber ja!

– Also gibt es hier doch Gärtnereien?

– Jaja. Aber die sind weit weg. Sehr weit weg. Dauert sehr lange, dort was zu besorgen, und wird sehr, sehr teuer.

Mit den Fingerkuppen fuhr Fortune auf dem Papier die üppig gefüllten Blüten nach, glaubte die fedrigen, seidenweichen Blütenblätter auf der Haut zu spüren.

Auf eine merkwürdige Art mischte sich sein Verlangen nach diesen Päonien mit der Sehnsucht nach Jane, die Wang mit seiner plumpvertraulichen Bemerkung frisch geschürt hatte.

Eine Verquickung zweier unterschiedlicher Dinge, die ihre langen Wurzeln tief in sein Innerstes hinunterließ. Ihn seltsam verlegen machte und ihm erneut das Blut ins Gesicht trieb.

Er musste diese Päonien finden, wie und wo auch immer.

Sorgfältig bündelte er die Skizzenblätter und steckte sie ein.

Mit offenen Augen wanderte er durch die Gassen der Stadt. Ohne zu wissen, wonach genau er Ausschau halten sollte; nur mit der Hoffnung, über kurz oder lang einen Fingerzeig zu erspähen, der ihm den Weg zu den Päonien wies.

Shanghai hatte sich merklich verändert seit seiner Ankunft vor sechs Wochen.

Geschäftig war die Stadt auch da schon gewesen. Doch diese Betriebsamkeit hatte im Lauf des vergangenen Monats an Geschwindigkeit gewonnen, an Dichte. Fieberhaft war sie geworden und beinahe gierig, seit die Segelschiffe aus dem Westen wie hungrige Möwenschwärme in den Hafen einfielen.

Im Vorbeigehen beobachtete er, wie ein Barbier mit flinker Klinge seinem Kunden den Kopf rings um den langen Flechtzopf kahlschor, während sein Gehilfe einem zweiten Mann mit einem Metallstäbchen in den Ohren stocherte.

Ein paar Schritte weiter entdeckte er getrocknete Pilze in bizarren Formen. Die Körbe daneben waren mit schrumpeligen rosafarbenen Würmchen gefüllt, die aussahen wie in der Sonne zusammengeschnurrte Garnelen. Und mit Gedörrtem, das vielleicht einmal Muschelfleisch gewesen sein mochte. Den seltsamen Würstchen dahinter schenkte er nur einen flüchtigen Blick; grau und faltig, hatten sie etwas Phallisches. Von einer verwelkten Geschlechtlichkeit, die selbst ihn, den Botaniker und Naturfreund, verstörte.

Er konnte nur hoffen, dass es sich dabei um etwas Pflanzliches handelte, oder wenigstens um weiteres Meeresgetier, und nicht etwa anderen Ursprungs war.

Ein Gefühl des Unbehagens blieb ihm jedoch, wie ein Distelzweig zwischen seinen Schulterblättern, wohin er auch seine Schritte lenkte. Zwischen den vielen Bettlern hindurch, die sich ihm mit herrisch ausgestreckter Hand in den Weg stellten, als forderten sie ein verbrieftes Recht ein.

Jemand folgte ihm.

Das bildete er sich nicht ein, er konnte es spüren, selbst im Gedränge der engen Gassen.

Er warf einen Blick über die Schulter.

Ein Junge, bestimmt nicht älter als acht oder neun Jahre alt. Obwohl Fortune sich hier in China immer noch schwertat, so etwas abzuschätzen.

Die dicke Jacke, die vielfach geflickt war und deren Wattierung trotzdem an mehreren Stellen hervorquoll, konnte nicht darüber hinwegtäuschen, wie mager dieser Junge war, die Augen riesig im spitzen Gesicht, wie bei einer Maus.

Beim nächsten Blick zurück waren es schon drei solcher Jungen. Ähnlich gekleidet, von ähnlich ärmlichem Aussehen und ungefähr im selben Alter.

Eine Ecke weiter hatte sich das Grüppchen auf sechs erweitert.

kwei-tsz, zischte es hinter ihm durch die Luft, kaum lauter als ein Ausatmen.

Sohn des Teufels.

Hier in Shanghai hatte er solche Worte ebenfalls zuerst gelernt. Wie das nur wenig freundlichere *hong mou jin*, rothaariger Mann, das auf alle Weißen gleichermaßen angewendet wurde.

Mit einem Ruck blieb er stehen und drehte sich um.

»*sare?!*«, rief er den Kindern zu. *Was?!*

Ein etwas größerer Junge schob sich zwischen den anderen hindurch und warf sich geschäftsmännisch in die Brust.

»O-pe-um für Herr?«, lockte er selbstbewusst. »Singsong?« Er drückte sich näher an Fortune und setzte in verschwörerischem Raunen hinzu: »Boys?«

Fortune schüttelte ungehalten den Kopf. Auf die Art, wie man ein Insekt abwehrte, das einen umsurrte; er wollte die Worte des Jungen ebenso losweden wie die Ahnung einer finsteren Unterwelt Shanghais.

Der Junge blickte ratlos drein. Der Blick, den er mit den anderen Jungen wechselte, wirkte enttäuscht.

Fortune holte die Papierbögen hervor. »*sa-di-fan* – wo?«

Er deutete auf die Skizzen und rieb Daumen und Zeigefinger gegeneinander.

Die Jungen steckten die geschorenen Köpfe zusammen und tuschelten eifrig; schließlich nickte derjenige, der ihm die Vergnügungen der Stadt angeboten hatte, und hielt Fortune eine staubige Handfläche entgegen.

Fortune schüttelte wieder den Kopf, ließ zwei Finger durch die Luft marschieren, nickte kurz und rieb noch einmal Daumen und Zeigefinger aneinander.

Der Junge schien zu verstehen, dass er erst Geld sah, wenn er den *kwei-tsz* ans Ziel gebracht hatte. Gleichgültig zuckte er mit den Schultern und winkte Fortune, ihm zu folgen.

Das Gedränge in den Straßen dünnte sich aus, während der Junge ihn tiefer und tiefer in die Eingeweide der Stadt führte, und auch die Lärmkulisse versickerte allmählich.

Fortune tastete nach der Pistole an seiner Hüfte, sah sich wachsam um.

Die übrigen Jungen gingen ein paar Schritte hinter ihnen, gespenstisch still und in unkindlichem Ernst. Das Zwielicht der Gassen ließ ihre Gesichter wächsern aussehen; mit ihrem uniformen Äußeren und dem starren Blick ihrer dunklen Augen wirkten sie wie Untote.

An der Kreuzung zweier Gassen legte der Junge den Kopf in den Nacken und spie einen Laut aus, der von den Mauern der altersgebeugten Häuser kalt und hohl zurückgeworfen wurde.

Heiser wie ein Kauz war die Antwort, die von den geschwungenen Dächern zu ihnen herunterflog, und ein Schatten huschte hinter den Dachfirsten vorüber.

Fortunes Hand schloss sich fester um den Griff der Waffe.

Ein Geräusch wie von einer zuschlagenden Tür schallte durch die Gasse, in der der Junge schließlich stehen blieb. Mit einem Kopfrucken wies er hinter sich und streckte die Hand aus.

»Da?«, vergewisserte sich Fortune und deutete zu dem Tor, das er dunkel und schemenhaft ausmachen konnte.

Der Junge nickte ungeduldig, und auch seine Geste wurde fordernder.

Fortune ließ ein paar Käsch in die Jungenhand fallen und ging auf das Tor zu.

Das starke Holz, die schweren Eisenbeschläge und das Türchen über einem Guckloch ließen Rückschlüsse darauf zu, was für eine Stadt Shanghai war. Dass sich hinter diesem Tor Wertvolles verbarg. Fortune hatte die Hand schon gehoben, um anzuklopfen, als er auf der anderen Seite ein Schaben, dann ein metallisches Klicken vernahm.

Wie ein Riegel, der zugeschoben wurde.

Er pochte gegen das Holz und lauschte.

Nichts.

Er klopfte kräftiger an das Tor.

»Hallo? Ich komme wegen der Blumen. Päonien, *moutan*. Hallo? *mudan*?«

Alles blieb still.

Er presste das Gesicht an die Ritze zwischen den beiden Türflügeln, um vielleicht hineinspähen zu können. Er konnte nichts erkennen, der Spalt war zu schmal.

Der Lufthauch jedoch, der ihm entgegenstrich, brachte die Schwere nasser Erde mit sich. Die Frische grüner Blätter. Den Duft geöffneter Blüten. Nach Garten roch es; ein vertrauter, ein schmerzlich vermisster und ersehnter Geruch.

Mit der Faust hämmerte Fortune gegen das Holz.

Bis er begriff.

Noch bevor er Kinderfüße wegrennen hörte und schallendes Gelächter durch die Gasse fegte.

Ziellos ließ er sich wieder durch die Straßen der Stadt treiben.

Fortune wusste nicht, wo er gerade war und wie er zum Gasthaus zurückfinden sollte; es war ihm auch gleich. Hier draußen herumzulaufen, war immer noch besser, als dort in der düsteren Kammer zu hocken, durch die der Wind pfiff und abends oft genug die Kerze ausblies.

Er schlug den Kragen hoch und stopfte den Wollschal fester um den Hals. Seine dicke Jacke, die ihm zu Hause selbst bei scharfem Frost gute Dienste geleistet hatte, nützte ihm hier in Shanghai wenig. In dieser unbarmherzigen Kälte, die durch Mark und Bein drang. In diesem feuchten und salzigen Wind, der ihm ins Gesicht biss und in die Augen stach, bis sie tränten. Unter dem Hut waren seine Ohren jetzt schon Eisklumpen, die abzubrechen drohten.

Selbst in der strengsten Winterkälte Englands hatte er nie so gefroren wie hier in Shanghai.

Eine graue Stadt war es, zumindest jetzt im Winter. Die Mauern der Häuser waren grau. Die Straßen. Die Kleidung der Menschen und sogar deren Gesichter; als ob die Geschäftigkeit, mit der sie sich durch ihre Stadt bewegten, ihr Blut nicht in Schwung bringen konnte.

Ein Grau, das dieser Tage noch trübseliger wirkte hinter dem leuchtenden Rot der Banner, deren Schriftzeichen Fortune an Tintenspritzer erinnerten, an Spinnenbeine und die Fährten von Wildtieren. Trostlos war die Stadt, trotz der roten Lampions, die überall hingen und das baldige Neujahrsfest der Chinesen ankündigten.

Weihnachten daheim hatte Fortune versäumt, ein Weihnachten mit Jane und den Kindern. Einen Silvesterabend, Johns ersten Geburtstag und den ersten Tag des neuen Jahres.

Seit sechs Monaten war er jetzt in China.

Kein vollkommener Misserfolg, er hatte das eine oder andere vorzuweisen. Aber noch lange nicht das, was er selbst sich erhofft hatte. Was die Society von ihm erwartete.

Sechs Monate blieben ihm noch, um all das zu finden, was er hier suchte.

Er trauerte den prächtigen Päonien nach, die sich vielleicht tatsächlich jenseits des Tores befunden hatten. So nah und doch unerreichbar; nicht einmal einen flüchtigen Blick darauf hatte er erhaschen können.

Fortune gönnte den Gassenjungen das Geld; er hoffte, die paar Käsch würden ausreichen, damit sie sich die Bäuche mit Zuckerzeug vollschlagen konnten, wenigstens an diesem einen Tag.

Auf seinen Streifzügen jenseits der Stadtmauern hatte er viele Grabhügel gesehen, manchmal so weit das Auge reichte. Wellenhügel und Täler in einem Meer aus Gras, das der Wind durchwirbelte. Über dem die weißen Blüten von *Anemone hupehensis* wissend nickten wie Schicksalsgöttinnen, selbst jetzt, im Winter noch.

Eine Landschaft für sich, zwischen zeitloser Ewigkeit und dem Wimpernschlag eines Menschenlebens.

Einzelne Holzsärge warteten darauf, bestattet zu werden, von fürsorglicher Hand mit Stroh oder Flechtmatten umwickelt, um sie bis dahin vor der Witterung zu schützen. Oft genug jedoch hatte Fortune auch vergessene Särge gesehen, von der Zeit und den Elementen zersetzt, die menschlichen Überreste schonungslos preisgegeben.

Nichts hatte Fortune so getroffen wie die Kindersärge: schockierend kleine Holzkisten, von denen er viele gesehen hatte.

Viel zu viele.

Er konnte sich nicht vorstellen, wie man einen solchen Schicksalsschlag überwand. Immer wieder musste er an seine eigenen Kinder denken. An ihre warmen, zartgliedrigen Körper, so stark selbst bei Koliken, einem leichten Fieber, einem Schnupfen. Und doch so verwundbar. Sollte eines von ihnen Schaden nehmen, oder gar Jane, würde er erst Monate später in einem Brief davon erfahren.

Ohne etwas tun zu können, ohne Abschied zu nehmen, Welten entfernt.

Gedanken, die seine düstere Stimmung weiter verdunkelten, schwer wie Blei, mit einem Geschmack von Asche.

Während Wang irgendwo in dieser grauen Stadt den ausgelassenen Lebemann gab. Sich an Opium und Wein berauschte, sich Glücksspiel und Fleischeslust hingab.

Von seinem Geld.

Vom Geld der Society, korrigierte er sich sogleich. Das Wang im Augenblick fürs Nichtstun einstrich, weil auch er zum ersten Mal in Shanghai war und die Stadt ebenso wenig kannte wie die Sprache, die völlig anders war als in den Regionen weiter südlich.

Wang war ihm in Shanghai zu nichts nütze. In Shanghai verschwendete Fortune nur wertvolle Zeit und kostbares Geld.

Im Strömen und Strudeln der Menschenleiber tat sich weiter vorn eine Lücke auf, riss Fortune aus seinem dumpfen Brüten. Wie angewurzelt blieb er stehen, stutzte und starrte.

Ein Lastenträger prallte gegen ihn und überschüttete ihn mit einem energischen Wortschwall, der selbst in dieser fremden Sprache noch höchst unflätig klang. Fortune machte einen langen Hals, stürzte dann vorwärts.

Plötzlich hatte sein Weg ein Ziel. Er drängte sich durch die Massen und schlug einen Haken um ein Fuhrwerk herum. Einem Fitzelchen von etwas Vertrautem jagte er nach, in dieser fremden, unfreundlichen Stadt. Ohne sicher sein zu können, ob es nicht vielleicht zu Staub zerfiel, sobald er es in den Händen hielt.

Sofern er es überhaupt erreichte.

Unnachgiebig drängelte er sich in diesem trägen Pulk aus Leibern vorwärts. Nichts schien in diesem Augenblick wichtiger, als Gewissheit zu bekommen. Und viel zu langsam, zu mühselig kam er voran. Als versuchte er, einen Wasserfall hinaufzuschwimmen. Einem Lastkarren wich er aus und schob kurzerhand einen Mann beiseite, der mit einem Sack quer über den Schultern nicht vom Fleck zu kommen schien.

Wie viele Mädchen mit einem Schwert auf dem Rücken konnte es in diesem Land wohl noch geben?

»Lian! Lian!«

Erst als er über dem Brausen der Stadt seine eigene Stimme hörte, wurde ihm bewusst, dass er ihren Namen rief.

18

Dieser Ausruf konnte nicht mir gelten.

Niemand in dieser Stadt kannte meinen Namen.

Niemand hatte einen Grund, mich bei diesem Namen zu rufen.

Ein verbreiteter Name war es noch dazu.

Unter den *jianghu* war ich immer nur Mei-mei gewesen: Kleine Schwester.

Wie sie alle untereinander Älterer Bruder, Jüngerer Sohn, Dritte Schwester, Zweiter Onkel gewesen waren.

Ein Schutz vor der Vergangenheit, die jeder von ihnen hinter sich gelassen hatte.

Vor einem Morgen, an dem einer von ihnen vielleicht in die Hände der Behörden fiel. In die Mühlen jener Gesetze geriet, denen wir nicht mehr folgten.

Die Männerstimme blieb hartnäckig, kam näher. Fragend klang sie und dringlich, und jetzt konnte ich auch den fremden Zungenschlag heraushören.

Ich warf einen Blick zurück.

Ein Riese, der durch einen aufgewühlten Fluss von Menschen ruderte, die alle flinker und wendiger waren als er, seine Augen unter dem formlosen Hut unverwandt auf mich geheftet.

Xingyun. Fortune.

Ich hatte keinen Grund, fortzulaufen, also blieb ich stehen und drehte mich um, ein Freudenfünkchen irgendwo in meinem Bauch.

Ich hatte nicht oft an ihn gedacht. Wozu auch, ich würde ihn ja doch nicht wiedersehen. Nur manchmal, wenn mir irgendwo eine besonders prächtige Blüte ins Auge sprang, dachte ich noch an ihn. An diesen

Mann aus einem fernen Land, der Blumen und Blätter mit einer Leidenschaft sammelte wie andere Menschen Juwelen.

Wenn ich im Geiste die Worte übte, die ich von ihm gelernt hatte.

Botanik. Tausendblütenstrauch. Anemone. Natur. Wunder. Seele.

Dann erlaubte ich mir die Erinnerung an jene Tage in Chusan, die so merkwürdig, so besonders gewesen waren. Selbst für jemanden wie mich, der schon viel gesehen und erlebt hatte.

Nur für kurze Augenblicke gestand ich mir diese Erinnerungen zu – als müsste ich fürchten, sie abzunutzen und irgendwann zu verlieren, holte ich sie zu oft aus meinem Gedächtnis hervor.

Von Menschenleibern umspült, standen wir uns jetzt doch wieder gegenüber. Zwischen uns das Staunen, dass sich unsere Wege einmal mehr gekreuzt hatten.

Als befänden wir uns beide auf der Suche. Jeder auf seine Weise nach etwas, das den einen wie den anderen stets zur selben Zeit an denselben Ort zog.

Seine Augen erinnerten mich an einen Bergsee, von Sonnenstrahlen überglänzt. Sein Gesicht war in Bewegung; ich sah ihm an, wie viele Fragen er hatte. Wie unbedingt er etwas sagen wollte und doch nicht die richtigen Worte fand. In keiner Sprache. Schließlich atmete er laut aus, wie ein Seufzen.

»Weißt du, wo man hier gut essen kann?«

Im Dunst von Fett, Fleisch, Reis und Gewürzen krampfte sich mein ausgehöhlter Magen zusammen; die aufgeheizte Luft in der Garküche durchglühte mir wohltuend das kalte Gesicht.

Die Welle an Geräuschen, die uns entgegenschlug – Stimmen, Klappern, Klirren, Lachen, Schlürfen, Schmatzen –, brach jäh ab.

Alle Augen richteten sich auf uns. Neugierig, irgendwo zwischen Respekt, Argwohn und Spott.

Fortune, der sich unter der Tür ducken musste, schien sich nicht daran zu stören. Mir war es unangenehm; ich zog es vor, unsichtbar zu sein. Ich wickelte mir den Schal erst vom Kopf, als wir uns gesetzt hatten und die Stimmen wieder anhoben, wie das dunkle Surren von Fliegen an einem heißen Sommertag.

Auch Fortune hatte seinen Hut abgenommen; wo seine Haare nicht plattgedrückt waren, standen sie widerborstig ab. Müde sah er aus, wie ausgelaugt.

Er gehörte nicht in eine Stadt wie Shanghai. Er gehörte nach draußen, in die Wälder und auf die Wiesen. Unter einen freien Himmel.

Der Hocker war viel zu niedrig für ihn; seine Knie ragten über die Tischkante. Trotzdem war er hochgewachsen genug, um sich mit gekrümmtem Rücken über seine Reisschale zu beugen und mit den Stäbchen unbeholfen in seinem *ba bao la jiang* herumzufischen.

Die Männer am Tisch neben uns stießen sich feixend an.

Fortune konzentrierte sich nur halb auf das Esswerkzeug, das ihm sperrig in der Hand lag. Immer wieder wanderte sein Blick zu mir herüber. Seine Stirn legte sich dabei in Falten, um seinen Mund zuckte es.

Ich konnte sehen, wie er einen Anfangsfaden für all die Fragen in seinem Kopf suchte, während ich mich hungrig über den Reis, die Stücke von Garnelen, Huhn, Schwein und Gemüse hermachte.

»Habe ich das richtig verstanden«, tastete er sich an einem ersten dünnen Fädchen entlang, »du ziehst allein hier durch die Lande?«

Ich nickte mit vollem Mund.

»Und wovon lebst du?«

Ich hielt im Kauen inne.

Vermutlich sah man mir an, wie hart die letzte Zeit für mich gewesen war. Hatte er deshalb vorgeschlagen, in eine Garküche zu gehen, und darauf bestanden, alles zu bezahlen?

Ich kannte verschiedene Arten von Almosen. Von Geschenken. Von Gesten der Großzügigkeit, der Dankbarkeit und der Freundlichkeit.

Bei ihm war ich mir nicht sicher, wie diese Essenseinladung gemeint war.

Das Stück Garnele in meinem Mund schmeckte plötzlich bitter, und ich schluckte es hastig hinunter.

»Was die Leute geben. Dach über Kopf. Essen. Kleider.«

Es war die Wahrheit, doch in seiner Sprache klang es falsch. Verstärkte den bitteren Geschmack auf meiner Zunge, den die Garnele hinterlassen hatte.

»Ich bringe Glück«, fügte ich deshalb hastig hinzu. »Glück und Segen.«

Scharf klang meine Stimme dabei, so scharf wie die Soße von *ba bao la jiang*. Als müsste ich mich vor ihm rechtfertigen.

Wer aus dem feinmaschigen Netz von Familie und Stand fiel, wurde zu einem Geist, von dem man nicht wusste, ob er gut war oder böse. Eine Mahlzeit konnte einen solchen Geist milde stimmen. Ein Lager für die Nacht würde dafür sorgen, dass ein *jianghu* zur Stelle war, bedurfte man einmal seiner Hilfe. Ein Geschenk sicherte den Beistand der Mächte, mit denen wir im Bunde waren.

Ein weit verbreiteter Aberglaube auf dem Land wie in den Städten, der uns zugutekam.

In früheren Wintern war mir Shanghai trotz der Kälte eine Zuflucht gewesen. Einmal hatte ich sogar ein paar Nächte im Haus einer reichen Kaufmannsfamilie verbracht, die sich für das neue Jahr noch bessere Geschäfte versprach, wenn sie einer *jianghu* eine Kammer mit einem richtigen Bett und einem Ofen zur Verfügung stellte und sie reich bewirtete.

Jetzt erkannte ich Shanghai nicht wieder.

Die Leute hier schienen den Brauch vergessen zu haben, einer *jianghu* eine Mahlzeit und ein Obdach anzubieten. Zu beschäftigt waren sie, Waren aus allen Ecken der Provinz und darüber hinaus herbeizuschaffen und in klingende Münze zu verwandeln. Geld und die

Gier danach waren die neuen Herren der Stadt, die mit den Schiffen aus dem Westen Einzug gehalten hatten.

In Shanghai hatte ich das erste Mal seit Langem wieder Hunger gelitten. In zugigen Hauseingängen und heimlich in schmutzigen Ställen geschlafen. Noch war ich zu stolz, als dass ich auf der Straße gebettelt hätte. Zu starrsinnig, um klein beizugeben und weiterzuziehen.

Ich wich Fortunes Augen aus. Diesen Fuchsaugen, die mich begutachteten wie ein unbekanntes Gewächs.

»Was bist du?«

Nicht *wer*. Sondern *was*.

Als müsste er sich versichern, dass ich ein Mensch aus Fleisch und Blut war und kein übernatürliches Wesen.

Allmählich begann ich zu ahnen, dass er jenseits seiner Gräser und Blumen doch ein wenig von diesem Land gesehen haben musste und nun versuchte, sich einen Reim auf mich zu machen.

»*jianghu*.«

Sein Mund wiederholte stumm die Laute.

»Flüsse und ... Flüsse und Seen?«, übersetzte er unsicher.

Ich nickte.

»Was ist damit gemeint?«

Nachdenklich knabberte ich an einem Bambusschössling zwischen meinen Stäbchen. Ich wollte Zeit gewinnen und suchte nach den richtigen Worten.

»Keine Wurzeln«, begann ich schließlich. »Immer ... unterwegs.«

Meine Stäbchen zeichneten eine Straße in die Luft, die bis zum Horizont führte.

»*jianghu* meint ... Akrobaten. Gaukler.«

Jongleure. Reisende Musikanten und Sänger. Wunderheiler und fliegende Händler. Magier.

»Diebe und Wegelagerer. Bettler. Und solche *jianghu* wie mich.

Kämpfer. Manche sind mal das eine, mal das andere. Viele mehreres zugleich.«

An dem Nachhall meiner Stimme in meinen Ohren, an der Art, wie Fortune seine Stirn fragend furchte, merkte ich, dass ich seine Sprache und meine durcheinandergewürfelt hatte.

Ich wusste nicht, wie viel er davon verstand, aber da waren noch so viele Worte mehr auf meiner Zunge.

»Eine alte Weise zu leben ist *jianghu*. Weit, weit zurück in der Zeit. Lange vor der ersten aller Kaiserdynastien, die das Reich unter der Herrschaft des Himmelssohns geeint hat. Vor der Zeit der Streitenden Reiche. Vor den Chroniken von Frühling und Herbst. Bevor die Große Mauer gebaut ist. *jianghu* waren schon da vor der Lehre des Dao. Bevor die des Buddha hierherkam, über Seidenwege und Jadestraßen. Vor den Schriften von Kung Fu Tse, die das Reich schmiedeten. In Form hämmerten.«

Genauso lange wurden *jianghu* in Liedern besungen. In Versen verewigt, als gefürchtete Gesetzlose und verehrte Helden zugleich. Unsterblich gemacht in Legenden, die man sich am Feuer erzählte, und auf langen Wanderungen.

Und wir *jianghu* würden auch noch da sein, wenn die Herrschaft der Mandschu über China eines Tages ein Ende finden sollte, gleich ob durch die fremden Teufel oder eine andere Macht.

»*jianghu* ist kein Bündnis. Kein ... kein ... heimliches Heer. Nicht wegen Macht. Nicht wegen Reichtum. Nur wegen Ehre. Und um frei zu sein. Frei wie die Vögel am Himmel.«

Für uns war es Freiheit.

Für alle anderen war es *luan*. Unordnung. Chaos.

Das, was die Menschen am meisten fürchteten. Mehr noch als den Tod.

Den Behörden waren wir ein Dorn im Auge. Wir lockerten den Grund, auf dem das stolze Himmlische Reich ruhte, und höhlten ihn aus, Krümchen um Krümchen. Es war ihnen ein Leichtes, einen oder zwei oder gleich eine Handvoll von uns unter ihren Stiefelsohlen zu zerquetschen wie Insekten.

Aber immer blieben noch mehr als genug von uns übrig, die sich in den Weiten des Reiches zerstreuten und ihren eigenen Weg gingen.

»Manche sind hochgeboren. Viele einfache Leute und arm. Männer und manchmal auch Frauen. Die nicht mehr Familie und Sippe Gehorsam schulden. Keinem Grundherrn, keinem Mandarin und keinem Kaiser. Keinen Gesetzen von oben folgen. Nur unseren eigenen Gesetzen: Brich nie dein Wort. Bleib nie einen Gefallen schuldig. Steh immer für Brüder und Schwestern ein. Hilf immer den Schwachen.«

Nicht umsonst bestand *wuxia*, der Begriff für den heldenhaften Krieger, zur Hälfte aus dem Wort *xia:* der Kodex, der all diese Tugenden umfasste.

Fortunes Miene hatte sich bei meinen Worten aufgehellt; er murmelte etwas, das wie *lrobenud* klang.

»Was?«

»Robin Hood«, wiederholte er. »Das ist ... war ... Ah, nicht so wichtig. Eine alte Legende bei uns.«

Das Lächeln machte sein Gesicht ein bisschen ansehnlicher, unwillkürlich hoben sich auch meine Mundwinkel.

»So verbringst du also dein Leben damit ... Leuten zu helfen – so wie mir in Chim- in Shenhu?«

Er sagte es, als wäre es etwas Besonderes, und das Staunen in seinen Augen machte mich verlegen. Doch auf eine Art, die mir keineswegs unangenehm war.

Trotzdem wollte ich nicht, dass er weiter in meinem Leben herumstocherte wie mit den Stäbchen in seiner Essensschale. Außerdem war das *ba bao la jiang* zu gut, um es leichtfertig kalt werden zu lassen.

»Schau. So.«

Ich drehte meine Hand mit den Stäbchen hin und her, damit er sich abschauen konnte, wie er sie richtig halten sollte. Ließ sie aneinanderklicken, um ihm zu zeigen, wie beweglich sie dabei bleiben mussten, bevor ich damit betont langsam ein Stück Gemüse aus der Schale aufnahm und zum Mund führte, und danach ein Klümpchen Reis.

Er versuchte, meine Fingerhaltung nachzuahmen. Das Stück Fleisch, das er auf seinen Stäbchen balancierte, plumpste zurück in die Schüssel; Spritzer der Bohnensoße verteilten sich über den Tisch und seine Jacke.

Neben uns flammte Gelächter auf.

Fortune nahm die andere Hand zur Hilfe, um seine Finger um die Stäbchen zu biegen und es erneut zu versuchen. Er hielt sie immer noch falsch. Ein Wunder, dass er bisher noch nicht verhungert war.

Ich legte meine Stäbchen beiseite und stellte die Schale ab, um über den Tisch zu langen und nach seiner Hand zu greifen.

Sie war noch kalt, taute nur langsam in der dampfigen Luft auf. Doch darunter pulsierte eine lebendige Wärme, so kräftig wie die Gelenke, die Sehnen und Fingerglieder.

Entschlossener als vielleicht nötig, rückte ich die Stäbchen zwischen seinen Fingern zurecht.

»So!«, wies ich ihn grob an und ließ seine Hand dann schnell wieder los.

Unter gesenkten Lidern sah ich, wie Fortune mir einen dankbaren Blick zuwarf. Zerbrechlich wirkten die Stäbchen in seinen Pranken, die doch so sanft mit den zartesten Pflanzen umgehen konnten. Trotzdem sah es aus, als schaufelte er mit einer Mistgabel sein Essen aus der Schale. Wenigstens schien er langsam den Bogen herauszubekommen.

»Ist es gut?«

Fortune nickte knapp; mit geblähten Nüstern schnappte er hörbar durch den geöffneten Mund nach Luft. Wie ein junger Drache, der dagegen ankämpft, sein erstes Feuer zu spucken.

»Würzig«, stellte ich schmunzelnd fest.

Seine Augenbrauen hoben sich, als wollte er sagen: *halb so wild*, und er leerte seine Schale Tee in einem Zug, schenkte sich gleich aus der Kanne nach. Fast hatte ich ein schlechtes Gewissen, dass ich für uns ausgerechnet *ba bao la jiang* ausgewählt hatte, das dazu noch so teuer war. Aber ich hatte schon lange nicht mehr etwas so Gutes zu essen bekommen.

Verstohlen beobachtete ich ihn, während wir schweigend weiteraßen. Ich fragte mich, ob es in seinem Land mehr solche Männer gab wie ihn. Oder nur solche wie die grobschlächtigen Barbaren, die sonst unsere Küstenstädte bevölkerten. Ich versuchte mir vorzustellen, wie wohl ihre Frauen sein mochten. Auch so groß? So laut? So derb und ungeschickt? Oder so in sich gekehrt wie Fortune, so einsiedlerisch und sich selbst genug?

In Gedanken konnte ich mir blasse Frauen mit gelben oder roten Haaren ausmalen, mit Augen wie aus Glas oder Wasser. Weiter kam ich dabei nicht, sie blieben leblose Puppen. Ohne Charakter und Temperament. Ohne Gesichtszüge. Ohne einen Körper, weil ich nicht wusste, worin ich ihn in meiner Vorstellung kleiden sollte. Ohne Stimmen.

Eine angenehme Schärfe im Mund und den Bauch gut gefüllt, stellte ich meine leere Schale ab, trank von meinem Tee.

Fortune wollte seine Stäbchen schon beiseitelegen, als sein Blick auf meine Essensschale fiel; daraufhin ließ er die Stäbchen genauso quer auf seiner leeren Schale ruhen. Er konnte nicht wissen, dass das bei uns das Ende der Mahlzeit bedeutete, aber dass er diese Kleinigkeit wahrgenommen hatte und es mir gleichtat, brachte mich hinter meiner Trinkschale zum Lächeln.

»Wenn du so viel rumgekommen bist ... dann kennst du dich doch sicher gut in Shanghai aus?« Vielleicht hatte er den Anflug von Misstrauen bemerkt, in dem ich meine Brauen zusammenzog, denn schnell setzte er hinzu: »Kannst du mir vielleicht helfen?«

Fragend sah ich ihn an.

Er schob seinen Hut und die leeren Schalen zur Seite, wischte mit dem Ärmel die Tischplatte sauber und holte etwas aus seiner Jacke: Papierbögen, die er entrollte und vor mir ausbreitete.

mudan. Üppig und farbenprächtig wie in Anshins Garten damals.

Die Blume des Kaisers, hatte Anshin sie genannt.

Königin aller Blumen.

Die Blume, die Glück und Reichtum versprach.

Das Sinnbild für die Schönheit einer Frau.

Mit einem Mal war ich unsicher, ob Fortunes Fragen vorhin wirklich mir gegolten hatten oder einen bestimmten Zweck verfolgten; ich wusste nicht, was mir lieber gewesen wäre.

»Kannst du mir helfen, die zu finden? Irgendwo, wo ich sie kaufen kann?«

Hoffnungsvoll klang seine Stimme, bittend und fast verzweifelt. Dies alles spiegelte sich auch in seiner Miene wider; in seinen Augen lag die Energie des Bergbachs, der über eine Felskante hinabschäumt und dem Sog der Tiefe folgt.

Ich kannte diesen Blick.

Begehren sprach daraus. Pures, lustvolles Begehren des Körpers und der Seele.

Nur dass es bei ihm Blumen waren, denen dieses Begehren galt.

Yun ...

Warum musste ich in diesem Moment ausgerechnet an Yun denken?

Ich hatte so lange nicht mehr an ihn gedacht.

Ich senkte die Lider und nippte an meinem Tee, der plötzlich salzig schmeckte wie Enttäuschung und alter Kummer.

19

Da waren sie. *mudan.*

Irgendwo im Gedärm der Stadt, wo übelriechende Rinnsale über das Pflaster liefen. Wo die Häuser sich so weit aufeinander zu neigten, dass nur dünne Streifen Licht in die Gassen fielen und sich der Wind schneidend hindurchpresste.

Strauchpäonien.

Hinter einer baufälligen Fassade, vor der es nach ranzigem Fett und Unrat stank. Jenseits eines Hofs mit einem Schweinepferch und eifrig pickenden Hühnern. Auf der anderen Seite einer Mauer, die auf ihrem krummen Rücken Jahrhunderte zu tragen schien.

Paeonia suffruticosa.

Buschig und hochgewachsen, fast schon kleine Bäume, und in prachtvoller Blüte stehend. In Schattierungen von leuchtendem Pink und sattem Purpur, Pfirsichfarbe und Korallenrot. Von einem blassen Rosa, das bläulich angehaucht war. Reinstes Weiß, zur Blütenmitte hin golden auslaufend.

Farben, die den kleinen Innenhof erleuchteten, irgendwo tief in dieser grauen Stadt. Ein Garten inmitten der weiten Steinwüste, wohl kaum größer als zwanzig auf zwanzig Schritte, die Luft darin wie frischgewaschen und süß, ähnlich feuchtem Herbstlaub oder überreifem Obst.

Fortune konnte der Versuchung nicht länger widerstehen. Zwischen Daumen und Zeigefinger ließ er die Blütenblätter einer Päonie hindurchgleiten, die ihn an die Schwingen eines Schwans erinnerten. Bestimmt gab es selbst in ganz China keine Seide, die sich damit vergleichen konnte.

Sein Blick kreuzte den des Wachmanns, der sie eingelassen hatte. Die Hand am umgegürteten Schwert, die Miene reglos; trotzdem fühlte Fortune sich ertappt und schob seine Finger rasch in die Hosentasche.

Ein zweites Paar Augen beobachtete ihn; schieferdunkel waren sie. Die Riefen darunter fächerten sich jetzt auf, wie zu einem wissenden Lächeln.

Der Hüter dieser Kostbarkeiten. Dieses kleinen botanischen Wunders.

Mit seinem verwitterten Walnussgesicht, der Bart wie Fäden gesponnen Zuckers, erinnerte er Fortune an einen fernöstlichen Magier im Guckkasten eines Jahrmarkts.

Auch wenn es reine Wissenschaft sein musste, die dieses Fleckchen Sommer möglich machte, mitten im Shanghaier Winter.

»Bitte, Lian – frag ihn, wie er das macht. Dass sie blühen, obwohl es Winter ist und kalt.«

Er verfolgte die auf- und absteigenden Laute ihrer Frage und der Antwort des Gärtners, die für Fortunes Ohren verblüffend kurz ausfiel.

»Er sagt, er muss nichts machen. Nur Wasser geben und pflegen. Und auch nicht viel. Bester … bester … ich weiß nicht, wie es heißt in deiner Sprache. Was man Pflanzen gibt, dass sie gut wachsen?«

Fortune brauchte einen Augenblick, um zu verstehen, was sie meinte.

»Dünger? Wie Dung? *fenfei?*«

»Ja. Dünger. Er sagt, bester Dünger ist der Schatten des Gärtners. Und Winter in Shanghai – der tut ihnen nichts.«

Päonien, die nicht nur in üppiger Fülle, in prächtigen Farben blühten, sondern dazu noch äußerst robust waren – Fortune musste sie haben.

»Frag ihn bitte, ob ich welche davon kaufen kann. Und wie viel er dafür haben will.«

Angespannt verfolgte er den Wortwechsel zwischen Lian und dem

Gärtner, obwohl er nicht das Geringste davon enträtseln konnte; ihre Mienen blieben unbewegt.

Als die beiden Stimmen leiser wurden, nur noch flüsterten, gab er auf, richtete seine Aufmerksamkeit stattdessen ganz auf Lian. Selbstbewusst wirkte sie, aber nicht fordernd; Respekt zeigte sie, ohne jede Spur von Unterwürfigkeit.

Frauen waren in solchen Dingen oft gewandter als Männer, das hatte er immer wieder festgestellt. Mit einem sechsten Sinn für den Umgang mit anderen Menschen ausgestattet. Einem besonderen Geschick für das Praktische, das Notwendige.

Sogar dieses Mädchen, das kämpfte wie ein Mann.

Er hatte nie die herrschende Meinung geteilt, Frauen seien das schwache Geschlecht. Niemand, der wie er auf dem Land großgeworden war, konnte das ernsthaft glauben. Dort arbeiteten Frauen genauso hart wie Männer. Kämpften sich genauso durch die Schwierigkeiten eines entbehrungsreichen Lebens, nicht selten sogar tapferer, ausdauernder, zäher. Und jeder Mann, der jemals Zeuge geworden war, wie eine Frau ein Kind zur Welt brachte, musste danach doch einen tiefen, unauslöschlichen Eindruck von der Stärke der Frauen zurückbehalten.

Frauen waren es, die diese Welt am Laufen hielten. In all den kleinen alltäglichen Entscheidungen und Tätigkeiten, die als selbstverständlich betrachtet und so leicht abgetan wurden.

England hatte Elizabeth I. hervorgebracht und Queen Victoria – trotzdem waren es Männer, die Gesetze erließen und für deren Einhaltung sorgten. Männer führten Kriege und beendeten sie wieder, und Männer gaben in Gesellschaft, Kunst und Wissenschaft den Ton an.

Nicht zum ersten Mal fragte er sich, wie die Welt wohl aussehen mochte, hätten mehr Frauen das Sagen. Sicher besser, war er dann jedes Mal geneigt zu glauben. In vielerlei Hinsicht.

Allein schon um der Gerechtigkeit willen.

Was definierte überhaupt einen Mann? Eine Frau?

Der Graben zwischen männlich und weiblich zog sich durch das gesamte Tierreich und sogar durch die Welt der Pflanzen. Die meisten Blüten waren sowohl männlich als auch weiblich, mit Staubblatt und Stempel. In der Botanik als »vollkommene Blüte« bezeichnet und ein Sinnbild für die höchste Verbindung zwischen Mann und Frau: die Ehe.

Was aber, wenn es vielmehr ein Sinnbild dafür war, dass jeder Mensch in seinem Wesen männliche wie weibliche Anteile besaß und in sich vereinte? In unterschiedlicher Ausprägung und Gewichtung, mit individuellen Stärken und Schwächen, Vorteilen und Nachteilen?

So wie manche Pflanzenarten männliche und weibliche Blüten trieben, und wieder andere ihre Blüten auf durchgehend männliche oder weibliche Pflanzen verteilten.

War es nicht gerade diese Vielfalt, die die Schönheit und den Reichtum der Natur ausmachte?

Ein Gedankengang, der ihn umso mehr beschäftigte, je länger er ihn verfolgte. Der aber auch die alte Unsicherheit weckte, die ihn in seiner Jugend gequält hatte.

Wenn er darüber nachsann, wie es genau vor sich ging, dass nach der Bestäubung durch Bienen aus der Blüte eine Birne wurde und sein Vater ihn dann für seine Verträumtheit an den Ohren zog. Wenn er lieber las oder durch die Natur streifte, als mit den anderen Burschen im Pub einen zu heben. Wenn ihn die Tatsache, dass Äpfel und Rosen miteinander verwandt waren, mehr faszinierte, als hübschen Mädchen nachzusteigen.

Eine Unsicherheit, aus der er herausgewachsen war, nach und nach. In seiner Lehrzeit, seinen Studien. Der Arbeit. Der Ehe mit Jane und der Vaterschaft.

Die jetzt jedoch wieder ihr hässliches Haupt erhob. Das ungute Gefühl mit sich brachte, dass er auf seinem Lebensweg etwas verpasst hatte. Ein paar Schritte übersprungen, bestimmte Erlebnisse und Erfahrungen ausgelassen, die ihn zu einem ganzen Mann gemacht hätten.

Ein Mangel, der ihm zu Hause nie aufgefallen war.

Er sollte so nicht empfinden, als Mann.

Es kam ihm nicht ungelegen, als ein fliegender Wechsel von kurzen Lauten, wie Vogelrufe, ihn aus diesen Gedanken riss.

Die Hände in die weiten Ärmel seines braunen Gewands geschoben, verneigte sich der chinesische Gärtner. Lian tat es ihm gleich, nur dass sie dabei ihre Handflächen aneinanderlegte.

»Komm«, warf sie Fortune über die Schulter zu, als sie auf das Tor zuging.

Mit einer harschen Endgültigkeit, die ihn bestürzte.

Er wollte nicht so schnell klein beigeben. Mit leeren Händen gehen. Wo doch die Päonien zum Greifen nahe waren.

Hilfesuchend sah er den Gärtner an, der seinen Blick ungerührt erwiderte.

Nicht unfreundlich, aber mit der Entschiedenheit des letzten Worts.

Schweigend wanderten sie durch die Gassenschluchten.

Irgendwo in einem Hinterhof keifte eine Frauenstimme, hämmerte es in einer Werkstatt; ein Hahn krähte.

Nicht ein einziges Mal hob Lian die Augen, um ihn anzusehen. Ihre Brauen waren fortwährend in Bewegung; mal wirkte sie ungehalten, mal grüblerisch.

Erst als ihre Stirn sich wieder glättete, sprach er sie an.

»Was hat er gesagt? Warum wollte er mir nichts verkaufen?«

Lian blieb stehen, atmete tief durch.

»Er hat gesagt ... wenn die Leute hören, dass er an einen ... einen ...«

Sie zögerte.

»... an einen *kwei-tsz*?«, sprach er gutmütig das Wort aus, das sie offenbar umgehen wollte.

In ihren Augen glomm es auf, und ihre Mundwinkel kräuselten sich zu einem flüchtigen Lächeln.

»... an einen *hong mou jin* verkauft hat, macht er nie wieder Geschäfte. So viel Geld kannst du nicht geben, um es wettzumachen.«

»Es hätte doch niemand erfahren müssen.«

Lian nickte auf die Gasse hinaus, deutete dann auf die endlosen Reihen von Türen und Fenstern.

»Die Stadt hier ... Tausend Augen. Tausend Zungen und Ohren. Überall.«

Unwillkürlich wanderte Fortunes Blick zu den Dachfirsten hinauf. Er dachte an die Gassenjungen heute Morgen und an ihr ausgeklügeltes System, sich miteinander zu verständigen.

Seine Finger in den Hosentaschen ballten sich zu Fäusten.

»Ganz Shanghai tut doch gerade nichts anderes, als Waren auf unsere Schiffe zu verladen!«

»Alles da draußen«, Lians Hand beschrieb einen weiten Bogen, »alles könnt ihr kaufen. Aber nicht *mudan*.«

Die ganzen Reichtümer Chinas hätte er hier in Shanghai erwerben können. Seide und Baumwollstoffe. Porzellan und bemalte Fächer. Mobiliar und lackierte Kästchen und Tee, den wertvollsten Schatz überhaupt.

Nur keine Päonien.

Die Enttäuschung saß tief, ein nagendes Gefühl tief im Bauch, an der Grenze zur Übelkeit.

»Ist nicht gerecht. Tut mir sehr leid.«

»Nein, es ist nicht gerecht. Aber ich kann es verstehen.«

»Ja?« Lians Blick flog überrascht zu seinem Gesicht.

»Ja.«

Dass Päonien hier solche Kostbarkeiten waren, höher geschätzt als alles Porzellan und sogar als Tee, eifersüchtig gehütet und nicht mit Silber oder Gold aufzuwiegen – das entsprach seinem eigenen Weltbild, imponierte ihm sogar.

»Warum …« Es war ihr anzusehen, wie vorsichtig sie sich an diese Frage herantastete. »Warum sind *mudan* wichtig für dich?«

Er ließ sich Zeit mit seiner Antwort.

»Sie wären auch in England viel Geld wert«, sagt er nach einer Weile leise. »Und ich gebe zu, ich wäre stolz darauf, würde eine davon dort meinen Namen tragen. Aber mehr noch wäre ich stolz darauf, diese Schönheit nach Hause zu bringen. Damit die Leute dort sie sehen. Sich daran erfreuen können.«

Unsicher, wie viel Lian von seinen Beweggründen verstand und was sie davon halten mochte, sah er sie an.

Ein kleines Lächeln glitt über ihr Gesicht.

»Er hat auch gesagt, er weiß nicht, ob *mudan* stark genug für so lange Reise. Aber du sollst nach Guangzhou gehen. Guangzhou – Canton? Dort viel, viel mehr *mudan*. Dort … wie sagt man für Sonne und Regen und Wärme und alles?«

»Klima. Das Klima ist dort besser?«

»Klima, ja. Viel besser für Blumen. In Canton gibt alle Formen. Alle Farben. Für weniger Geld als hier.«

Misstrauen regte sich in ihm. »Und dort wird man sie mir verkaufen?«

»Vielleicht. Canton …« Lian hob eine Schulter. »Canton ist freier. Die Stadt ist mehr fremde Teufel gewohnt, von vor vielen Jahren."

Es bedrückte ihn, wie schlecht sie aussah. Hohlwangig und mit tiefen Schatten unter den Augen, schien sie seit jenen Tagen in Chusan schlechte Zeiten mitgemacht zu haben; er war froh, zumindest heute eine üppige Mahlzeit in ihrem Magen zu wissen.

Trotzdem wirkte sie alles andere als mutlos oder verzagt; vielmehr zäh und unbeugsam. Von einem Stolz, der auch durchschien, als sie von ihrem Leben als *jianghu* erzählt hatte, ungewohnt wortreich. Mit einer Leidenschaft, die ihre Augen glänzen ließ.

Ein Leben, das ihm zu fantastisch vorkam, um wirklich zu sein. Selbst in diesem Land voller Merkwürdigkeiten kam Lian ihm vor wie eine Figur aus einem Abenteuerroman. Hätte sie in der Garküche nicht seine Hand genommen, um ihm den Umgang mit den Essstäbchen zu zeigen, würde er wohl daran zweifeln, ob es sie tatsächlich gab.

Als ob er mit Lian hier, in dieser Gasse abseits der geschäftigen Straßen Shanghais, am Rand einer magischen Welt stand, die ihn ebenso anzog wie sie ihm unheimlich war. Am Ufer einer anderen Zeit.

Unwillkürlich trat er einen Schritt zurück.

Ganz rational an die naheliegendsten, die praktischen Dinge zu denken, gab ihm wieder Sicherheit.

»Würdest du mitkommen nach Canton? Mir helfen, die Pflanzen dort zu finden und zu erwerben? Ich kann dir nicht viel bezahlen, aber …«

Er brach ab, als ihr Gesicht für einen Augenblick ausdruckslos wurde, sich dann verfinsterte. Jetzt war sie es, die einen Schritt zurücktrat und dabei den Kopf schüttelte.

Sie deutete auf die nächste Hausecke, von der geschäftiger Lärm in Wellen zu ihnen in die Gasse schwappte.

»Da kommst du wieder auf die großen Straßen.«

Das scharfe Essen brannte in seinem Bauch. »Dann … hab vielen Dank für deine Hilfe.«

So hölzern, wie seine Worte klangen, so geschmeidig war die Geste, mit der Lian ihre Handflächen aneinanderlegte.

»Viel Glück für deinen Weg, Fortune. Für deine Suche.«

Ohne ihn noch einmal über ihre Fingerspitzen hinweg anzusehen, drehte sie sich um.

Er sah ihr nach, als sie durch die Gasse ging und zwischen den grauen Mauern verschwand.

Mit einer seltsamen Mischung aus Bedauern und Erleichterung richtete er seine Schritte nach den Geräuschen der Stadt aus.

Ein Satz des chinesischen Gärtners fiel ihm ein, von Lian in seine Sprache übertragen. Ein Satz, der sich in ihm festhakte und wohltuend alle anderen Gedanken beiseitedrängte. Im Gehen zog er sein Notizbuch aus der Jacke, hielt den Bleistift mit klammen Fingern.

Der beste Dünger ist der Schatten des Gärtners. (chin. Sprichwort)

Fortune blieb stehen und dachte nach.

Dieser Ausspruch gefiel ihm. Gab er doch das wieder, was die wichtigsten Eigenschaften eines Gärtners waren: Geduld und Beharrlichkeit.

Er war immer sicher gewesen, sich in beiden Eigenschaften auszuzeichnen. Nicht nur in der Hege, die er Pflanzen angedeihen ließ.

Lange brütete er darüber nach.

Nur beiläufig nahm er wahr, wenn er angerempelt wurde. Wenn jemand ihn anschrie und beschimpfte. Diesen dummen, grobschlächtigen *kwei-tsz*, der so ungeschickt im Weg herumstand, den unaufhörlich vorwärtsströmenden Fluss aus Menschenleibern, Karren und Waren behinderte.

Bis es wie ein Ruck durch ihn ging und ihn nicht länger zögern ließ.

Er steckte sein Notizbuch ein und machte kehrt.

20

Bindungen sind der Tod jeder Freiheit.

Das war eine der Weisheiten meiner Meister gewesen.

Etwas, das mich das Leben schon mehr als einmal gelehrt hatte.

Deshalb konnte ich Fortunes Angebot nicht annehmen, hätte es auch viele Mahlzeiten, ein Lager für jede Nacht und sogar etwas eigenes Geld bedeutet. Ich wollte mich nicht an ihn binden. Ihm nicht verpflichtet sein, nicht einmal für kurze Zeit.

Ich hatte ihm angemerkt, wie sehr ihn mein kurzer, abrupter Abschied verletzte. Dass ich nicht mehr Worte für ihn übrig gehabt hatte oder auch nur einen Blick.

Ich war noch nie gut darin gewesen, mich zu verabschieden. Alle meine Abschiede waren jäh und unerwartet gewesen, heimlich und oft in der Nacht erfolgt. Weil es die einzige Möglichkeit gewesen war. Es so weniger wehtat.

Ich hoffte, Fortune würde in Guangzhou die Blumen bekommen, die er sich ersehnte.

Die Gassen, durch die ich ging, waren leer.

Um diese Tageszeit waren die Bewohner dieser Häuser entweder im Herzen der Stadt oder im Hafen unterwegs. Alle übrigen hatten sich vor der Kälte hinter die schützenden Mauern zurückgezogen, wärmten sich am Feuer.

Ich war froh um diese Leere, die Stille. Ich brauchte sie, um all die Gedanken in meinem Kopf auszusieben und die meisten davon ziehen zu lassen, einen nach dem anderen.

Nur eine räudige Katze kreuzte meinen Weg. Ihr klägliches Maunzen ging nahtlos in ein Fauchen über, und ihr Rückenfell sträubte sich.

Ein Luftzug streifte meinen Nacken.

Noch während ein Schatten an mir vorüberflog, ich das feine Sirren einer Klinge hörte, zog ich mein Schwert.

Beinahe zu spät.

Die Spitze der anderen Klinge ritzte meine Wange, bevor ich sie abwehren konnte, einen Hieb nach dem anderen parierte, angestrengt und in blindem Reflex.

Ein halbwüchsiger Bursche war es, der das Schwert führte.

Ein Hänfling mit geschorenem Kopf. Ohne den langen Zopf, den die Mandschu-Herrschaft allen Männern im Reich vorschrieb.

Kein allzu schlechter Kämpfer. Aber auch kein besonders geschickter.

Noch dazu mit einem Schwert, das zu groß, zu schwer für ihn war, aus einfachem trockenen Stahl; das hörte ich an dem Kreischen, das es von sich gab, wenn meine Klinge in einem bestimmten Winkel darauf traf.

Trotzdem hatte ich Mühe, mich gegen ihn zu behaupten. Ich war nicht im Einklang mit meinen Bewegungen, meinem Atem, mit mir selbst.

Ich verfluchte Fortune und seine Blumen, die mich hierhergeführt hatten. Meine Gedanken so sehr beschäftigten, dass ich wie blind und taub meine Vorsicht vergessen hatte.

Ich verfluchte diesen Jungen, der offenbar *jianghu* sein wollte, aber keine Ahnung von Ehre hatte. Sich für einen *jianke*, einen Schwertsmann, hielt, ohne eine anständige Waffe in der Hand, ohne ein tieferes Verständnis von Klinge und Kampf.

Ich verwünschte mich selbst, überhaupt nach Shanghai gekommen zu sein.

Die Schläge der Klingen, mal silberhell, mal scharf, fanden ihr Echo in meinem Herzschlag, meinem Atem.

Wie ein Windstoß, der durch Herbstlaub am Boden fährt, leerte sich mein Geist, fand ich meine Balance, meinen Fokus, mein Tempo.

Schritt um Schritt, Hieb um Hieb trieb ich den Jungen vor mir her. Unsicherheit flackerte in seinen Augen auf, dann Furcht.

Die größte Schwäche in jedem Kampf.

Ich holte aus und fegte das Schwert aus seiner Hand. In hohem Bogen flog es davon und landete scheppernd auf der Gasse.

Aus dem Augenwinkel sah ich, wie sich in den Schatten der Mauern etwas regte. Eine Silhouette löste sich aus dem Dunkel, nahm die Gestalt eines Mannes an. Dieses Mal war ich aufmerksamer, drehte mich mit erhobenem Schwert so, dass ich beide im Blickfeld hatte.

»Was wollt ihr? Ich besitze nichts von Wert. Ich bin *jianghu*, genau wie ihr.«

»Ich weiß.«

Etwas an dem zweiten Mann irritierte mich. Etwas an seiner Haltung. In seiner Stimme.

Er hob die Linke, wie zum Gruß.

»Ich erinnere mich gut. Obwohl es lange her ist, Mei-mei.«

Die mittleren drei Finger der Hand waren gleich lang, wirkten plump.

In meinem Schwertarm zuckte ein Muskel, als erinnerte er sich ebenfalls.

Die Klinge meines Schwerts war es gewesen, die diese Fingerglieder abgetrennt hatte. In einem Streit, nachdem Älterer Bruder einmal mehr seine Hände nicht bei sich behalten konnte.

Nicht nur bei mir.

Es hatte lange gedauert, bis ich in den Nächten wieder tief und fest schlafen konnte. Nicht mehr ständig diese Augen auf mir spürte, die sich an mir festsaugten, wenn ich Wasser holte, aus meiner Schüssel aß oder mein Schwert schärfte. Nicht mehr diese Stimme in meinem Ohr hatte, die mir Zoten zuzischte, bevor seine Hände nach mir tasteten, sein schwefliger Atem über meine Haut fuhr. Obwohl er damals immer den Löwenanteil der Mahlzeiten für sich beanspruchte, war er hager gewesen, fast knochig.

Inzwischen sah er wohlgenährt aus; sein Gesicht, früher spitz und listig wie das eines Mungos, hatte sich zu dem eines Mondbären gerundet. Seine Haare trug er länger, als ich sie in Erinnerung hatte, auf dem Oberkopf zu einem Knoten gebunden. Und auch wenn er sich schlicht kleidete, ließen Stoff und Schnitt seiner Jacke und seiner Hosen ahnen, dass sie teuer gewesen waren.

Womit Älterer Bruder heute auch sein Brot verdiente – er lebte gut davon.

»Wie ich sehe, hast du nichts von dem vergessen, was wir dir damals beigebracht haben.«

Er versuchte, mich bei meinem Stolz zu packen. Bei meinem wunden Punkt, dafür hatte er immer ein untrügliches Gespür gehabt.

Ich sah zu dem Jungen hin, der sich mit hochgezogenen Schultern an die Hausmauer drückte. Verlangend schielte er zu seinem Schwert hin, tastete sich bereits mit einem Fuß vor.

Ein Blick von mir, und er gab sein Vorhaben auf, sank in sich zusammen.

Fast tat er mir leid. Ich wusste, welche Verlockung von der Macht ausging, ein Schwert in der Hand zu halten. Wie schnell man dabei an seine Grenzen stieß und wie bitter diese Demütigung schmeckte. Es war schwer, diese Grenzen zu erkunden und auszuweiten. Man musste nicht nur seinen Leib schulen, sondern auch seinen Geist. Lernen, eins zu werden mit seinem Schwert.

Ein langer, steiniger Weg war es, für den die wenigsten die Geduld aufbrachten. Die Demut.

Ich war selbst allzu oft kurz davor gewesen, aufzugeben. Hätte ich denn eine Wahl gehabt.

»Nichts davon hat mir einer von euch beigebracht. All das konnte ich schon, bevor ich zu euch kam. Aber mit dir vor Augen habe ich gelernt, wie *jianghu* niemals sein soll. Wie *ich* niemals sein will.«

»Natürlich. Mei-mei, die tugendhafte Schwertmaid. Die des Nachts lieber bei ihrer Klinge liegt als bei einem Mann aus Fleisch und Blut.«

Wie ein Stachel in meinem Fleisch war die Erinnerung daran, dass ich ihn einmal anziehend gefunden hatte. Wie seine Aufmerksamkeit mir schmeichelte. Ganz zu Anfang, als mich noch seine Selbstsicherheit beeindruckte. Seine Aura von Stärke und Freiheit und Unbezähmbarkeit.

Mit der er Yun ähnelte und doch ganz das Gegenteil von Yun zu sein schien.

Bis ich den niederträchtigen Zug an ihm entdeckte. Seine Bösartigkeit und Kälte. Die einzige Entschuldigung, die ich hatte und jemals haben würde, war, dass ich zu jener Zeit ein gebrochenes Herz gehabt hatte. Eine zutiefst verwundete Seele gewesen war.

»Wenn du nur jemals ein echter Mann gewesen wärst, Älterer Bruder.«

Leichthin sagte ich das, fast fröhlich.

Die Art, wie er jetzt sein Gesicht verzog, war unverändert. Daran hätte ich ihn auf Anhieb erkannt.

»Ist ein *kwei-tsz* mehr nach deinem Geschmack?«

Ich war wirklich blind und taub gewesen. Vermutlich schon seit ich Fortune in die Garküche geführt hatte.

»Monströs sollen sie sein. Missgestaltet. Das erzählen die Blumenmädchen der Stadt. Entlohnt er dich gut dafür?«

Mit einem leichten Druck meiner Finger ließ ich die Klinge meines Schwerts vibrieren.

»Ich hätte dir die Zunge abschneiden sollen. Oder gleich etwas ganz anderes.«

Älterer Bruder lächelte nur. Dieses dünne, freudlose Lächeln, mit dem er einem zu verstehen gab, wie überlegen er sich fühlte.

»Auf welcher Seite stehst du, Mei-mei? Auf der unseres Landes oder auf der der Barbaren?«

Seine flammenden Reden von Aufständen und neuen Zeiten waren mir immer verhasst gewesen. Den lieben langen Tag konnte er sich darin ergehen und dabei auf seinem faulen Hintern sitzen. Während alle anderen sich sämtliche Arme und Beine ausrissen, damit jeder in der Gemeinschaft satt wurde und einen Faden am Leib hatte.

»Seit wann liegt dir die Herrschaft der Mandschu am Herzen?«

»Das Reich des Himmelssohnes wird fallen, Mei-mei«, erklärte er langsam und mit überdeutlicher Betonung, als ob er mich für begriffsstutzig hielte. »Aber nicht an seine Feinde. Nicht in die Hände der Barbaren.«

»He!«

Wie ein Donnerschlag polterte dieser Ruf durch die Gasse, rollte von den Mauern zurück.

Ein Riese kam auf uns zu, steifbeinig vor Entschlossenheit, in seiner Hand eine kleine Feuerwaffe.

»Geh!«, rief ich Fortune zu. »Geh weg!«

Er hörte nicht auf mich, lief unbeirrt weiter auf uns zu.

Was für ein Narr er doch war.

Ich hoffte, ich war die Einzige, die bemerkte, wie übervorsichtig er die Waffe hielt, fast zaghaft.

Älterer Bruder war nie geschickt mit dem Schwert gewesen, er konnte damit noch nicht einmal das Grün einer Rübe sauber abtrennen.

Seine Waffen waren die kleinen Schmetterlingsschwerter, die er überall zwischen seiner Kleidung am Körper trug und in seinen Stiefeln stecken hatte.

Ich hatte niemals mehr jemanden getroffen, der sie so kunstfertig fliegen lassen konnte wie Älterer Bruder, flink und zielgenau wie Pfeile.

»Schau ihn dir an, Mei-mei. In seiner ganzen barbarischen Scheußlichkeit. Wie mächtig er sich vorkommt. Als bräuchte er nur mit diesem lächerlichen Ding in seiner Hand zu winken, und ich würde vor Angst zu zittern anfangen. Wie die neuen Herrscher dieses Reiches führen sie sich auf. Er und seinesgleichen sind es, die dieses Land mit Opium fluten. Mit diesem fremden Dreck, der unser Volk versklavt und vergiftet. Sag, Mei-mei – wo ist da dein Stolz? Dein Gewissen? Deine ach so geschätzte Ehre?«

Ich nahm mir keine Zeit für eine Antwort. Jeden Augenblick konnte Älterer Bruder eine seiner Schmetterlingsklingen hervorzaubern und von sich schleudern wie einen Blitz.

Langsam holte ich mit meinem Schwert aus und streckte den anderen Arm vor. Über zwei hochgereckte Finger hinweg fixierte ich Älterer Bruder, jeden Muskel angespannt wie die Sehne eines Bogens. Er hatte lang genug das Leben mit mir geteilt, um zu wissen, dass ich ihm damit den Kampf erklärte.

Älterer Bruder musterte abwechselnd Fortune und mich.

»Über kurz oder lang wirst du vor der Wahl stehen, Mei-mei. Wähle gut.«

Auf ein Kopfrucken von ihm setzte sich der Junge in Bewegung. Hastig, als könnte er nicht schnell genug von mir wegkommen, und während er im Laufen sein Schwert von Boden aufklaubte, fing ich einen ängstlichen Blick von ihm auf.

Das steinerne Maul der Stadt verschluckte sie beide.

Fortune ließ seine Waffe sinken. Bäche von Schweiß rannen über sein Gesicht, das im Schatten der Mauern fahl aussah.

Ich schob mein Schwert zurück in seine Scheide. Erst jetzt bemerkte ich, dass auch ich trotz der Kälte unter meiner Jacke durchgeschwitzt war.

»Du blutest.«

Er wühlte in seiner Hosentasche und förderte ein weißes Stoffquadrat zutage, schickte sich an, es auf meine Wange zu drücken.

Unwillig bog ich den Kopf zurück.

»Ist unbenutzt«, erklärte er, eine Spur gekränkt.

Ich presste den Ärmel meiner Jacke auf die Wunde.

»Nicht schlimm«, murmelte ich. »Nur gekratzt.«

Er deutete mit dem Kinn zu der Stelle, wo eben noch Älterer Bruder und sein halbwüchsiger Handlanger gestanden hatten.

»Wer war das?«

»Niemand.«

Ich erkannte den Zweifel in seinen Augen. Hoffte trotzdem, er würde sich damit zufrieden geben.

»Es sah aus, als würdet ihr euch kennen.«

Seine Neugierde entfesselte den Zorn, den ich die ganze Zeit über in Schach gehalten hatte.

»Schlechter Mensch«, spie ich aus. »Schlechter *jianghu*. Feige und gemein.«

Es gelang mir nicht, meine Gedanken sorgfältig in die andere Sprache zu übertragen. Ich stolperte über die fremden Laute, und es war mir egal.

»Denkt, er ist großer Mann. Anführer. Wegen ihm nicht mehr bei anderen *jianghu*.«

Gesichter flackerten an meinem inneren Auge vorüber. Jüngerer Sohn. Kleiner Bruder. Dritte Schwester. Zweiter Onkel. Ich erinnerte mich an das Gefühl, wieder ein Zuhause zu haben. Eine Familie. In einer Gemeinschaft aufgehoben zu sein und gleichzeitig frei. Indem wir die Grenzen von Geschlecht und Stand beiseite fegten und jeder gleich viel zählte.

Es tat weh, mich des Unbehagens zu entsinnen, als ich allmählich erkannte, dass es nichts als eine Illusion war. An mein enttäuschtes Aufbegehren, von dem schließlich nichts als Verachtung übrigblieb. Jeder von uns hatte die Fesseln seines alten Lebens abgeschüttelt, um dann in diesem Kreis von *jianghu* doch wieder in der gleichen Falle zu landen. In einer Hackordnung. In einem Ringen um Macht und Stellung und die besten Bissen aus dem Suppentopf.

Danach hatte ich nie wieder versucht, irgendwo dazuzugehören. Irgendwo Wurzeln zu schlagen.

»Immer viel geredet. Von Freisein und Gleichsein. Brüder und Schwestern. Nur Worte! Alle Diener für ihn. Frauen nichts wert. Nur gut zum Essen machen. Als Spielzeug.«

Meine Augen brannten, als ich an Dritte Schwester dachte, die nicht stark genug gewesen war, um Älterer Bruder die Stirn zu bieten. Um meine Hilfe anzunehmen und mit mir fortzugehen.

Was wohl aus ihr geworden war?

Fortune brauchte einen Augenblick, um zu verstehen, was ich gemeint hatte. Er wandte seinen Blick ab, und sein Gesicht nahm eine lebhafte Farbe an. Wie er dabei mit der Feuerwaffe herumspielte, machte mich nervös.

»Vorsicht!«, fuhr ich ihn an.

Fortune betrachtete die Waffe, als wüsste er nicht, was er da in der Hand hielt.

»Sie ist nicht geladen. Ich ... ich kann damit nicht gut umgehen.«

Er war ein noch größerer Narr, als ich geglaubt hatte.

»Ich ...«, sprach er langsam weiter. »Ich wollte unseren Abschied nicht so stehen lassen. Deshalb bin ich umgekehrt. Um zu sehen, ob ich dich noch irgendwo finde. Dann habe ich etwas gehört und bin den Geräuschen gefolgt.«

Die Überwindung, die es ihn kostete, fortzufahren, machte seine Stimme kehlig.

»Mutig wollte ich sein. Verwegen. Aber ich weiß nicht, ob ich hätte abdrücken können, wäre sie geladen gewesen.«

War er wirklich nur ein Narr oder womöglich einer der seltenen Menschen mit einem guten Herzen?

Mein Blick kam auf seiner Waffe zur Ruhe. Ich hatte von solchen Waffen schon gehört. Doch noch nie hatte ich eine aus der Nähe gesehen oder gar in der Hand gehalten.

»Darf ich?«

Bereitwillig überließ er sie mir.

Ich war erstaunt über ihr geballtes Gewicht. Wie eine Faust aus Eisen und Holz, von einer dunklen Kälte. So anders als mein Schwert, das auch kalt war, aber hell, weil es immerzu das Licht reflektierte. Mit einem purpurnen Schimmer wie ihn nur der allerbeste Stahl aufwies.

Kurz war es, für ein *jian*, und leicht, es wog nur etwas über zwei *ji*. Geschaffen für einen Kämpfer von meiner Statur, meinem Wuchs. Alt war es, noch in der vorangegangenen Ära der Ming hergestellt. Zwei Jahre lang hatte ein Schmied den Stahl wieder und wieder ins Feuer gehalten, gefaltet und gehämmert. Bis hartes und weiches Metall zu einer Klinge zusammengewachsen waren, die wie Diamant war und doch so biegsam wie eine Feder.

Ein solches Schwert war in der Hand eines ausgebildeten *jianke* mehr als die Verlängerung seines Armes. Zu Stahl gewordener Atem war es. Ein zwei Finger breiter Flügel. Nur die Schmiede von Lonquan, der Stadt des Drachenbrunnens, konnten solche Schwerter herstellen.

Long Yuan, so hieß es: Drachenschlucht.

Eigentlich hätte es im Kloster bleiben sollen. Dort gehörte es hin, nachdem man es aus den Ruinen des alten Gebäudes geborgen hatte. Das zweite Kloster an dieser Stelle, das die Armeen der Mandschu zerstört hatten, seitdem sie vor zwei Jahrhunderten aus dem Nordosten eingefallen waren, das Land mit Krieg überzogen und die Herrschaft an sich rissen.

Ein Schicksal, das dem dritten Klosterbau erspart bleiben sollte. Dafür sollten gut ausgebildete Kämpfer sorgen, mit Schwertern wie dem Long Yuan.

Meister Qiang hatte es mir trotzdem geschenkt, als ich ihn verließ.

Ein Geschenk, das zweischneidig war wie seine Klinge.

Eine Auszeichnung. Eine Ehre.

Aber auch eine stete Mahnung, was ich hinter mir gelassen hatte. Warum ich hatte gehen müssen.

Eine Bürde, die ich erst nach und nach zu spüren begann, während ich mit Long Yuan durch das Land zog.

Ich trug sie gern. Sie erinnerte mich immer daran, dass ich meine Wahl getroffen hatte und mir dabei selbst treu geblieben war.

All das ging mir durch den Kopf, während ich die Feuerwaffe untersuchte, hier drückte, dort zog. Ihre Mechanik verstehen lernte und die Handwerkskunst bewunderte.

Auf der Suche nach dem Elixier der Unsterblichkeit hatten die Mönche des Dao vor Hunderten von Jahren das Schießpulver erschaffen. Doch es waren die fremden Barbaren, die dazu solch wirksame Waffen gebaut hatten.

Kleine Waffen wie diese hier. Gewehre. Kanonen. Die die Küsten unseres Landes mit Feuer überzogen und mit Blut tränkten. Das mächtige Reich des Himmelssohns in die Knie zwangen.

Wie viel einfacher musste es sein, mit einer solchen Feuerwaffe zu kämpfen.

Ohne die Anleitung eines Meisters. Ohne die scharfen Kommandos, mit denen er einem das Äußerste abverlangte. Keine jahrelangen Übungen im Faustkampf mit Gegnern, die größer, schwerer, erfahrener waren. Ohne den ganzen Körper in Anspruch zu nehmen und den Geist dazu. Ohne sich von den Faustkämpfen hochzuarbeiten, über den Bambusstock, die Lanze und den Degen, bis man die edelste aller Waffen führen durfte, das Schwert.

Wie bequem, aus sicherer Entfernung kämpfen zu können. Ohne dem Gegner in die Augen blicken zu müssen. Ohne Schweiß zu vergießen und das eigene Blut. Nur eine ruhige Hand, ein gutes Auge waren vonnöten für den Kampf mit dem Feuer.

Wie simpel. Wie ehrlos.

Trotzdem erschauerte ich bei dem Gefühl der Macht, die ich in den Händen hielt.

Jeder Meister, unter dem ich lernte, hatte mich früher oder später gerügt, ich würde den Kampf zu sehr lieben. Um des Kämpfens willen. Weil ich den Sieg begehrte. Die damit verbundene Macht genoss.

Von dem Tag an, an dem ich zum ersten Mal einen Bambusstock in die Hand gedrückt bekam, hatte ich gewusst, dass ich zum Kämpfen geboren war. Meine einzige Eitelkeit. Meine größte Schwäche.

Nur ein Tor würde dieser verlockenden Macht widerstehen, indem er eine Waffe bei sich trug, die nichts als bloßer Schein war. Oder ein Mensch von ganz und gar unschuldigem Wesen.

Was davon war Fortune?

Widerstrebend gab ich ihm die Waffe zurück. »Du musst lernen, damit zu kämpfen.«

Stirnrunzelnd wog er sie in der Hand.

»Ich schätze, das sollte ich. Wie einiges andere mehr. Ich ... ich hatte gehofft, du könntest mir dabei helfen.«

Dieses Mal schlug ich das Angebot, das zwischen seinen Worten durchschien, nicht sofort aus. Es war meine Pflicht gewesen, ihn an der Pagode von Shenhu gegen die Bauerntölpel zu verteidigen. Meine Pflicht als *jianghu*, über die ich nicht weiter nachgedacht hatte.

Seitdem waren wir uns nicht nur zwei weitere Male begegnet, gegen jede Wahrscheinlichkeit. Seitdem lebte auch immer wieder meine Vergangenheit auf, in Gedanken oder in der leibhaftigen Gestalt von Älterer Bruder. Diese Vergangenheit, von der ich geglaubt hatte, sie hinter mir gelassen zu haben. Mit jedem Schritt, den ich auf meinen langen Wegen ohne Ziel gegangen war.

Ich verstand nicht, warum sie mich jetzt wieder einholte. Und warum durch Fortune. Den Gedanken an den roten Faden, mit dem die Götter zwei Menschen schon vor ihrer Geburt aneinander binden, wischte ich rasch beiseite. Schon einmal hatte ich daran geglaubt und war bitter enttäuscht worden. Und schließlich war Fortune auch nicht Yun. Sondern ein hässlicher Barbar vom anderen Ende der Welt. Aus einem Land, das so weit entfernt war, dass nicht einmal die Hände der Götter bis dorthin reichten.

Vielleicht konnte man vor seinen Erinnerungen nur eine begrenzte Zeit flüchten, und diese Zeitspanne war jetzt verstrichen.

Stattdessen brach eine neue Zeit an. Die Zeit, einmal einen Weg zu gehen, der ein Ziel hatte. Sei es nur das Ziel, etwas von meinem Wissen weiterzugeben. Fortune das zu lehren, was er brauchte, um sich in diesem Land halbwegs zurechtzufinden. Ihn so lange zu beschützen, wie er meines Schutzes bedurfte.

Die Zeit, etwas über die fremden Barbaren zu lernen. Über Fortune, diesen merkwürdigen Mann, der nach China gekommen war, um Blumen zu studieren, zu sammeln und in seine Welt mitzunehmen. Ihm zu helfen, seine Blumen zu bekommen.

Jetzt, kurz vor Beginn des neuen Mondjahres.

Man ist ein Schüler, wenn man seinem Meister begegnet. Und ein Meister, wenn man seinem Schüler begegnet.

Das waren die Worte Meister Qiangs gewesen, von dem ich am meisten gelernt hatte. Und den ich so bitter enttäuscht hatte.

Ich legte den Kopf in den Nacken und schaute zum Himmel hinauf. Ein Himmel, der aussah wie saure Milch und der neuen Schnee versprach. Ich fragte mich, was Meister Qiang dazu gesagt hätte. Wie die alten Helden der *jianghu* gehandelt hätten.

In Canton würde es auf jeden Fall wärmer sein.

Jane steht am Fenster und schaut in die Winternacht hinaus, John auf dem Arm.

Wie eine Wärmflasche ist der Körper des kleinen Jungen, noch durch das Flanellnachthemd hindurch. Sein Gesichtchen, das in ihrer Halsbeuge ruht, glüht und ist nass von Tränen.

Der nächste Backenzahn macht ihm zu schaffen.

Jane streichelt seinen Rücken, während sie ein Wiegenlied summt.

Sie wünschte, sie hätte ihre Mutter hier, ihre ältere Schwester Mary oder diejenigen ihrer Freundinnen, die bereits Ähnliches bei den eigenen Kindern mitgemacht haben. Es wäre schön, einfach zu einer von ihnen hinüberzugehen und zu fragen, ob es denn nichts gibt, was ihrem Jungen das Zahnen erleichtert. Oder wenigstens selbst ihr Herz auszuschütten. Auf Verständnis zu treffen und auf Mitgefühl.

Der Kleine zuckt unter den letzten, schon schläfrigen Schluchzern; im Takt seines Atems öffnet und schließt sich seine winzige Hand an ihrer Schulter.

Sie blickt kurz nach hinten. Helen liegt in tiefstem Kinderschlaf, erschöpft nach dem stundenlangen Toben in der kalten, frischen Luft.

Im bläulichen Licht der Nacht sind ihre Züge vollkommen gelöst. Keine Spur mehr von ihrem Wüten, mit dem sie sich dagegen wehrte, ins Haus zu kommen, obwohl sie schon ein kleiner Eiszapfen gewe-

sen war. Nichts mehr zu sehen von den Tränen, als die Wärme des Feuers ihre eingefrorenen Glieder schmerzhaft auftaute.

Hungrig nach Spiel und Abenteuer stürzt sich Helen jeden Tag in den Schnee, der so spät gekommen ist in diesem Winter. Erst Ende Januar, und dann gleich so viel davon.

Wie hell es ist, denkt Jane, als sie den Blick wieder auf die weiße Welt draußen richtet.

Wie still.

Wie einsam.

Jetzt im Winter rächt es sich, dass sie noch nicht lange genug in Chiswick wohnt, um Wurzeln geschlagen zu haben.

Ihre Kontakte beschränken sich auf einen knappen Gruß auf der Straße. Ein paar Worte über das Wetter heute beim Einkaufen. Ein kurzes Gespräch von Zaun zu Zaun über diesen eigenartigen Winter, die Hoffnung auf baldigen Frühling, über Blumenzwiebeln und das Zurückschneiden von Rosen.

Als sie hierher umgezogen sind, hat sie sich kaum Gedanken darüber gemacht, wie es sein würde, in England zur Kirche zu gehen; protestantisch ist schließlich protestantisch, nicht wahr?

Doch selbst im Vergleich zu den vielen Ablegern der Kirche in Schottland scheint der Glaube in England gleich ein ganz anderes Gewächs zu sein. Mit einem anderen Gebetbuch, anderen Liedern, anderen Worten.

Sie wird sich daran gewöhnen, mit der Zeit, sagt sie sich selbst. Doch noch stört es ihre Andacht, dass sie darauf achten muss, was als Nächstes kommt. Wann sie aufstehen und sich wieder setzen muss, wann niederknien. Eine Unsicherheit, die sich auf die Kinder überträgt; mehr als einmal erntet sie mitleidige oder sogar entrüstete Blicke, wenn es ihr nicht gelingen will, die beiden in der Kirchbank von St. Nicholas ruhig zu halten.

Ihr fehlt der vertraute Rahmen des Gottesdienstes. Die Zusammengehörigkeit im Gebet und in den Liedern. Das sichere, warme Nest einer Gemeinde.

Ohne Robert ist sie in Chiswick die fremde Schottin mit dem schwerfälligen Akzent, deren Mann nur ein paar Monate lang im Dorf gesehen wurde, bevor er verschwunden ist.

Jane hat die langen Winterabende genutzt, um Briefe zu schreiben: an ihre Schwestern und ihre Freundinnen von früher. An die eigenen und Roberts Eltern. Sie weiß, sie wird lange auf Antwort warten. Sofern sie überhaupt eine erhält. In deren Welt ist das Schreiben von Briefen ein Luxus, den man sich nur selten gönnen kann. Das Leben dort verläuft in einem anderen Takt, stellt andere Ansprüche.

Während Jane ihren Sohn auf dem Arm schaukelt, denkt sie darüber nach, ob sie sich wirklich so sehr verändert hat, seit sie aus dem Cottage ihrer Eltern ausgezogen ist.

Sie will es sich nicht eingestehen, aber sie hat Heimweh.

Nicht nach dem Leben dort als solches, das ungleich härter ist als ihres hier in Chiswick. Sie ist froh, das hinter sich zu wissen. Manchmal sehnt sie sich nach der Weite der Landschaft, die weniger lieblich ist als hier, eine raue Note aufweist. Nach den Wäldern, die es hier weit und breit nirgendwo gibt.

Vor allem ihre Schwestern vermisst sie, ihre Freundinnen von früher. In Swinton war sie das Mädchen, das es von dort herausgeschafft hat, in die große Stadt. In eine vielversprechende Ehe und sogar bis in den Süden Englands.

In Chiswick ist sie niemand.

Allein, mit den Kindern.

Trotzdem hat sie die Einladung der Lindleys für das Weihnachtsfest ausgeschlagen. Nach langem Überlegen, aber mit gutem Gewissen.

Weihnachten ist das Fest der Familie. Die Lindleys sind keine Familie für Jane. Obwohl John Lindley für Robert das ist, was einem Freund am nächsten kommt, auch wenn sie sich nach wie vor förmlich und beim Nachnamen ansprechen. Sie und Robert haben sogar ihren Sohn nach ihm benannt: John Lindley Fortune.

Sie verdanken ihm viel: Roberts Stellung als Leiter der Treibhäuser und dieses Cottage. Die Chance, die sich für Robert mit dieser Reise durch China bietet. Die Möglichkeiten, die er vielleicht nach seiner Rückkehr haben wird und von denen auch so viel für seine kleine Familie abhängt.

Mr Lindley hat es sich nicht nehmen lassen, Weihnachten von Acton Green herüberzukommen, mit Päckchen für Jane und die Kinder. Und am letzten Tag des alten Jahres, Johns erstem Geburtstag, mit einem Geschenk für ihn, und um Jane alles Gute für das neue Jahr zu wünschen. Begleitet hat ihn seine älteste Tochter Sarah, die oft in Gesellschaft ihre Mutter vertritt, da Mrs Lindley leidend ist und man sie nur selten sieht.

Die Lindleys sind feine Leute. Nicht reich, sie wohnen ebenfalls nur zur Miete. Aber kultiviert und angesehen sind sie, das merkt man sofort. Selbst wenn man nicht weiß, dass John Lindley vor fünfundzwanzig Jahren der Assistent von Sir Joseph Banks gewesen war. Jener Sir Joseph Banks, der im vorangegangen Jahrhundert mit Captain James Cook die Welt umsegelt und von dieser Reise unfassbare Pflanzenschätze mitgebracht hatte. Der mit Alexander von Humboldt oder Carl von Linné alias Linnaeus, dem Papst der Botanik, Korrespondenz unterhielt, während er die Gärten von Kew mit exotischen Pflanzen füllte und der Naturkunde in England Gestalt gab.

Die Männer, die Sir Joseph Banks auf die Jagd nach Pflanzen schickte, hatten Magnolien und Hortensien nach England gebracht, Fuchsien, Strohblumen und die Tigerlilie.

Banks. Humboldt. Linnaeus.

Namen, die Robert immer mit Ehrfurcht im Mund führt.

Zu einer Welt gehören sie, die Robert ihr nahe gebracht hat und die Jane trotzdem immer noch fremd ist. Beinahe so fremd und fern wie China.

Von John Lindley mit seinem langen Bart und der Nickelbrille scheint immer der Duft von Blumen und frischer Erde auszugehen, nach Büchern und Tinte. Während Jane fürchtet, ihr haftet noch immer der Geruch nach Kuhfladen und Schweinemist an.

Dabei stammt John Lindley aus bescheidenen Verhältnissen, genau wie Robert; sein Vater hatte eine Baumschule für Obstbäume. Und trotzdem haben sie Personal in ihrem gemieteten Haus, mit Miss Drake sogar eine Gouvernante, die dazu noch die Illustrationen für die botanischen Veröffentlichungen Mr Lindleys anfertigt.

Sarah Lindley macht jedes Mal einen besonderen Eindruck auf Jane. Eine feine junge Lady ist sie mit ihren siebzehn Jahren. Selbstbewusst, gebildet, wortgewandt und zielstrebig. Auf ihren Kunststudien will sie eine berufliche Laufbahn aufbauen, teilt sich jetzt schon mit Miss Drake die Arbeit an den Illustrationen.

Jane betrachtet wieder Helen in ihrem Bettchen.

Die Brust wird ihr eng vor lauter Wünschen und Hoffnungen, die sie für ihr kleines Mädchen hat. Bei der Vorstellung, Helen könnte auch einmal so vor ihr sitzen wie Miss Lindley. Genauso belesen und klug und begabt, mit der Aussicht auf einen guten Beruf, eigenes Geld.

Sie denkt an den Sohn der Lindleys, der in London auf eine fortschrittliche Schule geht und nach dem Willen seines Vaters später Rechtswissenschaft studieren soll. Studieren. Rechtswissenschaft. Anwalt werden, vielleicht sogar Richter.

Jane wird schwindlig vor Glück, wenn sie sich das Gleiche für den kleinen Menschen auf ihrem Arm vorstellt.

Schwindlig vor Angst, sie könnte mit solch hochfliegenden Plänen das Schicksal herausfordern.

Als müsste sie sich dafür schämen, wenn sie sich nicht damit zufrieden gibt, dass ihre Kinder gesund sind und genug zu essen haben und nicht schon von Kindesbeinen an im Stall oder auf dem Feld mithelfen müssen.

Unwillkürlich drückt sie John, der eingeschlummert ist, fester an sich. Obwohl sie schon vor langer Zeit beschlossen hat, den Aberglauben ihrer alten Heimat hinter sich zu lassen.

In Momenten wie diesem ist sie Robert dankbar, dass er diese Chance bekommen und ergriffen hat. Vielleicht wird diese Reise es möglich machen, dass ihren Kindern viele Türen offen stehen, zumindest den Grundstock dafür legen.

Lange verharrt Jane noch so am Fenster, in ihren Träumen versunken.

Dann geht sie hinüber ins Schlafzimmer und legt sich mit John in ihrem Arm schlafen. Im Ehebett, in dem sie nach und nach von ihrer Seite zur Mitte hin gewandert ist und so Roberts verwaiste Hälfte mit ausfüllt.

21

Montag, 12. Februar 1844

Viel Regen, aber mild. Maximum: 65 Grad Fahrenheit. Minimum: sogar noch 54!

Allein schon um der Kälte Shanghais zu entfliehen, hat sich die weite Reise nach Canton (chin. Guangzhou) gelohnt. Mein kurzer Abstecher unterwegs hat mich insofern beruhigt, dass ich in Zhoushan/Chusan unterdessen nichts verpasse. Auch dort fährt der Wind noch schneidend über die kahlen Hügel, auf denen weit und breit kein Frühling in Sicht ist.

Die 800 Meilen zwischen Shanghai und Canton bedeuten nicht nur einen Wechsel in eine angenehmere Klimazone. Soweit ich das nach den zwei Tagen hier beurteilen kann, scheint mir Canton offener und freundlicher zu sein. Und das nicht nur, weil die Bewohner gerade ihre Stadt kisten- und körbeweise mit Blumen für das bevorstehende Neujahrsfest füllen.

Ich hoffe, es gelingt mir, morgen Zutritt zu einem der berühmten Gärten hier zu erhalten.

AUS DEN NOTIZEN VON ROBERT FORTUNE

Wang warf die Hände in die Luft.

»*hai-yah!* Eine Frau, Fu-Chung! Eine Frau!«

Fortune fing das Grinsen des chinesischen Fährmanns auf, der sie flussaufwärts ruderte, und unterdrückte ein Seufzen.

So ging es, seitdem er Lian am Abend jenes Januartages in die Herberge mitgebracht hatte. Während er in der Kammer dort seine Siebensachen zusammenpackte und die Zeche beglich. Über die ganzen achthundert Meilen, die sie auf einem Lastkahn voller Baumwolle zurücklegten; er dankte dem Himmel, dass ein günstiger Wind sie wesentlich schneller in den Süden schleuste als im vergangenen Jahr, auf dem umgekehrten Weg von Shenhu nach Zhoushan hinauf. Sogar die sonst tückischen Schwarzen Wasser von Formosa hatten dieses Mal Milde walten lassen.

Auch nach der Ankunft in Canton gab Wang keine Ruhe und stimmte stets aufs Neue seine Klage an. Sogar jetzt noch, während sie in einem Boot über den Fluss schaukelten: eine der unzähligen Verästelungen, mit denen der Perlfluss die Küste überzog wie Venen die Hand eines alten Mannes. Wangs Empörung schien genauso unerschöpflich wie die Wasser des Flussdeltas um Canton.

»Eine *jianghu*! Eine Gesetzlose!«

Fortune fühlte sich an die Waschweiber von Edrom erinnert, die immer etwas fanden, über das sie sich die Mäuler zerreißen konnten.

»Sie hat ein Schwert und kann damit umgehen«, erklärte er, nicht zum ersten Mal.

Er warf einen Blick zu Lian hinüber, die sich halb abgewandt hatte, die Arme auf dem Rand des Bootes verschränkt. Die auf sie gemünzten Spitzen Wangs schienen einfach an ihr abzuprallen, während sie mit ihren Blicken die Kähne voller knospender Äste von Pfirsich und Pflaume verfolgte, die ihnen entgegenkamen.

»Wang auch gut mit Schwert!«, versicherte Wang mit treuherzigem Blick. »Fu-Chung muss nur eines kaufen gehen!«

Der schnelle Seitenblick, den Lian Wang zuwarf, die Art, wie sie dabei die Mundwinkel spöttisch anspannte, sprachen Bände. Einsilbig war sie geworden, gleich bei ihrem allerersten Zusammentreffen mit Wang. Wie eine Muschel, die sich einen Spalt breit geöffnet hatte, um dann wieder zuzuschnappen.

Es gab Momente, in denen Fortune glaubte, sie würde es sich doch wieder anders überlegen. Noch aber blieb sie. So still und in sich zurückgezogen, dass es sie oft beinahe unsichtbar machte, selbst wenn sie sich unmittelbar in seiner Nähe befand. Immer wieder musste er sich mit Blicken Gewissheit verschaffen, dass sie noch da war.

»Eine *jianghu* zieht Fu-Chung Wang vor! Hat Wang nicht immer alles getan für Fu-Chung? Für Gutgehen und Leib und Leben?«

Er klang wirklich wie ein sprichwörtliches Waschweib. Zu gern hätte er Wang an den Vorfall unter der Pagode von Shenhu erinnert, als der das Weite gesucht hatte. Allerdings hatte er in jener Shanghaier Gasse am eigenen Leib erfahren, dass auch er nicht gerade aus Heldenmaterial geschnitzt war.

»Ich ziehe sie dir nicht vor«, murmelte er, halb abgelenkt von einem Kahn mit Kamelien und *Enkianthus quinqueflorus*, den wächsernen Prachtglocken in Weiß und Pink.

»Warum Fu-Chung nicht gesagt, dass nicht zufrieden? Wenn entlassen aus Dienst, Wang nicht weiß, wie Frau und Kinder satt kriegen!«

Verblüfft starrte Fortune ihn an. Nichts an Wangs Äußerungen oder seinem Verhalten hatte ihn bisher vermuten lassen, dass er einen Ehemann und Vater vor sich hatte.

»Wie viele Kinder hast du denn?«

»Viele!«

»Wie viele genau? Zwei? Drei?« Er zögerte. »Fünf?«

Wang öffnete den Mund und schloss ihn wieder. Mehrmals.

»Bald«, gab er schließlich kleinlaut zur Antwort, mit einem Anflug von Trotz. »Mit Geld von Fu-Chung kann endlich heiraten. Kinder satt bekommen. Viele Söhne! Vielleicht einmal sogar zweite Frau!«

Ein kleines Geräusch, auf halbem Weg zwischen einem Glucksen und einem Prusten, kam von Lians Seite des Bootes; vielleicht war es auch nur eine Welle gewesen, die von außen gegen den Rumpf schlug.

Erneut unterdrückte Fortune ein Seufzen.

»Ein knappes Jahr war ausgemacht, Wang. Zehn Monate, ab September. Bis ich im Juli wieder das Land verlasse. Ich halte mein Wort.«

Das Strahlen auf Wangs Gesicht wetteiferte mit den gelben Nebenkronen der Narzissen, die in einem Boot an ihnen vorbeizogen. Doch Fortunes Hoffnung, er würde es damit endlich gut sein lassen, erfüllte sich nicht.

»Aber eine Frau, Fu-Chung! Was denken Leute, wenn Frau Fu-Chung Schutz gibt und nicht Wang? *hai-yah*! Wang Gesicht verloren!«

Fortunes äußerst langer Geduldsfaden war an seinem Ende angelangt.

»Genug jetzt!«

Er fuhr hoch, hatte für den Moment jedoch vergessen, dass er in einer Nussschale von Boot saß, die sogleich ins Schlingern geriet. Noch bevor er den warnenden Ruf des Fährmanns hörte, ließ er sich wieder zurückfallen, was das Boot noch kräftiger ausschlagen und gefährlich krängen ließ.

Die Verärgerung über seine Unbedachtheit entlud sich über Wang.

»Ich habe hier das Sagen. Ich – und nicht du! Lian kommt mit, ob dir das gefällt oder nicht!«

Während er sich mit einer Hand am Rand des Bootes festklammerte, stieß er mit dem hochgereckten Zeigefinger der anderen Hand in die Luft vor Wangs Gesicht.

»Und jetzt will ich nichts mehr davon hören. Kein einziges Wort!«

Wang starrte ihn an, ebenso ungläubig wie vorwurfsvoll. Dann sog er Luft in die Nase, überkreuzte die Arme und wandte sich ab.

Fortune atmete tief durch.

Sein Blick kreuzte sich mit dem Lians. Sie lächelte. Ein kleines, kaum sichtbares Lächeln. So still und zurückhaltend, wie sie selbst in den letzten Wochen gewesen war. Nichtsdestoweniger eines, das auf ihn übersprang. Rasch wandte er sich ab und konzentrierte sich auf eine Ladung Hahnenkämme, die an ihm vorübertrieb. Üppige Blütenköpfe, die den Windungen des Gehirns ähnelten. Wie Meeresschwämme, vom dunklen Grund eines Ozeans heraufgeholt, die mit ihren Feuerfarben erstaunten.

Canton schien wirklich die Stadt der Blumen zu sein.

Rosen. Kamelien. Orangenbäume.

Fortune wanderte durch den groß angelegten Garten, geschätzte drei Meilen außerhalb der Stadt. Zwischen allen erdenklichen Arten von Azaleen hindurch, mit Blüten wie zerknitterte Seide. *Azalea indica – alba, lateritia, variegata* – in einer solchen Mannigfaltigkeit, einer Sattheit, dass sich die vielbeachtete Ausstellung der Horticultural Society in Chiswick vor zwei Jahren kümmerlich dagegen ausnahm.

Hier schien es von allem mehr zu geben. Mehr als überall sonst.

Strauchpäonien in Abstufungen von Rosa und Pink. Fast durchscheinend weiß. In der Farbe von Aprikosen. Korallenrosa und purpurdunkel, die Blüten manchmal so groß wie Kinderköpfe.

Ein Meer aus Blüten, Farbe und Duft, durch das Fortune sich treiben ließ.

Der Pfirsichduft von *Olea fragrans*. Das Bananenaroma von *Magnolia fuscata*. Der fein-süße Geruch von *Aglaia odorata* und der tropischschwüle von *Murraya exotica*.

Düfte, die manchmal nur als Hauch in der Luft lagen, dann wieder reich die Lungen füllten, aber niemals erschlugen. Ein Fest für alle Sinne.

Ausgiebig bewunderte er die Zwergenbäumchen. Besonders die Mandarinorange, die überproportional große Früchte an ihren Ästchen trug, wie goldene Kugeln aus einem Märchen.

Lange blieb er vor der Fingerzitrone stehen und badete in ihrem kräftigen, frischen Duft. Ihre Früchte sahen wirklich wie Hände aus, mal mit geziert geöffneten, mal mit geschlossenen schlanken Fingern. Wie die Hände der Buddhastatuen in Ning-po.

»Und, Fu-Chung – hat Wang zu viel versprochen?«

Auch ohne hinzusehen, wusste Fortune um das triumphierende Grinsen auf Wangs Gesicht; er konnte es aus seiner Stimme heraushören.

Er schüttelte den Kopf. Gewiss, in diesem Garten war an Blumenarten nichts ausgestellt, wovon man in England nicht schon wusste, zumindest einmal davon gehört hatte. Dennoch war hier eine Vielfalt und Fülle ausgebreitet, eine Pracht und Schönheit versammelt, wie es sie in der gesamten westlichen Hemisphäre nirgendwo gab.

Dieser Garten trug sein Namen zu Recht: *Land der Blumen*.

Vor allem die Chrysanthemen faszinierten ihn.

Sternförmig oder wie ein Pompon. Einer Anemone ähnlich oder dem Maßliebchen. Mal von verschwenderischer Sattheit, dann wieder mit filigran gekräuselten Zungen. In Form geschnitten, als Fächer oder in Kaskaden und in allen Farben des Regenbogens.

Eine Blume, für die man in China offenbar nicht nur eine besondere Vorliebe hegte, sondern auch ein besonderes Wissen besaß, eine besondere Kunstfertigkeit.

»Warum hast du mir nicht schon früher gesagt, dass es in Canton einen solchen Garten gibt?«, murmelte er.

Die Art, wie Wang neben ihm tief Luft holte, verriet seine Genugtuung. »Fu-Chung hat nicht gefragt!«

22

Ich folgte Fortune durch den Garten von Huadi.

Blieb stehen, wenn er stehen blieb. Ging weiter, wenn er weiterging. Immer wieder streifte mich dabei ein Blick aus schmalen Augen. Misstrauisch. Spöttisch. Herausfordernd.

Er mochte mich nicht, dieser Wang. Natürlich nicht. Er musste glauben, dass ich ihm seine Stellung streitig machte. Noch dazu als Frau. Eine Frau, die in keines der gängigen Lackkistchen passte: Ehefrau. Mutter. Singsong-Mädchen.

Sobald Wang das erste Mal den Mund aufmachte, um gegen meine Anwesenheit zu protestieren, wusste ich schon einiges über ihn.

Er kam aus Anhui, mehrere hundert *li* von der Küste entfernt. Von südlich des Flusses Huai stammte er, das hörte ich aus seinem Zungenschlag heraus. Vermutlich von irgendwo am Rande der Huangshan, der Gelben Berge. Nicht dieselbe Gegend, in der ich geboren worden war. Aber auch nicht allzu weit davon entfernt.

Es ist eine Eigentümlichkeit, dass man eine Mundart umso besser zuordnen kann, je länger man sie nicht gehört hat. Obwohl ich noch sehr klein gewesen war, als ich fortlief, erkannte ich diesen Klang wieder.

Mehr als zwanzig Jahre musste das jetzt her sein. Seither war ich niemals wieder dort gewesen. Diesen Landstrich hatte ich stets gemieden.

Die Menschen dort waren nicht besonders arm, aber auch selten reich. In den weiten Ebenen nördlich des Flusses lebte man vom Weizen, zwischen den Hügellandschaften und dem Gebirge des Südens von Reis und Tee. Sofern der Himmel nicht in der Jahreszeit des Pflaumenregens seine Schleusen öffnete, die Flüsse über die Ufer traten und die Ernte zunichtemachten. In solchen Zeiten konnte man froh sein, wenn man nicht noch sein Haus verlor und das ganze Vieh.

Die Leute von Anhui verstanden sich auf Reiswein, auf Kräutermedizin und die Kunst des Heilens. Das Land von Reispapier und Tinte war es, und das Land der Kalligrafie. In dem man sogar darauf achtete, dass Mädchen lesen und schreiben lernten. Auch einfache Bauernmädchen, wie ich eines gewesen war.

Stolz war man darauf, dass dort eine der Wiegen unseres Volkes, unserer Kultur gestanden hatte und dort auch die Lehre des Dao geboren worden war. Ein Stolz, der sich darin zeigte, dass man die alten Traditionen achtete und pflegte. Selbst unter der Herrschaft der Mandschu.

Wang platzte vor Stolz. Vor Selbstgefälligkeit.

Wie er sich vor den Wächtern am Tor aufgeplustert hatte ... Als brächte er den Himmelssohn höchstselbst hierher. Und nicht minder aufgeblasen strich er nun auf Schritt und Tritt heraus, wie sehr es allein sein Verdienst war, dass Fortune nun durch diesen Garten wandeln konnte. Warf mir dabei triumphierende Blicke zu.

Als ob es mir etwas ausmachte.

Wo war er denn gewesen, als jene wilden Gesellen Fortune unter der Pagode von Shenhu zu Leibe rückten? Er merkte nicht einmal, wie lächerlich das Pidgin wirkte, an dem er unbeirrt festhielt. Als ob es unter seiner Würde war, die fremde Sprache besser zu lernen. Oder er war schlichtweg zu faul.

Für wie gerissen er sich doch hielt, Fortunes Geld einzustreichen, ohne viel dafür tun zu müssen. Ihm als Krönung noch auf der Nase herumtanzte, weil dieser zu naiv oder zu weichherzig war, sich dagegen zur Wehr zu setzen.

Ich störte mich an dieser Mischung aus Eitelkeit, in Diensten eines Barbaren zu stehen, und der Verachtung für dieses fremde Volk. Daran, dass Wang sich für etwas Besseres hielt, einfach nur, weil er ein Mann war.

Deshalb zog ich mich in mein Schweigen zurück. Begnügte mich damit, zu beobachten und zuzuhören. Trotzdem hatte es mich gefreut, als Fortune ihn vorhin im Boot scharf zurechtgewiesen hatte. Und dann auch noch um meinetwillen.

Wäre manches anders gekommen, als ich noch ein Kind war, wäre ich heute wohl die Frau eines Mannes wie Wang. Dazu verdammt, im Laufe meines Lebens erst seine Dienerin zu sein, dann die seiner Söhne und Enkelsöhne. Der das Recht hatte, die Hand gegen mich zu erheben, wenn ich ungehorsam war. Das Recht, sich eine zweite, eine dritte Frau zu nehmen, wenn ich ihm keine Söhne schenkte. Sich eine oder mehrere Konkubinen ins Haus zu holen, wenn er es sich leisten konnte.

Weil dies die Ordnung war, die Götter und Ahnen gefiel. Und den Männern, die in dieser Ordnung die Oberhand hatten.

Mich schauderte bei diesem Gedanken. Immer noch. Obwohl ich diesem Los bereits vor langer Zeit entronnen war. Ein langer Weg war es, den ich seitdem zurückgelegt hatte. Nicht nur in *li* gemessen.

Ich konnte nur raten, weshalb Wang Anhui verlassen hatte. Vermutlich, weil er sich in den Hafenstädten der Küste ein besseres Leben erhoffte. Sich mehr Geld ausrechnete, für leichtere Arbeit als das Schuften auf den Feldern und im Stall. Sicheres Geld, wo zu Hause doch das Wohl und Wehe jeder Familie von den Launen der Natur abhing.

Wie es viele taten, seit dem Krieg. Wie es wohl mehr und immer mehr tun würden, von nah und fern, je mehr fremde Barbaren hierher strömten, um sich an den Schätzen Chinas zu bereichern. Lauter Wangs, die sich weiterhin fest in ihrer alten Heimat verwurzelt glaubten. Die davon träumten, mit den fremden Barbaren ihren Schnitt zu machen und als gemachte Männer nach Hause zurückzukehren. Um dort ihr altes Leben wieder aufzunehmen. Nur mit einem Beutel voll

Gold in der Hand, der alles schöner und besser machen würde und ihnen Ansehen verlieh.

Den wenigsten würde es gelingen.

Niemals kehrte man als derselbe aus der Fremde heim. Mit der Zeit lockerten sich die Wurzeln. Starben irgendwann ab, fanden sie keinen Halt in neuer Erde.

Wenn die Wurzeln tief reichen, braucht man den Wind nicht zu fürchten, sagte man bei uns.

Nicht jeder war für ein wurzelloses Dasein gemacht. Manche Menschen reagierten darauf mit Verwirrung und Angst. Andere mit Unzufriedenheit, die so leicht zu Zorn und Hass aufkochte. Was würde es mit den Wangs dieses Reiches machen, von denen es täglich mehr gab?

Shanghai, das mir so fremd gewordene Shanghai, hatte mir die Augen geöffnet. Dort hatte ich gesehen, welch große Macht der Handel besaß, eine Welt zu verändern. Eine weitaus größere Macht noch als der Krieg.

Schneller und schneller rotierte Shanghai in seiner Gier um die Geschäfte mit den Barbaren. Der Gier nach Wohlstand und vielleicht auch Reichtum. Was würde geschehen, wenn diese Gier unerfüllt blieb? Wenn sich die gefährliche Mischung aus Geschäftshunger und Verachtung den Fremden gegenüber dann entzündete?

Und was mochte unserem Reich bevorstehen, sollte der Hunger der Barbaren nach den Schätzen Chinas unstillbar sein? Wenn sie ihrerseits nach mehr und immer mehr verlangten, irgendwann sogar Land und Einfluss begehrten?

Nach diesem Krieg standen wir an einem Wendepunkt. Ohne dass jemand zu sagen vermochte, ob dies sich als Segen oder als Fluch erweisen würde. Und welche Rolle dabei den fremden Barbaren zukam.

Die Schmähreden von Älterer Bruder noch im Ohr, beobachtete ich Fortune.

Traumverloren driftete er durch den Garten, eine feierliche Ernsthaftigkeit auf dem Gesicht. Eine fast ehrfürchtige Bewunderung. Niemand, der ihn so sah, konnte doch ernsthaft daran zweifeln, dass er wirklich nur deshalb nach China gekommen war, um die schönsten Blumen zu finden und in seine Heimat zu bringen.

Auf eine merkwürdige Art empfand ich Stolz auf mein Land, dessen Erde Blumen hervorbrachte, die einen Mann des Westens so tief beeindrucken konnten. Die in seiner Heimat so begehrt waren.

Natürlich würde ich ihm helfen, sie zu bekommen.

Welche Rolle konnten denn schon ein paar Pflanzen spielen?

23

Ich kauerte im Innenhof unserer Herberge und sah Fortune zu.

Er pflanzte die Stecklinge und Ableger ein, die er in den vergangenen Tagen in Huadi und anderen Gärten erworben hatte. In einen Kasten, der – bis auf sein Gerüst aus lackiertem Holz – ganz aus Glas bestand.

Immer wieder tauchten Gesichter an den Fensteröffnungen auf, verweilten einige Zeit und verschwanden dann wieder. Schaulustige schlenderten wie zufällig in den Hof und blickten neugierig herüber.

»*tieqiao*«, verkündete Fortune und hob die Schaufel mit dem kurzen Stiel an.

Ich nickte.

Er versenkte die Schaufel in dem Sack Erde. »*tie. qiao.* Um den Boden zu schneiden. Richtig?«

Ich nickte wieder.

»Mir gefällt eure Sprache. Ihre Logik«, sagte er auf Chinesisch.

Er lernte schnell. Vor allem, wenn Wang nicht in der Nähe war und ihn mit endlosen Strömen von Pidgin überflutete.

Unsere Fahrten über den Fluss, aus der Stadt hinaus, und das Verhandeln mit den Gärtnern hatten Wang so sehr erschöpft, dass er in der Kammer oben ein Nickerchen halten musste, mitten am Tag.

»Mir gefällt an eurer Sprache ihre ... *Poesie.*«

Wie ich musste Fortune dennoch oft auf seine eigene Sprache zurückgreifen.

»Po-e- ...?«

»Poesie. Ein Gedicht. Verse. Wie ein Lied? Worte, die sich schön anfühlen. Nachklingen. Hier drin.«

Er klopfte sich mit dem Handballen auf das Brustbein; der einzige

Teil seiner Hand, der nicht voll Erde war. Seine Mundwinkel kräuselten sich.

»Sogar ich merke, wie poetisch sie ist. Obwohl ich sonst keine poetische Ader habe.«

Po-e-sie.

Ich wiederholte die Laute in Gedanken. Ein kleines Juwel mehr in meinem Schatz aus Worten.

»Wie die Narzisse hier.«

Er hob die Pflanze an der Zwiebel an, deren Wurzeln dem Kinnbart eines alten Mannes glichen, und betrachtete sie versonnen.

»*shui xian hua*. Die Blume der Wasserfee."

»Oder *lingbo xianzi*«, ergänzte ich. »Die Göttin über den Wellen.«

»Die Göttin über den Wellen«, wiederholte er murmelnd.

Sorgsam legte er die Pflanze beiseite, wischte seine Hände an der Jacke ab und holte sein Notizbuch hervor.

Ich wartete, bis er seine Gedanken aufgeschrieben hatte.

»Was bedeutet bei euch *Narzisse*?«

»Narcissus war ein schöner Jüngling. So schön, dass die Nymphe Echo und viele andere Nymphen des Wassers, der Berge und Täler ihn umwarben. Aber er war zu stolz, auch nur eine von ihnen zu erhören. Als er sich eines Tages selbst im Wasser erblickte, verliebte er sich in sein eigenes Spiegelbild. Er verzehrte sich so sehr nach seinem Ebenbild, dass er dort verschmachtete.«

»Wie dumm von ihm«, entfuhr es mir.

Fortune schmunzelte. »Mir gefallen eure Namen für die Narzisse auch besser.«

»Also wachsen sie auch bei euch?«

Er nickte.

»Bei uns werden sie allerdings nicht in Miniaturgröße gezüchtet oder in Form gebracht. Wir belassen sie, wie sie sind. Es ist auch eine andere Art von Narzisse: die Blüte ist größer und meist einfarbig gelb.

Im Frühling wachsen sie überall, ganze Felder davon. Felder wie aus Gold.«

Ein Bild voller Poesie.

»Fortune …«

Ein leichtes Heben seiner Brauen verriet, dass er mir zuhörte, während er weiter seine Narzissen pflanzte.

»Wie kann es sein, dass die gleichen Pflanzen an Orten wachsen, die so weit auseinander liegen? In zwei verschiedenen Welten? Die gleichen Pflanzen – und doch nicht in der gleichen Gestalt?«

Fortune hielt inne und dachte nach.

»Ich weiß es nicht«, sagte er schließlich. »Vielleicht hatten diese beiden Arten von Narzissen einen gemeinsamen Vorfahr, der vor unendlich vielen Generationen von Ost nach West gebracht wurde oder umgekehrt. Wie die Menschen seit jeher Pflanzen von einem Land in das andere mitgenommen haben, von Kontinent zu Kontinent. Und seither haben sich diese Narzissen verschieden entwickelt. In unterschiedlichem Boden, unterschiedlichem Klima. Vielleicht ist diese Variante aus einer Urform gezüchtet. Wie der Mensch schon immer versucht hat, größere oder süßere Früchte wachsen zu lassen. Schönere Blumen, in bestimmten Farben.«

Er blinzelte vor sich hin, öffnete und schloss den Mund, als suchte er nach den richtigen Worten.

24

Noch vor einigen Monaten hätte Fortune es dabei bewenden lassen.

Zwischen den Extremen Chinas jedoch waren Fragen in ihm aufgekeimt, hatten neue Gedanken ausgetrieben und manchen Zweifel an dem, was er stets für unverrückbar gehalten hatte, ausgesät.

In den Gärten, die er besucht hatte, die in ihrer Gestaltung einem hochentwickelten Sinn für Ästhetik folgten. Wo man aus dem lebendigen Material der Natur komplexe Kunstwerke schuf, die von einer langen Tradition zeugten.

Kleine Inseln vollkommener, von Menschenhand geformter Ordnung waren es, in diesem Land, das sich weiter und weiter vor Fortunes innerem Auge ausdehnte, je länger er sich darin aufhielt. Mal rauer als die Landschaften, die er von zu Hause kannte und erbarmungsloser, mal üppiger, von einer überbordenden, ungehemmten Fruchtbarkeit. Zu groß, zu wild schien ihm dieses Land, als dass es je gänzlich dem Menschen untertan sein könnte.

Und doch war China nur ein farbiger Klecks unter vielen anderen farbigen Klecksen auf dem gesamten Globus.

Als hätte er auf der britischen Insel die Natur immer nur durch die bleigefasste Scheibe eines Treibhauses wahrgenommen. Während er sie hier ungefiltert und überwältigend intensiv erlebte, in ihrer ganzen großartigen Urwüchsigkeit. Und gleichzeitig hatte er mit eigenen Augen gesehen, zu welcher Kunstfertigkeit der menschliche Erfindungsreichtum und die Arbeit geduldiger Hände fähig waren.

Der Geist schien in China einen besonderen Sinn für Schönheit zu besitzen, schwang sich zu künstlerischen Höhenflügen auf, neben denen sich der englische Geschmack plump und provinziell ausnahm.

Und doch beließ derselbe menschliche Geist den größten Teil des Landes in barbarischen und unbarmherzigen Verhältnissen, in einer geradezu mittelalterlichen Lebensweise.

»Mein Glaube«, begann er langsam, seine Gedanken in Worte zu fassen, »die Kirche, der ich angehöre ... Sie lehrt uns, dass der Herr im Himmel die Welt erschaffen hat und alles, was darin ist. Jedes Tier, jede Pflanze, jeden Stein. Überall auf dieser Welt. Nicht zuletzt den Menschen selbst. Als Besitzer dieser Welt, der über die Natur herrscht.«

»Glaubst du das nicht?«, wollte Lian wissen.

Als hätte sie die Unsicherheit gespürt, die sich bei ihm eingeschlichen hatte.

Er wünschte sich, er hätte auf diese Reise seine Bücher mitnehmen können, wenigstens eine Bibel. Um darin nachzulesen, was ihm durch den Kopf ging, gedanklichen Halt zu finden, Zweifel zu zerstreuen.

»Jeder Gärtner, jeder Bauer weiß, das ist nicht so einfach. Man kann nur versuchen, die Pflanzen zu züchten, die man haben will. Manchmal gelingt es, manchmal nicht. Man braucht einen langen Atem, weil man zuweilen erst nach Jahrzehnten das Ergebnis sieht. Und Pflanzen hängen vom Wetter ab, das niemand zähmen kann. Niemand kann Regen und Sonne und Wind seinen Willen aufzwingen. Den Elementen werden wir Menschen wohl immer ausgeliefert sein.«

So klein waren die Menschen, die in den Weiten dieser Welt lebten; so klein ihre Bemühungen, auf Feldern und Weiden der Erde das abzutrotzen, was sie nährte.

»Aber woran glaubst du?«

Glaube und Wissenschaft waren für Fortune nie im Widerspruch gestanden; die Botanik hatte sich längst von der Kirche emanzipiert, ohne mit ihr in Konflikt zu geraten.

Kein Gärtner fürchtete mehr den Zorn Gottes wie seinerzeit noch Thomas Fairchild, als er im vorangegangenen Jahrhundert mit einer

Feder den Pollen einer Bartnelke auf eine Gartennelke übertrug und aus den Samen im nächsten Frühjahr eine neue Nelkenart wuchs: *Fairchilds Maultier*, die erste Hybride von Menschenhand. Ein Akt der Blasphemie, aus reiner Neugierde begangen, der Fairchilds Gewissen bis ans Ende seines Lebens gemartert hatte.

Trotzdem beschäftigte Fortune hier in China die Frage nach dem Ursprung der Pflanzenarten, nach ihrer Entwicklung im Lauf der Zeit. Inwieweit Boden und Klima nicht nur ihr Wachstum beeinflussten, sondern vielleicht auch ihre Gestalt und Lebensweise. Ob es zwischen den Pflanzen an weit entfernten Punkten auf dem Globus Verbindungen gab, die zu weit zurückreichten, als dass der Mensch davon wissen konnte, oder vielleicht noch zu sehr im Verborgenen lagen.

Gedanken, die nicht zu der Vorstellung passten, der allmächtige Mensch wäre die alleinige Triebfeder für jede Veränderung, jeden Fortschritt. Auch in der Natur, in der alles in absoluter Vollkommenheit erschaffen worden und seither unverändert geblieben war, Unterschiede und Gemeinsamkeiten allein dem Zufall zugeschrieben wurden.

Er seufzte.

»Ich bin kein Priester. Kein Philosoph. Noch nicht einmal ein Gelehrter, der sich mit dem Wesen der Dinge beschäftigt. Nur ein einfacher Gärtner. Und ich glaube an die Ordnung. An die Muster, die sichtbar werden, wenn wir alles, was uns in der Natur begegnet, in einem System ordnen. Die Unterschiede und die Gemeinsamkeiten, die sich dann erkennen lassen, helfen uns vielleicht, manches zu verstehen. Über die Pflanzen, die immer und überall da sind und doch so wenige Spuren hinterlassen.«

Er senkte den Kopf.

»Ich schätze, das ist meine Art, zu glauben. An eine göttliche Ordnung. An einen Plan des Schöpfers für diese Welt.«

»Also glaubst du an Schicksal?«

»Schicksal? Nein. Vielleicht. Ich weiß es nicht. Ich glaube daran, dass nichts in der Natur zufällig ist. In der Natur hat alles seinen Sinn. Immer. Daran glaube ich felsenfest.«

Gedankenverloren wühlte er mit den Händen in der Erde, zerkrümelte zwischen den Fingern Erdklümpchen, klaubte trockene Ästchen und Steine heraus.

»Wir glauben, dass zu Beginn Himmel und Erde eins waren«, hörte er Lian leise sagen. »Alles war ein schwarzes Chaos, in der Form eines riesigen Eis. Pangu, der Riese, schlief darin seinen ewigen Schlaf, und als er erwachte, glaubte er in diesem Ei zu ersticken. Er reckte sich und zerbrach es.«

Fortune unterbrach sein Tun, um ihr zuzuhören. Um die Worte, die er nicht kannte, aus Lians Mimik zu entschlüsseln, aus ihren Gesten.

Vom Strudel der Elemente erzählte sie, aus dem alles Lichte, Helle, nach oben stieg und den Himmel formte, während alles Schwere, Dunkle, nach unten sank und die Erde schuf. Wie Pangu den Himmel stützte und dabei wuchs, der Himmel sich ausdehnte, höher und höher, die Erde sich verdichtete, tiefer und tiefer. Als Pangus Kräfte erschöpft waren, starb er. Sein Atem formte sich zu Wind und Wolken, seine Stimme zu Donnerschlägen. Sein linkes Auge verwandelte sich in die Sonne, sein rechtes in den Mond. Aus Armen und Beinen wurden die Himmelsrichtungen und die heiligen Berge, sein Blut und seine Tränen zu Bächen und Flüssen, aus den Haaren seines Körpers wuchsen die Bäume und alle andere Pflanzen.

Fortune starrte vor sich hin, Lians Stimme noch in seinem Kopf, während sie für seine Ohren bereits verklungen war.

Zähne und Knochen eines märchenhaften Riesen als Metall und Fels der Erde. Sein Mark als Perlen und Jade, Schweiß als Regen, Haar und Bart als Sterne – diese Vorstellung einer Natur, die in ihrer Gesamtheit einem ganzen Organismus entsprach, gefiel ihm. Es entsprach seinem eigenen Verständnis der Welt, seinem Sinn für Ordnung.

Ja, es gefiel ihm.

Er nickte vor sich hin, wie zustimmend, und beugte sich dann wieder über sein *Wardian Case*.

25

Ich sah ihm zu, wie er weiter in dem seltsamen Behälter aus Glas wühlte.

Viel zu zerbrechlich kam dieser mir vor, um im Bauch eines Schiffes unbeschadet eine solch weite Reise zu überstehen.

Unwillkürlich lehnte ich mich vor und besah mir dieses Glasgefäß genauer.

»Das ist ein *Wardian Case*«, erklärte Fortune. »Ein Dr. Ward in London ist zufällig darauf gekommen. Ein Arzt, der Naturkunde als Steckenpferd betreibt. Er wollte einen Schmetterling zum Schlüpfen bringen und gab die Puppe mit Laubmulch in ein Glas, das er verschloss. Der Schmetterling ist leider nicht geschlüpft – dafür keimte es im Glas. Verschiedene Gräser und erstaunlicherweise sogar einer der empfindlichen Farne wuchsen darin. Und das bemerkenswert prächtig.«

Ein Steckling nach dem anderen gesellte sich zu der Narzisse, von Fortune sorgsam in die Erde gebettet.

»Wir verstehen noch nicht ganz, was im Innern eines solchen Glases vor sich geht. Sicher ist nur, dass das Wasser den Tag über verdunstet, sich abends an den Wänden sammelt und dann wieder in der Erde versickert. Wir nehmen an, dass die Pflanzen innerhalb des Glases selbst beständig die Luft darin erneuern. Auch wenn wir den genauen Mechanismus noch nicht kennen.«

Er unterbrach seine Arbeit und legte die Hände auf den Rand des Behälters.

»Die größte Schwierigkeit dabei, Pflanzen aus aller Welt zu beschaffen, liegt darin, sie während der langen Reise am Leben zu halten. Unabhängig von Wind und Wetter, von Temperaturschwankungen und Luftfeuchtigkeit. Geschützt vor Salzwasser und vor hungrigen Ratten und Mäusen. Mit diesen *Wardian Cases* wagen wir ein Experiment: Pflanzen in ihrer eigenen kleinen Umwelt zu verschiffen. Wie in … in einer Blase. Sie müssen nur unterwegs genug Licht bekommen. Und der Kasten muss heil und luftdicht verschlossen bleiben.«

Nachdenklich spähte er in den Glaskasten.

»Wenn uns das jetzt gelingt«, fügte er leise hinzu, »wenn auch nur ein Teil der Pflanzen in solchen *Cases* wohlbehalten ankommt … Das würde ungeahnte Möglichkeiten eröffnen. Es wäre ein Meilenstein in der botanischen Forschung.«

Er verstummte und warf mir einen verlegenen Blick zu, bevor er sich wieder seinen Pflänzchen widmete. Wie entschuldigend, dass er so lange und viel geredet hatte.

Ich hatte nicht jedes einzelne Wort verstanden. Aber genug, um das Wesentliche zu erfassen.

Meine Fingerspitzen lagen auf dem Glas. Ich konnte mir vorstellen, wie es die Pflanzen auf ihrer weiten Reise vor allem Unbill beschützte. Dafür sorgte, dass es ihnen unterwegs an nichts mangelte. Auf eine seltsame Art taten sie mir trotzdem leid, auf diese Weise eingeschlossen zu sein. Die Sonne nur durch das Glas hindurch zu spüren. Ohne den Wind fühlen zu können und den Regen.

»Weißt du«, sagte Fortune nach einer Weile, »zu Hause habe ich gedacht: Wir halten unsere Frauen oft für so empfindliche Pflänzchen, dass wir sie in ein solches Glashaus setzen.«

Seine Stirn legte sich dabei in Falten, fast fragend. Als wunderte er sich selbst über diesen Gedanken.

Vor meinem inneren Auge entrollte sich die Form, in die mein Leben hätte gepresst werden sollen, erschreckend klein und eng. Begrenzt von den Mauern eines Hauses. Der Fläche eines Gärtchens. Der Ausdehnung eines Reisfeldes.

Eine Form, die sich nicht verändern ließ. Nur ein wenig dehnen. Durch meine äußere Erscheinung. Meine Tugendhaftigkeit. Die Fähigkeit, Söhne zu gebären.

Ich tat einen tiefen Atemzug. Wie um mich zu versichern, dass diese Last nicht mehr auf meinen Schultern lag. Ich diese Form wirklich und unwiderruflich gesprengt hatte.

»Bei uns ist es genauso«, flüsterte ich.

Fortune sah mich an, ein Zucken um den Mund, als ob er etwas erwidern wollte.

Dann senkte er jedoch den Kopf und grub schweigend weiter mit den Fingern in der Erde.

Es gefiel mir, wie sorgsam er die empfindlichen Pflanzen behandelte. Wie behutsam er sie anfasste und in seinen großen Händen barg, bevor er sie in die Erde bettete. Gut aufgehoben schienen sie, in diesen Händen. Ohne befürchten zu müssen, dass er ihnen unabsichtlich Schaden zufügte, weil er zu fest zupackte. Ohne dass sie ihm entglitten und zu Boden fielen, weil er sie zu zaghaft hielt. Er hatte ein Gefühl für ihre Lebendigkeit.

»Wolltest du immer nur das sein – ein … ein Mann des Gartens?«

Er nickte.

»Ich wollte schon immer mit Pflanzen arbeiten. Mit Blumen. Die Wunder der Pflanzenwelt haben nie aufgehört, mich zu faszinieren. Ich will immer noch mehr darüber lernen. Vielleicht mein eigenes Scherflein zum Wissen über diese Welt beitragen. Indem ich etwas Neues darin entdecke. Etwas noch Unbekanntes aufspüre. Zumindest wünsche ich mir das.«

Über seine Arbeit hinweg warf er mir einen schnellen Blick zu.

»Wolltest du schon immer ein Schwertmädchen sein?«

Seinen unvermutet leichtherzigen Tonfall wusste ich nicht einzuordnen; nicht, ob die Frage scherzhaft oder ernst gemeint war.

Ich dachte daran, wie viel Aufhebens er in Shanghai darum gemacht hatte, als es für die letzten zwei Nächte in der Herberge kein freies Zimmer mehr gegeben hatte, um mich darin unterzubringen.

Dabei hatte ich ihm doch versichert, dass es mir nichts ausmachte, auf dem Boden zu schlafen. Ebenso wenig, wie mir danach auf dem Schiff den winzigen Raum mit den beiden Männern zu teilen.

Obwohl Wang des Nachts grunzte wie ein Wildschwein.

Trotzdem genoss ich es, hier in Canton ein Kämmerchen für mich allein zu haben. So hoch oben, dass ich durch das Fenster aufs Dach klettern konnte. In der Stunde des Tigers, wenn es noch dunkel war, gehörten die Dächer der Stadt mir und meinem Schwert. Eingehüllt in Nacht und Stille, tanzte ich mit meiner Klinge unter Wolken und Sternen. Bis die Stunde des Hasen sich ihrem Ende zuneigte und die Stadt im ersten zarten Grau des Tages erwachte.

Ich war dankbar für diese Stunden der Nacht, ganz für mich allein.

»Ich wollte immer nur frei sein«, sagte ich leise.

Fortune unterbrach seine Tätigkeit.

»Frei«, wiederholte er murmelnd.

Verwundert wirkte er, wie er mit gerunzelter Stirn in die Ferne blickte. Als wäre Freiheit etwas ganz und gar Selbstverständliches. Oder etwas, über das er erst genauer nachdenken musste, weil es ihm fremd war.

Als er sich wieder in seine Arbeit vertiefte, verliehen seine zusammengezogenen Brauen, die Art, wie er seine Augen zusammenkniff, ihm etwas Grüblerisches, Angestrengtes.

Ich fragte mich, ob nicht die meisten Menschen in einem Haus aus Glas saßen. Mal größer und weitläufiger, mal beengter, Frauen wie Männer.

Ob vielleicht auch Fortune in einem lebte.

Und was nötig sein mochte, um es zu zerschmettern.

Hastig zog ich meine Hand zurück. Als hätte ich mich am Glas geschnitten.

Canton, Herberge »Pflaumenblüte«.
Freitag, der 16. Februar 1844, neun Uhr abends

Sehr verehrter Mr Lindley,
nach äußerst ergiebigen Besuchen der hiesigen Gärten ist es mir gelungen, noch einen Platz für ein *Wardian Case* auf einem Schiff zu sichern, das morgen in aller Frühe in Richtung London ablegt. Eines der letzten, bevor ab übermorgen die Arbeit im Hafen für drei Tage weitestgehend ruht – wie wohl generell alles hier aufgrund des Neujahrsfestes geschlossen sein wird.
Und wie ich die Chinesen im Lauf der letzten Monate hier kennengelernt habe, wird danach im Hafen erst einmal heilloses Durcheinander herrschen.
In dieser Sendung an die Horticultural Society sind enthalten:

- *Azalea indica* – diverse
- *Chrysanthemum minimum*
- *Chrysanthemum indicium* – diverse
- *Citrus medica* var. *sarcodactylis* (vulgo »Buddhas Hand« oder »Fingerzitrone«
- *Citrus reticulata* (vulgo »Mandarinorange«, hierzulande »Juzi« genannt oder »Gam«)
- *Enkianthus quinqueflorus* (vulgo »Neujahrsblume«)
- *Narcissus tazetta* subsp. (?) *sinensis*
- *Paeonia suffruticosa* – diverse

Ich hoffe, die Pflanzen kommen allesamt wohlbehalten an und können im Garten von Chiswick Wurzeln schlagen und gedeihen.

Auch zur Methode der Züchtung von Zwergenbäumen konnte ich Näheres in Erfahrung bringen. Die Vorgehensweise dabei ist tatsächlich eine sehr simple und beruht auf einem der grundlegenden Prinzipien der pflanzlichen Physiologie.
Wie wir alle wissen, verhindert alles, was die freie Zirkulation des Pflanzensaftes hemmt, bis zu einem gewissen Ausmaß auch die Ausbildung von Holz und Laub.
Dies kann erreicht werden durch Beschneiden und Veredelung, Begrenzung des Wurzelwachstums, Mangel an Wasser, Verformung der Äste und wohl alles in allem hundert anderen Verfahren mehr, die nach demselben Prinzip vorgehen. Eine Technik, die mehrere Jahre in Anspruch nimmt und die die Chinesen aufs Vollkommenste beherrschen, und damit die Natur dieser besonderen und hierzulande weit verbreiteten Vorliebe unterwerfen.
Das Ergebnis dieser Prozedur wird *pun-tsai* genannt, »Tablett-Pflanzung«, oder auch *pen-ching*, »Tablett-Landschaft«. Wobei *pun* oder *pen* (auch *pan*) das Becken oder die flache Schüssel bezeichnet, in dem die Bäumchen wurzeln, oftmals in einer kleinen gestalteten Landschaftsszenerie aus Moosen, Steinen etc. eingebettet.
Einen ausführlicheren Bericht dazu werde ich nach meiner Rückkehr vorlegen.
Von Canton aus werde ich spätestens im März nach Chusan aufbrechen. In der Hoffnung, jetzt im Frühling das vorzufinden, was mich der vergangene Herbst dort an Pflanzenreichtum hat erahnen lassen.

Hochachtungsvoll,
Robert Fortune

Canton, Herberge »Pflaumenblüte«.
Freitag, der 16. Februar 1844, zehn Uhr abends

Liebe Jane –
ich schreibe Dir in aller Eile: Ich muss heute Abend noch in den Hafen, damit sich gleich morgen früh meine Pflanzen für die Society auf die Reise machen können, bevor die Stadt im Trubel des Neujahrsfestes versinkt.
Immerhin verspricht dieses ein besonderes Ereignis zu werden: Die ganze Stadt ist mit Blumen und Fahnen geschmückt, die Menschen sind bester Laune, und es soll ein großes Feuerwerk geben.
Für Dich gebe ich eine Kiste mit auf – ein paar Stücke chinesischen Porzellans, die ich vorgestern in einem Laden entdeckte und sehr ansprechend fand.
Ich hoffe, sie kommen unbeschadet bei Dir an und gefallen Dir.

Küss die Kinder von mir –
Robert

26

Fortune hatte es sich nicht nehmen lassen, sich im Morgengrauen noch einmal in den Hafen zu begeben.

Mit eigenen Augen wollte er sich vergewissern, dass das *Wardian Case* mitsamt seiner kostbaren Fracht auf dem Oberdeck verstaut worden war und dort genug Licht erhalten würde. So gut gesichert, dass es eine reelle Chance hatte, auch rauen Seegang und Stürme zu überstehen.

Mit einem tiefen Gefühl der Zufriedenheit sah er vom Kai aus zu, wie das Schiff mit geblähten Segeln ablegte und aus dem Hafen hinaussteuerte. Auf die Meerenge der Bocca Tigris zu, den Tigerschlund, bevor es zwischen Hongkong auf der einen Seite und Macao auf der anderen hindurch Kurs auf das offene Meer nehmen würde.

»Jetzt feiern, ja? Gut essen! Trinken! Hat Wang verdient!«

Fortune zuckte zusammen, als Wang ihm auf den Rücken schlug.

»Und Fu-Chung auch!«

Unterwegs in den Gassen beäugte Wang jedoch abschätzig die Auslagen der Fleischer und der Fischhändler, die die Luft mit dem metallischen Geruch von Blut und Seetang sättigten. Kaum gemildert vom erdigen, grünen Duft des Gemüses, der süßen Frische von Obst.

»*hng.* Cantonesen wirklich alles essen, was schwimmt, fliegt oder vier Beine hat. Nur keine Boote, Papierdrachen und Tische.«

Widerstrebend musste Fortune ihm recht geben.

Was hier an ganzen Tieren oder Teilen davon auf windschiefen Klapptischen ausgebreitet lag, Kisten und Körbe füllte oder an Schnüren von der Decke baumelte, entzog sich oft einer weiteren zoologischen Bestimmung.

Manchmal wollte er es auch lieber gar nicht genauer wissen. Wie beispielsweise bei den sorgsam aufgestapelten rosigen Fleischtuben mit paarweisen Öffnungen, die sich erst auf den dritten Blick als abgetrennte Schweineschnauzen entpuppten.

Fortune richtete seine Aufmerksamkeit lieber auf die Pyramiden von Orangen, Zuckerrohr, Feigen, Mangos und Pomelos und von hellgrünen *Citrus maxima*. Auf Körbe von *Litchi sinensis* (Lizhi? Liechee? Lychee?), aus der Familie der Seifenbaumgewächse, und ihrer Verwandten, *Dimocarpus longan*.

Sofern er überhaupt einen kurzen Blick auf diese Fülle an botanischen Besonderheiten erhaschen konnte. Die ganze Stadt schien auf den Beinen, um sich mit Leckerbissen für das Neujahrsfest einzudecken, hastete und drängelte sich durch die Gassen, sammelte sich vor den Ständen und Buden, schnatternd, johlend, lärmend.

Ein Umstand, der Wang ungnädig stimmte; er schreckte nicht davor zurück, jemanden beiseitezuschubsen, der ihm die Sicht auf mögliche Köstlichkeiten versperrte, und im Zweifel sein Recht darauf mit lautstarken Beschimpfungen zu verteidigen.

Die zweifellos frisch vom Baum gepflückte *Psidium guajava* ließ Fortune grübeln, auf welchen Handelswegen die in Südamerika beheimatete Guave wohl ihren Weg nach China gefunden und hier Wurzeln geschlagen haben mochte. Oder handelte es sich um eine Laune der Natur, die diese Gewächse, unabhängig voneinander, an den Antipoden hervorgebracht hatte?

Lange betrachtete er die gelben Trauben, die wohl *wam-pee* genannt wurden, wie er dem Redefluss des Händlers zu entnehmen glaubte, der sie ihm in einem begeisterten Schwall Cantonesisch anpries. Bis er sie zu seiner Freude anhand ihres Laubes als eine Art von *Cookia* klassifizieren konnte.

Fortune warf einen Blick über die Schulter. Wie ein Schatten folgte Lian ihm im Gedränge. Es war ihm unangenehm gewesen, ihr in Shanghai keine ordentliche Schlafstatt bieten zu können, geschweige denn ein Zimmer für sie allein. Seine Entschuldigungen und seine Überlegungen zur Verteilung der beiden Betten waren unter Lians verständnislosem Blick abgeebbt und schließlich verstummt.

Das schlechte Gewissen blieb. Er hatte sich gewünscht, es gäbe ein Handbuch, in dem beschrieben war, wie man sich in einer solchen Situation angemessen verhielt.

Auf dem Schiff waren sie zwar gleichgestellt gewesen, in der engen Kabine mit gleich vier Kojen. Doch seit er sein Elternhaus verlassen hatte, in dem die neun Brüder und Schwestern Fortunes sich eine Kammer teilten, hatte er nur mit einer Frau jemals im selben Zimmer seine Nächte verbracht: mit Jane, als Mann und Frau.

Es war eine Erleichterung, dass er hier in Canton für ein paar Käsch extra das Kämmerchen unter dem Dach bekommen hatte. Von dieser erzwungenen Intimität befreit, die ihm Unbehagen verursacht hatte.

Und doch lag er auch jetzt noch manchmal wach, wie zuletzt auf dem Schiff, stocksteif unter den Laken. In dieser feuchten Luft Cantons, vor der es nirgendwo ein Entkommen gab. In der jeder Inch Stoff auf der Haut klebte.

Er vermisste Lians sanfte, gleichmäßige Atemzüge neben dem Schnarchen Wangs. Die kleinen Seufzer, die sie manchmal im Schlaf von sich gab. Ihre leisen Bewegungen, wenn sie sich vor Tagesanbruch erhob, zeitiger noch als er, der Frühaufsteher.

Er hatte sie nie gefragt, wohin es sie dann zog, fast noch in der Nacht. Hatte nie gewagt, ihr nachzugehen.

Lian fing seinen Blick auf, sah dann zu Wang hinüber, der sich gerade in ein flammendes Streitgespräch verstrickt hatte. Die Mundwinkel spöttisch gekräuselt, verdrehte sie die Augen.

Fortune antwortete mit einem Heben der Brauen, einem Schmunzeln, bevor er sich wieder den Merkwürdigkeiten der cantonesischen Küche zuwandte.

Schlangen. Eine Art von Gürteltier. Frösche.

Ein Verwandter des Octopus, der in seiner grotesken Gestalt einem Fiebertraum entsprungen schien.

Etwas, das aussah wie ein flechtenüberkrusteter Stein, bis Fortune es als den Kopf eines Alligators erkannte.

In die nur selten appetitlichen Gerüche aus den Garküchen zog ein anderer, ein krautiger Geruch; herb war er, gleichzeitig trocken und frisch. Nicht unvertraut, obwohl Fortune ihn nicht sogleich zuzuordnen wusste. Schnuppernd ging er diesem Geruch nach. Verlor die Fährte, um sie ein paar Schritte weiter wieder aufzunehmen, intensiver dieses Mal, geradezu betäubend.

Fortune musterte die Schriftzeichen über der schmalen Türöffnung, spähte in den Laden dahinter, eng und dunkel wie eine Höhle. Die Quelle dieses Geruchs.

»Was gibt es hier zu kaufen?«

»Ist Laden von Tee«, erklärte Wang, der pflichtbewusst an Fortunes Seite zurückgekehrt war.

Fortune zögerte kurz, dann zog er den Kopf ein und trat über die Schwelle.

Wie in einem Heuschober roch es hier. Nach sonnengetrockneten Gräsern, versetzt mit einer pfeffrigen Würze, einem Hauch von Blüten.

Fortunes Augen wanderten über die Reihen von aufgestapelten Holzkistchen, von flinker Künstlerhand mit den extravaganten Ornamenten der chinesischen Schriftzeichen versehen.

Die Preise für chinesischen Tee schwankten in England stark, je nach Jahreszeit, Sorte und Qualität. Kurz vor und während des Krieges, als nur noch wenig Tee in den Westen gelangte, waren sie in astronomische Höhen geschnellt; seitdem wieder größere Mengen importiert werden konnten, war Tee erschwinglicher. Trotzdem schätzte Fortune, dass in diesem winzigen Raum Tee im Wert von Tausenden Pfund Sterling lagerte.

Bei ihrem Eintreten hatte Wang sogleich den Teehändler angeblafft und ihm mit gebieterischen Gesten bedeutet, seinem Herrn ja nicht zu Leibe zu rücken. Nun wartete der Händler geduldig hinter dem Ladentisch, die Finger auf eine Art verschränkt, die gleichermaßen gelassen wie aufmerksam wirkte, bis Fortune sich in aller Ruhe umgesehen hätte.

Fortune trat an den Tisch und besah sich die Teehäufchen, die als Proben in Porzellanschälchen ausgestellt waren. Dass man den Tee hier anders trank – das hatte er bereits festgestellt. Nicht so kräftig, pur und meistens grün, während man daheim in England überwiegend schwarzen Tee bevorzugte. Doch die Teeblätter hier sahen anders aus als die, die er von zu Hause kannte, rochen auch anders.

Die Blätter des Schwarzen Tees, *Thea bohea*, waren hier nicht satt tintendunkel, fast bläulich, sondern von mattem Braun, je nach Sorte mal rötlich, kupfern oder goldgesprenkelt. *Thea viridis*, der Grüne Tee, war hier heller, von weniger kräftiger Farbe. Nicht grün wie Gras, sondern eher wie getrocknetes Moos.

Kein einziger der hier präsentierten Tees glich dem, was man in England als chinesischen Tee trank.

Ohne jemals genauer darüber nachgedacht zu haben, war Fortune ganz selbstverständlich davon ausgegangen, dass der Tee, der nach England exportiert wurde, mehr oder weniger der gleiche war, den es auch in China gab. Eine nach ländertypischen Vorlieben getroffene Auswahl aus einer reichhaltigen Palette an Sorten, an Stärkegraden und Geschmäckern.

Der himmelweite Unterschied zwischen chinesischem Tee in England und chinesischem Tee in China gab ihm Rätsel auf. Zumal er sich nicht erinnern konnte, jemals etwas darüber gelesen oder gehört zu haben, wie Tee in China angebaut und verarbeitet wurde.

»Wang – frag ihn bitte, woher dieser Tee kommt.«

»Ha, muss nicht fragen«, erwiderte Wang mit stolzgeschwellter

Brust. »Wang weiß! Tee hier kommt von überall. Canton, Fukien, Chekiang. Ganz China Teeland! Wang weiß alles über Tee. Kommt aus Teefamilie. Von Anhui, von Sung Lo!«

»Ist es weit bis zu den nächsten Teefeldern hier?«

»Ja!«, rief Wang aus, halb bedauernd, halb merkwürdig vergnügt. »Sehr weit!«

»Weiter als dreißig Meilen? Fünfzig *li*?«

Wang legte den Kopf schräg, während er nachdachte.

»Kann sein«, gab er schließlich zur Antwort. »Aber auch nicht.«

Fortune starrte auf die Teesorten, die vor ihm ausgebreitet lagen.

Das Risiko, außerhalb der ihm erlaubten Zone von dreißig Meilen aufgegriffen zu werden, erschien ihm zu groß. Gleich, ob er dafür eine Geldbuße oder eine Gefängnisstrafe bekäme, vielleicht sogar des Landes verwiesen würde – das war dieses Wagnis nicht wert. Nicht einmal, um mit eigenen Augen zu sehen, wo der Tee aus China herkam.

»In der Provinz Chekiang ist es nicht so weit zum Tee«, hörte er Lians leise Stimme. »Bei Ningbo wächst Tee. Vielleicht zwanzig *li* von Ningbo?«

»Aber zu früh!«, empörte sich Wang. »Wenn Fu-Chung sehen will Tee und lernen Tee – dann muss warten. Auf Erntezeit an Küste. In Monat von Silberregen. Wochen noch ... so viele.«

Wang hob beide Hände mit gespreizten Fingern.

Fortune ließ den Atem ausströmen, den er unwillkürlich angehalten hatte.

Im März die blühenden Hügel von Zhoushan.

Im April Teefelder irgendwo hinter Ningbo.

Es sah ganz danach aus, als würde sich das lange Warten auf den Frühling gelohnt haben.

Das Neujahrsfest kam wie ein Rausch über Canton.

Festlich und farbenfroh gekleidet, strömten die Menschen in Scharen durch die Straßen und riefen nach allen Seiten Neujahrsglückwünsche – *gung hei faat choi* und *juk neih houwahn* –, die auch *gwai-los* wie Fortune mit einschlossen. Rufe, die sich mit scheppernder Musik und dem Krachen und Knattern von Böllern zu einem ohrenbetäubenden Lärm aufpeitschten.

Die Stadt quoll über vor Blumen und Seidenbannern, und aus den Flüssen wurden schwimmende Gärten, die Boote darauf schwer von ihrer Blütenlast. Vergnügungsfahrten waren es, wie zu Hause in Richmond oder Hampton Court. Sogar die sonst unsichtbaren Frauen der Stadt waren zu sehen, in feinster, verschwenderisch gemusterter und bestickter Seide und eleganter Haltung, ihre Gesichter wie gemalte Kunstwerke. Empfindlichen und kapriziösen Treibhauspflanzen gleich, die nur einmal im Jahr blühten, drei Tage und drei Nächte lang.

Nur mit halbem Ohr hörte Fortune zu, wie ein aufgekratzter Wang ihm erklärte, warum dieses Jahr des Holzdrachen ein solch besonderes, Glück verheißendes war.

Er befand sich in einem anderen Rausch.

Während sich unter Donnerschlägen glitzernde Schlangen über den Nachthimmel wanden, schillernde Drachen Feuer spien und sich bunte Chrysanthemen entfalteten, wiederholte er aus dem Gedächtnis die Namen der Teesorten, die Lian in jenem Laden für ihn übersetzt hatte.

Goldblatt. Jadeblume.

Jadeblatt des Ewigen Frühlings.

Drache in den Wolken. Feiner Silberschössling.

Lerchenzunge. Spiegelfelsen.

Fels der drei Mönche.

Namen wie aus einer anderen, einer magischen Welt.

Trunken war er von der Vorstellung, dem Tee bald so nahe zu sein. Vielleicht der erste Mann aus dem Westen zu sein, der sah, wo Tee wuchs. Wie er angebaut und wie er verarbeitet wurde.

Die »fließende Jade«. Das grüne Gold.

Das kostbarste und begehrteste Gut Chinas. Auf der ganzen Welt, aber besonders in England; denn nur wer Tee trank, konnte sich wie ein richtiger Engländer fühlen.

Dafür war England sogar in den Krieg gezogen.

Die Straße der Kamelien

(Camellia sinensis)

Kamelie. Unübertroffene Weiblichkeit. Vollkommene Schönheit.
Flora Greensleeves, *The Language of Flowers*, London, 1837

... zudem ist dies das Land des Tees. Ein Getränk, das in den Augen der Engländer allein schon genügt, ein jegliches Land unsterblich zu machen, böte es auch sonst nichts anderes.
Robert Fortune

Insel von Zhoushan (Chusan), Tinghae, Herberge »Königliche Orchidee".

Donnerstag, der 14. März 1844, neun Uhr abends

Liebe Jane,
ich wünschte, Du könntest das hier sehen!
Als ich im Januar zuletzt hier vorbeigeschaut habe, war alles kahl, in tiefstem Winterschlaf. Und jetzt, keine neun Wochen später, ist diese Insel ein einziges Meer aus Blüten und frischem Grün.
Wesentlich früher, als es bei uns der Fall ist – und auch üppiger und kräftiger, wie mir scheint.
Es muss Balsam für jede Menschenseele sein, hier über die Insel zu wandern. Den Reichtum an Formen und Farben zu bestaunen, an diesem Ort, der mir zurzeit nichts Geringeres als das Paradies ist.
Ja, ich wünschte, Du könntest das hier sehen. Mit mir über die Insel streifen. Den Kindern dieses Wunder zeigen.

Ich hoffe, bei Euch hat der Frühling ebenfalls schon Einzug gehalten.
Robert

Die Stimmen der Vögel fluten den Garten: tschilpende und trillernde Kaskaden aus den wieder grünen Sträuchern, den blühenden Bäumen.

In ihrem alten braunen Rock kniet Jane auf der Erde und verzieht die Keimlinge im Beet. Helen hat schon damit begonnen, das Unkraut zu jäten, das unter Frühlingsregen und Märzsonne überall hervorgeschossen kommt. Geschickt stellt sie sich dabei an, reißt die Pflanzen mit Stumpf und Stiel heraus und fragt lieber noch einmal nach, wenn sie unsicher ist.

Trotzdem ist es für sie ein Spiel, das genug Raum lässt, Blätter und Wurzelgeflecht genau zu betrachten. Genug Zeit, um Regenwürmer zu untersuchen, Käfer und Spinnen. Nach den ersten Schmetterlingen Ausschau zu halten, nach Bienen und Hummeln.

Genau wie es sein sollte, denkt Jane.

Einmal mehr wirft sie rasch einen Blick zu John. Immer in der Angst, er könnte unbemerkt durch die Hecken gekrochen und zum Bach hinuntergelaufen sein, in weniger als ein paar Sekunden; er ist so schnell auf seinen kurzen Beinen.

Zum wiederholten Mal atmet sie auf, dass er nach wie vor brav auf der Decke sitzt, die sie im Gras ausgebreitet hat. Vollkommen versunken ist er in seine eigene kleine Welt, die er sich aus Holzklötzen, Ästen und Steinen gebaut hat und von der er sich selbst erzählt. In seinen eigenen geheimen Worten, die er mehr und mehr nach ihrer und Helens Sprache formt.

Jane weiß nicht, wie ihre Mutter das früher geschafft hat, mit drei kleinen Mädchen rasch nacheinander. Wie es andere Frauen geschafft haben, die sie in Swinton kannte, mit fünf oder mehr Kindern, während sie weiter von früh bis spät als Wäscherin oder als Magd auf dem Anwesen arbeiteten, um die Familie satt zu bekommen.

Ihr Blick wandert über den Zaun, der über den Winter stark gelitten hat und gestrichen werden müsste. Weit, weit hinaus streift Jane mit ihren Gedanken, über die Wiesen und Felder und die alten Eichenbäume.

Der gesunde Menschenverstand sagt ihr, dass die Chinesen vermutlich nicht viel anders leben als die Leute hierzulande. Genauso hart arbeiten müssen sie, um ihre Familien zu ernähren, wie die Leute hier in Chiswick, in Swinton, Edrom, London oder Edinburgh. Die Frauen bringen genauso Kinder zur Welt und ziehen sie groß und bestellen vielleicht ein Gärtchen wie Jane.

Wie es die Menschen wohl zu allen Zeiten, an allen Orten getan haben. Ist das doch die Wurzel des Menschseins, mag sie auch über dem Erdboden jeweils unterschiedlich wachsen und verschieden blühen.

Allerdings vermag Jane sich nicht auszumalen, was in diesen chinesischen Gärten wächst. Was chinesische Mütter ihren Kindern zu essen geben. Worin sie sie kleiden, welche Spiele sie mit ihnen spielen.

Einmal mehr versucht sie sich vorzustellen, wie Robert seine Tage verbringt. Was er in China sieht, hört, erlebt. Wie es ist, dort zu sein, am anderen Ende der Welt.

Es gelingt ihr nicht.

China ist für sie die Pagode in Kew Gardens, die sie an einen Bleistift erinnert und der Tee in ihrer Tasse. Fremdartige Gesichter, mehr Märchenfiguren als realistische Porträts, eingefroren in rätselhaften Szenen, die in den Häusern reicher Leute hier Vasen und Schüsseln zieren.

Exotische Vögel und Blumen auf Tellern und Fächern, traumgleich in Pastell oder in unnatürlich leuchtenden Farben. Blaue Schnörkel auf weißem Porzellan wie eine Melange aus Wolken und Himmel.

Statisch ist ihr Bild von China, flüchtig und unwirklich.

China bleibt für sie ein verwaschenes Aquarell aus einem Märchenbuch. Das für Robert gerade jeden Tag fühlbare, greifbare Realität ist, seitdem er in dessen Seiten hineinspaziert ist, um diese fantastischen Blumen zu finden und sie später in englischem Boden Wirklichkeit werden zu lassen.

Helens kieksender Ausruf reißt sie aus ihren Gedanken.

Über den Zitronenfalter auf der ausgestreckten Hand hinweg strahlt Helen sie an, eine überwältigende, allumfassende Seligkeit auf dem Gesicht und mit leuchtenden Augen.

John kommt auf seine Schwester zugerannt. Fast zu schnell für seine noch nicht ganz sicheren Beinchen, muss er sich mit rudernden Armen ausbalancieren.

Ihre bedauernden Laute, als der Falter sich aufschwingt, verfliegen sogleich. Die Freude überwiegt, mit der die beiden Kinder mit Augen und Fingern dem Schmetterlingsflug folgen, durch den Garten hüpfen, ganz im Glück, ganz im Augenblick.

Ein Jahr ist es jetzt her, dass Robert nach China aufgebrochen ist. Ein Jahr, das erstaunlich schnell vergangen ist und doch viel zu langsam.

So viele Momente mit den Kindern sind Robert entgangen. Wie Helen mal in kaum wahrnehmbaren Übergängen, mal in Wachstumssprüngen zu dem kleinen Mädchen geworden ist, das jeden Tag tausend Dinge im Kopf hat, von denen sie erzählt, und genauso viele Fragen stellt. So viele Meilensteine hat er verpasst. Johns erster Zahn. Sein erster Geburtstag, die ersten wackeligen Schritte, die ersten Worte.

Keine noch so prächtige Orchidee, kein Geld der Welt kann ihm das zurückbringen.

27

Dienstag, 19. März 1844

Die zweite Woche zurück in Zhoushan.

Frühlingswetter – Maximum: 64 Grad Fahrenheit, einmal sogar 68! Meist sonnig, allenfalls leicht bewölkt und überwiegend trocken. Wenn es regnet, dann kräftig, jedoch meist abends oder in der Nacht, bei einem Minimum von 42 Grad Fahrenheit, selten bis auf 38 Grad fallend.

Oft habe ich die schönen Azaleen bewundert, die anlässlich von Festivitäten nach Chiswick gebracht werden. Als individuelle Specimina übertreffen diese in den allermeisten Fällen die Azaleen, die auf den Hügeln hier wachsen und blühen. Dessen ungeachtet gibt es nichts Prachtvolleres und Beeindruckenderes als die in Azaleen gekleideten Berge hier. Auf allen Seiten, wohin das Auge auch schaut, so weit der Blick reicht: Massen dieser Blüten von überwältigender Leuchtkraft und alles überstrahlender Schönheit.

Buchstäblich atemberaubend!

Ich komme kaum nach damit, meine Specimina zu konservieren und Listen darüber zu führen, was bereits blüht oder es in Bälde tun wird: Kirschbäume und Spiersträucher, Geißblatt, wilde Rosen und Kamelien, Clematis und eine Art von Torenia in tiefem Blauviolett.

Es gibt keinen Zweifel mehr: All die Berichte, die China als ein blühendes, blumenreiches Land schildern, sind keine Legende. Sie sind wahr – ganz besonders hier in Zhoushan.

AUS DEN NOTIZEN VON ROBERT FORTUNE

Zhoushan im Frühling war für Fortune nichts Geringeres als der Himmel.

Ein blühender, farbenfroher, duftender Himmel, in dem Blütenstaub das Licht vergoldete, Insekten umhersurrten und Schmetterlinge durch die Luft flirrten, kupfern, schwefelgelb, irisierend blau.

Wenn er spät nachts unter herzhaftem Gähnen endlich die Feder beiseitelegte und seine beständig länger werdenden Listen und botanischen Beschreibungen bündelte, bevor er in der Kammer der Herberge das Licht aus Pflanzentalg löschte, konnte er kaum den Morgen erwarten.

Wie in den Fußstapfen Adams kam er sich vor, nur dass er statt der Tiere die Pflanzen vor Augen hatte, die der Herr in seinem unerschöpflichen Einfallsreichtum geschaffen hatte, und ihnen Namen geben durfte. So musste es gewesen sein, zu Anbeginn der Welt, am Anfang aller Dinge.

Wären die Nächte nicht noch empfindlich kühl gewesen und oft von kräftigen Schauern begleitet, hätte Fortune sie draußen verbracht, in der Natur. Irgendwo auf den Hügeln der Insel, zwischen all diesen Blüten in ihrem Nachtschlummer.

Fortune lächelte bei diesem Gedanken in sich hinein, während er auf einer sonnengefleckten Lichtung die Blüten der Weigelien vermaß: nicht einmal daumenlange Glöckchen in Rosa oder Pink, die in Myriaden von Bündeln aus den Sträuchern hervorsprangen.

Weigela florida. Die reichblühende Weigelie.

Ein spröder Name, der dieser hübschen Pflanze keineswegs gerecht wurde, konnte sie sich doch durchaus mit den Azaleen dieser Gegend messen.

Und doch war sie nichts im Vergleich zu der *Wisteria*, auf die er am Tag zuvor gestoßen war, tief im gerade erst grünenden Wald. Üppige Kaskaden, die wie lavendelblauer Regen von den Ästen herabtroffen. Eine sanfte Farbe, die dennoch so intensiv war, dass sie lebendig schien.

Mit den Augen konnte man sie trinken, diese Farbe.

Wisteria sinensis, chinesische Wisteria, hatte er sie getauft.

zi teng, ergänzte er sogleich in Gedanken ihren chinesischen Namen. Blaue Rebe.

Berauscht war er davon, immer noch. Von diesem Duft, süß und schwer, süffiger durch den Geruch von regennassem Waldboden, feuchtem Holz und frischem Grün. Weiche Knie hatte ihm dieser Duft gemacht.

Ein fast unwirkliches Erlebnis war es gewesen, magisch und wie verwunschen. Ein Zauber, den er mitsamt der Stecklinge und Absenker aus dem Wald mitgenommen hatte. Und der immer noch nachwirkte. In einer Leichtigkeit des Herzens. Einem Gefühl der Seligkeit, das fast schon Glück war.

Wenn er morgens in aller Frühe von Tinghae aus aufbrach, trottete Wang murrend hinter ihm her. Zuweilen musste dieser sich zu einem Spurt aufraffen, um seinen Herrn nicht aus den Augen zu verlieren, der mit federnden Schritten vorausmarschierte. Und sobald sich eine Gelegenheit ergab, streckte sich Wang irgendwo aus, um den versäumten Schlaf an Ort und Stelle nachzuholen.

So wie jetzt, in einiger Entfernung von Fortune, auf einem Polster aus Moos und in einem Klecks Sonnenlicht. Hier im Wald bekam Wangs Schnarchen, mit dem sich Fortune allmählich arrangiert hatte, eine andere Qualität. Leiser war es, behutsamer und fast träumerisch, im Einklang mit den Tönen des Waldes.

Fortunes Blick wanderte weiter. Zu Lian, die sich ganz in seiner Nähe hielt.

Längst hatte er sich daran gewöhnt, in ihr eine aufmerksame Zuschauerin zu haben, wenn er botanisierte und sich Notizen machte. Er mochte ihr Gespür dafür, wann es Zeit war, zu reden oder zu schweigen. Vielleicht hatten sie auch einfach den gleichen Rhythmus.

Ihr Schweigen war nie befangen. Nie abweisend oder gar feindselig. Sondern lebendig, offen und wach. Auf eine feinfühlige Art schwieg sie, die ihm behagte.

Genauso schätzte er die Tage, die Stunden, an denen er von Lian Chinesisch lernte, während seine Hände sich mit Laub und Gehölz beschäftigten. Eine Sprache, die trotz ihrer klaren Logik tückisch war, weil ein und derselbe Laut grundverschiedene Bedeutungen haben konnte, je nachdem, wie man ihn betonte. Laute, die im normalen Sprachfluss nahtlos und ununterscheidbar ineinander übergingen und dazu noch halb verschluckt wurden. Oft schien ihm seine Zunge zu klobig, seine Lippen zu steif, um diese Sprache jemals zu meistern, sein Gehör nicht fein genug gestimmt.

Umso mehr, als entlang der Küste gleich mehrere Sprachen gesprochen wurden, die sich für seine Ohren in keinster Weise ähnelten und ihn oft in eine Verwirrung stürzten, wie nach dem Turmbau zu Babel.

Manchmal versuchte er sich daran, Lian von seiner Herkunft zu erzählen. Ihre Fragen nach seinem Land und seinem Leben dort zu beantworten. Meist mit einem Gefühl der Unzulänglichkeit. Flach und blass kamen ihm seine Schilderungen vor. Unscharf und nichtssagend, gleich in welcher Sprache. Sicher auch deshalb, weil er so wenig Möglichkeiten fand, Vergleiche heranzuziehen, Verbindungen zu knüpfen, um die Dinge, über die er sprach, plastischer zu machen, greifbarer.

Er war eben kein Geschichtenerzähler. Kein Poet.

Er war Wissenschaftler. Hilflos und sprachgehemmt, wenn es um mehr ging als trockene Fakten. Um mehr als Blätter und Wurzeln und Blüten, Sonne und Regen und die Beschaffenheit des Bodens.

Zumindest redete er sich das ein.

Denn dass nach zehn Monaten in China die Erinnerung an sein Zuhause in die Ferne zu rücken begann, zu verschwimmen und auszubleichen, war eine Erkenntnis, die ihn befremdete.

28

Selbst wenn ich mich anstrengte – ich tat mich schwer damit, mir sein Land vorzustellen.

Zu fremd war mir das, was er davon erzählte. Vielleicht hatte ich auch nicht alles richtig verstanden.

Ein Apparat, der bleibende Abbilder auf Papier schuf, von Landschaften, Gebäuden und sogar Menschen.

Drähte, die Nachrichten von einem Ort zum anderen übermittelten.

Flüchtige Stoffe, ähnlich wie Luft, die betäubten, Schmerzen nahmen oder ganze Städte erleuchteten.

Ein Ungetüm auf Rädern, in dem ein Kohlefeuer brannte und das sich unter dem entstehenden Dampf vorwärtsbewegte. Ein eiserner Drache, der schnaubend und brüllend nach und nach die Insel eroberte, von der Fortune kam. Eine Insel, die viel größer war als Zhoushan, aber dennoch von Nord nach Süd nur fünfhundert *li* maß – weniger als die Entfernung zwischen Canton und Shanghai. Ich war mir nicht sicher, ob ich das alles einmal mit eigenen Augen sehen wollte. Diesen ausgeklügelten Zauber von Menschenhand, der in seiner Kühnheit, seiner kühlen Berechenbarkeit Fortunes Sprache ähnelte.

Wieviel davon würden die Barbaren nach China bringen?

Eine Welt voller Wunder war es, die Fortune mir beschrieb. Deren Menschen unbeirrbar vorwärtsstürmten und keine Grenzen kannten. Keine Grenzen des Geistes oder des Raums, und nicht einmal der Materie.

Für Götter hielten sie sich. Wähnten sich in dem Recht, ihnen stünde alles zu, worauf ihr begehrlicher Blick fiel. In der eitlen Überzeugung, ihre Werte, ihre Sitten wären allen anderen überlegen.

Gierig waren sie. Nicht allein nach Gold. Sondern nach Macht.

Wie viel davon würden sie uns aufzwingen, jetzt, da sie sich gleich über fünf Tore Zutritt zu unserem Reich verschafft hatten?

Eine Kluft der Zeiten tat sich zwischen uns auf, wenn Fortune von seiner Welt erzählte.

Bei allem Staunen, bei aller Bewunderung empfand ich auch Scham für die eitle, starrsinnige Rückständigkeit meines Landes. Einen flammenden, fast zornigen Stolz auf seine große Geschichte, seine lange Tradition und seine Schönheit, ungeachtet all dessen, was ich darin verabscheute.

Trotzdem hörte ich Fortune gern zu.

Er prahlte nicht mit den Errungenschaften seines Landes und schwärmte nie, blieb immer nüchtern, wenn er davon sprach. Ich mochte die Art, wie er sich ausdrückte und beharrlich meine Sprache übte, machte er dabei auch noch so viele Fehler. Ich war einfach gern in seiner Nähe.

Ich fing seinen Blick auf.

Glücklich sah er aus. Gleich, wie die Welt, aus der er kam, auch beschaffen sein mochte: Hier, in den Wäldern, zwischen den Blumen von Zhoushan, war er in seinem Element. Für mich, die stets ihre volle Aufmerksamkeit auf das richtete, was sich bewegte, auf Atemzüge und Geräusche, waren es einfach Blumen. Wohlriechende und hübsche Blumen, gewiss. Aber eben nur Blumen.

»Fortune ... Warum faszinieren dich die Pflanzen so sehr?«

Ohne innezuhalten oder auch nur seine Bewegungen zu verlangsamen, fuhr er damit fort, Zweige aus dem Strauch zu schneiden. Auf den ersten Blick schien es, als hätte er meine Frage überhört. Doch etwas an seiner Haltung, in seiner Mimik verriet mir, dass er über eine Antwort nachdachte. Ich hatte gelernt, in seinem Gesicht zu lesen.

»Gestern«, begann er schließlich. »Die *zi teng*. Erinnerst du dich?«

Ich nickte.

»Wie ging es dir, als du sie gesehen hast?«

Ich dachte an den Wasserfall aus blauen Blüten. An das Leuchten im Zwielicht des Waldes. An diese ungewöhnliche, schillernde Farbe, die in Bächen aus dem Astgeflecht über uns herabzuströmen schien. Die eins war mit ihrem überwältigenden Duft.

Es war nicht das erste Mal, dass ich ihr im Frühling begegnet war. Aber das erste Mal, dass ich versuchte, sie mit Fortunes Augen zu sehen.

»Ich fand sie ... schön.«

Fortune lächelte.

»Diese Schönheit ist es, die mich fasziniert. Diese Schönheit, die etwas in der menschlichen Seele berührt und bewegt. Dabei ist dieser Zauber der Blüten, ihre Pracht, ihr Duft nicht für uns Menschen gedacht. Sondern für die Bienen. Die Schmetterlinge. Diese Schönheit, diese Vielfalt soll Insekten dazu verführen, die Blüten zu bestäuben. Und trotzdem erliegen wir Menschen genauso dieser Verführung durch ihre Formen und Farben. Durch ihren betörenden Duft.«

Er zupfte eine der rosafarbenen Blüten ab und ließ sich auf die Knie nieder.

»Kleingeistige Menschen mögen einwenden, was das doch für eine Verschwendung sei. Wie Blüten, die nur einen Tag lang blühen – oder nicht einmal so lange. Der Hibiskus zum Beispiel oder die Malve, und die Blüte der Baumwollpflanze, die zur selben Familie gehören ... Sie entfalten sich nur für ein paar Stunden. In dieser kurzen Zeit erfüllen sie die Aufgabe, die die Natur für sie vorgesehen hat. Dann schrumpfen sie und welken. Die Natur ist alles andere als kleingeistig. Von unfassbarer Großzügigkeit ist sie. In ihr hat die Fülle einen Sinn, die Schönheit, aber auch die Vergänglichkeit. Nichts davon ist zufällig, jede Farbe, jede Blütenform erfüllt ihren ureigenen Zweck. – Sieh dir das hier an.«

Ich machte einen langen Hals, und sein Lächeln vertiefte sich.

»Du musst schon etwas näher kommen. Noch näher. Noch ein bisschen.«

Meine Schulter streifte beinahe seinen Arm, so nah war ich ihm. Eine kräftige Wärme ging von ihm aus. Nach sattem Waldboden roch er. Ein bisschen wie sonnendurchwärmter, moosiger Fels und nach dem schweren Salz von Treibholz.

Ich konnte die Poren in seiner Haut erkennen. Die kurzen, starken Wimpern, deren Spitzen sonnengebleicht waren, und eine Andeutung von Bartschatten auf der Oberlippe. All die groben, harten Linien seines Gesichts, das mir inzwischen so vertraut geworden war, dass ich nicht mehr verstand, wie ich es früher einmal hässlich hatte finden können.

Ich riss meinen Blick von ihm los und richtete ihn auf die Blüte, deren Blätter er vorsichtig auseinanderzog.

»Siehst du diese fünf Fäden, ringsherum am Rand? Das sind die Staubblätter. Das Androeceum, der männliche Teil der Blüte. Er bildet den Pollen. Und das in der Mitte hier – das sind die Fruchtblätter. Das Gynoeceum. Wörtlich übersetzt: das Haus der Frau, der weibliche Teil der Blüte. Wenn jetzt eine Biene in die Blüte kriecht, auf der Suche nach Nektar, überträgt sie den Pollen auf diese Stelle da. Siehst du sie? Sieht fast wie ein winziges Herz aus. Die Narbe. Von dort aus wandert er hinunter, auf den Grund der Blüte, in den Fruchtknoten. Aus der Verschmelzung von Pollen und Eizelle entsteht dann der Samen für neue Pflanzen.«

Seine Stimme wurde weich.

»Wenn das nichts anderes als ein Wunder ist! Ein Wunder, das sich wohl seit Äonen ereignet, überall und milliardenfach und meist unbemerkt vom menschlichen Auge. Das Prinzip allen Lebens auf dieser Erde. Nicht nur bei den Pflanzen. Auch bei den Tieren, von den winzigsten bis zu den allergrößten. Und nicht zuletzt bei uns …«

In der plötzlichen Stille blinzelte ich zu ihm hinauf. Er war rot geworden.

»Entschuldige. Ich hatte für einen Moment vergessen, dass …«

»Was vergessen?«

Seine Schultern ruckten unter der leichten Jacke, zu der er mit dem Frühling übergegangen war.

»Nun, wo ich herkomme … An sich gilt Botanik als angemessener Zeitvertreib für Mädchen. Für Frauen. Nur nicht, wenn es um die … Biologie geht.«

»Warum nicht?«

»Weil …« Er räusperte sich. »Aufgrund der Parallelen zu … Ganz besonders bei Orchideen, deren Blüten doch gewisse Ähnlichkeiten mit … Und dann auch noch der Duft. Zu überwältigend. Zu … aufreizend."

Ich lauschte dem Echo seiner Stimme in meinem Kopf. Zu absurd kam mir diese Vorstellung vor, die man offenbar in seinem Land pflegte, als dass ich ihn richtig verstanden haben konnte.

Ein Kichern perlte in meiner Kehle. Ich schlug die Hand vor den Mund, um es zurückzudrängen.

Unter Fortunes Blick, halb verdutzt und halb erleichtert, konnte ich mich nicht mehr beherrschen. Ich lachte los. So unbeherrscht, dass ich das Gleichgewicht verlor, aus der Hocke auf meine Kehrseite plumpste und noch mehr lachen musste.

Ein anderes Lachen mischte sich in meines, tief und volltönend. Leise und zögerlich erst, doch schnell lauter werdend. Er hatte ein schönes Lachen, warm und geschmeidig.

Wir schütteten uns aus vor Lachen, Fortune und ich, und immer wenn der eine kurz davor war, sich zu beruhigen, steckte ihn der andere von Neuem an. Bis wir beide nicht mehr konnten, unter den letzten Lachern nach Luft schnappten und uns dabei in die Augen sahen.

Leicht war mir zumute. Fast ein bisschen schwindelig vor Übermut. Eine Art von übersprudelndem Glücksgefühl verspürte ich, das ich schon fast vergessen hatte.

In Fortunes Augen funkelte es jungenhaft, geradezu ausgelassen.

Dann verdunkelten sie sich, wie der Himmel nach Sonnenuntergang. Die Heiterkeit auf seinem Gesicht erlosch, wich einer ernsthaften Verwunderung. Einer erhellenden Einsicht, über die Wolken aus Fragen, Zweifel, Unsicherheiten hinwegzogen. Ein Blick, der mir unter die Haut ging. Mich verlegen machte, und von dem ich mich trotzdem nicht lösen konnte.

Fortune tat es für mich.

Hastig senkte er den Kopf und durchwühlte fahrig die Taschen seiner Jacke, bis er sein Notizbuch fand und sich in den aufgeschlagenen Seiten vergrub.

Der Zauber des Augenblicks war zerstoben und ließ mich in einer plötzlichen Kühle zurück. In einem Zustand der Verwirrung, den ich gleichwohl genoss. Mein Blick streifte durch den Wald und traf auf den Wangs. Auf dem Ellbogen halb aufgerichtet, grinste er zu mir herüber. Frech und ein wenig anzüglich, aber nicht unfreundlich.

Unwillkürlich schickte ich ein kleines Lächeln zurück.

Ich beobachtete Fortune, der vornübergebeugt auf dem Waldboden kniete. Betrachtete den Blütenzweig, der neben ihm lag und über den er wohl gerade in sein Notizbuch schrieb.

Irgendwann, seit er vorhin begonnen hatte, mir zu erklären, weshalb er Blumen so sehr liebte, hatte ich es verstanden.

Jetzt verstand ich die Schönheit der Pflanzen.

Ich verstand, wie viel von dieser Schönheit es gab. In China. Auf der ganzen Welt.

Und wie wenig ich davon gesehen hatte.

Weil ich meist in den Schatten unterwegs war. In den finsteren Ecken. Mich mit der dunklen, der hässlichen Seite des Lebens und des Menschseins abgab. Fortunes Art von Unschuld hatte ich schon vor langer Zeit verloren.

Das Glücksgefühl sickerte aus mir heraus, und eine Welle von Traurigkeit wusch über mich hinweg. Noch einmal schäumte sie auf, als sie sich an dem Gedanken brach, dass Fortune China wieder verlassen würde. Bald schon, im Juli. In nicht einmal mehr vier Monden.

Ich wollte etwas sagen, um die Kluft zwischen uns zu überbrücken. Das Einzige, was mir einfiel, kam schroff heraus.

»Es wird Zeit, dass du kämpfen lernst.«

29

Die Anhöhe hinter Tinghae schob sich gerade aus der Dämmerung. Hinein in hellen Vogelgesang. In ein Licht aus Pfirsich und Aprikose, den ersten Hauch von Gold.

Wie Duellanten standen sie einander gegenüber. Ein Duell, für das Fortune denkbar schlecht vorbereitet war.

Etwas hatte sich verschoben zwischen Lian und ihm. In nur einem Augenblick, am Tag zuvor. Hin zu etwas, das ihn verwirrte, geradezu verstörte.

Vielleicht hatte sich diese Veränderung schon länger angebahnt. Sich mit vielen kleinen Vorzeichen angekündigt, die er nur übersehen hatte. Bis die befreiende Kraft ihres Gelächters sie freigelegt und sichtbar gemacht hatte. Jetzt wünschte er sich diesen seligen Zustand des Nicht-Sehens, Nicht-Ahnens zurück.

»Deine Feuerwaffe«, erklärte Lian, »sie nützt dir nichts. Du bist zu langsam. Du wirst überwältigt, bevor du sie greifen kannst. Du musst schneller werden.«

Fortune nickte.

Ihre Augen glänzten wie Kohlesplitter. Sie barst vor Vitalität, leuchtete vor innerem Feuer. Eine Kraft, der er sich nicht gewachsen fühlte.

Ihr Schwert hatte sie abgelegt, die Jacke abgeworfen. Unter dem sandfarbenen Hemd – vielleicht alt und fadenscheinig, vielleicht nie dichter gewebt gewesen – zeichneten sich im Morgenlicht die Konturen ihres Körpers ab.

Er wollte nicht starren, er war nicht diese Art von Mann, deshalb ließ er den Blick auf die Spitzen seiner Stiefel sinken.

Gefangen in seiner alten Schüchternheit. In seiner ungelenken Hünenhaftigkeit. Einer körperlichen Stärke, die dafür taugte, Pflanzenkübel zu schleppen, Bäume zu fällen, Holz zu spalten, ihn aber unbeweglich und langsam machte. Im Bewusstsein seiner ganzen Fremdartigkeit.

Lians Faust erwischte ihn am Oberarm. Nicht besonders fest, aber doch fest genug, dass es wehtat.

»Du musst schauen!«, schalt sie ihn. »Schauen! Und hören!«

Er konnte nicht gegen eine Frau kämpfen.

Der nächste Schlag traf ihn in den Magen, dicht gefolgt von einem Tritt an die Außenseite des Knies.

»Du musst dich bewegen, Fortune!«

Und schon gar nicht konnte er gegen Lian kämpfen.

30

Er stand da wie eine der übergroßen Puppen aus Gras, die im Hof des Klosters von Pfählen herabbaumelten, damit wir uns erst daran mit scharfen Klingen versuchen konnten, ehe es an einen Gegner aus Fleisch und Blut ging.

Jämmerlich wirkte er.

Schlag um Schlag teilte ich aus. Kontrollierte Hiebe und Tritte, die ihm wehtaten, ohne an Sehnen, Bändern, Muskeln, Knochen und Organen Schaden anzurichten, einen wichtigen Meridian zu treffen.

Er blieb reglos.

Was war er nur für ein Mann, dass er sich das gefallen ließ? Noch dazu von einer Frau, die viel kleiner und leichter war?

Meine Schläge kamen schneller, härter. Ohne nachzudenken, bellte ich die Kommandos meiner Meister.

Links. Rechts. Haltung. Blocken.

Ohne daran zu denken, ob Fortune mich verstand.

Das chi. *Du vergisst dein* chi*! Wo ist deine Deckung? Was ist mit deinem Fuß? Nicht gut. Von vorne.*

Mit jedem Schlag, jedem Wort traf mich die Erinnerung an Yun.

Sein Jungengesicht, das in meinem Beisein zu dem eines Mannes gereift war. Seine Augen, die unter dem rasierten Kopf mal schwarzen Seen glichen, mal mit ihrem spöttischen Funkeln kostbarem Onyx.

Mein Schwertbruder. An dem ich mich immer gemessen hatte, in Schnelligkeit, Geschicklichkeit, Treffsicherheit, den ich stets zu übertrumpfen suchte. Mein liebster Gegner in jedem Kampf.

Kämpfe, die sich wandelten, wie wir uns wandelten. Aus dem spielerischen Wettstreit zwischen Kindern, dem verbissenen Ringen um die

Oberhand als Halbwüchsige wuchs ein Werben um den anderen. Scheu zuerst, dann kühner, jeder Schritt schon eine Ahnung des Spiels von Wolken und Regen. Jeder Blick. Jeder Schwung des Schwerts.

Bis ich den letzten Kampf verlor. Den wichtigsten, alles entscheidenden, ausgetragen auf dem haarfeinen Grat zwischen Ja und Nein.

Ich verlor Yun.

»Hör auf!«

Ich zuckte zusammen, als mich starke Hände an den Schultern packten. Fortunes Augen schlugen blaue Funken.

»Ich kann das nicht, verstehst du!«

Sein Blick wurde matt. Er ließ die Hände fallen und die Schultern hängen.

»Ich kann es einfach nicht.«

Hilflos stand dieser Riese vor mir, ein beschämtes Erröten auf dem Gesicht, eine Art von Aufbegehren in seinen Zügen. Ich spürte, wie ich weich wurde.

Nein, er konnte es wirklich nicht. Er war nicht in der Lage, die Hand gegen mich zu erheben. Gegen gar keine Frau.

Besänftigt war ich nicht.

Wie konnte er es wagen, an meine alten Wunden zu rühren. Mich an Yun zu erinnern. Meinen inneren Frieden zu stören, für den ich so weit gewandert war. Um mir danach den Rücken zu kehren und einfach wieder in seiner Welt zu verschwinden.

Dafür verwünschte ich diesen Engländer, so ungerecht das auch war. Versuch es wenigstens, hätte ich zu ihm sagen müssen. Ihn so lange bearbeiten und bis aufs Blut reizen, dass sein Widerstand in sich zusammenfiel. Wie es ein guter Meister getan hätte.

»Du verdienst es«, sagte ich stattdessen, »wenn sie dich in irgendeiner Gasse verprügeln und berauben, das nächste Mal.«

Ich klaubte meine Jacke und mein Schwert vom Boden auf und ging davon.

Ziellos wanderte ich über die Insel.

Unter einem Himmel, der sich ständig veränderte. In seinen Farben, seinem Licht, seinen Wolkenmustern.

Nach einem Meer aus Gras hielt ich Ausschau, um es mit meinem Schwert niederzumähen. Nach Baumschösslingen, die ich köpfen wollte. Einem Bambushain, den ich in Stücke schlagen konnte.

Auch wenn das bedeutete, dass ich die Nacht damit zubringen würde, die stumpfgehauene Klinge meines Schwerts wieder zu schärfen.

Ich gab mir alle Mühe, die Wärme seiner Hände auf meinen Schultern abzuschütteln. Den Druck seiner Finger, den ich noch lange danach spüren konnte.

Doch überall, wo ich hinkam, wurde ich an Fortune erinnert.

In all dem Grün. Den Gestalten der Bäume und Sträucher.

In diesen Blüten. So vielen Blüten.

Meine Schritte wurden leichter, mit jedem *li*, das ich zurücklegte.

Ein See aus Farben war die Insel, den ich staunend durchquerte, als sähe ich alles zum ersten Mal.

Konnte man darüber seinen Zorn vergessen? Seinen Kummer?

Zumindest spendete es mir Trost.

Ein Geschenk war es, das Fortune mir da gemacht hatte. Indem er mir die Augen öffnete für dieses Wunder. Etwas, das vielleicht bleiben würde, wenn er selbst schon längst fort war.

Wie mir auch so vieles, was Yun mich gelehrt, was ich durch ihn erfahren hatte, geblieben war.

Vielleicht blieb am Ende nicht immer nur das Schlechte übrig, sondern auch etwas Gutes. Ein Echo der Schönheit, die einmal gewesen war.

<u>Zhoushan, im März</u>

Liebe Jane,
vielleicht liegt es am Rausch der Blüten und ihrer Farben – am Frühling hier in Zhoushan, der keinem Frühling gleichkommt, den ich je erlebt habe – in seiner Pracht, seiner Herrlichkeit, seiner himmelsstürmenden, alles überwältigenden Kraft – ich muss Dir schreiben, Dich wissen lassen, was und wie viel Du mir bedeutest.
~~Du bist die Eine für mich~~
~~Ein Jahr ist es jetzt her, dass wir~~
Ich kann

Fortune ließ die Feder sinken und starrte auf die hastig niedergeschriebenen Zeilen.

Sein emotionaler Erguss war ihm bereits jetzt unangenehm. Dabei hatte er noch nicht einmal an der Oberfläche dessen gekratzt, was in ihm vorging. Was ihn bewegte, berührte, aufwühlte.

Er konnte diesen Brief nicht beenden, noch würde er einen zweiten Versuch wagen. Er legte die Feder beiseite, nahm das Blatt Papier und zerriss es.

Er wünschte sich, er könnte dieses Sehnen, das sich durch ihn hindurchfraß, genauso leicht aus sich herausreißen.

Dieses Sehnen, das britischem Heimatboden galt. Seinem Zuhause, dem kleinen Cottage und den Treibhäusern des Botanischen Gartens von Chiswick.

Jane. Jane und den Kindern.

Natürlich galt ihnen dieses Sehnen, wem auch sonst.

Obwohl dieses Gefühl nicht mehr konstant in dieselbe Richtung wies, eine ins Trudeln geratene Kompassnadel.

Er beschwor Janes leise, manchmal etwas spröde Stimme herauf. Ihr längliches, immer blasses Gesicht. Besonders wenn sie einen Hut mit breiter Krempe trug, erinnerte sie ihn an ein Veilchen, das im Schatten eines Baumes wuchs.

An ihre Augen dachte er. Augen, aus denen sich in seiner Fantasie die Blüten von *Clematis lanuginosa* entfalteten. Diese azurblauen Sterne, über denen er Lian hier in Zhoushan begegnet war, im vergangenen Herbst.

Jetzt, nach dieser langen Zeit, fiel ihm ein, was die Clematis bedeutete.

Innere Schönheit. Reine Liebe.

Fortune schüttelte den Kopf, um diese Bilder, diese Gedanken zu vertreiben, rieb sich über die brennenden Lider. Es war höchste Zeit, dass er nach Hause zurückkehrte. Etwas in ihm war hier in China dabei, in Unordnung zu geraten. Ein Gefühl, das ihm ganz und gar nicht behagte.

Dem er sich dennoch nicht entziehen konnte.

31

Es war schon dunkel, in der Stunde der Ratte, als ich nach Dinghai zurückkehrte und mich in mein Kämmerchen schlich.

Und es war auch noch dunkel, als ich zwischen der Stunde von Tiger und Hase die Anhöhe hinter der Stadt erklomm.

Ich schlüpfte aus meiner Jacke, zog mein Schwert, atmete tief ein und aus.

Ich begann langsam. Mit *neili*, um meine Kraft zu wecken und zu lenken. Im Reigen von Pferd, Goldenem Hahn, Affe, Schlange, Tiger, Kranich, Schwarzem und Weißem Drachen.

Mein Atem formte sich zu Lauten, fauchend, zischend, bellend, brüllend, als ich den Kampf gegen die Schatten aufnahm. Laute, die mehr und mehr Lebensenergie aus der Tiefe heraufbeförderten und durch meine Glieder jagten. Während ich Räder schlug und Saltos, über den Boden rollte, in die Höhe sprang und Pirouetten drehte. In *zhaoshi*, der von Generation zu Generation weitergegebenen Abfolge von Bewegungen, in denen ich mein Schwert schwang, seine Klinge im ersten Licht des neuen Tages ein Band aus silberner Seide, das mich nach und nach in ein Netz aus Gold spann.

Kein Gegner aus Fleisch und Blut verlangte Körper und Geist so viel ab wie der Kampf mit sich selbst. Der Kampf gegen die eigenen Dämonen.

Andere zu beherrschen, ist Macht. Dich selbst zu beherrschen, macht dich furchtlos. So hatten es mich meine Meister gelehrt.

Schwer atmend hielt ich inne, als ich aus dem Augenwinkel einen Schatten bemerkte, der den Hügel heraufkam. Langsam, wie zögernd. Ich wischte mir den Schweiß aus den Augen. Länger und länger zog sich dieser Schatten vor der aufgehenden Sonne, wurde zur Gestalt eines hochgewachsenen Mannes.

Mein pumpender Herzschlag kippte für einen Augenblick ins Unregelmäßige, und ein Lächeln glitt über mein Gesicht.

»Ich hatte nicht geglaubt, dich hier wiederzusehen«, begrüßte ich ihn.

»Ich auch nicht.«

Etwas an ihm wirkte entschlossener als gestern. Entschiedener.

»Aber ich musste einfach kommen.«

Er schälte sich aus seiner Jacke und krempelte die Ärmel seines Hemdes auf.

Ich bückte mich und steckte mein Schwert zurück in seine Scheide, hob dafür die beiden Bambusstöcke auf, die ich gestern im Wald geschlagen hatte. Einen davon warf ich Fortune zu, der ihn ungeschickt mit beiden Händen fing und zweifelnd beäugte.

Ich schwang meinen Stock durch die Luft, wirbelte ihn in den Händen herum, damit ich wieder ein Gefühl für diese schwere, klobige, aber so wirksame Waffe bekam.

»Fertig?«

»Nein.«

Ich schlug zu, und mit einem trockenen, hohlen Geräusch prallte Fortunes Stock gegen meinen. Ein reiner Reflex musste es gewesen sein, so erstaunt blickte er drein.

»Du kämpfst nicht fair«, beklagte er sich im Scherz.

Ich musste lachen, und auch um Fortunes Mund zuckte es.

»Sei auf der Hut, triffst du eine Frau in der Schlacht«, zitierte ich einen General der Ming, während ich zum nächsten Schlag ausholte. »Sie bedienen sich der Zauberkünste.«

Während die Sonne ihren roten Schleier ablegte und sich im hellen Tagesgewand über dem Horizont erhob, trieb ich Fortune über den Hügel vor mir her.

Die einzigen Geräusche neben dem Morgenlied der Vögel waren das Aufeinanderschlagen der Stöcke und unsere Atemzüge. Unsere Schritte im Gras: tänzelnd und flink meine, schwerfällig, stampfend und stolpernd die seinen. Meine Ausrufe zwischen seinem Keuchen, seinem Schnaufen und Prusten, ein leises Auflachen dann und wann.

Immer wieder trafen sich unsere Blicke. Herausfordernd. Angestrengt, fast grimmig. Unsicher und überrascht. Lächelnd.

Und die ganze Zeit über war ich froh über die Distanz, in der uns die Bambusrohre hielten.

32

Donnerstag, 28. März 1844

Die Zeit der Kamelien hat hier in Zhoushan ihren Höhepunkt. Von unbeschreiblicher Pracht, in gleich zweierlei Arten – japonica *und* reticulata *– und in allen nur denkbaren Schattierungen von Rosa und Rot.*

Meine Sammlung an konservierten und lebenden Specimina wächst täglich, während ich über die Insel ziehe. Obwohl meine körperliche Bewegungsfähigkeit derzeit leicht eingeschränkt ist. Jeder Muskel im Leib schmerzt, ich bin von Prellungen und Schrammen übersät – dank der Unterweisung in die chinesische Kampfkunst, die ich jeden Morgen erhalte. ~~Von einem Mäd~~

~~Lian, eine Frau, die~~

~~Sie~~

Montag, 29. April 1844

Launisches Frühlingswetter in Ningbo (Ning-po nach englischer Schreibweise). Meist schön, aber mit überraschend auftretenden Schauern und extremen Temperaturschwankungen: von 57 Grad Fahrenheit hinunter auf 45 und wieder zurück, in kürzester Zeit.

Später hier angekommen als geplant, aufgrund widriger Winde während der Schiffspassage – aber offenbar doch gerade zur rechten Zeit, zur Obstblüte. Als ich vor fast einem halben Jahr hier war, im späten Herbst, hatte ich keine Vorstellung, wie es hier im Frühling sein würde. Diese Vielfalt ist beinahe unvorstellbar: Cerasus – avium, campanulata, cyclamina, japonica. Prunus – amygdalus *und* persica, salicina, insititia, simonii, cerasus, cerasifera. *Und die ganz zauberhafte* glandulosa, *deren Blüten aussehen wie kleine Päonien.*

Mein Hauptaugenmerk aber gilt dem Tee, Thea bohea *und* T. viridis. *Zu diesem Zweck habe ich vor, in den nächsten Tagen in das Hinterland aufzubrechen, in der Hoffnung, mehr darüber zu erfahren.*

AUS DEN NOTIZEN VON ROBERT FORTUNE

Über den Fluss ins Landesinnere, in die Berge, zu reisen, war, wie in einem Boot durch ein Wolkenmeer zu gleiten.

Die Bäume quollen über vor Blüten in Weiß und Rosa, gleich ob Pflaume, Kirsche, Pfirsich oder Mandel. Die Luft flirrte vor Blütenstaub und vibrierte vor der Geschäftigkeit der Bienen und Hummeln.

Trotzdem war Fortune froh, als die Blütenwolken zerfaserten und sich auflösten, der Kanal zwischen grünen Hügeln schließlich ein Ende nahm. Nach geschätzten zwölf bis vierzehn Meilen endlich aus dem winzigen Boot zu klettern und auf der Anlegestelle die Beine zu strecken, bedeutete eine enorme Erleichterung.

»In welche Richtung müssen wir?«, erkundigte er sich bei Wang.

»Warten Fu-Chung! Wang muss erst Stuhl für Berg besorgen. Für tragen Fu-Chung!«

Fortunes Blick folgte Wangs ausgestrecktem Zeigefinger.

Ein *Stuhl für Berg* bestand aus zwei langen Bambusstangen, die auf den Schultern zweier Träger ruhten. Als Sitzfläche diente ein Brettchen, das mit Schnüren am Bambus befestigt war, ergänzt von Fußstützen nach demselben Prinzip.

Fortune sah einem Chinesen hinterher, der in äußerst gemächlichem Tempo auf diesem wackelig aussehenden Transportgerät davongeschaukelt wurde, auf einen Pfad zwischen den grasbewachsenen Hügeln zu.

Allenfalls der aufgespannte Papierschirm, der an einem der Bambusrohre befestigt war, schien im hiesigen Wetter verlockend. Obwohl Fortune bezweifelte, dass das Material einem kräftigeren Regenguss standhalten konnte.

»Auf gar keinen Fall«, knurrte er. »Nicht bevor ich achtzig und höchst gebrechlich bin.«

Er hängte sich seinen Beutel und die Botanisiertrommel um, drückte sich entschlossen seinen Hut auf den Kopf.

»Also – wo entlang müssen wir?«

Wang starrte ihn entsetzt an und gab dann einen Stoßseufzer von sich.

»Da lang!«

Fortune marschierte voraus, gefolgt von Lian, während Wang hinterhertrottete.

Ihr Gänsemarsch weckte das Interesse zweier alter Männer, die müßig am Rand des Kanals saßen.

»Er *geht*«, hörte Fortune den einen sagen.

»Zu Fuß!«, pflichtete der andere bei.

In verwunderter, gedankenschwerer Stille musterten sie Fortune.

»Was kann man machen«, zog der eine seinen weisen Schluss. »Das ist eben deren Natur!«

Wie um seinen Herrn zu entschuldigen, gab Wang einen weiteren Seufzer von sich, der Stein in Butter hätte verwandeln können.

Schweigend stapften sie den Pfad hinauf, der sich an der Flanke des Berges entlangwand.

Still war es. Gespenstisch still, nicht einmal ein Vogel oder auch nur ein sirrendes Insekt war in den Gräsern, in den Büschen zu hören.

Außer ihnen war weit und breit keine Menschenseele zu sehen.

»Bist du sicher, dass wir hier richtig sind?«, rief Fortune über die Schulter.

»Ist einzige Weg, oder nicht?«, gab Wang kratzbürstig zurück.

Jetzt war es an Fortune, zu seufzen.

Das Licht verlor seine Farbe, seine Wärme, und die Luft kühlte merklich ab. Fast eisig schlug sie Fortune entgegen.

Prüfend schaute er zum Himmel hinauf, der sich verdunkelt hatte. Ein fernes Donnergrollen entlockte ihm einen gemurmelten Fluch. Die ersten Tropfen klatschten herunter, gewannen rasch an Dichte, und dann öffneten sich auch schon die Schleusen des Himmels.

Fortune war nass bis auf die Haut; Wasser troff von seinem Hut und nahm ihm die Sicht. Bäche sprudelten über den Pfad; mehr als einmal glitt er im Schlamm aus, stolperte über einen Stein, der sich gelockert hatte. Sein Beutel, die Botanisiertrommel und die umgehängte Flinte, die er für zu wertvoll hielt, als dass er sie in der Herberge gelassen hätte, waren ihm hinderlich, wogen jetzt schon schwer. Als sein Fuß einmal mehr unter ihm wegrutschte, wünschte er sich, er hätte daran gedacht, den Bambusstock mitzunehmen.

Er dachte an die Specimina der Obstblüten in der trockenen Kammer in Ningbo. An seine reiche Sammlung aus Zhoushan und an die Glaskästen voller Pflänzchen dort. Obwohl er sich wieder und wieder sagte, dass diese Pflanzen für niemanden außer ihm von Wert waren, war ihm doch das Herz schwer bei der Vorstellung, jemand könnte sie während seiner Abwesenheit stehlen, sie mutwillig oder aus Versehen zerstören. Ein Wagnis, das er hatte eingehen müssen für diese Exkursion in die Teefelder. Jetzt fragte er sich, ob dieser Preis nicht vielleicht doch zu hoch sein könnte. Selbst für das grüne Gold.

Er blieb stehen und drehte sich um.

»Ist es noch weit?«

»Woher soll Wang wissen? War auch noch nie in Kloster von Tiantung!«

Lian hatte sich sichtbar versteift.

»Ein Kloster? Du hast nichts von einem Kloster gesagt!«, fuhr sie Wang an.

»Du hast auch nicht gefragt!«, giftete Wang zurück.

In ihren Augen funkelte es. Einen Augenblick lang glaubte Fortune, sie würde sich auf Wang stürzen oder einfach auf dem Absatz kehrtmachen. Stattdessen atmete sie jedoch tief durch und schob sich an Fortune vorbei, nach vorne.

In einem Aufflackern von Ritterlichkeit wollte er sie davon abhalten, vorauszugehen. Sah sie schon von einem herabstürzenden Fels getroffen, von einer Schlammlawine begraben. Doch so zielstrebig und sicher, wie sie vorausmarschierte, blieb kein Zweifel, wer von ihnen die größte Gewandtheit in unwegsamem Gelände besaß. Die schärfsten Sinne und die meiste Erfahrung.

Geschickt wich sie Schlammlöchern aus und schien genau zu wissen, welcher Stein festen Tritt bot und welcher besser zu umgehen war.

Fortune trat in ihre Fußstapfen, hielt sich mit Blicken an dem Schwert fest, das auf ihrem Rücken tanzte.

Bis es zu dunkel dafür war.

Finsternis umfing ihn.

Eine Finsternis, in der nicht auszumachen war, ob sie von den Wolken herrührte, die sich bleiern an den Berg drängten. Ob die schwarzen Gestalten der Nadelbäume, durch die sich der Pfad zwängte, alles an Licht schluckten oder bereits die Nacht hereinbrach. Oben und unten, aufwärts oder abwärts – es war nicht mehr zu unterscheiden. Es gab nur noch ein Vorwärts, einen mühevollen Schritt nach dem anderen.

Grelle Blitze zerrissen die Dunkelheit und ließen Fortune geblendet zurück, gefolgt von Donnerschlägen, unter deren Nachhall der Berg erzitterte. Eine gesichtslose Gottheit, die den Sterblichen zürnte, weil sie sich in ihr geheiligtes Reich hinaufwagten.

In der Ferne glommen goldene Fünkchen in der Finsternis auf, in dem Toben der Elemente schwach und flüchtig wie Irrlichter.

Fortune wischte sich das Wasser aus den Augen, um besser sehen zu können.

Lichter von einer Behaglichkeit, die fast zu schön, zu unwirklich schien, um sich darauf freuen zu können. Die dennoch näher kamen, größer wurden. Die Dunkelheit erhellten und Hoffnung machten.

»Vorsicht«, sagte Lian über die Schulter. »Stufen. Stein ist glitschig.«

Fortune nickte und setzte mit Bedacht einen müden Fuß vor den anderen. Auf dieser Treppe, die kein Ende nehmen wollte und die, statt auf die anheimelnden Lichter zu, geradewegs in den gewitterdunklen Himmel hinein zu führen schien.

Aus dem Rauschen des Regens, dem Rumpeln des Donners schälten sich Stimmen, schäumten zu ihnen herunter.

Herein! Was für ein Wetter! Herein, nur herein! Willkommen! Warm bei uns und trocken. Hunger? Kommt herein!

Lachende Gesichter und Roben in Gelb, Orange und Rot schwebten ihnen entgegen, umtanzten sie wie fröhliche Schmetterlinge, die sich in der Jahreszeit geirrt hatten.

Flackernde Lämpchen füllten den Raum mit sanftem Licht. Mit einem Geruch, der die Aromen der aufgetragenen Mahlzeit beizte.

Im Schneidersitz kauerte Fortune an der niedrigen Tafel, mitten in einem kleinen Kreis aus Mönchen, die andächtig ihrem Abt lauschten.

»Vor vielen, vielen hundert Jahren«, begann er gerade seinen Gästen die Geschichte dieses Klosters zu erzählen, »zog sich ein frommer alter Mann von der Welt zurück. Hierher, in diese Berge, um sich ganz seinem Glauben zu widmen. So ernst war es ihm mit dieser Hingabe, dass er all seine irdischen Bedürfnisse vernachlässigte. Sogar das Essen. Die Vorsehung jedoch …«

Fortunes Blick wanderte über die dampfenden Schüsseln hinweg zu Lian.

Mädchenhaft scheu sah sie aus, wie sie mit gesenkten Lidern hier am Tisch saß, das noch feuchte Haar zum strengen Zopf geflochten.

Stets aufs Neue sah er sie vor sich, als er die Anhöhe hinter Tinghae erklomm, wie sie allein mit ihrem Schwert gekämpft hatte wie gegen eine ganze Armee aus Geisterkriegern. Dunkel und rau waren die Rufe gewesen, die sie dabei ausstieß. Von einer solch archaischen, geradezu dämonischen Kraft, dass es ihm die Nackenhaare aufstellte.

Die Rufe einer Kriegerin.

Ein Schatten war sie gewesen im pastelligen Licht des Morgens, der scheinbar mühelos alle Grenzen des menschlichen Körpers und der Schwerkraft sprengte. Ein Tropfen unbändiger Lebenskraft, der wie durch einen Zauber akrobatische Sprünge und Drehungen vollführte, in einer Schnelligkeit, von der er niemals geglaubt hatte, dass ein Mensch dazu fähig sein könnte. Schon gar nicht mit einem Schwert in der Hand.

Ein Anblick, der ihn mit Bewunderung erfüllt hatte. Mit staunender Ehrfurcht.

Während er selbst unter Lians Anleitung mit den allereinfachsten Grundlagen des Kampfes rang. Die Koordination von Augen, Armen, Beinen. Das Wechselspiel von Anspannen und Loslassen. In einer hölzernen Steifheit. Einer quälenden Langsamkeit. Sogar das richtige Atmen musste er erst lernen.

Das Licht in diesem Raum des Klosters, dieses sanfte, flackernde Licht, brachte etwas an Lian zum Leuchten. Der Widerschein auf dem roten Gewand, das die Mönche ihr geliehen hatten, bis ihre eigenen Sachen am Feuer getrocknet waren. Weich und weiblich wirkte sie.

So viele Gesichter hatte er schon an ihr gesehen. So viele Rätsel, die sie noch bergen mochte.

Etwas regte sich in seiner Brust.

»... nichts anderes als ein Wunder war es, dass diese Jungen sich jeden Tag hier auf dem Berg einfanden, um ihm Reis zu bringen und Früchte und Beeren. Damit der alte Mann nicht des Hungers starb, während er den Weg der Erleuchtung beschritt. Jungen, die blieben, um ebenfalls diesen Weg zu gehen. Durch das ganze Land verbreitete sich die Kunde vom alten Weisen auf dem Berg und seinen Schülern, und aus allen vier Himmelsrichtungen strömten Suchende herbei, die nach Rat und Unterweisung verlangten. Ein Tempel wurde errichtet, der den Namen Tiantung bekam – Tempel der Himmelsjungen ...«

Neben ihm unterdrückte Wang ein Gähnen, begann dann unruhig auf dem Sitzpolster hin und her zu rutschen.

»... deshalb ist es nicht nur unsere Pflicht, Reisenden wie euch ein Obdach zu geben und sie reichlich zu bewirten. Sondern vielmehr eine Ehre, die uns an die Ursprünge unseres Klosters erinnert.«

Auf einen Wink des Abtes hin griff einer der Mönche zum Schöpflöffel, und aufatmend hielt ihm Wang seine Essensschale hin.

»Nicht übel«, flüsterte er Fortune nach den ersten gierigen Happen zu. »Für ohne Fleisch. Weil Mönche von Buddha nicht essen Tiere.«

Überrascht betrachtete Fortune den Inhalt seiner Schale, der ihm ausnehmend gut schmeckte; er hätte schwören können, dass Huhn oder Rind darunter war.

Während Wang mit vollem Mund den Männern des Klosters von ihrer Anreise erzählte und die überstandenen Gefahren aufs Dramatischste ausschmückte, fiel Fortune auf, dass keiner der Mönche mitaß.

Unwillkürlich wanderte sein Blick über die anwesenden Gesichter, manche davon noch kindlich, andere schon im mittleren oder sogar höheren Lebensalter. Glückliche Gesichter schienen es zu sein: sie lachten viel, während sie mit glänzenden Augen Wangs Schilderungen folgten, ihn mit neugierigen Fragen bestürmten. Ausgezehrt wirkte keines dieser Gesichter, aber auch nicht besonders wohlgenährt. In der Annahme, dass diese üppige Mahlzeit für unangekündigte Gäste zu Lasten der Mönche gehen könnte, ließ er seine Stäbchen sinken.

»Ist in Ordnung«, hörte er Lian auf Englisch flüstern. »Sie haben schon gegessen. Mönche essen nie spät. Und ist Brauch, Gästen viel zu geben. Bringt Segen.«

Seine Befürchtung wurde dann auch noch vom Abt selbst zerstreut, der erzählte, dass das Kloster von seinen Ländereien lebte. Vom Verkauf von Bambus und Feuerholz, von Reis und Tee. Dazu kamen die

Gaben der Gläubigen, die hierher pilgerten, und die Almosen, die ausgesandte Mönche von ihren Wanderungen mitbrachten. Genug, um die insgesamt hundert Mönche ausreichend zu versorgen, von denen aber nur ein Bruchteil ständig im Klosterbau lebte.

Und obwohl Fortune ihm aufmerksam zuhörte, sich ab und zu an einer Frage auf Chinesisch versuchte, sah er immer wieder zu Lian.

Sie, die sonst mühelos eine Portion wie für einen ausgewachsenen Mann vertilgen konnte, pickte nur zaghaft in ihrer Essensschale. Traurig und angestrengt wirkten ihre Züge, ihre Schultern waren angespannt.

Sie litt. Ohne dass er wusste, warum, oder etwas daran ändern konnte.

Die Regung in seiner Brust verstärkte sich, der eilige Flügelschlag eines jungen Vogels, der fliegen lernt.

33

Ich hätte nicht hier sein sollen.

Ich wollte auch nicht hier sein.

Klöster hatte ich auf meinen Wanderungen immer gemieden.

Nonnenklöster waren selten im Reich, und traurige Orte waren es noch dazu. Kaum ein Mädchen oder eine Frau folgte aus freien Stücken dem Ruf des Klosterlebens. Eher wurden sie dorthin verbannt: Mädchen, die in Sünde gefallen oder mit Gewalt ihrer Unschuld beraubt worden waren. Für die sich kein Mann fand, weil sie zu hässlich waren, es zu viele Mädchen im Umland gab oder die Eltern den Brautpreis nicht aufbringen konnten. Ehefrauen, die sich nicht mit einer wachsenden Zahl von Konkubinen im Haus abfinden wollten oder unfruchtbar blieben. Witwen, die Kindern und Enkeln als unnütze Esser lästig waren.

Meist zogen sie den Freitod einem Leben im Kloster vor, das schien ihnen wohl einfacher. Ehrenhafter.

In den meisten Mönchsklöstern hingegen hatte ich als Frau keinen Zutritt. Darüber hatte ich mich immer geärgert. Gerade von Mönchen hätte ich etwas anderes erwartet, schließlich waren Mönche auch nicht überall hoch angesehen. Lass nie drei Großmütter an deiner Halle vorbeigehen, hieß es schon zu Zeiten der Ming. Lass unter keinen Umständen eine Nonne herein. Keinen Mönch, keinen Meister, keine Hebamme und keinen Geldverleiher.

Vielleicht zwei oder drei Klöster waren es gewesen in all den Jahren, wo ich um Aufnahme für eine Nacht gebeten hatte. In solch entlegenen Gegenden, dass ich sonst nichts gefunden hatte, wo ich unterkommen konnte, und mir eine Nacht unter freiem Himmel zu riskant erschien.

Weil ich um umherstreifende Tiger wusste oder es die Witterung, die Jahreszeit geboten.

Nie war ich länger als eine Nacht geblieben.

Hier in Tiantung waren die Mönche freundlich zu mir. Hatten mir sogar eine hübsche Kammer gegeben, von der aus ich am nächsten Morgen einen Blick auf die Berge haben würde, und eine herrlich weiche und warme Decke für mein Lager.

Nur dass ich mein Schwert in der Kammer lassen müsse, darum hatten sie mich gebeten, solange ich mich innerhalb der Klostermauern aufhielt.

Nie trennte ich mich von Long Yuan. Immer musste ich es zumindest in meiner Reichweite wissen. Trotzdem war ich dieser Bitte nachgekommen und hatte auch das Messer dazugelegt, das stets in einer Schlaufe innen in meinem Stiefel steckte.

Waffen und Blutvergießen waren eigentlich mit der Lehre des Buddha unvereinbar, die Friedfertigkeit und Liebe beschwor. Die Achtung vor der Heiligkeit allen Lebens, war es auch noch so klein, noch so gering.

Nur wenige Klöster gab es, in denen Mädchen und Jungen zusammen aufwuchsen, als Brüder und Schwestern. Und weniger als eine Handvoll Klöster, in denen man die Kunst des Kampfes lehrte.

Nicht um Gewalt auszuüben, zu erobern und zu vernichten. Sondern um Körper, Geist und Seele in Einklang zu bringen, auf dem Weg zur Erleuchtung.

In meiner Erinnerung konnte ich sie hören, die vielen hellen Kinderstimmen, eine davon meine, wie sie die Worte des Meisters wiederholten. Auf eine Art leidenschaftlich und hingebungsvoll, wie es nur Kinder vermögen.

Unser Leib ist der Baum des Bodhi, unser Geist ein klarer Spiegel.

Sorgsam wischen wir sie, Stunde um Stunde, damit kein Staub sich darauf niederlässt.

Kampf und Gebet waren eins in diesen Klöstern.

Es waren die Zeiten, die es nötig machten, mit diesem Gebet den Glauben und die Freiheit zu verteidigen. Den Kampf aufzunehmen, in einer Welt der Ungerechtigkeit und Tyrannei.

Im Kloster der Alten Haine und Jungen Bäume, auf dem Berg von Song. In den Ablegern dieses Klosters, auf anderen Bergen, verstreut in den Weiten des Reiches.

Doch trotz aller Unterschiede zwischen den Klöstern Buddhas waren die Gemeinsamkeiten groß. Zu groß, als dass sie mich nicht an früher erinnert hätten.

Die Sonnenfarben der Kleidung. Das Rot und Gold der Säulen, der Statuen und Schriftzeichen.

Die Wahl der Worte. Die vielen flackernden Lichter. Der Rhythmus der Tage, der sich in die Mauern gegraben hatte.

Geräusche: Schritte bloßer Füße oder in Sandalen. Gesungene oder gemurmelte Gebete und das Klackern der Gebetsketten. Das silberne Klingeln von Glöckchen, das bauchige Dröhnen großer Glocken, das durchdringende Hallen eines Gongs.

Die klare Luft der Berge. Der Duft von Wolken, Nadelbäumen und Moos. Der Geruch von Räucherwerk und Öllampen. Sogar das Essen schmeckte für meinen Gaumen ähnlich.

Vor die Gesichter der Mönche am Tisch schoben sich andere Gesichter.

Nicht nur das von Yun. Das Meister Qiangs, Meister Shens oder Anshins.

Quan, der Yun und mir ein so enger Freund gewesen war. Und Yaowu, die mir von allen Mädchen am nächsten stand.

Meine Familie. Für zehn nicht immer leichte, aber meist glückliche Jahre.

In Tiantung zu sein war, wie nach Hause zurückzukehren. Als eine Fremde, die nur geduldet wurde und niemals mehr bleiben durfte, weil sie nicht mehr dazugehörte.

Deshalb hatte ich Klöster immer gemieden.

Ich wollte nicht hier sein.

Ich beobachtete Fortune, der in seinem bedächtigen Chinesisch dem Abt von Tiantung von seinem Interesse für die Pflanzenwelt erzählte. Das gelbe Mönchsgewand war ihm viel zu klein. Die Ärmel reichten gerade bis über seine Ellbogen, der Saum ließ die halbe Wade frei.

Haarige Beine hatte er, wie ein Affe, das hatte ich gesehen, bevor er sich mit überkreuzten Beinen auf seinem Polster niedergelassen hatte. Auch seine Arme waren von dunklen Haaren bedeckt, das hatte ich bei unseren Kämpfen in Zhoushan entdeckt. Und jedes Mal schauderte es mich unwillkürlich, wenn mein Blick darauf fiel. Dabei hatte er eigentlich schöne Arme, dachte ich, als ich beobachtete, wie er mit seinen Stäbchen hantierte. Starke, schwerknochige Arme, von kräftigen Muskeln und Sehnensträngen durchzogen.

Fremd wirkte er hier, im Licht der Öllampen, in dieser geborgten Kleidung. Als ob jetzt, da diese Haare sichtbar waren, etwas Wildes an ihm zum Vorschein käme. Etwas, das so gar nicht zu diesem sanften Riesen passen wollte.

Zu diesem Blütensammler, der einen Blick für das Allerkleinste hatte. Für das Unscheinbare, Verborgene. Der sich so viele Gedanken machte über Dinge, die andere Menschen nicht einmal bemerkten.

Die aus der Stirn zurückgestrichenen Haare machten seine Züge klarer, regelmäßiger, seine Augen noch schmaler. Fast so, als ob mein Land ihm inzwischen seinen Stempel aufgedrückt hätte. Eine kaum merkliche Veränderung, die erst jetzt, im Landesinnern, zwischen den Mauern dieses Klosters, sichtbar wurde.

Aus irgendeinem Grund wünschte ich mir, dass dem wirklich so wäre. Kein Hirngespinst, keine Illusion.

Sein Blick kreuzte meinen. Fragend, forschend. Spürend.

Mein Gesicht begann zu glühen. Mir wurde heiß, und ich schlug die Augen nieder.

34

Kloster von Tiantung, 4. Mai 1844

Ich wünschte, ich wäre wortgewandter oder ein Maler – dann könnte ich all das festhalten, was meine Augen hier sehen, seit dem ersten, frühesten Tageslicht.

Dieses fruchtbare Tal mit seinen klaren Bächen. Die Seen, glatt und glänzend wie Spiegel. Die Farben des Tempels: Rot, Gelb, Blau, Weiß. Leuchtend vor dem Grün der Hügel, der Teefelder in der Ferne und der Nadelbäume von Cryptomeria japonica.

Die Wolken des gestrigen Tages lösen sich gerade auf und enthüllen die Bergflanken – nicht kahl, wie weiter im Süden. Sondern grün: Unterholz, Sträucher und Bäume, von einer tropischen Saftigkeit.

Nichts könnte mir fremder sein als die Lebensweise dieser Mönche, selbst nachdem ich in diesem Land schon so manches kennengelernt habe.

Und doch beneide ich sie fast. Um ihre glückliche Gelassenheit, die offenbar keine Zweifel kennt, keine Sehnsüchte, keine Enttäuschungen oder Konflikte. Vielleicht liegt es an diesem Ort hier. Ich habe noch nie solche Schönheit gesehen. Nicht in Schottland, in England und auch hier in China noch nicht. Dies ist zweifellos ein Ort, an dem die Seele Frieden finden kann. Eine jede Seele, mag sie auch noch so zerrissen sein.

Der Gong ruft, ich glaube, zur Morgenmahlzeit.

AUS DEN NOTIZEN VON ROBERT FORTUNE

Staunend wanderte Fortune durch das grüne Meer, das ihm nicht ganz bis zur Hüfte reichte. Als ginge er hier auf heiligem Boden, so kam es ihm vor.

Die Luft, die er atmete, war erfüllt vom unverkennbaren Duft des

Tees. Nur frischer, saftiger, wie noch mit Regen und Frühlingssonne und Bergluft vollgesogen.

Thea viridis, so weit das Auge reichte.

»Fünf bis sieben Jahre dauert es«, erklärte Hoshang Bo, ein junger Mönch mit feinen, fast femininen Zügen und vollen Lippen, »bis das erste Mal von einem Teestrauch geerntet werden kann. Dann aber bis zu hundert Jahre lang.«

Andächtig strich Fortune über die glatten, glänzenden Blätter. Der Mönch packte fester zu, als er fachmännisch einen der Zweige begutachtete.

»Er ist noch nicht ganz so weit. Obwohl er früh dran ist, dieses Jahr.«

»Alles hat seine Zeit«, äußerte sich Abt Shanyuan lächelnd, dessen welkes Gesicht immer etwas Verschmitztes hatte. »Besonders der Tee.«

Stolz schien er, dem Fremden von der anderen Seite der Welt die Teefelder von Tiantung zu präsentieren.

»Und was davon pflückt ihr?«

»Nicht viel. Nur die Knospe des Blattes und die zwei jungen Blätter daneben.«

Hoshang Bos Finger zeichnete die noch imaginären Blättchen in die Luft über dem gerade austreibenden Zweig – nicht einmal zwei Inches lang.

»So wenig?«

»Jaja.« Hoshang Bo nickte eifrig. »Immer nur die jüngsten Blättchen. Die frischesten. Die erste Pflückung ist die beste. Die feinste. Die danach sind aber auch gut, von anderem Geschmack. Kräftiger. Alle zwei Wochen pflücken wir dann wieder.«

»Und wie lange?«

»Es kommt auf die Sorte an. Dies hier ist Sommertee.« Hoshang Bos Hand winkte in die Ferne hinaus. »In den Tälern weiter draußen haben wir Frühlingstee. Der ist bereits fertig abgeerntet. Und dann gibt es noch Herbsttee.«

»Ist das dann schwarzer Tee?«

Der Mönch bejahte.

»Sieht die Pflanze genauso aus? Oder ähnlich?"

Hoshang Bo runzelte die Stirn, sah erst hilfesuchend zu seinem Abt, dann zu Lian und Wang, bevor er den Blick wieder auf Fortune richtete.

»Ich bedaure zutiefst, Herr Fu-Chung. Aber ich verstehe nicht, was Ihr meint.«

»Das hier ist doch die Pflanze für grünen Tee, ja?«

Der Mönch nickte.

»Und was ist mit der Pflanze für schwarzen Tee?«

Hoshang Bo wirkte ratlos. »Eine solche Pflanze gibt es nicht, Herr Fu-Chung.«

»Aber es gibt doch grünen und schwarzen Tee?«

Die Miene des jungen Mönchs hellte sich jäh auf. »Ihr meint verschiedene Sorten! Manche Tees sind vollkommen, wenn wir sie grün lassen. Andere schmecken besser, wenn wir schwarzen Tee daraus machen.«

Er hielt Zeige- und Mittelfinger seiner Rechten hoch.

»Zwei Arten, Tee herzustellen.«

Der Mittelfinger faltete sich ein.

»Aber nur eine Pflanze.«

»Eine Pflanze? Nur eine?«

Hoshang Bo nickte.

Die Brauen zusammengezogen, ließ Fortune eines der glatten Blätter des Teestrauchs zwischen Daumen und Zeigefinger gleiten.

Erst dann traf ihn der Schock der Erkenntnis.

Falls es wirklich zutraf, was Hoshang Bo sagte, dann existierte *Thea bohea* nicht, und demzufolge war auch die botanische Bezeichnung *Thea viridis* nicht korrekt.

Eine Pflanze. Zwei Teearten durch unterschiedliche Herstellungsprozesse. Unzählige verschiedene Sorten von Grün und Schwarz, mittels Faktoren, die er noch nicht kannte.

Dieses zarte Blättchen zwischen seinen Fingern stellte womöglich alles auf den Kopf, was man in der westlichen Welt über Tee zu wissen glaubte.

Eine botanische Sensation.

»Hier, bitte, Herr Fu-Chung.«

Fortune blinzelte von der Türschwelle aus in das Halbdunkel des Schuppens, zu dem ihn Hoshang Bo am Ende des Teefelds geführt hatte. Staubig roch es, überwältigend stark nach Tee und ein bisschen nach Rauch.

Sein Blick schweifte von der äußerst einfachen gemauerten Feuerstelle über die Tische aus Bambusrohr und die flachen Metallsiebe, die genauso aussahen wie diejenigen, über denen in Garküchen Reis und Klöße gedämpft wurden.

»Wenn wir geerntet haben, muss alles schnell gehen« erklärte der Mönch. »Sonst haben wir gleich Schimmel auf den Blättern. Da oben welken die Blätter – nicht lange, nur etwa einen halben Tag.«

Fortunes Blick folgte der Leiter, die an der Wand lehnte, hinauf zu einer Art Dachboden, wo er schemenhaft die Umrisse eines Gestells ausmachen konnte.

»Dann rollen wir ihn, um den Geschmack herauszuholen. Danach wird er getrocknet und sortiert. Der schwarze Tee gärt vor dem Trocknen noch – das ergibt seine Farbe und den kräftigen Geschmack.«

Fortune sah kurz von seinem Notizbuch auf, in dem er eilig alles notierte.

»Aber wie genau geht das? Wie lange dauern die einzelnen Prozesse bei der jeweiligen Sorte? Welche Temperaturen sind notwendig?«

Hoshang Bo knetete verlegen eine seiner Ohrmuscheln. »Ich bitte beschämt um Verzeihung, Herr Fu-Chung! Ich kenne nur den Ablauf.

Nicht die Einzelheiten. Ich sorge allein für die Pflanzen, für ihr Wachsen und Gedeihen und die Ernte.«

Hilfesuchend drehte er sich zu seinem Abt um und verneigte sich mit aneinandergelegten Handflächen. »Verehrter Chu Chih ... Könnten wir vielleicht nach Hoshang Hai schicken? Er kann diese Fragen sicher alle beantworten. Oder wir bringen Herrn Fu-Chung zu ihm?«

Abt Shanyuan wollte zu einer Antwort ansetzen, als laute Rufe ihn unterbrachen.

»Chu Chih! Chu Chih!«

Seine Robe mit beiden Händen raffend, kam ein Mönch durch das Teefeld auf sie zugerannt.

Atemlos verbeugte er sich vor seinem Abt und redete aufgeregt auf ihn ein. In einer Geschwindigkeit, die es Fortune unmöglich machte, ihn zu verstehen.

»Was ist passiert?«, wandte er sich leise auf Englisch an Lian.

»Wildschweine«, flüsterte sie. »Haben vom ganz jungen Bambus gefressen. Wohl nicht zum ersten Mal. Dabei können die Mönche den Bambus für gutes Geld verkaufen, ist ein begehrtes Gemüse.«

Mit besorgter Miene hörte Abt Shanyuan sich den Bericht des Mönchs an und stellte leise Zwischenfragen, schüttelte immer wieder zungenschnalzend den Kopf.

Bis sich ein Strahlen auf seinem Gesicht ausbreitete, er in einer aufmunternden Geste kurz die Schultern des Mönchs drückte und sich zu Fortune umdrehte, sich vor ihm verneigte.

»Verehrter Herr Fu-Chung – ich habe eine Bitte vorzubringen. Eine sehr große Bitte. Würdet Ihr so freundlich sein und uns die Ehre erweisen, mit Eurer Feuerwaffe zu Hilfe zu kommen?«

35

<u>Kloster von Tiantung, 7. Mai 1844</u>

Zwei volle Tage auf den Teefeldern verbracht.

Es erscheint mir fast zu simpel, um wahr zu sein – aber sämtliche Teepflanzen, die ich begutachten konnte, lassen sich zweifelsfrei der bereits von Linnaeus beschriebenen Camellia sinensis *zuordnen. Wenn auch in leichten Abweichungen – es scheint tatsächlich mehrere Varietäten davon zu geben, sowohl wild als auch kultiviert.*

Camellia sinensis *kann offenbar bis zu 30 Fuß hoch werden (einer der Mönche sprach sogar von 100 Fuß), wird aber meist auf eine max. Höhe von 3 Fuß zurückgestutzt, um die Ernte zu erleichtern.*

Junge Zweige gräulich-gelb, die frischen Zweige des jeweiligen Jahres purpurähnlich bis rötlich, mit feinem weißen Flaum, abschließende Blattknospe seidenhaarig, silbriggrau.

Blätter: Petiolus 1/5 Inch, fein behaart. Blattspreite elliptisch, länglich-elliptisch oder länglich, 2-5 x 1-3 Inch. Ledrig, abaxial blassgrün und glatt oder fein behaart, adaxial dunkelgrün, glatt und glänzend, erhabene Blattadern auf beiden Seiten. Blüte (Herbst bis Ende Winter) wurde mir als weiß beschrieben, einzeln oder bis zu drei nebeneinander. 1 Inch (?) Durchmesser, 6-8 (?) Blütenblätter.

Die Vorgehensweise bei der Teeherstellung scheint mir ein sehr einfaches Prinzip. Sofern ich alles richtig verstanden habe, erfordert sie jedoch ein enormes Fachwissen und große Erfahrung, weil viele veränderliche Faktoren resp. deren Zusammenspiel den Ausgang des Prozesses und damit die Qualität bestimmen.

Ähnlich scheint es mit dem Anbau zu sein, der offenbar ein rechtes Maß jeweils an Sonne und Regen erfordert, an bestimmten Temperaturen und eine gewisse Bodenbeschaffenheit. Auch die Höhenlage scheint eine nicht unwichtige Rolle zu spielen.

Fast jede Antwort, die ich erhielt, zog eine ganze Reihe an weiteren Fragen nach sich. Aber ich stehe dabei ja auch erst ganz am Anfang.

Heute Nacht soll ich Wildschweine jagen. Ein Anliegen des hiesigen Abtes, das ich nach der überaus großzügigen Gastfreundschaft, die ~~uns~~ mir zuteilwurde, unglücklicherweise nicht ablehnen kann.

AUS DEN NOTIZEN VON ROBERT FORTUNE

Die geladene Flinte im Arm, kniete Fortune auf dem Waldboden, der Stoff seiner Hose bereits vollgesogen mit der Nässe des letzten Regenschauers.

Sein Versuch, diesem Abenteuer zu entgehen, indem er die Waffe an das Kloster auslieh, war kläglich gescheitert. Zwar hatten die Augen von Abt Shanyuan geglänzt, als er ihm die Flinte entgegenhielt. Mit betrübter Miene hatte er dann jedoch erklärt, dass wohl keiner seiner Mönche den Mut hätte, eine solch gefährliche und ohrenbetäubend laute Waffe anzufassen. Keiner besäße Erfahrung im Umgang damit – und überhaupt sei es ihnen durch ihren Glauben leider, leider verboten, eine Waffe in die Hand zu nehmen.

Mittlerweile hatten sich seine Augen an die Dunkelheit gewöhnt. Trotzdem glich alles, was er ausmachen konnte, flüchtigen Schatten und Wirbeln in einem Meer aus Tinte. Immer wieder zuckte er zusammen, wenn er aus dem Augenwinkel eine Bewegung wahrnahm.

Meist ein langer Grashalm, von einem kaum wahrnehmbaren Luftzug ins Schwingen versetzt.

Ein Blatt, das von irgendwo herüberwehte und Nachtfalter. Eine Fledermaus, groß wie eine Möwe, in schwungvollem Wendemanöver.

Ein Mönch, der geduckt vorüberhastete, unmittelbar vor dem Lauf der Flinte, sie beinahe streifte.

»Ich werde aus Versehen noch einen der Mönche erschießen.«

Wang gab sein meckerndes Lachen von sich.

»Lieber Wildschwein. Bekommen wir drei nämlich auf Tisch, wenn Fu-Chung geschossen.«

Er verpasste Fortune einen kräftigen Hieb auf die Schulter. Fortune hörte ihn durch das Gras kriechen und wie er kurz darauf mit der Feuerkraft der Waffe prahlte, die sein Herr besaß.

Fast ein Dutzend Mönche hatte Fortune im Rücken, hörbar aufgeregt. Kreuz und quer schnatterten, gackerten und kicherten sie, bezogen Wang in ihre Faxen mit ein.

»Das Wildschwein ist hoffentlich taub«, knurrte er vor sich hin. »Sonst warten wir hier gänzlich umsonst.«

Hinter ihm gluckste Lian in sich hinein.

Ihn beschlich der Verdacht, dieser sogenannte Jagdausflug diente allein zur Unterhaltung der Mönche. Ein Nervenkitzel, der eine abenteuerliche Abwechslung im geregelten Alltag des Klosterlebens versprach.

Dabei war ihm der Radau der Mönche nicht unlieb. Sobald deren Stimmen, deren aufgekratztes Gelächter kurz aussetzte, drangen andere Geräusche an sein Ohr.

Emsiges Rascheln und Knistern wie von einer Invasion monströser Insekten. Ein trauriges Seufzen. Ein gequältes Knarzen. Ein sachtes, hohles *tock tock*, das Klopfen von Geisterfingern an einer Tür.

Nur Bambus, durch den der Wind strich, sagte er sich wieder und wieder. Dennoch rieselte ihm jedes Mal ein Schauder über den Rücken.

Dieser Wald war bei Nacht eine finstere Kreatur, die auf der Lauer lag. Die darauf wartete, ihre schwarzen Fangarme auszustrecken und ihn zu verschlingen.

Nervös rieb Fortune über seine Hosenbeine; seine Handflächen waren feucht, in seiner Magengegend rumorte es.

Er schulterte die Flinte, spähte probeweise über den doppelten Lauf.

»Es ist einfach zu dunkel«, murmelte er in einem Anflug von Verzweiflung.

»Sei froh, dass du eine Feuerwaffe hast«, raunte Lian, »und nicht mit einem Schwert auf Jagd gehen musst.«

Ihre Hand legte sich auf seine Schulter; er konnte die Wärme fühlen, die von ihrem Körper ausging.

»Ich weiß nicht, wie man mit Feuerwaffen schießt«, flüsterte sie, ihr Atem heiß auf seiner Ohrmuschel. »Aber ich weiß, wie man kämpft. Versuch dich an das zu erinnern, was ich dir beigebracht habe. Schaden kann es nicht. Und gräm dich nicht, wenn du das Tier nicht erlegst. Das ist nicht wichtig. Den Mönchen zu zeigen, dass du ihnen beistehst – darum geht es.«

Er nickte. Ihm wurde kühler, als Lian die Hand und damit auch ihre Wärme fortnahm. Die Dunkelheit machte ihn nahezu blind; ohne seinen Sehsinn fühlte er sich verloren.

Humboldts Auffassung, nach der das menschliche Auge nicht nur das Organ war, mit dem man sich die Welt betrachtete, sondern auch dasjenige, durch das man diese Welt interpretierte, verstand und definierte, bekam hier einen tieferen Sinn.

Fortune fragte sich, ob seine Weltanschauung eine andere wäre, verließe er sich nicht allein auf das, was er mit seinen Augen wahrnahm.

Mehrere Monate hatte Lian mit verbundenen Augen zugebracht, als sie das Kämpfen erlernte, das hatte sie ihm erzählt, in einer Morgenstunde auf der Anhöhe hinter Tinghae. Die Blindheit sollte ihre anderen Sinne schärfen, wenn sie Kämpfe mit den Fäusten ausfocht, mit dem Stock und sogar mit dem Schwert.

Er hatte nicht zu fragen gewagt, wo das gewesen war. Eine Kälte, eine unerbittliche Härte, die dabei in ihren Augen aufschien, sich auf die Art übertrug, wie ihr Stock gegen seinen schlug, hatte ihn davon abgehalten.

Die Wand aus Stimmen hinter ihm wurde brüchig; ein mahnender Zischlaut folgte dem anderen, bis alle verstummt waren, wie eingefroren in atemloser Spannung.

Dann hörte es auch Fortune.

Ein Schnauben, ein schnarchendes Grunzen. Ein Knacken, und dann bewegte sich etwas durch das Gras, massig und schwer. Ein feuchtes Schnüffeln, das atemlose Schnaufen eines erregten Tieres.

Fortune stellte ein Bein auf und stützte den Ellbogen auf den Oberschenkel; den Finger am Abzug, zielte er in die Finsternis.

Er versuchte, nicht daran zu denken, wie ein angeschossener Keiler in wilder Raserei auf ihn zugestürmt käme.

Mit dem Lauf der Flinte folgte er den Geräuschen. Der Ahnung einer Bewegung, unter der sich die Haut auf seinen Unterarmen kräuselte.

Ein Krachen sprengte durch seinen Schädel, ein wuchtiger Schlag traf seine Schulter; irgendwo vor ihm quiekte es grell, und der Geruch von Pulver und Qualm biss in seiner Nase.

Unter dem Nachhall des Schusses, der zwischen den Bäumen verklang, entfernte sich das Quieken, begleitet von einem galoppierenden Stampfen.

Fortune atmete auf, ebenso erleichtert wie enttäuscht.

Einen Augenblick lang waren die Mönche still, wie unter Schock.

Dann schäumte und sprudelte ihr Jubel wie eine Brandungswelle auf und brach über Fortune herein. Johlend schlugen sie ihm auf die Schultern, klopften seinen Rücken weich, feierten ihn.

Nicht wie einen Engländer, der zwar mit großem Getöse, aber mehr schlecht als recht ein Wildschwein verscheucht hatte, das in ein paar Tagen bestimmt wieder hier sein Unwesen treiben würde.

Sondern wie einen Helden, der soeben einen gefürchteten Drachen erlegt hatte.

36

Geradezu nackt kam ich mir vor, ohne mein Schwert.

Während ich durch das feuchte Gras ging, dachte ich voller Sehnsucht an Long Yuan, wie es in meiner Kammer auf der zusammengefalteten Decke lag. Neben meiner Jacke, unweit meiner Stiefel.

Mein Respekt vor der Lebensweise der Mönche hatte mich dazu bewogen, es dort zu lassen. Nicht nur, solange ich mich innerhalb des Klosterbaus aufhielt, sondern auch in seiner unmittelbaren Nähe. Auf dem Grund, auf dem die Mönche von Tiantung lebten, ihrem Tagwerk nachgingen und beteten.

Ich gestand es mir nicht gern ein, aber auf eine seltsame Art fühlte ich mich befreit dadurch. Wie ein Atemschöpfen war es, diesen einen Tag lang ohne Pflichten zu sein.

Fortune war in aller Frühe in die Wälder hinausgezogen, einen Imbiss aus der Klosterküche im Gepäck, wie mir die Mönche am Morgentisch erzählt hatten. Begleitet von seiner Feuerwaffe, die ihn in Tiantung zum Helden gemacht hatte.

Ein Tag war mir geschenkt worden, an dem ich nichts weiter tun musste, als *zu sein*. Nicht beständig auf dem Sprung, nicht fortwährend auf der Hut.

In diesem Kloster, in dem man mir mit nichts als Freundlichkeit begegnete. Dafür sorgte, dass ich gut schlief, reichlich zu essen hatte und dass es immer frisches Wasser in meiner Kammer gab. In dem ich frei durch alle Räume, alle Hallen streifen konnte, durch die Gärten und über die Wiesen, ohne Gefahr wittern zu müssen.

Die Hälfte dieses Tages hatte ich im Gebet verbracht.

Die bloßen Füße auf kühlem Stein, im Schatten eines geschwungenen Daches. Erst in langsamen und kraftvollen Bewegungen, fließend wie das Murmeln des Flusses neben dem Pavillon. Dann schwungvoller, schneller, mit einer Kraft wie Sturm und Blitz und Donner. Mein Atem, mein Herzschlag im festen, antreibenden Rhythmus von Trommelschlägen, im Kampf der leeren Hände.

Im Pavillon am Fluss waren sie bei mir, all die Kinder aus dem Kloster der Alten Haine und Jungen Bäume. Wie sie es zehn Jahre lang gewesen waren, vor mir, hinter mir, neben mir, in unserer Aufstellung im Klosterhof. Hundert Arme, die in perfekter Harmonie durch die Luft schwangen, hundert Beine, die in vollkommenem Einklang zum Himmel hinauf kickten. Ein Leib, ein Atem, eine Stimme, deren Laute die Kraft in uns vervielfachten.

Es war die Kraft der Gemeinschaft, die man mitnahm und in sich trug, wenn es in den Kampf ging.

Auch viele Jahre später noch, vielleicht für immer.

Ich spreizte die Zehen, grub sie tiefer zwischen die glatten Grashalme und schaute auf den See, zu den blauen Rücken der Berge dahinter.

Still war es in mir. Still und friedlich.

Wachsam blieb ich dennoch.

Hinter mir raschelte es. Das Gewicht bereits auf meinem Standbein, meine Armmuskeln angespannt, fuhr ich herum.

Eingefroren in seiner Bewegung starrte mich ein Mönch an, der gerade dabei gewesen war, auf Zehenspitzen durch das Gras zu schleichen, ein Bündel in seinen Armen.

»Ich bitte um Verzeihung, Frau Lian. Ich wollte Euch nicht in Eurer Andacht stören. Und noch viel weniger wollte ich Euch erschrecken.«

Er war nicht mehr jung. In losen Falten hing die Haut an seinem Gesicht und verwarf sich an seinem Hals zu tiefen Gräben.

Ich verneigte mich vor ihm. »Ich bitte Euch um Verzeihung, Sifu, dass ich so heftig reagiert habe. Das war nicht angemessen für diesen Ort.«

Unter den schweren Lidern blinzelten seine Augen kurzsichtig.

»Nicht Sifu, Frau Lian. Ich bin kein Meister. Nur ein einfacher Mönch. Hoshang Qin.«

»Seid gegrüßt, Hoshang Qin."

Ein Leuchten glitt über sein Gesicht. »Ihr seid vom Tempel der Alten Haine und Jungen Bäume.«

Ich folgte seinem Blick.

Nicht nur meine Worte an ihn waren im Reflex erfolgt, sondern auch die Haltung meiner Hände: die Rechte zur Faust geballt, die Linke wie das Dach eines Hauses daran gelehnt.

Der Gruß eines Kämpfers, der in Frieden kam.

Der Gruß meines Klosters.

»Von welchem Berg kommt Ihr?«

Ich ließ meine Hände sinken. »Songshan.«

In seinen Augen glänzte es auf.

»Der erste aller Tempel der Alten Haine und Jungen Bäume. Von Bodhidharma gegründet. Zur Zeit der Kämpfe zwischen den nördlichen und südlichen Dynastien. Ich habe davon in den Schriften gelesen.«

»Ich habe das Kloster vor langer Zeit verlassen.«

»Aber Ihr kennt es.« Sein Bündel an sich gepresst, tat er ein paar zaghafte Schritte auf mich zu. »Viel Wundersames habe ich darüber gelesen. Davon gehört.«

Ich dachte an all die Geschichten, die es über unser Kloster gab. Von den wenigen Mönchen, die die Gemetzel der Mandschu überlebt hatten, an ihre Schüler überliefert und von diesen wieder an ihre eigenen Schüler. Bis unsere Meister sie an uns weitergaben. Wenn Hoshang Qin auch nur einen Bruchteil davon kannte, mussten sie ihm vorkommen wie aus einer fremden, magischen Welt.

Aus einer reichlich frevelhaften Welt noch dazu.

»Gewiss hat euch manches davon befremdet, Hoshang Qin. Ein Tempel, der Gold von Kaiser und Edelleuten erhielt. Mönche, die als Soldaten unter den Feldherrn der Ming in den Krieg zogen. Die sogar Fleisch aßen und Mädchen als ihresgleichen in ihr Kloster aufnahmen.«

Erstaunt blickte er mich an. »Wem stünde es zu, darüber ein Urteil zu fällen? Buddha selbst hat tausend Gesichter. Warum sollte es dann nicht auch tausend Wege geben, ihm zu folgen?«

Er tat einen weiteren Schritt auf mich zu.

»Stimmt es, dass die Mönche dort mit ihrer Geisteskraft alle Grenzen des menschlichen Leibes überwinden und fliegen können?«

Ich lächelte.

»Der Geist muss wirklich alle seine Grenzen sprengen und Flügel bekommen – aber letztlich ist es nichts anderes als Körperkraft. Nichts als Schnelligkeit und die richtige Technik, über Jahre hinweg geübt.«

»Und Mönche, die über das Wasser gehen?«

»Auf dünnen Planken, die lose auf dem Wasser schwimmen.«

Eine Übung, die kaum jemand über fünfzig Schritte hinaus meisterte, weil sie nicht nur hohe Geschwindigkeit, sondern fast übermenschliche Körperbeherrschung erforderte. Doch wer sich wieder und wieder daran versuchte, lernte, noch auf dem schmalsten Vorsprung zu balancieren, auf dem schlüpfrigsten Dachfirst.

Hoshang Qin wirkte enttäuscht. Sein Blick wanderte über den See, während er darüber nachsann.

Als er sich mir wieder zuwandte, blitzte es in seinen Augen auf, wie anerkennend.

»Aber dennoch …«

»Ja. Dennoch.«

Wir tauschten ein kleines Lächeln.

»Ich bewundere Euch, Frau Lian«, sagte er dann, »dass Ihr Euch entschieden habt, den Weg Buddhas allein zu gehen. Ohne den Halt einer Gemeinschaft. Ich hätte nie den Mut dazu gehabt. Ich wäre zu schwach dazu gewesen, allein.«

Ich blinzelte in die Sonne.

»Ich weiß nicht, ob ich noch immer den Weg Buddhas gehe«, murmelte ich.

Hoshang Qin legte den Kopf schief und zwinkerte mir zu.

»Nun … immerhin habt Ihr den Weg hierher gefunden, oder nicht?«

Ich lächelte. Wie sehr ich diese Art von Gesprächen vermisst hatte in all den Jahren.

Ich wies auf das Gras zu unseren Füßen.

»Wollt Ihr Euch nicht setzen?«

Hoshang Qin lachte vergnügt, ein halb zahnloses Lachen.

»Wenn ich mich jetzt hier niederlasse, komme ich so schnell nicht wieder in die Höhe.« Er hob kurz sein Bündel an. »Außerdem wartet Hoshang Ping auf seine Wildkräuter. Euer Freund kann es kaum abwarten, von unserem Himmelseintopf zu kosten.«

Er musste Wang meinen, den ich den ganzen Tag noch nicht gesehen hatte. Ich konnte mir gut vorstellen, wie er in der Klosterküche herumlungerte, in alle Töpfe spähte, daraus naschte und vermutlich mit guten Ratschlägen aufwartete.

Hoshang Qin nickte zum See hinunter. »Ich glaube, auf Euch wartet auch jemand.«

Die hochgewachsene Gestalt Fortunes kauerte am Ufer und blickte uns entgegen.

Jetzt zog er rasch den Kopf ein, beugte sich über das Wasser, um aus der hohlen Hand zu trinken, bevor er sich ins Gras setzte und sich mit seinen Utensilien beschäftigte.

Leichtfüßig lief ich den Abhang hinunter, ging neben Fortune in die Hocke.

»Hattest du Erfolg?«

»Sehr.«

Er langte in seine Trommel, die er im Arm hielt, und brachte einen Zweig mit dunkelgrünen Blättern zum Vorschein, die glänzten wie lackiert. Üppig wie eine edle Rose war die Blüte, von der ein berauschender Duft ausging.

»Eine Gardenie«, erklärte Fortune, als er sie mir hinhielt. »Ich habe ihr meinen Namen gegeben. *Gardenia fortunei.*«

Von reinstem, makellosem Weiß war sie. Die Farbe, die ich so sehr hasste.

»Bei euch die Farbe von Tod und Trauer, ich weiß. Das habe ich nicht vergessen. Ich dachte nur …«

Er kam mit der Blüte etwas näher zu mir heran.

»Ich habe trotzdem eine mehr davon geschnitten und mitgebracht. Für dich.«

Eine schüchterne Bitte zeichnete sich auf Fortunes Gesicht ab. Eine vorsichtige Hoffnung.

Was sollte ich damit? Ich war nie die Sorte Mädchen gewesen, die sich eine Blume ins Haar steckte oder sich auf andere Art damit schmückte und parfümierte. Ein höchst unpraktisches Geschenk für jemanden wie mich, die ich mit nur dem Nötigsten durch die Lande zog. Eine solche Blume war zu nichts nütze. Unaufhaltsam welken würde sie und ihren Duft verlieren, schließlich verrotten.

Wie alles Leben auf dieser Welt. Alles war vergänglich.

Geduldig bot Fortune mir weiter die Blüte dar. Abwartend, geradezu unsicher.

Es schien ihm etwas zu bedeuten, sie mir zu geben.

Langsam und wie gegen einen Widerstand öffneten sich meine Finger und schlossen sich dann um den Zweig.

»Sie ist schön«, murmelte ich.

Sie war wirklich schön, sogar in dieser grausamen Farbe.

Fortunes Augen leuchteten auf, ein Sonnenstrahl, der durch Wolken bricht und ein Stück blauen Himmels enthüllt, bevor er rasch den Blick wieder abwandte und auf den See richtete.

Lange saßen wir nebeneinander, während die Sonne Kurs auf den

Abend nahm. Unter den Rufen der Wasservögel, ihrem Flügelschlagen.

Ich irgendwann auf meiner Kehrseite, die Beine von mir gestreckt, im langsam verwehenden Duft der Blume in meiner Hand.

Dann und wann richtete Fortune sich auf und lehnte sich vor, um seinen Durst mit Wasser aus dem See zu stillen, bevor er sich wieder zurückfallen ließ und Mund und Kinn mit dem Handrücken abwischte.

Gelöst wirkte er, wie mit sich und der Welt im Reinen.

Ein starker Geruch ging von ihm aus. Schwer wie von der weißen Blüte, nur schärfer, erinnerte er mich an den Geruch eines Reisfelds neben einem frisch gepflügten Acker und ein bisschen auch an warmes Tierfell. Seine Haut hatte eine kräftigere Farbe angenommen, war nicht mehr bleich und nur ein bisschen rot. Von einem blassen Braun, das seine Augen leuchten ließ wie das Meer.

Die Ärmel seines Hemdes hatte er hochgekrempelt, den Kragen weit geöffnet; einzelne dunkle Haare lugten daraus hervor.

Er räusperte sich, und ich neigte mich über die Blüte, wie ertappt.

»Ich bin heute im Wald beinahe gestürzt. In ein Loch, das mit Blattwerk abgedeckt war. Ich konnte mich gerade noch an einer Baumwurzel festklammern. Ein riesiges Loch war das, und unglaublich tief. Ich glaube nicht, dass ich da jemals wieder herausgekommen wäre.«

Es entsprach ihm, auf diese Weise durch den Wald zu wandern, blind für alles außer Blumen und vielleicht Moosen.

»Das war eine Fallgrube. Für die Wildschweine.«

»Ach so.«

Der Anflug eines Schmunzelns zog über sein Gesicht, bevor er wieder ernst wurde.

»Ich mag mir nicht vorstellen, wie es sein muss, in einer solchen Grube sein Ende zu finden. Wie Douglas.«

Fragend sah ich ihn an.

»David Douglas. Botaniker wie ich. Auch aus Schottland. Mit einem ganz ähnlichen Lebensweg. Nur ...«

Er legte die Unterarme auf die angezogenen Knie und verschränkte die Hände.

»Ein Pech wie Douglas haben – das ist ein geflügeltes Wort unter Botanikern. Douglas war ein fleißiger Sammler. Ein unerschrockener Abenteurer, der die halbe Welt nach Pflanzen abgegrast hat. Und der stets vom Unglück verfolgt war, so weit er auch ging. Mehr als einmal erlitt er Schiffbruch und verlor seine ganzen Habseligkeiten. Alles, was er bereits gesammelt hatte. Ist oft auf seiner Suche verunglückt, hat sich alles an Fiebern eingefangen, was es auf dieser Welt gibt, und schneeblind war er am Ende auch. Auf den Sandwich-Inseln schließlich fiel er in eine solche Grube, und wenig später muss dann ein wildes Tier ebenfalls hineingestürzt sein. Ein Keiler vermutlich, der ihn zerschmetterte und mit den Hauern durchbohrte. Während ich ...«

Mit zusammengekniffenen Augen zog er mit dem Stiefelabsatz eine Furche in die Erde.

»Mein ganzes Leben lang habe ich mich vom Glück begünstigt gefühlt. Nicht, dass mir irgendetwas in den Schoß gefallen wäre. Ich habe hart dafür gearbeitet. Wie ich mir neben der Schule alles über Pflanzen beigebracht habe, was ich wissen wollte. Als Gärtner. Und trotzdem war da immer dieses gewisse Quäntchen Glück. Wie diese Reise hierher. Oder jetzt die Teepflanzen ...«

Er schwieg einige Herzschläge lang.

»Vielleicht kommt es mir nur so vor. Wegen meines Namens, weißt du? Fortune – Glück. Wohlstand. Erfolg. Noch dazu auf Robert getauft – was bedeutet: in glänzendem Ruhm. Mein Erbe, so hat mein Vater es wieder und wieder betont. Meine Pflicht. Meine Eltern ... Sie hatten nie viel, außer einem reichen Kindersegen. Und große Hoffnungen. Für uns alle. Besonders für uns Jungs. Nach einem Dach über dem Kopf und Essen im Bauch war das Wichtigste bei uns zu Hause immer die Bildung. Damit aus uns allen einmal etwas wird. Es war immer klar, dass ich es zu etwas bringen würde. Zu etwas bringen *sollte*. Als Schotte. Als Fortune. Als ältester Sohn. In dieser Reihenfolge.«

»Hast du das nicht?«

»Ich denke schon«, kam es zweifelnd von ihm. »Vermutlich.«

Wie gut ich ihn verstand.

Ich kannte diesen Ehrgeiz, mit dem Eltern ihren Kindern Fesseln anlegten. Sie nach ihrem Willen formten, nach ihren Wünschen zurechtbogen. Ich wusste um den Schmerz, der damit einherging, wenn diese Fesseln ins Fleisch schnitten. In die Seele.

Ich kannte auch das eigene Sehnen nach mehr als dem, was das Leben einem zugeteilt hatte. Eine Meisterin hatte ich werden wollen, in die Fußstapfen treten von Ng Mui, der Ahnfrau aller kämpfenden Frauen.

Früher einmal, bevor ich töricht genug gewesen war, mein Ziel aus den Augen zu verlieren. Bevor ich das Leben, das ich gehabt hatte, wegwarf, in einer Schwäche des Herzens.

Ich wusste, wie leicht Illusionen zersplitterten, unter dem Druck des eigenen Willens. Wie schnell man sich daran schnitt, bis auf den Knochen hinunter.

»Den Ruhm eines Berges«, sagte ich leise, »macht nicht seine Höhe aus. Sondern die Götter, die auf ihm wohnen.«

Meister Qiang hatte mir das oft gesagt, wenn ich zornige Tränen weinte, weil ich immer noch besser, noch schneller sein wollte. Im Faustkampf. Mit dem Stock. Mit Lanze und Schwert.

Den Blick auf den See geheftet, murmelte Fortune diese alte Weisheit wieder und wieder in sich hinein, nickte dabei vor sich hin.

Lange blieb er danach still, den Blick auf den See geheftet.

»Hier im Kloster«, begann er dann langsam, »und auch schon in Zhoushan, zwischen all diesen Blüten ... und heute, als ich durch den Wald ging ... da war das alles nicht mehr wichtig. Da habe ich kaum daran gedacht. Ich war zufrieden damit, einfach umherzustreifen.

Zufrieden mit dem, was ich unterwegs fand. Ich habe nicht einmal groß überlegt, welche Bedeutung es wohl daheim in England haben würde.«

Seine Hand strich über den Ausblick vor uns. »Wenn ich das hier sehe … dann bin ich einfach zufrieden. Zufrieden, dies zu erleben. Etwas dazuzulernen, jeden einzelnen Tag. Einfach … zu sein.«

Beinahe beschämt klang er, bevor er verstummte. Als ob er zu viel über sich preisgegeben, einmal nicht vorab seine Worte sorgfältig ausgewählt und abgewogen hatte.

Gemeinsam schauten wir auf den See hinaus. Auf das Grün der Bäume. Die indigoblauen Silhouetten der Berge.

»In den Bergen«, sagte ich leise, »da ist man den Göttern ganz nah. Die Seele kann atmen. Kann wachsen. In dieser Stille. Dieser Einsamkeit. Und der Geist findet Ruhe und Klarheit.«

Fortune nickte. »So muss es wohl sein.«

Mit dem Kinn rieb er über seine Hemdschulter, sah mich dabei vorsichtig von der Seite her an.

»Du fühlst dich hier nicht wohl.«

Ich hob die Schultern und ließ sie wieder fallen.

»Dieses Kloster … Es erinnert mich an das Kloster, in dem ich aufgewachsen bin.«

»Schlechte Erinnerungen?«

Bedächtig wiegte ich den Kopf. »Nicht nur.«

So gut ich es konnte, erzählte ich Fortune von dem Kloster der Alten Haine und Jungen Bäume.

Am südlichen Ufer des Gelben Flusses, in den heiligen Bergen von Song, mit ihren sieben Gipfeln. Berge von ebenso wilder wie sanfter Schönheit. Wo man dem Himmel so nah war, dass man oft zwischen den Wolken lebte.

Die Wälder des Shaoshi hatten dem Tempel einst seinen Namen gegeben, und an seinem Fuß hatten die Mönche einen Wald aus Pagoden errichtet. Mehr als zweihundert waren es, als ich zuletzt dort gewesen war, große und kleine, einfache Säulen und aufwendige Skulpturen mit geschwungenen Dächern, aus dem grauen Stein der Berge und oft nebelverhüllt. Grabmäler bedeutender Mönche und großer Äbte des Klosters. In ihrer Vielgestalt ein Abbild der langen Geschichte des Klosters wie des Reiches.

Ein Zeugnis vergangener Zeiten und untergegangener Dynastien, das sogar die Horden der Mandschu unangetastet gelassen hatten.

Von meinen Meistern erzählte ich ihm, die mich die alte Kunst des Kampfes lehrten.

Und von den vielen Kindern dort.

Kinder, die durch die Gänge und Hallen sprangen und rannten, in lebenssprühender Ausgelassenheit. Deren Rufe, deren Lachen von den altehrwürdigen Mauern widerhallten.

Kinder, die nach der Aufmerksamkeit und dem Lob ihrer Meister gierten. Hungrig danach, es den vielen Mönchen und Nonnen recht zu machen, vielleicht ein Fitzelchen Zuneigung zu erhaschen: ein warmes Wort. Ein Streicheln über den Kopf. Einen Leckerbissen oder auch nur einen liebevollen Blick.

Denn obwohl jedes Kind seine eigene Geschichte hatte, war es doch immer die gleiche: Keines von ihnen hatte noch eine Familie. Niemand in der Welt außerhalb des Klosters hatte sie gewollt.

Kinder, die in diesem Kloster ein neues Leben begannen, unter einem neuen Namen. Begierig waren diese Kinder, Freundschaften zu schließen.

»Da war … ein Junge. Yun. Ein bisschen älter als ich, aber schon viel länger im Kloster. So lange, dass er sich an kein anderes Zuhause erinnern konnte.«

Um meinen Mund zuckte es, als ich an Yuns weit auseinanderstehende Augen dachte, in seinem breiten, noch kindlich weichen Gesicht. An seine magere, schlaksige Gestalt.

»Als Kind sah er aus wie ein freches Äffchen. Genauso behände konnte er klettern, und genauso viel Unfug hatte er im Kopf. Es verging kein Tag, an dem er nicht irgendjemandem einen Streich spielte. Den anderen Kindern. Den Mönchen. Manchmal sogar unseren Meistern. Aber sobald er kämpfte… Ah.« Hingerissen war ich, immer noch, bei der Erinnerung an seine Kraft und Eleganz. »Geschmeidig und stark wie ein Leopard war Yun. Eine Naturgewalt, im Kampf. Die alles hinfort fegte, was sich ihm in den Weg stellte. Man konnte sich nur von ihm mitreißen lassen oder aber untergehen.«

Ich schloss die Hände eng um den Blütenzweig. »So waren wir. Als Kinder.«

Zwei Seelen, von den Göttern bei der Geburt mit einem roten Faden verbunden, der niemals durchtrennt werden konnte. Damals glaubte ich noch daran.

»Wir wurden älter. Waren fast erwachsen.«

Blicklos starrte ich vor mich hin, während Yuns Kindergesicht in meiner Erinnerung zu dem eines Mannes reifte. Mit einem starken Kinn, Wangenknochen scharf wie Messerklingen und unergründlichen Augen.

»Er … ich …«

Ich fand keine Worte für das, was wir gewesen waren. Einander bedeutet hatten.

Ich löste die Hände und klopfte mit einer davon auf mein Brustbein, in einer kleinen, flatternden Bewegung, unmittelbar über dem Herzen.

»Hier. Alles.«

Alles waren wir einander gewesen.

»Aber wir durften nicht. Verboten, für Brüder und Schwestern im Kloster.«

Alles hatten wir einander gegeben.

In einsamen, verborgenen Winkeln des Klosters. In gestohlenen Stunden.

»Sie überraschten uns eines Nachts. Zerrten uns vor die Meister und den Abt. Einen Tag gaben sie uns Zeit. Einen Tag, in einer Zelle, jeder für sich. Unser Gewissen zu prüfen und zu wählen. Wir beide oder das Kloster.«

Nicht den geringsten Zweifel hatte es für mich gegeben. Kein Zaudern.

»Ich hatte meine Wahl sofort getroffen. Lange bevor sie am Abend zu mir kamen. Ich erhielt Kleidung, ein paar Kupfermünzen und etwas zu essen, und mein Meister schenkte mir zum Abschied mein Schwert. Nach Sonnenuntergang schloss sich das Tor hinter mir, und ich wartete auf Yun.«

Es war kalt gewesen, oben in den Bergen, bitterkalt.

In jener Nacht, die finster und endlos war.

Und doch viel zu kurz.

»Bis die Sonne aufging, wartete ich.«

Yun hatte das Kloster gewählt.

Fortunes Hand legte sich um meine.

Es machte mir nichts aus, dass er mich so sah. Mit meinem alten Kummer, verwundet, klein und schwach. Dieser fremde Engländer, der schon bald wieder in sein Land zurückkehren würde. Bei ihm war mein Geheimnis gut aufgehoben.

Ich war gut aufgehoben, während er mich in seiner Hand hielt.

37

»Herr Fu-Chung! Herr Fu-Chung!«

Widerstrebend löste Fortune seine Finger, als Lian ihm ihre Hand entzog.

Zwei junge Mönche, noch halbe Kinder, kamen lachend angerannt. Wie Zwillinge wirkten sie, so ähnlich waren sie sich in ihrer Mimik, mit den großen Augen, dem übermütigen Strahlen. In der jugendlichen Zappeligkeit ihrer Glieder. Aufgeregt kichernd traten sie von einem Bein aufs andere, schubsten sich gegenseitig.

»Du«, flüsterte der eine.

»Nein, du.«

»Sag du.«

»Herr Fu-Chung.« Der zweite nahm sichtbar allen Mut zusammen und verneigte sich, um feierlichen Ernst bemüht. »Unser verehrter Chu Chih bittet Euch darum, uns in die große Halle zu begleiten.«

»Eine Überraschung für Euch, Herr Fu-Chung!«, fiel ihm der zweite rasch ins Wort.

»Ein Geschenk«, trumpfte der andere wiederum auf. »Weil Ihr uns morgen in aller Frühe doch schon wieder verlasst!«

Im zuckenden Schein unzähliger Flämmchen schien der hohe, weite Raum wie im Fluss zu sein.

Rote Säulen und Nischen leuchteten auf, um sich gleich darauf wieder in die Schatten zurückzuziehen. Schriftzeichen erglänzten und verloschen. Die Gesichter, die Gliedmaßen der Statuen erwachten einen Wimpernschlag lang zum Leben, um gleich darauf wieder in erhabener Bewegungslosigkeit zu erstarren.

Steifbeinig schritt Fortune durch die Allee aus Mönchen, kalten Stein unter seinen bloßen Fußsohlen. Sein Hemd hatte Blütenstaub aufgesogen und Staub, war mit Erde und Gras verschmiert. Er wünschte sich, er hätte wenigstens noch genug Zeit gehabt, sich zu waschen; nachdem er den halben Tag durch den Wald gewandert war, fühlte er sich klebrig vor angetrocknetem Schweiß.

Ein ungehobelter, schmutziger, stinkender Barbar war er, hier in diesem Raum. In dieser Kammer, irgendwo tief im feurigen Herzen der Erde, unverändert seit Ewigkeiten und heilig.

Er hatte nicht die geringste Vorstellung, welches Auftreten von ihm erwartet wurde. Welche Gesten, welche Haltung, welche Worte. Welche Regeln hier galten.

Hilfesuchend warf er einen Blick zurück. Zu Wang, der ihm aufmunternd zunickte, ein schalkhaftes Grinsen in den Mundwinkeln, das den feierlichen Ernst auf seinem Gesicht, in seiner Haltung unberührt ließ. Dann zu Lian.

Klein und schmal nahm sie sich vor dem eindrucksvollen Portal der Halle aus; blass und reglos wirkte sie vor dem Hintergrund der kraftvollen Ranken, der mächtigen Blütenknospen aus dunklem Holz, die im Widerschein der Flammen pulsierten. Fast so weiß wie die Blüte der Gardenie, geradezu durchscheinend.

Ein Schlüssel war diese Gardenie gewesen, die etwas zu Lians Innerstem für ihn geöffnet hatte. Ohne Kalkül hatte er ihr die Blume von seinem Streifzug durch die Wälder mitgebracht, aber auch nicht gedankenlos. Blumen verschenkte man nicht unbedacht, selbst wenn man nicht um die genaue Bedeutung einer bestimmten Blüte wusste. Er hatte sich nur gewünscht, sie hätte eine andere Farbe gehabt als ausgerechnet Weiß, etwas anderes bedeutet als ausgerechnet Frieden, da sie beide doch nicht im Streit miteinander lagen. Auch wenn er nicht gewusst hätte, für welche Blume er sich entschieden hätte, hätte er die Wahl gehabt. Was er überhaupt damit hatte sagen wollen; er hatte es vorgezogen, nicht weiter darüber nachzudenken. Lieber hatte er sich auf die Rätsel konzentriert, die ihm die Regungen auf Lians Gesicht aufgaben.

Wie ihm auch jetzt die Art, wie sie ihren Kopf gesenkt hielt, Rätsel aufgab. Andächtig, ehrfürchtig? Gleichgültig, abweisend? Er wusste es nicht zu deuten.

Unwillkürlich schlossen sich seine Finger zur Faust. Als könnte er die Erinnerung an Lians Hand festhalten. An diese mädchenhaft kleine Hand, die jedoch alles andere als zerbrechlich war. Stark wie die Hand einer Frau, die es gewohnt war, zuzupacken, mit einer Spur von männlicher Kraft. Ihre einzige Schwäche war das Vertrauen gewesen, mit dem Lian ihm ihre Hand überlassen hatte.

Er hätte nie für möglich gehalten, dass etwas, das er einmal in seinen Händen gehalten hatte, sich im Rückblick unwirklich anfühlen würde.

Er gab sich einen Ruck und ging weiter, auf das Podest mit Abt Shanyuan zu, und erwiderte dessen Verbeugung, dachte sogar daran, dabei die Handflächen aneinanderzulegen.

»Verehrter Herr Fu-Chung – es war uns eine Ehre, Euch zu Gast in unserem bescheidenen Kloster zu haben. Vor allem sind wir Euch zu großem Dank verpflichtet. Wir bitten Euch, diese kleine Gabe als Zeichen unserer Wertschätzung anzunehmen, und hoffen, Ihr werdet Freude daran haben.«

Auf einen Wink von ihm traten zwei Mönche heran und öffneten die Truhe zu den Füßen des Abtes, schlugen das Sackleinen darin zur Seite.

Fortune starrte auf die feuchte Erde, auf die saftigen, blassgrünen Setzlinge darin.

Camellia sinensis.

38

Ningbo, 10. Mai 1844

Gestern am späten Abend aus den Bergen zurückgekehrt.

Ich kann nicht glauben, dass es nur fünf Tage gewesen sein sollen im Kloster von Tiantung, obwohl ich es in meinen Notizen schwarz auf weiß habe. Es kommt mir vor, als hätten wir ich Wochen oder gar Monate dort zugebracht. Eine kleine Ewigkeit.

~~Die Eindrücke, die diese Tage im Kloster~~

~~Ich fürchte, ich~~

Überwältigt, immer noch, von den Erlebnissen dort. Von dieser Freundlichkeit, dieser Gastfreundschaft. Von diesem unglaublichen Geschenk, das mir anvertraut wurde.

AUS DEN NOTIZEN VON ROBERT FORTUNE

Brechend voll war es in der Garküche »Zum Goldenen Ochsen«, ein paar Häuser von der Herberge entfernt. Nur mit Mühe hatten Wang und Fortune noch ein freies Fleckchen im hintersten Winkel des speckigen Raums ergattert.

»Maaah«, gab Wang genussvoll von sich. »Endlich Fleisch! Mönche von Tiantung gute Köche. Sehr gute. Hat Wang sich gewöhnen können, jeden Tag. Aber leben wie Mönch ... Nie Fleisch auf Tisch. Ohne Frauen und alles ... Nichts für Wang. Oder für Fu-Chung?«

»Nein.«

Fortune hatte nur mit halbem Ohr zugehört. Unerträglich laut war es in der Garküche. Ein Orkan aus quäkenden und schnatternden Stimmen, dem Klappern von Geschirr und brüllendem Gelächter.

Er sehnte sich nach der Stille der Berge. Dem Grün der Teefelder.

Unbeholfen angelte Fortune mit den Stäbchen in seiner Essensschale herum. Inzwischen gelang es ihm recht gut, soßentriefende Klumpen von Reis und Stücke von Fleisch und Gemüse damit zum Mund zu führen. Wenn er sich darauf konzentrierte.

Eine Konzentration, die ihm an diesem Abend fehlte. Er hätte Suppe bestellen sollen. Die kam auch hierzulande mit einem Löffel auf den Tisch. Seufzend legte er die Stäbchen quer auf die noch fast volle Schale und erntete einen fragenden Blick von der anderen Seite des Tisches.

»Nicht gut?«, nuschelte Wang mit vollem Mund.

»Keinen Hunger«, erwiderte Fortune, obwohl es hohl in seinem Magen rumpelte.

Wangs Augen wanderten zwischen Fortune und dessen Essensschale hin und her, mit einem Ausdruck, der mal verlangend, mal neugierig wirkte. Sogar fast besorgt.

Fortune nahm seine Stäbchen wieder in die Hand und schob die Schale ein Stück auf Wang zu.

»Willst du?«

Wang legte den Kopf schräg.

»Will Wang schon. Glaubt nur nicht, dass Fu-Chung nicht Hunger.«

Obwohl Fortune dazu übergegangen war, seine neuen Kenntnisse des Chinesischen auch bei Wang zu üben, beharrte dieser nach wie vor auf seinem eigenwilligen Englisch.

Fortune schob die Schale weiter über den Tisch.

Ein kleines Grinsen, und schon machte Wang sich schmatzend über Fortunes Mahlzeit her.

»Fu-Chung schaut ganzen Tag so schafig.«

»Belämmert, meinst du?«

»Lämmert. Ja. Versteht Wang nicht. Fu-Chung glücklichster Mann weit wie breit, heute. Hat Teepflanzen. Ist reich und berühmt, wenn wieder zu Hause. Warum dann lämmeriges Gesicht, *hng*?«

Fortune zögerte seine Antwort hinaus.

Während er die Essstäbchen zwischen den Fingern drehte, ließ er seinen Blick durch die Garküche wandern, ob irgendjemand hier dem Fremden und seinem Begleiter größere Aufmerksamkeit schenkte, vielleicht ihr Gespräch belauschte.

Lian hätte er sich bedenkenlos anvertraut.

Aber Lian war nicht hier.

Blass war sie gewesen und still. Angespannt bis zum Zerreißen; jedes Rascheln im Gras hatte sie auffahren lassen, den ganzen Weg von Tiantung zurück nach Ningbo.

Stumm hatte sie zugesehen, wie er die Teesetzlinge in ihrer Muttererde in ein *Wardian Case* bettete.

Stumm war sie dann danebengestanden, als er für seine gesammelten Schätze im Hafen eine Passage buchte, gleich für den nächsten Morgen.

Und genauso stumm hatte sie seine Einladung in eine Garküche ausgeschlagen, sich nur kopfschüttelnd umgedreht und die Tür zu ihrer Kammer hinter sich geschlossen. Als ob sie ihm damit zu verstehen geben wollte, dass diese Momente der Nähe in Tiantung ein Versehen gewesen waren. Momente der Schwäche, flüchtig und bereits Vergangenheit.

Er sah wieder zu Wang, der mit seinen Stäbchen einen Strang Nudeln aus der Schale in seiner Hand hob und geräuschvoll in den gespitzten Mund saugte.

»Es war so einfach«, begann er, die Stimme unwillkürlich gedämpft. »Eigentlich viel zu einfach. Ich kann nicht glauben, dass ausgerechnet mir das Los zugefallen sein soll, dem Tee auf die Spur zu kommen.«

Wang kniff die Augen zusammen. »Komisch Gedanken macht Fu-Chung. Wenn Himmel oben Pflaume fallen lasst – einfach Mund auf! Nicht lange fragen oder denken.«

»Trotzdem. Die ganze Zeit, seit England mit China Handel treibt, und während des Krieges ... Wir hatten die Teepflanzen buchstäblich vor der Nase.«

Belehrend hob Wang die Stäbchen. »Nicht immer gut, wenn vor der Nase! Wenn zu dicht mit Nase dran, nicht klar sehen.«

Fortune schmunzelte. »Das stimmt.«

Wissen kann immer nur auf dem aufgebaut werden, was bereits bekannt ist. Das war einer der Grundsätze in der Botanik. Doch zuweilen lähmte dieser Ansatz das Denken. Die Kühnheit, etwas Altes aus einer neuen Perspektive zu betrachten. Etwas, das längt feststand, auseinanderzunehmen und die einzelnen Teile zu beleuchten. Um Raum zu schaffen für Neues. Etwas in Bewegung zu versetzen, in Schwung zu bringen.

»Ich selbst habe ja auch in Zhoushan wilde Teesträucher gesehen und nicht weiter darüber nachgedacht. Ihnen nicht einmal einen zweiten Blick geschenkt oder gar hinterfragt, ob die überlieferte Klassifizierung und Bezeichnung berechtigt ist. Und plötzlich ...«

Mit seinen Stäbchen beschrieb er einen Bogen durch die Luft, eine Geste der Ratlosigkeit.

Wang legte den Kopf schräg und blinzelte ihn listig an.

»Hätte Wang auch sagen können Fu-Chung – dass grüne Tee und schwarze Tee gleiche Pflanze. Hätte ...«

»Hätte ich nur gefragt, ich weiß.«

Wang erwiderte Fortunes Lächeln mit einem breiten Grinsen.

»Aber was dann Grund für lämmertes Gesicht von Fu-Chung? Ist alles gut, ja?«

Sein ganzes Leben hatte Fortune auf eine Gelegenheit wie diese gewartet. Etwas aufzuspüren, das vor ihm noch niemand entdeckt hatte, mit Glück und Geschick. Dass ihm das Schicksal nun ausgerechnet die kostbare Teepflanze vor die Füße gelegt hatte, war das mögliche erste Aufleuchten einer botanischen Sternstunde.

Fortune war jedoch zu rational, um sich von diesem Sternenglanz blenden zu lassen und in Euphorie zu verfallen.

»Wie man's nimmt.«

Er hatte darüber nachgedacht, die Teesetzlinge bei sich zu behalten, bis er China verließ. Persönlich darüber zu wachen, während der Überfahrt nach England.

Doch auch er würde sie nicht vor allen Wagnissen einer solchen Reise bewahren können. Ein Risiko, das er ungefähr gleich hoch einschätzte wie dasjenige, dass ihnen hier etwas zustieß, in seiner Kammer.

In Ningbo glaubte man nicht an Schlösser. Nur an Riegel auf der Innenseite der Tür. Wer sein Zimmer ohne sein Geld und kostbare Habe verließ, war selbst schuld.

»Vier Monate werden die Pflanzen unterwegs sein. Keiner weiß, ob sie England heil erreichen. Ob sie dort überleben, selbst in einem Treibhaus. Wenn sie im August dort eintreffen, werde ich schon nicht mehr hier sein. Weil auch jede noch so eilige Nachricht der Society ebenfalls vier Monate braucht, um hier anzukommen. Sind die Pflanzen auf ihrer Reise eingegangen, werde ich erst davon erfahren, wenn ich selbst wieder zu Hause bin. Zu spät, um nötigenfalls neue Setzlinge zu beschaffen.«

Wang hielt kurz im Kauen inne, um mit der Zunge zwischen seinen Zähnen zu pulen.

»Aber weiß Fu-Chung, dass Pflanze von Tee nicht gleich Tee in Tasse.«

»Genau das ist der Haken. Da ist noch so vieles, was wir nicht über die Teepflanze wissen. Welchen Boden sie genau braucht, welches Klima – ganz zu schweigen von den genaueren Abläufen in der Verarbeitung. So vieles, was ich mir dazu gerne noch anschauen würde. Was ich gerne lernen würde.«

Wang schluckte einen großen Happen im Mund so hastig hinunter, dass sein knochiger Adamsapfel auf und ab hüpfte.

»Dann bleibt Fu-Chung einfach. Bleibt lange genug, um anzusehen. Zu lernen. Bis alles weiß. Vielleicht neue Pflanzen holen, irgendwo. Dann erst fährt nach Hause und macht Tee.«

Fortunes Herz schlug schneller bei der Vorstellung, noch ein paar Monate mehr hier zu bleiben.

Die Blüte von *Camellia sinensis* über den Winter zu beobachten.

Die erste Ernte des Tees im Frühjahr.

Vielleicht in einer anderen Gegend weitere Blütenschätze aufzuspüren und zu heben.

»Das ist nicht so einfach.«

Wang blinzelte erstaunt. »Warum?«

»Meine Zeit hier ist auf ein Jahr beschränkt, gemäß meinem Auftrag der Society. Ich kann nicht eigenmächtig länger bleiben.«

Kalt überlief es ihn bei dem Gedanken, die an ihn gerichteten Instruktionen zu missachten. Der Horticultural Society zuwiderzuhandeln, der er so viel zu verdanken hatte. Die ausgerechnet ihm, der zwar Leiter der Treibhäuser war, aber dennoch nur ein einfacher Gärtner und kein studierter Botaniker, diese Chance gegeben hatte.

Wang zuckte mit den Schultern.

»Muss Fu-Chung dann Gesellschaft von Pflanzen schreiben! Müssen einsehen, wie wichtig, dass Fu-Chung hierbleibt. Kluge Männer, ja? Verstehen doch bestimmt. Und einsehen, dass kein Sinn, wenn Fu-Chung erst zurück und dann wieder her. Besser hierbleiben und alles in einem aufwischen.«

Fortune brütete über Wangs Argumentation nach, die seinen eigenen Gedankengängen entsprach.

Er rieb sich über das Gesicht.

»Es geht trotzdem nicht. Ich habe nicht mehr genug Geld, um viel länger zu bleiben.«

Die paar Käsch, die er für Lian als Leibwächterin ausgab, fielen kaum ins Gewicht. Stets ein Kämmerchen zusätzlich in den Herbergen anzumieten und Mahlzeiten für drei Personen hatten sich dennoch aufsummiert. Und auch seine Einkäufe in den Blumengärten von Canton hatten zu Buche geschlagen.

Fast war er dankbar für die Anordnung der Society, die Feuerwaffen samt Munition, die man ihm nur ungern zugestanden hatte, vor seiner Abreise zu verkaufen. Ein Notgroschen, der ihm vielleicht noch die letzten Wochen in China retten konnte, sollte es hart auf hart kommen.

Unter zusammengezogenen Brauen kratzte Wang die letzten Reste aus der Schale. Während er die Stäbchen ableckte, hellte sich seine Miene auf.

»Wang weiß! Kommt Fu-Chung mit zu Wang. Nach Anhui, für Winter. Kann wohnen und essen und alles. Und Tee studieren dort!«

Mit einem zufriedenen Rülpsen lehnte er sich zurück.

»Auch dafür habe ich nicht mehr genug Geld.«

Gekränkt verzog Wang das Gesicht. »*hai-yah*! Was denkt Fu-Chung von Wang?! Nicht bezahlen dafür. Eingeladen!«

Misstrauisch starrte Fortune ihn an. Es wäre das erste Mal gewesen, dass Wang nicht versuchte, ihm ein paar Münzen abzuschmeicheln oder sonst einen Vorteil für sich herauszuholen.

»Warum?«

»War Fu-Chung bester Herr für Wang. Immer!« Feierlich legte er eine Hand auf die Brust. »Große Ehre für Familie, wenn zu Gast. Und doch Freunde, jetzt.«

Auch an Wang schien die Zeit in Tiantung nicht spurlos vorübergegangen zu sein. Einmal hatte Fortune sogar beobachtet, wie Wang in einer Nische des Tempels Wiesenblumen vor einer Statue Buddhas ablegte und sich zum Beten niederkniete. Offener wirkte er seit den Tagen im Kloster, weniger großspurig, weniger launisch

Vielleicht hatten sie sich auch nur aneinander gewöhnt.

»Das ist ein mehr als großzügiges Angebot, Wang. Danke. – Wo ist das, Anhui?«

Das Kinn an die Brust gelegt, dass es Falten warf, kratzte Wang an einem Soßenfleck auf seinem Kittel herum.

»Nicht so weit«, murmelte er vor sich hin. »Hinter Shanghai. *li* so etwa ... dreihundert.«

Vierhundert Meilen.

»Das geht nicht, Wang. Ich darf mich nicht weiter als dreißig Meilen von Shanghai entfernen. Das weißt du.«

Schelmisch schielte Wang ihn von unten herauf an. »Lässt Wang sich einfallen. Wang ganz schön viel, hier.« Er tippte sich an die Stirn.

»Trotzdem. Das ist zu weit. Frühestens im Winter kann ich mit Nachricht von der Society rechnen. Mit weiteren Anweisungen. Wie soll ich die in Anhui erhalten?«

Mit einem breiten Lächeln hob Wang den Kopf. »Gar keine Schwierigkeit, Fu-Chung! Von Anhui immer jemand nach Shanghai, für Handel oder Familie. Holt Post für Fu-Chung und bringt mit.«

Er langte über den Tisch und packte Fortune am Ärmel, rüttelte aufmunternd daran.

»Kommt mit, Fu-Chung, ja? Wird Spaß!«

Fortune hatte keine genaue Vorstellung davon, was ihm blühen würde, sollte er jenseits dieser Grenze von dreißig Meilen im Landesinnern aufgegriffen werden. Gefängnis vielleicht, womöglich Schlimmeres. Im besten Fall würde er wohl lediglich des Landes verwiesen.

Und auffallen würde er, als riesenhafter fremder Barbar – umso mehr, je entlegener die Gegend.

Genauso wenig konnte er einschätzen, wie die Horticultural Society reagieren würde, verlängerte er eigenmächtig seinen Aufenthalt. Gelang es ihm nicht, sie von der Wichtigkeit weiterer Forschung zu überzeugen, brach er damit alle Brücken hinter sich ab.

Ohne einen Penny würde er in China festsitzen, bis sich Lindley vielleicht erbarmte und die Rückfahrt aus seiner Privatschatulle finanzierte. Oder bis Jane vielleicht das Geld irgendwie aufgetrieben hatte.

Jane.

Jane würde noch länger auf ihn warten müssen.

Ein mehr als waghalsiger Plan war es, der hier im Lärm der Garküche aufgekeimt war und während der Mahlzeit am fettverschmierten und klebrigen Tisch die ersten Triebe ausgebildet hatte. Ein nach allen Seiten hin rücksichtsloser, geradezu egoistischer Plan.

Fortune fühlte sich nicht verwegen, nicht kaltblütig genug für eine solche Unternehmung.

In der anderen Waagschale jedoch lag die einzigartige, noch nie dagewesene Möglichkeit, den Tee an seinem Ursprung zu studieren. Als erster Weißer überhaupt. All die Geheimnisse und Finessen des grünen Goldes könnte er enthüllen, indem er zu den Teefeldern von Anhui reiste, bei der Familie eines Teebauern lebte.

Eine einmalige Chance.

Er musste nur zugreifen.

39

Ich fand keinen Schlaf.

Ruhelos wanderten meine Blicke durch das Kämmerchen in der Herberge. Ich hatte sogar vergessen, das Licht zu löschen.

Meine Gedanken kreisten um die Setzlinge in Fortunes Kammer.

Ein Geschenk wie für einen Kaiser.

Ein verbotenes Geschenk, das uns alle den Kopf kosten konnte.

Wie naiv mussten die Mönche von Tiantung sein, um keinen Gedanken daran zu verschwenden, dass Fortune, der fremde Barbar, die Pflänzchen sicherlich mit in seine Heimat nehmen würde. Wie weltfremd, dass sie offenbar nicht wussten, welche Strafe darauf stand, Teepflanzen außer Landes zu bringen.

Den ganzen Weg zurück nach Ningbo waren meine Sinne geschärft gewesen wie die Klinge von Long Yuan, meine Muskeln gespannt wie die Sehne eines Bogens. Hinter jedem Strauch und jedem Baum, hinter jedem Fels und an jeder Wegbiegung witterte ich bewaffnete Männer, die die Falle zuschnappen lassen würden.

Doch niemand war uns gefolgt. Niemand hatte uns behelligt.

Denkbar, dass die Mönche eigene Ziele mit diesem Geschenk verfolgten.

Wie jeder fremde oder unsichere Herrscher wähnte auch der jeweilige Himmelssohn überall Nester von Unruhe, Widerstand und Umsturz. Besonders dort, wo sich Menschen anderen Glaubens zusammenfanden.

Die Welt der Mandschus ruhte auf den Lehren von Kung Fu Tse, der die Anbetung von Himmel, Kaiser, Ahnen und Eltern über alles stellte. Für die Lehre des Dao, die Verehrung Buddhas oder gar Allahs, wie es sie an den Rändern des Reiches gab, hatten sie nichts als Geringschätzung übrig. Und wenn sie die Zeit dafür fanden und die Lust dazu sie überkam, ließen sie ihre Streitkräfte ausschwärmen, um jeden anderen Glauben auszumerzen.

Das Kloster, in dem ich groß geworden war, war nicht das einzige, das unter den Mandschu gelitten und einen hohen Blutzoll entrichtet hatte; viele, viele mehr hatte es gegeben.

Mit den Geschichten darüber hatten unsere Meister ihre Schüler auf Treue eingeschworen, zu Buddha und dem Kloster. Uns Stolz gelehrt, auf die Aufgabe, die man uns anvertraute.

Aber kein Kloster hatten die Mandschu stärker bluten lassen als das Kloster der Alten Haine und Jungen Bäume. Für die Treue der Mönche zu den gestürzten Ming. Für das Gold und das Silber, das diese Treue dem Kloster eingebracht hatte. Denn Gold und Silber liebten die Mandschu ebenso sehr wie die Macht.

Und allzu leicht witterten die Mandschu die Saat von Unruhe und Verrat in den Klöstern, mochten sie auch noch so klein und entlegen sein, die Mönche noch so friedliebend wirken.

Möglich, dass die Mönche von Tiantung ihren kleinen Beitrag leisten wollten, die Mandschu zu Fall zu bringen. Indem sie sich daranmachten, eine der Säulen zu zertrümmern, auf denen die Herrschaft der Mandschu ruhte.

Die Säule des grünen Goldes.

Gerade jetzt, nachdem der Krieg Berge von Silber und Gold verschlungen hatte und China dazu noch an die fremden Barbaren viele Millionen Silberstücke zahlen musste.

Tee war das Gut, das das meiste Silber in die Schatullen des Reiches spülte. Das Gut, das die Menschen des Westens am stärksten anzog, so wie ein Licht die Nachtfalter. Auch Fortune.

Ich konnte nicht einschätzen, ob er um die Bedeutung des Tees für unser Land wusste. Ob er wusste, wie heilig uns die Geheimnisse des Tees waren, deren Verrat mit dem Tode bestraft wurde.

Ich schob mich aus dem Bett, stieg in meine Stiefel und hängte mein Schwert um, auch wenn ich nur ein paar Schritte ging.

Das Talglicht in der Hand, klopfte ich an Fortunes Tür. Schob sie dann langsam auf und leuchtete mir einen Weg durch die Kammer. Männergeruch stand in der Luft, ledern und halb salzig, halb schweflig.

Der Lichtschein glitt über Holzkisten und Fortunes Botanisiertrommel auf dem Boden. Über die Tasche, die er sonst immer dabei hatte, und sein größeres Reisebündel, aus dem Hemdzipfel quollen und Socken. Meine Hand strich über den dicken, abgeschabten Stoff von Fortunes Winterjacke, die über dem Stuhl hing.

Die Kiste aus Glas stand in einer Ecke, halb verborgen neben dem Tisch mit Fortunes Papieren. Ich ging vor ihr in die Knie, leuchtete hinein.

Wie ganz gewöhnliche Pflänzchen sahen sie in meinen Augen aus. Genauso gut hätte es sich um Gemüse handeln können. Um Orangensetzlinge. Oder um die Ableger eines Strauchs, den man allein deshalb pflanzte, weil er besonders schöne Blüten trug.

Gewiss würden auch die Arbeiter morgen im Hafen so darüber denken. Sofern sie dem Inhalt der Kiste überhaupt einen zweiten Blick schenkten. Niemand würde Verdacht schöpfen, was Fortune da auf die Reise schickte.

Erleichterung wollte sich bei mir dennoch keine einstellen.

Ich stellte das Licht auf dem Boden ab, legte die Hände gegen das Glas und besah mir die Pflänzchen genauer. Kaum vorstellbar, dass sie so viel wert waren. Ein Zigfaches ihres Gewichts in Silber. So viel Silber, dass die fremden Teufel es nicht bezahlen wollten und uns zwangen, Opium für den Gegenwert des Tees anzunehmen.

Opium, das eigentlich bei uns verboten war. Von dem die fremden Teufel im indischen Teil ihres Reiches aber mehr als genug hatten und noch nicht einmal etwas dafür ausgeben mussten, um darüber zu verfügen. Und als die kaiserlichen Mandarine sich weigerten, weiter

Opium im Tausch gegen Tee ins Land zu lassen, waren die Fremden mit ihren Feuerwaffen gekommen.

Was würde geschehen, wenn sie ihren eigenen Tee hätten? Nicht heute, nicht morgen, aber übermorgen?

Ich hatte gesehen, was Opium mit den Menschen machte. Nicht nur mit den Reichen, die ihr Opium genossen wie Seide und Juwelen. Jeder konnte es sehen, in den Straßen der Städte, an den Handwerkern und Hafenarbeitern. An den Bauern, die versuchten, mit Opium die drückende Last ihres Jochs zu erleichtern, in noch so entlegenen Landstrichen. Diese ausgemergelten, geisterhaften Gestalten, in deren Augen keine Seele mehr war.

Es könnte Gutes daraus erwachsen, hätten die Barbaren ihren eigenen Tee. Wenn sie unseren nicht mehr brauchten, nicht mehr wollten, würden sie vielleicht aufhören, unserem Land ihr Opium aufzuzwingen.

Doch was würde dann aus den Teebauern?

Ich dachte an die Teefelder, die ich auf meinen Wanderungen gesehen hatte. Viele waren es gewesen, *li* um *li*. Was würde aus ihnen, wenn die fremden Barbaren nur noch wenig von diesem Tee kauften – oder gar keinen mehr? Wenn ihr Tee überall, wo auf der Welt Tee getrunken wurde, den unseren verdrängte, weil er besser war oder schlicht billiger?

Die Mandschu würden nicht wegen des Tees stürzen, das sah ich ein, dafür wäre wesentlich mehr nötig. Und die Reichen würden reich bleiben, das war schon immer so gewesen.

Die kleinen Leute würden es sein, die darunter zu leiden hatten. All die vielen, vielen Menschen, die den Tee im Land hegten und ernteten, verarbeiteten und auf seinen Weg brachten und so die Reisschüsseln ihrer Familien füllten.

Ein Gedanke, der bitter schmeckte.

Je länger ich darüber nachdachte, desto elender wurde mir zumute.

Nicht zuletzt, weil mir die Konsequenzen, die aus der kleinen Glaskiste unter meinen Händen entstanden, so gewaltig, so weitreichend erschienen. So unwägbar.

Unruhig wanderten meine Hände über den Holzrahmen. Wurden fündig, ohne dass ich danach gesucht hätte: ein Stückchen abgeplatzter Lack unter meinem Daumen. Dort, wo die Kanten des Holzrahmens aneinandergefügt waren.

Vielleicht würde schon morgen ein anderer Barbar Teepflanzen aus China herausschmuggeln. Im nächsten Jahr oder in zehn Jahren. Pflanzen, die das ferne, reiche und mächtige Land der Engländer noch reicher und mächtiger machen würden.

Es spielte keine Rolle. Ich, Lian, war heute hier. Bei diesen Pflänzchen.

Ich langte an meinen Stiefel und zog mein Messer, schälte es aus der Lederhülle. Klein war es, dafür umso schärfer und spitz. Gut, um Fleisch damit zu schneiden und Rüben, vielleicht ein Seil zu durchtrennen. Alles, wofür mir die Klinge meines Schwerts zu kostbar war. Wie etwa Holz.

Ich dachte an Fortune.

An das überwältigende Glück auf seinem Gesicht, während er den Sack mit den Setzlingen so vorsichtig in den Armen hielt wie einen Säugling, den ganzen Weg von den Bergen zurück nach Ningbo. An den Glanz in seinen Augen dachte ich.

Aber auch an das ungute Gefühl, das mich auf diesem Weg im Nacken gepackt hielt. Die Angst, mich in Fortune getäuscht zu haben. Von ihm getäuscht worden zu sein, weil er die ganze Zeit doch nur eines im Sinn gehabt hatte: unseren Tee zu stehlen.

Unsere flüssige Jade.

Unseren Stolz, seit Tausenden von Jahren.

Dieser fremde Barbar, der bereits mit einem Bein wieder auf dem Schiff stand, das ihn nach Hause bringen würde. Während wir hier zurückblieben mit den Folgen, die sein Handeln für uns hatte.

Verzeih mir, Fortune, bat ich stumm, als ich die Spitze des Messers ansetzte.

An der Kante, an dieser Wunde im Lack, übte ich leichten Druck aus, bewegte die Klinge erst sanft, dann kräftiger auf und ab. Es knirschte, und ich hörte Luft entweichen, wie ein erleichtertes Seufzen.

Mit der Hand fegte ich die feinen Lackspäne unter den Tisch, verteilte sie dort großzügig zwischen Staub und Erdkrümeln.

Ich hob das Talglicht vom Boden auf, betrachtete in seinem Schein mein Werk. Niemand, der nicht ganz genau hinsah, würde bemerken, was ich getan hatte. Vielleicht aber würde es genügen, damit die Pflänzchen niemals lebend ihr Ziel erreichten.

In dieser Nacht fand ich keinen Schlaf. Auch dann nicht, nachdem ich vor meiner Tür Fortunes feste Schritte gehört hatte, Wangs Stimme und sein Gelächter verstummt waren.

Ich hatte das Richtige getan für die Menschen meines Landes, das wusste ich. Aber ich wusste nicht, wie ich Fortune morgen noch in die Augen schauen sollte. Oder übermorgen.

Und an allen anderen Tagen, die noch blieben.

Ningbo, 10. Mai 1844

Sehr verehrter Mr Lindley,

ich schreibe Ihnen heute in einer Angelegenheit von höchster Wichtigkeit und Dringlichkeit.
Mit diesem Brief erhalten Sie diverse Specimina aus Zhoushan (Chusan) resp. Ningbo (Ning-po) und der unmittelbaren Umgebung. Eine nähere Aufstellung derselben ist diesem Schreiben beigefügt.
Zudem übersende ich Ihnen *Wardian Cases* aus Zhoushan und eines mit Setzlingen der Teepflanze nebst dem konservierten Zweig einer ausgewachsenen Teepflanze.
Letztere habe ich von einem mehrtägigen Aufenthalt im Landesinnern mitgebracht, und zwar aus dem Teegarten des Klosters von Tiantung, ca. 20 Meilen von Ningbo (Ning-po) entfernt.
Zu meinem großen Erstaunen konnte ich dort feststellen, dass unsere bisherige botanische Klassifizierung von *Thea bohea* und *Thea viridis* falsch ist resp. nicht der Realität entspricht.
Es scheint nur eine einzige Teepflanze zu existieren – nämlich die hier beigefügte, die ich als *Camellia sinensis* (nach Linnaeus) bestimmt habe.
Aus dieser werden sowohl der schwarze als auch der grüne Tee hergestellt, mittels eines Verfahrens, das – soweit ich die Erläuterungen verstanden habe – einerseits sehr simpel ist, andererseits spezialisierte Kenntnisse und bestimmte Fertigkeiten erfordert.

Eine Zusammenfassung meiner Beobachtungen und der Erklärungen, die ich von den Mönchen erhalten habe, liegt diesem Schreiben bei. Weiterhin eine kleine Aufstellung der geografischen und meteorologischen Gegebenheiten der besuchten Teegärten (soweit mir dies in der Kürze der Zeit möglich war) und einige Anmerkungen zur Beschaffenheit des Bodens.
Zur weiteren Erforschung der Wachstumsbedingungen von *Camellia sinensis* sowie der Herstellung des Tees von chinesischem Qualitätsniveau halte ich es für unerlässlich, China nicht wie geplant im Juli zu verlassen, sondern – abweichend von den Instruktionen der Horticultural Society – meinen Aufenthalt hier zu verlängern.
Zu diesem Zweck werde ich voraussichtlich spätestens im September das Küstengebiet verlassen und den Winter in der Provinz von Anhui verbringen, in der Nähe eines großen Teegebietes, wo ich ein privates Quartier bei der Familie eines Teebauern zu beziehen gedenke.
Dort werde ich im Frühjahr in der Lage sein, den Teeanbau und die Verarbeitung genauer zu studieren und nach meiner Rückkehr der Society einen entsprechend fundierten und ausführlichen Bericht vorzulegen.
Die möglichen Konsequenzen eines solch eigenmächtigen Handelns sind mir zur Gänze bewusst. Ebenso die Risiken,

die für mich mit einem Aufenthalt in dieser Gegend verbunden sind und die entsprechende Vorkehrungen und Vorsichtmaßnahmen erforderlich machen.
Genauso im Klaren bin ich mir allerdings auch über die mögliche Bedeutsamkeit und Reichweite meiner Entdeckung, und das nicht allein für die Horticultural Society und die Welt der Botanik.
Dies bitte ich die Herren der Horticultural Society bei der Beurteilung meines Handelns, ihrer Einschätzung dieser Entdeckung und der eventuellen Planung einer weiteren Vorgehensweise zu berücksichtigen.
Während meines Aufenthalts in Shanghai über den Jahreswechsel konnte ich feststellen, dass sich im Zuge der Öffnung des Hafens für den Westen inzwischen auch eine Niederlassung der Firma Jardine, Matheson & Co. dort befindet, die mir noch aus Hongkong bekannt ist.
Da ich in Anhui fern von allen Häfen sein werde und somit keine Möglichkeit besteht, Kontakt mit Personen aus England sowie dem übrigen Europa zu halten, möchte ich Sie bitten, künftige Schreiben an mich dorthin zu senden. Ein vertrauenswürdiger Kontaktmann oder aber ich selbst werden diese dann dort abholen. Wobei ich bereits jetzt um Ihr Verständnis bitte, sollte sich diese Abholung durch die doch beträchtliche Entfernung von geschätzt 400 Meilen verzögern.

Ich hoffe, möglichst bald von Ihnen resp. der geschätzten Horticultural Society zu hören.

Ganz besonders freue ich mich auf die Nachricht, in welchem Zustand die Pflanzen bei Ihnen eingetroffen sind.

Hochachtungsvoll,
Robert Fortune

PS: Beiliegend ein Brief an Mrs Fortune, mit der Bitte, ihr diesen zukommen zu lassen.

Es ist ein besonderer Tag, als der Postmann das Paket aus China bringt.

Wie Weihnachten mitten im blütenstrotzenden Mai, bei Sonnenschein und Bienengesumm und Vogelgezwitscher.

Helen und John sprudeln über vor Aufregung und zappeliger Vorfreude, während Jane eine Herrlichkeit nach der anderen auspackt und an sie weiterreicht.

Ein Jo-Jo, das Helens Geschicklichkeit und Geduld herausfordert. Kleine, bunt bemalte Kreisel, die John in Entzücken versetzen. Eine kleine Trommel mit Handgriff, auf die mit Schnüren befestigte Perlen klackern, wenn man sie rasch dreht, und die rasselt, wenn man sie schüttelt. Ein Stoffbeutel voller Puzzleteile aus Holz.

Die staunenden Ausrufe der Kinder, ihr Lachen und Glucksen und Plappern machen die Küche gleich noch einmal so hell.

Lächelnd sieht Jane ihnen zu, greift nur dann mit einem Hinweis, einer helfenden Hand ein, wenn eines der Kinder sie mit ratlosem Gesichtsausdruck darum bittet.

Immer wieder wandert Janes Blick zu dem Bündel, das einen Gutteil des Küchentischs einnimmt. Seit sie die grobe Baumwolle zurückgeschlagen hat und darunter der kostbare Stoff hervorglänzte, hat sie es nicht mehr angerührt.

An diese Kostbarkeit kann sie sich nur langsam herantasten.

Was hat er sich nur dabei gedacht!, geht ihr jedes Mal durch den Kopf, wenn sie den Ballen Seide betrachtet, und dabei schlägt ihr Herz schneller.

Jetzt streckt sie doch die Hand aus und fasst nach der äußersten Ecke der Seide, reibt sie vorsichtig zwischen zwei Fingern.

Dass er sich Gedanken dabei gemacht hatte, erkennt sie.

Es sind die Farben ihrer Augen, ihrer Haare; Farben, die sie selbst ausgesucht hätte. In einem Muster, das ihr gefällt.

Jane merkt, wie sie rot wird.

Wie damals, als er sie das erste Mal angesehen hat. Beim ersten Wort, das er an sie richtete. Als er das erste Mal ihre Hand nahm.

Beim ersten Kuss.

Ihre Röte vertieft sich.

Für einen Morgenrock ist die Seide zu schade, bei zwei kleinen Kindern im Haus. Es ist mehr als genug Stoff für ein Kleid, aber wann sollte sie ein solches auch anziehen? In Chiswick würde sie sich damit nur zum Gespött machen, in Swinton noch mehr.

Das war ein Stoff für feine Damen der Gesellschaft. Nicht für eine Jane Fortune.

Was hat er sich nur dabei gedacht.

Rasch lässt sie den Stoff los und widmet sich den kleinen Figuren aus grünem und marmoriertem Stein. Eine nach der anderen nimmt sie in die Hand, betrachtet sie genau.

Eine stellt einen Drachen dar, eine andere einen Greis mit Wanderstock und langem Bart und die dritte einen dickbäuchigen Mann mit kahlem Kopf.

Die übrigen Figuren jedoch geben ihr Rätsel auf.

Ein Frosch? Eine Kröte? Oder doch etwas anderes? Eine weitere Figur ähnelt mal einem bulligen Hund, mal einem Raubtier. Sie scheint mal Flügel, mal Arme zu besitzen, je nachdem, wie das Licht darauf fällt. Die nächste ist wie aus dem dickbäuchigen Mann, einem Molch und einem Bär zusammengesetzt; bei einer weiteren ist Jane unschlüssig, ob sie einen Menschen oder einen Affen zeigt.

Jane weiß nicht, was sie von diesen Figuren halten soll, die zwischen fremdartiger Schönheit und Scheußlichkeit schillern.

Sie stellt die letzte Figur auf den Tisch, schiebt sie von sich.

Etwas an ihnen ist ihr unheimlich, sie weiß nur nicht, was.

Wie Vorboten eines Unheils wirken sie.

Jane nennt sich selbst eine Närrin. Bestimmt ist es nur ihre Angst um Robert, die sie irrational sein lässt. So fern, wie er ihr ist, in einem Land voller Gefahren.

Jetzt stellt die Seide eine willkommene Ablenkung dar; behutsam streichelt sie darüber und beschließt, ein Lavendelsäckchen mit in die Baumwolle einzuschlagen und den Ballen erst einmal in der Kommode zu verwahren.

Bis sie weiß, wofür sie ihn verwenden wird.

Manchmal, in seltenen ruhigen Momenten, wird sie ihn hervorholen, über seine geschmeidige, kühle Glätte fahren und davon träumen, dass sie ihn hier in Chiswick doch einmal tragen kann.

Eines Tages. Irgendwann.

Chiswick, den 10. Mai 1844

Lieber Robert,
vermutlich wird Dich dieser Brief gar nicht mehr in China erreichen – trotzdem muss ich Dir einfach schreiben, was für eine große Freude Du uns mit Deinem Paket gemacht hast! Die Kinder sind entzückt von den Spielsachen, und ich kann Dir nicht genug danken für die herrliche Seide. Ich kann mich nicht erinnern, so etwas bei uns schon einmal irgendwo gesehen zu haben, noch nicht einmal in London.
Die Jadefiguren sind wirklich fremdartig, aber sehr hübsch. Ich habe sie in einem Kästchen oben auf dem Schrank verwahrt, vor Johns neugierigen Fingern ist im Augenblick kaum etwas sicher.
Der Frühling ist dieses Jahr zeitig gekommen, mit sehr viel Sonne. Eine Wohltat, nachdem es im Februar noch so kalt war. Obwohl mittlerweile der Regen fehlt – der April war viel zu trocken und der Mai bislang ebenfalls. Die Bauern klagen darüber, und ich komme mit dem Gießen auch kaum hinterher. Aber man muss es eben nehmen, wie es kommt.
Die Kinder erfreuen sich jedenfalls am Wetter! Wir sind viel draußen, hier bei uns im Garten, am Bach und auf den Wiesen. Beide sind kräftig gewachsen und kerngesund, springen munter und rotwangig den Tag über umher und schlafen nachts wie die Murmeltiere.
Ich hoffe inständig, dass Du in China doch noch den Erfolg hattest, den Du Dir so sehr wünschtest. Trotzdem bin ich froh, dass Dein Jahr dort beinahe um ist.

Ich sehne mich nach der Nachricht, wann Du aufbrechen wirst und wir Dich zurückerwarten können.
Lass mich nicht allzu lange darauf warten – dieses eine Jahr ohne Dich war ohnehin schon viel zu lang.

Deine Jane

Die zwei Gesichter der Rose
(Rosa x odorata var. *pseudoindica)*
(Fortune's Double Yellow – Jaune Aurore de Fortune – Gold of Ophir)

Rose, gelb. Schwinden der Liebe. Eifersucht. Untreue.
Rose, rosafarben. Geheime Liebe.
Flora Greensleeves, *The Language of Flowers*, London, 1837

Die einzig wahre Entdeckungsreise, die einzige Quelle ewiger Jugend wäre nicht, fremde Länder zu besuchen, sondern einen anderen Blick zu besitzen. Das Universum durch die Augen eines anderen zu erblicken, von hundert anderen. Die hundert Universen zu erblicken, die jeder einzelne von ihnen erblickt – die jeder einzelne von ihnen ist.
Marcel Proust, *Auf der Suche nach der verlorenen Zeit*,
Bd. 5: *Die Gefangene*, 1923

Sommer.

Janes liebste Jahreszeit.

Ein Traumsommer ist es dieses Jahr. Zu heiß, zu trocken, klagen die Bauern und Gärtner, nachdem schon der Frühling so wenig Regen gebracht hatte.

Jane freut sich über diesen Sommer, auch wenn sie morgens und abends den Garten reichlich gießen muss. An der Sonne erfreut sie sich, am fast unwirklich blauen Himmel und an der Wärme, die auch noch die duftenden Abende füllt.

Es gibt nichts Herrlicheres, als diesen Sommer durch die Sinne von gleich zwei Kindern zu erleben.

Oft gehen sie zum Bach hinunter, wo die beiden Papierschiffchen schwimmen lassen und nach Herzenslust planschen.

Die Bäuche voll mit Kirschen und Keksen, schlafen sie danach im sonnengefleckten Halbschatten ein, John auf Janes Schoß, Helen auf der Decke an sie gekuschelt.

Über Felder und Weiden wandern sie, und Jane erklärt ihnen, wo ihr Brot herkommt, die Milch und das Fleisch.

Helen ist überglücklich, als sie im Wechsel mit John eine Kuh tätscheln und beim Bauern die neugeborenen Ferkel anschauen darf, und jeden Tag stehen frische Wiesenblumen in einem Krug auf dem Küchentisch und in einem Wasserglas auf dem Kaminsims.

Viel Zeit verbringen sie auch im Garten, der in voller Blüte steht. Während sie ein Auge auf die spielenden Kinder hat, hängt Jane die Wäsche auf oder palt Erbsen für das Abendessen.

Es sind die Nächte, die ihr zu schaffen machen.

Die Nächte, in denen es zu heiß ist, um zu schlafen. Wenn ihre Schenkel aneinanderkleben, sich Schweiß unter ihren Achseln sammelt und das Haar im Nacken und an den Schläfen feucht ist.

Dann ist ihr danach, den dünnen Baumwollstoff ihres Nachthemds abzustreifen und die glühende Haut auf den Laken zu kühlen.

Sie wagt es nicht.

Nicht nur, weil es schamlos wäre, sie vielleicht mitten in der Nacht in aller Eile aufstehen und nach den Kindern sehen muss, die ebenfalls schlecht schlafen und quengelig sind.

Verrucht kommt es ihr vor. Als würde sie das Unheil geradezu einladen.

Verlockend bleibt es trotzdem, eine unerfüllte Sehnsucht.

Lässt sie die Fenster offen, dann ist es so, als würde sie das Böse damit hereinbitten. Obwohl sie weiß, dass in Chiswick nie etwas Schlimmes passiert, die Nachbarn in Hörweite sind, ist ihr bewusst, wie schutzlos sie hier mit den Kindern ist. Ohne einen Mann im Haus.

Jane wartet.

Auf Nachricht von Robert.

Auf seine Rückkehr.

Obwohl sie weiß, dass es dafür noch zu früh ist, malt sie sich wieder und wieder aus, wie es wäre, käme er jetzt den Pfad zum Cottage herauf. Müde und staubig nach der langen Reise, von einem Ende der Welt zum anderen, aber unversehrt.

Endlich zu Hause. Endlich wieder bei ihr.

Jeden einzelnen Tag wartet sie darauf, und so viele Nächte in diesem Sommer.

40

Ningbo, 6. Juli 1844

Herrlichstes Sommerwetter. Heiß, um die 80 Grad Fahrenheit.

Heute vor einem Jahr habe ich in Hongkong chinesischen Boden betreten. Heute oder irgendwann in den nächsten Tagen hätte ich wieder in Hongkong sein sollen. In einem anderen Hafen, an Bord eines Schiffes unter englischer Flagge.

Stattdessen habe ich mich in die Hände des Schicksals begeben, mit ungewissem Ausgang.

AUS DEN NOTIZEN VON ROBERT FORTUNE

Fortune konnte sich an keine Zeit erinnern, in dem er den Lauf seines Lebens nicht auf einem festen, unerschütterlichen Sockel wusste.

In seiner Kindheit, als der prosperierende Besitz des Grundherrn Meile um Meile weitere Hecken um die wachsenden Ländereien nötig machte. Jede Menge Arbeit für Fortune senior, die das Auskommen der Familie für viele Jahre sichern würde.

Seine eigene Lehrzeit in den herrschaftlichen Gärten, die sich ebenfalls ausdehnten, Raum für mehr Bäume und Sträucher boten, für anspruchsvollere, für seltenere Pflanzen.

Die Anstellung im Botanischen Garten von Edinburgh und danach in den Treibhäusern von Chiswick.

Solange der Boden fruchtbar blieb, solange Pflanzen Hege benötigten und die Welt auch nach Pflanzen verlangte, würden seine Hände immer Arbeit finden.

Ein klar definiertes, gesellschaftlich anerkanntes Raster sicherer Arbeit. Eines geregelten Lebens, das ihn immer umgeben, ihn beschützt hatte.

Als Sohn. Gärtner. Ehemann. Vater.

Selbst diese Reise nach China war diesem Muster gefolgt. Trotz aller Unwägbarkeiten, in all ihrer Abenteuerlichkeit: die Horticultural Society im Rücken, immer eine Grenze von dreißig Meilen und zwölf Monaten vor Augen.

Alles an Unsicherheiten und Zweifeln hatte es immer nur in ihm selbst gegeben. Im Abgleich zwischen dem, was jedermann von ihm zu erwarten schien, und was davon er aufzubieten hatte. Ein Zwiespalt, an dem er sich zu bestimmten Zeiten rieb, aus dem er jedoch irgendwann herauswuchs.

Dieses Verhältnis zwischen Innen und Außen, Sicherheit und Unsicherheit hatte sich umgekehrt.

Keinen Augenblick zweifelte er daran, dass es richtig gewesen war, zu bleiben. Obwohl die Umstände alles andere als sicher oder verlässlich waren.

Er wusste nicht, zu welchem Urteil die Society gelangen würde und mit welchen Folgen er für sein eigenmächtiges Handeln zu rechnen hätte. Noch wusste er, was ihn in Anhui erwartete und wie lange er dort bleiben würde. Geschweige denn, wie er überhaupt ungehindert dorthin gelangen sollte. Als Ausländer, der die ihm auferlegten Bestimmungen verletzte.

Wang hüllte sich dazu in Schweigen.

Er verriet weder, wie er Fortune dort hinzubringen gedachte, noch wann sie aufbrechen würden. Ob noch Zeit blieb, die Sommerblüte in Zhoushan zu sehen. Vielleicht sogar die Insel, von der er bei einem Blumenhändler auf dem Markt gehört hatte, die heilige Insel von Potosan.

(Pu-to-san? Puo-to-shan? Er kämpfte noch immer mit der fremden Sprache, der Übertragung ihrer Laute in Buchstaben, um sie sich bildlich vorstellen zu können.)

Mit Verschwörerblick tippte Wang sich nur immer wieder vielsagend an die Stirn, bevor er ganze Tage lang verschwand, um irgendwelche geheimnisvollen Erkundigungen einzuholen. Die Unterscheidung zwischen Herr und Diener, ohnehin nie sonderlich scharf, nie ganz glaubwürdig, gab es nicht mehr. Doch Fortune störte sich nicht daran; etwas anderes bereitete ihm Sorgen.

Die Pistole samt der noch vollständigen Munition hatte er für gutes Geld an einen chinesischen Schneider verkauft, der ein glühender Verehrer englischer Sprache und Lebensweise war, sogar das Porträt Queen Victorias in seinem Laden mit schmachtenden Blicken bedachte.

Neben der Flinte, die bestimmt mindestens genauso viel wert war wie die Pistole, blieb Fortune nun noch genug Geld, um fünf, vielleicht auch sechs Monate hier in China über die Runden zu kommen.

Keinen Monat darüber hinaus.

Vielleicht hatte er deshalb begonnen, fieberhaft die Reichtümer zu sammeln und zu horten, die die Gegend von Ningbo in diesem Sommer großzügig vor ihm ausbreitete.

Nicht nur eine atemberaubend schöne *Azalea sinensis* mit gelben Blütenwolken oder eine bezaubernde *Daphne* in Blasslila, die den Boden eines Tals hinter Ningbo bedeckte wie ein Teppich aus Flieder, nur ohne dessen Duft.

Fortune sammelte alles: Zweige des Reispapierbaums ebenso wie die des Talgbaumes. Erdnusspflanzen, verschiedene Kohlsorten, Salat und ein gefiedertes *Lycopodium*, ein zwergenhafter Abkömmling der Bärlappgewächse.

Doch nichts berauschte ihn in diesem Sommer wie die Rosen von Ningbo.

Rosa rugosa, die Kartoffel- oder Apfelrose, die hier wild ganze Hänge bekleidete, von äußerster Robustheit und in kräftigen Farben. Fortune konnte sich lebhaft vorstellen, welch prächtige Gartenrosen dabei herauskämen, sollte man sie mit in England heimischen Rosen kreuzen.

Oder mit der chinesischen Rose, *Rosa sinensis*, die gleich in mehreren Arten blühte, nach und nach, im Lauf des Sommers. In leuchtendem Rot und Rosa, sogar in dunkelstem Purpur.

Sein Herz gehörte jedoch der zarten weißen Rose, die sich scheu im Halbschatten hielt, mit ihren Blüten wie feinste, knittrige Seide.

Und es gehörte den Rosen, die ihn mit ihrem Strahlenkranz aus Staubblättern, den Farben ihrer Blütenblätter an besonders prächtige Anemonen erinnerten, manchmal wie eine entfernte Cousine der Päonie aussahen.

»*Rosa anemoniflora*«, murmelte er bewundernd, als er einen Zweig aus dem Strauch schnitt, der in starkem Pink erstrahlte.

Er sah hinüber zu Lian.

Nach wie vor hielt sie sich in seiner Nähe, wenn er Pflanzen sammelte, blieb dabei jedoch auf Abstand. In einem Schweigen, das seine Lebendigkeit verloren hatte. Ihn aussperrte.

Als hätte sich in Tiantung eine Tür zwischen ihnen geöffnet, um sich danach umso fester zu verschließen.

Nur in der Stunde vor Sonnenaufgang, bevor die Hitze des Tages herankroch, lebte sie wieder auf. Vor den Toren der Stadt, wenn sie gegeneinander kämpften, blitzte es in ihren Augen, zeigte sich ein Lächeln auf ihrem Gesicht.

Er lernte langsam, aber er lernte. Den Kampf mit dem Stock, dann mit den Fäusten, den Füßen. Fortune würde nie ein Krieger sein, aber sich zu verteidigen wissen, das nächste Mal. Auch wenn das zunächst bedeutete, dass er lernte, einzustecken. Lians Faust zwischen seinen Rippen. Ihr Fuß, der schmerzhaft seinen Oberschenkel traf. Als hegte sie einen leise schwelenden Zorn gegen ihn, ohne ihn ernsthaft verletzen zu wollen.

»Lian?«

Ihre Augen richteten sich auf ihn. Gleichgültig, fast feindselig.

Sicher war es ungeschickt, jetzt die Rede darauf zu bringen, nach zwei Monaten. Vielleicht war es sogar dumm.

»Vermisst du das Leben im Kloster manchmal?«

Desinteressiert senkte sie den Blick wieder und zuckte mit den Schultern.

Er gab nicht auf.

»Als ich noch sehr jung war … da habe ich etwas über Mönche im Süden Frankreichs gelesen. Über einen Klostergarten. Den hätte ich mir gern angesehen. Oft habe ich darüber nachgedacht, wie sehr mir ein solch zurückgezogenes Leben entsprechen würde, im gleichmäßigen Fluss der Tage. Irgendwo, ganz abgeschieden von der Welt, Pflanzen zu studieren und zu züchten.«

Nichts an Lian verriet ihm, ob sie ihm zuhörte.

»In Edinburgh dann … Ich mochte die Arbeit im Botanischen Garten. Ein sehr schöner Garten. Aber in der Stadt selbst habe ich mich nicht wohlgefühlt. Sie war mir zu groß. Zu kalt. Ich kannte ja auch kaum jemanden dort. Ich bin damals viel in die Kirche gegangen, um nachzudenken. Da habe ich mich wieder daran erinnert, an meinen Traum von einem Leben wie im Kloster. Aber dann traf ich Jane, und …«

Seine letzten Worte, unbedacht und wie im Reflex ausgesprochen, ließen ihn erstarren.

Lians Augen hatten sich auf ihn geheftet. Mit einem Aufglimmen von Neugierde, auf das er in diesem Moment lieber verzichtet hätte. Das Blut stieg ihm ins Gesicht.

»Meine Frau. Ich bin verheiratet.«

Unter Lians bohrendem Blick beugte er sich tiefer über die anemonenblühenden Rosen.

41

Natürlich.

Ich hätte es mir denken können.

Ich hatte es mir vielleicht sogar gedacht, diesen Gedanken aber immer schnell beiseite gewischt, bevor er sich in meinem Kopf ausgeformt hatte.

Während Wang immer wieder anzügliche Bemerkungen über seine Besuche bei den Singsong-Mädchen fallen ließ, hatte Fortune geschwiegen. Wenn Wang lautstark ankündigte, den Abend in einem solchen Haus zu verbringen, war Fortune in der Herberge geblieben.

Nie hielt er auf der Straße Ausschau. Drehte sich nicht nach einem rotwangigen Bauernmädchen um, das Obst auf den Markt brachte, wenn sich niemand sonst in der Familie dafür fand. Starrte nicht, wenn eine hübsche Handwerkersfrau ihrem Mann rasch die Mittagsmahlzeit in die Werkstatt brachte.

Er hatte aber auch nie gut aussehenden Burschen nachgeschaut oder herausgeputzten Gecken.

Trotzdem war es wie ein Hieb gegen das Brustbein.

Trotzdem war meine Neugierde geweckt.

»Erzähl mir von ihr.«

Überrascht sah er mich an, ließ dann den Blick unruhig über die Blumen wandern. Ein Flackern in den Augen, als suchte er nach den richtigen Worten. Nach Bildern in seinem Gedächtnis.

»Sie ist ... Sie reicht mir bis hier.«

Er legte sich die Hand an die Schulter.

»Ihre Augen sind blau. Wie meine. Nur dunkler. Ihre Haare sind braun. Helles Braun. Sie ...«

Verlegen unterbrach er sich und schüttelte den Kopf, wie über sich selbst.

»Ich weiß nicht, wie ich es sagen soll. Jane ist eine gute Frau. Ein guter Mensch. Jemand, mit dem man Hand in Hand durch das Leben gehen kann. Den man an seiner Seite haben möchte, in guten Tagen und in schlechten.«

Seine Stimme war weich geworden; ein Mundwinkel zuckte aufwärts, wurde zu einem halben Lächeln.

»Ja, so jemand ist sie.«

Er beugte sich wieder über die Sträucher, hielt dann aber inne.

»Wir haben zwei Kinder«, fügte er leise hinzu, wie in einem Geständnis. »Ein Mädchen und einen Jungen.«

Eifersucht stach mit glühenden Nadeln auf mich ein.

Ich war eifersüchtig, weil er jemanden hatte. Jemanden, der sich dafür entschieden hatte, sein Leben mit ihm zu teilen. Eine Frau, die zu Hause auf ihn wartete. Die er weiter warten ließ, weil er sich dafür entschieden hatte, der Spur des Tees zu folgen.

Er konnte nicht mit Wang nach Anhui. Er konnte dort nicht die Geheimnisse des Tees erkunden, vielleicht sogar lüften und sie mit in seine Heimat nehmen. Die Gefahr war zu groß, dass die Behörden davon erfuhren und ihn dafür hängten. Womöglich eine noch grausamere Art der Hinrichtung für ihn ersannen; darin waren Männer mit Macht erfindungsreich.

All meine Bedenken, meine Warnungen fegten die beiden Männer jedoch wie Salzkörner vom Tisch, wenn sie bei unseren Abendmahlzeiten an ihren Plänen schmiedeten.

Der Tee, den Menschen von den Göttern gegeben, um Leib und Geist zu erfrischen, Krankheiten zu heilen, Ruhe zu finden und Klarheit zu gewinnen, war zu Fortunes Opium geworden.

Mehr denn je war ich überzeugt, ich hatte recht gehandelt, als ich in der Kammer der Herberge den Glaskasten beschädigte.

Dennoch lastete die Schuld schwer auf mir. Eine Last, die erdrückend wurde, jedes Mal, wenn Fortune mich ansah. Das Wort an mich richtete. Mich anlächelte.

Dieser Fremde, der immer so freundlich zu mir gewesen war. Mir sein Vertrauen schenkte. So viel davon, dass sogar ich mich ihm anvertraut hatte, in Tiantung. Seit Yun hatte ich niemandem mehr vertraut.

Meine Eifersucht, gerade erst erwacht, schloss schnell einen Pakt mit meiner Schuld. Während Fortune von seiner Frau erzählte, ein Leuchten in den Augen, Zärtlichkeit in der Stimme.

Schuld und Eifersucht, jedes für sich war schon Sand in den Augen. Zusammen aber waren sie ein Sandsturm, der über eine fruchtbare Oase hereinbrach und alles an Grün erstickte.

Sie würden das vergiften, was zwischen Fortune und mir aufgekeimt war. Etwas, das so rein gewesen war, so unschuldig.

Ohne ein Wort, ohne einen Blick stand ich auf und ging davon.

Die Rose hat nur Dornen für diejenigen, die sie pflücken, kam es mir in den Sinn.

42

Die Brauen gerunzelt, widmete Fortune sich wieder den Rosen.

Einsam war es jetzt hier, ohne Lian, selbst in Gesellschaft von *Rosa anemoniflora*. Trotzdem atmete er innerlich auf; fürs Erste blieben ihm weitere Worte erspart. Blicke, die ihm unangenehm auf der Haut juckten. Die Unsicherheit, wie er sich am besten verhielt.

Einsamkeit war ihm oft ein sicherer Hafen, fernab vom unruhigen Meer menschlicher Beziehungen. In Zhoushan hatte Lian ihn gefragt, warum ihn Pflanzen faszinierten. Einen Aspekt hatte er bei seiner Antwort ausgelassen.

Seine bedächtige Wesensart entsprach der Lebensweise der Pflanzen, die ohne Worte auskam. Die Kommunikation mit Pflanzen war einfach, verglichen mit Tieren oder Menschen. Subtil vermittelten sie in der Farbe und Textur ihrer Blätter ihre Bedürfnisse nach mehr Wasser oder Licht und bedankten sich für ihre Hege mit frischen Trieben, kräftigen Blüten. Sie nahmen es nicht einmal übel, wenn man ihnen Zweige abschnitt, empfanden es meist sogar als Befreiung.

Tote Objekte wie Gesteinsformationen oder Fossilien übten keinen Reiz auf ihn aus. Pflanzen waren lebendig und blieben es auch, wenn man sich ihrer auf wissenschaftliche Weise annahm. Er hätte es nicht fertiggebracht, schillernde Käfer oder fröhlich umherflatternde Schmetterlinge zu Studienzwecken aufzuspießen. Er hatte es versucht, als kleiner Junge. Wie es alle Jungen taten, wohlwollend ermutigt von den Erwachsenen, sich auf diese Weise mit der Natur zu beschäftigen. Er hatte es sofort bereut, mit einer brennenden Scham, einem heißen Gefühl des Unglücks an die Zigarrenkiste mit den Insekten unter dem Bett gedacht. Ein Gefühl, das ihn immer wieder einholte; die Kiste wegzuwerfen wäre eine Geringschätzung der kleinen Leben gewesen, die er mutwillig ausgelöscht hatte.

Fortune wusste, dass ihn dieser Wesenszug zu einem Sonderling machte. Deshalb fühlte er sich in Gesellschaft anderer Gärtner, anderer Botaniker gut aufgehoben, die dieselbe Sprache sprachen, die gleiche Leidenschaft teilten. Eine Sicht auf sich selbst, an der er umso störrischer festhielt, je unnachgiebiger China ihm seine Mängel aufzeigte. Seine Schwächen und eine unmännliche Empfindsamkeit.

Wie Lian es zuweilen tat, bestimmt ohne es zu wollen.

Lian und China waren für ihn eins geworden.

Bei beiden gab es keine vollkommene Sicherheit, immer eine Mehrdeutigkeit, eine Fülle von Extremen. In China schlossen die Dinge immer ein Mysterium mit ein, begründet im tiefsten Herzen eben dieser Dinge. Wie bei Lian.

Bei Jane war immer alles ganz einfach gewesen. Wohltuend geradlinig, geordnet und geerdet.

Ihre Augen waren es, die ihm am stärksten im Gedächtnis geblieben waren.

Diese Augen, die er eher zufällig bemerkt hatte, als er im Botanischen Garten den Spaten ansetzte, um ein neues Beet anzulegen.

Augen, die ihm wieder und wieder begegneten: In den Kirchenbänken von St. Mary's. Wenn er mit Säge und Hacke sein Tagwerk verrichtete. Manchmal sogar auf der Straße.

Als ob sie ihm überallhin folgten, diese Augen.

Mit einer unziemlichen Direktheit. Einem gar nicht mädchenhaften Verlangen darin, das unter gesenkten Lidern verschwand, wenn er diesen Blick erwiderte. Lügen gestraft von der Röte, die dann auf dem schmalen, eher herben und zurückhaltenden Gesicht aufschien.

Augen, die ihn verwirrten. Manchmal sah er verstohlen an sich herunter, ob auf seiner Hose nicht irgendein hässlicher Fleck prangte.

Diese Art der Aufmerksamkeit war ihm fremd. Noch nie war er das Ziel weiblicher Sehnsüchte gewesen.

Nicht, wie er ungelenk auf seinen langen Beinen durch das Leben schritt. Unbeholfen im Umgang mit Menschen, den Kopf stets in den Wolken botanischer Bezeichnungen, Blütenfarben und Wachstumsbedingungen.

Er grüßte irgendwann, weil es sich gehörte. Mit einem Nicken. Indem er den Hut auf der Straße zog. Ihr einen guten Tag wünschte.

Bei ihrer schüchternen, aber augenstrahlenden Antwort horchte er auf. Sie kam aus Swinton, kaum zu glauben. Jane Penny, die sich mutig vom Land in die große Stadt aufgemacht hatte, weil sie mehr vom Leben wollte.

Es war eine Erleichterung, jemandem zu begegnen, der das Leben genauso nüchtern betrachtete wie er selbst und trotzdem zu träumen verstand. Kleine, bescheidene Träume, die nie außer Reichweite, nie unmöglich schienen. Träume, die mal den seinen glichen, mal ineinander griffen wie Zahnräder.

Eine junge Frau lernte er kennen, die keinen Hang zur Romantik besaß. Einen solchen vielleicht auch vor langer Zeit schon abgelegt hatte, weil ihr Wesen zu vernünftig dafür war, zu praktisch veranlagt. Wie eine Erlösung empfand er es, ein weibliches Gegenüber zu haben, das keinen Sinn für dieses Spiel von Koketterie und Liebeswerben hatte, dessen Grundzüge allein ihm schon unverständlich und unsinnig vorkamen.

Genauso vernünftig, genauso praktisch sprachen sie über die Zukunft, über das Heiraten. Warum auch nicht, es war das Naheliegendste. Obwohl eine Entscheidung von solchem Gewicht, solcher Bedeutung wohl überlegt und sorgsam abgewogen sein wollte.

Fortunes Welt war eine Welt der Ordnung. Der Systematik. Als Kind hatte er in Gedanken eine Liste seiner wenigen Spielsachen geführt. Später schrieb er Listen der Bücher, die er las, und Listen mit den

Namen seiner Kollegen im Botanischen Garten, nach Aufgaben, Verantwortungsbereich und Entscheidungsgewalt geordnet.

Auch bei Jane erstellte er eine Liste. Mit zwei Spalten: was für und was gegen eine Heirat sprach. Die Seite mit den Argumenten dafür fiel eindeutig länger aus.

Also fragte er sie, ob sie seine Frau werden wollte, wie es von ihm erwartet wurde.

Manchmal, wenn Wang die halbe Nacht fortblieb, um Geld unter die Singsong-Mädchen der Stadt zu bringen, rief Fortune die Erinnerung an Jane wach.

Wie die Landschaft Berwickshires war Jane: weite Ebenen hinter den Salzmarschen, zwischen sanften Hügeln und Tälern und manchmal schroffen Winkeln, unverstellt, offen und ehrlich. Weicher geworden war sie jetzt, nach den beiden Kindern, lieblicher, wie das Weideland um Chiswick.

Getröstet fühlte er sich jedes Mal danach, aber auch beschämt.

So beschämt wie bei den Bildern von Lian und Yun, die sich ihm ungebeten aufdrängten. In Fortunes mangelhafter Vorstellungskraft trug Yun die feinen Züge eines Hoshang Bo, ergänzt um glutvolle Augen. Sehnig und muskulös, flog dieser erdachte Yun durch die Lüfte wie ein Raubtier im Sprung und eroberte Frauenherzen mal mit seinem herrischen Wesen, mal mit maskulinem Charme.

Fortunes Kiefermuskeln spannten sich an, und unwillkürlich zerrte er an den Zweigen der Rosen, fast schon grob.

Ein Schatten lag auf Lian, seit Tiantung. Der Schatten der Erinnerung an ihr Kloster, wie Fortune vermutete. An eine verbotene, zur Gänze ausgekostete und verlorene Liebe. Die Erinnerung an eine Leidenschaft, die so hoch aufloderte, dass sie sich selbst verzehrte und nichts als Rauch und Asche übrig ließ.

Etwas, das ihm selbst fremd war, und dieses eine Mal war er froh um einen solchen Mangel. Zu unberechenbar erschien ihm ein solcher Gefühlssturm. Wirklichkeitsfremd und geradezu zerstörerisch, am Rande des Wahnsinns. Dankbar war er, aus einem anderen, nüchterneren Holz geschnitzt zu sein.

Lians Lachen kam ihm in den Sinn, auf jener Lichtung in Zhoushan.

Dieses Lachen, das mit einer unvermuteten Fröhlichkeit, einer unerwarteten Lebenslust aus ihr hervorbrach, sodass er gar nicht anders konnte, als mitzulachen. Über diese aus der Ferne so merkwürdig anmutende Vorstellungen, die man in seiner Heimat pflegte. Genauso merkwürdig wie vieles, was ihm in China begegnet war, an das er sich schließlich gewöhnt hatte, bis er es irgendwann gar nicht mehr als merkwürdig empfand.

Ein Lachen, das aus ihrem Gesicht eine strahlende Sonne machte, sie auch dann noch leuchtend zurückließ, als ihr Lachen längst verstummt war. Ein Glanz, der das burschikose, amazonenhafte Mädchen mit der Sinnlichkeit einer erwachsenen Frau überblendete, die Augen schimmernd wie dunkle Perlen.

Fortune erinnerte sich lebhaft an Lians Hand in seiner, in Tiantung, am Ufer des Sees.

Das Lächeln auf seinem Gesicht erlosch, wich Unbehagen. Schuldgefühle durchfluteten ihn, dabei hatte er doch nichts Schändliches getan, noch nicht einmal etwas Verwerfliches gedacht.

Trotzdem haderte er damit, dass er Lian von Jane erzählt hatte. Oder nicht früher von ihr erzählt hatte.

Mit seinem Brief an Jane haderte er, dessen Worte ihm im Rückblick ungenügend vorkamen. Er konnte nur hoffen, sie würde verstehen, warum er noch bleiben musste. Gewiss würde sie das; Jane war stark, sie kam zurecht ohne ihn, sonst wäre er niemals nach China aufgebrochen.

Mit hochgezogenen Schultern bückte Fortune sich tiefer über die

Rosensträucher. In dem elenden Gefühl gefangen, gleich zwei Frauen verletzt zu haben. Beiden untreu geworden zu sein.

Jane schon in den Augenblicken, in denen er das Angebot der Society annahm, seine Angelegenheiten regelte und seine Siebensachen packte. Lian hingegen in all den Monaten, in denen er sie sich vertraut machte, ohne böse Absicht, noch nicht einmal mit Hintergedanken.

Er zwang sich an Jane zu denken. An Jane und die Kinder, der Anker, der ihn an sein Zuhause band, an England. Länger und länger war das Tau dieses Ankers im Lauf der Zeit geworden, und anstatt sich straff zu spannen, schien es nachzugeben, schlaff zu werden.

Doch noch hielt es.

Noch.

Reglos harrt Jane im Sessel aus.

Immer noch. Obwohl ihr Besuch bereits vor geraumer Zeit gegangen ist; sie weiß nicht, wie lange das schon her ist.

Wie durch ein Federbett gedämpft, hört sie die Stimmen von Helen und John nebenan.

Sie hat die Kinder zum Spielen in ihr Zimmer geschickt, nachdem John Lindley auf der Türschwelle des kleinen Cottage erschienen war, an diesem glühend heißen Tag Ende August.

Sie sollte nach ihnen sehen.

Sie kann nicht.

Ihre Hände liegen wie Bleigewichte im Schoß, ihre Beine scheinen zentnerschwer zu sein.

Mr Lindleys Miene hatte schlimmste Befürchtungen geweckt; eine Angst, die sich tief in ihre Brust grub. Seine hastige Erklärung – sie solle sich nicht sorgen, Mr Fortune sei wohlauf, er selbst sei aus anderen Gründen hier –, konnte sie nur halb beruhigen. Sichtlich unwohl hat er sich gefühlt.

Sie hat Tee gemacht, wie man es als gute Gastgeberin tut. Um in der Routine vertrauter Handgriffe Halt zu finden. Durchzuatmen.

Sich den unangenehmen Nachrichten zu stellen, die Mr Lindley zweifellos mitbrachte.

In beiden Tassen blieb der Tee unberührt, erkaltete.

Robert wird dieses Jahr nicht mehr nach Hause kommen. Erst im nächsten Jahr, vielleicht auch in dem darauf.

Zu bedeutsam ist die Entdeckung, die er in China gemacht hat.

Ein Meilenstein. Nicht nur für die Botanik. Sondern für England und das gesamte Britische Empire, in wirtschaftlicher wie politischer Hinsicht.

Eine Entdeckung, die möglicherweise den Lauf der Welt verändern wird.

Mehr konnte John Lindley ihr nicht sagen. Aus Gründen der Geheimhaltung. Eine heikle Angelegenheit, sowohl auf wissenschaftlicher wie diplomatischer Ebene.

Er wird auch Robert anweisen, in seinen Briefen an sie dazu nicht näher ins Detail zu gehen, das verstehe sie sicher. Allerdings soll sie nicht damit rechnen, viel von ihm zu hören; er wird in sehr entlegenen Gegenden unterwegs sein.

Jane hat das Gefühl, sie ist die letzte Person auf englischem Boden, die eingeweiht wird. Verschwommen hat sie wahrgenommen, wie John Lindley ihr die weitere Zahlung von Roberts Salär zusicherte. Sich danach erkundigte, ob sie noch etwas brauche, er etwas für sie tun könne.

Mechanisch hat Jane mal genickt, mal den Kopf geschüttelt, je nachdem.

Nur dass sie stolz auf ihren Mann sein könne, ja sogar müsse – das hat sie deutlich gehört.

Als ob sie das nicht wüsste.

Seitdem sitzt sie hier.

Ein hoher, schriller Schrei dringt zu ihr durch, gefolgt von Weinen einerseits und lautstarker Rechtfertigung andererseits.

Es kostet sie Kraft, ihre Fäuste zu lösen. Jetzt erst bemerkt sie, dass sie Roberts Brief immer noch in der Hand hält.

Der Brief, den Mr Lindley mitgebracht und den sie in seiner Gegenwart nur überflogen hat. Zerknüllt ist er inzwischen, so sehr hatten sich ihre Finger verkrampft.

Sie lässt ihn fallen, geradezu achtlos. Vielleicht auch in einem Aufflackern von Zorn, einem Aufbegehren.

Jetzt ist nicht die Zeit, ihn zu lesen.

Sie stemmt sich aus dem Sessel hoch.

Jetzt ist keine Zeit, sich von dieser Last auf ihren Schultern lähmen zu lassen; erst muss sie diesen Streit schlichten, mindestens eines der Kinder trösten. Sich um das Mittagessen kümmern und danach um den Garten.

Später, nach dem Abendessen, wenn die Kinder schlafen – dann kann sie weinen.

Vielleicht wird sie auch tapfer sein und die Tränen bezwingen. Ihre Enttäuschung, in der Äderchen voller Zorn pulsieren, einfach in sich einschließen und warten, bis sie sich verkapselt hat.

Das wird sich zeigen.

Viel später fällt ihr Roberts Brief wieder ein, doch sie kann ihn nicht mehr finden.

John hat ihn entdeckt, auf einem seiner Streifzüge durch die Höhlenwelt unter Tischen, Stühlen, Schränken.

Er liebt Papier. Jede Art von Papier.

Während seine Mutter in der Küche steht und Gemüse schnippelt, seine Schwester ihm nach dem Streit heute lieber aus dem Weg geht, zerrt er den Papierball auseinander.

Mit Buntstiften versucht er, den schwarzen Linien, Punkten und Schleifen das Leben von Rittern und Pferden einzuhauchen, von Zauberern und Hexen. Es gelingt ihm nicht, auf dem Papier die Bilder erscheinen zu lassen, die er im Kopf hat, und er verliert die Lust daran, feuert das Papier unter die Kommode.

Nach dem Essen fällt es ihm wieder ein und er nimmt es mit in den Garten. In Fetzen verfüttert er es an die Schnecken unter dem Holunder; er mag das Kitzeln ihrer Raspelzungen auf seinen Fingerspitzen.

Als der Himmel dunkel wird und es donnert, ruft ihn seine Mutter herein.

Der Wind und der kräftige Regen, der bis zum nächsten Tag anhält, spülen die restlichen Papierschnipsel mit sich fort, in die reiche Erde von Chiswick hinein.

43

Ningbo, 12. August 1844

In den letzten Tagen damit beschäftigt, eine neue Bleibe zu suchen, um Geld zu sparen.

Ein Häuschen ist es geworden, eine gute Meile außerhalb der Stadt, fast schon auf dem Feld. Nicht viel mehr als ein Schuppen, dafür kostet es auch praktisch nichts und hat sogar einen eigenen Brunnen.

Reis, Gemüse und Früchte können wir von einem Bauern in der Nähe bekommen, ebenfalls sehr günstig.

Auch wenn keiner von uns so recht weiß, wie man auf der offenen Feuerstelle etwas Schmackhaftes daraus zubereitet.

AUS DEN NOTIZEN VON ROBERT FORTUNE

Stille Tage waren es, in diesem Häuschen vor den Toren der Stadt.

Fortune war zufrieden damit, über die Felder mit Reis und Getreide zu wandern und den Bauern bei ihrer Arbeit zuzusehen. Zufrieden damit, mit Blick auf die Berge Wiesenblumen zu sammeln und im Haus zu trocknen. Ohne sie zu klassifizieren, ohne in Listen einzutragen; dafür würde später noch ausreichend Zeit sein.

Lieber genoss er die Fülle des späten Sommers. Die reichen Früchte, die aus den ätherischen Blütenwolken des Frühlings gereift waren.

Die frische, leicht bittere Pomelo und safttriefende Orangen.

Große und kleine, runde und ovale Pflaumen, gelb, rot, violett und purpurrot, eine davon mit einer Haut in der Färbung von Aprikosen.

Pfirsiche mit weißem, zartgrünem, sattgelbem oder rötlichem Fleisch, mal süß, mal säuerlich, und die kleinen, flachen Pfirsiche.

Die glänzendroten Beeren der *yangmei*, die ihn an kompakte, vollkommen runde Himbeeren erinnerten und deren Geschmack zwischen intensiver Süße und kräftiger Säure an diesen heißen Tagen erfrischte.

Zum ersten Mal beobachtete er nicht nur die Früchte dieses Landes, beschrieb sie in seinem Notizbuch und ordnete sie in das botanische System ein.

Er kostete sie.

Kostete eine Müßigkeit, die ihm neu war. Mit jedem Bissen, den er mit den Zähnen aus dem Fruchtfleisch riss, die Sonne im Gesicht und auf den bloßen Armen, Finger und Kinn klebrig vom Saft.

Tage waren es, in denen er sich der Erde und ihrer Fruchtbarkeit ganz nahe fühlte.

Die Tür des Häuschens flog auf, und in ungewohntem Schwung stürmte Wang herein.

»Wang großartig! Wang hat Lösung!«

Zwischen die Rüben und Kohlblätter auf dem Tisch, aus denen Fortune und Lian eine Mahlzeit zusammenzuwürfeln versuchten, warf er ein Bündel Kleider und einen langen Strang dunklen Haares. Wie Pferdehaar sah es aus.

Fortune beugte sich vor, legte die Rübe beiseite, an der er herumgeschabt hatte, und strich über die braunen Strähnen. Es fühlte sich auch an wie Pferdehaar.

»Ein Pferdeschweif? Wofür?«

»Für Weg nach Anhui – für verkleiden Fu-Chung! Rasieren Kopf. Bis so viel. Hier.«

Wangs Zeigefinger kreiste über das Käppchen aus schwarzem Haar auf seinem Hinterkopf, das sich in seinem langen Flechtzopf bündelte.

»Kriegt Fu-Chung dann Zopf aus Pferdehaar. Machen Chinesen aus Fu-Chung!«

Fortune gab ein dürres Auflachen von sich.

»Das kann nicht dein Ernst sein! Damit kommen wir nie durch. Ich werde trotzdem aussehen wie ein fremder Barbar. Vielleicht nicht aus der Ferne, aber von Nahem auf jeden Fall.«

»In Anhui nein!«, verteidigte Wang störrisch seinen Einfall. »Menschen in Anhui nicht nur nie fremden Barbar gesehen. Menschen in Anhui auch noch nie Männer aus Steppe oder Wüste gesehen oder von sonstwo weit weg!«

Fortune blickte hilfesuchend zu Lian, deren Augen sich unter angespannten Brauen auf ihn geheftet hatten. Ein Blick, der ihm unter die Haut kroch. Als wollte sie so viel seines Englischseins abschälen wie möglich, um zu sehen, was darunter übrig blieb.

Ihre Züge öffneten sich, wie in Erstaunen.

»Es kann gutgehen«, murmelte sie dann.

»Ich wüsste nicht, wie. Ich sehe kein bisschen chinesisch aus.«

Lian senkte den Blick auf die Rübe in ihrer Hand und bearbeitete sie weiter mit dem Messer.

»China ist groß. Mehr, als einer von uns je sehen wird. Mit vielen Sprachen, vielen Völkern. Ganz verschiedenen Völkern. Chinesen sehen nicht alle gleich aus.«

Wie die Klinge ihres Messers schnitten ihre letzten Worte durch die Luft.

Auch Fortunes Stimme bekam einen schärferen Schliff.

»Ich habe noch nie einen Chinesen mit blauen Augen gesehen.«

Lian zuckte mit den Schultern, während sie die Rübe in ihrer Hand zerteilte und die Stücke in den schweren Eisentopf auf dem Boden warf.

»Keiner von uns dreien hat je einen Tempel für Allah gesehen. Und trotzdem wird er verehrt, an den Rändern des Reiches. Nur wenige waren in ihrem Leben an der Großen Mauer oder wissen, was dahinter ist. Händler, die viel gereist sind, berichten von Leuten mit Augen wie Moos oder wie helle Kiesel. Weit, weit entfernt von hier, aber immer noch China. Warum nicht blau?«

Fortune war nicht in der Lage, sich vorzustellen, wie er aus seiner schottischen Haut schlüpfte und eine neue überstreifte.

Unheimlich schien ihm dieser Gedanke. Als würde er einen Teil von sich selbst aufgeben und sich im Austausch dafür etwas Fremdes aufpfropfen. Sich zu einer Chimäre machen, einem Mischwesen, das etwas Monströses hatte.

In seiner Magengegend kribbelte es, als ob er sich noch einmal auf der Jagd nach einem Wildschwein befand, halb Unbehagen, halb Abenteuerlust.

Er fragte sich, ob ein fremder Barbar, der sich als Chinese ausgab, eine höhere Strafe zu erwarten hatte, wenn er die Grenze von dreißig Meilen überschritt. Die Vorstellung, ein anderer zu sein, als er war, umgarnte und lockte ihn dennoch. Jemand, der mutiger war als er. Verwegen. Ein Draufgänger, ein Abenteurer, der das Schicksal herausforderte.

Er gab nach. »Dann wagen wir's.«

Wang strahlte. »Hier. An alles gedacht. Wo ... Vorhin noch ...«

Er nestelte an seinem Gewand herum. Eine Handvoll Kupfermünzen rieselte heraus, klimperte über den Tisch, fiel zu Boden.

»Das ist alles, was du wieder mitgebracht hast? Mehr ist nicht übrig?«

Wang zog ein betrübtes Gesicht. »Ja. Leider. Pferdemann hart gefeilscht. Wollte nicht geben Schwanz von Pferd. Hat Wang aber dafür auch schönsten bekommen. Macht schönen Zopf für Fu-Chung. Ah. Hier.«

Er holte eine Nadel und einen Strang Zwirn hervor.

»Näht Lian Zopf an. Damit hält. Und dann gleich auf heiliger Insel schauen, ob Leute glauben Fu-Chung als Chinesenmann."

Lian, die eine frische Rübe zur Hand genommen hatte, starrte ihn finster an.

»Warum ich?«

Wang klaubte die Kupfermünzen vom Boden auf und strich die vom

Tisch ein, bevor seine Finger in einer gezierten Geste durch die Luft flatterten und er sich der Tür zuwandte.

»Lian macht besser. Nadel gehört in Hände von Frau. Wang geht Huhn kaufen. Für feiern, heute.«

Die Rübe aus Lians Hand traf ihn im Genick.

Ein Tuch über den Hemdschultern, saß Fortune breitbeinig auf einem Hocker.

Das Kratzen der Messerklinge, die Büschel für Büschel seine Haare abschabte, ließ feine Schauer über seinen Rücken hinablaufen.

Schauer, die sich in ihrem Lauf verästelten und ausbreiteten, sobald Lians Finger über seine Kopfhaut strichen, eine Strähne nach der anderen ergriffen. Erstaunlich zartfühlend für jemanden, der den Kampf mit dem Schwert gewohnt war. Fast zaghaft.

»Danke, dass du das für mich tust.«

Lian hielt inne.

»Lian?«

Es ziepte, als Lian das nächste Haarbüschel packte und abschnitt, bevor ihre Hände wieder behutsamer mit ihm umgingen.

Kühl wurde es an seinem Kopf, nach und nach. Dann feucht; einzelne Tropfen von Wasser und Seifenlauge rannen über seine Schläfen. Lians Hand legte sich warm auf seine Stirn, während die andere die Klinge auf der Haut aufsetzte, kalt und mit bedrohlicher Schärfe. Heiß jagte es durch ihn hindurch, wie im Reflex wollte er den Kopf zurückreißen und fliehen.

Er blieb sitzen, still und bewegungslos.

Partie um Partie der verbliebenen stoppelkurzen Haare rasierte das Messer ab, während Lians flache Hand über seinen Schädel wanderte. Er schloss die Lider, als die Schauer sich weit über seinen Rücken hinaus ausdehnten, in die Arme, die Beine zogen.

Leicht fühlte er sich, beinahe schwerelos.

44

Ich war es nicht gewohnt, jemandem so nahe zu sein. Jemandes Haare und Haut unter meinen Händen zu haben.

Schon gar nicht die Fortunes. Des Engländers von der anderen Seite der Welt.

Ich verfluchte Wang, dass er mir diese Arbeit aufgebürdet hatte.

Dickes, starkes Haar hatte Fortune. Viel davon und recht lang, wie das Haar einer Ziege im Winter; er war wohl einige Zeit nicht beim Barbier gewesen. Schade war es darum, dachte ich, während es Strähne um Strähne unter der Messerklinge fiel, in wolligen Bündeln herabsegelte.

Ich erinnerte mich noch gut daran, wie es war, als mein Kinderzopf fiel, im Kloster der Alten Haine und Jungen Bäume, unter den Händen eines Mönchs. Zum Weinen war mir zumute gewesen, aber ich hatte tapfer alle Tränen hinuntergeschluckt. Obwohl ich noch so klein gewesen war, hatte ich gespürt, dass das Rasieren des Kopfes etwas Besonderes war. Der Preis, den ich dafür zu zahlen hatte, dass ich ab jetzt in Sicherheit war. Für das neue Leben, das mir im Kloster geschenkt wurde.

Manchmal fehlte mir dieses Gefühl der Leichtigkeit, der Frische am Kopf, besonders in den Sommern. Und doch war der lange Frauenzopf, der in diesen zehn Jahren neu gewachsen war, das Zeichen meiner zweiten Wiedergeburt.

Kaum merklich zuckte Fortune zusammen, als ich die Klinge auf seiner seifennassen Haut ansetzte, um ihn bis zu der neuen Haarlinie hinter den Ohren kahlzuscheren. Es war beinahe eine Erleichterung, dass er mir nicht vollkommen traute. Umso schlechter fühlte ich mich, als sich gleich darauf seine Muskeln lockerten. Er sich gänzlich in meine Hände fallen ließ.

So schlecht, wie ich mich fühlte, wenn er abends über unserem provisorischen Eintopf mit glänzenden Augen seine Hoffnungen äußerte, wie die Ankunft seiner Pflanzen in England aufgenommen würde. Besonders die der Teesetzlinge.

Es war ein merkwürdiges Gefühl, seine Haut unter meinen Händen zu haben; ich merkte, wie mein Herz dabei klopfte. Als würde ich ihn mit jeder Partie, die ich abrasierte, entkleiden, nach und nach. Auf eine Weise, die nicht intimer hätte sein können, hätte ich ihm sein Hemd und seine Hose ausgezogen.

Ich atmete tief durch und spülte das Messer kurz in der Waschschüssel ab.

Die Klinge glitt weiter über seinen Schädel, hinter die Ohren und in den Nacken hinunter, und ich musste mich bücken.

Viele Männer hatten einen hässlichen Nacken. Plump und mit dicken Hautfalten, wie bei einem Ochsen. Wang zum Beispiel.

Fortunes Nacken war kräftig und doch schlank. Mein Gesicht war keine Handbreit davon entfernt, und ich wollte meinen Mund in diesen Nacken drücken. Den Duft seiner Haut atmen.

Ich hielt inne, eine plötzliche Unsicherheit in den Fingern.

»Ist nicht schlimm, wenn du mich aus Versehen schneidest.«

»Ich schneide niemanden aus Versehen«, gab ich barsch zurück. »Wenn, dann mit voller Absicht.«

Ich säuberte die Klinge und spülte seine Kopfhaut mit einer Handvoll Wasser nach der anderen ab, rieb ihn mit dem Tuch um seine Schultern trocken.

Das Pferdehaar, gewaschen und getrocknet, hatte ich geteilt. Es war zu viel für einen Mann, vielleicht würde er die andere Hälfte später noch brauchen, sollte er den Zopf einmal verlieren.

Ich verflocht die Enden, die ich teils mit Zwirn umwickelt hatte, mit seinen eigenen Haaren und vernähte Männerhaar mit Pferdeschweif, so gut ich konnte.

Meine Finger glitten zwischen die langen Strähnen, begannen sie zu flechten. Ein schöner, dicker Zopf war es, um den ihn viele Mädchen beneidet hätten.

Den bestimmt viele Frauen anziehend fanden.

Meine Hände erstarrten in der Bewegung.

Fortune, der glaubte, ich sei fertig, wollte aufstehen.

»Noch nicht«, fuhr ich ihn an und hielt ihn an der Schulter zurück.

Sein Hemd war feucht. Ich konnte den harten Muskelstrang der Schulter unter meiner Hand fühlen und eine Ahnung von Haut, die unter meiner Hand glühte. Wie mein Gesicht zu glühen begann, als ich den Wunsch verspürte, meine Hand unter den Kragen gleiten zu lassen, über die Haut darunter zu streichen.

Ich begriff, warum ich mich schuldig fühlte, seit ich den Glaskasten beschädigt hatte. Warum mein Herz einen Sprung gemacht hatte, als er erklärte, er werde länger in China bleiben.

Warum es wie ein Schlag vor die Brust gewesen war, von seiner Frau zu hören.

Nur mit Mühe löste ich meine Hand von seiner Schulter, setzte mein Werk mit unsteten Fingern fort. Ich umwickelte das Ende des Zopfes mit dem Rest Zwirn und ließ die Hände sinken.

»Fertig?«

»Ja.«

Er erhob sich und fuhr prüfend über die kahle Hälfte seines Kopfes. Über das übriggebliebene Haar und den Zopf, drehte sich dann um.

Ein Fremder stand vor mir.

Hart wirkte sein Gesicht mit dem langen Kinn, einer Ahnung von kräftigen Wangenknochen. Die beiden Falze über den Mundwinkeln verliehen ihm etwas Strenges, das einen misstrauisch werden ließ, was seine geschwungenen Lippen als Nächstes formulieren würden.

Von einer seltsamen, fremdartigen Schönheit war er.

Aus einer Welt, die man nur aus Geschichten kannte, aus alten Liedern: vom Himmelssee oder dem Berg der Fünf Finger Buddhas. Aus dem endlosen Meer aus Sand oder von den bunten Feldern von Dongchuan, die sich auf den Hügeln stapelten wie aufeinandergelegte Scheiben leuchtender Edelsteine.

Ein Fremder, der Fortune war und doch ein anderer Mann. Eine verwirrende Erscheinung, weil ich diese Veränderung ebenso bedauerte wie mich sein Anblick – teils chinesisch, teils englisch, teils vertraut, teils neu und fremd – betörte.

Der durchdringende Blick seiner schmalen, schrägen Augen flackerte, ließ den alten Fortune hervorblitzen.

»Nicht gut?«

Ich schlug die Augen nieder und griff nach der Schüssel.

»Wie ein Mongole.«

Draußen stellte ich die geleerte Schüssel ab und stützte mich auf den Rand des Brunnens.

Schwach war ich auf den Beinen, unruhig im Herzen.

Ich hatte nicht geglaubt, jemals wieder so etwas zu empfinden. Nie auch nur einen Gedanken daran verschwendet.

Nicht nach Yun.

Ein grenzenloses Staunen füllte mich aus, über das, was mit mir passiert war, irgendwann in den letzten Wochen, den vergangenen Monaten. Eine fast vergessene Art von Glück. Durchfärbt mit den Schattierungen von Traurigkeit, einem Gefühl von Vergeblichkeit.

Ich wusste nicht, was ich jetzt tun sollte.

Aus der Ferne sah ich Wang heranwatscheln, ein Huhn am schlaffen Hals in der Hand schlenkernd.

Ich winkte ihm zu, winkte ihn dann zu mir heran.

»Wie ist Fu-Chung als Chinamann?«, begrüßte er mich mit einem breiten Grinsen, mit einem Blick zum Haus hin. »Gut?«

Ich packte Wang beim Ärmel und zog ihn in den Schatten hinter der Hausecke.

Sein Grinsen vertiefte sich, bekam etwas Anzügliches. »Aber, Lian ... Gleich so stürmisch?«

Ich versetzte ihm einen Schlag auf die Schulter, den er mit einem gekränkten Gesichtsausdruck quittierte.

»Wann brecht ihr nach Putuoshan auf?«

Östlich von Zhoushan gelegen, nur ein paar Stunden mit dem Boot davon entfernt, war Putuoshan eine Insel der Tempel und Mönche. Einer der vier Heiligen Berge Buddhas, und der einzige, der für mich als Frau verboten war.

»Sobald ich weiß, ob diese Tarnung etwas taugt. Ob Fu-Chung sich glaubhaft als Mann von der Großen Mauer ausgeben kann. In den nächsten Tagen, nehme ich an.«

Ein großer Teil seiner Lächerlichkeit fiel von ihm ab, sobald er in unsere gemeinsame Sprache überwechselte und in ganzen Sätzen sprach. Als hätte er sich dazu noch eine Maske vom Gesicht gerissen, wirkten seine Züge auch gleich weniger grotesk.

Ich zögerte ein, zwei Herzschläge lang. Obwohl ich meine Wahl doch bereits getroffen hatte.

»Wenn ihr danach zurückkommt, werde ich nicht mehr hier sein.«

Wangs Brauen schnellten nach oben. »Du kommst nicht mit nach Anhui? Ich habe es vielleicht nicht eigens erwähnt ... aber du kannst gerne mitkommen. Du bist im Heim meiner Familie ebenso willkommen wie Fu-Chung.«

Als ich den Kopf schüttelte, blitzte es in seinen Augen auf.

»Haben sie ein Kopfgeld auf dich ausgesetzt – damals in Anhui?«

Ich wusste nicht, wann ich in Wangs Gegenwart offenbar in den Zungenschlag meiner Kindheit zurückgefallen war; es überraschte mich, dass es ihm aufgefallen war.

»Nein.«

»Du wirst dich aber von Fu-Chung verabschieden.«

»Auch das nicht.«

Er sah zum Haus hin und verzog das Gesicht. »Das wird Fu-Chung aber ganz und gar nicht gefallen … Was soll ich ihm denn sagen?«

»Ich weiß es nicht«, antwortete ich ehrlich.

Wangs Augen richteten sich auf mich, still und mit einer unvermuteten Tiefe. Als ob er begriff.

Trotzig hielt ich seinem Blick stand. Bereit, ihm sofort über den Mund zu fahren, sollte ihm eine derbe Bemerkung dazu einfallen oder ein dummer Scherz.

Er blieb stumm, ein Schimmern in den Augen, das mitfühlend wirkte, beinahe weich.

Möglich, dass ich mich in ihm getäuscht hatte. Vielleicht war er von wacherem Geist, schärferem Verstand als gedacht, wohl verborgen hinter seiner zur Schau gestellten Trotteligkeit, seiner halsstarrigen Überheblichkeit.

Seine eigene listige Tarnung. Sein Schwert, um sich durch dieses Leben zu kämpfen.

»Wohin wirst du gehen?«

Ich blinzelte in den Himmel, zuckte mit den Schultern.

»Falls du es dir anders überlegst …«

»Werde ich nicht.«

Er kniff ein Auge zusammen, sah mich schelmisch mit dem anderen an.

»In Jiangnan. Keine zwei *li* vom Sungloshan entfernt. Vergiss das nicht. – Dann schaue ich mir mal meinen neuen Herrn an.«

Noch auf der Schwelle stieß er einen Schrei des Entzückens aus.

Vielleicht war es Absicht, vielleicht eine Nachlässigkeit, dass er die Tür aufließ und ich das Geschnatter in Pidgin hören konnte, mit dem er Fortune überschüttete.

Braucht neuer Name, für neuen Fu-Chung. Besserer Name. Muss sein wie … Ah, Wang hat! Herr muss Xinghua heißen!

Sing ... wah, versuchte Fortune ihn nachzuahmen.

Leuchtende Blume.

Ich schüttelte den Kopf und lächelte in mich hinein.

»Xingyun«, murmelte ich, ein wehes Gefühl im Herzen.

Glück.

Wind kam auf, wie so oft hier draußen, gegen Abend.

Ich hielt das Gesicht in diesen Wind, der nach der Weite der Reisfelder roch und nach dem Stein der Berge. Nach Freiheit und Einsamkeit roch er und kitzelte verlangend in meinem Bauch.

Ich war viel zu lange geblieben.

45

Still war das kleine Haus ohne die beiden Männer.

Still und traurig. Wie ich.

Ich wartete, bis es dunkel wurde. Die Nacht hatte etwas, das Abschiede leichter machte.

Bis zuletzt hatte Fortune keinen Verdacht geschöpft. Obwohl ich seine beharrlichen Nachfragen, ob ich nicht wenigstens nach Zhoushan mitkommen wolle, genauso beharrlich abgelehnt hatte.

Seine Arglosigkeit hatte mir ins Herz geschnitten. Wie er mich angelächelt hatte, als er sich von mir verabschiedete, bevor er mit Wang davonging, einen scheuen Glanz in den Augen.

Ich drückte seine dicke Jacke, die er über den Winter getragen und mit seinen anderen Sachen hiergelassen hatte, an mich. Strich über den groben Stoff, der an vielen Stellen abgeschabt war. Der Risse bekommen hatte und Flecken und nicht nur gut roch. Nach altem Schweiß, ranzigem Fett, Unrat. Aber auch nach Salz und Erde und Stein und Fortune.

Ich versuchte mir seine Frau vorzustellen. Diese Frau mit Augen von dunklem Blau und braunem Haar. Blass war sie bestimmt, wie die meisten Menschen von dort. Und hübsch. Kein Mann, der einen solchen Sinn für die Schönheit der Natur besaß wie Fortune, konnte eine Frau heiraten, die nicht hübsch war.

Nicht wie eine *mudan*. Wie Pfirsichblüten. Sondern wie die kleinen Wiesenblumen, denen er besondere Zuneigung entgegenbrachte. So stellte ich mir diese Frau vor, die sein Leben teilte, am anderen Ende der Welt. Die schon so lange auf ihn wartete und nun noch länger auf ihn warten musste.

Teilte sie seine Liebe zu den Blumen, seinen Sinn für deren Schönheit? Oder war sie ganz anders als er, lebhaft, gesellig und redselig? Eher klug oder von schlichtem Gemüt? Eine Frau von starkem Wesen, eine eigenständige Person? Oder doch nur der Schatten ihres Mannes, der sie allein gelassen hatte, um die Blumen Chinas zu erforschen? Bestimmt eine Frau, die gut kochen konnte und wusste, wie man ein Haus führte, ob allein oder mit Bediensteten. Wie man ein solches Haus zu einem Heim machte, in dem ein Mann wie Fortune sich wohl fühlte.

Auch die zwei Kinder versuchte ich mir vorzustellen, die sie zusammen hervorgebracht hatten. Blauäugige Kinder mit weißer Haut, vielleicht bleichem Haar. Was für ein Vater Fortune wohl sein mochte. Sicher ein guter, ein liebbevoller Vater und nur manchmal streng, zumindest hoffte ich das. Wie ich mir wünschte, dass er sich über die Geburt seiner Tochter ebenso gefreut hatte wie über die seines Sohnes.

Aufdringlich kam ich mir vor, während ich mir Fortunes Alltag in England ausmalte, mit seiner Frau, seinen Kindern. Wie ein Spanner, und genauso erregt war ich von den vielen Leben Fortunes, die sich vor meinem inneren Auge entfalteten. Von denen keines meinem eigenen auch nur ähnelte.

In der ersten Zeit meiner Wanderschaft hatte ich gehofft, ein Kind von Yun in mir zu tragen. Damit mir etwas blieb. Von ihm. Von uns. Ich etwas Eigenes hatte, für mich allein.

Ein Segen, dass es kein Kind gegeben hatte. Mein Leben war nicht geeignet, um ein Kind großzuziehen.

Als die Nacht behäbig in die Stunde des Ochsen trottete, legte ich die Jacke zurück und schloss die Tür hinter mir.

Ich lief schnell, obwohl ich keine Eile hatte. Als ob ich fürchten müsste, mich anders zu besinnen, wenn ich einen Schritt zu langsam war.

Es war besser, wenn er nie erfuhr, was ich getan hatte.

Nie davon erfuhr, was ich fühlte.

Die Nacht wich gerade der Dämmerung, als ich im Hafen von Ningbo ankam.

Suchend ließ ich meine Blicke über die Schiffe schweifen, die vor Anker lagen. Bis ich einen Lastkahn entdeckte, unter seinen Fächersegeln bereits ungeduldig an den Tauen ruckend, die die Männer gerade eines nach dem anderen lösten.

»Heda, Seemann! Wohin fahrt ihr?«

Der drahtige Matrose, gerade erst vom Burschen zum Mann gereift, sah überrascht auf.

»Nach Süden. Nach Heunggong und danach weiter nach Zhanjiang. Der alte Seidenhafen, an der Küste der Walfische und der wilden Winde. Warum fragst du?«

Mein Herz schlug schneller. Zhanjiang. So weit im Süden war ich noch nie gewesen. Ich drehte mich halb um und wies auf Long Yuan auf meinem Rücken.

»Habt ihr noch Platz für eine *jianghu*?«

Er deutete einen höflichen Gruß an, bevor er mir seine Hand entgegenstreckte.

»Aber immer!«

Jane ist das Los zugefallen, Roberts Eltern in einem Brief darüber in Kenntnis zu setzen, dass er einstweilen in der Fremde bleiben wird. Und da sie schon einmal dabei ist, auch ihre eigenen Eltern.

Mehrere Anläufe benötigt sie dafür und ertappt sich selbst dabei, wie sie die Bedeutung von Roberts geheimer Aufgabe doppelt und dreifach herausstreicht. Wie entschuldigend und kleinlaut sie doch in diesen Briefen klingt.

Jetzt schon fürchtet sie die Antworten auf diese Nachricht, die unweigerlich folgen werden. Sie solle doch nach Hause kommen, wird darin stehen. Vielleicht als Einladung abgefasst oder als Bitte, vielleicht auch als Aufforderung.

Voller Scham senkt Jane den Kopf über diesen Briefen.

Als ob sie als Ehefrau versagt hat.

Als ob es ihre Schuld wäre, dass Robert länger fortbleibt als ursprünglich geplant.

Sie meidet die Blicke der Leute im Dorf, die unverhohlen neugierig ausfallen.

Es hat sich herumgesprochen, dass Robert Fortune einstweilen nicht aus China zurückkehren wird. Nur nicht, warum.

Manchmal glaubt sie gar einen Vorwurf in diesen Blicken zu entdecken: dass sie immer noch hier ist, allein, in ihrem Cottage, mit den Kindern. Anstatt bei Eltern, anderen Verwandten oder Freunden unterzukommen, wie es sich gehört.

Unwillkürlich strafft Jane dann jedes Mal die Schultern, packt Helen und John fester bei den Händen und reckt ihr Kinn hoch.

Obwohl sie sich gar nicht stark fühlt. Nicht rebellisch.

Oft denkt sie dann darüber nach, Chiswick tatsächlich zu verlassen. Nach Schottland zurückzugehen.

Nicht zu ihren Eltern oder zu denen von Robert, auf keinen Fall; dazu ist sie es zu sehr gewohnt, ihre eigene Herrin zu sein. In eigenen vier und dazu noch großzügig bemessenen Wänden.

Eine zweite Miete gibt Roberts Salär jedoch nicht her. Sie würde dieses Cottage hier aufgeben müssen.

Das Herz wird ihr schwer, während sie sich im Garten umsieht, der mit den Kräutern und Blumen und den Gemüsebeeten fast ausschließlich ihr Werk ist.

Schließlich entscheidet sie sich dagegen. Sollen die Leute hier im Dorf sich die Mäuler zerreißen – Robert braucht doch ein Zuhause, wenn er wiederkommt.

Als wäre das Cottage mit ihr und den Kindern das einzige Leuchtfeuer in einem weiten, nächtlichen Ozean, der ihm den Weg nach Hause weisen kann.

Niemand denkt an sie, Jane. An die daheimgebliebene Ehefrau.

Auch sie selbst nicht.

Als würde sie das Schicksal herausfordern, entwirft sie auch nur in Gedanken grobe Skizzen für ein Leben ohne Robert. Selbst für eine begrenzte Zeit.

Dies ist nicht das Leben, das sie im Sinn gehabt hat, als sie heiratete.

Dies ist nicht die Art von Ehe, die sie jemals führen wollte.

46

Dinghai (Tinghae), Insel von Zhoushan, August 1844

Singwah. Mein neuer Name. Ein neues Leben – zumindest dem äußeren Anschein nach: Ich bin jetzt ein reicher und wichtiger Mann aus dem höchsten Norden, von der Großen Mauer kommend. Offenbar reichen hier die Begriffe reich und wichtig aus, um jedes weitere Nachfragen auf der Stelle zu unterbinden.

Mir ist manchmal kalt am Kopf, und an den Zopf habe ich mich noch nicht vollständig gewöhnt, er erweist sich zuweilen als hinderlich. Die Kleidung indes – eine weite Hose und ein loses Gewand darüber – trägt sich sehr angenehm.

Ich bin selbst erstaunt, wie einfach sich die Verwandlung von fremdländischem Barbar zu chinesischem Edelmann gestaltet hat. Obwohl ich vorsichtshalber hier in Dinghai ein anderes Quartier bezogen habe als in der Herberge zur Königlichen Orchidee die letzten beiden Male.

Anscheinend genügen nur wenige Attribute, um einen Menschen auf den ersten Blick einer bestimmten Herkunft zuzuordnen. Wie der Zopf, die Rasur des übrigen Schädels und entsprechende Kleidung. Heute ging sogar ein Europäer an mir vorüber – grußlos, er warf mir lediglich einen verächtlichen Blick zu.

Ein merkwürdiges Gefühl, fast mühelos die Seiten gewechselt zu haben. Und obwohl ich noch derselbe bin wie gestern oder vor ein paar Tagen, so kommt es mir vor, als ob … Schwer zu beschreiben. Manchmal scheint es mir mehr als eine Maskerade zu sein.

~~*Ich denke oft an*~~

Heute Nacht setzen wir auf die heilige Insel Putosan (Potuoshan?) über und werden sie bei Sonnenaufgang erreichen.

Ningbo, Anfang September

Temperatur zwischen 70 und 80 Grad Fahrenheit max.

Heute zu den Mandaringärten.

AUS DEN NOTIZEN VON ROBERT FORTUNE

Päonien, Gardenien, Kamelien und Chrysanthemen reckten Fortune ihre prächtigen Blüten entgegen, wie im Wettstreit um seine Aufmerksamkeit. Selbst die winzigen Pagoden der klein gehaltenen Wacholderbäumchen in ihren Porzellanschalen, ihren Steingärtchen und Moosbettchen, schienen sich bemerkbar machen zu wollen.

Fortunes Blick wanderte über die Blumenpracht, die ihn von allen Seiten umgab. Seine Augen sahen die Schönheit dieses Gartens am Stadtrand von Ningbo, aber sie erreichte ihn nicht.

Mit einem ärgerlichen Fingerschnipsen verscheuchte Wang den Gärtner, der ihnen ehrerbietig durch den Garten folgte, und schielte Fortune von unten herauf an.

»Nicht gut hier?«

Fortune schwieg.

Er sehnte sich auf die heilige Insel von Putuoshan zurück.

In botanischer Hinsicht war diese Exkursion eine Enttäuschung gewesen. Die Insel hatte nichts vorzuweisen, was er nicht schon in China gesehen und gesammelt hatte, sowohl wildwachsend als auch in den Gärtchen der blumenliebenden Mönche.

Es war der eigentümliche Zauber der Insel, der Fortune gefangen genommen hatte. Als wäre er selbst auf Miniaturgröße geschrumpft und durchwanderte eine dieser winzigen Landschaften, eingebettet in eine flache Schale aus Porzellan. Anmutig schmiegten sich die Tempel und

Torbögen in Steinwände und die verwunschenen Wälder, kunstvoll schraubten sich Treppen durch Felsen in die Höhe. Wie ein Feenreich wirkte der Teich, auf dem die roten und weißen Blüten von *Nelumbium speciosum* schwammen – der Lotos, die heilige Blume Buddhas, von dem die Mönche erzählten, dass man Teile davon auch essen könne und sie als Delikatesse galten.

Eine Märchenwelt war es, die Fortune und Wang zwei Tage und eine Nacht beherbergte, geborgen in dieser Schale mit Farbwirbeln in Blau und Gold: den Farben des wie lackierten Himmels, der eigentümlichen Färbung des Wassers vor der Küste.

Die Rückkehr nach Ningbo, obgleich herbeigesehnt, war danach wie ein unerwarteter Hagelschauer gewesen, mitten an einem herrlichen Sommertag.

Seither war alles in ihm taub, alles grau.

Wang rückte dichter an Fortune heran.

»Ist wegen Lian, ja?«

Lian war fort.

Er nahm es Wang nicht übel, dass er eingeweiht gewesen war. Aber er nahm es Lian übel, dass er ihr nicht einmal ein Wort des Abschieds wert gewesen war.

»Was kann erwarten von *jianghu*? Von Frau noch dazu, *hng*? Wie Wetter in Bergen. Heute so, morgen weg. Wie Wind.«

Tochter des Windes.

Fast ein Jahr war das her, auf den Hügeln von Zhoushan, zwischen den Blüten von *Anemone hupehensis*.

Er hätte wissen müssen, dass sie nicht blieb. Genauso

gut hätte er versuchen können, den Wind zu fangen oder das Meer zu bändigen. Er hatte kein Recht, enttäuscht zu sein, sie hatte ihm nie etwas versprochen. Trotzdem fühlte er sich um etwas betrogen.

Wie um eine jener seltenen Blüten, die sich nur einmal alle paar Jahrzehnte öffneten. Obwohl sie ihm zum Greifen nahe gewesen war, er den Pollen auf den Staubblättern erkennen konnte und jede Verästelung der Blattadern, hatte er sie nicht erreichen können. Bevor er sie benennen oder auch nur näher bestimmen konnte, war sie verwelkt und vom Zweig gefallen, ins Dunkel.

Nur eine schwache Erinnerung an Farbe blieb, an einen Duft.

»Besser vergessen Lian, ja? Denken jetzt an Tee.« Wang zögerte, senkte seine Stimme zu einem Flüstern. »Und an Frau zu Hause.«

Wie die leichten Wangenschläge, mit denen man einen Besinnungslosen aufzuwecken versuchte, wirkten Wangs Worte. Er hatte recht: Fortune war kein empfindsamer Jüngling, der sich nach einem Traumbild verzehrte. Sich etwas einbildete, wo nichts gewesen war; so jemand war er nicht. Er war ein erwachsener Mann. Ein rationaler Wissenschaftler. Ein Mann des Geistes, Ehemann und Vater noch dazu.

Er schüttelte den Kopf, um den Rest von Benommenheit zu vertreiben.

Das hohle Gefühl irgendwo unter seinem Brustbein blieb.

Als eine Flut von Farbe auf seine Augen traf, blinzelte er, wie geblendet, schritt dann staunend auf die Mauer zu, die von gelben Blüten übergossen war.

Kein gewöhnliches Gelb. Ein unerwartetes, neues Gelb, wie er es an noch keiner Rose gesehen hatte, sanft und warm. Fast wie die samtweichen Lederhandschuhe eines reichen Stutzers.

Er trat in den starken, süßen Duft der Kletterrose, die sich über die Mauer rankte. Zarte, weiche Blütenblätter waren es, in mehreren Lagen, wie ein duftiger, zerschlissener Frauenrock.

Rosa odorata? *Rosa lutea*? Vielleicht eine *Rosa gigantea* in der Linie?

Fortune war sicher, eine solche Rose noch nie gesehen zu haben, dabei kam sie ihm vertraut vor. Vielleicht hatte er sie in einem anderen Garten aus dem Augenwinkel bemerkt, vielleicht ihre Urform irgendwo in der Wildnis erblickt. Obwohl es schwer vorstellbar war, dass er eine solche Schönheit übersehen haben konnte.

Der Duft war in ständiger Veränderung, neigte sich mal ins Würzige, Herbe, mal ins Fruchtige, beinahe Saftige. Genauso schien ihre Farbe zu changieren.

Hellster Bernstein, der in kräftigem Rosa errötete.

Ein edles, blasses Gelb, das lachsfarben, manchmal fast kupfern auslief.

Die Farbe einer Tasse kostbarsten Tees. Von Blütenstaub in der Luft.

Wie ein Licht aus Pfirsich und Aprikose, einem ersten Hauch von Gold. Auf einem Hügel, kurz vor Sonnenaufgang.

Er hörte Schritte hinter sich und leise Stimmen.

»Gärtner sagt, ist alte Zucht«, flüsterte Wang ihm zu. »Noch von Ming.«

Fortune streckte die Hand aus, wanderte mit den Fingern zwischen die Blätter, trotz ihres Glanzes wie Schatten gegen das pastellige Morgenlicht der Blüten.

Blüten wie Lians glühendes Gesicht.

Blätter in der Form ihrer dunklen Augen.

»Gärtner sagt, Herr hat Glück. Blüht sonst nur im Frühling. Dieses Jahr zweite Blüte, keiner weiß, warum.«

Fortune zog seine Hand zurück, zerschrammt und blutig; Stacheln steckten noch in seiner Haut.

»Frag ihn, was er dafür haben will.«

Ningbo, 12. September 1844

Liebe Jane,
vermutlich wird dies der letzte Brief sein, den Du für längere Zeit von mir erhältst.
Morgen breche ich ins Landesinnere auf – ich weiß weder, wann genau ich von dort zurück sein werde, noch ob ich die Möglichkeit habe, in den nächsten Monaten einen Brief an Dich abzuschicken.
Küss die Kinder von mir – ich nehme Euch in meinen Gedanken mit auf diese Reise.

Robert

Immer noch trauert Jane Roberts Brief nach.

Diesem Brief, den sie in einem Zorn, der ihr nicht einmal bewusst gewesen war, zusammengeknüllt und dann so achtlos fallen gelassen hatte.

Nirgends konnte sie ihn mehr finden.

Vermutlich hat ihn eines der Kinder entdeckt und an sich genommen. Wahrscheinlich John, der mit Buchstaben noch nichts anfangen kann, während sie Helen bereits das ABC beibringt.

Doch auch nachdem sie das ganze Zimmer durchsucht, alle Kissen und Decken ausgeschüttelt, die Schränke auf den Kopf gestellt und alle Kisten mit Spielsachen geleert hat, bleibt der Brief verschwunden.

Es war doch nur ein Brief, versucht sie sich zu sagen. In dem nicht viel anderes stand, als Mr Lindley ihr mitgeteilt hat, soweit sie sich daran erinnert, etwas über eine besondere Kamelie.

Ergänzt darum, dass Robert sie um Verzeihung bat und um Verständnis.

Ein Brief, der auf unzähligen dunklen Wegen hätte verlorengehen können, auf dieser weiten Reise zu ihr.

Doch er hat sie unbeschadet erreicht, und in einem Moment der Nachlässigkeit, der trotzigen Gleichgültigkeit hat sie ihn verloren.

Die Möglichkeit hat sie verschenkt, ihn aufmerksam zu lesen. Gründlich, Wort für Wort. Roberts Stimme darin zu hören, die in ihrer Erinnerung so leise, so schwach geworden ist.

Sie hat doch nur diese Briefe.

Wie ein schlechtes Omen kommt es ihr vor, dass sie diesen Brief verloren hat, in ihren sicheren, kleinen vier Wänden.

Zwei andere Briefe kommen an, fast am selben Tag. In diesem goldenen September, der fast noch Sommer ist, keine Spur von Herbst in sich trägt.

Ein Brief stammt aus dem März, der andere aus dem Februar. Jane wiegt letzteren in der Hand und fragt sich, welche Irrwege er wohl genommen hat, auf See und über Land, dass er ein halbes Jahr brauchte, bis er den Weg zu ihr gefunden hat.

Ein Brief vom chinesischen Neujahrsfest ist es. Der andere erzählt vom Frühling auf einer blühenden Insel. Jane ist gerührt, dass Robert sie bei sich wünscht. Ihr an jenen Tagen das zeigen wollte, was er dort zu sehen bekam.

Trotzdem sind diese Briefe wie ein Schattenspiel. Flache Umrisse, schwarz auf weiß, die sie kaum mit Farbe, mit Leben füllen kann, weil sie nur Vergleiche zu dem ziehen kann, was sie kennt.

Robert hingegen lebt diese ganze Fülle, erfährt sie mit seinen Sinnen, nimmt sie in sein Gedächtnis auf.

Während nichts in seinen Briefen anklingen lässt, ob ihre Briefe ihn erreicht haben.

Als ob Jane am falschen Ende eines Teleskops sitzt, von Roberts Seite nur einen winzigen, kaum erkennbaren Ausschnitt zu sehen bekommt.

Ein Teleskop, das länger und länger wird, mit jedem Monat, der verstreicht.

Sie liest den Kindern aus diesen Briefen vor, brav hören sie zu.

Kurz blitzt auch Neugierde auf ihren Gesichtern auf und in ihren Augen, bevor sie wieder erlischt. All die kleinen und größeren Dinge in ihrem Kinderleben verdrängen Robert langsam aus Helens Gedächtnis, und John hat ohnehin keine Erinnerung an ihn.

Wie eine Witwe fühlt sich Jane.

Eine Witwe, die das Andenken an ihren Mann verzweifelt lebendig zu halten versucht. Nicht einmal mehr die Jacken, die er zurückgelassen hat, riechen noch nach ihm. Unter dem Geruch von Stoff, der regelmäßig gelüftet wird, und dem Lavendelduft des Kleiderschranks ist nichts übrig geblieben von Roberts Geruch nach Pflanzensaft, Erde und dem Schweiß ehrlicher Arbeit.

Sie weiß nicht, was sie jetzt tun soll. In dieser Zeit ohne Robert, die fast schon hätte vorbei sein sollen und sich jetzt in die Unendlichkeit erstreckt.

Obwohl sie nicht sein will wie die alten Weiber früher im Dorf mit ihren Schauergeschichten, muss sie an Feen denken, die Kinder aus ihren Bettchen entführen und ein Feenbalg an seiner statt hineinlegen. An Kelpies, die kräftigen und machtvollen Pferdegeister, die Menschen in die Tiefen von Flüssen und Seen ziehen, und an Ungeheuer wie Mhorag, das Jagd auf Menschen macht, die sich in seine Gewässer wagen.

China hat ihren Mann verschlungen, das kann sie fühlen.

Der Lotosesser
(Nelumbium speciosum)

Lotos, Blatt. Entfremdete Liebe.
Lotos, Blüte. Widerruf.
Flora Greensleeves, *The Language of Flowers*, London, 1837

Keiner von denen, die die honigsüße Frucht des Lotos aßen, hatten noch den Wunsch, die Kunde zu überbringen oder zurückzukehren. Sie entschieden, bei den Lotosessern zu bleiben, um stets weiter vom Lotos zu kosten und den Weg nach Hause zu vergessen.
Homer, *Odyssee*, 7. Jahrhundert v. Chr.

47

Anhui, November 1844

Ein Gebiet namens Kiangnan (?), an den Ausläufern des Gebirges von Wangshan (?), am Fuße eines Berges namens Sung Lo.

Das Klima ist angenehmer, als es die Temperaturen zwischen 39 und 55 Grad Fahrenheit vermuten lassen, obwohl es häufig regnet. Im Winter soll es hier nicht einmal schneien, nur oben auf den Bergen vereinzelt, und das bis weit in den März hinein.

Wie eine Reise zurück in die Zeit war es von Ningbo hierher, hinein in die Vergangenheit, teils auf dem Fluss, teils über Land. In einem mehr als unkomfortablen Ochsenkarren, mit zahlreichen Eindrücken, die mich noch immer beschäftigt halten, nicht allein der Tag in einer Manufaktur für Tee.

Es ist schwer, hier nicht vollständig das Zeitgefühl zu verlieren. Den Bezug zur Wirklichkeit, wie ich sie kenne.

In dieser Gegend, die von der Zeit unberührt scheint, seit Jahrhunderten oder noch länger.

AUS DEN NOTIZEN VON ROBERT FORTUNE

Ewigkeit.

Auf keine andere Weise ließ sich diese Gegend beschreiben.

Berge, die keine massigen, erdrückenden Steinwände waren, sondern von den Händen des Regens und des Windes zu schroffen Klippen, zu Zähnen und Nadeln geschnitzt. Weich gezeichnet von Wolken und Nebel, vom buttrigen Licht des frühen Morgens, dem blauen Hauch des Abends.

Eine Landschaft, in der eine Kultur gezeugt und geboren worden war.

In der eine bestimmte Lebensart wurzelte, überspült vom Fluss der Zeit und in seinen Wassern nur geschliffen, nie verändert.

Wo Armeen alter Mächte aufeinandergestoßen waren, Schlachten geschlagen hatten und doch nie auch nur mehr als einen Fingerabdruck hinterlassen konnten.

Eine reiche Quelle für Legenden.

Ein Geburtsort für Götter.

Sogar ein Mann wie Fortune konnte das nachempfinden.

Wie zu Zeiten ihrer Ahnen und Urahnen schienen auch die Menschen hier zu leben. In Häusern aus hellem, angegrautem Stein, die sich an Flussbänken zusammendrängten, sich an Berghängen aufeinandertürmten und aneinander festklammerten. Nicht einmal die grauschuppigen Dächer, die sich versetzt aufeinander stapelten, ließen Rückschlüsse darauf zu, wo ein Haus aufhörte und ein anderes begann.

So auch das Haus der Familie Wang, das sich waghalsig an einen Felsvorsprung krallte. Fortune schätzte seine gesamte Ausdehnung auf vielleicht tausend Fuß im Quadrat, genau wusste er es nicht.

Wang hatte ihn zwar dazu aufgefordert, sich überall gründlich umzusehen. Doch an allzu vielen Türöffnungen, hinter notdürftig mit Tüchern abgeteilten Winkeln hatte er sich rasch wieder abgewandt, noch bevor man ihn lachend und mit wedelnden Gesten bat, wieder zu gehen.

Weil er dahinter einen Greis erspäht hatte, der auf einer Lagerstatt vor sich hindämmerte, vor Alter, im Fieber oder schon im Sterben. Familien, die gerade über ihrer Mahlzeit saßen und verwundert aufblickten. Eine junge Frau, ihr Kind an der Brust.

Unvorstellbar viele Menschen gab es in diesem Haus, in dem Wang begrüßt worden war wie der sprichwörtliche verlorene Sohn. Männer, Frauen, Kinder jeden Alters, die hier lebten, Stoffe webten, Schnitzereien anfertigten, Mahlzeiten zubereiteten, spielten, stritten, schliefen.

Gesichter, die Fortune fast täglich begegneten, dazwischen ständig neue und andere, die er nur einmal sah und dann nie wieder.

Er wusste auch nicht, ob es sich dabei um die gesamte Familie Wang handelte oder um mehrere Familien, deren Mitglieder Wang einfach als Onkel, Tante, Schwester, Bruder, Neffe, Nichte, Großmütterchen oder Großväterchen anredete, weil es Brauch war.

Wann immer es das Wetter zuließ, floh er vor der Enge dieses Hauses.

Vor dem Qualm, der innerhalb der Mauern stand, ihm in den Augen biss und die Lungen füllte, wenn auf allen Feuerstellen des Hauses zur selben Zeit Essen gekocht wurde. Um sich der überbordenden Freundlichkeit und Neugierde der Hausbewohner zu entziehen, die wissen wollten, woher im Reich Xinghua-Fortune, kam. Wie es dort aussah, was man dort aß, wie viele Frauen und Kinder er hatte. Wo seine Reise ihn überall vorbeigeführt und was er dort gesehen und erlebt hatte.

Vor dem einfachen Lattenwerk vor den Fenstern floh er, das zwar die Vögel draußen hielt, aber nicht die Fliegen und anderes Ungeziefer.

Vor den Kindern, die sich furchtsam, mit großen Augen hinter ihre Mutter drückten oder so schnell davonliefen, wie es ihre Beinchen erlaubten. Mehr noch vor den Kindern, die ihn unverhohlen neugierig anstarrten, mit ihren klebrigen Händen seine Finger zu fassen versuchten, ihm sogar auf den Schoß klettern wollten. Kinder, die ihn mit ihren Blicken, ihren Gesten an Helen und John erinnerten und damit jedes Mal eine Narbe in seiner Brust aufrissen.

Zuflucht suchte er in den Wäldern, die dunkel waren, nur vereinzelt von den Fackeln herbstlicher Laubbäume erhellt. So dicht, dass er sich seine Pfade hindurch erkämpfen musste und oft genug auch dazu gezwungen wurde, wieder umzukehren.

Über den Markt streifte er dann, wo er von einer roten Pfefferschote kostete, die seinen Mund in Brand steckte. Und von einer Frucht, die aufgeschnitten mit ihrem feinen Strahlenkranz aussah wie die hellgrüne Iris eines menschlichen Auges, ihr weißer Kern eine blicklose

Pupille. Sauer schmeckte sie, ähnlich einer Zitrusfrucht, nur weniger frisch, wie eine herbe Banane. Soweit er den Erläuterungen des Händlers folgen konnte, der ihm die Kletterpflanze dazu beschrieb, musste es sich um eine *Actinidia* handeln.

mi hou tao hieß diese Frucht hier, vielleicht wegen ihres goldbraunen Pelzes. Affenpfirsich.

Über die Terrassen von Reispflanzen wanderte er, jetzt in dieser Jahreszeit wie fremdartige Gewässer in mattem Gold, fast bronzen, vom Wind gekräuselt. Die blauen Venen der Flussläufe entlang, an den Rändern von Teichen und kleinen Seen, in denen sich Himmel und Wolken spiegelten.

Wie sein eigener Schatten folgte ihm die Vorahnung von bewaffneten Gestalten, die sich ihm in den Weg stellten, ihn umzingelten, bei der Schulter, am Arm packten. Das Echo von Befehlen, mit der ganzen Autorität des Gesetzes gebellt.

Dass nichts Derartiges geschah, ließ ihn in einem Gefühl zwischen Hochstimmung und Misstrauen zurück. Wenn er nicht ungläubig den Kopf über den Erfolg dieser Maskerade schüttelte, reizte er ihn zu stummem Gelächter.

Als Xinghua, der reiche und wichtige Mann von der Großen Mauer, war er hier in Anhui ein Fremder, aber nicht in dem gleichen Maße fremd wie ein Barbar aus dem Westen. Nur ein paar Handgriffe waren nötig gewesen, um die klaren Grenze zwischen einheimisch und ausländisch zu verwischen. Eine Hybride war er, von Menschenhand gemacht; bestaunenswert und doch mit dem Recht auf einen eigenen Platz hier im Dorf, der ländlichen Gegend.

Während er die Landschaft, ihre Dörfer mit seinen langen Schritten durchmaß, wanderten seine Gedanken immer wieder zum Tee. An all das, was er in der Manufaktur gesehen und beobachtet hatte, hinter Ningbo, am Fluss der vielen Windungen, im Oktober.

Als ein ehrenwerter und weiser Würdenträger hatte Wang ihn dem Leiter der Manufaktur angepriesen, um ihnen beiden Eintritt zu verschaffen; aus einer fernen Provinz angereist, um mit eigenen Augen zu sehen, wie der ruhmreiche Tee hergestellt wurde.

Hinter dem grauen Gebäude, dessen Putz bröckelte, erstreckten sich weite Höfe, offene Räume und Lagerhäuser – verglichen mit den kleinen Schuppen der Teefelder von Tiantung ein großartig angelegter Tempel für den Tee.

Das Prinzip war jedoch dasselbe.

Auf Gestellen aus Rattan trockneten die Teeblätter in der Sonne. In Eisenpfannen über dem Feuer geschwenkt, rollten die Arbeiter dann die Teeblätter – wie ein Bäcker Brotteig knetet, hatte Fortune gedacht. Während der schwarze Tee wieder unter der Sonne ruhte, in der Wärme gärte, ließ man den grünen Tee noch einmal in den Pfannen über dem Feuer tanzen. Unzählige emsige Hände verlasen die dürren Blättchen nach Größe, Farbe und Qualität, bevor der Tee in Kisten verpackt wurde, die man nach Canton und Shanghai lieferte, dort verkaufte und weiter verschiffte.

Fortune beobachtete, machte sich Notizen, bat manchmal Wang im Flüsterton, eine Frage zu stellen, eine Auskunft einzuholen.

Eine Pflanze. Zwei Arten von Tee.

Es war nicht die Bestätigung dessen, was er in Tiantung erfahren hatte, was Fortunes Aufmerksamkeit erregte: Es waren die blauen Fingerspitzen mancher Arbeiter.

Ein Blau, das Fortune in dem Mörser entdeckte, den ein Aufseher mit dem Stößel bearbeitete. Ein tiefes, geballtes Blau, wie es wohl nur eines auf der Welt gab. Preußischblau.

An einer anderen Stelle der Manufaktur wurde eine gelbe Paste gekocht, die nach verfaulten Eiern stank und der etwas beigemischt wurde, das aussah wie Gips.

Nicht allen Tees wurden diese Substanzen beigemengt. Nur ausgewählten Sorten, die jedoch einen großen Anteil der gefüllten Kisten ausmachten.

Immer wieder waren in die Kreise der Botaniker die Klagen der Teehändler herübergeweht, die Chinesen mischten Zweige oder Sägespäne unter den Tee, um die Füllmenge zu erhöhen. Gerüchte über Teeblätter, die in China schon einmal aufgegossen und wieder getrocknet worden waren. Bevor man sie dann an die Engländer verkaufte, die man für dumm genug hielt, einen solchen Betrug nicht zu bemerken. Auch davon, dass der Tee gefärbt sei, war die Rede gewesen.

Obwohl Fortune noch nie davon gehört hatte, dass sich jemand durch chinesischen Tee vergiftet hatte, er weder die Fachkenntnisse eines Arztes oder eines Apothekers besaß, hielt er diese Beimischung von Preußischblau, Gips und vielleicht noch anderen Substanzen für äußerst bedenklich.

Seitdem trieb ihn die Frage um, ob die Chinesen den Tee mit Farbe versetzten, um den fremden Barbaren zu schaden. Oder einfach in einer Mischung aus Gedankenlosigkeit und geschäftstüchtiger Berechnung.

Eine Frage, die ihn auch beschäftigte, als er einen Hügel auf der anderen Seite des Dorfes hinaufstieg. Ungewohnt war es, dabei Wang an seiner Seite zu haben. Seine Gedanken in wohlüberlegte Worte zu fassen, während Wang zuhörte.

»Glaubt Wang nicht«, sagte Wang schließlich, »dass für Schaden von englische Leute gedacht.«

»Warum nicht?«

Wangs Gesicht zeigte tiefste Empörung. »Handel von Tee mehr als Geschäft! Hat viel Ehre!«

»Gilt das auch für den Feind, der den Krieg gebracht und gewonnen hat?«

Wang wiegte bedächtig den Kopf. »Trotzdem, Fu-Chung. Tee schlecht machen oder vergiften, der bringt so viel Geld ... Wäre doch sehr, sehr dumm, *hng*?«

Fortune nickte vor sich hin; Wangs Argumente waren nicht von der Hand zu weisen.

»Ich verstehe trotzdem nicht, warum der Tee eingefärbt wird.«

»Geht Tee besser, wenn bunter? Mag Inglishman Tee vielleicht lieber so. Kauft mehr solchen Tee, zahlt mehr.«

Fortune versuchte sich den Tee aus dem Laden in Canton zu Hause in England vorzustellen: dieses matte Braun, das bleiche Grün. Fade und nichtssagend, für das englische Auge. Die kräftigen Farben des importierten Tees waren zweifellos attraktiver, gaukelten den Sinnen ein stärkeres Aroma vor, vielleicht auch eine höhere Qualität.

»Das ist gut möglich.«

Ein Herbstblatt leuchtete aus dem hohen Gras hervor, ein Stück weit die Steigung hinauf. Fortune wollte zuerst einfach vorbeigehen, doch etwas an diesem Blatt weckte seine Neugierde, und er marschierte den Abhang hinauf. Doch kein Blatt war es, sondern eine Blüte: die einer Lilie, die orange leuchtenden Blütenblätter scharlachrot getüpfelt und nach außen gekräuselt, die überlangen Staubblätter verlockend ausgestreckt.

»Rote Lilie«, erklärte Wang. »Knolle schmeckt gut, in Suppe. Macht stark.«

Fortune ging in die Knie, betrachtete die Lilie gründlich; viel zu schade war sie, um sie zu essen.

An eine fremdartige farbenprächtige Spinne ließ ihre Blüte denken. An das Gesicht eines Raubtiers. Eine Art der Tigerlilie, die ihm unbekannt war, ihre schmalen Blätter spitz zulaufend wie die Klinge eines Schwerts.

Lilium lancifolium, so würde er sie nennen. Die lanzenblättrige Lilie.

Fortune sah sich um. Weit und breit war es die einzige, vielleicht die letzte dieses Jahres.

So viele Gesichter die Lilie hatte, so viele Bedeutungen schrieb man ihr zu: Reinheit und Bescheidenheit. Jugendliche Unschuld. Koketterie. Würde und Erhabenheit. Falschheit und Lüge.

Zu dieser Lilie hier mochte nichts davon passen; zu wild war sie, zu außergewöhnlich. In ihrer Kühnheit und ihrem Stolz, ihrer Einsamkeit auf weiter Flur erinnerte ihn diese Lilie an Lian. Er fragte sich, durch welche Gegenden sie wohl gerade streifte, ihr Schwert auf dem Rücken. Ob es ihr wohl gut ging.

»Denkt noch immer an Lian, ja?«

Unwillkürlich senkte Fortune den Kopf. Es war ihm unangenehm, so leicht durchschaut zu werden.

Seufzend ging Wang neben ihm in die Hocke.

»Keine Singsong-Mädchen hier in Jiangnan. Aber bald Jahr der Erdschlange! Gutes Jahr für …«

Ein Stoß mit dem Ellbogen ließ Fortune aufblicken. Wangs Brauen zuckten vielsagend, und das zweideutige Grinsen, das in seinen Mundwinkeln saß, verriet den Rest seiner Gedanken.

Fortune musste schmunzeln.

Hier in Anhui hatte er Wang von einer anderen Seite kennengelernt. Wie er mit aufrichtiger Herzlichkeit den Menschen im Haus, in der Nachbarschaft, im Dorf begegnete. Auch wenn er es sich nicht nehmen ließ, seine Abenteuer an der fernen Küste in epischer Breite und mit allen heldenhaften Einzelheiten zu schildern. Für keine noch so albernen Faxen war er sich zu schade, um die Kinder zum Lachen zu bringen, tobte mit ihnen herum, herzte sie.

Selbst der verhätschelte jüngste Sohn, badete Wang in der Zuneigung, mit der seine Mutter ihn überschüttete. Eine winzige, rundwangige Person, die unmöglich auf ein bestimmtes Alter zu schätzen war und ganz selbstverständlich Xinghua, Wangs Freund aus der Fremde, in ihre mütterliche Fürsorge mit einschloss.

Nur dass ihr Jüngster nach diesen Jahren der Wanderschaft noch nicht verheiratet war, noch immer keinen Beitrag zu ihrer ständig wachsenden Enkelschar geleistet hatte, gab ihr Anlass zur Sorge. Eine fast täglich vorgebrachte Klage, die Wang in unbeholfen ruppigen Worten und mit eingezogenem Kopf abwehrte, während seine Ohren glühten.

»Es ist nicht ... das«, widersprach Fortune nach einigem Zögern.

Obwohl er manchmal an Lian dachte, in den Nächten, in denen die Geräusche eines Ehepaares irgendwo im Haus ihn wachhielten. In einer seltsamen Mischung aus Sehnen und Befremden, die er ebenso genoss, wie sie ihm unangenehm war. Bevor er seine Gedanken auf Jane lenkte, pflichtschuldigst und auf mehr als eine Art schuldbewusst.

»Was sonst?«

Fortune war kein Mann, der sein Herz auf der Zunge trug. Er hätte ohnehin keine Worte für das gefunden, was Lian ihm bedeutet hatte. Wie es war, ohne sie zu sein. Er suchte auch nicht nach solchen Worten; unsinnig schien es ihm, etwas zu bestimmen, zu benennen, das ihm durch die Finger geronnen war, noch ehe er sich dessen bewusst gewesen war, was er da in der Hand hielt.

Unter Wangs forschendem Blick schüttelte er nur den Kopf und begann mit bloßen Händen die Lilie auszugraben. Obwohl er nicht wusste, ob diese eine Chance haben würde, irgendwo im Haus der Wangs. Genug Licht, vielleicht im letzten *Wardian Case*, das ihm geblieben war, nachdem er seine gesammelten Schätze in Ningbo einem Handelsschiff anvertraut und es wie durch ein Wunder die Fahrt im Ochsenkarren heil überstanden hatte.

Sorgsam schlug Fortune den Wurzelballen in den Saum seines Gewandes ein und trug die Tigerlilie nach Hause; bestimmt wusste dort jemand, wie man sie überwinterte.

48

Ich kam niemals bis in den alten Seidenhafen von Zhanjiang. Nicht an die Küste der Walfische und der wilden Winde.

Ich ging vorher von Bord des Lastkahns. In Heunggong, das die Engländer Hongkong aussprachen.

Vielleicht aus einer Laune heraus. Vielleicht, weil der schwimmende Wald aus Schiffen vor der Küste meine Neugierde weckte. Ich war lange nicht mehr hier gewesen. Das letzte Mal vor ein paar Jahren, kurz vor dem Krieg.

Wie viele andere Menschen war ich vor dem Donner der Kanonen und ihrem tödlichen Feuer von der Küste geflohen; bereit, noch viel weiter in das Land hinein zu flüchten.

Damals war Heunggong nicht viel mehr als ein kleines Nest gewesen. Die Gewässer vor der Küste gehörten den Tanka, den Kindern der Seeschlange, die auf Booten wohnten und vom Fischfang lebten. Größere und kleinere Dörfer verteilten sich über die Insel, mit Fischern, Bauern, Arbeitern, die meisten davon Köhler, deren Meiler die Luft beizten.

Nur im Hafen war Heunggong geschäftig gewesen. Und auf dem Markt dahinter, der Ansammlung von Buden und Lädchen, zu denen sich kurz vor dem Krieg die Schuppen gesellten, in denen eine Handvoll fremder Barbaren ihre Handelswaren lagerte.

Jetzt erkannte ich Heunggong nicht wieder. Zwischen dem Meer und den Bergen, im weichen Licht wie aus dunkler Jade, war eine Stadt gewachsen. Eine fremdländische Stadt, mit großen, klobigen Häusern, über denen eine fremde Flagge wehte.

Eine Barbarenstadt, und voller Barbaren waren die Straßen.

Ein Schock war es, mit eigenen Augen zu sehen, dass die Insel jetzt ihnen gehörte, jedes Krümchen Erde, jeder Stein, jeder Tropfen Wasser. Zu sehen, dass sie nach China gekommen waren, um zu bleiben.

Ich vergaß, meinen Kopf gesenkt zu halten, zu gehen wie ein Mann. Mit aufgerissenen Augen wanderte ich durch diese neue, fremde, laute Stadt, die mich an das aufgerissene Maul eines Drachen erinnerte, gierig, angriffslustig, jederzeit willens, Feuer zu speien.

Bis es dunkel wurde irrte ich durch die Stadt.

Über dem Gestank von verrottendem Gemüse und ausgeleerten Nachttöpfen lockte mich der Geruch eines Stalls an. Über das niedrige Holztor spähte ich in das Dunkel des Verschlags, witterte den Geruch von Ziegen, hörte ihr nervöses Meckern.

Ich kletterte über das Tor und landete zwischen den Tieren, die aufgeregt durch den Stall sprangen. Murmelnd sprach ich auf sie ein, streichelte über Flanken, die mich streiften, kraulte das Fell zwischen den Hörnern, wenn mich eines der Tiere ängstlich beschnupperte, so lange, bis es sich wieder beruhigt hatte.

In einem Winkel des Verschlags bettete ich mich aufs Stroh und zog mir den Schwertgurt so zurecht, dass ich Long Yuan im Arm halten konnte, wie ich es gewohnt war. Lange lag ich so da und dachte an Fortune, bis meine Augen zufielen.

»Gut geschlafen?«

Ich fuhr hoch, blinzelte in das perlgraue Licht des Morgens.

Ein Mann grinste mich an, während er einer der Ziegen den Hals klopfte. Mit seinen übergroßen Ohren und dem wuchtigen Kiefer ähnelte er einem Marder. Schwer auf ein bestimmtes Alter zu schätzen war er, in diesem schwachen Licht; einen guten Kopf größer als ich, schien er sehnig, aber bereits füllig um die Hüften.

Mit einem Satz war ich auf den Beinen, rieb mir verstohlen den Schlaf aus den Augen.

»Habt Dank für das Nachtlager«, murmelte ich und wollte an ihm vorbeieilen.

»Nicht so schnell.«

Mit einer flinken Drehung auf dem Fußballen wich ich seiner Hand aus, meine Finger bereits um den Griff des Schwerts vor meiner Brust gelegt.

»Du schuldest mir was, Mädchen«, erklärte er in der weichen Mundart der Insel. »Für die Nacht hier.«

»Ich bin *jianghu*«, erklärte ich, steif vor Stolz. »Es ist Brauch, mir ein Lager für die Nacht zuzugestehen.«

»Mir ist gleich, von welchem Fluss oder von welchem See du kommst. Wenn ich eine dreckige Landstreicherin in meinem Stall schlafen lasse, will ich auch was dafür.«

Als ob ich seine Worte missverstehen könnte, unterstrich er sie mit einem auffordernden Griff in seinen Schritt.

Hinter mir drängten sich ängstlich die Ziegen zusammen, bockend und unter kläglichem Meckern; empfindsam, wie diese Tiere waren, spürten sie ebenso gut wie ich die Bedrohung, die erstickend auf ihrem sonst heimeligen Stall lastete.

Ich zog mein Schwert und ließ die Klinge von Long Yuan in ihrer ganzen Länge aufglänzen.

»Wag es nicht, mich anzufassen.«

»Pack den Zahnstocher weg, Mädchen. Sonst tust du dir noch weh. Ich versprech dir, dass du auch auf deine Kosten kommst.«

Er tat einen Schritt auf mich zu, und die Spitze von Long Yuan peitschte über sein Gesicht.

»Es ist mein Ernst. Bleib weg von mir.«

Er legte die Hand an seine Wange, nahm sie dann vom Gesicht und betrachtete das Blut darauf.

»Du Fotze«, raunte er heiser.

Ich konnte den Hass fühlen, der aus ihm hervorquoll, beißend wie die Schwaden von Essen, das schon verdorben war, bevor man es in der Pfanne verbrennen ließ.

In seiner anderen Hand blitzte etwas auf, Metall oder Glas, und sicher scharf.

Bilder flackerten vor meinen Augen vorüber, zogen als Empfindung durch meine Muskeln. Wie ich mein Schwert schwang, leicht und geschmeidig. Ein stählernes Rauchfähnchen, das durch die Luft glitt und durch den Leib dieses Mannes, durch Fleisch und Muskeln und Eingeweide schnitt.

Stattdessen steckte ich Long Yuan weg und zog es an seinem Gurt auf meinen Rücken. Tief sog ich die Luft im Stall ein, die nach Mist roch, nach Ziege und Stroh und Holz und gärendem Männerschweiß.

»Braves Mädchen.«

Eine Hand nach mir ausgestreckt, mit der anderen seine einfache Waffe angehoben, trat er einen Schritt auf mich zu.

Aus der Tiefe meines Körpers kam der Schrei, den ich ausstieß, dunkel und röhrend. Der mich von den Füßen hob und vorwärtsschleuderte, ihm entgegen. Mein Unterarm mit der geballten Faust schlug ihm die Waffe aus der Hand. Mein Ellbogen krachte in seinen Kiefer, während meine Ferse sein Knie zertrümmerte.

Es brauchte nur noch meinen Handballen, der mit aller Kraft gegen sein Brustbein prallte, seinen Atemfluss kappte, seine Nerven lähmte.

Schlaff und schwer schlug er auf dem Boden auf, rang mühevoll nach Atem, jedes Luftholen ein klägliches Stöhnen, ein Schluchzen.

Ich zog meinen Schwertgurt zurecht und stieg über ihn hinweg.

Bis in den Hafen kam ich noch, dann versagten meine Beine. Keinen einzigen Schritt konnte ich mehr gehen, ich ließ mich einfach zu Boden fallen.

Stunde um Stunde kauerte ich auf dem Kai und starrte auf das Meer hinaus. Während die Sonne ungerührt weiter ihre Bahn über den Himmel zog, landeten immer wieder Kupfermünzen klimpernd neben mir; jemand warf mir sogar mitleidig einen *baozi*, einen gedämpften Kloß, hin.

Ich war froh, dass ich ihn nicht getötet hatte. Nicht um seinetwillen. Um meinetwillen. Töten war nie leicht, gleich in welchem Kampf, gleich aus welchem Grund. Immer hinterließ es Spuren auf der Seele.

Da war der Schreiner in Meitan gewesen, der seine Frau und Kinder prügelte und mir in seiner Raserei selbst dann noch den Schädel mit einer eisernen Pfanne einschlagen wollte, als ich schon mit gezücktem Schwert vor ihm stand. Die drei widerlichen Gesellen in Jinan, die gerade dabei gewesen waren, über ein Bauernmädchen herzufallen. Nur zu gern ließen sie sich von mir herausfordern, glaubten sich mit ihren schweren Äxten meiner schmalen Klinge überlegen. Einer der wenigen Kämpfe seit meiner Zeit im Kloster, in denen auch ich Wunden davontrug, bevor sie alle drei in ihrem eigenen Blut lagen. Noch eine Spur ihres hässlichen Lachens, der Lust an der Gewalt trugen sie auf den Gesichtern, und ihre Augen standen offen, wie erstaunt, dass es ein Mädchen gewesen war, das sie getötet hatte. Schließlich dieser Bulle von einem Kerl, der auf der Straße nach Nanchang einen Händler um die Waren auf seinem Karren berauben wollte. Geschickt war er mit seinem *dao*, seinem breiten Schwert, das mich um Haaresbreite geköpft hätte. Hätte ich mich nicht schnell genug unter der Klinge weggeduckt und mit einem Streich von Long Yuan seine Leibesmitte aufgeschlitzt.

Fünf Leben, die ich genommen hatte. Jedes einzelne Mal als letztes Mittel in meinem Kampf für Gerechtigkeit.

Ich hatte nie gezählt, wie vielen Menschen ich geholfen hatte in diesen zehn Jahren. Indem ich ihren Leib und ihr Leben verteidigte, ihr Hab und Gut. Dem einen oder anderen Haus wirklich Glück und Segen brachte, nachdem man mir Obdach gegeben hatte und eine Mahlzeit, ein abgelegtes Hemd oder ein paar Kupfermünzen, wie es Brauch war.

Zufrieden hätte ich sein müssen, vielleicht sogar stolz.

Ich war keines von beidem.

Sinnlos kam mir mein Kampf für Gerechtigkeit vor. Obwohl ich doch wusste, dass jede gute Tat zählte, mochte sie auch nur ein Tröpfchen Wasser sein, das man in einen heißen Topf goss.

Ungerechtigkeit und Grausamkeit waren wie eine tausendarmige Krake: Schlug man einen Tentakel ab, wuchsen auf der Stelle fünf neue nach. Besonders in Jahren des Krieges, selbst wenn er weit entfernt war, in Zeiten der Veränderung, wie sie jetzt angebrochen waren.

Ich dachte an Väterchen Schnee, wie ich ihn genannt hatte. Wegen seines weißen Haares, das er zum Knoten gebunden trug, der Bart lang und spitz wie ein Eiszapfen. Schon als *jianghu* geboren, seine Waffe ein prachtvoller Degen aus der Zeit der Ming, gab er die alten Lieder und Legenden an mich weiter, während wir Seite an Seite über die kargen Felder von Guizhou wanderten. Fliegender Spatz, so rief er mich zu dieser Zeit, in der wir durch die dunklen Wälder der Wasserfälle zogen, durch die Steindörfer und über die Berge der vier Jahreszeiten. Fast alles, was ich über die Geschichte von *jianghu* wusste, hatte ich von ihm gelernt.

Mit Große Schwester hatte ich die Frau angeredet, die mich am Fluss der Neun Windungen fand, als ich in einem Fieber lag. Breitschultrig wie ein Mann, das Gesicht narbenübersät, und angewelkt wie eine überreife Zitrone, holte sie mich mit dem Sud von Kräutern und Wurzeln ins Leben zurück, den sie auf dem Lagerfeuer braute. Kleine Iris war der Name, den sie mir damals gab, weil mein Gesicht unter dem Fieber genauso weiß, fast bläulich, gewesen war. Ich bedankte mich, in dem ich ihr beibrachte, die Klinge ihres massigen *dadao* nicht nur mit Kraft, sondern auch mit Schnelligkeit und Eleganz zu führen.

Ich fragte mich, was aus den beiden wohl geworden war. Aus den anderen *jianghu*, die meinen Weg über die Jahre gekreuzt hatten. Es war lange her, dass ich einem von meiner Sorte begegnet war; stattdessen schien es mehr und mehr vom gleichen Schlag wie Älterer Bruder zu geben.

In diesem Land, das ich nicht mehr wiedererkannte. In dem der Begriff *jianghu* nach und nach die Ehre verlor, die er einmal in sich getragen hatte. Keinen Respekt mehr heraufbeschwor. Mein Schwert mich nur noch beschützte, wenn ich es zog.

Ich war müde. Des Kämpfens müde. Dieses Lebens müde.

Fortune hatte mich weich gemacht und schwach, doch ich hegte keinen Groll. Ich schätzte das, was er mir dafür gegeben hatte: ein Auge für Schönheit. Einblicke in die Welt der fremden Barbaren und ihre Sprache. Eine neue Sicht auf mein eigenes Land. Die Erfahrung, dass es noch Menschlichkeit gab und Güte, sogar unter den Barbaren. Dass ich noch etwas empfinden und vertrauen konnte.

Auch wenn ich nicht wusste, was ich jetzt damit anfangen sollte.

Mein Weg, der nie ein Ziel gehabt, den ich jedoch immer klar vor mir gesehen hatte, wohin der Wind mich auch trug, war verweht.

Es ist ein außergewöhnliches Ereignis, als Mrs Lindley kurz vor Weihnachten zum Tee kommt.

Anstrengend ist es.

Anstrengend für Jane. Aber auch für Sarah Lindley, die ihre Mutter begleitet, Jane sieht es ihr an. An einem angespannten Zug um den großen Mund. Einem flüchtigen Heben der Brauen unter dem akkurat gescheitelten braunen Haar, das sie streng aussehen lässt, vor der Zeit gereift. An der gerunzelten Stirn, wenn Miss Lindley dazu ansetzt, dem Gespräch am Teetisch eine andere Richtung zu geben. Und sei es nur, dass sie versucht, die Rede auf das Wetter zu bringen.

Bis sie vor dem überschwänglichen Mitteilungsbedürfnis ihrer Mutter kapitulieren muss.

Stumm pickt sie erst mit der Fingerkuppe Krumen von Sandwich und Kuchen vom Teller auf, schiebt den Imbiss dann auf dem guten Porzellan der Fortunes umher.

Janes Mitgefühl für Mrs Lindley schwindet in dem Maß, in dem deren Klagen ausufern. Je vertraulicher die Einblicke in die Ehe der Lindleys werden, die Jane aufgedrängt bekommt.

Mehr und mehr hat Jane das Gefühl, als wäre Mrs Lindley nicht zu Besuch, um sich nach ihrem Befinden und dem der Kinder zu erkundigen. Nicht, um ihr Gesellschaft zu leisten. Sondern einzig und allein, um ihren Kummer bei Jane abzuladen, ihre Enttäuschung und Verbitterung.

Um sie gegen Mr Lindley aufzubringen. Gegen die Horticultural Society und die gesamte Welt der Botanik, die Mrs Lindley den Ehemann gestohlen und zu einem einsamen Schattendasein verdammt haben. In der Hoffnung, in Jane eine Schwester im Geiste zu finden.

Der letzte Schluck Tee gibt Jane endlich einen Grund, sich zu entschuldigen und vom Tisch aufzustehen.

In der Küche dann hat sie es nicht eilig, frischen Tee aufzusetzen.

Sie nimmt sich die Zeit, tief durchzuatmen, um Mrs Lindleys Genörgel von sich abzuschütteln, das sich als klebriger Schatten an sie geheftet hat. Die Zeit, sich wieder zu fangen, indem sie sich auf dem Tisch abstützt.

Das Rascheln von Röcken und leise Schritte lassen sie jedoch gleich wieder hochfahren.

»Ich dachte, ich könnte Ihnen vielleicht zur Hand gehen«, sagt Sarah Lindley, als sie die Küche betritt.

Jane fühlt sich verwundbar. Wie bloßgestellt in diesem Moment, in dem die Maske der gelassenen, immer höflichen und munteren Gastgeberin gefallen ist.

»Danke, das ist wirklich nicht nötig«, gibt sie deshalb steif zurück.

Unschlüssig bleibt Miss Lindley stehen. Rote Flecken zeichnen sich auf ihrem schmalen, von Natur aus energischen Gesicht ab. Unter ihrem üblichen Selbstbewusstsein schimmert eine Unsicherheit durch, die sie wirklich noch wie ein sehr junges Mädchen wirken lässt.

Jane tut ihre harsche Erwiderung sofort leid.

»Ich muss mich für meine Mutter entschuldigen, Mrs Fortune«, flüstert Miss Lindley jetzt. »Für Sie ist das ganz gewiss kein angenehmer Besuch.«

Jane macht eine abwehrende Handbewegung und stößt dabei die Teedose um. Geistesgegenwärtig fängt Miss Lindley sie auf.

»Für meine Mutter ist es sehr schwer, die Einzige in der Familie zu sein, die kein Interesse für Pflanzen aufbringt. Sie fühlt sich vernachlässigt, weil mein Vater so oft auf Forschungsreise ist und immer viel arbeitet. Besonders, seit wir Mädchen in seine Fußstapfen treten und Nathaniel in London zur Schule geht.«

Nachdenklich betrachtet sie die Teedose in ihrer Hand.

»Manchmal glaube ich, ihr ständiges Unwohlsein ist nichts anderes als ein Mittel zum Zweck, damit wir uns mehr um sie kümmern. Ich habe oft ein schlechtes Gewissen deshalb. Aber ich will auch nicht mein Leben damit zubringen, meine Mutter zu unterhalten, weil diese nichts mit sich anzufangen weiß.«

Die vorzeitige Reife, die sie ausstrahlt, rückt sie näher an Janes achtundzwanzig Jahre. Ihre Offenheit macht Jane Mut.

»Ich kann Ihre Frau Mutter gut verstehen. Obwohl ich weit davon entfernt bin, Mr Fortune, Ihrem Herrn Vater oder der Society für diese Reise gram zu sein.«

Noch zumindest, setzt sie in Gedanken hinzu.

Sie fürchtet, bald eine zweite Mrs Lindley zu werden. Deshalb setzt ihr dieser Besuch derart zu. Als ob sie in einen Spiegel blickte, der ihr die Zukunft zeigt.

Sarah Lindley stellt die Teedose zurück auf den Tisch. »Das ist gewiss nicht leicht für Sie.«

»Das Schlimmste ist das Warten. Nicht so sehr das Warten auf meinen Mann, sondern das Warten, dass es mit unserem Leben hier irgendwie weitergeht. In irgendeine Richtung.«

Sarah Lindley nickt. Ihre hellen Augen wandern forschend durch die Küche.

»Sie kommen hier nicht allzu viel heraus, nicht wahr?«

Diese Frage trifft Jane; sie spürt, wie sie rot wird.

»Nun – doch, ich …«, setzt sie zu einer Rechtfertigung an, die unter Miss Lindleys eindringlichem Blick in sich zusammenfällt. »Ich kenne hier ja auch kaum jemanden – und mit den beiden Kindern …« Nervös knetet sie ihre Hände. »Ich hatte mir das anders vorgestellt. Hier, in Chiswick. Ich habe jeden Tag so viel zu tun, und trotzdem … trotzdem sind diese Tage oft so … leer.«

Ihre Stimme ist mit den letzten Worten immer leiser geworden. Als würde sie damit eingestehen, eine schlechte Ehefrau zu sein. Als Hausfrau und Mutter zu versagen.

»Vielleicht brauchen Sie mehr als das hier.« Miss Lindley nickt in Richtung des Küchenfensters.

»Ich weiß nicht«, wiegelt Jane schnell ab.

Obwohl ihr Herz höher schlägt.

»Und mit den Kindern …«

»Meiner Erfahrung nach ist man effizienter, wenn man sich ein bisschen mehr auflädt, als man sich eigentlich zutraut«, widerspricht Miss Lindley kühl, fast herrisch. »Können Sie zeichnen?«

»Nicht besonders gut. Aber ich habe eine schöne Handschrift! Zumindest hat man mir das immer gesagt … Und ich kann gut mit Zahlen umgehen!«

Sarah Lindley schlägt die Augen nieder.

»Also haben Sie auch davon gehört …«, murmelt sie. »Natürlich haben Sie das, wie könnte es auch anders sein.«

Jane durchfährt es heiß und kalt.

Sie bemüht sich zwar, dem Tratsch im Dorf keine Beachtung zu schenken. Immer in der Angst, es könnte um sie oder Robert gehen. Trotzdem kann sie nicht verhindern, dass auf der Straße ab und zu ein Fetzchen davon zu ihr herüberweht. Wenn Helen wieder verträumt vor sich hin trödelt. Wenn John sich um eine Schnecke kümmern muss oder einen besonders interessanten Stein entdeckt hat.

Daher weiß sie um die prekäre finanzielle Lage der Lindleys. Um die Mutmaßungen, wie schlecht es um deren Ehe wirklich bestellt sein mag.

Unter jedem Dach ein Ach, geht es Jane durch den Kopf.

»Deshalb habe ich das nicht ge…«

»Schon gut«, fällt Sarah Lindley ihr ins Wort und strafft den Rücken. »Im Grunde ist es nichts Ehrenrühriges. Es sind ja nicht unsere Schulden, sondern die meines Großvaters. Sein Sinn fürs Geschäft war leider nicht halb so ausgeprägt wie sein gärtnerisches Wissen. Und trotzdem stünden wir anders da, würde nicht so viel Geld in Papas Forschungen und Publikationen fließen.«

Jane fehlen die passenden Worte.

In Swinton aufzuwachsen, hat ihr eine tiefgehende Angst vor Schulden eingeimpft; sie hat im Dorf gesehen, wie schnell ganze Familien in diesen Sog geraten können, der sie unaufhaltsam in den Abgrund reißt, bis in die nächste und übernächste Generation hinein.

Gern würde sie Miss Lindley tröstend beim Arm fassen. Doch sie vermutet, dass die junge Frau Berührungen von Fremden nicht sonderlich schätzt.

Wie Jane.

Sarah Lindley zieht die Unterlippe zwischen die Zähne, während sie nachdenkt.

»Mein Vater würde es zwar nie zugeben – aber seine Sehkraft hat stark nachgelassen, und seine Handschrift ebenfalls. Ich selbst kann stundenlang über den Zeichnungen sitzen, genau wie Anne, aber für Korrespondenz bringen wir beide nicht die Geduld auf. Könnten …

könnten Sie sich vielleicht vorstellen, das zu übernehmen? Bei uns im Haus? Obwohl mein Vater für seine sprunghaften Gedanken und manchmal wirren Diktate berüchtigt ist?«

Jane hält den Atem an.

»Wir könnten Ihnen leider nicht viel dafür zahlen, aber …«

Jane schnappt nach Luft. »Das müssten Sie auch nicht. Darum geht es mir nicht, ich habe mein Auskommen. Nur eben …«

Sie zögert, findet nicht die richtigen Worte.

Miss Lindley versteht sie auch so. Zumindest liest Jane das aus dem kleinen Lächeln heraus, das sie auffängt und scheu erwidert.

»Dann spreche ich mit meinem Vater. Heute Abend noch.«

Aufgeregt umklammert Jane eine Falte ihres Rocks. Sie ermahnt sich selbst, sich nicht zu viele Hoffnungen zu machen.

Und trotzdem ist dieser Tag gleich ein bisschen heller, freundlicher.

49

Anhui, Dezember 1844

Temperaturen im Mittel: um 48 Grad Fahrenheit.

Manchmal sieht es nach Schnee aus, bevor sich der Himmel besinnt und es lieber in Strömen regnen lässt.

Die Untätigkeit, zu der mich der Winter hier verdammt, müsste mir ein Gräuel sein. Und doch ist sie im Augenblick für mich zu ertragen.

Ich lerne viel, während ich die Tage in der warmen Stube, am Feuer, verbringe.

AUS DEN NOTIZEN VON ROBERT FORTUNE

Wangs Vater, der ebenfalls auf den Namen Wang hörte, machte großen Eindruck auf Fortune.

Das haselnussbraune Gesicht verwittert, der lange Zopf unter dem Käppchen bereits weiß gesträhnt, war er ein Mann von bodenständiger Lebensklugheit, die Fortune an seinen eigenen Vater erinnerte, jedoch ohne dessen Strenge, ohne seine herrische Art.

Auch sein reicher Erfahrungsschatz im Ackerbau erinnerte Fortune an seinen Vater, den Heckengärtner; ein Wissen, an dem Vater Wang ihn teilhaben ließ, an den langen Winterabenden, im Schein des Feuers.

Auch Wang schien seinem Vater gern zuzuhören. Aufmerksam und überraschend leise mischte er sich ein, wenn Fortune etwas nicht verstand und ratlos blickte oder er selbst etwas genauer wissen wollte.

Vor allem dem Tee schien das Herz von Wang senior zu gehören.

Es mochte der Wahrheit entsprechen, dass sich nur derjenige als Engländer fühlen konnte, der Tee trank. Für die Chinesen indes galt das schon seit Jahrtausenden. Das Wissen vom Tee schien an eine Philosophie zu grenzen, die eins war mit Chinas weit zurückreichender Geschichte und verwoben mit den Legenden von Göttern und Menschen.

Eine ganze Welt war es, vergangen und gegenwärtig, real und mythisch, die Vater Wang mit seinen Erzählungen für Fortune einfing, in einer Tasse Tee. Er hatte auch keine Scheu, dem fremden Gast von dem Unglück zu erzählen, das die Familie heimgesucht hatte. Ohne dabei mit dem Schicksal zu hadern, sondern gefasst, fast gelassen.

Die Bitternis, die du zu essen bekommst, macht einen Mann erst zu einem Mann, lautete eine seiner Weisheiten.

Reich waren die Wangs nie gewesen, hatten aber stets auf der bescheidenen Seite des Wohlstands gelebt, von ihrem Land, auf dem Reis und Tee wuchsen. Mehrere Missernten in Folge und die hohen Brautpreise für die Töchter jedoch hatten sämtliche Notgroschen aufgebraucht. Stück um Stück musste Wang senior seine Felder verkaufen, schließlich den größten Teil seines Hauses vermieten; nur ein einziges Teefeld war ihm geblieben. Zwischen den Säcken voll Reis, die überall an den Wänden lehnten, und den im Haus umherzuckelnden Hühnern, zeugten nur noch ein Küchenschrank, ein Stuhl aus Rattan und eine geschnitzte Holztruhe von besseren Zeiten.

Umso größere Hoffnungen setzte er in seine Söhne, allen voran Wang. Merklich stolz war er, dass sein Jüngster das Wagnis eingegangen war, in die Ferne hinauszuziehen, in die Städte entlang der Küste, um sein Glück zu machen.

Fortune war dankbar für die Gastfreundschaft, mit der die Wangs ihn aufnahmen, obwohl sie selbst so wenig hatten. Es beschämte ihn, dass er ihnen diese Großzügigkeit nicht vergelten konnte; die paar Silbermünzen, die ihm geblieben waren, wurden von Mutter Wang entrüstet, von Vater Wang mit warmherzigem Stolz zurückgewiesen.

Obwohl er aus einer Bauernfamilie stammte, hatte Wang senior die Schule besucht, die Dichtkunst studiert und für die Prüfungen eines kaiserlichen Beamten gelernt. Wie alle seine Söhne, bevor sie das Haus verließen, um wie ihr Vater zuvor auf den Feldern zu arbeiten oder ein Handwerk zu erlernen; die Mädchen hingegen waren von ihrer Mutter im Lesen und Schreiben unterrichtet worden.

Die Passion von Vater Wang war die Kalligrafie, was auch die Banner aus schwerem Papier erklärte, die mit ihren Schriftzeichen die Wände der bescheidenen Behausung schmückten. Als er hörte, dass Xinghua-Fortune die chinesische Schrift nicht beherrschte, schlug Vater Wang die Hände über dem Kopf zusammen und schickte seinen Sohn nach einer Art Fibel, Tinte und Papier.

Ohne dass Vater Wang oder sein Sohn es erwähnten, war Fortune bewusst, welche Ehre es bedeutete, in einer der Traditionen dieses Hauses unterwiesen zu werden.

Wang senior erwies sich als geduldiger Lehrer, Fortune als geduldiger Schüler – geduldiger als der junge Wang es je gewesen war, darin waren sich Vater und Sohn gutmütig lachend einig. Fortune hatte auch alle Zeit der Welt dafür, in diesem Winter in Anhui, wo es oft tagelang regnete.

Wie eine eigene Kunstform erschienen ihm diese Zeichen, weitaus mehr als nur ein Mittel zur schriftlichen Verständigung. Mehr als eine Methode, Zeugnis für die Nachwelt abzulegen.

Für seine westlichen Augen bestand jedes Wort, das mit Blumen zu tun hatte, aus zwei angedeutete Blüten, eine mit Stängel und Blatt, die andere mit einer langen Wurzel. Das Zeichen für Gärtner bekam zu der Blume noch eines dazu, das an das Werkzeug seines Berufsstandes erinnerte, und der Garten selbst war ein umfriedetes Stück Land, in dem sich Beete, Kieswege und Sträucher erahnen ließen.

Die fremdartige Komplexität wie bestechende Logik dieses Systems forderten Fortunes Verstand und Gedächtnis heraus. Und seine Geschicklichkeit; ohne den sicheren Halt einer aufgestützten Hand lernte er, den Pinsel mit frei beweglichem Handgelenk zu führen.

In Spalten von oben nach unten geschrieben, von rechts nach links, von hinten nach vorne durchgeblättert, stellte diese Schrift sein Denken auf den Kopf. Öffnete seinen Blick, den Horizont seiner Vorstellungskraft.

Manchmal sann er darüber nach, wie ähnlich dieser Landstrich hier seiner Heimat Schottland war: die Luft und der Regen und der Nebel. Die Farben der Landschaft und die Stimmungen des Tages.

Die Bauern, die sich auf ihren Feldern abmühten, die Steinmetze, die mit einfachsten Werkzeugen Stein aus dem Fels schlugen, und die Händler, die mit schweren Körben auf dem Kopf auf den schmalsten Pfaden bergan schnauften – jeder von ihnen hatte seinen ebenso hart arbeitenden Gegenpart in Schottland. Fortune konnte sich noch dunkel an die Zeiten erinnern, als Kleinbauern in einem winzigen Cottage zusammen mit ihrer Kuh und ihrem Schwein aßen und schliefen, genau wie er es hier in Anhui beobachtete.

Wie die Wangs gab es auch in Schottland genug Familien, die ohne eigenes Verschulden in die Armut abgeglitten waren und um ihr Überleben kämpften. Und dennoch wurden in diesen Familien Bücher gelesen, steckte man jeden Penny in die Schulbildung der Kinder, auch wenn man ihn vom Essen abzwackte oder die Joppe eben noch ein weiteres Jahr getragen werden musste.

Bildung war in Schottland das Brot von morgen. In Anhui war sie der Reis, der die Schüsseln der Kinder einmal füllen würde.

Wenn er Vater und Sohn Wang im Umgang miteinander beobachtete, nahm er starke Ähnlichkeiten wahr. Die Art, den Kopf schräg zu halten, wenn sie ihrem Gegenüber aufmerksam zuhörten. Sich beim Nachdenken gedankenvoll mit dem gekrümmten Mittelfinger an der Basis des Schädels kratzten oder mit dem Nagel des kleinen Fingers die Windungen der Ohrmuschel nachfuhren, in den unendlichen Schleifen einer Lemniskate.

Allerdings fiel Wangs Mimik ausdrucksstärker und lebhafter aus als die seines Vaters. Als hätte sich in ihm etwas geöffnet, in den fremden Städten und Landstrichen an der Küste, im Kontakt mit Menschen aus fernen und fernsten Ländern, deren Sprachen. Während Wang senior in seiner vertrauten, unveränderlichen Welt zwischen Reisfeldern und Bergen verhaftet geblieben war. Und so oft sich Vater und Sohn mit Blicken ihrer Einmütigkeit versicherten, so oft verrieten Blicke stummen Vorwurfs und wortloser Rechtfertigungen alte Spannungen, nie ganz beigelegte Unstimmigkeiten.

Fortune rechnete es Wang hoch an, dass er ihm das überaus großzügige Wohlwollen nicht neidete, das sein Vater ihm entgegenbrachte. Die Geduld und Nachsicht von Vater Wang, sein Lob für Fortunes Fortschritte in der Schreibkunst, das zuweilen in Triumph gipfelte, schienen zu bestätigen, dass auch in China meist die Kinder anderer Leute als begabter, vielversprechender, besser erzogen galten.

Ein Muster, das ihn an seinen eigenen Vater erinnerte.

Hier in China wurde Fortune sich der unsichtbaren Fäden bewusst, die Kinder an ihre Eltern banden. Fäden, die sich im Lauf der Jahre und Jahrzehnte länger und länger zogen. Sich in alle Richtungen dehnten, die der eingeschlagene Lebensweg nahm. Sich dabei straff spannten und dünner wurden, aber niemals abrissen. Selbst wenn der Sohn den Vater schon um Haupteslänge überragte, die einstmals stolze Eiche von Mann inzwischen gebeugt ging, nach einem Leben voll Knochenarbeit verwittert, etwas von der Kraft des Körpers und manchmal auch des Willens bereits ausgewaschen.

Sogar bis ans Ende der Welt reichten diese Fäden noch. Wie ein Baum, der sich dem Himmel entgegenreckt, seine Äste nach den Elementen ausrichtet und doch an seiner Basis die Form behält, die der Gärtner ihm in seiner Jugend gegeben hat. Etwas, das auf ihn ebenso zutraf wie auf Wang.

Parallelen wie Unterschiede, die ihn beschäftigten. Wie die Gemeinsamkeiten und Verschiedenheiten der Narzissen in China und Europa, der Rosen und Lilien.

Als ob beiden Welten dieselben Prinzipien zugrunde lagen, in der Natur ebenso wie bei den Menschen. In ihrer Essenz unveränderlich, nur an der Oberfläche von unterschiedlicher Gestalt. Geformt durch einen anderen Verlauf der Geschichte, eine andere Kultur, feine Unterschiede in der alltäglichen Lebensweise. Große Unterschiede auf den ersten, den zweiten Blick, die den Boden für Fremdheit bereiteten, für Missverständnisse, sogar für Feindseligkeit. Die jedoch verschwammen, wenn man genauer hinsah, und sich schlussendlich auflösten.

Wenn Fortune mit untergeschlagenen Beinen auf dem Boden saß und über ein Schriftzeichen nachdachte, fuhr er sich oft über den Kopf, von Wang regelmäßig mit einigen Schrammen und Schnitten nachgeschoren. Manchmal fiel es ihm dann ein, dass er früher dickes, widerspenstiges Haar dort gehabt hatte; wie angewachsen fühlte sich sein Zopf aus Pferdehaar inzwischen an.

Wenn er sich dessen bewusst wurde, wie er aussah, in dieser chinesischen Tracht, der Stoff vollgesogen vom Qualm der Kochfeuer, seine Haut schmierig vom Fett, das in der Luft lag, und Ruß in den Poren, dachte er an das Cottage in Chiswick. An Jane und die Kinder.

Fortune fragte sich, was Jane denken würde, könnte sie ihn so sehen. Ob sie in ihm dann immer noch den Mann erkannte, den sie geheiratet hatte. Wie seine Abwesenheit seine eigenen Kinder wohl prägen mochte. Zwei Jahre, die in Helens Kinderzeit eine Ewigkeit bedeuteten, und davor war nicht genug Zeit gewesen, für John bleibende Erinnerungen zu schaffen. Ob sein Fehlen wie eine tiefe Kerbe war, die aus Versehen in den Stamm geschlagen wurde? Oder ein Stein, den die Rinde wohl oder übel in sich bergen musste? Eine Wunde, die sich in der Folge wieder schloss und nur eine Narbe hinterließ, die nahe den Wurzeln und auf die Lebenszeit eines Baumes gerechnet nicht weiter ins Gewicht fiel? Oder aber eine Spaltung des Stamms wie durch einen Blitzschlag; eine Beschädigung, die dem Wachstum des Baumes unwiderruflich eine neue Richtung gab? Fragen, die er sich nicht beantworten konnte; dafür war er hier zu weit von allem entfernt.

Fremd kam er sich in solchen Momenten vor, fremd sowohl in seiner chinesischen Haut wie in der englischen darunter.

In diesen Momenten war er unsicher, welches Leben Wirklichkeit war und welches ein Traum: das in England oder das hier in China.

50

Sobald ich Hongkong hinter mir gelassen hatte und auf das Festland übersetzte, ließ ich mich davonspülen wie ein Stück Treibholz. Über die Bäche, Flüsschen und Seen im Land der Tausend Wasser. Durch das Land der Sümpfe und heißen Quellen, bis hinauf zu den schlangengleichen Windungen des Flusses des Ostens.

In Guangzhou blieb ich nicht lange, dort erinnerte mich zu viel an Fortune. Lieber driftete ich durch das Land der Hundert Flüsse, in dem ein immerwährender Sommer herrschte.

Meine Augen, meine Ohren hielt ich dabei immer offen. Ich beobachtete die Leute, hörte mir an, was sie untereinander redeten, redete auch selbst mit ihnen. Als wäre das Land, das ich einmal so gut gekannt hatte, ein fremdes, das ich erst kennenlernen musste.

Vom Regen hörte ich, der das Getreide auf dem Feld ertränkt hatte, und von angeschwollenen Wasserläufen, die die Reispflanzen fortgerissen hatten und das Vieh gleich mit. Von ungerechten, bestechlichen Beamten voller Willkür. Über Diebe und Räuber wurde geklagt, um die sich der Arm des Gesetzes nicht scherte, wenn die zum Opfer wurden, die ohnehin nicht viel hatten.

Vertraute Klagen, die vielleicht so alt waren wie China selbst.

So alt wie die Dynastie der Qing war der Unmut gegen die fremden Herrscher aus dem Norden. Daneben nahm sich zwar der Unwille gegen die fremden Barbaren aus dem Westen jung aus, dennoch war auch dieser inzwischen ein Gemeinplatz. Besonders in den Gegenden, die noch nie einen weißhäutigen, rothaarigen Mann gesehen hatten.

Es war die Art, wie dieser frische Hass den ewigwährenden, nie schwindenden Zorn befeuerte, die ganz neu war. Jetzt, nachdem die

Mandschu in ihrer Eitelkeit, ihrem Starrsinn diesen Krieg verloren hatten, der nicht nur Unmengen an Silber und Blut kostete, sondern auch den Teufeln aus dem Westen die Tore zu unserem Reich öffnete.

Mit Gedanken und Worten schlugen die Menschen Funken über einer schon lange schwelenden Glut und schürten sie tüchtig, mit einem fieberhaften Eifer, einer Ungeduld und Heftigkeit, die mich erschreckte.

Ich floh vor dieser Unruhe, die die Luft auflud wie kurz vor einem Gewitter und schweflig roch. Den Fluss des Westens hinauf floh ich. Durch die tiefen Schluchten und dunklen Wälder von Landschaften wie aus den alten Legenden. Wo Wehrtürme seit Jahrhunderten über das Land zu ihren Füßen wachten und Felsen wie versteinerte Krieger das Ufer behüteten, mochte ich mich sicher fühlen.

Dort, wo sich der Fluss zu einem stillen, verträumten See weitete, gingen Wasser und Land fast ununterscheidbar ineinander über. Bis zum Horizont reichten die Seen, in denen sich Felsen spiegelten, grüne Wälder und die Wolken am Himmel. Eine Welt, die nicht fest gegründet, sondern auf den Weiten der Wasser dahinzugleiten schien.

Umso standhafter zeigte sich die Stadt mit ihren massiven Mauern, die als Insel im Fluss des Westens lag. Weit hinaus ins Land blickten ihre Türme und erinnerten an damals, als China noch nicht geeint gewesen war, seine Reiche miteinander im Streit lagen. Mehr als nur ein Hauch von Geschichte lag hier in der Luft: Ein überdauernder Atem der Geschichte sickerte beständig aus den Rissen und Sprüngen im Stein.

Hier war es die Zeit, die sich im Fluss befand, zwischen einer Vergangenheit, die nie zu Ende gegangen war, und einer Gegenwart, die weit zurückreichte. Im Stimmengewirr der Menschen, die die engen, alten Gassen wohl auf die gleiche Weise bevölkerten wie all die Generationen vor ihnen. In der Frische der Früchte von Feldern und Gärten, die vor den betagten, immer noch kunstvollen Fassaden feilgeboten wurden, und den Rufen ihrer Händler. Im Hämmern und Klopfen aus den

Werkstätten, in denen dasjenige neu gemacht wurde, was unter der Zeit gelitten hatte.

Ewiggleich, gewiss seit Menschengedenken, waren auch die Geräusche von Streit und Kampf. Wie überall, wo ich je gewesen war, und sicher auch sonst auf der ganzen weiten Welt.

Die Geräusche von Hieben. Lautes Keuchen und Stöhnen, mal im Schmerz, mal angestrengt und wutentbrannt. Flüche und gebrüllte Schimpfwörter. Geräusche, die im Brausen und Summen der Stadt fast verwehten; ein Kräuseln in den Wellen aus Stimmen, Schritten, Handgriffen, Atemzügen, dem Rascheln von Kleidern, Hufgeklapper und dem Knirschen von Wagenrädern. Ein Vibrieren auf der Haut, das manchen auf der Gasse schneller gehen ließ, wie um davor zu fliehen, andere wiederum wie magisch anzog, nach dem Ursprung suchen ließ.

So wie mich.

Im Schatten eines Torbogens und umringt von Schaulustigen, die sie noch anfeuerten, drosch eine Horde mit Mandschuzöpfen auf drei Gesellen ein. Schmächtige Kerle, vielleicht noch nicht einmal ausgewachsene Männer, die sich verbissen wehrten, mit aller Kraft selbst Schläge austeilten, aber hoffnungslos unterlegen waren.

Nichts deutete auf einen Raub hin. Nichts in den Beschimpfungen, die durch die Luft schwirrten, legte nahe, dass die drei etwas stehlen oder jemanden betrügen wollten. Für mich gab es keinen Zweifel, wer hier das Opfer war.

»He«, rief ich in das Getümmel hinein. Ein erstes Ausstrecken meiner Fühler, wie ernst diese Prügelei sein mochte.

Keiner der Männer mit Zopf hob auch nur den Blick; ein paar Gaffer – halbwüchsige Burschen mit Pickeln und den allerersten Barthärchen im Gesicht – lachten, stießen sich grinsend gegenseitig an. Wie so oft, wenn eine Frau die Stimme erhebt.

Ich folgte meinem eigenen Ruf und flog über die Gasse. Über die Papierfetzen hinweg, schwarzschlierig von Schriftzeichen, den Fragmenten ungelenker Zeichnungen, die den Boden bedeckten wie schmutziger Schnee.

Wie ein Windstoß fuhr ich zwischen die verknäulten Leiber. Hieb um Hieb löste ich nach und nach diesen Knoten. Einen Tritt nach dem anderen versetzte ich, gegen Arme, Beine, Kieferknochen und Weichteile.

Der Moment des Triumphs blieb aus, es gab noch nicht einmal ein Aufatmen. Mit jedem Mann, der zu Boden ging, wuchs die Unruhe in der Menge. Die ersten Schaulustigen, die das vorzeitige Ende dieses Spektakels fürchteten, machten sich daran, mit geballten Fäusten in die Bresche zu springen. Ein Stein traf mich an der Schulter, und aus dem Augenwinkel entdeckte ich einen drohend geschwungenen Hammer.

Es gab nur einen Weg, diesen Streit zu beenden, ohne unnötig Blut zu vergießen. »Lauft!« Ich zerrte einen der drei Gesellen vom Boden hoch, trieb die anderen beiden vor mir her.

Selbst die größte Stadt, mag sie sonst noch so lebhaft und laut sein, hat ihre stillen Winkel. Dunkel sind sie meistens, zumindest dämmrig und tags fast genauso leer wie in der tiefsten Nacht. Selbst in der Stunde des Pferdes, wenn die Sonne am höchsten steht.

Wie die Gasse, in der sich unsere atemlosen Laufschritte verlangsamten, wir schließlich stehenblieben. In der Ruhe eines menschenverlassenen Fleckchens, in Sicherheit. Nur eine alte Frau lugte aus einem Fenster und beäugte uns misstrauisch, bevor sie mit Nachdruck den Fensterladen zuschlug.

»Habt vielen Dank für Eure Hilfe«, keuchte einer der drei, während er sich mit dem Handrücken das Blut aus dem Mundwinkel wischte. »Ich bin Dong, und die beiden hören auf die Namen Chang und Chao. Frau ...«

Ich ging auf seinen fragenden Blick nicht ein, dachte auch nicht daran, mir ihre Namen zu merken, das tat ich nie.

»Gebt Acht in der nächsten Zeit«, riet ich. »Solche Kerle schlagen wieder zu, solltet ihr noch einmal ihren Weg kreuzen. Verlasst vielleicht besser die Stadt, wenn ihr könnt. Wenigstens für einige Zeit. Die Menschen vergessen zum Glück schnell.«

Mit dem Ärmel fuhr ich über meine schweißnasse Stirn und wandte mich zum Gehen.

»Wartet bitte. Wir sind Euch zu großem Dank verpflichtet. Erweist uns die Ehre und seid heute unser Gast.«

Ich zögerte, allerdings nicht allzu lange: Die Aussicht auf eine ordentliche Mahlzeit war zu verlockend.

Die Garküche war nicht mehr als ein Verschlag aus Holzlatten, der schief an einem Stück Stadtmauer klebte. Kaum sauberer als in einem Stall war es dort, und genauso einfach war das Essen.

Über der großen Schüssel mit dampfendem Reis, den grob zerteilten gekochten Hühnern und *bok choi*, dem weißen Gemüse, musterte ich die drei Männer. Sehr jung waren sie noch, eher Burschen als Männer.

Mit seinen kleinen Augen, von denen eines gerade in Schattierungen von Purpur zuschwoll, und seinem pausbäckigen Gesicht erinnerte Chang an eine Bambusratte; dazu passten die dicken Borsten auf seinem Kopf und einzelne Barthaare, die überlang aus seinen Wangen sprossen. Chaos lange Schneidezähne und die Art, wie es fortwährend in seinem zerschlagenen Gesicht zuckte, während er an den Blättern des *bok choi* mümmelte, ließen mich an einen Hasen denken. Ein Hase, dem der geschorene Pelz auf dem Kopf gerade nachwuchs, rings um den Stummel des abgeschnittenen Zopfes.

Dong, dessen zerschrammtes Jochbein sich bläulich verfärbt hatte, mochte ein bisschen älter sein; vielleicht wirkte es so, weil er den Wortführer gab, sein schmales Gesicht mit den großen Ohren und den schräggestellten Augen etwas von einem Rotwolf hatte.

»Wie Ihr den hässlichen Fettwanst mit einem Schlag gegen sein gepolstertes Kinn außer Gefecht gesetzt habt …« Seine Faust schlug bekräftigend in die Luft, bevor er ein Stück Huhn in der feurigen roten Soße versenkte.

Ich runzelte die Stirn. Schön oder hässlich waren keine Kriterien im Kampf, ebenso wenig wie Wohlwollen oder Abneigung; dort gab es nur die Pole von stark und schwach, geschickt oder ungeschickt. Selten achtete ich dabei auf körperliche Eigenheiten, auf Gesichter.

Mein Blick war ein anderer. Meine Aufmerksamkeit galt allein den Bewegungen: den Vorahnungen davon, ihrer logischen Abfolge. Den Schwachpunkten des Körpers, die bei fast allen Menschen die gleichen waren.

»Ihr seid wahrlich eine Frau von bemerkenswerten Fähigkeiten. Ich empfinde es als eine große Ehre, Euch begegnet zu sein.«

Plötzlich auf der Hut, senkte ich meinen Blick auf das Stück Huhn zwischen meinen Stäbchen, zog es durch die klare Soße mit Ingwer und Knoblauch.

Alles, was ich über Schmeicheleien wusste, über ihre Macht auf die Menschen, hatte ich von Älterer Bruder gelernt. Darauf verstand er sich gut, wenn es ihm ein vielversprechender Weg schien, seine Ziele zu erreichen; eine harte Lektion war es für mich gewesen, als ich ihn endlich durchschaut hatte.

Ich musste an Meister Qiang denken, der sparsam gewesen war mit seinem Lob. Der mir nie welches spendete, ohne mir mit dem nächsten Atemzug meine Eitelkeit vorzuhalten. Mir schonungslos aufzuzeigen, wo mein Kampf, mein Charakter noch immer Mängel aufwiesen. Es war nie das gewesen, was ich hatte hören wollen, aber immer die Wahrheit. Etwas, das mir meinen weiteren Weg wies. Mir mehr half als jedes noch so kunstvolle Kompliment. Auch wenn ich lange gebraucht hatte, um zu verstehen, dass es seine Art gewesen war, mir zu sagen, dass ihm etwas an mir lag.

Trotzdem verfehlten Dongs Worte ihre Wirkung nicht; wider besseres Wissen fühlte ich mich von der Art, wie er mich umwarb, angezogen.

»Wir könnten jemanden wie Euch gut gebrauchen«, setzte er hinzu.

Die Lider halb gesenkt, sah ich zu ihm hin. »Wer ist wir?«

Mit gespreizten Fingern fuhr er sich durch das Haar. Glatt und glänzend war es, wie das Gefieder eines Raben, es reichte fast bis zu seinem dreieckigen Kinn.

»Siehst du das?«, fragte er. »Kein rasierter Kopf mehr. Kein Zopf. Ich habe das Joch der Mandschu abgestreift. Ich bin frei.«

Ein gewinnendes Lächeln erschien auf seinem Rotwolfgesicht. Mir wurde bewusst, wie gut er aussah mit seinen klaren Zügen, den schrägen Augen. Und dass er ebenfalls um die Wirkung seines Äußeren wusste, war offensichtlich.

»Auch du kannst das Los abwerfen, das diese Tyrannei dir auferlegt. Auch du kannst frei sein. Heute schon, wenn du willst.«

Mir gefiel nicht, wie vertraulich er mich unvermittelt anredete. Sich ein Urteil über meine Art zu leben anmaßte.

»Ich bin *jianghu*. Ich bin frei.«

»Keine Frau kann in diesem Land wirklich frei sein. Nicht, solange die Frauen nicht den Männern gleichgestellt sind. Solange wir noch die Last der alten Werte tragen. Solange die neue Zeit noch nicht angebrochen ist. Aber sei versichert – sie ist nah, diese neue Zeit. Ein neues Leben steht uns bevor, in Freiheit und Gleichheit und Gerechtigkeit. Uns allen.«

Dong verstand zu reden, das musste man ihm lassen. Er wusste seine Worte so zu wählen, dass sie Gewicht hatten. Worte, die einen umgarnten. Die Fantasie anregten und tief verborgene Sehnsüchte weckten. Hätte Älterer Bruder nicht stets darauf bestanden, der Anführer zu sein, alles besser zu können, besser zu wissen, wären die beiden bestimmt gut miteinander ausgekommen.

Dong schob seine leere Schale beiseite und lehnte sich über den Tisch, dämpfte seine Stimme zu einem Raunen.

»Falls du noch nichts von Hong Hsiu-ch'uan weißt, so wirst du bald von ihm hören. Sehr bald sogar. Denn er ist kein anderer als der Auserwählte. Derjenige, der dazu bestimmt ist, das Joch der Mandschu zu zerbrechen und unser Volk in die Freiheit zu führen.«

Mein Blick wanderte von Chang, der triumphierend grinste, zu Chao, dessen Augen voller Bewunderung an Dong hingen, während er den Mund voll mit Reiskörnern und Hühnerfleisch hatte.

»Hsiu-ch'uan stammt von hier, aus Guangdong«, fuhr Dong fort. »Er schien dazu bestimmt, die Laufbahn eines kaiserlichen Beamten einzuschlagen. Doch ein ums andere Mal scheiterte er bei den Prüfungen, bis ihm untersagt wurde, es ein weiteres Mal zu versuchen. Hsiu-ch'uan wurde von einem rätselhaften Fieber befallen und lag im Delirium. Doch in dieser Finsternis erlangte er plötzlich eine ungeahnte Klarheit des Geistes, eine Erleuchtung der Seele. Er verstand, dass er durch diese Prüfungen hatte fallen müssen, weil er den falschen Weg gewählt hatte. Von Anfang an war er zu Höherem bestimmt gewesen. Sogar einen Fingerzeig hatte er bereits erhalten, ein Schriftstück, das ihm ein Kirchenmann des Westens ein Jahr zuvor überreicht hatte. Hsiu-ch'uan erkannte, dass er niemand Geringeres ist als der Sohn Gottes. Der jüngere Bruder von *yesu jidu*. Wie dieser ein Heilsbringer, von Gott, seinem Vater, nach China entsandt, um die Teufel aus dem Land zu vertreiben. Um Gottes Wort zu verkünden und das Königreich des Himmels hier zu errichten.«

Seine Stimme wurde heiser vor Erregung, und ein leidenschaftlicher Glanz überzog seine Augen.

»Ein großer Mann ist er, voller Weisheit und Güte und flammender Entschlossenheit. Unzählige Dämonen hat er bereits vertrieben. Die Mandschu werden die Nächsten sein, dann die fremden Barbaren. Hsiu-ch'uan wird China befreien und wieder groß machen. Zusammen mit uns allen, die wir ihm folgen. Zu einem Reich ohne Ungerechtigkeiten, ohne Hunger und Not wird unser China werden. In dem wir alle wie Brüder und Schwestern glücklich miteinander leben.«

Ein Bruch zog sich durch die polierte Oberfläche der Gedanken, die er vorgetragen hatte; eine scharfe Kante inmitten des sonst so geschmeidigen Wortflusses.

»Ihr folgt einem fremden Gott? Dem Gott, den die Barbaren mitgebracht haben – um dann diese Barbaren zu vertreiben? Eure Glaubensbrüder? Wie kann das sein?«

Der Glanz in Dongs Augen härtete aus, zu dunklem, unbeugsamem Stahl.

»Für Gott in seiner allumfassenden Weisheit und Güte sind wir alle seine Kinder, gleich welcher Hautfarbe. Es war sein Wille, dass wir durch die Barbaren sein Antlitz erblickt haben, das ist wahr. Aber sie haben sich längst schon von ihrem Glauben abgewandt. Alles, was sie tun, was sie sagen, was sie sind, ist gottlos und schändlich. Sie haben sich von ihrem Gott abgewandt, und nun ist er es, der sich von ihnen abgewandt hat. Wir sind jetzt das auserwählte Volk. Es ist Gottes Wille, dass wir sein Wort verteidigen. Seinen Glauben jeden einzelnen Tag leben und im Reich verbreiten. Auch wenn es dafür nötig sein wird, alle Abtrünnigen zu vernichten.«

Ich schlug die Augen nieder. Dongs Erklärung konnte den Bruch nicht kitten, der sich für mich nach wie vor durch diese Gedanken zog. Sie in zwei Hälften spaltete, die in unversöhnlichem Widerspruch zueinander standen. Trotzdem schlug mein Herz schneller bei der Vorstellung, die Mandschu fallen zu sehen. Die fremden Barbaren aus dem Land zu jagen, gleich unter welchem Vorwand.

Bis ich an Fortune dachte und mein Herz einen Schlag versäumte.

Es waren seine Landsleute, über die Dong auf diese Weise sprach. Über die ich genauso dachte.

Konnte ein einziger Mensch so viel Gewicht haben wie Dutzende, Hunderte, vielleicht gar Tausende seines Volkes?

»Noch sind wir wenige«, hörte ich Dong sagen. »Aber wir werden bald mehr sein. Viele, viele mehr. Und je mehr wir sind, desto näher rückt der Tag, an dem wir China für immer verändern. Ein Paradies werden wir hier schaffen, für all die Menschenseelen des Landes.«

Ich erinnerte mich an die schmutzigen, zerrissenen Flugblätter auf der Gasse.

»Haben sie euch deshalb verprügelt?«, fragte ich leise. »Für eure Worte?«

»Die Menschen sind dumm. Selbst schwingen sie laute Reden von Veränderung und Umsturz – aber wehe, jemand kommt daher, der die Dinge zwar genauso sieht, sich jedoch nicht mit Worten allein begnügt. Der Taten folgen lassen will.«

Die Verächtlichkeit, die eben noch sauer aus seiner Stimme troff, schmolz dahin, und er schlug einen versöhnlicheren Ton an, fast nachsichtig.

»Ich kann es ihnen nicht verdenken. Zu lange mussten sie sich unter der Knute der Mandschu ducken. Zu lange hat man ihnen Furcht vor dem Himmelssohn und Gehorsam eingebläut Es wird noch einige Zeit und vor allem viel Geduld brauchen, um ihre Augen zu öffnen. Damit sie die Wahrheit erkennen und danach handeln. Selbst wenn wir sie dazu zwingen müssen. Oder selbst dafür sterben.«

Das Feuer, das zwischen seinen Worten aufloderte, beunruhigte mich; ich konnte nicht einschätzen, ob es noch Leidenschaft war oder schon Besessenheit.

Hatte ich recht gehandelt, vorhin auf der Gasse, als ich mich auf die Seite der drei Burschen gestellt hatte? Ich wusste es nicht mehr. Die Linie zwischen Recht und Unrecht, immer scharf, von immer unverrückbarer Klarheit, verschwamm vor meinen Augen.

Sie war mein einziger Halt gewesen, in all den Jahren, auf all meinen Wegen.

Ich spürte, wie Dong sich noch weiter über den Tisch lehnte, seine Augen auf mich geheftet; sogar sein Atem klang jetzt wie der eines Rotwolfs, der Witterung aufnimmt.

»Stell es dir doch nur vor«, raunte er. »Ein freies China. Frei von der Herrschaft der Mandschu. Frei von den habgierigen, hässlichen Barbaren. Ein Land, das in Frieden lebt und nichts als Gerechtigkeit kennt. In dem es keine Herren und Diener mehr gibt, sondern nur noch Brüder und Schwestern. Männer und Frauen, die die gleichen Rechte besitzen.«

So leise sprach er weiter, dass ich mich unwillkürlich nach vorn neigte, um ihn noch verstehen zu können. Dabei war seine Stimme alles andere als schwach; sondern eindringlich und mit so viel Gefühl aufgeladen, dass mir ein wohliger Schauer den Nacken hinabrieselte.

»Wir brauchen dich, unbekannte Heldin mit dem Schwert. Wir brauchen Frauen wie dich, die unsere Kunde an die Frauen des Landes weitertragen. Ihnen Mut machen, ihre Fesseln zu sprengen und sich uns anzuschließen. Wir brauchen dich für die Kämpfe, die uns bevorstehen. Um Männer wie Frauen anzuleiten, für Gerechtigkeit und Freiheit zu streiten. Ohne Frauen wie dich werden wir es nicht schaffen, dieses Land zu verändern und seine Geschicke in die eigenen Hände zu nehmen.«

Zehn Jahre war ich durch das Land gezogen, um in den Wassern des Flusses des Westens, in dieser Stadt jenseits der Zeit, einem langmähnigen Burschen zu begegnen, der mit seinen Freunden die gleichen Sehnsüchte hegte wie ich. Im rußverschmierten Verschlag dieser Garküche, auf dem fettigen, von Essensresten verklebten Tisch entwarf Dong vor meinen Augen ein China, das ich mir insgeheim immer ersehnt hatte.

Ein freies Land, über dem allein der Gott der Gerechtigkeit herrschte. In dem Männer und Frauen gleich viel wert waren. Dafür zu kämpfen – davon hatte ich schon so lange geträumt. Davon geträumt hatte ich, eines Tages mein Wissen weiterzugeben. Eine Meisterin zu sein wie Ng Mui einst, vor so langer Zeit.

»Ich bitte dich – schließ dich uns an. Stell deine Fertigkeiten in den

Dienst unserer Sache. Aus China ein Königreich des Himmels zu machen – lohnt es sich denn nicht, dafür zu kämpfen?«

Er war geschickt darin, Menschen zu umgarnen, das sah ich wohl, und für den Moment ließ ich es geschehen.

Zu groß war mein Sehnen in diesem Moment, irgendwo hinzugehören. Wieder Wurzeln zu schlagen zwischen Gleichgesinnten, auf einem gemeinsamen Weg, in einem gemeinsamen Ziel.

War es am Ende nicht gleich, welchen Namen man dem Gott gab, für den man stritt, und wo er herkam – solange es ein Gott der Gerechtigkeit war?

Alle meine Hoffnungen, alle meine Träume konnten wahr werden. Bald schon.

Ich brauchte nur Ja zu sagen.

Jane verzweifelt an ihrer neuen Aufgabe.

Obwohl Mr Lindley sich um Rücksicht bemüht, den Inhalt seiner Briefe langsam formuliert, damit sie mitkommt. Im Takt seiner gemächlichen Schritte, mit denen er den Schreibtisch in mal engeren, mal weiteren Kreisen umzirkelt. Auch die einleitenden und abschließenden Formulierungen, die er bald schon wieder gedankenlos herunterhaspelt, weil sie sich mehr oder weniger gleichen, kann Jane schnell mit Bleistift auf das Papier bannen.

Es sind die langen und komplizierten botanischen Bezeichnungen in den Briefen, die Jane verzweifeln lassen. Die Fremdwörter, die nicht in ihrem Wortschatz vorkommen.

Rhizom. Abaxial. Mesokarp. Gynoeceum. Petiolus.

Sie schreibt sie nach Gehör nieder, so gut sie kann.

Trotzdem glüht sie vor Scham bei dem Gedanken, Mr Lindley Briefe zur Unterschrift vorzulegen, die vor Fehlern strotzen.

Wenn sie sich vorstellt, ein wichtiger Mann der Botanik, der höheren Gesellschaft oder gar der Politik bekommt einen solchen Brief zu lesen und wundert sich dann über die unkundige Schreibkraft im Hause Lindley.

Dumm kommt sie sich vor in diesem Haus, in dem Bücher und wissenschaftliche Schriften wie Brot und Butter sind und lateinische Doppelnamen das, was bei ihr daheim früher Begriffe wie Melken oder Kalben waren. Sie ertappt sich dabei, wie sie innerlich den Kopf darüber schüttelt, dass man aus vollen Händen sein Geld für Bücher ausgeben kann und dann am Essen sparen muss. Wie man lieber für Forschungsreisen aufkommt und für den Druck langer Aufsätze über Kräuter und Moose und Farne und Orchideen statt für bessere Kleider oder neue Vorhänge, weil die alten bereits löchrig sind.

Eine solche Überheblichkeit ist Jane sonst fremd; sie ahnt, dass sie damit zusammenhängt, wie unzulänglich sie sich zwischen all den gelehrten Köpfen hier fühlt.

Jane ist versucht, Miss Lindley zu sagen, dass dieser Versuch gescheitert ist. Jane ist gescheitert an dieser Herausforderung, sie kann das einfach nicht. Sie ist nicht fähig genug. Doch allein schon, wenn sie sich ein solches Gespräch vorstellt, zergeht sie gleich ganz vor Scham.

Also überwindet sie sich und bittet Sarah Lindley mit hochrotem Kopf um ein Buch, in dem sie all diese Begriffe nachlesen und sich ihre Schreibweise einprägen kann.

Eigentlich ist Jane müde an diesem Abend, nachdem Helen und John endlich eingeschlafen sind.

Der neue Ablauf ihrer Woche bringt die Kinder durcheinander. Sie sind es gewohnt, dass eine halbe Stunde früher oder später, die sie ihre Morgenmilch getrunken, ihr Brot mit Butter und Honig gegessen oder ihr Porridge gelöffelt haben, keinen Unterschied macht.

Jetzt jedoch gibt es Tage, an denen ihre Mutter sie zur Eile antreibt. Sie hastig in ihre Mäntel steckt und keine Geduld hat, wenn ein Handschuh nicht aufzufinden ist. Nicht einmal genug Zeit bleibt, unterwegs in aller Ruhe die Krähen zu beobachten, die im Nebel auf dem Feld herumpicken, weil sie doch nach Acton Green müssen.

Jane ist dankbar, dass sie die Kinder jedes Mal mitbringen kann, sie wüsste sonst nicht, wohin mit ihnen. Das fremde, große Haus, voll mit fremden, freundlichen Menschen, gefällt Helen und John. So sehr, dass sie am Ende jeden Tages dort ganz aufgekratzt und nur mit Mühe dazu zu bewegen sind, ihren Teller leerzuessen und ins Bett zu gehen.

Ungeachtet ihrer Müdigkeit zwingt sich Jane, sich an den Küchentisch zu setzen und im Lampenschein das Buch aufzuschlagen, die ersten Fachbegriffe, auf die sie stößt, auf einem Blatt Papier niederzuschreiben.

Sie erstarrt, als sie umblättert und auf den gezeichneten Querschnitt einer Blüte blickt. Auf Umrisse und Formen, die sie an etwas ganz anderes erinnern. Während ihre Augen, getrieben von einer ganz neuen Wissbegierde, die Jane nicht im Zaum halten kann, über die schriftliche Erläuterung dazu huschen, schießt ihr das Blut ins Gesicht.

Rasch schlägt sie das Buch zu und schiebt es von sich. Ihre Gedanken kann sie jedoch nicht genauso einfach beiseite wischen, die folgen ihren eigenen Wegen.

Natürlich weiß Jane um diese Dinge, sie ist auf dem Land groß geworden, zwischen Kühen, Schweinen und Schafen. Trotzdem ist es verstörend zu lesen, dass sich das bei den Pflanzen nicht viel anders verhält als bei den Tieren und den Menschen. Bei Blumen und Bäumen, die ihr immer so geschlechtslos vorgekommen sind.

So unschuldig.

Es ist ungehörig, sich mit solchen Dingen näher zu befassen. Zumindest hat man ihr das beigebracht.

Es sind aber auch genau diese Dinge, mit denen Robert sich beschäftigt. Mr Lindley. Sogar Miss Lindley und Miss Drake, die als Gouvernante doch bestimmt über jeden moralischen Zweifel erhaben ist.

Ungehörig, hallt es in Jane wider. Aufbegehren regt sich in ihr. Vielleicht purer Trotz, nachdem sie immer getan hat, was man ihr sagte. Sich danach gerichtet hat, was sich gehört und was nicht. Vielleicht ist es auch schlicht ihr Verstand, der ihr schonungslos aufzeigt, wie unsinnig ein solches Gebot ist.

Schließlich ist Jane kein blutjunges, empfindsames und zerbrechliches Geschöpf. Eine erwachsene Frau ist sie, die mit beiden Beinen im Leben steht, und verheiratet noch dazu.

Was könnte daran schon ungehörig sein, geht es ihr durch den Kopf, wenn man zwei Kinder in sich getragen und zur Welt gebracht hat.

Unwillkürlich reckt sie das Kinn und zieht das Buch wieder zu sich heran.

Addendum – datiert vom 30. August 1844

Zu den Instruktionen der Horticultural Society of London, 21 Regent Street, für Mr Robert Fortune -

datiert vom 23. Februar 1843

Da die Ergebnisse Ihrer bisherigen Forschungen eine Verlängerung Ihres Aufenthaltes in China nötig erscheinen lassen, erteilt die Society Ihnen hiermit weitere Instruktionen.

Ihr Aufenthalt in Asien wird um ein Jahr verlängert, beginnend mit dem Datum dieses Dokumentes. Ihr Salär wird ab diesem Zeitpunkt einhundert Pfund Sterling betragen, bis Sie die Verantwortung für die Treibhäuser nach Ihrer Rückkehr aus China wieder übernehmen – ohne jegliche Abzüge und ausschließlich der Kosten für Ihre Kleidung oder Ausgaben vor Ort.
Eine erneute Verlängerung Ihres Aufenthaltes um ein weiteres Jahr zu denselben Bedingungen ist optional.

Neben dem Sammeln von Teepflanzen und Saatgut aus den besten Lagen wird es Ihre Pflicht sein, von jeder Gelegenheit Gebrauch zu machen, bei der Sie sich Informationen beschaffen können, wie Tee angebaut und von den Chinesen hergestellt wird sowie zu allen anderen Gesichtspunkten, bei denen es wünschenswert erscheint, dass die Leitung der Pflanzenschulen in Indien damit vertraut gemacht wird.
Im Hinblick auf die botanische und wirtschaftliche Bedeutsamkeit dieses Vorhabens werden Sie stets äußerste

Diskretion und Vorsicht walten lassen, um diplomatische Verwicklungen zu vermeiden.

Da uns das Verschiffen einer größeren Anzahl von *Wardian Cases* zu unwirtschaftlich erscheint, werden Sie solche in Shanghai anfertigen lassen, gemäß der Menge an Pflanzen, die nach Indien gebracht werden soll.
Zu diesem Zweck wird Ihnen ein entsprechendes Guthaben bei der Firma Jardine, Matheson & Co. in Shanghai eingerichtet werden, von dem Sie diese und andere notwendige Ausgaben dieser Mission bestreiten.

Sämtliche von Ihnen erworbene Teepflanzen werden von Ihnen nach Calcutta geschickt, an Dr. Wallich vom Botanischen Garten der East India Company.
Es ist angeraten, gegen Entgelt Chinesen von gutem Leumund und Fleiß anzuwerben, die die nötigen Kenntnisse und Fertigkeiten zur Kultivierung und Verarbeitung von Tee besitzen.
Diese sollen den Tee nach Indien begleiten, um Dr. Wallich bei seinen weiteren Forschungen zu unterstützen.

Gez.
John Lindley
(Sekretär)

51

Anhui, Februar 1845

Ein neues Jahr in China, das auch hier im Dorf kräftig gefeiert wurde, mit viel Getöse, das von den Bergen widerhallte. Das Jahr der Erdschlange. Glaubt man den Menschen hier, ein besonders glückliches Jahr – aber das scheint hierzulande auf jedes neue Jahr zuzutreffen.

Mit Wang senior noch einmal auf dem Teefeld gewesen und auch auf anderen in der Nachbarschaft. Hier scheint wirklich jede Familie Tee anzubauen, manchmal auf einem Stück Feld, das nicht größer ist als einer der handtuchschmalen Vorgärten in London.

Wie Schneeflocken auf grünen Sträuchern sehen sie von Weitem aus, die Blüten von Camellia sinensis, *von denen ich ein paar bekommen habe, um sie zu konservieren. Die Pflanze scheint sauren Boden zu bevorzugen, zudem scheint eine hohe Luftfeuchtigkeit unabdingbar.*

Im Dickicht auf einem der Hügel eine winterblühende Art von Jasmin entdeckt – gelbe Blütensterne, die weithin leuchteten in der sonst noch eher kargen Landschaft. Nudiflorum, *da noch keine Blätter an den Zweigen, leider ohne Duft.*

Ich sehne den Frühling herbei, nicht nur wegen der Teeernte.

AUS DEN NOTIZEN VON ROBERT FORTUNE

Den Brief von John Lindley in der Hand, starrte Fortune ins Feuer.

Ein Handwerker aus dem Dorf, der eine Fuhre gefärbter und bemalter Papierbanner für das Neujahrsfest nach Shanghai geliefert hatte, hatte ihn von dort mitgebracht.

Voll des Lobes war dieser Brief. Für Fortunes bisherige Arbeit. Für die Specimina, die in gutem bis sehr gutem Zustand angekommen waren, sowohl die lebenden, als auch die konservierten Pflanzen.

Nur *Camellia sinensis* nicht: Von den mehreren Dutzend Setzlingen hatten gerade einmal zwei die Seereise überlebt. Zu wenig, um etwas damit anfangen zu können, zumal noch nicht sicher war, ob sie sich im Treibhaus erholen würden.

Eine Enttäuschung, obwohl er damit gerechnet hatte; sie wussten einfach zu wenig darüber, was diese Pflanze brauchte.

Die Experimente der letzten Jahrzehnte mit der in Assam, im Nordosten Indiens, beheimateten Teepflanze waren zwar vielversprechend, aber noch nicht von nennenswertem Erfolg gekrönt gewesen. Der daraus gewonnene Tee reichte bei Weitem nicht an chinesischen Tee heran.

Schon Joseph Banks hielt zum Ende des vorangegangenen Jahrhunderts den Tee für ein Gut von höchster nationaler Bedeutung. Sein Vorschlag, auf indischem Boden Versuche mit chinesischem Tee zu unternehmen, war ein bislang undurchführbarer Plan gewesen, solange China sich verschlossen hatte wie eine Auster.

Erst jetzt, mit Öffnung der Häfen für den Westen, war die Teepflanze zum Greifen nah. Mit Fortunes Entdeckung. Seinen Einsichten in Anbau und Verarbeitung des grünen Goldes.

Zum wiederholten Mal las er die neuen Instruktionen der Horticultural Society durch. Erleichterung erfüllte ihn, jedes Mal wieder, dass sein eigenmächtiges Vorgehen wohlwollend aufgenommen worden war, er sogar den ausdrücklichen Auftrag zur weiteren Forschung erhielt, und finanzielle Mittel noch dazu.

Ein leises Unbehagen blieb.

Angetrieben von botanischem Eifer war er sich der Bedeutung seiner Entdeckung sehr wohl bewusst gewesen. Der möglichen Folgen, hätten die Setzlinge England heil erreicht und dort Wurzeln geschlagen. Das war der Lauf der Dinge, seitdem Menschen damit begonnen hatten, Ozeane und Kontinente zu überqueren und Pflanzen mitzubringen. Das Gesicht der Erde hatten sie damit verändert – mit der Kartoffel, dem Tabak und Zuckerrohr –, manchmal sogar das Schicksal von Völkern und Nationen besiegelt.

Landwirtschaft hatte von jeher Pflanzen mit Wirtschaft und Politik verknüpft, das wusste er. Genauso verhielt es sich mit dem Tee. Chinesischer Tee war teuer; um sich das begehrte Gut leisten zu können, verlangten die Engländer von China, den Gegenwert des Kaufpreises statt in Silber in Opium anzunehmen, in Indien aus den Samenkapseln von *Papaver somniferum* gewonnen, des Schlafmohns. Ein Zwangsgeschäft, das nicht nur Unsummen von Silber in Bewegung hielt, sondern sogar einen Krieg heraufbeschworen hatte, einen brüchigen Frieden hielt.

Nahm man den Tee aus diesem Dreieckshandel heraus, würde dies weitreichende Folgen haben. Für das Britische Empire ebenso wie für China und für Indien.

Ein Gedanke, an dem er sich ebenso rieb, wie er ihn elektrisierte.

»Heißt also«, sagte Wang, den er ins Vertrauen gezogen hatte, »du sollst Tee stehlen?«

Sie beide bedienten sich nur noch des Englischen, wenn sie unter vier Augen etwas zu bereden hatten.

»Ich kann ihn auch kaufen. Sobald ich das Geld in Shanghai abhole.«

»Stiehlst ihn trotzdem, von Reich China.«

Fortunes Brauen hoben sich. »Bei den Pflanzen aus Tiantung hast du das nicht gesagt.«

»War auch anders. War von Mönchen Geschenk.«

»Was ist der Unterschied?«

Wang seufzte, bemüht geduldig. »Wenn Geschenk von Mönchen – dann Wille von Himmel, dass du mitnimmst nach Hause. Wenn du kaufst irgendwo und dann mitnimmst – dann gestohlen. Von Kaiser. Von Volk China.«

Während Fortune noch versuchte, dieser eigentümlichen Logik zu folgen, beugte sich Wang zu ihm.

»So und so – wenn erwischt mit Teepflanze oder Samen …«

Mit dem Zeigefinger strich sich Wang über den Hals.

Fortune starrte ihn an, mit einem Mal hatte er einen Eisklotz im Magen. »Das ist nicht dein Ernst!«

Wang nickte, seine Miene so düster wie die eines Totengräbers.

»Kein Teepflanze aus China in Rest von Welt hinaus. Kein Samenkorn. Großes Verbot hier. Von Kaiser und Mandarine.«

»Das wusste ich nicht«, raunte Fortune mit trockener Kehle. »Warum hast du mir das nicht schon früher gesagt?«

»War Lian da.« In Wangs einfachen Worten klang etwas wie Anerkennung, fast Bewunderung. »Lian passt auf für Fu-Chung. Kämpft für ihn, wenn muss. Besser als Wang kann.«

Das Eis in Fortunes Magen schmolz in der Hitze, die nun durch ihn hindurchjagte, halb Zorn, halb nackte Angst.

Richtig und falsch.

Recht und Unrecht.

Fortune hatte nie daran gezweifelt, auf welcher Seite sein Weg durchs Leben entlangführte.

Er hatte nie betrogen, nie gestohlen und nie gelogen, soweit ihm das bewusst war. Nie hatte er die Regeln gebrochen. Bis er sich entschied, die Anordnungen der Horticultural Society zu missachten und im Land zu bleiben, um mehr über den Tee zu erfahren. Weil sein Hunger nach diesem Wissen größer war als alles andere. Es war die richtige Entscheidung gewesen, davon war er nach wie vor überzeugt, und doch fühlte sie sich in diesem Moment falsch an.

Er hatte gewusst, dass diese Reise mit großen Gefahren verbunden sein würde. Doch sein Leben aufs Spiel zu setzen, indem er Setzlinge außer Landes brachte, schien ihm ein viel zu hoher Preis.

Mit zitternder Hand rieb er über seine ausrasierte Stirn.

»Nicht zagen«, flüsterte Wang und tätschelte Fortunes Knie. »Wenn einmal geschafft, Kiste in Hafen zu bringen, ohne jemand merkt, was drin – dann auch zweites Mal.«

Er drehte sich zu Wang senior um.

»Vater – welchen Tee hier hältst du für den besten der Gegend?«

Wang senior hob den Blick von dem aufgeschlagenen Buch auf seinen Knien und nahm den langen dünnen Stiel seiner Pfeife aus dem Mund.

»Der von den Bergen. Die Mönche dort oben machen den allerbesten Tee weit und breit. Nicht viel davon, nur ein paar Kistchen jedes Jahr. Aber viele sagen, es ist der beste südlich des Großen Flusses. Sogar der Kaiser soll schon davon gekostet haben.«

»Was macht diesen Tee so besonders?«, wollte Fortune wissen.

Vater Wang wiegte nachdenklich den Kopf. »Das weiß niemand so genau. Der Boden dort oben. Die Luft. Der Regen. Die Nähe zum Himmel. Das Wissen der Mönche. Alles zusammen. Manche sagen, es sind die Pflanzen selbst. Teepflanzen des Himmels, die die Götter den Mönchen zur Hege anvertraut haben.«

Wissbegierde stachelte Fortune an, ließ ihn jeden bangen Gedanken, alle Furcht vergessen.

»Ist es weit bis dorthin? «

Vater Wang schüttelte den Kopf. »Denkt nicht einmal daran, Xinghua. Das ist ein gefährlicher Weg, den nur die Mönche unbeschadet hinunter- und wieder hinaufklettern. Sie werden beschützt vor den Geistern und den Dämonen dort oben. Den Drachen.«

Fortune warf Wang einen Blick zu und wechselte zurück ins Englische.

»Hat er eben Geister und Dämonen gesagt? Drachen?«

Verlegen wandte Wang den Blick ab.

Wang senior lehnte sich vor, ein Glitzern in den Augen, das verriet, wie sehr er dieses Gespräch genoss.

»Viele, die jemals dort hinaufwollten, sind wieder umgekehrt. Nicht nur, weil der Aufstieg schwierig ist, durch Schluchten führt und an Abgründen entlang. Nicht deshalb, weil es keine Karten gibt und man darauf vertrauen muss, den Weg zum Kloster trotzdem zu finden. Es ist eine andere Welt dort oben. Dort gibt es keine Zeit. Nichts, woran die Wurzeln der Seele Halt finden. Das macht die gewöhnlichen Wanderer dort oben zur leichten Beute für dunkle Mächte. Nicht jeder, der hinaufgestiegen ist, kam auch wieder zurück. Nicht wenige sind oben verlorengegangen.«

Mit einem Nicken lehnte er sich zurück und sog an seiner Pfeife.

»Nur ein vollkommener Narr wird sich dort hochwagen. Ein Heiliger. Oder ein wahrer Held.«

Fortune war noch nicht lange genug hier, um an solche Ammenmärchen zu glauben. Durch und durch britisch fühlte er sich, während er aus den Worten von Vater Wang die Körnchen harter Fakten aussiebte.

Legenden von Drachen und Dämonen konnten ihn nicht abschrecken. Nur der Gedanke, möglicherweise zwischen Felsen abzustürzen und im Gebirge umzukommen. Beim Schmuggeln von Teepflanzen aufgegriffen und dafür mit dem Tod bestraft zu werden.

Er brauchte nicht mit leeren Händen nach England zurückzukehren; Teepflanzen oder Saatgut konnte er auch hier im Dorf bekommen, vielleicht sogar von Vater Wang. Aber er wollte nicht irgendeinen Tee.

Er wollte den besten Tee.

Nicht nur, weil die Horticultural Society danach verlangte.

Diesen Tee der Mönche aus den Bergen, dem er so nah war und ihn doch nicht erreichen konnte. Nicht ohne Karte oder auch nur eine grobe Wegbeschreibung. Ohne jemanden, der sich auskannte und ihn dort hinaufbegleitete.

Hilfesuchend wandte er sich an Wang. »Würdest du …?«

Wang zog den Kopf zwischen die Schultern.

»Geht Wang mit dir überall hin, weißt du«, kam es kleinlaut von ihm. »Aber nicht da hoch.« Er seufzte. »Brauchst du jemanden wie Lian.«

Das Schreiben der Society lag wie ein Stück Blei in seiner Hand. Fortune starrte wieder ins Feuer, heimgesucht von den Gedanken an Lian.

In einem diffusen Begehren, das er mit seiner ganzen Willenskraft auf den Tee aus den Bergen lenkte, der ihm ebenso unendlich weit entfernt schien.

Wie ein Insekt kam er sich vor, das sich im Netz einer Spinne verfangen hatte. Ein Netz, gewoben aus den Erinnerungen an Jane und die Kinder, die immer blasser wurden, je länger er hier war. Gesponnen aus den Eindrücken, die Lian hinterlassen hatte, noch frisch, lebendig und sinnenhaft. Verflochten mit den Anordnungen der Society, seinen eigenen Sehnsüchten, seinen Ambitionen.

Unfähig, loszulassen, unfähig, sich freizukämpfen, fürchtete er die Haltlosigkeit der Schlupflöcher ebenso wie die klebrigen Fäden, in die er sich verstrickt hatte und an denen er jetzt baumelte.

Es ist ein erhellender Moment, als Jane begreift, dass die lateinischen Bezeichnungen für Pflanzen nicht dazu eingeführt sind, damit sich Botaniker den Normalsterblichen überlegen fühlen können.

Im Gegenteil: Diese Namen sollen die Verständigung über Pflanzen vereinfachen und erleichtern. Vokabeln einer eigenen Sprache sind es, die von allen Pflanzeninteressierten gesprochen wird: von Botanikern und Sammlern aus der reinen Freude an Blumen. Von Gärtnern, Forschungsreisenden, Ärzten und Apothekern.

Jeder Name beschreibt jeweils eine einzige Pflanze, ohne Mehrdeutigkeit und ohne jeden Zweifel. Während sie sonst im Volksmund überall anders heißt, bildliche Beschreibungen rasch ausufern.

Was die Bauern Schafslorbeer nennen, Lammtöter oder Kalbsmörder, Schweinelorbeer oder Schafsgift, wäre in ausführlicher Schreibweise der Immergrüne Zwerglorbeer mit länglichen Blätterbündeln, die einander gegenüberstehen, und mit Blüten zwischen Karmin und Pink. Stattdessen gibt man ihm den Namen seiner Familie (Kalmia) und einen Vornamen (angustifolia), der ihn näher beschreibt, vielleicht noch mit dem Zusatz einer bestimmten Eigenart versehen.

Ganz ähnlich wie in Swinton jedermann weiß, wer die Pennys sind, und deren drei Töchter kennt: Mary (deren Mann gern einen über den Durst trinkt), Anne (deren Mann kein Händchen für die Schweinezucht hat) und Jane (die als Strohwitwe in England lebt, seitdem ihr Mann nach China gegangen ist).

Ein logisches und bestechend einfaches System, das umso nötiger geworden war, je mehr Pflanzen es zu benennen gab, feinere und genauere Beschreibungen notwendig machten. Sechstausend Pflanzenarten hatte schon Linnaeus beschrieben, Sir Joseph Banks hatte von seiner Reise um die Welt tausendvierhundert weitere mitgebracht – ungleich viele, viele mehr sind es, von denen man heute weiß.

Jane verspürt eine ganz neue Art von Stolz, dass Robert sein Scherflein zu dieser stetig und rasant wachsenden Ansammlung von Wissen beitragen wird. Nicht nur um seiner selbst willen, nicht nur, um etwas für seine Familie zu erreichen – sondern auch für die Nachwelt.

Jane hat viele solcher erhellenden Momente in diesem eisigen Winter, der kaum Schnee bringt. Während sie für Mr Lindley nicht nur Briefe, sondern auch seine Listen und Notizen ins Reine schreibt. Während sie sich nach und nach durch die Bibliothek der Lindleys liest. Zaghaft und scheu zuerst, dann mutiger. Gierig geradezu.

Manchmal vergisst sie darüber, dass die Kinder ja irgendwo im Haus sind.

In glühendem Schuldbewusstsein springt sie dann auf, mitten in einem noch zu schreibenden Brief oder mit einem Finger zwischen den Seiten eines Buches, und macht sich auf die Suche.

Immer findet sie sie wohlbehalten vor. John mit Milchbart und einem angebissenen Keks in der Hand, während Helen in der Schüssel mit Teig rühren darf.

Im Atelier von Miss Lindley und Miss Drake, wo die beiden Kinder misslungene und für den Papierkorb bestimmte Skizzen mit Farbstiften umgestalten oder auf dem Boden mit den beiden Katzen spielen.

Im Salon, wo John sich zum Schlafen in einem Sessel zusammengerollt hat und Helen, die Zunge angestrengt im Mundwinkel, Buchstaben aus der Fibel abmalt.

Es rührt Jane, wenn sie die beiden bei Mrs Lindley vorfindet. Wenn die Kinder mit großen Augen dem Märchen lauschen, das die Hausherrin ihnen erzählt. Wenn Helen unter deren Anleitung mit Wollresten das Häkeln lernt, während John sich von einer Kiste alter Spielsachen der Lindley-Kinder verzaubern lässt.

Unerwartet selbstständig sind die beiden geworden, mit noch nicht einmal fünf und gerade drei Jahren.

Bei aller Erleichterung, die Kinder aufgehoben zu wissen, plagt Jane manchmal so etwas wie Eifersucht. Vor allem plagt sie ein Gefühl der Schuld.

Sie vernachlässigt die Kinder, so kommt es ihr vor, für eine so geringe Tätigkeit, die sie für die Lindleys ausübt. Eine Arbeit, die sie nicht zwingend braucht; die Kinder und sie haben doch auch so genug zum Leben und ein Dach über dem Kopf.

Alles nur für eine Art von Wissen, eine neue Weise des Denkens, die ihr im Alltag nichts nützt. Ihr manchmal geradezu luxuriös vorkommt, wie der Ballen Seide aus China, der nach wie vor im Dunkel des Kleiderschranks vor sich hin schlummert.

Für ein Stückchen Freiheit, das ihr gewagt vorkommt, ungeheuer ichbezogen und rücksichtslos.

Die Tätigkeit im Haus der Lindleys gibt sie trotzdem nicht auf, sie ist ihr zu wichtig geworden.

52

Fallende Blätter kehren zu ihren Wurzeln zurück, heißt es.

Vielleicht war auch ich ein solches fallendes Blatt.

Letzten Endes hatte ich mich doch nicht Dong und seinen beiden Freunden angeschlossen. Nicht den Jüngern Hsiu-ch'uans, die auf chinesischem Boden ein Königreich des Himmels erschaffen wollten.

Es hätte mir gleich sein müssen, welchen Namen sie ihrem Gott gaben und wo dieser herkam. Ob Hsiu-ch'uan nun wahrhaftig der jüngere Bruder *yesu jidus* war. Des Gottessohnes, der für seinen Glauben an einem Kreuz aus Holz gestorben ist. Jeder Glaube war doch erst einmal fremd, sobald er sich über seinen Ursprungsort hinaus ausbreitete, bis man ihn sich zu eigen gemacht hatte. So war es auch mit der Lehre des Dao gewesen und mit derjenigen Buddhas, vor langer Zeit.

Es war mir jedoch nicht gleich.

Etwas an der Lehre Hsiu-ch'uans kam mir falsch vor und willkürlich. Dong sprach viel von Güte, noch mehr von Gerechtigkeit, Gleichheit und Freiheit. Doch da war keine Güte, wenn er über den Weg zum Königreich des Himmels sprach. Nur Verachtung für alle, die derzeit noch diesen Weg versperrten. Keine Spur von Freiheit lag darin, Menschen mit wohlklingenden Worten zu verführen, statt sie zu überzeugen. Es zeugte nicht von Ehre, Seelen einzufangen, indem man Gewalt androhte oder gar anwandte. Ich fand keine Gerechtigkeit, keine Gleichheit in den flammenden Aufrufen, Andersgläubige zu vernichten und Andersdenkende auszumerzen.

In der glühenden Begeisterung Dongs für diese neue Bewegung witterte ich die Gier nach Macht, vielleicht nach Rache für eine früher erlittene Schmach. Einen Hunger nach Feuer und Blut, dem ich schon zu oft begegnet war.

Kein Umsturz konnte ohne Blutvergießen bleiben, das wusste ich. Und trotzdem graute mir davor, dieses Land mit einem neuen Krieg zu überziehen und Leid über die Schwachen zu bringen, über Frauen und Kinder, mochte die Sache auch noch so eine gute sein.

Das war nicht das, wofür ich meinen eigenen Kampf ausgefochten hatte, jeden einzelnen Tag in den vergangenen zehn Jahren.

Also verließ ich diese Stadt jenseits der Zeit. Diese Gegend, die vielleicht der Ursprung einer Ära sein würde. Eines neuen Krieges.

Ich ging ohne ein Wort des Abschieds und in tiefster Nacht, wie ich es gewohnt war.

Ich ließ mir Zeit auf meinem Weg. Einen ganzen Winter lang, während ich durch das Land zog.

Zu Fuß. Manchmal an Bord eines Kahns. Auf dem Karren eines Bauern, zwischen Kohlköpfen oder Brennholz.

Ich nahm nicht den direkten Weg. In Schleifen und Schlenkern legte ich ihn zurück und mit vielen Unterbrechungen.

Als suchte ich einen Grund, meinen Weg nicht fortzusetzen.

Einen Grund, ihn weiterzugehen.

In der Provinz des Weiten Landes begegnete ich weiteren Predigern Hsiu-ch'uans und ihres Weißen Gottes. Nur aus der Ferne; jedes Mal, wenn einer von diesen langhaarigen Gesellen meinen Weg kreuzte, wich ich rasch aus oder machte gleich ganz kehrt. Nicht, weil ich ihnen grollte oder sie verachtete: ich fürchtete, der Verlockung ihrer Worte doch noch zu erliegen.

Ihren inbrünstigen Reden entkam ich in Guangxi dennoch nicht, sie waren hier in aller Munde. Mit einer hoffnungsvollen Heftigkeit, einer glühenden Schärfe, die nicht zu diesem Landstrich passen mochte, der so sanft aussah mit seinen gewellten Reismeeren, den verwunschenen

Seen und den Felsen wie verzauberte Zwergenvölker. Wo die Zhuang in ihren Trachten an fröhliche Wiesenblumen erinnerten und den Wasserbüffel verehrten und die Maonan ihre Kleidung für den Spiegel ihrer Seele hielten: je bunter, je aufwändiger bestickt und verziert, desto schöner war die Seele des Menschen, der sie trug.

Auch über die Nian erzählte man sich viel in dieser Gegend. So nannte man die gefürchteten Banden von Dieben und Räubern, die den Leuten im Süden das Leben schwer machten und die Jünger Hsiu-ch'uans totschlugen, wenn sie sie in die Finger bekamen. Ihre alten Rivalitäten untereinander hätten sie begraben, so munkelte man. Stattdessen rotteten sie sich zusammen und lauerten an den Ausläufern der Berge kaiserlichen Beamten und Steuereintreibern auf, mit dem Ziel, den Mandschu das Wasser ihrer Macht abzugraben.

Auf meinem Weg begleiteten mich nicht nur das Stampfen von Zugochsen und das Klappern von Eselshufen. Nicht nur Räderknirschen auf staubigen Straßen, das Rauschen des Regens und die vielen Stimmen des Windes, die Lieder der Vögel und die Stille der Nacht. Die Stimmen der Menschen im Land begleiteten mich ebenfalls. Die Namen, die sie mal voller Angst, mal mit glühender Begeisterung, aber immer ehrfürchtig im Mund führten.

Weißer Lotos. Rote Turbane.

Die Gesellschaft von Himmel und Erde.

Acht Trigramme. Drei Tropfen.

Die Namen alter Geheimbünde, die schon gegen die Herrschaft der Mongolen gekämpft und sich auch gegen die Mandschu erhoben hatten in früheren Zeiten, mit ihren Waffen sogar schon einmal vor den Toren der Verbotenen Stadt gestanden waren.

Sie sind wieder da, flüsterte man sich zu. Sie sind zurück und stärker denn je. Sie bringen die Mandschu zu Fall und holen uns die Ming zurück.

Überall hörte ich davon. In Hunan, dem Land der Katzenberge, der Moschusochsen und Honigbienen, wo man Tabak anbaute und Hanf. Wo die Tujia, die Tiger und Schildkröte verehrten, stets ein Lied auf den Lippen hatten. In ihrem uralten Tanz stellten sie Kriege dar, Liebeswerben, die Jagd und den Ackerbau und zahlten ihre Steuern an den Kaiser in kostbarstem Brokat. Die Frauen der Kam waren an ihrem reichen Kopfputz aus Blüten und Federn zu erkennen, während die Frauen der Miao schweren Silberschmuck liebten.

Die Gerüchte über Unruhen und Aufstand begleiteten mich durch das Land der vier Kostbarkeiten von Kupfer, Silber, Gold und Porzellan – Jiangxi, das Land des Wandernden Sees. Ein See, der so weit, so wild war, dass Schiffe in seinen Fluten verschwanden, und dessen Ufer im Winter weiß waren von den Kranichen, die für diese Zeit ihrer kalten Heimat entflohen waren. Zwischen den Bergen Fujians, im Land der runden Häuser der Hakka, wo die Frauen der She an prächtige Singvögel erinnerten und man die Toten verbrannte statt begrub, hörte ich sogar den Namen meines alten Klosters: Die Mönche der Alten Haine und Jungen Bäume würden ihr Nest in den Wolken verlassen und mit ihren Zauberkräften die Heere der Mandschu hinfortfegen. Die Hoffnung, die dabei in den Worten der Menschen mitschwang, schnitt mir genauso ins Herz wie mich Zorn und Hass in den Augen beunruhigte.

An der Küste der Tausend Inseln, von denen eine Zhoushan hieß, hörte ich zum ersten Mal von einem Geheimbund, der in Shanghai zusammengefunden hatte: der Bund der Kleinen Messer, manche nannten ihn auch den Bund der Kleinen Schwerter.

Sofort musste ich an Älterer Bruder und seine Schmetterlingsklingen denken. An all die hässlichen Worte, die er zu mir gesagt hatte, in jener Gasse in Shanghai, vor gut einem Jahr.

Worte, schon fast vergessen, die mich jetzt durch das Land der Stromschnellen begleiteten, das Land von Fisch und Reis. Durch die

Berge des Wildgansweihers und Großen Drachensees. Durch die Berge der Himmlischen Augen und des Seelenfelsens.

Auf welcher Seite ich stünde, hatte mich Älterer Bruder gefragt.

Noch immer stand ich den Schwachen bei, den Unterlegenen. Verdiente mir damit eine Schüssel Reis und einen Platz für die Nacht. Ein Hemd, eine kaum getragene Jacke, sogar ein Paar fast neuer Stiefel – gute, haltbare Männerstiefel, der Dank eines betagten Schusters, weil ich eine Horde Plünderer aus seiner Werkstatt vertrieben hatte.

Noch immer stand ich auf der Seite meines Gottes, der tausend Gestalten hatte und doch kein Gesicht. Dessen Gesetze niemand je niedergeschrieben hatte und die doch wie in Stein gemeißelt waren. Ich kämpfte noch immer für Gerechtigkeit, aber ich wusste nicht, für welche Seite.

Es gab zu viele Seiten in diesem Land. Zu viele Sichtweisen auf die Welt, auf Richtig und Falsch, zu viele Ansprüche an Geltung und Macht. Zu viele Wahrheiten und zu viele Arten, Gerechtigkeit zu verstehen.

Unsere Welt teilte sich schon lange nicht mehr in Yin und Yang: Der Strudel eines beginnenden Chaos hatte es ergriffen.

Zerrissen war mein Land, unter der Herrschaft der Mandschu. Unter den alten Nahtstellen zwischen Han und Hakka und endlos vielen anderen Völkern und Völkchen. Vielleicht war es schon zerrissen gewesen, bevor die fremden Barbaren kamen, und der Krieg, der stetige Zustrom an Männern des Westens, ihre Gier nach Geld und Macht waren nur die letzten Tröpfchen, die das Fass bald zum Überlaufen bringen würden.

Man musste nicht weit in die Ferne blicken, um die finsteren Wolken zu sehen, die sich wie Pulverqualm am Horizont zusammenballten und unter denen sich der Himmel färbte, rot wie Blut.

China war drauf und dran, sich selbst zu zerfleischen.

Und es gab nichts, was ich hätte tun können, um das aufzuhalten.

Trotz aller Umwege hatte mich mein Weg immer weiter in den Norden hinauf geführt. Wie ein Zugvogel, der sich auf Strömen von Wärme dort hoch gleiten lässt, ins Landesinnere hinein.

Ich hatte mich nicht für irgendeine Seite entschieden. Nicht für ein großes Ziel.

Ich hatte mich für die Freiheit entschieden, das zu tun, was ich für das Richtige hielt. Mochten die Folgen auch noch so weitreichend, noch so unabsehbar sein. Dafür entschieden hatte ich mich, das zu tun, was ich tun wollte. Mochte es auch selbstsüchtig sein, ich danach mit leeren Händen, einem leeren Herzen zurückbleiben. Dieses Wagnis musste ich eingehen. Niemandem sonst war ich das schuldig – außer mir selbst.

Und dann war ich in Anhui.

Nicht das Anhui, in dem ich großgeworden war und in das ich niemals mehr zurückkehren wollte. Sondern das auf der anderen Seite des Flusses, am südlichen Ufer.

Nicht das Anhui der weiten Ebenen mit Vieh und Getreide, wo der Himmel endlos war. Sondern ein Anhui der weichen Hügel und Täler, mit mächtigen Bergen und Feldern von Tee und Reis.

Die Luft war jedoch dieselbe; nach Flusswasser und schwerer Erde roch sie. Nach der Mühsal und den Unwägbarkeiten eines Lebens, das sich aus dem Ackerboden speiste und den Launen der Elemente unterworfen war. Nach schmalen Hoffnungen und kleinen Freuden.

Dieselbe Luft, die bei meinem ersten Schrei meine Lungen gefüllt hatte und in der ich eine viel zu kurze Kindheit verbrachte. Die ich jetzt wieder atmete, tief in meine Lungen sog, mehr als zwanzig Jahre später, oben auf einem Hügel, mit Blick auf das Land vor mir.

Erinnerungen überfluteten mich. An meine Mutter. Meinen Vater. Meine Brüder und Schwestern. An das gleichmäßige Muster der Tage im Jahreslauf, an glückliche Momente und traurige. Die Geräusche und Gerüche in unserem Häuschen, im Stall, auf den Feldern: von

Ziegen, Schweinen und Hühnern und dem Wetzen der Sense, nach Mist und Dungfeuer. Nach dem ersten zarten Grün jungen Getreides in nasser Erde, dem Staub abgeernteter Felder in der Sonne des Spätsommers und nach Pilzen, die, auf Schnüren aufgefädelt, unter dem Dach trockneten. Der Geschmack von Eiertaschen mit Schweinefleisch und von der Suppe aus Fröschen, die mein ältester Bruder für uns fing.

Ich wäre ein anderer Mensch geworden, wäre ich geblieben.

Ich hätte ein anderer Mensch sein müssen, geprägt von dieser althergebrachten Art zu leben, von den Händen meiner Mutter nach dem Vorbild von Generationen von Mädchen und Frauen in Form geknetet. Trotzdem war etwas an mir so unnachgiebig gewesen, dass ich mich nicht länger biegen ließ, sondern ausbrach.

Und jetzt stand ich hier, auf diesem Hügel, als die, die ich heute war, und zögerte. In einer Art von Furcht, für die ich mich schämte, einer Art von Sehnsucht nach dem Zuhause, das ich einmal gehabt hatte. Nach dem Mädchen, das ich einmal gewesen war.

Größer jedoch und stärker war ein anderes Sehnen, das an mir zerrte. Ich gab mir einen Ruck und setzte meinen Weg fort, hin zu den Gelben Bergen, in Richtung des Sungloshan.

Inmitten der sanften Wellen von Silber und Grün bearbeitete ein Bauer seinen Gemüseacker. Ein noch junger Mann, das sah ich von Weitem, dem die Arbeit gut und flink von der Hand ging.

Ein kleiner Junge, nicht älter als vier Jahre, half ihm dabei, indem er die Steine aufsammelte, die über den Winter in den Ackerboden gewandert waren, und sie an den Rand des Feldes trug.

Wehmut machte sich in mir breit, hinterließ ihren bittersüßen Geschmack auf meiner Zunge: Als ich noch ein kleines Mädchen gewesen war, hatte ich diese Aufgabe auch von meinem nächstältesten Bruder übernommen.

»Verzeiht«, sprach ich den Bauern an, der den Kopf hob. Wie alle Bauern auf dem Feld trug er seinen langen Zopf zu einem Knoten gewunden.

Er war wirklich noch sehr jung, jünger als ich. In seine noch burschenhaft weichen Züge hatten Sonne und Wind jedoch bereits eine unzeitige Härte geritzt. Ich hatte vergessen, wie schnell die Menschen hier verwitterten.

»Ich suche die Familie von Wang, der lange Zeit auf Wanderschaft gewesen ist, in den Städten der Küste. Und den Fremden, der bei ihnen lebt. Xinghua. Ein Riese mit blauen Augen.«

Der Bauer richtete sich auf, rieb mit der freien Hand seinen unteren Rücken und nickte eifrig.

»Jaja, ich kenne die Familie. Auch den Fremden habe ich schon gesehen. Wenn er über die Felder läuft und sich nach jedem Grashalm bückt.«

Seine Worte, sein gutmütiges Lächeln ließen mich schmunzeln.

»Wenn Ihr den Pfad hier weitergeht ...« Mit seiner verhornten, erdverkrusteten Hand wies er mir den Weg. »Jenseits des Waldes kommt ihr an ein Dorf. Die Wangs leben oben am Hang. Das zweite Haus ist es, glaube ich. Aber im Dorf kann man Euch sicher sagen, welches Haus es genau ist. Euch auch hinbringen, wenn Ihr wollt.«

»Habt vielen Dank.«

Ich verneigte mich vor ihm und fing einen Blick aus großen Kinderaugen auf.

»Hast du denn keine Angst?«, piepste der Junge, der zuvor mich und vor allem das Schwert auf meinem Rücken ehrfürchtig in Augenschein genommen hatte.

»Wovor?«

»Der Riese ...« Er presste den Stein in seinen Händen an sich, wie zum Schutz. »Ich glaube, der beißt.«

Ich musste lächeln.

»Nein, keine Sorge. Ich kenne ihn, der beißt nicht. Ganz bestimmt nicht. – Er hat zu Hause auch einen kleinen Jungen. Einen Jungen wie dich«, setzte ich hinzu, obwohl es mir schwer ums Herz wurde dabei. »Und ein kleines Mädchen.«

Der Junge nickte. Wenig überzeugt, presste er den Stein nur umso fester an sich.

Wohin Fortune in diesem Land auch ging, wie er sich auch kleidete – er würde immer ein Fremder bleiben, der misstrauisch machte oder zumindest neugierig. Der Rätsel aufgab.

Das Lächeln blieb auf meinem Gesicht, als ich weiterging, meine Schritte leicht und wie auf Flügeln. Durch den Wald und auf das Dorf am Fuß des Sungloshan zu. Den hellen Häusern entgegen, die mich an mein Elternhaus erinnerten.

Zurück zu Fortune.

53

Der Frühling flutete das Tal mit dem Duft der Teesträucher. Feucht, mineralisch, grasig und von einer belebenden Frische, lag er überall in der Luft.

Dieser Frühling in Anhui, der Fortune mit dem gelben Funkenregen von *Forsythia viridissima* beschenkte und gleich mit mehreren Arten von *Viburnum*: Schneebälle aus immer weißen, aber mal kleineren, mal größeren Blüten.

Wenn er nicht den Teebauern bei der Ernte über die Schulter schaute, streifte er über die Hügel und durch die Wälder. In der Hoffnung, etwas Neues für den kleinen Garten zu finden, den er auf dem Dachboden der Wangs angelegt hatte.

An diesem Tag hatte er Glück gehabt, ein unglaubliches, unwahrscheinliches Glück: Im Wald hatte er nicht nur die blaue Rebe der *Wisteria sinensis* wiedergefunden, die ihn im vergangenen Frühling in Zhoushan bereits betört hatte. Sondern auch genau die gleiche in Weiß.

So rein, dass sie fast durchsichtig schien gegen die feinen Streifen der Sonne, die durch das Gewölbe des Waldes fielen, ein schwereloser Wasserfall aus Blüten.

Wie trunken fühlte er sich, auf seinem Weg zurück ins Dorf, betrachtete immer wieder die geschnittenen Zweige in seinem Arm: die Blüten von *Wisteria sinensis* var. *alba* und einer weiteren Art des Schneeballs, wie ein Berg feinster Daunen.

Er stieg gerade den felsigen Pfad hinauf, als er sie sah, auf der Bank vor dem Haus. In einer anderen Jacke, blau statt braun, weshalb er zuerst stutzte.

An eine Sinnestäuschung glaubte er. Ein Trugbild, aus all den Momenten erschaffen, in denen er sich gewünscht hatte, sie wiederzusehen. Misstrauen begleitete ihn bei jedem Schritt den Hang hinauf, dann Hoffnung.

Sie war es wirklich.

Sein Herz setzte einen Schlag aus, fing dann umso heftiger zu pochen an.

Lian ließ die Schale sinken, aus der sie gerade getrunken hatte, schickte ihm ein scheues Lächeln entgegen.

Sein Schweigen war unbeholfen und vorwurfsvoll, ihres schuldbewusst, fast trotzig.

»Was sitzt du hier draußen?«, fragte er endlich, barsch und fast abweisend.

Sie zuckte leichthin mit den Schultern. »Zu viele Menschen im Haus.« Ihr Daumen rieb über den Rand der Schale. »Hast du … Nachricht bekommen, aus England? Über die Pflänzchen? Die aus Tiantung?«

»Sind eingegangen. So gut wie alle.«

Ihre Hände schlossen sich fester um die Schale; es sah aus, als ob sie sich daran festhielt.

»Ich war das, Fortune. Ich habe die Kiste aus Glas beschädigt. Ich wollte, dass sie sterben.«

Fortune wich das Blut aus dem Gesicht. So etwas wie Zorn stieg in ihm auf, ein kalter, weißer, stiller Zorn. Um der Setzlinge willen, die ihm so kostbar gewesen waren. Weil sie ging und zurückkam, wie es ihr beliebte, und jetzt vor ihm saß, als wäre es das Natürlichste auf der Welt

»Ich wollte …«

»Ich nehme an, du hattest deine Gründe«, presste er hervor und tauchte in den Lärm des Hauses ein.

54

Ich fand ihn auf dem Dachboden. Auf den Knien, die Hände voller Erde.

Ein Dachboden war es, wie ihn auch mein Elternhaus gehabt hatte, über eine Leiter und eine Luke zu erreichen. Mit Fensteröffnungen, die kaum mehr als Schlitze im Mauerwerk waren, damit Brennholz und Kleider, die man in der warmen oder kalten Jahreszeit jeweils nicht brauchte, trocken und gut gelüftet blieben. So niedrig, dass sogar ich mich tief bücken musste, um nicht mit dem Kopf anzustoßen.

Auf allen vieren kroch ich über den Boden und ließ mich neben Fortune nieder.

Eine neue Schroffheit, fast schon Härte, fand sich in seinem Gesicht, vielleicht über den Winter eingegraben, vielleicht nur für den Augenblick.

Die Bewegungen, mit denen er die Stecklinge in Töpfe bettete, verlangsamten sich, nahmen dann ihren gewohnten Rhythmus wieder auf. Nur das Flackern in seinen Augen verriet, dass er sich meiner Anwesenheit bewusst war.

Ich sah mich um.

Einen kleinen Garten hatte er hier oben angelegt, in unzähligen einfachen Tonschalen und Töpfen. Meist Ableger, die bereits frisch austrieben, schon die ersten Knospen zeigten.

Er war wirklich ein Magier. Ein Magier der Pflanzen.

Mein Blick fiel auf den einzelnen Glaskasten in der Ecke, noch halb von einem weichen Tuch verhüllt. Der Grund, weshalb ich mich fortgestohlen hatte und weshalb ich zurückgekommen war.

»Ich habe es für mein Land getan«, erklärte ich leise. »Für die Menschen. Damit die Bauern weiter vom Tee leben können, den dein Volk ihnen abkauft.«

»Tee, den dein Volk mit Farben versetzt, die möglicherweise giftig sind.«

Ich spürte die Kluft, die uns trennte. Diesen Abgrund zwischen unseren beiden Ländern, die sich zutiefst misstrauten und unlängst sogar bekriegt hatten. Die dennoch miteinander verbunden waren: durch den Tee. Die Gier nach Silber.

»Dein Volk ist es, das die Menschen hier mit Opium vergiftet.«

Die Bewegungen von Fortunes Händen gerieten aus dem Takt, büßten an Geschmeidigkeit ein. Als müsste er sich Mühe geben, die Stecklinge nicht zu fest anzupacken in seinem Zorn. Diese zarten, verwundbaren Pflänzchen.

»Wir sind so klein, wir Menschen«, flüsterte ich.

Er hielt inne. »Ja, das sind wir.«

»Und immer wieder glauben wir trotzdem, wir könnten etwas ausrichten. Einen Stein herausschlagen aus dem großen, gewaltigen Gefüge der Welt. Damit etwas in Gang setzen. Etwas verändern.«

Lange hatte ich das auch geglaubt.

»Jeder noch so große und alte Baum war einmal ein kleiner Schössling«, erwiderte Fortune. Er richtete seinen Blick auf eine der Fensteröffnungen.

»Ich weiß nicht, ob wir überhaupt eine Chance haben, selbst Tee anzubauen. Je mehr ich darüber lerne, desto schwieriger kommt mir dieses Unterfangen vor. Vielleicht ist es nicht möglich, wenn man nicht über Jahrhunderte der Erfahrung verfügt. Falls es uns gelingen sollte …«

Sein verhärtetes Gesicht geriet in Bewegung.

»Ich bin mir bewusst, dass englischer Tee viel verändern wird. Für dein Land ebenso wie für meines. Aber ich glaube daran, dass gute Dinge für alle zugänglich sein sollten. Nicht von einem, der sie in seinem Besitz hat, eifersüchtig verteidigt werden dürfen. Und ich glaube daran, dass es für beide Länder besser ist, wenn sie in einen fairen Wettstreit treten. Anstatt gegenseitig ihre Macht auszuspielen. Mit Tee. Mit Opium. Mit Waffen.«

Er hob eine erdverschmierte Hand und betrachtete sie, verrieb die feuchten Krümel zwischen den Fingerspitzen.

»Hast du dich deshalb heimlich davongemacht? Um mir nicht mehr unter die Augen treten zu müssen, nachdem du die Kiste beschädigt hattest?«

Ich schwieg.

»Ohne ein Wort? Ein einziges Wort? Nicht einmal Lebwohl?«

Er wusste zu kämpfen, mit Worten statt mit den Fäusten.

»So bin ich eben. Eine Tochter des Windes – erinnerst du dich?«

Fortune schüttelte den Kopf. »Ich bin nicht so.«

Ich lächelte. »Nein. Du bist ein großer Baum. Mit langen Wurzeln und so stark, dass selbst ein Sturm dir nichts anhaben kann.«

Um seinen Mund zuckte es, bevor er die Stirn runzelte. »Wie lange wirst du diesmal bleiben?«

Ohne dass ich es bemerkt hatte, hatte er mich in eine Ecke getrieben; ich konnte die Wände spüren, die sich um mich zusammenzogen.

So leicht wäre es gewesen, *für immer* zu sagen. Oder *solange du hier bist.* Aber ich gab nie Versprechen, die ich nicht halten konnte.

»Ich weiß es nicht«, flüsterte ich.

Er nickte nur und beugte sich über den Tontopf, grub weiter in der Erde.

Etwas an seinem Schweigen, an der Art, wie er die Schultern hochzog, beunruhigte mich. Als ob sich die Kluft zwischen uns verbreiterte, die ersten Grate eines Gebirges sich daraus hervorschoben.

Unglücklich sah er aus, und darum bemüht, es in sich einzuschließen.

»Fortune ...«

Es war wie im Kampf, wenn man die Klinge des Gegners auf sich zufliegen sieht. Man will sich vielleicht ducken, riskiert aber dabei, dass sie einen im Nacken trifft oder zwischen den Schultern.

Man kann nur eines tun: vorwärtsstürmen, mit allem Mut, aller Kraft.

»Ich bin auch deshalb gegangen, weil du ein verheirateter Mann bist.«

Er blinzelte, und eine leichte Röte zog über seine Wangen.

»Deshalb«, sagte er rau, »war ich manchmal erleichtert, dass du nicht mehr da warst.«

Wäre ich eine andere Frau gewesen, hätte ich jetzt vielleicht meine Arme um ihn geschlungen oder wenigstens meine Hand auf seine Schulter gelegt.

Stattdessen verschränkte ich die Finger wie zu einem kleinen Korb, einer Schale.

Als könnte ich seine Worte, diese kostbaren Worte und das, was darin mitschwang, darin aufbewahren.

Der Kalender hat längst den Frühling verkündet, der Winter will davon jedoch nichts wissen.

Kaum voneinander zu unterscheiden sind die beiden Jahreszeiten, während sie sich grimmig umklammert halten und um die Herrschaft über England ringen: die eine so grau und kalt wie die andere, genauso verregnet. Ein leidenschaftliches Handgemenge ist es, in dem sich die Elemente verwirbeln und Stürme über die Insel fegen.

Ähnlich turbulent sieht es in Jane aus, in diesem März.

Würde es draußen nicht aus Kübeln schütten, würde sie jetzt im Garten dem Unkraut den Garaus machen, das innerhalb weniger Tage in die Höhe geschossen ist.

Stattdessen kniet sie in der Küche und schrubbt wutentbrannt den Boden. Eine Arbeit, die ihr immer verhasst gewesen ist; heute ist sie ihr mehr als willkommen.

Anlass für ihren Zorn ist ein Buch, das sie in der Bibliothek der Lindleys gefunden hat, eine Übersetzung aus dem Französischen: Letters on the Elements of Botany. *Versehen mit dem Zusatz:* Addressed to a Lady.

An eine Lady gerichtet. Ha!

Jane scheuert so heftig mit der Bürste über das Holz, dass die Seifenlauge durch die Küche spritzt.

Empfahl dieser Rousseau im vergangenen Jahrhundert doch die Botanik als geeigneten Zeitvertreib für Frauen, im Unterschied zur Zoologie: Pflanzen hätten den großen Vorzug, nicht zu bluten.

Solch dummes Zeug hat Jane ja noch nie gehört. Und das von einem Mann, der als großer Philosoph verehrt wird.

Tränen schießen ihr in die Augen, als sie an Robert denkt, der sich als Mann nicht zu schade gewesen war, Helen auf seinem Arm herumzutragen, wenn sie die halbe Nacht schrie, obwohl sie satt sein musste und frisch gewickelt war.

Wie konnte dieser Rousseau es wagen, Blut für unziemlich zu halten! Als Mann, unbelastet von der weiblichen Bürde, jeden Monat zu bluten. Ganz zu schweigen von all der blutigen Schmiere, die mit der Geburt eines Kindes einhergeht. Diese Urgewalt von Schmerz und Angst. Dieses Gefühl der Hilflosigkeit. Eine Kraft und Stärke, von der man nichts ahnt, bis man mittendrin steckt. Wenn man aufbarst wie eine überreife Melone und sich danach noch Woche um Woche wie ein invalider Soldat fühlte, zurückgekehrt vom Schlachtfeld des Kindergebärens.

Janes Gesicht ist ganz heiß, vor körperlicher Anstrengung ebenso wie vor Zorn.

Was ist das überhaupt für eine verquere Einstellung, Mädchen vor solchen Dingen behüten zu wollen? Sie abzuschirmen wie ein empfindliches Pflänzchen unter Glas – und dann zu erwarten, dass sie mit ihrer Heirat auf einen Schlag zu Frauen werden, die mit genau den gleichen Dingen mühelos zurechtkommen.

Abrupt hält Jane inne. Erschrocken über diesen Gedanken, der ihr fast schon ketzerisch vorkommt. Sie kann sich nicht erinnern, etwas in dieser Art schon einmal von ihrer Mutter gehört zu haben. Von ihren Schwestern, ihren Freundinnen oder von sonst einer Frau, die sie kennt.

Keine von ihnen scheint solche Selbstverständlichkeiten je hinterfragt oder gar missbilligt zu haben.

Ihr graut jetzt schon davor, was sie Helen sagen soll, wenn diese einmal nicht mehr mit einfachen Antworten auf ihre Fragen nach Ferkeln und Kälbern zufrieden sein wird. Wie sie ihr all das einmal beibringen soll, ihrem jetzt noch kleinen Mädchen.

Oder noch schlimmer: wenn John anfangen wird, Fragen zu stellen.

Mehrmals setzt Jane dazu an, den Boden weiterzuschrubben. Ein Gedanke, der sich aus einem entlegenen Winkel ihres Verstandes anschleicht, hält sie jedoch davon ab; sie will ihn nicht verscheuchen.

Möglicherweise war es nicht in erster Linie Rousseau, der sie verärgert hat. Sondern Linnaeus, den sie davor gelesen hat.

Aus der Ferne betrachtet, ist sein System, die Pflanzen in Klassen, Familien, Ordnungen und Arten einzuteilen, nicht nur denkbar einfach: Jeder, der Augen im Kopf hat und zählen kann, ist in der Lage, die Pflanzen nach Anzahl und Anordnung der weiblichen Fruchtblätter und der männlichen Staubblätter in dieses Schema einzuordnen. Darüber hinaus macht es auf den ersten Blick auch einen überaus unverfänglichen Eindruck.

Doch bereits der Untertitel Sexuelles System *hat Jane schockiert. Noch viel mehr die Begrifflichkeiten, die Linnaeus verwendet.*

Blütenblätter als Hochzeitsbetten, hinter edlen Vorhängen und mit süßen Düften parfümiert. Unfruchtbare Ehefrauen und fruchtbare Konkubinen bei der Ringelblume. In der Lilie vergnügt sich eine Ehefrau mit sechs Ehemännern, und bei den Eichen und Buchen leben Männer und Frauen zwar in einem Haus, tollen aber durch andere Betten. Nur bei wenigen Blumen, wie der Cannalilie, ist es so, wie es sich gehört: ein Mann, eine Frau; ein Haus, ein Bett.

Kopulierende Blüten, bar jeder Moral: Mit Linnaeus' Augen betrachtet, finden jedes Jahr im Garten, draußen in der freien Natur, zügellose Orgien statt. Wie konnte man da nicht schockiert sein, oder wenigstens peinlich berührt?

Und jedes Mal aufs Neue sitzt ihr die immer gleiche Frage im Genick: Wenn der Herr im Himmel die Schöpfung doch genauso gestaltet hat – wie kann es dann schlecht sein?

Reverend Bowerbank mag sie sich nicht anvertrauen, obwohl sie nach wie vor den Gottesdienst in St. Nicholas besucht. Zu verwerflich, geradezu gottlos kommen ihr all diese Gedanken vor. Zudem scheint die Welt des Pastors eine andere zu sein als Janes. Zwar hat er Verständnis, wie sehr Jane unter der Trennung von Robert leidet, um ihn bangt, im fernen China. Aber mehr als die Aussage, das sei das Los der treuen Ehefrau, und den Rat, für ihren Mann zu beten, hat sie von ihm nicht bekommen.

Vielleicht hat Rousseau doch recht, schwirrt es Jane durch den Kopf, und Frauen sollten sich einfach nicht mit den theoretischen und den abstrakteren Seiten der Botanik beschäftigen.

Beruhigen kann sie dieser Gedanke nicht; im Gegenteil: neuer Zorn wallt in ihr auf. Dabei war Rousseau sicher, eine Beschäftigung mit der Botanik, das Studium der Natur, würde einen Tumult von Leidenschaften verhindern.

Ha, so viel dazu!

Mit neuem Elan und frischer Seifenlauge macht Jane sich wieder über den Boden her.

In einer solchen Stimmung ist sie häufig in der letzten Zeit. Wütend und fast schon trotzig. Zumindest gereizt und manchmal sogar ungeduldig mit den Kindern.

Wie unvermittelt aus einem tiefen und erholsamen Schlaf gerissen, so kommt sie sich vor. Durch das unzeitige Krähen eines Hahns. Das scharfe Krachen eines Donners, mitten in der Nacht. Unleidlich, weil die Glieder aus Blei sind, die Augenmuskeln sich wie überdehnt anfühlen und brennen und der Kopf wie mit Baumwollflocken vollgestopft ist.

Wie in jenen Momenten fühlt sie sich, in denen man sich danach sehnt, wieder in die Tiefe des Schlafs abzugleiten. In den schönen Traum, den man eben noch gehabt hatte.

Momente, in denen man genau weiß, dass das nicht mehr möglich ist, weil man die Grenze zum Wachsein bereits überschritten hat.

55

Mit untergeschlagenen Beinen saß ich zwischen den anderen Frauen auf dem Boden und schnitt Ingwer in eine Schale.

»Habt ihr seine Hände gesehen?«, warf Liling in die Runde und riss die Augen auf, sonst schmal wie Pinselschwünge. »Riesig! Wie Tigerklauen. Wie die Tatzen eines Mondbären!«

Auch nach einem ganzen Winter, den Fortune in diesem Haus verbracht hatte, sprach man offenbar über nichts lieber als über Xinghuas Fremdartigkeit.

Obwohl die anderen Frauen beifällig murmelten, setzte Liling noch eines drauf.

»Ein ganzes Huhn passt in seine Hand! Und der Hahn in die andere!«

Die greise Xiaoli verzog ihr Dörrpflaumengesicht zu einem Grinsen, das ihre Kiefer sehen ließ, nackt wie die eines Säuglings.

»Dann wisst ihr ja, wie es um seine Männlichkeit bestellt ist«, krächzte sie vergnügt, während ihre knorrigen Finger einen Reiskloß kneteten, im Handumdrehen ebenso perfekt wie all die anderen und von exakt der gleichen Größe. »Wie die Hände eines Mannes …«

Schrilles Gelächter sprudelte auf und schlug über mir zusammen, während sich die Frauen in drastischen Vergleichen zu überbieten suchten.

»Also wie ein Ochse!«, rief Lanfen, die mehr nach vergorenem Bohnenquark roch als nach dem Orchideenduft, den ihr Name verhieß, und weiter die Rüben schabte.

»Wie ein Esel!«, piepste die kleingewachsene Xiaozhi, die erst im Herbst geheiratet hatte. Bequem auf einem Kissen in ihrem Rücken zurückgelehnt, schnitt sie Lauchringe in eine Schüssel, die auf ihrem jetzt schon gewaltigen Bauch thronte, dabei hatte sie noch gut drei Monde vor sich.

Triumphierend schwenkte Chaoxing den Bund Kräuter in ihrer Hand. »Wie ein Hengst!«

»Frag doch deinen Mann danach, Changchang«, kreischte Xiaoli über meinen Kopf hinweg. »Der hat bestimmt nähere Kenntnis! So unter Männern, beim Pinkeln und an der Waschschüssel!«

Changchang, die Frau des älteren und Mutter des jüngeren Wang, lachte schallend, während sie im großen Topf das Schweinefleisch zischend in Öl und Zwiebeln anbriet.

»Als ob der dann nicht das Grübeln anfängt, wenn ich mich nach dem Jadestab unseres Gastes erkundige. Oder womöglich noch auf dumme Gedanken kommt! Nein nein, ich bin froh, dass ich seinen Schildkrötenkopf nicht mehr allzu oft zu Besuch habe.«

Unter Gelächter richteten sich die Augen aller Frauen auf mich. Ich wurde rot, obwohl ich sonst nicht so schamhaft war. Nicht, nachdem ich unter vielen Jungen und wenigen Mädchen im Kloster groß geworden war, einige Zeit mit anderen *jianghu* auf der Straße gelebt hatte.

Um keinen Preis hätte ich zugegeben, dass ich mir selbst schon ähnliche Fragen gestellt hatte.

»Darüber weiß ich nichts.« Ich zuckte mit den Schultern, als ich Changchang die Schüssel mit Ingwer reichte. »Kann ich Euch sonst noch irgendwie helfen?«

»Nein nein, geht ruhig. Habt vielen Dank.«

Ich spürte die Blicke der Frauen in meinem Rücken. Auf Long Yuan. Voller Neugierde und mit einer Scheu, die ebenso respektvoll wie verständnislos sein mochte.

Hier war auch ich eine Fremde.

Aufatmend ließ ich mich auf die Bank vor dem Haus fallen. Ich saß gern hier draußen. In einer Stille, die kaum berührt wurde vom Lachen der Frauen in den Räumen hinter mir. Von den Stimmen der Männer, dem Kreischen und Weinen und Kichern der Kinder. Den Geräuschen der alltäglichen Handgriffe, die in ihrem eigenen Takt die Stunden des Tages abzählten.

Es machte mir nichts aus, zusammen mit den anderen Frauen in ihrem Teil des Hauses zu schlafen, mit ihnen zu essen, mich in ihrer Gegenwart zu waschen. Auch nicht, mich für die Unterkunft und die Mahlzeiten zu bedanken, indem ich Gemüse schälte oder bei der Wäsche mithalf.

Doch ich mied ihr Beisammensein über den Näharbeiten, den Stickereien. Immer dann, wenn es um Liebesdinge und Eheleid ging. Um Frauenkrankheiten und Kindeswohl. Weil sich dann früher oder später die Aufmerksamkeit auf mich richtete. Die ich ganz offensichtlich keinen Mann gefunden hatte und in meinem Alter nun auch keinen mehr finden würde. Eine seltsame Mischung von Bewunderung, Freundlichkeit und Missbilligung, dass ich mich für ein vollkommen anderes Leben entschieden hatte.

Ich war froh darüber, dass man mir diese Stille ließ.

Wenn ich hier auf dieser Bank saß, die Frühlingssonne auf meinem Gesicht, spürte ich meine Kindheit im Rücken. All die kleinen und großen Erinnerungen, die sich zu einer Wand auftürmten, von der ich nicht wusste, ob sie Halt bot oder mir den Weg abschnitt. Das grüne Tal und die Berge vor Augen, schaute ich auf das Leben hinaus, vor dem ich davongelaufen war, in sicherer Entfernung vor der Vergangenheit.

Immer gestreift von der Furcht, diese Vergangenheit könnte ihre Finger nach mir ausstrecken und mich zurückfordern. Mir dieses Leben rauben, das mir nicht bestimmt gewesen war. Das ich mir einfach genommen hatte.

Ein Schatten fiel auf mich, und ich blinzelte.

»Darf ich mich zu Euch setzen?«

Bereitwillig rückte ich für Vater Wang zur Seite. Ein wenig unsicher, weil ich mir bewusst war, was für eine Ehre es bedeutete – in dieser Gegend, in der die Welten von Männern und Frauen zwei verschiedene waren.

Er sog ein paarmal an seiner Pfeife, die kalt geblieben war, seufzte dann zufrieden auf und streckte seine Füße in den Pantoffeln aus.

»Herrliches Wetter. Wird eine gute zweite Ernte beim Tee geben.«

Er ließ seinen Blick für einen Moment auf Long Yuan ruhen.

»*Jianghu* also. Kein leichtes Leben.«

»Die wenigsten Leben sind leicht zu nennen.«

»Das ist wahr. Trotzdem muss man für ein solches Leben geboren sein. Wie der Bambus, der überall Wurzeln schlagen kann. Der stark ist und doch biegsam. Nicht wie die Teepflanze, die den rechten Boden braucht. Ein rechtes Maß an Sonne und Regen.«

Ich hörte sehr wohl die Anerkennung, die aus seinen Worten sprach; sie schien mir nur nicht angemessen.

»Ich habe diesen Weg nicht frei gewählt. Es war der einzige, der mir noch offen stand, nachdem ich alle Brücken hinter mir verbrannt hatte.«

Vater Wang nahm die Pfeife aus dem Mund und sah mich verblüfft an. »Worin liegt der Unterschied?«

»Ich habe vor langer Zeit aufgehört, an Schicksal zu glauben«, entgegnete ich rau.

Es war mir gleich, ob meine Worte unhöflich wirkten, ich mich respektlos verhielt.

Neben mir lachte Vater Wang leise. »Das Schicksal fragt nicht danach, ob wir an es glauben oder nicht. Ebenso wenig wie die Götter. Das Netz des Himmels ist groß und weit, aber es lässt niemals etwas durch seine Maschen fallen.«

»Ich habe viel zu viele Menschen gesehen, die durch diese Maschen gefallen sind«, gab ich verärgert zurück.

Vater Wang ließ sich nicht aus der Ruhe bringen. »Deshalb ist es gut, dass es *jianghu* wie Euch gibt.«

Ich schwieg, nur halb besänftigt.

»Werdet Ihr Xinghua in die Berge begleiten?«, erkundigte er sich nach einer Weile.

Bislang hatte sich niemand im Dorf gefunden, der diesen beschwerlichen Weg auf sich nehmen wollte. Niemand, der seine Felder, seinen Hof oder seine Werkstatt im Stich lassen konnte, jetzt im Frühling.

»Ich weiß es nicht.«

Noch stand diese Frage unbeantwortet zwischen Fortune und mir. Von uns beiden umkreist wie von zwei Katzen, die nicht wussten, ob sie miteinander spielen oder die Krallen zeigen sollten.

Ich hatte nicht erwartet, dass er mir meine Tat leicht verzieh.

»Ein guter Mann ist er, Xinghua. Von aufrichtigem Wesen und noblem Charakter.«

In meiner Brust wurde es warm. »Ja, das ist er.«

»Dieser so wichtige und vornehme Mann mit Liebe zum Tee. Ein Mann aus einer fernen, fernen Provinz. So fern, dass sie wohl weit im Westen liegen muss.«

Jetzt war es an mir, verblüfft aufzublicken.

Vater Wang lachte vergnügt in sich hinein. »Ich bin zwar noch kaum ein paar *li* über Jiangnan hinausgekommen ... Aber wenn man einige Zeit unter demselben Dach lebt, erkennt man, wie fremd jemand wirklich ist.« Begütigend hob er die Hand. »Euer Geheimnis ist gut bei mir aufgehoben. Sollte der eine oder andere im Dorf Verdacht schöpfen, wird er ebenfalls schweigen. Niemand in dieser Gegend ist darauf erpicht, die Gesetzeshüter aufzuscheuchen oder gar die Beamten des Kaisers hier zu haben.«

Ich zögerte einige Herzschläge lang, bevor ich mich ihm anvertraute. »Er will Teepflanzen mit in seine Heimat nehmen.«

Vater Wang nickte. »Das habe ich herausgehört.«

»Bereitet Euch das keine Sorgen – die Vorstellung von englischem Tee?«

Vater Wang schmunzelte. »Es wird nie einen zweiten Tee geben wie den chinesischen. Nie einen Tee wie aus den Bergen von Huang hier. Es ist immer der Ort, der einen Tee zu dem macht, der er ist. Das ist das Besondere am Tee. Das Einzigartige. Unverwechselbare. Wie bei uns Menschen.«

Er nahm die Pfeife aus dem Mund und kratzte mit dem Daumennagel daran herum.

»Ich habe fast alle meine Teepflanzen verloren, ohne dass ein fremdländischer Tee daran schuld war. Wie alle Bauern ihre Ernte verlieren können, allein weil die Götter es so bestimmen. Armut und Reichtum kommen und gehen, wie sie wollen. Das ist unser Los. Nicht nur als Bauern. Fall sieben Mal hin, steh acht Mal auf.«

Ich lächelte in mich hinein, als ich aus seinem Mund die vertrauten Worte von Meister Qiang hörte.

»Was geschehen wird, soll geschehen, Frau Lian. Ob mit oder ohne fremdländischem Tee. Und vermutlich gibt es niemanden, der sich in den Bergen besser zurechtfinden kann, als eine weitgereiste *jianghu* wie Ihr.«

»Ob ich mit ihm dort hinaufgehe, liegt nicht allein in meiner Hand«, flüsterte ich.

Fragend hob Vater Wang seine borstigen, weiß melierten Brauen.

Hier in Anhui spürte ich, wie tief ich in meinem Land verwurzelt war. Nicht an einem einzigen Ort, nicht in einem bestimmten Landstrich. Sondern im Boden der ausgedehnten Weiten, unter dem endlosen Himmel. Zwischen seinen Menschen und ihrer Art zu leben, in ihren Sprachen.

Die Kante der Bank umklammernd, die Füße fest auf den steinigen Boden gesetzt, erzählte ich Vater Wang von den Pflänzchen aus dem Kloster von Tiantung und dem Glaskasten. Während er umständlich seine Pfeife stopfte und entzündete, hörte er mir zu, gab nur immer wieder ein Brummen, ein Knurren von sich, manchmal ein halb entrüstetes, halb mitfühlendes *hng*.

»Die Treue zu seinem Land ist ein achtbarer Charakterzug, Frau Lian«, sagte er schließlich. »Doch noch höher zu achten ist die Treue zu den Menschen. Den Menschen, die wir unserer Treue als würdig betrachten.«

Er nahm die Pfeife aus dem Mund und wies mit dem Stiel den Hang hinunter. Auf die Silhouette eines Mannes, hoch aufgeschossen und schlank wie ein Bambusrohr.

»Da kommt er ja. Unser Freund aus der Fremde.«

Ächzend erhob er sich, um sich ins Haus zurückzuziehen.

»Es gibt nichts an Unstimmigkeiten, das nicht mit ein paar offenen und ehrlichen Worten aus der Welt geschafft werden könnte. Ich bin lange genug verheiratet, um das zu wissen.«

Fortunes Schritte wurden langsamer, weniger zielstrebig, je näher er dem Haus kam.

Er schien zu zögern, stellte seine Botanisiertrommel dann doch vor der Bank auf dem Boden ab und setzte sich zu mir. Mit dem Ärmel wischte er über sein schweißnasses Gesicht, ließ dann die Arme auf den Knien ruhen.

»Guter Tag?«, fragte ich schließlich.

Er nickte.

»Du …«, begann er und verfiel dann in Schweigen.

Erst nach einer Weile setzte er neu an.

»Es war immer gut, dich dabeizuhaben. Draußen, bei den Pflanzen.«

Mehr sagte er nicht, er brauchte es auch nicht.

»Es ist nicht leicht für mich, hier zu sein«, flüsterte ich. »Ich bin hier aufgewachsen. Jenseits des Flusses. Zwischen den Getreidefeldern und Viehweiden.«

Er nickte, wieder im Schutz eines Schweigens, das ihm gleichwohl auf den Schultern zu lasten schien.

»Vielleicht wären sie auch so eingegangen«, sagte er irgendwann leise. »Die Teepflanzen. Auch ohne dich.«

Eines wusste ich gewiss über ihn: Er hatte ein großes Herz.

56

Wir wanderten durch die Reisfelder, unsere Schritte im selben Takt, so bedächtig, als hätten wir alle Zeit der Welt.

Sein Gang hatte sich verändert. Weniger eckig, weniger stelzend. Geschmeidiger. Als fühlte er sich wohl in der chinesischen Haut, die er über seine englische gezogen hatte.

Wie ein kleines Wunder kam es mir vor, neben ihm einherzugehen. Auf dem Boden meiner Heimat, in die ich niemals hatte zurückkehren wollen. Mich frei zu fühlen, obwohl mich ein unsichtbares Band zu Fortune zurückgeholt hatte.

»Wie war es, hier aufzuwachsen?«

Ich nahm mir ein paar Herzschläge Zeit, obwohl es dazu nicht viel zu überlegen gab.

»Einfach. Ein paar Schweine und Ziegen. Getreidefelder und ein Gemüseacker. Zu viele Menschen in einem zu kleinen Haus. Einfach … Tage und Nächte zwischen Feldern und Stall.«

Er nickte. »So bin ich auch aufgewachsen. Neun Kinder in einem winzigen Haus. Felder und Äcker und Weiden, Kühe und Schafe. Viel Land, das alles dem Grundherrn gehörte. Mein Vater kümmerte sich um die Hecken, die dessen Felder und Weiden einfriedeten.«

Wie seltsam, dachte ich, dass man auf Fortunes englischer Insel sein Land einzäunen musste. Man wusste doch, wo ein Feld aufhörte und ein anderes begann. Wem in der Gegend welches Land gehörte. Und die Tiere beisammen zu halten, das war die Arbeit von uns Kindern gewesen.

»Wie bist du von hier ins Kloster gelangt?«

Ich bückte mich nach einem Reishalm, der sich von den glänzenden

Wasserflächen hierher verirrt hatte, zwischen das Gras am Wegesrand, und rupfte ihn aus.

»Hast du gewusst, dass der Reis es nicht nötig hat, ins Wasser gepflanzt zu werden? Aber weil er darin gedeihen kann, setzt man ihn in diese Wasserfelder. Dort kann er frei wachsen, ohne von Unkraut bedrängt zu werden. Das erleichtert die Ernte. Auch um den Preis, dass sich manchmal Giftschlangen in den Feldern verstecken und mit ihrem Biss die Bauern töten.«

Ich brauchte noch etliche Schritte, bis ich den Anfang machte, während meine Finger mit dem Reishalm spielten.

»Ich war nicht immer Lian, musst du wissen.«

Die Art, wie er neben mir einherging, den Kopf andächtig gesenkt, machte es leichter.

»Da war einmal ein Bauernmädchen namens Qiuyue. Benannt nach dem Herbstmond, unter dem es geboren worden war. Ein Mond, goldgelb und voll wie die Ähren des Weizens auf dem Feld. Noch ein Mädchen mehr zu den dreien, die meine Eltern bereits hatten, und nur zwei Söhne.«

Nicht einmal ein besonders hübsches Mädchen. Nicht wie Pfirsichblüte, meine zweitältere Schwester, mit ihren zarten Zügen, der hellen Haut. Zum Glück war ich aber auch nicht allzu hässlich; bestimmt würde es reichen, dass mich einer der Söhne aus der Nachbarschaft zur Frau nahm, für nur eine Ziege und ein paar Hühner dazu.

Für mich zu jener Zeit nichts als nebensächliche Worte, die meine Mutter, mein Vater so achtlos fallen ließen wie eine Flaumfeder, die sich im Jackenärmel festgehakt hatte. Ich war ja noch ein kleines Mädchen. Glücklich, draußen zu sein. Glücklich, auf dem Feld mitzuhelfen oder bei den Tieren.

»Eines Tages wurde eine Sänfte vor unserem Haus abgesetzt, und die Träger halfen einer feinen Dame heraus.«

Ich hatte noch nie etwas so Schönes gesehen. Ihre Gewänder aus bestickter Seide, ihr Gesicht, blass und schmal wie ein Reiskorn. Mit Augen wie Kohle, einem Mund wie eine Mohnblüte und Brauen wie mit Tusche gezogen.

»Eine Heiratsvermittlerin war es, die von der Schönheit meiner Schwester gehört hatte und sich Pfirsichblüte einmal ansehen wollte. Doch es war ich, die ihre Aufmerksamkeit auf sich zog.«

Ich, Qiuyue – die ich klein und schmal war für mein Alter, mit einem viel zu runden Gesicht und zu großen Augen. Ausgerechnet ich.

»Zur Frau eines wohlhabenden Mannes würde sie mich machen, versprach sie meiner Mutter. Ich sei zu Großem bestimmt. Etwas Besonderes hätte ich an mir, sagte sie.«

Wie eine Fee aus einem Märchen stand sie vor mir und versprach, alle meine Wünsche zu erfüllen. Wünsche, die so geheim waren, dass ich nicht einmal von ihnen gewusst hatte, bis sie sie vor mir ausbreitete, in ihrer ganzen verheißungsvollen Pracht. Eine betörend schöne und mächtige Zauberin, die mit einem Wink ein neues, ein glänzendes Leben vor mir ausbreitete, von dem ich kaum je etwas geahnt hatte.

Bereitwillig hätte ich einen Finger geopfert, wenn sie danach verlangt hätte.

Sie verlangte nach mehr.

»Es gab da nur eine Kleinigkeit …«

Sechs Jahre alt musste ich da gewesen sein. Vielleicht ein bisschen älter, ein wenig jünger. Ich wusste es nicht genau, Geburten eines Mädchens wurden nie so gefeiert wie die eines Jungen. Nie so im Gedächtnis behalten.

Jung genug jedenfalls, dass meine Knochen noch wie Wasser waren, wie es hieß.

Eine Lüge.

»Meine Füße. Gewöhnliche, plumpe Bauernfüße hatte ich. Lotosfüße sollten es aber sein.«

Damit aus einem Kind eine Frau werden konnte. Aus einem wertlosen Bauernmädchen gutes Heiratsmaterial.

Denn nichts machte eine Frau schöner und begehrenswerter als diese winzigen, neu geformten Füßchen. Ihr trippelnder, hüftschwingender Gang. Die Hilflosigkeit, die eine solche Frau an ihr Heim fesselte. Die die Hilfe einer Dienerin erforderte, musste sie sich dennoch einmal vor die Tür wagen.

Ich fragte mich, wie vielen ihrer Töchter die Wangs wohl ebenfalls Lotosfüße aufgezwungen hatten. Wie vielen Mädchen hier im Dorf man das Gleiche angetan hatte.

»Sie banden mir die Füße ein. Die Heiratsvermittlerin. Meine Mutter. Eine Frau aus der Nachbarschaft, die wusste, wie man dabei vorging.«

Weiß waren die Fesseln gewesen, die in mein Fleisch schnitten, bis die Haut aufbrach, den Stoff mit meinem Blut tränkte. Weiße, durch antrocknende Tinkturen versteifte Bänder, die die vier kleinen Zehen nach unten bogen, mit dem Ziel, die Knochen zu brechen, die Sehnen zu zerreißen.

Meine Hände verkrampften sich, meine Magennerven zogen sich zusammen; erstaunlich, wie viel Macht die Erinnerung haben konnte, auch nach zwanzig Jahren noch.

»Ich hatte nicht gewusst, wie viel Schmerzen man erleiden konnte. Ich war überzeugt, ich müsste sterben, allein am Schmerz. Den Tod hatte ich mir gewünscht, nur damit dieser Schmerz aufhörte. Stunden. Ganze Tage und Nächte. Erst viel später erfuhr ich, dass viele Mädchen an dieser Prozedur starben. Weil sich die Füße, die Nägel entzündeten und das Blut vergifteten. Dass viele dieser Lotosfüße faulten. Begleitet von einem Gestank, den auch die teuersten Düfte nicht überdecken können. Und dass viele Frauen unter den Schmerzen, die sie von Kindheit an begleiten, zum Opium greifen oder ihrem Leben ein Ende setzen, weil sie die Qualen nicht länger ertragen.«

Doch noch viel schlimmer als die körperliche Pein war das Begreifen, dass nicht nur meine Knochen gebrochen werden sollten. Sondern auch mein Geist. Mein Wille.

Das Wissen, dass ich danach nie wieder das Gras unter meinen bloßen Füßen spüren würde. Den sonnenwarmen Erdboden, oder wie der Matsch herrlich zwischen meinen Zehen hervorquoll.

»Ich nahm den Kampf auf. Schreiend und brüllend, mit meinen Fäusten, meinen Zähnen. Den Kampf gegen diese Fesseln. Gegen meine Mutter, gegen die Frau des Nachbarn, die mich auf meinen verbogenen und eingebundenen Füßen mit einem Stock durch das Zimmer trieben, damit die Knochen brachen. Aber meine Knochen waren stark. Ich war stark.«

Ein Lächeln breitete sich nun auf meinem Gesicht aus. Ich konnte noch immer die Kraft in mir spüren, die ich damals, als kleines Mädchen, aufgebracht hatte. Den ungeheuren Mut. Diesen unbedingten, unbezähmbaren Willen, mich zu befreien.

»Eines Nachts gelang es mir, die Fesseln zu lockern, mit denen sie mich an einen Stuhl gebunden hatten. Mich loszumachen und die Bänder um meine Füße zu lösen.«

Ich brachte sogar die Kraft auf, keinen Laut von mir zu geben, obwohl es so, so wehtat, als das Blut wieder in die abgebundenen Füße, die abgeschnürte Haut schoss. So leise war ich, dass ich meine Mutter nicht weckte, die auf dem Boden schlief. Nicht meinen Vater, der im vorderen Raum lag, zusammen mit den Kleinen. Während man die älteren Kinder bei Nachbarn untergebracht hatte, damit sie sich nicht erweichen ließen. Von meinem Weinen. Meinen Schreien. Meinem Betteln. Damit sie kein Herz zeigten und mich losbanden.

»Ich zwängte mich durch das Fensterchen und humpelte barfuß über die Felder und die Wiesen. In die Nacht hinaus.«

Ein Gang wie über Glasscherben, mit jedem Schritt. Ohne anzuhalten. Ohne einen Blick zurück.

Ich machte nur Halt, um aus einem Bach zu trinken, irgendwo ein Ei zu stehlen oder ein paar Pflaumen. Die Sohlen meiner Füße platzten auf und bluteten, aber ich lief weiter. Weiter und weiter auf meinen großen, starken Füßen.

Es war mir gleich, ob ich lebte oder starb.

Ich war frei.

»Manchmal ... wenn ich heute daran zurückdenke ... dann kommt es mir so vor, als wäre jenes kleine Mädchen damals tatsächlich gestorben, in jener Nacht.«

Als wäre Qiuyue noch einige Zeit als verlorene Seele umhergeirrt, in den Weiten Anhuis, zwischen den Getreidefeldern und Viehweiden.

In einem Reich der Schatten. Im Echo von Schmerz, Hunger und Durst, Angst und Einsamkeit.

»Das Nächste, an das ich mich erinnere, sind die Farben der aufgehenden Sonne. Das Rot und Gold eines Gewands. Ein Mönch, der mich auflas und auf seinem Esel mitnahm.«

In die weit, weit entfernten Berge zwischen den Wolken. In das Kloster der Alten Haine und Jungen Bäume.

Wo ich als Lian wiedergeboren wurde. Die lernte, dass kein Stock, keine Speerspitze und keine Klinge ihr jemals wieder solche Schmerzen zufügen konnte wie die, die sie als kleines Mädchen überstanden hatte. Dass das Schlimmste in ihrem Leben bereits hinter ihr lag. Die biegsam war wie Bambus und fließend wie Wasser und sich niemals brechen ließ.

Deshalb war es wie ein kleines Wunder für mich, hier vor Fortune zu stehen, fest und sicher auf meinen großen starken Füßen. Auf denen ich schnell laufen und viele, viele *li* zurücklegen konnte. Die mir beim Klettern Halt und Stütze gaben und mich beim Sprung in die Höhe katapultierten.

Die sich ebensowenig hatten brechen lassen wie ich.

57

»Seit damals hasse ich die Farbe Weiß«, flüsterte sie. »Seit damals bin ich nicht mehr in Anhui gewesen.«

Stolz stand sie vor ihm. Mit hoch erhobenem Kopf und glänzenden Augen.

Fortune blieb stumm.

Er tat sich ohnehin nicht leicht mit Worten, aber selbst wenn er gewandter gewesen wäre, hätte er nichts auf all das zu sagen gewusst. Das Leben von Qiuyue und von Lian, dem Mädchen mit dem Schwert, sprengte den Rahmen seines englischen Wortschatzes. Zu gewaltig war es, zu aufwühlend.

Er hatte solche Frauen gesehen, von denen Lian erzählt hatte. In Canton damals, an jenem Neujahrsfest. Frauen, die sich mit winzigen Trippelschritten vorwärtsbewegten, unsicher und schwankend, oft von Dienerinnen mit helfender Hand gestützt. Kostbaren, zerbrechlichen Blüten von fremder, leuchtender, fast blendender Schönheit gleich.

Er hatte sich nichts weiter dabei gedacht. Hatte geglaubt, es läge an ihrem Schuhwerk, verborgen unter dem Saum ihrer Gewänder. Eine merkwürdige Laune der Mode, so wie er manches an weiblicher Bekleidung fragwürdig und übertrieben künstlich fand, auch in England. Korsetts, mehrere Röcke übereinander und hässliche Hüte bei den Damen, viel zu enge, steife Hemdkragen bei den Herren.

Ein Gedanke, den er damals sogleich wieder vergessen hatte.

Fortune hatte gelernt, sich nicht mehr über die Merkwürdigkeiten dieses Landes und seiner Menschen zu wundern. Nicht darüber zu lachen, wenn er etwas entdeckte, das seinen westlichen Augen, seinem westlichen Verstand absurd vorkam. Nicht zu verurteilen.

Nicht die Überheblichkeit, mit der man Fremde als Barbaren bezeichnete, wo doch so viel im eigenen Land im Argen lag, es an vielen Ecken schmutzig war und stank und die Menschen selten besser rochen. Die Eitelkeit, mit der man beim Anblick mächtiger Dampfer aus dem Westen müde abwinkte und versicherte, man hätte selbst unzählige davon, im Inneren des Landes, obwohl dies keineswegs der Wahrheit entsprach. Auch die Nachlässigkeit nicht, mit der man ihm Wege und Entfernungen beschrieb; Angaben, die sich im besten Falle ungenau, im schlimmsten Fall als schlichtweg falsch erwiesen und ihn mehrfach in die Irre geführt hatten.

Jetzt jedoch überwältigte ihn nackter, ohnmächtiger Zorn auf dieses fremde, barbarische, feindliche Reich.

Lians letzte Worte hallten in ihm wider, ein Flüstern darin wie von einem leisen Sommerwind. Etwas, das sie nicht ausgesprochen, aber gleichwohl gesagt hatte, vielleicht auch nur gedacht und in ihre Worte mit eingeflochten.

»Trotzdem bist du zurückgekehrt«, sagte er ungläubig und wie begriffsstutzig.

»Ja. Trotzdem bin ich jetzt zurückgekehrt.«

Er streckte die Hand nach ihr aus; unsicher, wo er sie berühren wollte, wo er es durfte – an der Hand, der Schulter, der Wange? –, hielt er inne. Sein Blick fiel auf den Reishalm zwischen ihren Fingern.

»Du bist wie wilder Reis. Du brauchst kein Wasser, um frei zu wachsen.«

Ein kleines Lächeln leuchtete auf ihrem Gesicht. »Dennoch sind viele Schlangen an mir vorübergeschwommen. Jeden Tag wurden es mehr.«

Ihre Hand kam ihm entgegen, schloss sich um seine, als besiegelte sie einen Pakt.

»Lass mich dir helfen, an deinen Tee zu kommen.«

Das tränende Herz
(Dicentra spectabilis)
(Flammendes Herz – Bleeding Heart)

Schließlich scheint mir, dass nichts einem jungen Naturforscher förderlicher sein kann als eine Reise in ferne Länder. Es schärft und lindert zugleich teilweise die Lust und das Verlangen, das, wie Sir J. Herschel bemerkt, ein Mann erfährt, obwohl alle leiblichen Sinne vollauf befriedigt sind.
Charles Darwin, *The Voyage of the Beagle*, 1839

Blumen lassen etwas von ihrem Duft in der Hand zurück, die sie darreicht.
Chinesisches Sprichwort

58

In den Bergen von Wangshan.

Gemäßigter Aufstieg bisher, mehr Hügel als Gebirge und in voller Frühlingsblüte, teils bewaldet und von Bächen und kleinen Flussläufen durchzogen.

Als ob die Berge in die Ferne rücken, je weiter ich auf sie zumarschiere, so kommt es mir vor. Zumindest ist der Weg dorthin weiter, als es von Kiangnan aus gewirkt hat.

Ich kann mich nicht erinnern, jemals derart unvorbereitet aufgebrochen zu sein. Ohne auch nur eine vage Einschätzung, wie weit der Weg sein wird und wo er entlangführt. Ohne jemanden, der sich wenigstens grob auskennt. Ohne zu wissen, was mich am Ende erwartet.

AUS DEN NOTIZEN VON ROBERT FORTUNE

Fortune ließ den Bleistift sinken.

Ein Geräusch hatte ihn eben aus seinen Gedanken vertrieben.

Suchend ließ er den Blick durch die Wildblumen wandern. In das bewegte Laubdach über sich und hin zum Bach, der zu seinen Füßen vorbeisprudelte.

Bis er Lian entdeckte, auf der anderen Seite des Gewässers und doch keine zwei Armlängen von ihm entfernt.

Halb im Dickicht verborgen, der Zopf über die Schulter baumelnd, beugte sie sich auf Knien über das Wasser, wusch sich die Arme unter den hochgerollten Ärmeln, schöpfte mit der Hand Wasser und trank es.

Sie war wirklich wie Bambus, dachte er, als er ihr zusah. Wie wilder Reis. Aus den Landschaften dieses Landes geformt, ungestüm und sanft und manchmal rau. Kraftvoll und blühend und unbezwingbar.

Als hätte sie seinen Blick gespürt, seine Gedanken gehört, hob sie den Kopf, und ihre Augen trafen sich. Rasch wollte Fortune sich abwenden, doch er konnte seinen Blick nicht von ihr lösen. Ihre Augen hielten ihn fest, unbeirrt, fast herausfordernd.

Unergründlich war der Blick dieser Augen, so dunkel, so tief, dass man sich darin verlieren konnte.

Ihr Mund war leicht geöffnet; ein Wassertropfen rann über ihre Unterlippe, das Kinn hinab. Mit dem Handrücken wischte sie ihn weg, in einer langsamen, fast selbstvergessenen Geste.

Ihre Augen lächelten.

Konnte man nur mit den Augen lächeln?

Abrupt stand Lian auf und verschwand hinter den Büschen.

Ihr Lächeln blieb.

Ihr Weg führte sie durch Felder von Raps, und Fortune fragte sich, ob man diese Berge deshalb die Gelben Berge nannte. An Magnolien vorbei, deren Blüten in Weiß oder Rosa vor der Schroffheit von Fels und Nadelwald fragil und feminin wirkten, im Nebel von einem geheimnisvollen Zauber umgeben. Wo sich nach Sonnenaufgang Vogelschwärme versammelten und jedes Tal mit ihrem melodischen Weckruf füllten, bevor sie irgendwann auf einen geheimen Zuruf hin aufflatterten und ausschwärmten und ihre Lieder in die Morgenluft hinaustrugen, in Wälder und über Wiesen und zu den Bergen hinauf.

Ein Weg, für den sie sich so gründlich vorbereitet hatten, wie es nur möglich gewesen war. Indem Vater und Sohn Wang überall herumfragten, wer etwas über die Berge und das Kloster wusste. Stück für Stück an Wissen und Halbwissen, Mutmaßungen und Hörensagen und sicher auch Legenden wurde zusammengetragen, mit Lian und Xinghua besprochen und auf einen Bogen Papier gebannt wie in einer Schatzkarte. So wie Stück für Stück auch ihre Ausrüstung und der Proviant zusammengestellt worden waren, die sie auf dem Rücken trugen.

Aber erst als der uralte, fast schon versteinert aussehende Ah Ming aus dem Dorf mit brüchiger Stimme verkündet hatte, jetzt sei die richtige Zeit, um in die Berge hinaufzusteigen, jetzt spüre er keinen Schnee mehr in den Knochen, hatten die Wangs sie ziehen lassen.

Die Landschaft wurde karger, der Pfad steiler und schmaler.

Lian ging voraus, als kenne sie diesen Weg; Fortune wollte nicht daran denken, dass sie hier genauso fremd war wie er.

Vorab hatte er sich nicht vorstellen können, wie leicht es ihm fallen würde, diesen Weg mit ihr zu gehen. Vom Morgengrauen an durch die Berge zu wandern und sich nach einer kleinen Mahlzeit bei Sonnenuntergang unter freiem Himmel schlafen zu legen, mit nur eine Handbreit Gras und Bergluft zwischen ihnen. Sich mit Blicken oder einem Lächeln zu verständigen, während sie voranmarschierten. Auf einer Rast am Wegesrand dem anderen etwas von sich zu erzählen. Einen Gedanken zu teilen, der einem im Kopf herumging. Eine Frage, die einen beschäftigte. Ein kleines Geheimnis, das man in sich trug.

Er verbot sich den Wunsch, es möge immer so sein.

Bei jedem Schritt war er sich des Abgrunds neben sich bewusst. Bei jedem Schritt, der eine Kaskade von Steinchen lostrat, die über die Felskante rieselten, dann verstummten und erst nach einiger Zeit weit, weit unten irgendwo aufprasselten. Den Sog der Tiefe spürte er, die nur darauf lauerte, dass er einen Fehltritt tat, sein Gleichgewicht aus dem Lot geriet.

Fortune blieb stehen, um Atem zu schöpfen, dieses Gefühl von Schwindel abzuschütteln.

Wolken senkten sich über die Berge, streckten ihre nebligen Hände nach dem Pfad aus, der sich vor ihnen erstreckte. Sein Blick fing sich an einer Kiefer zwischen den Felsen: *Pinus sinensis*, wie er sie schon tausendfach in China gesehen hatte.

Diese Kiefer war anders. Der Baum hatte sich geteilt, als er noch ganz jung gewesen war, und beide Teile waren danach Seite an Seite weitergewachsen. Wie sich die Äste umeinander schlangen, sich die eine Baumkrone über die andere neigte, ließ an zwei Menschen denken, die sich umarmten.

Ein Liebespaar.

Lian war stehen geblieben und hatte sich umgedreht. Mit diesem unergründlichen Blick, einem kleinen Lächeln, das er erwiderte. Das ihm Halt gab und neuen Mut.

Unausgesprochen war es geblieben, dass diese Zeit in den Bergen ihnen allein gehören würde. Ohne einen Gedanken daran, wie lange sie währte. Ohne einen Gedanken an das Danach.

Lian ging weiter, und er folgte ihr, in die Wolken hinein, seine Schritte fest gegründet in ihren Fußstapfen.

Und bei jedem Schritt ließ er sein altes Leben hinter sich.

Es regnet viel in diesem Frühling. Dauernd eigentlich.

Nur selten ist der Himmel nicht grau, reißen die Wolken auch einmal auf und präsentieren ein Stück Himmel, der einen staunen lässt, weil man schon fast vergessen hat, wie blau er sein kann. Dann wärmt auch endlich die Sonne wieder das Gesicht und das Gemüt.

Rar sind solche Stunden; manchmal ist es mittags schon so dunkel wie am Abend, bevor erneut der Regen einsetzt.

Jane stört sich nicht daran. Sie ist froh, im Garten nur das Nötigste tun zu können, was in diesem Frühling zumeist auf gar nichts hinausläuft. Sie hat auch so genug zu tun: mit den Schreibarbeiten in Acton Green, dem Haushalt und damit, die Kinder bei anhaltend schlechtem Wetter beschäftigt zu halten. Trotzdem bleibt noch genug Zeit für Bücher.

Immer nur wenn die Kinder schon im Bett sind, noch ein Stündchen oder zwei, bevor sie sich selbst schlafen legt. Vor dem flackernden Feuerschein des Kamins, mit hochgezogenen Schultern und glühenden Wangen tief über das Buch gebeugt, immer angespannt und wie auf dem Sprung.

Als ob sie fürchtet, etwas Verbotenes zu tun. Dabei ertappt zu werden, wie sie den verzauberten Garten von Erasmus Darwins Loves of the Plants *betritt.*

Den flatternden Schmetterlingen und den Glühwürmchen, den Nymphen und Gnomen schenkt sie kaum Beachtung, sei es im silbernen

Mondlicht dieser Verse oder unter dem raschelnden Laub der Eichen. Lieber liest sie von den liebeskranken Veilchen und den errötenden Rosen, die sich zwischen moosbestickten Betten tummeln, von mütterlichen Tulpen und keuschen Mimosen.

Das Grau der Tage in diesem Frühling, das an den Herbst erinnert, nach Zurückgezogenheit verlangt und innere Einkehr nahelegt, entspricht Janes Stimmung. Die dunklen Stunden des Tages scheinen die Abgründe zu spiegeln, denen Jane sich heimlich überlässt.

Sogar in George Eliots Adam Bede *entdeckt sie jetzt Wangen wie Rosenblätter. Augenlider, zart wie Blütenblätter. Wimpern, gekräuselt wie die Staubblätter einer Blume.*

Kitschig für jemanden von Janes nüchterner Wesensart. Wenngleich nicht ohne Reiz.

Oft wandern ihre Gedanken dann zu Linnaeus und seinem System. Es sind die Bilder, derer er sich dabei bedient, die Jane nicht loslassen wollen.

Wie er die Pflanzen nach der Art ihrer Fortpflanzung einteilt, diese mit der Ehe zwischen Mann und Frau vergleicht. Dass alles, was blüht, eine sichtbare Ehe eingeht, während Farne, Moose und Algen sich im Verborgenen vermehren, in einer heimlichen Ehe.

Der Vergleich, wie zwei Farne einander Liebhaber und Mätresse sind und miteinander durchbrennen, ist einerseits merkwürdig; andererseits macht es diese biologische Tatsache für Jane greifbarer.

Sie kann nachvollziehen, weshalb Linnaeus' System so oft geschmäht wird. Voller Geschlechtlichkeit und Wollust ist es: Vielehen sind keine Seltenheit, und dazu verschwimmt zuweilen noch die scharfe Grenze zwischen männlich und weiblich. Trotzdem versteht sie nicht, warum eine solche Betrachtungsweise wie die Linnaeus' ungeeignet sein soll für weibliche Gemüter, einen weiblichen Verstand. Wo doch Frauen viel näher an diesen biologischen Gegebenheiten sind, indem sie Kinder empfangen und austragen, sie zur Welt bringen und nähren.

Allzu oft schweifen ihre Gedanken dann vom Geschlechtsleben der Blumen ab.

Den Akt als solchen vermisst sie nicht. Er ist ihr kein Graus. Keine Pflicht und ihr nur selten lästig. Eintönig empfindet sie ihn jedoch, seit sich das aufregend Neue daran abgenutzt hat, die verwirrende Fremdartigkeit. Monoton in seinem immer gleichen Ablauf, der stets gleichen Mechanik.

Etwas, das jedoch genauso zu einer Ehe gehört wie das Wäschewaschen und das Tischdecken. Eine Notwendigkeit, um Kinder zu haben. Ein Geschenk, das sie Robert gern macht.

Sie vermisst es, gestreichelt und im Arm gehalten zu werden, und ab und an einen Kuss. Die Innigkeit, die damit einhergeht. Das Vertrauen, das zwei Menschen einander entgegenbringen, indem sie sich in ihrer Nacktheit begegnen. In einer Verwundbarkeit, die bei Mann und Frau so verschieden ist.

Wie viel mehr muss Robert erst ihr Zusammensein als Mann und Frau fehlen.

Nicht einen einzigen Augenblick lang hegt sie die Befürchtung, es könnte eine andere Frau geben, in China. Eine dieser unnatürlich blassen und steifen Puppen auf kostbarem Porzellan. Robert ist nicht diese Sorte von Mann, das weiß sie, sonst hätte sie ihn nicht geheiratet.

Unberührt wie sie war er in ihrer Hochzeitsnacht. Genauso unbeholfen, als sie feststellten, dass das Wissen um das Prinzip und dessen praktische Umsetzung zweierlei waren.

Robert ist ein anständiger Mann. Ein Mann von Ehre. Dem es lange zu schaffen machte, wie in Edrom und Umgebung auch Jahre danach immer wieder mit hochgezogenen Brauen über die Fortunes getuschelt wurde. Darüber, dass Thomas Fortune sich erst dann am Traualtar einfand, als Agnes' dicker Bauch mit dem kleinen Robert darin selbst mit viel gutem Willen nicht mehr zu übersehen gewesen war.

Wie in Chiswick auch über John Lindley und Miss Drake getuschelt wird.

Wo gibt es denn so was, fragt man sich gegenseitig, dass die Gouvernante von allen im Haus vertraulich »Ducky« gerufen wird. Und obwohl die Kinder alle drei schon groß sind, fast flügge, ist Miss Drake immer noch da. Verbringt mehr Zeit mit Mr Lindley als dessen Frau, weil sie ihm bei seinen botanischen Forschungsarbeiten zur Hand geht. So selbstverständlich und vertraut, als wäre sie seine bessere Hälfte.

Wenigstens hat Lindley den Anstand, Miss Drake nicht auch noch in Gesellschaft an seiner Seite zu präsentieren, heißt es oft, in hä-

mischer Genugtuung. Angestrengt hat Jane dann immer weggehört. Jetzt macht sie sich doch ihre eigenen Gedanken. Wenn sie beobachtet, wie liebevoll Mr Lindley, der mit seinem langen Fusselbart und dem schütteren Haar älter wirkt als Mitte vierzig, mit Miss Drake umgeht. Wie Miss Drake manchmal, wenn sie ihm eine ihrer Zeichnungen zur Begutachtung vorlegt, die Hand auf seinem Arm oder seiner Schulter ruhen lässt.

Jane beginnt sich Gedanken zu machen, was einen Mann und eine Frau zueinander zieht. Aneinander bindet.

Reiche Leute heiraten des Geldes oder eines Titels wegen, für Land oder ein Unternehmen, das hat sie früher auf dem Grundbesitz mitbekommen und im Haus ihrer Herrschaft in Edinburgh. Ehen, die mehr einer Geldanlage oder einem politischen Schachzug entsprechen als der Lebensplanung zweier Menschen.

So gesehen war Jane immer froh gewesen, zu den einfachen Leuten zu gehören. Die konnten sich aussuchen, mit wem sie ihr Leben verbrachten. Weil man ein Lächeln besonders mochte oder eine Stimme. Die Art, wie ein junger Mann sich die Haare aus der Stirn strich oder auf dem Feld zupackte. Weil die Familie ehrbar war und die Schwiegermutter in spe keine Hexe, die einem das Leben schwermachte.

Bei Robert und ihr ist es die gleiche Herkunft gewesen. Eine wechselseitige Zuneigung, gleiche Werte, gleiche Vorstellungen vom Leben und von der Zukunft. Bei den Lindleys hingegen … Was es auch immer gewesen sein mochte – es war kaum noch vorhanden, zumindest nicht für Außenstehende erkennbar. Abgelöst, vielleicht sogar ausgelöscht schien es durch die Verbundenheit des Geistes, die Mr Lindley und Miss Drake teilten.

Über die Ehe als solche beginnt Jane nachzudenken.
Über dieses Versprechen, das man einander so feierlich gibt: bis dass der Tod uns scheidet. Nicht leichtfertig, aber doch in der vollkommenen Ahnungslosigkeit, was das Leben noch bringen wird.

Wie sehr sich die Ehe verändert, wenn das erste Kind da ist. Das Band zwischen Mann und Frau einerseits stärkt, sich gleichzeitig aber auch zwischen sie drängt, mit all seinen Bedürfnissen an die Mutter, die sich immer nur für den Augenblick stillen lassen. Mit dem zweiten Kind, bei dem sich vieles wiederholt und vieles verwirrend neu ist. Wie eng dieses Band wird, wenn man die alten Wurzeln kappt und sich in einem anderen Winkel des Königreichs ein neues Leben aufbaut.

Wie einsam einer von beiden sein kann, in einer Zeit der Trennung, die sich länger und länger ausdehnt. Wie Jane. Wie einsam einer von beiden sein kann, auch unter dem gemeinsamen Dach. Wie Mrs Lindley.

Natürlich heiratet man trotzdem, über kurz oder lang und lieber früher als später. Das ist doch das eine Ziel im Leben: Hochzeit und Kinder, ein eigener Hausstand, eine eigene Familie.

Bedauernswert sind die armen Geschöpfe, die ledig bleiben, dazu verdammt, den Rest ihres Lebens als alte Jungfern ihren Familien zur Last zu fallen. Weil sie nicht genug Pennys für eine Aussteuer zusammenkratzen können. Sich um einen gebrechlichen Vater kümmern müssen. Oder die einfach keiner will, weil es genug andere, hübschere und jüngere Mädchen in der Gegend gibt.

Deshalb war Jane nach Edinburgh gegangen. Um ihr eigenes Geld zu verdienen und eisern zu sparen, für später. Im Rahmen aller Schicklichkeit die Augen offen zu halten nach einem passenden jungen Mann, von denen es in der großen Stadt zweifellos ungleich mehr gab als in den Dörfern auf dem Land.

Großes, unwahrscheinliches Glück hat sie gehabt, mit Robert nicht nur diesem traurigen Los zu entkommen, sondern in ihm auch noch einen guten Ehemann und Vater zu finden.

In Acton Green jedoch erlebt Jane, dass es auch andere Arten zu leben gibt.

Wie Duck - wie Miss Drake, die schon näher an vierzig als an dreißig sein muss und immer noch anziehend ist, auf eine dezente, herbe Art. Die vollkommen glücklich zu sein scheint mit ihrem Dasein im Haus der Lindleys, ohne Mann, ohne Kinder. In dieser eigenartigen Beziehung zu Mr Lindley, die mehr sein mag als ein Dienstverhältnis oder Freundschaft, vielleicht aber auch nicht.

Oder Sarah Lindley, die immer adrett wirkt, ohne sich je herauszuputzen, und offenbar keinen Gedanken daran verschwendet, sich nach einem möglichen Ehemann umzuschauen. Ernsthaft und selbstbewusst, fast ruppig geht sie mit den Gentlemen um, die Mr Lindley in Acton Green aufsuchen. Als wäre sie ihnen ebenbürtig.

Daheim in Swinton wäre so etwas undenkbar, ein Leben wie Miss Lindleys, wie Miss Drakes, ein großes Unglück und Schande zu-

gleich. Im Haus der Lindleys jedoch ist es einfach eine Varietät des Lebensweges.

Wie eine Pflanze, die statt weißen Blüten rote oder gelbe trägt und über deren Farbe man dazu noch selbst entscheiden konnte.

Während unter dem finsteren Himmel die Wiesen und Felder Chiswicks zu saftiggrüner Üppigkeit verwildern, der Garten des Cottages in den Regenströmen allmählich einem Dschungel gleicht, wuchern die Gedanken in Janes Kopf.

Manchmal fragt sie sich dann, wie ihr Leben wohl aussehen würde, wäre sie Robert nicht begegnet, ledig geblieben. Gedanken, die ihr genauso unsinnig vorkommen, wie sich vorzustellen, einen Kopf größer oder kleiner zu sein, blond oder rothaarig oder mit einer zierlicheren Nase; da kann sie nicht aus ihrer Haut.

Die Neugierde jedoch bleibt, zusammen mit all diesen Fragen. Die Unruhe in ihrem Herzen, das Sehnen in ihrem Leib, das sie sich nicht erklären kann.

Das Gefühl, irgendwo am Rand ihres Gesichtsfelds einen blinden Fleck zu haben. Dort versteckt sich etwas, von dem sie zwar ahnt, dass es da ist, das sie jedoch nicht erkennen oder gar benennen und greifen kann.

Etwas, das mit diesem neuen, fremden Hunger zu tun hat, der sie umtreibt. Ihr ganz und gar unweiblich vorkommt. Sie unzufrieden macht und reizbar.

Den sie dennoch genießt.

59

Überall hier wächst Camellia sinensis *wild – jetzt kann ich verstehen, dass es heißt, Tee sei die Essenz der Berge.*

Ich kann nicht glauben, dass es hier Geister geben soll. Dämonen. Hier ist nichts als Friede und Stille. In einer Erhabenheit, einer Schönheit, die einem voller Euphorie den Atem verschlägt, um einen gleich darauf demütig werden zu lassen. Kein Palast, keine Kathedrale kann beeindruckender sein.

Das einzig Unheimliche ist, seit dem ersten großen Anstieg keiner Menschenseele mehr begegnet zu sein. Und die Schluchten und Abgründe, die sich immer wieder zu den Füßen auftun, oftmals dazu noch von Nebel oder Wolken verhüllt.

Ich hoffe, wir erreichen bald eine der Herbergen, die es hier geben soll.

AUS DEN NOTIZEN VON ROBERT FORTUNE

Fortune kniete neben dem Gepäck und riss ein Stück Dörrobst in kleine Stücke. Eines davon streckte er dem neugierigen Äffchen entgegen, das sich halb hinter einen Stein duckte, halb dahinter hervorschielte.

»Da, sieh her. Ich habe hier was für dich.«

Sie hatten schon oft solche Affen mit langem braunen Fell und Backenbärten gesehen; in den frühen Morgenstunden sprangen ganze Horden zwischen den Felsen herum. Dies war auch die Zeit, in der kleine Hirsche und Rehe aus dem Gebüsch hervorglitten, um an den Bächen zu trinken, mit ihren weichen Mäulern Gräser abzuzupfen und dabei ihre sanftmütigen Blicke umherschweifen zu lassen. Die Mittagszeit gehörte den Greifvögeln am Himmel und den Echsen, die in der Sonne badeten, während in der Abenddämmerung manchmal etwas umherhuschte, das Fortune an ein Gürteltier erinnerte und das Lian nur unter dem Namen *Was sich zusammenrollt* kannte.

Dieser Affe war das erste Tier, das sich näher heranwagte.

Fortune legte das Stück Obst auf den Boden und zog die Hand zurück. Das Äffchen schien zu überlegen, machte dann einen Satz vorwärts, griff sich den Imbiss und verzehrte ihn schmatzend an Ort und Stelle.

Die nächsten Happen schnappte es sich aus Fortunes Fingern, der sich an der Mimik des Affen freute, an den genüsslichen Geräuschen, die er von sich gab.

»Ich würde dir gern mehr geben, aber wir haben selbst nicht viel. Und wir wissen nicht, wie lange unser Proviant noch reichen muss.«

Um ihren schwindenden Vorrat zu strecken, hatte Lian sich aufgemacht, um nach Beeren und Wurzeln Ausschau zu halten.

Mit seinen schimmernden Augen, die an grüne Oliven erinnerten, musterte der Affe die leere Hand, die Fortune ihm hinhielt.

Fortune zuckte zusammen, als der Affe plötzlich seinen Zeigefinger packte und festhielt. Ein Schauder überlief ihn, denn diese winzige Hand war warm und fühlte sich nicht mehr ganz nach Tier an. Nicht wie ein Hund, eine Katze, eine Kuh oder ein Schaf. Fast wie die Finger eines Säuglings. Ein Wesen, das irgendwo auf halbem Weg zwischen Tier und Mensch stand, mit einer Mimik, die zwischen Kind und Greis pendelte: in einem Lächeln, einem fragenden Stirnrunzeln, den zusammengekniffenen Augen voller Unmut. Wie eine seltsame Spiegelung des Menschen, von einer merkwürdigen Ähnlichkeit, die Fortune ebenso verstörte wie sie ihn berührte.

Er bedauerte es, als der Affe die Zähne bleckte und ihn losließ. In flinken Sätzen sprang er davon und verschwand hinter den Felsen.

Fortune richtete sich auf und streckte sich, legte den Kopf in den Nacken, hielt das Gesicht der Sonne entgegen.

Berauscht war er von der Schönheit dieser Bergwelt. Geriffelte Felswände, die im warmen Abendlicht weich aussahen wie Falten in einem schweren Seidenstoff, die Silhouetten der Kiefern wie Papierschirme oder luftige Pagoden. Felsnadeln wie verwunschene Märchengestalten und Felsen, die an einen Löwen erinnerten, an einen Drachen und an einen dickbäuchigen Buddha. Und immer wieder Wolkenfelder, durch die sie hindurchwandern mussten, nahezu blind und nur auf die anderen Sinne angewiesen, eine kühle, rauchige Nässe auf den Lungen. Bis sie dann aus den Wolken hervorbrachen und staunend auf dieses weißneblige Meer blickten, das sich bis zum Horizont erstreckte und in dem Berggrate wie einsame Inseln schwammen. Unter einem Himmel, so blau, dass er sicher im obersten Bereich von Humboldts Cyanometer lag.

Mit dem Ärmel wischte Fortune sich über das schweißnasse Gesicht; Hemd und Hose klebten auf seiner Haut. Verlangend blinzelte er zu dem kleinen See hinüber, der sich türkisblau in die Umarmung von Sträuchern, Felsen und hohen Gräsern schmiegte und über dem Libellen surrend aufzuckten wie dunkelrote Flämmchen.

Nur einen Wimpernschlag lang durchfuhr ihn der Gedanke an Bakterien und Amöben, an Würmer und Krankheiten, dann zerrte er sich seine durchgeschwitzten Sachen vom Leib und watete hinein.

Das Wasser war kühl, aber nicht allzu kalt. Herrlich war es, das erste richtige Bad seit … Ewigkeiten.

Fortune hielt die Luft an und tauchte unter.

60

Er war nicht zu überhören, wie ein junger Hund prustete und planschte er im Wasser umher.

Laut lachte er sein Glück heraus; dieses jungenhafte Lachen in seiner tiefen Männerstimme, das ich so liebte.

Im Schutz des Dickichts setzte ich mich auf einen Stein und spähte durch das Blattwerk hindurch; die Beeren, die ich suchen wollte, aber nicht gefunden hatte, vergaß ich sogleich.

Er richtete sich auf, schüttelte sich mit dem Finger Wasser aus dem Ohr. Strich sich über den Kopf, als hätte er in diesem Moment vergessen, dass ihm nur ein Haarschatten geblieben war.

Bäche rannen durch das dunkle Haar, das nass auf seiner Brust klebte. Ein schwerknochiger Mann war er, mit schlanken, langgestreckten Muskeln. Ein Mann, der es gewohnt war, Erde umzugraben und Wurzeln aus dem Boden zu reißen.

Ein solch starker Mann, mit einer solch sanften Seele.

Ein Mann aus der Fremde, der sich von diesem Land hatte formen lassen. So wie er meinen Gedanken eine neue Gestalt, eine neue Richtung gegeben hatte. Etwas in mir weckte, das ich tot geglaubt, das aber nur im Schlaf gelegen hatte. Seit Yun, zehn Jahre lang.

Ein sanftes Glühen begann in meinem Bauch zu pulsieren, wie das erste Schnobern eines jungen Drachen.

Ich musste daran denken, dass der Drache ursprünglich weiblich gewesen war. Bis die Herrscher bei Hofe ihn einfach männlich machten, damit er zu den Mythen passte, die sie um sich selbst spannen.

Das Wasser in Flüssen und Seen und im Meer war weiblich, ebenso der Regen. Eine uralte, ewige Kraft, die sich jetzt in mir regte.

Ich streifte den Schwertgurt über meinen Kopf, legte Long Yuan sorgsam ins Gras und schlüpfte aus meiner Jacke. Bei jedem Kleidungsstück, das ich ablegte, erforschte ich mein Gewissen.

Stumm blieb es, bei jedem einzelnen meiner Herzschläge.

Ich konnte nicht anders, es war stärker als ich.

Geräuschlos ließ ich mich ins Wasser gleiten, nackt.

61

Fortune horchte auf, wischte sich über die Augen und blinzelte ins Wasser hinunter.

Ein Schatten glitt auf ihn zu, schillerte mal blassgolden, mal fast weiß, mit einer fließenden Mähne wie pechschwarzes Seegras.

Er konnte sich nicht rühren; sein Verstand war blank, seine Seele wie gebannt.

Ein Wassergeist, wie aus einer alten Sage. Eine Nixe.

Ein Fabelwesen, halb Mensch, halb Tier, das durch die Oberfläche brach, sich schüttelte und dabei nach allen Seiten Tropfen versprühte.

Lian, die aus voller Kehle lachte. Ein Lachen, das ihn tief im Magen traf.

Lian, die ihn anlächelte, aus ihren dunklen, unergründlichen Augen. Ohne ihr Schwert. Ohne einen Faden am Leib.

Genau wie er.

Hastig beugte er die Knie, tauchte bis über die Schultern unter.

Eine letzte Spur von Scham verwässerte. Der letzte Rest von Willenskraft wusch aus, und er driftete auf Lian zu, die der See in seine Arme trieb. All ihre sanften Rundungen, ihre Muskeln, die auf eine Art stark waren, wie sie es wohl nur bei einer Frau sein konnten, fein und stramm zugleich, wie Stränge von Seide.

Sie umschlang ihn mit den Armen, den Beinen, dem ganzen Leib. Nahm ihm für einen Augenblick die Luft zum Atmen. Er musste sie festhalten, damit sie nicht zusammen untergingen.

Ihre Haut war kühl vom Wasser; darunter ging eine Wärme von ihr aus, die ihn einhüllte, bis weit unter seine eigene Haut sickerte.

Es waren ihre Augen, in denen er sich verlor. In dieser dunklen Tiefe, die ihn einsog, der er sich ohne Gegenwehr überließ. Ihr Mund schmeckte nach dunklen Beeren, mit einer Schärfe, die ihn hungrig machte nach mehr.

Nicht hier. Nicht so.

Er nickte, unsicher, ob es ihre Worte gewesen waren oder seine. Ob überhaupt jemand sie ausgesprochen hatte, sie nicht vielmehr als Gedanke in der Luft lagen, während Lian ihr Gesicht in seine Halsbeuge presste, seine Hand über ihr nasses Haar strich.

Als ob sich Partien seiner Haut abschälten, so war es, als Lian sich von ihm löste, untertauchte und unter Wasser davonglitt, einmal mehr nur ein Schatten und ebenso flüchtig.

In seiner Brust, seinem Becken brannte es, und doch war ihm kalt.

Lange saß er danach auf einem Stein, mit weichen Knien, fahrigen Händen, unter seinen Kleidern bereits wieder trocken.

Er hatte noch nie eine andere Frau berührt außer Jane. Nicht … so.

Auf eine solch unbeherrschte Art, die sich tief in seine Seele grub. Gierig. Wollüstig. Ohne Verstand. Ohne Gewissensbisse.

Er war Jane noch nie untreu gewesen.

Als er Schritte hörte, hob er den Kopf. Angezogen und in Stiefeln, das Schwert auf dem Rücken, wich Lian seinem Blick aus, lächelte nur mit gesenktem Kopf vor sich hin.

Während er ihr nachging, den schmalen Pfad entlang, der sich an der Flanke des Berges entlangwand, blieb sein Blick auf ihren Zopf geheftet. Auf das Wasser, das aus ihrem Haar tropfte, über dem schmalen Flügel des Schwerts einen dunklen Streifen auf ihre blaue Jacke malte.

Als könnte er nur so sichergehen, dass es kein Traum gewesen war.

62

Die Herberge war nicht mehr als ein Schuppen, der windschief auf einem Felsvorsprung unterhalb des Pfades klebte. Ein Schwalbennest, von Menschenhand teils aus dem Stein herausgehauen, teils mit Holz hineingebaut.

Nichts für furchtsame Gemüter, dachte Fortune. Nicht einmal für kühnere Seelen, sobald die Sonne unterging. Sobald die hereinbrechende Dunkelheit die Grenzen zwischen Himmel und Berg auszulöschen begann und die Herberge dann in der finsteren Nacht schweben würde.

Erst in dem Zwielicht im Innern dieses Nestes fasste Fortune Mut. Im Strahlen der sich verabschiedenden Sonne, das den nackten Raum, das notdürftige Lager am Boden sanft erhellte.

»Lian, ich …«

Sie streckte den Arm aus und legte die Finger auf seinen Mund. »Was es auch ist … Kann es warten bis morgen?«

Fortune nickte.

Lian trat einen Schritt zurück. Es klirrte leise, als sie ihr Schwert auf dem Boden ablegte. Sie schälte sich aus ihrer Jacke, den Stiefeln, zog ihr Hemd über den Kopf. Und Fortune wurde zu ihrem Spiegelbild: mit einem Kleidungsstück nach dem anderen.

Wie eine seltene Orchidee war Lian.

In ihren *Sepalen* und *Petalen*, ihrem *Labellum*. Ihrer seidigen Festigkeit. Dem weichen Samt eines *Gynostemiums*. Feinnervig, empfindsam und maßlos. Mit ihrem Duft, der schwer war und berauschend.

Er hatte nicht gewusst, dass es so sein konnte. Ein solcher Rausch, ein solcher Taumel. Ein solches Glück.

Mit einer Frau, die weich und nachgiebig war, zugleich fordernd und drängend, mit den Narben eines Kriegers auf der Haut. Schriftzeichen aus einer fremden Welt, die er in dieser Nacht mit den Fingerspitzen, seinem Mund zu lesen lernte: Geschichten eines ungezähmten Lebens, eines wilden, freien Herzens. Geschichten von Abenteuern und Wanderschaft und Kampf. Fast wie aus alten Legenden und doch von dem pulsierenden, glühenden Leben erfüllt, das er auf seiner Haut spürte. Unter seinen Händen. An seinem eigenen Leib.

Es gab dunkle Mächte, hier in diesen Bergen.

Geister heimlichen Begehrens. Drachen, die verzehrendes Feuer spien. Dämonen, die sich aus der Tiefe der eigenen Seele hervorschlängelten und einem offen ins Gesicht blickten.

Fortune lernte, mit ihnen zu tanzen, in dieser Nacht. Diese Mächte furchtlos zu umarmen, halb auf sicherem Fels gegründet, halb im freien Fall.

63

Er schlief. Den Schlaf eines erschöpften, an Leib und Seele gesättigten und seligen Mannes.

Ich war noch wach, meine Augen auf ihn gerichtet, als könnte ich ihn sehen in der Dunkelheit. Mich versichern, dass er da war, bei mir.

Als läge nicht sein Arm wie ein gefällter Baum auf meinen Rippen; ein Gewicht, das mich nur flach atmen ließ und von dem ich mich dennoch nicht befreien wollte. Als wäre ich nicht umgeben von der Hitze, die sein Körper abstrahlte, und spürte nicht, wie seine Brust sich unter meiner Wange hob und senkte, das dichte Haar darauf nicht weich, nicht kratzig, sondern irgendetwas dazwischen. Weicher jedenfalls als die Bartstoppeln, die auf Kinn und Wangen zu sprießen begonnen hatten und im Sonnenlicht des Tages wie Kupfer glänzten.

Fortune. Xingyun.

Dieser fremde Barbar, der letztlich einfach ein Mann war.

Ein Mann, der mich mit seiner Güte angelockt und mir mit seinen Blumen das Herz gestohlen hatte. Der zärtlich sein konnte und dann doch in eine unvermutete Wildheit ausbrach, die mich in ihrer Unschuld seltsam berührte. Mit einer Wucht, einer Gewalt, die meiner entgegengesetzt war und ihr doch entsprach.

Ich hatte zu wissen geglaubt, wie es war, zwischen Mann und Frau. Ich hatte es geliebt, damals mit Yun, es ausgekostet und seither manchmal vermisst. Aber ich hatte nicht gewusst, dass die Erfüllung sein konnte wie eine Lotosblüte, die sich in meinem Innern öffnete, in den Farben eines Regenbogens glühte und pulsierte. Bevor sie dann langsam wieder verlosch, aber kostbare Samenkörnchen zurückließ; sirrende Fünkchen, überall im Leib, in den Gliedern, bis in die Fingerspitzen und Zehen hinein. Bis auf den Grund der Seele hinunter.

Ich schlang den Arm um Fortune, drückte das Gesicht fester an seine Brust. Trank seinen Geruch, der so fremd war, so vertraut. Wie ein dunkler Wald voll alter, hoher Bäume und wie die regenfeuchte Erde, in denen sie wurzelten. Durchmischt mit dem Schweiß, den wir vergossen hatten. Mit dem Salzwasser seines Yang. Dem Süßwasser meines Yin.

Ich spürte, wie etwas an mir zupfte und zog, irgendwo in meiner Brust, in der Gegend meines Herzens. Vielleicht gab es ihn doch, diesen roten Faden, der zwei Seelen von Geburt an miteinander verband. Falls dem so war – dann war ich froh, ihm gefolgt zu sein.

Bevor ich an Fortune geschmiegt einschlief, fragte ich mich wie alle närrischen Liebenden, ob das Spiel von Wolken und Regen nicht eigens für uns beide in die Welt gekommen war.

Es musste so sein, in dieser Nacht zwischen Himmel und Erde.

64

War es Wirklichkeit oder ein Traum? Oder bin ich in einem Märchenland angekommen?

~~Unter diesen Umständen~~

Ich kann mir nicht helfen, meine Vorstellungskraft schweift unkontrolliert umher, und ich fange an, gleich mehrere Luftschlösser auf einmal zu bauen. Das erlaube ich mir heute und vielleicht auch morgen. Sie kosten schließlich nichts, und wenn es sein muss, lassen sie sich leicht wieder einreißen.

Aus den Notizen von Robert Fortune

Ein Meer aus Wolken im zarten Licht des neuen Tages, noch unberührt von Morgenröte.

Fortune saß auf dem Felsvorsprung, einmal mehr staunend über diese Laune der Natur, die so greifbar schien und doch so flüchtig war. Ein Zauber, der mehrere Elemente miteinander verband und doch keinem von ihnen ganz anzugehören schien.

Pure Poesie, jenseits aller Worte.

Es war der stillste Ort, den er sich vorstellen konnte. So still, dass er seine eigenen Atemzüge, seinen Herzschlag überlaut hören konnte. Eine Stille, in der Ruhe und Klarheit bei ihm Einzug hielten.

Ein Gefühl von absoluter, vollkommener Freiheit war es hier oben. Eine erhabene, beinahe schwindelerregende Freiheit.

Sein Blick wanderte über die Inseln dieses Meeres und über seine Küste: die Bergrücken und Felsgrate, von den ersten Sonnenstrahlen mal als schwarze Monolithe gezeichnet, mal wie Bernstein leuchtend.

Berge wie diese mussten es sein, die die Wolken fingen und dafür sorgten, dass China so reich an Regen war. Luftströmungen über dem Wechselspiel von Ebenen und Gebirge schufen ein vielfältiges Klima, das für alle denkbaren Pflanzen Platz bot. Flusstäler und Schluchten bildeten einen geschlossenen Raum, in dem sich Arten ungestört entwickeln konnten. Chinas Größe, aber auch sein facettenreiches Gesicht waren der Grund für diesen außerordentlichen Reichtum an Pflanzen. Eine Fülle, eine Vielfalt, wie es sie vielleicht kein zweites Mal auf dieser Welt gab.

Er hatte geglaubt, die Beschaffenheit der Natur zu kennen. Ihre Grundlagen. Ihre Mechanismen.

Die Natur war jedoch kein Uhrwerk aus zwar zusammenhängenden, aber eigentlich voneinander unabhängigen Teilen, das man beliebig auseinandernehmen und wieder zusammensetzen konnte. Ein eigenständiges Wesen war sie. Ein lebendiger, atmender Organismus, eigenwillig und noch voller Rätsel.

Alles hing zusammen und bedingte einander: Himmel und Erde und Berge, Pflanzen und Tiere und Menschen. Untereinander verbunden in einem hauchfein gewobenen, unendlich komplexen Netz, das seinem ganz eigenen Herzschlag, seinen eigenen Atemzügen folgte. Wo auch immer man an diesem Netz zog, es zusammenzurrte oder dehnte, es vielleicht sogar zerriss – es würde weitreichende Folgen haben. Weiter, als des Menschen Verstand und Sicht womöglich ermessen konnte.

Ein Menschenleben würde nicht ausreichen, um dieses Netz zur Gänze zu erforschen und zu verstehen, vielleicht würden auch die Wissbegierde und die Studien vieler Generationen dafür nicht ausreichen.

So viel er aus Büchern auch gelernt hatte und auf seinen Streifzügen durch die Wiesen Berwickshires, im Botanischen Garten von Edinburgh und in den Treibhäusern von Chiswick – die Begegnung mit der überbordenden, ungezähmten Wildnis Chinas hatte seinen Blick geöffnet.

Er wünschte sich, er könnte länger bleiben. Noch mehr von diesen Schätzen an Pflanzen und Blumen entdecken und studieren, von der Küste bis an den Himalaya, vom weitesten Westen bis zum östlichsten Osten.

Obwohl kein vernünftiger Mann des Westens sich wünschen konnte, hier in China zu leben oder zu sterben. Das war ihm bewusst, nach allem, was er hier gesehen hatte.

Die Jahrtausende alte Zivilisation der Chinesen, in der Kunst und Kunsthandwerk, Sprache und Schrift und nicht zuletzt der Gartenbau zu raffinierter Blüte kultiviert worden waren, war nicht mehr als ein dünner, brüchiger Firnis, unter dem der Sumpf der Barbarei faulte. Vielleicht der natürliche Lauf der Welt, der jede große Zivilisation einmal ereilt, sobald sie aufhört, vorwärts zu streben, neue Wege zu gehen. Sobald sie sich auf ihren Errungenschaften ausruht und der Fäulnis der Dekadenz anheimfällt, wie das alte Griechenland oder Rom einst.

Vielleicht hatte alles seine Zeit, Epochen und Reiche und Kulturen ebenso wie Menschen und Tiere und Pflanzen.

Und dennoch schien es ihm unvorstellbar, dieses Land wieder zu verlassen. In sein altes Leben zurückzukehren.

Hinter sich nahm er behutsame Bewegungen wahr, spürte gleich darauf Lians Wärme an seinem Rücken. Ihre Arme schlossen sich um ihn, und sie schmiegte die Wange in seinen Nacken.

Das Notizbuch noch in der Hand, den Bleistift zwischen den Seiten, legte er die andere Hand auf ihren Arm.

»Komm mit mir nach England.«

65

Ich schwieg.

Nach allem, was er mir von seinem Land erzählt hatte, nach allem, was ich von den Engländern gesehen hatte, war sein Land keines für mich. Kein Land, in dem eine Frau wie ich frei leben konnte, weniger noch als hier, und ich konnte nicht eingesperrt sein. Nirgendwo.

Auch ohne dass es in diesem Land noch eine Ehefrau gab und zwei Kinder.

»Ich könnte auch hierbleiben«, sprach er weiter. »Weiter Xinghua sein. Mir einen echten Zopf wachsen lassen. Irgendwo auf dem Land Pflanzen züchten und verkaufen.«

Die Bestimmtheit seiner ersten Worte war nach und nach abgebröckelt; schwankend klangen sie zuletzt. Mehr nach einer schwachen Hoffnung, denn nach echter Überzeugung.

Dies war kein Land für unrealistische Träume. Kein fremder Barbar konnte auf Dauer in Sicherheit und Frieden hier leben, und ich an Fortunes Seite ebenso wenig. Und keine Tarnung währt ewig: Jede Lüge, die man zu leben versucht, bekommt irgendwann Risse und Lücken, die sie zum Einsturz bringen.

Unruhen zeichneten sich am Horizont ab, vielleicht ein neuer Krieg. Um Opium oder Tee, vielleicht würden die mächtigen Männer unserer Länder noch einen anderen Grund finden.

Dies war keine Zeit, die kleinen Leuten wie uns Raum ließ für unsere Wünsche, für unsere Pläne.

Das wusste er genauso gut wie ich, so gut kannte ich ihn.

Aber dies war kein Morgen, um vernünftig zu sein. Nicht nach dieser Nacht.

Nicht, während die Sonne uns ihren ersten Gruß entgegenschickte, der goldene Himmel das Wolkenmeer zu unseren Füßen blau einfärbte, dann rosig tönte. Ein Zauber, der nur uns gehörte, uns allein.

Ein Morgen war es, um zu träumen. Zu glauben, dass alles möglich sein konnte, was man sich nur wünschte auf dieser Welt.

»Erst müssen wir das Kloster finden«, wisperte ich, und er nickte.

Stumm hielten wir uns aneinander fest. Auf diesem kleinen Bröckchen Fels zwischen Himmel und Erde, während die Sonne über den Gipfeln von Huangshan aufging.

Sinnlichkeit. Begehren.

Der blinde Fleck in Janes Gesichtsfeld ist dahingeschmolzen. Unter den sacht ansteigenden Temperaturen dieses bestechend grünen Frühlings, obwohl es immer noch zu kühl ist für die Jahreszeit. Freigewaschen ist diese Stelle vom vielen Regen, während sich die Natur zu bemühen scheint, das schlechte Wetter doppelt und dreifach wiedergutzumachen: mit Feldern von Schneeglöckchen und Primel und Seen von Krokus. Mit Meeren leuchtender Tulpen und Narzissen.

Eine Blütenpracht, eine Fruchtbarkeit, die unter dem Grau der Wolken noch intensiver, noch überwältigender ist und hungrig macht nach mehr.

Jetzt kann Jane ihr Sehnen benennen, es verorten. Manchmal in der Gegend ihres Herzens. Manchmal in ihrem Schoß.

Ab und zu fragt sie sich, wie ihr Leben heute aussehen würde, wäre sie einem anderen Mann als Robert begegnet. Einem Knecht, auf einem Dorffest in Swinton. Einem Kammerdiener oder Gemischtwarenhändler in Edinburgh.

Wie es wohl wäre, mit einem anderen Mann. Unter einem anderen Dach. In einem anderen Bett.

Mit einem der Gentlemen, die bei Zigarrenrauch und einem Glas Hochprozentigem mit Mr Lindley zusammensitzen und über die Pflanzen konferieren, die sie nach Acton Green mitgebracht haben. Herren, die mit der Botanik verheiratet zu sein scheinen und deren

Aura von großen Geistesgaben und fast schon überirdischem Wissen Jane ebenso einschüchtert wie ihre geschliffenen Worte.

Wie Mr Hawkins, rundwangig und semmelblond, der sich den Farnen verschrieben hat und Jane stets überschwänglich begrüßt, wenn er sie im Arbeitszimmer von Mr Lindley antrifft. Oder Mr Bell, Orchideenliebhaber wie Mr Lindley, mit seiner ledrigen Haut, Haar und Bart wie mit Kohle gefärbt, von dem sogar dann ein rußiger Geruch ausgeht, wenn er seine Pfeife nicht entzündet hat.

Jedes Mal wischt Jane diese krausen Gedanken rasch beiseite, hochrot vor Scham.

Abschütteln kann sie sie trotzdem nicht, sie haben sich an ihre Fersen geheftet. Während sie die Sachen der Kinder flickt und sich dabei ertappt, dass sie die Nadel seit geraumer Zeit nicht mehr durch den Stoff bewegt, nur Löcher in die Luft gestarrt und vor sich hingeträumt hat. Zweimal in der letzten Zeit ist ihr sogar das Essen angebrannt, weil sie angestrengt über Männer und Frauen sinniert hat.

Vielleicht wird deshalb Frauen immer abgeraten, sich näher mit der Botanik zu befassen. Wegen solcher Gefühle. Solcher Gedanken und Fragen, die sie untauglich machen für ihre Aufgaben in der Ordnung der Welt.

Trotzdem hört Jane nicht auf, zu lesen und nachzudenken; sie weiß, dass es da jetzt kein Zurück mehr gibt.

Sie wünscht sich nur, sie hätte früher schon solche Gedanken gehabt. Solche Gefühle.

66

Kloster von Ling Chuan Yuan – das Kloster der Heiligen Quelle.
Alle Dinge wurzeln im Himmel, sagt man hier. Das verstehe ich jetzt.

AUS DEN NOTIZEN VON ROBERT FORTUNE

Der hallende Ruf einer bauchigen Glocke vibrierte in Fortunes Brustbein, setzte sich mit bebendem Echo durch seinen ganzen Leib fort und holte ihn sanft aus dem Schlaf. Noch nicht ganz wach, wurde er sich der Leere an seiner Seite bewusst.

Lian fehlte.

Erst nach ein paar Herzschlägen kehrte die Erinnerung zurück. An die in den Fels gehauene Treppe, die an manchen Stelle ins Innere des Gebirges, dann wieder auf direktem Weg in den Himmel zu führen schien. Bis sich der Fels spaltete und den Blick freigab auf das Kloster, das in luftiger Höhe seine geschwungenen Dächer ausbreitete wie ein Adler seine Schwingen.

Lian fehlte.

Auch nach vier Nächten im Kloster, die sie in einer Kammer am anderen Ende des Klosterbaus verbrachte, die die Mönche ihr zugeteilt hatten. Er fragte sich, was sie an diesen Tagen tat, die er mit den Mönchen zwischen den Teepflanzen verbrachte; er stellte sich gern vor, wie sie dann auf einem Felsgrat mit ihrem Schwert tanzte.

Die Nächte unter den Wolken fehlten ihm. Die Nächte unter den Sternen, die hier oben so viel mehr waren, so viel heller und so viel näher. Die Nächte mit Lian.

Nicht allein der Rausch, das Wunder, was ein Mann, eine Frau einander zu geben vermochten, nur das Nötigste an Kleidungsstücken abgestreift und beiseite geschoben, im Schutz einer dünnen Wolldecke und der Dunkelheit. Die Sattheit danach, das ermattete Nachglühen.

Einfach den schweren Zopf ihrer Seidenhaare unter seinen Händen zu haben, ihre Orchideenhaut, wäre genug gewesen. In ihren Duft einzutauchen, herbsüß, wie ein wildes Kraut. Zuzusehen, wie sie die Augen aufschlug am Morgen, der für sie jetzt später kam als früher, nach diesen langen Nächten zu kurzen Schlafes. Die Verwunderung des ersten Moments in diesen Augen zu entdecken, die einem stillen, seligen Lächeln wich.

Das letzte Echo der Glocke verklang zwischen den schnellen Schritten, den Stimmen der Mönche. In die Bergluft, klar und kühlfeucht, nach einer Nacht voller Regen, mischte sich ein frischer, grüner Duft.

Der Tee rief nach ihm.

Fortunes Hand strich über die Teepflanzen, während er durch das Feld schritt.

Umgeben vom unverwechselbaren Duft der Blätter eine überaus sinnliche Erfahrung, die er nur unterbrach, um etwas in seinem Notizbuch festzuhalten, das einer der Mönche ihm erklärte.

Hier im Kloster war Tee mehr als grünes Gold. Eine bestimmte Art zu leben wuchs hier mit dem Tee, eine Art zu glauben und zu beten. Etwas, das man nicht ergründen, nicht verstehen konnte, wenn man nicht Zeuge wurde, wie die Mönche den Tee anbauten und andächtig behandelten und wie sie über ihn sprachen. Wenn man nicht diesen Tee mit ihnen trank.

Jahre hätte er hier verbringen können, ohne den Tee auf die gleiche Weise zu begreifen, wie es die Mönche hier oben taten. Und noch viel weniger würde er in der Lage sein, irgendjemandem zu Hause in Worten oder Skizzen zu vermitteln, was den Tee von Huangshan ausmachte.

Vielleicht spielte das gar keine Rolle, vielleicht musste dieses Geheimnis auch eines bleiben.

Tee war eins mit China, das lernte er hier oben. Und China war für ihn eins mit Lian.

Umso mehr, als sie sich hier im Kloster mit Blicken begnügen mussten, während der Mahlzeiten, auf der steinernen Bank neben der heißen Quelle, die dem Kloster seinen Namen gegeben hatte. Mit Gesten und einem Lächeln, leisen Worten.

Tee. China. Lian. Durch seine Sinne, seine Haut in sein Mark gesickert, in sein Blut gewandert. Vielleicht eine Droge, ähnlich wie Opium, die seine Adern mit einem Gefühl von Frieden füllte. Von Glück.

Jeden anderen Gedanken schob er solange beiseite. Dafür würde noch genug Zeit sein, auf dem beschwerlichen Weg zurück.

67

Von der Mauer des Klosters aus blickte ich über das tiefgrüne Tal, über die Reisfelder und die Teegärten. Hinunter zu Fortune, der in Begleitung zweier Mönche durch die Reihen der Pflanzen ging.

Ein Riese in Grau, der durch dieses grüne Meer pflügte wie ein *baiji*, ein Delfin aus dem Yangzi Jiang, zwischen zwei Goldfischen,

Während er vollkommen im Gleichgewicht schien, eins mit sich und der Welt, wuchs in mir eine Unrast. Mit jedem Tag, den wir hier verbrachten.

Ein flatterndes Gefühl war es, irgendwo tief in meiner Brust. Wie ein Vogel, der mit den Flügeln schlug, um sich freizukämpfen.

»Frau Lian.«

Hoshang Shun, einer der gut zwei Dutzend Mönche in Ling Chuan Yuan, war zu mir getreten. Ich erwiderte seinen Gruß mit dem Gruß meines Klosters. Seine Augen, groß wie die Kerne des schwarzen Kardamoms, leuchteten unter den ergrauten Brauen auf.

Mit einer halben Drehung machte er einen Ausfallschritt rückwärts und streckte mir seine Handkante entgegen, seine andere Hand aufrecht vor der Brust.

Die Herausforderung war zu verlockend, um sie nicht anzunehmen.

Wie sein Spiegelbild nahm ich die gleiche Haltung ein, und auf einen wortlosen Zuruf hin, den nur wir beide hören konnten, warfen wir uns den Kampf der leeren Hände. Leichtfüßig, mit flinken Fäusten und blitzenden Augen; in feierlichem Ernst, wie es sich gehörte, aber nicht verbissen.

Bis wir atemlos voneinander zurücktraten und uns verneigten.

»Ihr kämpft gut«, sagte ich.

Er lachte, dass sich sein weiches Gesicht in vergnügte Falten legte.

»Nicht annähernd so gut wie Ihr, Frau Lian. Ich kämpfe seit Langem nur noch gegen mich selbst. Um meine Gelenke davor zu bewahren, zu Stein zu werden.«

»Wo habt Ihr den Kampf gelernt?«

»In dem Kloster, in dem ich aufgewachsen bin. In den Bergen der Mysterien und der Höchsten Harmonie. Ich verließ es, als ich gewahr wurde, dass der Weg des Kampfes nicht mein Weg ist.«

In meiner Brust regte sich einmal mehr die Unruhe. Ein Gefühl, das einem Sehnen glich und so stark war, dass es fast schmerzte. Ich legte die Hand auf das Brustbein, wie um diesem Schmerz Einhalt zu gebieten. Um zu spüren, wo genau es wehtat.

Meine Blicke strebten zu den Gipfeln des Huangshan, zu den Wolken hinauf.

Ich vermisste den Kampf. Nicht den einsamen Kampf gegen die eigenen Dämonen.

Den Kampf mit einem Gegner aus Fleisch und Blut vermisste ich. Das Tändeln mit dem Unbekannten, dem Zufall, das oft nur ein Wimpernzucken lang währte. Das Messen der Kräfte, der Geschicklichkeit, von Mut und Ausdauer. Diesen Tanz zu zweit, zu mehreren, im wahrsten Sinn des Wortes auf Messers Schneide.

Das war es doch, was mich ausmachte. Wer ich war.

Mein Blick richtete sich wieder auf Fortune, unten im Teegarten. Undankbar kam ich mir vor, jetzt, da mein Sehnen nach ihm, so lange übersehen, dann nur insgeheim gehegt, erfüllt worden war.

Dabei wusste ich doch, dass ich ihn wieder ziehen lassen musste, bald schon. Es sei denn, er blieb. Oder nahm mich mit, wie eine *mudan*, wie eine Rose oder ein Teepflänzchen. In einem Kasten aus Glas.

»Bitte sagt mir, Hoshang Shun«, flüsterte ich, »woher weiß ich, dass ich auf dem richtigen Weg bin?«

»Zweifel sind dazu da, uns vorwärts zu bringen, Frau Lian. Wie die tastenden Schritte auf dem Fels, um sich zu versichern, dass er hält. Doch wenn diese Zweifel nicht verstummen, ihr euch das immer wieder fragen müsst … Ihr wisst es, wenn ihr auf dem richtigen Weg seid. Aus tiefstem Herzen.«

Ich nickte, ein wundes Gefühl in der Brust. Dort, wo der eingesperrte Vogel weiter mit den Flügeln schlug und doch nicht wusste, in welche Richtung er fliegen sollte, käme er frei.

68

Ich beobachtete ihn, wie er auf die Berge hinaussah, die sich jetzt, zur Mittagsstunde, aus den Wolken der Nacht und dem Morgennebel schälten.

Seine Augen folgten einem Greifvogel, der mit gespreizten Schwingen dem Horizont entgegen segelte. Diese Fuchsaugen, eine Weite darin wie die des Himmels über uns.

»In meinem ganzen Leben«, raunte er, »habe ich mich noch nie so frei gefühlt wie hier, in diesen Bergen.«

Seine Worte, schwer von Melancholie, dem hoffnungslosen Wunsch, an der Stelle dieses Greifvogels zu sein, lasteten schwer auf meiner Seele.

In den alten Legenden nahmen die *huli jing*, die Fuchsgeister, immer die Gestalt von schönen Mädchen an. Vielleicht war es dieses Mal die Gestalt eines Mannes aus der Fremde, der mich verführt hatte, um mich vom rechten Weg abzubringen.

»Aber du bist nicht frei«, flüsterte ich, den Blick auf die Reiskuchen gesenkt, die uns die Mönche von Ling Chuan Yuan zusammen mit Früchten und Beeren als Wegzehrung mitgegeben hatten. »Du hast Kinder, die zu Hause auf dich warten.«

»An was werden sie sich noch erinnern, nach mehr als zwei Jahren? Mein Sohn war noch keine drei Monate alt, als ich fortging.«

»Deine Frau erinnert sich.«

Wolken zogen über den Himmel in seinen Augen, verdunkelten ihn.

»Ja.«

Ich schlug die Reiskuchen in ein Tuch ein und verstaute sie in meinem Bündel. Mein Blick fiel auf den Sack mit Erde und Setzlingen. Auf Fortunes Tasche, prall von den Paketen mit Saatgut darin.

Es war ein bewegender Moment gewesen, als der Abt von Ling Chuan Yuan sie ihm zum Abschied überreicht hatte. Verwittert wie der zerklüftete Fels des Gebirges, hatte sich der alte Mann angeschickt, vor ihm auf die Knie zu gehen. Fortune hatte ihn zurückgehalten, ihn behutsam gestützt und wieder aufgerichtet, und ich liebte ihn umso mehr für diese Geste.

Ich wusste nicht, ob Fortune die Mönche darum gebeten hatte, oder ob sie ihm dieses Geschenk machten, weil er dem Tee so viel Achtsamkeit entgegengebracht hatte in diesen Tagen im Kloster, so viel Zuneigung. Ein überwältigend großzügiges Geschenk war es in jedem Fall, das war uns beiden bewusst. Ein unermesslicher Schatz, der nicht einmal besonders schwer wog. Eine Last auf dem Weg zurück, die ich ihm gern überließ, so freudig, wie er sie trug, fast mühelos.

Es war eine andere Last, an der er schwer trug.

»Könntest du es wirklich tun – nie wieder zurückkehren? Sie ihrem Schicksal überlassen?«

Er griff nach meiner Hand und fuhr mit dem Daumen über die Linien auf der Handfläche. Als könnte er darin die Antworten auf seine Fragen, seine Zweifel finden.

»Ich weiß es nicht. Das Schlimme ist, dass ich mir wünsche, ich könnte es so einfach.«

Ein Ozean lag in seinem Blick, bereit, mich aufzunehmen und fortzutragen. Vielleicht geschah es in diesem Moment, dass ich zur Gänze begriff, was ich ihm bedeutete. Diesem Mann, der meist sparsam war mit Worten, alles Weiche, Sanfte, Fühlende in sich stets nur in Gesten ausdrückte.

Wenn man noch sehr jung ist, wie ich es bei Yun gewesen war, ist Liebe episch und dramatisch, Himmel und Hölle, *tian* und *diyu* zugleich. Der andere ist alles, und ohne den anderen ist alles nichts. In diesem Krieg der Herzen, der einen zu Göttern macht.

Erst wenn man eine Weile gelebt, die ersten kleinen Schlachten in diesem Leben geschlagen hat, das erste Mal das Herz zertrümmert bekam, wandelt sich das Wesen der Liebe. Man begreift, wie selten sie ist. Wie kostbar und zerbrechlich. Ein Baum, der langsam wächst und tief in der Erde wurzelt. Man möchte nicht ohne seinen Schatten sein, sollte er einmal gefällt werden. Nicht ohne seine Früchte und ohne das Rauschen seiner Blätter, ohne den Vogelgesang darin.

Ich litt mit ihm, in seiner Zerrissenheit, die auch meine eigene war.

Es war schwer, einen kühlen Kopf zu bewahren.

»Es ist zweierlei, ob man sich ausmalt, sein altes Leben hinter sich zu lassen, oder wirklich bereit dazu ist.«

Wie viele Leben passten in die irdischen Jahre eines Menschen?

Wie wog man zwei Leben gegeneinander ab, ein altes gegen ein neues?

Wie traf man seine Wahl, an einem solchen Scheideweg?

»Es gibt eine Legende«, flüsterte ich, mich einmal mehr an Meister Qiang erinnernd in diesen Bergen. »Mein Meister hat sie mir oft erzählt. Von Ng Mui, der ersten großen Meisterin im Kloster der Alten Haine und Jungen Bäume. Als die Armee der Mandschu das Kloster stürmte, unter Kaiser Kangxi, um zu plündern und zu morden, konnte sie dem Blutbad entkommen. Sie floh, so weit sie konnte. Nach Westen, in das Land, wo vier Flüsse im Kreis fließen. Auf einem der heiligen vier Berge Buddhas ließ sie sich nieder. Auf dem Berg, der aussieht wie eine erhobene Braue. Ein neues Kloster gründete sie dort, das Kloster des Weißen Kranichs, und benannte danach den neuen Stil des Kampfes, den sie dort entwickelte. Als ich noch sehr jung war, träumte ich davon, mich auf die Suche nach diesem Kloster zu machen.«

»Warum hast du es nicht getan?«

»Ich wusste nicht, ob ich schon bereit dafür war. Es heißt, nur derjenige, der in höchster Not ist, kann dieses Kloster finden. Nur derjenige, der aus tiefstem Herzen bereit ist, alles hinter sich zu lassen und in einem neuen Leben wiedergeboren zu werden, erhält dort Zutritt.«

Ich rutschte näher und schlang die Arme um ihn.

»Falls ich dir je verloren gehe«, murmelte ich an seiner Wange, »kannst du mich dort vielleicht wiederfinden.«

Wir wussten beide, was er darauf sagen sollte.

Etwas wie aus den großen, zu Herzen gehenden Geschichten von Liebenden, die unter keinem guten Stern zusammenfanden. Geschichten, die in meinem Land immer nur mit Trennung oder Tod endeten. Wie bei den Schmetterlingsliebenden oder in der Legende vom Webermädchen und dem Kuhhirten, dazu verdammt, am jeweils anderen Ufer des Silberflusses ihr Dasein zu fristen.

Ich würde dich niemals gehen lassen, hätte er sagen können.

Ich würde dir niemals verloren gehen, wäre meine Antwort vielleicht gewesen.

Beide wussten wir es besser.

Die Schwärze der Nacht tönte sich blau, blutete aus wie ein frisch mit Indigo gefärbtes Kleidungsstück im Wasser. Doch noch hüllten sich die Berge in Dunkelheit.

Auf dieses Zwielicht hatte ich gewartet, die ganze Nacht. Auf diesen Moment zwischen dem Silberlicht der Sterne und dem blauen Morgenhauch. Ich würde es nicht fertigbringen, im hellen Licht des Tages, von Angesicht zu Angesicht.

Ich beobachtete ihn, wie er schlief. In dieser Arglosigkeit, die ihm zu eigen war und die es so selten gab in dieser Welt.

Fortune. Der sanfte Riese aus dem fernen Land.

Der Blütensammler. Xingyun.

Wie er die Brauen im Schlaf zusammenzog, spiegelte die Last wider, die er mit sich trug. Ich musste sie ihm abnehmen.

Er war kein Mann, der Frau und Kinder sich selbst überließ, er war ein zu guter Mensch dafür. Selbst wenn er es nicht wusste oder vergessen hatte – ich wusste es sehr wohl.

Einen solch langen Weg hatten wir zurückgelegt. Seit Shenhu. Seit den Hügeln von Zhoushan.

Durch die Gassen von Shanghai und Canton, über die Felder von Ningbo und Anhui. Durch diese Berge hier, die Berge von Huang.

Einen Weg, der mal der gemeinsame gewesen war, sich dann wieder gegabelt hatte und uns doch nie voneinander trennte. Der rote Faden, der uns aneinanderband, hatte uns immer wieder zusammengeführt. Vielleicht würde er es wieder tun, zu irgendeiner Zeit, an irgendeinem anderen Ort.

Ich beugte mich vor, so weit, dass ich seinen Atem spüren konnte, ihm meinen entgegenhauchte.

»Lebwohl, Fortune«, wisperte ich. »Finde mich im Kloster des Weißen Kranichs. Auf dem Berg der erhobenen Braue, in dem Land, wo vier Flüsse im Kreis fließen.«

Er regte sich, als hätten meine Worte ihn erreicht, wo immer er auch gerade war, in seinem tiefen Schlaf.

Ich konnte nicht die Frau im Schatten sein, ich hatte viel zu lange in den Schatten gelebt. Doch wie ein Schatten, ebenso lautlos, ebenso flüchtig, hielt ich meinen Mund an seinen.

Und genau wie ein Schatten verschwand ich in der Morgendämmerung.

69

Blicklos starrte Fortune in die Berge hinaus, in das scharfe Glühen der aufgehenden Sonne.

Er hatte es sofort gewusst. Sobald er die Augen aufschlug und Lian nirgendwo entdeckte.

Seine Hand lag auf seiner Tasche mit dem Saatgut, der Sack voller Setzlinge ruhte daneben. Einige Herzschläge lang war er versucht gewesen, alles an Ort und Stelle zurückzulassen, um ihr nachzugehen.

Es wäre sinnlos gewesen. Selbst ohne diesen Ballast hätte er sie niemals eingeholt. Weil sie flinker war, wendiger, geschickter in unwegsamem Gelände unterwegs.

Mit Bedacht hatte sie gehandelt. Ihn an einer Stelle zurückgelassen, an der er nicht wusste, ob sie den Pfad genommen hatte oder über Felsen geklettert war, die für ihn ein unüberwindliches Hindernis darstellten. An einer Stelle, an der sie abschätzen konnte, dass er auch ohne sie den Weg zurück ins nahe Tal finden würde.

Vielleicht hatte er immer gewusst, dass es so enden würde. Genauso gut hätte er versuchen können, den Wind aufzuhalten oder die Wolken zu fangen.

Seine Glieder fühlten sich kraftlos an, als er sich erhob, sein Gepäck schulterte und den Weg bergab einschlug.

Die Last auf seinen Schultern war nichts gegen das Gefühl der Schuld, das ihm im Nacken saß. Die Schuld Jane gegenüber, die zu Hause auf ihn wartete. Die Scham, wenn er an seine Kinder dachte. An diese kleinen Wunder; göttliche Schöpfungsfunken, in der Dunkelheit von Janes Leib sicher herangewachsen, bis eine Urgewalt sie ans Licht der Welt geholt hatte. Die ihn seit dem ersten Moment ihres Lebens am

Herzen gepackt hielten und daran rissen, wenn sie weinten, während ihr Lachen ihn mit Freude überschwemmte.

Zäh wie Lava war der Zorn, der zu schwerfällig in ihm brodelte, als dass er hervorbrechen konnte, gefangen in einem Abgrund der Traurigkeit. Das Gefühl, zu lange gewartet, zu lange gezögert zu haben.

Nichts wog schwerer als das Wissen, Lian verloren zu haben.

Es ist einer der seltenen warmen und sonnigen Tage in diesem Frühsommer.

Jane sitzt mit einem Buch im Garten der Lindleys. Ein Buch über Botanik ist es, die nach wie vor keine übergroße Begeisterung bei ihr auslöst, mit der sie sich dennoch gerne beschäftigt. Wegen ihrer Schreibtätigkeit für Mr Lindley, wie sie sich vordergründig selbst sagt. Doch viel mehr üben die Gedanken eine Faszination aus, die sich bei der Lektüre in ihr entwickeln und dann frei umherstreifen. Die Parallelen, die sie dabei zu den Menschen ziehen kann.

Immer wieder schielt sie über die Seiten hinweg zu Miss Lindley, die ebenfalls liest, inzwischen einfach Sarah für sie ist und Jane ebenfalls beim Vornamen nennt. Zu Ducky, die, einen Skizzenblock auf den Knien, mit dem Bleistift die Bewegungen der umhertollenden Kinder einzufangen versucht.

Eine Stunde köstlichen Müßiggangs, die sich die drei Frauen nach dem Mittagessen gegönnt haben, bevor es wieder an die Arbeit geht. Bevor es doch wieder tagelang nur regnet.

Einmal mehr fragt sich Jane, ob Sarah und Ducky auch solche Gedanken kennen, wie sie Jane im Kopf herumgehen. Solche Sehnsüchte und Gefühle, die sie derzeit umtreiben. Solche Fantasien und Träumereien.

Sie traut sich nicht, die beiden danach zu fragen, so gut kennen sie einander noch nicht. Verlegen beugt sie sich tiefer über das Buch.

Doch sie kann die gedruckten Buchstaben nicht in sich aufnehmen, sie entgleiten ihr vor den Augen.

Jane ist wütend. Darüber, dass wohl niemand auf die Idee käme, solche Gedanken und Fragen bei einem Mann unziemlich zu finden. Auf die Möglichkeiten, die Männer haben, all diese Dinge zu lernen und zu studieren und noch viele, viele weitere mehr. Die Möglichkeit, allein bis ans Ende der Welt zu reisen. Wie Robert.

Während sie, die immer zufrieden gewesen ist mit der Ordnung der Welt, ihren Aufgaben als Frau und Mutter, ihrem eigenen kleinen Leben, plötzlich überall an Grenzen stößt, die zuvor noch nicht da gewesen sind.

»Warum sind es immer die Männer«, rutscht es ihr heraus, »die die Dinge der Welt erforschen? Die Großes entdecken und auf weite Reisen gehen? Nie Frauen?«

»Es sind unsere Organe«, erwidert Sarah nüchtern und blättert eine Seite um. »Die Fähigkeit, Kinder in die Welt zu setzen.«

»Das macht uns weich im Kopf.« Duckys Zeigefinger kreist um ihre Schläfe. »Zu zarten, empfindlichen Pflänzchen, die beim kleinsten Wind umknicken.«

Verwirrt blickt Jane die beiden Frauen an.

Bis sie das Glitzern in Sarahs Augen entdeckt. Das Zucken um Duckys Mundwinkel.

Sie begreift, dass sie nicht allein ist mit diesen Gedanken. Auch nicht mit ihrer Wut, die in den Stimmen der beiden anderen Frauen anklingt, in deren Augen aufblitzt, die sie jedoch mit einer tüchtigen Prise Humor und Ironie würzen. Eine Wut, aus der sich vielleicht auch das Selbstbewusstsein der beiden speist. Die Unbeirrbarkeit, mit der sie die Grenzen, die es für sie gab, verschoben oder sich einfach darüber hinwegsetzen.

Befreiend ist es, als Jane in das Gelächter von Sarah und Ducky einstimmt, das nur langsam abebbt, immer wieder als Kichern zwischen ihnen aufperlt, wenn sich ihre Blicke treffen.

Wie zwischen Freundinnen.

Eine neue Welt hat sich für Jane aufgetan, im Haus der Lindleys. Eine Welt, die die Geisteswelt Roberts berührt, sich mit den inneren Welten von Sarah und Ducky überschneidet.

Und trotzdem ist es nicht Roberts Welt, die Jane in diesem Frühling, diesem Frühsommer entdeckt.

Nicht die Mr Lindleys oder Sarahs oder Duckys.

Es ist ihre ganz eigene Welt.

70

Juni

Nichts, was das Niederschreiben wert gewesen wäre, seit ich in Kiangnan zurück bin.

Morgen Aufbruch nach Shanghai.

Aus den Notizen von Robert Fortune

Mit langsamen Schritten wanderte Fortune den Hügel hinauf, den Blick auf die Berge gerichtet.

Seine Art, Abschied zu nehmen von diesem Flecken Erde.

Die Gipfel schienen mit dem letzten Regen näher gerückt; fast unwirklich sahen sie aus, scharf umrissen vor dem Blau des Himmels.

Unwirklich wie alles, was er dort oben gesehen und erlebt hatte.

Greifbare Wirklichkeit hingegen waren die Setzlinge von *Camellia sinensis*, die er aus dem Kloster von Ling Chuan Yuan mitgebracht hatte und die in Kisten auf dem Dachboden der Wangs wurzelten.

Ein guter Grund, noch eine Weile hierzubleiben. Die Tage damit zu verbringen, zu pflanzen, zu gießen. Zu hoffen und zu bangen und zu warten, wie sie sich entwickelten.

Nicht der einzige Grund.

Bis er einsehen musste, dass es hoffnungslos war: Lian war fort und kam auch nicht wieder zurück. Dieses Mal nicht.

Morgen würde er nach Shanghai aufbrechen, mit diesen Kisten voller Setzlinge. Den Paketen mit Samen, von denen er hoffte, dass sie ihre Reise nach Calcutta unbeschadet überstanden. Mit Wang, der im Dorf gefeiert wurde wie ein Held, weil er nach Indien auswanderte.

Einen Satz *Wardian Cases* würde Fortune in Auftrag geben und das Geld der Society abholen, vielleicht davon Tee kaufen, andere Pflänzchen, anderes Saatgut, in Gestalt von Xinghua. Briefe waren zu schreiben, als Robert Fortune.

All die Dinge, die es noch zu tun galt, bevor er seine chinesische Haut ablegte, die englische Haut wieder überstreifte und dieses Land verließ.

Farbtupfer leuchteten aus dem Gras hervor, am Hang schräg unter ihm, und weckten seine Aufmerksamkeit: Blüten von einem satten, kräftigen Pink, die die zarten Rispen beugten wie Lampions.

Fortune ging in die Knie, betrachtete staunend diese ungewöhnlichen Blüten.

Ein kleines Herz, jedes einzelne davon, aus dessen Spitze sich ein weißes Zünglein hervorschob.

Wie eine Träne.

Keine Worte dieser Welt hätten besser ausdrücken können, was er empfand. Ohne Lian.

Sorgsam, damit er nicht eine Wurzelspitze verletzte, grub er diese Herzblume aus und barg sie sicher in seinen Armen.

Jane ist noch nie am Meer gewesen.

Nicht so, nicht nur für einen halben oder ganzen Tag. Sondern für volle zwei Wochen.

Sommerfrische nennt man das. Ein Wort, das sie zwar kannte, aber jetzt erst Teil ihres eigenen Wortschatzes geworden ist.

Es ist das zweite Mal in diesem Jahr, dass sie mit den Kindern weggefahren ist, nachdem sie über Ostern schon in Schottland war.

Es war schön, in ihre Heimat zurückzukehren, besonders nach der langen Zeit. Ihre Eltern zu sehen und die Schwiegereltern, ihre Schwestern und alten Freundinnen, Roberts Geschwister.

Den Kindern hat es gefallen, die vielen Tiere auf den Besitzungen der Grundherren und natürlich die Aufmerksamkeit, mit der Großeltern, Onkel und Tanten sie überschütteten. Die Zeit, die sie mit Cousins und Cousinen im Spiel verbrachten.

Und doch war Jane froh gewesen, als sie nach den paar Tagen wieder in die Kutsche steigen und nach Hause fahren konnten.

Fremd hat sie sich in der alten Heimat gefühlt; sie gehört dort nicht mehr hin.

Während sie auf der ausgebreiteten Decke im Sand sitzt, ein Buch in der Hand, das sie noch nicht einmal aufgeschlagen hat, plagt sie einmal mehr das schlechte Gewissen.

Obwohl Mr Lindley ihr versichert hat, sie könne ruhig fahren, zwei Wochen würde er es auch ohne sie schaffen. Dabei erhält er gerade viel Post, seine Meinung ist gefragt: Nach diesem nassen, kühlen Sommer hat sich auf dem Kontinent die Kartoffelfäule ausgebreitet. Vermutlich würde es auch England treffen, und für Irland, das von der Kartoffel abhängt, sieht es besonders schlecht aus.

Auch das hat Jane gelernt: Die Botanik forscht nicht nur, um immer weiteres Wissen anzuhäufen. Um stets noch schönere, noch prächtigere und kostbarere Blütenpflanzen zu finden und hervorzubringen.

Die Botanik hat auch einen praktischen Wert. Ebenso ist sie nämlich die Wissenschaft vom täglichen Brot der Menschen.

Noch ein erhellender Moment für Jane.

Genau wie diese Momente, in denen sie auf das Meer hinausblickt und versucht, ihr schlechtes Gewissen vom Wind davontragen zu lassen.

Ich habe es verdient, sagt sie sich dann. Ich habe dafür gearbeitet, ich habe es einfach verdient.

Es macht nichts, dass sie sich hier in Dorset von dem Geld, das die Arbeit bei den Lindleys ihr eingebracht hat, nur ein Zimmerchen leisten kann, in dem sie zu dritt in einem Bett schlafen.

Sie genießt es, die Kinder beim Einschlafen im Arm zu halten. Ihre Bewegungen im Schlaf zu spüren, morgens von ihnen geweckt zu werden. Sie werden viel zu schnell groß; Helen wird am Ende des Sommers schon zur Schule gehen.

Es macht auch nichts, dass es oft kühl ist und viel regnet.

Gestern waren sie in Lyme Regis und haben sich die Stadt angeschaut. Das Fossiliendepot von Mary Anning haben sie besucht, wo Jane den Kindern versteinerte Schneckenhäuser kaufte. Vor allem John hat dieser Laden fasziniert, mit großen Augen und offenem Mund hat er die Steine und Skelette bestaunt.

Jane hatte ihm vorlesen müssen, was auf den Schildchen stand.

Ichthyosaurus. Plesiosaurus. Pterosaurus.

Meeresdrachen. Vor Ewigkeiten einmal durch die Wellen vor der Küste geschwommen oder durch den Sand gekrochen, seit vielen weiteren Ewigkeiten in Stein eingeschlossen.

Eine Vorstellung, die Jane tief berührt.

Seither denkt Jane viel über Mary Anning nach, die sich als ganz einfache Frau immer schon mit Fossilien beschäftigte. Unzählige Schätze hat sie hier an der Küste gehoben und sich darüber sogar mit bedeutenden Forschern angelegt.

Sie selbst hätte dafür nicht den Mut und die Kraft aufgebracht, das weiß sie. Zumal sie weder eine außergewöhnliche Begabung besitzt noch für etwas wirkliche Leidenschaft empfindet.

Trotzdem fühlt sie sich bestärkt, wenn sie an Mary Anning denkt. Bestärkt in ihrem eigenen kleinen Leben, den neuen Wegen, die sie sich darin gebahnt hat.

Sie schaut zu den Kindern hinüber.

Die schweren Wolken am Himmel, der kalte Wind scheinen sie nicht zu stören. Gut eingepackt in ihre Mäntel, spielen sie mit den anderen Kindern am Strand, stapfen in ihren festen Schuhen durch den feuchten Sand und suchen nach Muscheln und Steinen.

Vielleicht wird Helen sich einmal auf einem bestimmten Gebiet auszeichnen. Eine besondere Leidenschaft entwickeln und sich durch keine noch so großen Widerstände davon abhalten lassen, sie auszuleben. Rousseau einmal Lügen strafen und damit aufräumen, dass Frauen sich nicht theoretischeren und abstrakten Aspekten der Botanik aussetzen sollten, weil sie nicht die notwendigen Fähigkeiten für exakte Wissenschaften besäßen, nicht belastbar genug wären.

Und wenn nicht Helen, dann vielleicht deren Tochter oder Enkelin.

Jane muss an einen Baum denken, der irgendwann blüht, irgendwann Früchte trägt, alles zu seiner eigenen Zeit.

Als Jane einen Blick auf sich gerichtet spürt, wendet sie den Kopf.

Ein Spaziergänger ist es, der sie lächelnd beobachtet. Kein junger Mann mehr, mit seinen angegrauten Schläfen, aber auch noch nicht wirklich alt und solide gekleidet.

Jane runzelt die Brauen und duckt sich unter ihre Hutkrempe, streicht unwillkürlich den Rock über den Beinen glatt. Als sie kurz darauf den Blick wieder hebt, sieht er im Gehen immer noch zu ihr hin, tippt jetzt an seinen Hut. Gut sieht er aus, auf eine stämmige, etwas eckige Art.

Jane wird rot. Mit knapper Höflichkeit nickt sie und schlägt betont brüsk ihr Buch auf. Ihr Herz klopft trotzdem, wie freudig.

Es geht nicht um diesen Fremden. Nicht darum, dass sie gesehen wird. Als Person, als Frau.

Sondern darum, dass sie sich selbst so empfindet.

Plain Jane. *Die sich durch eine Wildnis von Gedanken und widerstreitenden Gefühlen gekämpft und darin ein Land des Geistes entdeckt hat, das ihr unbekannt gewesen war. Die Welt in ihrem Innern ist größer geworden. Reich und blühend, scheint diese Innenwelt immer wieder durch. In Janes Auftreten. Einem Blick von ihr. In den Worten, die sie äußert. In ihrem alltäglichen Handeln, mag dieses auch noch so banal, so gewöhnlich sein.*

Sie ist jemand, in ihrem eigenen kleinen Leben.

Auch ohne Robert.

Ein Sonnenstrahl bricht durch den Wolkenteppich und lässt den schmalen Goldreif an ihrem Finger aufleuchten.

Natürlich denkt sie an Robert. Viel und oft.

Obwohl seine Züge in ihrem Gedächtnis von der Zeit etwas ausgewaschen sind. Die in den Kindern immer wieder aufschimmern und gleich wieder davongleiten. Seine Stimme, all die kleinen Gesten, die ihr vertraut waren.

Der Mensch aus Fleisch und Blut ist zu einer abstrakten Idee geworden.

Robert. Mein Mann. In China.

Jane ist bang, dass er nie wieder zu ihr zurückkehren wird.

Ihr ist bang, wie es sein wird, wenn er zurückkehrt.

71

An aufgeklappte Fächer erinnerten die Segel auf dem Fluss, manche rot, viele gelb, die meisten von der Farbe brauner Eier oder in gealtertem Weiß.

Wie ein brodelnder Ozean umspülten Fortune die Leiber der Lastenträger, ihre Stimmen Wellen, die sich hoch über ihren Köpfen schäumend brachen, um sich wenig später erneut zu überschlagen. Die Geschäftigkeit, mit der sie über die Anlegestelle eilten und die wartenden Dschunken mit Säcken voller Getreide und Reis und Bohnen beluden, machte Fortune beinahe seekrank. Die vielen Tage, die er auf einem Ochsenkarren durch Anhui gerumpelt war, steckten ihm noch in den Knochen.

Vom Kai aus sah er zu, wie Wang die Seeleute anherrschte, auf welche Weise sie die Kisten mit Pflanzen an Deck anzuordnen und zu sichern hatten. Obwohl er fürchtete, Wangs Wichtigtuerei könnte zu viel Aufmerksamkeit auf ihre Fracht ziehen, mischte er sich nicht ein. Er hatte gelernt, Wang zu vertrauen, wenn es um die Feinheiten von *mianzi* ging: das Gesicht, das man in den Augen der chinesischen Welt hatte. Das um keinen Preis beschädigt werden oder gar verloren gehen durfte, sondern möglichst groß und glänzend zu sein hatte.

Wenn es in seinem Fall auch ein geborgtes Gesicht war: das eines Edelmannes aus den fernen und fernsten Provinzen. Das geliehene Gesicht des fiktiven Xinghua.

Trotzdem rann es Fortune heiß den Nacken hinab, wenn ihn die Lastenträger im Vorübereilen musterten. Sobald die Männer an Bord der Dschunke ihre Blicke für einen Moment von den Pflanzenkisten hoben und zu ihm hinüberwandern ließen.

Das Gefühl von Sicherheit, das ihn in Anhui eingehüllt hatte wie eine warme Decke, umgeben von den vertrauten Gesichtern wohlmeinender Menschen im Haus der Wangs, im Dorf und auf den Feldern, war auf der Fahrt über holprige Straßen nach und nach von ihm abgefallen wie loser Putz. Übriggeblieben war die nackte Furcht vor argwöhnischen Fremden, die seine Tarnung durchschauten. Vor misstrauischen Gesetzeshütern, die ihn wegen Schmuggels verhafteten. Aufatmen würde er erst, sobald die Teepflanzen und das Saatgut an Bord eines Schiffes die chinesische Küste hinter sich gelassen hatten.

Zwischen den ehemals weißen oder blauen Tüchern, die sich die Seeleute um den Kopf gebunden hatten, leuchtete immer wieder ein schmutziggelbes auf: das des *tung-chia*, des Kapitäns, wie Fortune annahm. Ein unsteter Farbfleck in der Betriebsamkeit an Deck, der jetzt jedoch neben Wang zur Ruhe kam. Gründlich nahm der *tung-chia* die Pflanzenkisten in Augenschein, richtete dann seine Aufmerksamkeit auf Fortune und bewegte sich auf ihn zu, mit den tänzelnden, geschmeidigen Barfußschritten eines Mannes, der schwankenden Boden gewohnt ist.

Schweiß troff in den Kragen von Fortunes Übergewand.

»Seid gegrüßt, verehrter Herr.« Ein sehniges Männchen war der *tung-chia*, mit seiner Lederhaut von unbestimmbarem Alter. »Es ist mir eine Ehre, Euch mit meinem jämmerlichen Kahn nach Shanghai geleiten zu dürfen. Wenn Ihr mir Eure persönliche Habe anvertrauen wollt, so sorge ich dafür, dass sie unter Deck gebracht wird, in Euer Quartier.«

Zögernd streifte Fortune den Gurt seiner Botanisiertrommel ab und übergab sie dem *tung-chia*, der sie an einen seiner Matrosen weiterreichte, ebenso die Tasche mit dem Saatgut und sein dickes Reisebündel.

Nur widerstrebend löste der *tung-chia* seine Augen von Fortunes Flinte und deutete ein verlegenes Lächeln an.

»Verzeiht mein ungebührliches Verhalten, werter Herr«, erklärte er. »Aber ich kam nicht umhin, Eure Feuerwaffe zu bewundern. Machtvoll sieht sie aus. Gewiss habt ihr reichlichen Vorrat an Pulver und Kugeln?«

Fortune dachte an die Keilerjagd in den Wäldern von Tiantung; er konnte sich nicht vorstellen, was er hier auf dem Fluss für den Kapitän wohl schießen sollte.

»Weshalb fragt Ihr?«

»Die Gewässer weiter im Osten werden von *hai dao* heimgesucht.«

»*hai dao*?«

Das sonnengegerbte Gesicht des *tung-chia* verzog sich kummervoll.

»Unsere größte Sorge hier auf dem Fluss. Schlimmer noch als jeder Taifun. *hai dao* nehmen alles mit, was sie auf ihre Schiffe laden können, und stecken dann die geplünderte Dschunke in Brand. Und wen sie nicht getötet haben, den halten sie als Geisel, um Geld zu erpressen. Eine Plage, gegen die wir uns kaum zur Wehr setzen können. Denn die Mandarine erlauben uns keine Feuerwaffen.«

Er dämpfte seine Stimme zu einem Raunen.

»Manche Dschunken führen heimlich Feuerwaffen mit. Was ein großes Wagnis ist, weil die Mandarine keine Gnade kennen, wenn sie ein Schiff durchsuchen und verbotene Waffen finden. Wenn ich wählen kann, so sterbe ich lieber durch die Kugel eines *hai dao* als in den kaiserlichen Verliesen.«

Seine Augen, schimmernd wie schwarze Bohnen, huschten über das Deck und die Anlegestelle.

»Es heißt, die Mandarine fürchten, wir Schiffer könnten uns gegen sie erheben, hätten wir die Macht des Feuers. In Wahrheit aber ist es ein zu gutes Geschäft, müsst Ihr wissen. Es dauert oft Tage, mit ihnen über Geleitschutz zu verhandeln, und immer wollen sie viel Geld dafür. Mehr als das, was wir an Gütern geladen haben. Da kann ich meine Fracht auch gleich an die *hai dao* übergeben!«

Hilfesuchend wanderte Fortunes Blick über das Deck, doch Wang war nirgendwo zu entdecken.

»Euch und Eure Waffe müssen gewiss die Götter gesandt haben, werter Herr. Bitte, kommt an Bord, wir legen ab.«

Mit langen Schritten und eingezogenem Kopf marschierte Fortune durch den Bauch der Dschunke. Durch den mit Kisten und Säcken vollgestopften Laderaum, durch den Schwaden von Räucherwerk zogen. Auf die Kabine zu: die einzige an Bord und kaum mehr als ein mit Holzlatten abgetrennter Winkel unter Deck. In den bläulichen Qualm hinein, der in seinen Augen kratzte, in den Lungen brannte.

In der Tür blieb Fortune stehen. Der winzige Tisch bog sich unter Früchten und Gemüseknollen, unter Schalen mit würzig duftenden Gerichten und glimmenden Räucherstäbchen. Daneben stand ein Seemann, der Fortune über seine aneinander gelegten Hände entgegenblinzelte; sein Murmeln, das eben noch die Kabine gefüllt hatte, war jäh verstummt.

Um seinen Respekt für dieses Ritual zu bezeugen, legte Fortune ebenfalls die Handflächen aneinander und senkte den Kopf. Aus dem Augenwinkel sah er zu Wang; die Art, wie dieser geduckt zwischen seinen Siebensachen in der Koje kramte, verriet sein schlechtes Gewissen.

Der Seemann nahm sein Gebet wieder auf. In doppelter Geschwindigkeit, wie entrüstet, dass man ihn in seiner Andacht unterbrochen hatte; vielleicht spürte er auch die Spannung, die seit Fortunes Eintreten in der Luft knisterte.

Mit einer tiefen Verbeugung verabschiedete er sich, und Fortune schloss mit Nachdruck die Tür.

»*hai dao*?«

»Halb so wild«, wiegelte Wang ab, ohne ihn anzusehen. »Mal gibt es mehr, mal gibt es weniger davon hier. Und meistens sind sie auf lohnendere Schiffe aus als auf eine kleine Dschunke wie unsere.«

Fortune rieb sich über das Gesicht. »Warum in aller Welt hast du vorgeschlagen, über diesen Fluss nach Shanghai zu reisen? Nicht über den Fluss im Süden, über den wir hergekommen sind? Dann hätten wir auch eine kürzere Fahrt mit dem Ochsenkarren gehabt.«

Wang zog eines seiner Gewänder auseinander und begutachtete es gründlich, bevor er es akkurat wieder zusammenfaltete.

»*hai dao* gibt es überall, wo es Wasser gibt. Auf einem großen Fluss eben mehr als auf einem kleinen. Ist wie in einer großen Stadt. In der gibt es auch mehr Halunken als auf dem Land.«

Obwohl Wangs Gelassenheit die bedrohlichen Schilderungen des *tung-chia* auf Seemannsgarn zusammenschrumpfen ließ, fühlte Fortune sich nicht gänzlich beruhigt. Stumm sah er zu, wie Wang die Laken in der Koje glattstrich und sich dann der Fülle an Speisen auf dem Tisch zuwandte.

»Sieh nur: So viel gutes Essen haben wir geopfert! So reiche Gaben und so viel Räucherwerk. Die Götter werden mit uns sein!«

Er griff sich eine faustgroße Pflaume und biss herzhaft hinein.

Fortune rieb sich erneut das Gesicht; er wusste nicht, was ihm mehr Kopfzerbrechen bereitete: seine Furcht vor den Beamten des Kaisers oder die Gerüchte über Piraten.

»Der Yangzi ist der schönste Abschied, den China dir machen kann«, nuschelte Wang mit vollem, safttriefendem Mund und versetzte Fortune einen aufmunternden Schlag in den Rücken. »Und außerdem bist du jetzt doch ein echter Abenteurer, ja?«

Der große und mächtige Strom des Yangtsekiang.

Wie groß, wie mächtig – davon hätte Fortune sich keine Vorstellung machen können, hätte er es nicht mit eigenen Augen gesehen, an Deck der Dschunke.

Gewaltig war dieser Strom, der sich durch die Landschaft schob, und nicht weniger majestätisch waren die Schluchten zu beiden Seiten, die

Klippen und die bewaldeten Hänge. Von Farben und Texturen, die des Tags und in der Dämmerung an Smaragde und an Malachit erinnerten. An Aquamarine, Lapislazuli und Türkise, manchmal an das Braungold von Topasen, von der gleichen Leuchtkraft und Pracht, der gleichen Erhabenheit.

Eine starke Lebensader Chinas war der Yangtsekiang, langsam und doch mit überbordender Lebenskraft pulsierend. Nicht nur, indem er das Land zu seinen Ufern wässerte und nährte: Boote, Kähne und Dschunken trugen Reis und Getreide durch seine Fluten, Baumwolle, Tee, Süßkartoffeln, Holz und Bambus und alle Früchte des Sommers, begleitet von den Leibern der Delfine, die silbern im Wasser aufglänzten.

Unerschöpflich schien dieser Lebensstrom. In seiner Weite, seinem Reichtum. Endlos.

Doch er würde ein Ende nehmen, das wusste Fortune. Dort, wo sich seine Wasser mit denen des Meeres mischten, in Shanghai.

In den Nächten fühlte er die Macht des Yangtsekiang am stärksten. Wenn sich die Sterne im dunklen Wasser spiegelten und oben und unten eins waren, alles Himmel, alles im Fluss. Sobald Wolken den großen Strom zu einem finsteren Tunnel zusammenzogen, in dessen Sog Fortune dahinglitt.

In diesen Nächten spürte Fortune besonders stark, dass der Yangtsekiang ihn in die falsche Richtung trug: unaufhaltsam auf den Rand Chinas zu anstatt weiter hinein. Nicht in die Richtung, auf die sein innerer Kompass unbeirrt zuhielt.

Dann spürte er, wie klein und schwach er war, nicht mehr als eins der Lichtlein, die die Schiffe auf dem Yangtsekiang des Nachts beleuchteten. Zu klein und zu schwach, um den eingeschlagenen Kurs noch zu ändern.

72

Ungewohnt schweigsam stand Wang neben ihm an Deck.

Vielleicht, weil er ebenso ergriffen war von der hoheitsvollen Schönheit, die der Yangtsekiang Tag für Tag vor ihnen ausbreitete, stets neu, immer zeitlos. Vielleicht aber auch, weil ihm hier bewusst wurde, dass er seine Heimat einige Zeit nicht wiedersehen würde.

»Du vergisst mich doch nicht«, sagte Wang nach einiger Zeit, erstaunlich leise, erstaunlich kleinlaut, »wenn du wieder im Land der Barbaren bist?«

Fortune kniff die Augen zusammen, während sein Blick einem Delfin folgte, der zwischen den Wellen aufglänzte und dann wieder abtauchte.

»Als ob ich jemanden wie dich jemals vergessen könnte.« Ruppig ausgesprochen, verströmten seine Worte doch eine gewisse Wärme.

Wang gab sein meckerndes Lachen von sich, und auch um Fortunes Mund zuckte es.

»Du erzählst immer noch nichts von den Bergen von Huang. Von Lian.«

Wie ein scharfer Schnitt fuhr es durch Fortune hindurch, nahm ihm die Luft zum Atmen; so musste sich ein Schwerthieb anfühlen, der einen hinterrücks traf. Es war eine Sache, an sie zu denken; eine andere, ihren Namen ausgesprochen zu hören.

Getrennte Wege, das war seine schlichte Antwort auf die Fragen im Hause Wang gewesen, bei seiner Rückkehr. Die Wahrheit. Und doch fehlte darin alles, was diese Wahrheit ausmachte.

»Nein.«

Wang seufzte tief auf.

»Vielleicht führt dich die nächste Reise nach Indien? Indien hat die schönsten Mädchen der ganzen Welt.«

Fortune warf ihm einen zweifelnden Blick zu. »Woher willst du das wissen? Du warst doch noch nie dort.«

Wangs Brauen hoben sich. »Aber, Fu-Chung. Das weiß doch jeder!«

Die Nacht hatte sich über den Yangtsekiang gesenkt. Die Laternen der Schiffe, die über den Fluss dahinglitten, glommen in der Finsternis wie Glühwürmchen.

Fortune hatte sich einmal mehr davon überzeugt, dass die Kisten mit den Pflanzen an Deck unversehrt und ausreichend gesichert waren. Obwohl der *tung-chia* zum wiederholten Mal beteuert hatte, dass kein Sturm in der Luft lag.

Er war unruhig, seit sie vor ein paar Tagen an Nanjing vorbeigesegelt waren, diese Stadt hatte ihn aufgewühlt. Nicht allein, weil sie noch einmal die Wunder dieses Teils der Welt vor ihm ausgebreitet hatte, wie ihre gewaltige Festungsmauer und die Pagode aus Porzellan, die im Licht der Sonne glänzte.

Bis nach Nanjing waren britische Truppen im Krieg vorgedrungen und hatten die Stadt besetzt. Hier war der Vertrag unterzeichnet worden, der dem Westen eine Tür in das bisher verschlossene Reich der Mitte geöffnet hatte. Diese Tür, durch die Fortune eingetreten war und sich dann weiter und weiter in dieses Land hineingewagt hatte. Von Nanjing aus war es nicht mehr allzu weit nach Shanghai, keine zweihundert Meilen mehr – ab hier folgte er wieder den Fußstapfen, die seine Landsleute hinterlassen hatten.

Im Lampenschein der engen Kabine kniete Fortune vor den Paketen mit Saatgut und überprüfte erneut, ob das gewachste Papier auch gewiss keine Feuchtigkeit abbekommen hatte.

»Das war ein feiner Zug von dir«, hörte er Wang behutsam sagen. »Mit den Pflanzen.«

Fortune blinzelte; seltsam, dass Wang es erst jetzt erwähnte, nach der langen Fahrt auf dem Ochsenkarren, nach den vielen Tagen hier auf dem Fluss.

Seine Hand strich über das Wachspapier.

Tränen waren in den Augen von Vater Wang gestanden, als er ihm unter vier Augen ein gutes Dutzend Setzlinge und ein Päckchen mit Saatgut aus Ling Chuan Yuan überreicht hatte. Sein Abschiedsgeschenk. Sein Dank für die Gastfreundschaft, die er in diesem Haus erfahren hatte.

»Ich weiß nicht, was du meinst«, wehrte er schroff ab.

»Ich habe sie gesehen, Fu-Chung«, blieb Wang beharrlich, einen Ton diebisch vergnügter Listigkeit in der Stimme. »Auf unserem Feld. Sie sehen anders aus als die Teepflanzen in der Gegend.«

Fortune zuckte mit den Schultern und zwängte sich in die enge Koje.

»Danke, Fu-Chung«, flüsterte Wang, unvermutet weich, fast bewegt. »Mein Vater wird sie hegen wie seine eigenen Kinder. Sie werden das Schicksal unserer Familie zum Guten wenden.«

Als Fortune stumm blieb, verfiel auch Wang in Schweigen.

Eine Zeit lang war es still; noch stiller im sanften Glucksen des Flusswassers an den Rumpf der Dschunke.

Gebrüll schreckte sie auf und Polterschläge an Deck, die sich bis in den Leib der Dschunke fortpflanzten.

»*hai dao!*«, schrie Wang, sprang aus der Koje und stürzte aus der Kabine. »*hai dao!*«

Fortunes Herzschlag geriet ins Stolpern, galoppierte dann an, bis in seine Kehle hinauf.

Wang stürmte wieder herein und warf ein dunkles Stoffbündel in Fortunes Schoß. Mit zitternden Händen zog er es auseinander: ein Hemd und eine Hose, löchrig und dreckverschmiert.

»Zieh an, schnell! Wenn wir aussehen wie Bettler, lassen sie vielleicht Gnade walten.«

Dies konnte nicht wahr sein. Ein Albtraum war es. Es *musste* ein Albtraum sein; es war zu bizarr, zu absurd, um wirklich zu sein.

Fortune schleuderte die Lumpen von sich, suchte mechanisch eines seiner englischen Hemden hervor, stieg in seine alten Hosen, seine groben Stiefel, stopfte sich die Taschen mit Patronen voll.

Weich fühlten sich seine Eingeweide an, seine Knie hingegen steif, als er durch den Laderaum ging. Bei fast jedem Schritt traf ihn ein Ellbogen, die Ecke einer Kiste, rannte jemand in ihn hinein: In größter Hast versuchten die Seeleute alles an Hab und Gut irgendwo zu verstecken, kleinere Güter unter losen Planken zu verbergen.

Fortune packte die Flinte fester und stieg an Deck.

In den ätzenden Gestank von Pulverqualm, mitten in das vielstimmige Kreischen, das vom Fluss herüberschrillte. In das gespenstische Zwielicht, in dem er nur graue Schemen ausmachen konnte: Seeleute, die durcheinander rannten und dem Dämonengeheul auf dem Fluss etwas entgegenschleuderten, das aussah wie Steine.

Die scharfen Schläge von Schüssen zerrissen die Nacht, hallten von den Berghängen wider. Fortune duckte sich, als etwas über seinen Kopf hinwegjaulte, irgendwo hinter ihm krachend einschlug.

»Runter mit euch!«, brüllte er. »Runter! Hinlegen! Auf den Boden!«

Die Decksplanken bebten unter ihm, als sich ein Seemann nach dem anderen hinwarf.

Fortune verwünschte seine zitternden Muskeln, die ihm nur widerwillig gehorchten, während er tief gebückt vorwärtskroch, sich an der Reling schließlich auf die Knie fallen ließ.

Über den Lauf der Flinte hinweg spähte er in die Nacht, die neblig war vom Pulverqualm und den Laternenschein der Dschunke zu einem fahlen Lichthauch zerstreute. Außer den Funkenschlägen irgendwo dort draußen, in der Finsternis, war nichts zu erkennen.

Es war sinnlos. Er konnte weder die Entfernung einschätzen noch ein Ziel ins Auge fassen.

Sein Glück, sein unverschämtes, immer zuverlässiges Glück war aufgebraucht. Jetzt, kurz vor dem Ende dieser langen, unwägbaren Reise. Er würde sterben, heute Nacht noch, hier auf dem Yangtsekiang. Spätestens, wenn ihn die *hai dao* in die Finger bekamen.

Ein Rucken, fast ein Stoß, jagte durch ihn hindurch, aufbegehrend und wie zornig. Als ob Lian hinter ihm stünde, gegen seine Schulter boxte, ihn anherrschte und antrieb.

Er legte die Flinte an und zielte wahllos zwischen die Feuerfunken, drückte ab und dann gleich ein zweites Mal.

Nur entfernt nahm er den Schmerz in der Schulter wahr, und wie die Dämonenschreie auf der anderen Seite ins Grelle kippten, sich überschlugen. Kalt und klar war sein Kopf, wie Kristall, während er nachlud und feuerte. Nachladen und feuern. Nachladen und feuern. Eine schier endlose Schleife zunehmend routinierter Bewegungen, ohne nachzudenken, ohne etwas zu empfinden, seine Adern wie von Eis durchzogen.

»Sie drehen ab!«

»Bei allen Göttern – sie drehen ab!«

Etwas warf sich von hinten auf Fortune, sodass er schmerzhaft mit dem Kinn gegen die Reling schlug; jemand hieb ihm auf den Rücken, quetschte ihm die Schultern, schüttelte ihn.

»Du bist ein Held! Er ist ein Held! Er da – mein Herr! Mein Herr ist ein Held! Mein Herr ist das!«

Erst später setzte der Schock ein.

Nachdem der *tung-chia* und seine Männer die Flinte priesen wie einen geheiligten Gegenstand. Sie unter Hochrufen einen Reisschnaps nach dem anderen auf Xinghua tranken und Fortune nichts anderes übrigblieb, als mitzutrinken; dieses Gebräu, das so scharf war, dass allein schon sein Dunst die Augen tränen ließ.

Viel später, nachdem er in schlingerndem Gang und Arm in Arm mit

Wang in die Kabine zurückkehrte und sich mehr schlecht als recht in die Koje bugsierte. Als der Rausch nachgelassen hatte, von Schnaps und Pulverdampf, von Anspannung und Erlösung und unter dem abebbenden Pochen in Schulter und Kinn. Der Rausch, von der dunklen Schwinge des Todes gestreift und gerade noch unter ihr hindurchgetaucht zu sein.

Der Schock kam in der Stunde, in der die Nacht am dunkelsten ist, und wie ein Fieber packte er ihn, mit kaltem Schweiß und Zittern.

Schwärze umschlang ihn und zog ihn in ihre Tiefe hinab. Bis auf den Grund hinunter, in Nebelwelten hinein, die ihm fremd und doch seltsam vertraut waren. Diese farbenprächtigen Blütenfelder, deren Duft er trinken konnte wie schweren, süßen Wein und der ihn mit einem quälenden Durst zurückließ. Dieser Fluss, durch den es ihn trieb, gegen seinen Willen; unfähig, zurückzurudern, das rettende Ufer zu erreichen, kämpfte er verzweifelt darum, nicht darin unterzugehen. In diesem Gefühl eines unerfüllbaren Sehnens, eines unwiederbringlichen Verlusts.

Als hätte er jenen Lastkahn niemals verlassen. Damals, im Südchinesischen Meer, irgendwo zwischen Hongkong und Amoy.

Zwischen zwei Leben schwebte er, in dieser Koje, dieser Nacht. Zwischen zwei Welten.

Jenseits von Gestern, Heute und Morgen, in einem Moment der Unendlichkeit.

Irgendwo zwischen Wirklichkeit und Traum.

73

Das Herz, das zurückkehrt, ist wie der Flug eines Pfeils, sagt man.

Doch ich kehrte nirgendwohin zurück, und mein Weg war lang und beschwerlich.

Nach Westen führte mich dieser Weg. Durch das Land nördlich des Großen Sees, des Sees der Drachenboote und der kleinen Wale, die man *jiangtun*, Flussferkel, nannte. Dorthin, wo einst die Wiege des Reises stand, der unsere Schüsseln füllte. Durch den Wald der Steinsäulen und den Wald der Roten Bäume. Durch das Land des Nachtregens und durch die Drei Schluchten des Yangzi Jiang, wo so viel Wasser wie aus tausend Meeren zwischen den Klippen hindurchfloss. Ich durchquerte Felder von Weizen und Gerste, Süßkartoffeln und Bohnen. Gegenden, in denen die Menschen davon lebten, Singvögel zu fangen und zu verkaufen, und von Pfauenfedern, Edelsteinen, Messing und Moschus.

Ich kam durch die Dörfer der Wa, deren Frauen bunte Kopftücher trugen, deren Männer scharfen Schnaps brannten und wo man einen Büffel, ein Schwein oder ein Huhn schlachtete, um die Götter gnädig zu stimmen. Die Frauen der Derung trugen nur Schwarz und Weiß und ritzten sich mit Tinte Muster in ihre Gesichter, und bei den Mosuo waren die Frauen frei, ihre Männer zu wählen, die sie nur für Liebesnächte im Haus behielten und am anderen Morgen wieder wegschickten.

Durch das Land der Nüsse, des kostbaren Holzes und der wilden Pilze wanderte ich und durch die Gegend, wo der noch junge Yangzi Jiang, der Lantsang und der Nujiang ein Stück ihres jeweiligen Laufes nebeneinander herströmten.

Über weite Ebenen mit Feldern und Weiden führte mich dieser Weg, durch Täler und über Hügel. An den Ufern mächtiger Ströme entlang, an Seen und durch tiefe Schluchten, in Sonne und Regen und Wind und Nebel.

Den ganzen Sommer hindurch. Im Rot und Gold und Kupfer der herbstlichen Bäume. Im ersten kalten Hauch des nahen Winters.

Die Jahreszeiten lösten sich auf, als ich in die Berge hinaufstieg. Den Wolken entgegen, in ihre Kühle hinein.

Hell und Dunkel, Wachen und Schlafen waren alles an Zeit, was ich noch maß. Mein Herzschlag, mein Atem. Jeder Schritt, den ich ging, höher und höher hinauf.

Am Fuß des Berges war ich mir so sicher gewesen, dass er wirklich ausgesehen hatte wie eine erhobene Braue, und auch an den vier Flüssen, die im Kreis fließen, war ich vorbeigekommen.

Je höher ich stieg, desto größere Zweifel plagten mich. Die Angst, auf diesem Weg zu scheitern, weil ich doch noch nicht so weit war.

Umkehren konnte ich nicht, dafür würde meine Kraft nicht mehr reichen. Also marschierte ich verbissen weiter, den schmalen, steilen Pfad hinauf, der kaum mehr war als eine lange Kerbe in der Flanke aus Stein.

Mein Wille war es, der mich vorwärts trieb. Der feste Glaube daran, dass ich mein altes Leben hinter mir gelassen hatte; ich konnte doch spüren, dass ich ein neues Leben in mir trug!

Es begann zu schneien. Vielleicht waren es auch gar keine Schneeflocken, sondern Frühlingsblüten, die mich umtanzten und über meine glühenden Wangen strichen, ich wusste es nicht.

Ein Schatten türmte sich über mir auf, dunkel und ausladend; ich konnte nicht erkennen, was es war.

Ich schleppte mich weiter vorwärts, einen müden Schritt nach dem anderen. Ich wäre verloren, bliebe ich auch nur ein einziges Mal stehen.

Der Schatten über mir dehnte sich aus. Wie die Schwingen eines Vogels. Wie Arme, zum Willkommen ausgebreitet.

Wie das geschwungene Dach eines Tempels. Eines Klosters.

Meine Beine, die schwer waren, so schwer wie mein Leib, gaben nach. Ich fiel auf die Knie, in den Blütenschnee hinein, spürte dem Zucken und Flattern in mir nach, wie Schmetterlingsflügel.

Fortune hatte ich seine Last abgenommen; seither trug ich meine eigene.

Ich war dankbar für all die Geschenke, die er mir gemacht hatte. Wie er meinen Blick für die Schönheit der Welt öffnete. Mir eine neue Sicht auf das Leben gab. Wie er mich liebte und mich ihn lieben ließ. Eine neue Wirklichkeit schenkte er mir, die einer Art von Magie gleichkam. Den Mut, diesen Weg jetzt zu gehen und meinen alten Traum wahr werden zu lassen.

Bis hin zum letzten Geschenk. Dem Schönsten. Dem Größten. Ein Teil von ihm, der zu einem Teil von mir geworden war. Der fortleben würde und mir niemals mehr verloren gehen konnte.

Stimmen flogen mir entgegen. Durch die Schneeblüten vor meinen Augen sah ich Wirbel in Schwarz und Weiß; ein Segeln, ein Gleiten wie von einer Schar Kraniche. Wie die Gewänder von Mönchen und Nonnen.

Ich blickte in lächelnde, in besorgte Gesichter; freundliche Hände halfen mir auf die Füße, stützten und hielten mich. Unter der heißen Träne, die aus meinem Augenwinkel rann, lächelte ich.

Ich war zu Hause.

Finde mich, Fortune.

Auf dem Berg der erhobenen Braue, im Land, wo vier Flüsse im Kreis fließen.

Im Kloster des Weißen Kranichs.

… dennoch hege ich Hoffnung auf ein Einvernehmen zwischen diesen beiden Nationen, auf eine Versöhnung. Nichts kann dem chinesischen Volk eine bessere Idee von unserer Zivilisation und ihren Fähigkeiten vermitteln als unsere Liebe zu den Blumen. Nichts könnte besser dazu geeignet sein, um ein Gefühl zu bekommen, jeweils für sie als auch für uns.
Robert Fortune

Als wäre er von den Toten wiederauferstanden, werden die Leute sagen, so lange war er fort, und so wird es sich auch anfühlen, für Robert Fortune.

Wie nimmt man ein Leben wieder auf, das man drei Jahre zuvor zurückgelassen hat?

Ein Wiedersehen wird den Anfang machen. Ein Wiedersehen mit England. Mit Jane.

Mit Helen, die kein ganz kleines Mädchen mehr sein wird, sondern schon ein Schulmädchen, fröhlich, aufgeweckt und selbstbewusst, in manchen Momenten fast schon die junge Dame erahnen lässt, die sie einmal werden wird. Mit John, schon lange kein Baby mehr, sondern ein strammer kleiner Junge von drei Jahren, meist ruhig und in sich gekehrt und nur selten dickköpfig.

Als ein Fremder wird Fortune in das Cottage zurückkehren, in dem er einmal zu Hause gewesen war. Fremd sich selbst, im Leib und in der Seele. In der Sprache, den alltäglichen Lebensgewohnheiten. Ohne den Zopf aus Pferdehaar, das eigene Haar nachgewachsen, in seiner Gärtnerkleidung, einem Anzug.

Wie flickt man die Bande, die nie wirklich abgerissen sind, aber brüchig, nur noch an einer feinen Faser zusammenhalten?

Die Zeit hilft dabei. Die Vertrautheit des früheren Lebens, die immer stärker ist, mehr Gewicht hat als alles Neue, alles aus der Fremde Mitgebrachte.

Veränderung hilft.

Für Fortune wird es neue Aufgaben geben, als Kurator des Chelsea Physic Garden, mit einem höheren Gehalt und einem Haus auf dem Gelände des Botanischen Gartens; Jane wird den größeren Garten bekommen, von dem sie immer geträumt hat.

Im Rhythmus des alten, des neuen Alltags werden Robert und Jane die Fäden ihres Ehetuchs wieder zusammenknüpfen, das seine lange Abwesenheit aufgelöst hat. Ein Kind wird empfangen und geboren werden, allzu früh beweint und begraben. Ein neuer Riss wird sich auftun, im Tuch dieser Ehe, und dann umso fester gestopft werden.

China wird mehr und mehr wie ein Traum erscheinen. Fortune wird darüber schreiben, zusätzlich zu seinen Berichten für die Horticultural Society und wissenschaftlichen Artikeln, die ihm Ruhm einbringen.

Einen Reisebericht wird er verfassen, der den Nerv dieser Zeit trifft. Der den Hunger nach fernen Ländern stillt, die die Fantasie schon so lange beschäftigen, die Gier nach Exotik, nach Abenteuern im Lesesessel.

Die Pflanzen, die er mitgebracht hat, werden in Chiswick gedeihen und blühen und in Kew, genau wie die Teepflanzen in Calcutta.

Doch weil es eine Epoche der Unersättlichkeit ist, wird es nicht genug sein. Die Horticultural Society wird mehr wollen. Mehr von diesen außergewöhnlichen, betörend schönen Pflanzen. Mehr Tee.

Eine zweite Reise nach China.

Jane wird nicht begeistert sein, sie wird ein weiteres Kind erwarten. Robert wird zögern. Aber nicht allzu lange.

Zwischen dem, was er aufschreiben und veröffentlichen, was er von Angesicht zu Angesicht erzählen wird, Jane, den Kindern, wem auch immer, wird vieles ungesagt bleiben.

Inmitten der Blumen, die er in China noch sammeln wird, auf den Philippinen und in Japan, wird etwas fehlen. Obwohl es am Ende Tausende sein werden, von denen ein gutes Dutzend seinen Namen tragen wird, und Tausende und Abertausende von geschmuggelten Teepflanzen und Samen, die den Tee von Assam begründen und den Tee von Darjeeling. Eine Goldader, gewaltig und unerschöpflich wie die Wasser des Ganges, die gemeinsam mit dem Silberfluss des Opiums das Britische Empire zum größten und mächtigsten Reich der Welt machen wird.

Etwas wird fehlen.

Selbst dann noch, als er mit dem Porzellan, das er auf seinen Reisen durch China erwirbt, ein Vermögen zusammenträgt. Mit Jade und Edelsteinen, Lackkästchen und Schnitzereien und Bronzestauen.

Glück. Wohlstand. Erfolg. In glänzendem Ruhm. Wie er es sich immer erträumt hat.

Ein Sehnen wird bleiben, ihn heimsuchen, und wieder und wieder wird er ihm nachgeben.

Diesem Sehnen nach China.

Nach diesem Land, in dem er auf eine Art er selbst sein kann, wie es ihm in England nicht möglich ist, und doch auch ein anderer. Ein Mann, der Räuber in die Flucht schlägt, Taifune übersteht und Piraten austrickst. Ein Blütensammler, der ein Abenteurer ist.

Nur eine blutige Rebellion, die ein Königreich des Himmels in China errichten will, mit Gottes Segen, und ein zweiter Krieg um Opium und Tee werden ihn zwischendurch davon abhalten, diesem Sehnen nachzugeben.

Davon, das zu suchen, was er einst in China gefunden und verloren hat.

Ein Fluss aus Tausenden azurblau leuchtender Blütensterne neben einem Fluss aus Wasser und das Gesicht eines Mädchens.

Mit diesen Augen wie dunkle Mandelkerne, die unergründlich und tief waren und doch zu lächeln verstanden, manchmal mehr sagten, als Worte es vermocht hätten.

Ein Bauernmädchen, benannt nach dem Herbstmond, unter dem es geboren worden war. Das gegen ein herzloses Schicksal aufbegehrte, das man ihm aufzwingen wollte, und ihr Leben in ihre Kinderhände nahm. Im Kloster der Alten Haine und Jungen Bäume wiedergeboren, als das Mädchen mit dem Schwert, von leidenschaftlichem Herzen und unbezähmbarem Willen.

Lian. Biegsam wie eine Weide. Stolz und stark wie die Sonne.

Diese Tochter des Windes, die ihr Schwert für Gerechtigkeit und für die Schwachen erhob und dem Weg der Flüsse und Seen folgte. Die immer wieder fortgehen musste, um zurückzukehren.

Die ihn das Kämpfen lehrte und das Atmen. Ihn lehrte, was Freiheit war und was Mut.

Eine Frau gewordene Orchidee mit den Narben einer Kriegerin, unter seinen Händen, auf seiner Haut. In der er sich verlor und neu wiederfand, hoch oben in den Bergen, schwebend zwischen Himmel und Erde, über einem Meer aus Wolken. Wo sie ihn reich an allen Schätzen der Seele zurückließ und doch beraubt und leer.

Es kann nicht wirklich gewesen sein, wird sein Verstand ihm sagen. Die Unrast, die durch seine Adern pulst, wird bleiben. Dieser Hunger nach Antworten auf seine Fragen, seine Zweifel. Nach Spuren, nach Hinweisen, die ihm verraten, ob es Erinnerungen sind, die ihn heimsuchen, oder Träume.

Gewissheit kann er nur in China erlangen, auf alten Wegen dort und auf neuen.

Und überall, wo er in China hinkommt, wird er Ausschau halten nach dem Land der vier Flüsse, die im Kreis fließen. Den Berg der erhobenen Augenbraue suchen. Nach dem Kloster des Weißen Kranichs wird er überall fragen.

Immer wird er auf der Suche bleiben.

Auf der Suche nach Lian.

Nachwort

Wo verläuft die Grenze zwischen Fakten und Fiktion?

Ungefähr hier: Es gab tatsächlich einen Botaniker namens Robert Fortune, in Schottland geboren und aufgewachsen, in England tätig, der im 19. Jahrhundert nach China reiste, dort die Blütenschätze von Blauregen, Päonien und Lilien hob, uns die Kumquat und die Kiwi mitbrachte und Teesetzlinge schmuggelte, während seine Frau Jane mit den Kindern zu Hause in England auf ihn wartete. Ihre Namen, Lebensdaten und manche Ereignisse in ihrer beider Leben habe ich mir für diesen Roman ausgeborgt.

Und hier: Lian ist die Essenz all jener Mädchen und Frauen, die in früheren Jahrhunderten als *jianghu* für andere wie für sich selbst kämpften. Mehr in Form von Legenden denn als historische Wahrheit überliefert – falls überhaupt –, fanden sie erst mit der Taiping-Rebellion Eingang in die Geschichtsbücher.

Körnchen von Tatsachen, die ich im Feld meiner Imagination ausgesät habe, um diesen Garten von einem Roman wachsen zu lassen.

Ebenfalls für diesen Roman ausgeliehen habe ich mir Erlebnisse auf den verschiedenen Reisen Robert Fortunes durch China, Auszüge aus den Dokumenten der Horticultural Society und Passagen aus den veröffentlichten Reiseberichten Robert Fortunes.

Sämtliche dem Roman und seiner einzelnen Teile vorangestellten Zitate sind von mir selbst ins Deutsche übertragen worden, wobei Arthur Waldegrave-Fernsby und Flora Greensleeves mitsamt ihrer zitierten Werke meiner Imagination entstammen.

Fehler, Irrtümer und Ungenauigkeiten jenseits aller künstlerischen Freiheit sind allein mir anzulasten.

Danke an meine Begleiter auf dieser Reise: Jörg. E.L. Carina, Anke, Corinna und Margrit; AK und Sanne.

Mein besonderer Dank gilt Claudia Wuttke und dem gesamten Team von HarperCollins Germany. Silvia Kuttny-Walser. Mariam und Thomas M. Montasser.

Ihnen ist es zu verdanken, dass mein Traum von diesem Buch Wirklichkeit geworden ist.